HEYNE <

NATALIE MEG EVANS

DAS GEHEIMNIS DER *Hutmacherin*

ROMAN

Aus dem Englischen
von Stefanie Fahrner

WILHELM HEYNE VERLAG
MÜNCHEN

Die Originalausgabe erschien 2015 unter dem Titel
The Milliner's Secret bei Quercus.

FSC www.fsc.org
MIX
Papier aus verantwortungsvollen Quellen
FSC® C014496

Verlagsgruppe Random House FSC® N001967

Taschenbucherstausgabe 12/2016

Printed in Germany
Redaktion: Angelika Lieke
Satz: Leingärtner, Nabburg
Druck und Bindung: GGP Media GmbH, Pößneck

ISBN 978-3-453-41998-8
www.heyne.de

Meiner Schwester Anna gewidmet

Paris, Samstag, 13. Juli 1940

In jeder Stadt hätte man sich nach ihnen umgedreht. Nackte Schultern, neckische kleine Hüte und Hochsteckfrisuren. Die erste, eine Blondine Mitte dreißig, schwebte in einer Wolke aus Sex-Appeal über die Tanzfläche. Die zweite, eine jüngere Blondine, durchquerte den Raum, als befürchte sie, der Boden sei voller Giftschlangen. Die dritte, eine Rothaarige, folgte ihr wie eine Schlafwandlerin.

Die Band spielte eine Hot-Jazz-Version der Marseillaise, so laut, dass die Flaschen auf der Theke hüpften. »Sie wissen doch, dass dieses Lied verboten ist, oder?« Die jüngere Blondine – sie hieß Coralie de Lirac – blickte unsicher zur Bühne hinüber. »Keiner tanzt.«

»Dafür ist es auch noch viel zu früh«, erwiderte die Ältere. »Ich kann mich einfach nicht daran gewöhnen, zur Teatime in den Nachtklub zu gehen.«

Einen Monat zuvor, nur Stunden, nachdem sie in Paris einmarschiert waren, hatten die Deutschen die Uhren an die Berliner Zeit angeglichen und eine Ausgangssperre verhängt, die die Menschen praktisch in ihren Wohnungen festsetzte. Als die Besatzer jedoch begriffen, dass sie dadurch ganz Paris lahmlegten, verlängerten sie die Ausgangserlaubnis bis Mitternacht. Brach man nicht rechtzeitig auf, war man gezwungen, an Ort und Stelle – wo immer das sein mochte – bis zum nächsten Morgen um fünf auszuharren. Tja, die Nazis hatten Frankreich nicht besetzt, um es seinen Einwohnern möglichst angenehm zu machen, dachte Coralie. »Kommt, wir nehmen uns einen Tisch«, schlug sie vor. »Keinen Blickkontakt mit Männern unter neunzig. Una? Konzentrier dich auf den Job.«

»Na klar. Auch, wenn wir vielleicht den einen oder anderen Frosch küssen müssen, bevor wir finden, wonach wir suchen. Tilly, meine Liebe, krieg jetzt keinen Schreck.« Una McBride legte der rothaarigen Freundin, die bei dem Wort »Frosch« zusammengezuckt war, den Arm um die Schulter. »Coralie und ich kümmern uns um diese kleinen Feinheiten. Na ja, oder eher Unfeinheiten, um bei der Wahrheit zu bleiben.« Aus Unas lang gezogenen Vokalen konnte man heraushören, dass sie Amerikanerin war.

Coralie deutete auf einen Tisch. »Da drüben. Los jetzt, sonst halten die uns womöglich für die Nachtklub-Show.« Sie waren jedoch noch nicht weit gekommen, als der Inhaber des Klubs sie entdeckte und zu einem anderen Tisch geleitete, der sich näher an der Band und der Bar befand. Der Mann war noch jung und hatte eine Figur wie ein Preisboxer. Er trug einen weißen Smoking und eine Rose im Knopfloch.

»Mesdames, ich bin entzückt. Willkommen im Rose Noire.« Nacheinander küsste er ihnen die Hand, verharrte aber ein wenig länger bei Coralie. »Mademoiselle de Lirac, Sie waren viel zu lange fort.«

»Wie schmeichelhaft, dass Ihnen das aufgefallen ist.« Coralie setzte sich auf den Stuhl, den er ihr heranzog, und nestelte am Verschluss ihres Armbandes herum, um sein Lächeln nicht erwidern zu müssen. Im Sommer 1937, als sie das Rose Noire zum ersten Mal besucht hatte, war Serge Martel eine glanzvolle Persönlichkeit gewesen, voller Charme, begierig, seiner Kundschaft selbst den ausgefallensten Wunsch zu erfüllen. Als sie aber erfuhr, dass er wegen eines tätlichen Angriffs auf eine seiner Sängerinnen festgenommen und zu sieben Jahren Gefängnis verurteilt worden war, war sie schockiert. Achtzehn Monate hatte er abgesessen. Wie er es angestellt hatte, so früh entlassen zu werden – oder wer für ihn die Gefängnistür geschmiert hatte –, wusste niemand. Auf jeden Fall hatte er etwas Ungewohntes und Beunruhigendes an sich. Coralie versuchte, Blickkontakt zu Una herzustellen, aber ihre Freundin war gerade damit beschäftigt, die Kundschaft prüfend zu beäugen.

Martel schnippte mit den Fingern und rief einen älteren Ober herbei, der ein Tablett mit Champagner trug. »Schnell, schnell, Mann. Hier sitzen durstige Damen.«

Der Ober gab zurück: »Monsieur, wäre ich jünger und schneller, wäre ich in der Armee!« Dennoch beschleunigte er seine Schritte.

Félix Peyron füllte drei Gläser mit Lanson-Jahrgangschampagner. Coralie bemerkte, dass seine Hände dabei zitterten. Er war eine Legende des Boulevard de Clichy, aber der Schock der Niederlage und der Besatzung hatte ihn rapide altern lassen. Man sah seinen Manschetten für gewöhnlich an, dass er sie mit Talkumpuder behandelte, aber an jenem Abend wirkten sie ein wenig gelblich neben Martels Smoking. Wie bekam Martel diesen Smoking nur so weiß?, fragte sie sich. In letzter Zeit war es leichter, in den Himmel zu kommen, als Waschsoda aufzutreiben, und die Wäschereien waren mit der Wäsche ihrer deutschen Kunden vollauf ausgelastet. Paris war nicht bombardiert worden, so wie Warschau oder Rotterdam, aber es mangelte dennoch an allem: an Nahrung, an Benzin und an Hoffnung. Jedenfalls für Normalsterbliche. Coralie zählte die feldgrauen Uniformen im Klub und die Mützen mit dem silbernen Adler, die auf den besten Tischen herumlagen, und zog ihre eigenen Schlüsse, was Serge Martels rosige Finanzlage anging.

Félix stellte die Flasche in den Eiskühler, trat einen Schritt zurück und verbeugte sich. »Mesdames, willkommen im Rose Noire, denn Schönheit ist hier immer gern gesehen.«

»Ach, Félix, Sie alter Charmeur.« Una nahm ihr Glas in die Hand. »Auf Sie müssen wir aufpassen, das sehe ich genau.«

Jetzt geht das wieder los, dachte Coralie. Una machte allem, was Hosen trug, schöne Augen, auch wenn ihre Hauptaufmerksamkeit gerade der Bühne galt. Ganz besonders dem Zigeunergeiger, dessen verschwitzte Locken sein halbes Gesicht bedeckten. Sein Hemd war ihm auf einer Seite von der Schulter gerutscht.

»Die Vagabonds sind heute Abend gut in Form«, sagte Coralie leise, um Unas Reaktion zu testen.

»Nicht wahr? Aber sie sollten lieber bei Jazzstücken bleiben. Damit, dass sie den Takt der Marseillaise verändern, legen sie niemanden rein.« Una schickte stürmische Kusshände Richtung Bühne, und der Geiger unterbrach sein Spiel und sandte ihr eine Kusshand zurück. Gedämpfter Applaus füllte den Raum. Sie erweckten Aufmerksamkeit, besonders die der Frauen. Coralie bemerkte eine, die eine Seidenblume von ihrer Abendtasche abnahm und sich ins Haar steckte, als fühlte sie sich nicht gut genug angezogen im Vergleich zu ihnen.

Félix zündete die Kerze auf ihrem Tisch an und kicherte. »Die Leute kriegen mit, dass sich hier eine Liebesgeschichte anbahnt.«

»Nein, mein Herr, es sind unsere Hüte, die allen die Schau stehlen.« Una tippte sich an den Miniatur-Gainsborough, den sie über dem Ohr festgesteckt hatte, und fuhr vorsichtig durch seine bunten Blümchen und Federn. »Ich habe dir ja gesagt, dass diese süßen kleinen Dinger einschlagen werden wie eine Bombe«, sagte sie zu Coralie.

»Nein, ich war diejenige, die das prophezeit hat. Ich wünschte, du würdest aufhören, mir meine Ideen zu klauen.«

»Ups.« Una nahm einen großen Schluck Champagner. »Ich vergesse immer, dass ich nur die Muse bin und nicht die Hutmacherin. Nächste Woche werden unsere Hüte jedenfalls in aller Munde sein. Vor deinem Laden werden sich Schlangen bilden bis runter zum Fluss.«

Coralie wartete darauf, dass Félix ihren Tisch verließ. »Wenn wir nächste Woche überhaupt noch da sind. Tilly?« Die Freundin starrte misstrauisch in ihr Glas, fast als argwöhnte sie, zwischen den Bläschen würde Blausäure aufsteigen.

»Trink aus, oder stell das Glas wieder ab. Die Leute glauben ja, du müsstest dich vor irgendwas fürchten«, bemerkte Una.

»Muss ich das denn nicht?«

»Na ja, versuch wenigstens, es nicht zu zeigen.«

»Ich glaube, da verlangst du zu viel von ihr, Una«, warf Coralie ein.

»Welche Wahl hat sie denn schon? Wir können nicht riskieren, sie mit nach Hause zu nehmen, weil unsere Wohnungen alle beobachtet werden. Ihre einzige Chance ist, sich über die Grenze in die freie Zone durchzuschlagen und von da aus weiterzufahren. Aber den Weg mit dem Zug kann sie vergessen, denk nur an den Fahrkartenschalter, ganz zu schweigen von den Polizeikontrollen.«

Una hatte recht. Ottilia musste fort aus Paris, und ihre einzige Hoffnung war, einen Platz in einem Auto zu ergattern. Jetzt mussten sie sich durch Charme erschleichen, was sie auf dem Polizeirevier nicht bekommen konnten: eine Reiseerlaubnis, ausgestellt auf ihren Namen.

Una nahm eine Chesterfield-Zigarette aus einem eleganten Etui, den Blick weiter auf die Bühne gerichtet, wo die Vagabonds die letzten Takte der Marseillaise spielten. »Steh auf und klatsch, wenn sie fertig sind«, verlangte sie von Coralie.

»Warum schwenken wir nicht gleich die französische Flagge, wenn wir schon dabei sind? Dann werden wir alle verhaftet und können im Gefängnis weiterfeiern. Ich habe noch nie so viele deutsche Offiziere auf einem Haufen gesehen. Ich dachte, die können Jazz nicht leiden.«

»*Dein* deutscher Freund war recht angetan vom Jazz.«

»Er ist anders.« *Finger weg!*, schien Coralies Ton zu sagen. »Wir sollten gar nicht hier sein. Die Stammgäste könnten uns erkennen.«

»Uns schon, aber doch nicht Tilly. Und außerdem, da wo ich herkomme, gibt es ein Sprichwort: Wenn du dich im Senf verstecken willst, zieh was Gelbes an.«

»Wir stecken nicht im Senf, aber vielleicht in der Tinte.«

Una stand auf und klatschte, und Coralie tat es ihr widerstrebend nach. Die Vagabonds bedankten sich für den Applaus und zogen sich dann von der Bühne zurück. Ottilia schien in Trance verfallen zu sein. Als sie sich wieder gesetzt hatten, steckte Una eine Zigarette in ihre crèmefarbene Zigarettenspitze und ließ sich von einem Mann am Nebentisch Feuer geben. Sie blies ihm ein wenig Rauch entgegen. »*Merci mille fois*. Wir sehen uns.«

Als er sich wieder zurückgezogen hatte, flüsterte sie Coralie zu: »Schau jetzt nicht hin, aber siehst du diese Besatzungshelden an der Bar?«

»Wie denn, wenn ich nicht gucken darf?«

»Glaub mir, sie stehen dort. Ich bin mir sicher, dass sie uns auf die nächste Flasche Champagner einladen möchten. Sollen wir ein Gespräch anfangen?«

Coralie sah sich unauffällig um und spürte, wie sich ihr der Magen umdrehte. Die Männer trugen schwarze Uniformen und SS-Abzeichen am Kragen. Sie mussten Unas Lächeln bemerkt haben, denn plötzlich veränderte sich ihr Gesichtsausdruck. Coralie legte die Hand vor den Mund, damit ihr niemand von den Lippen lesen konnte, und raunte: »Die könnten von der Gestapo sein. Ich kann es nicht genau sagen, aber irgendwas ist faul an denen.«

»Gestapo heißt doch Geheimpolizei, stimmt's?« Una zündete eine zweite Zigarette an. »Ist ja nicht so wahnsinnig geheim, hier in Uniform rumzustehen und mit uns zu flirten. Reiß dich zusammen und gib die Tilly.«

Coralie schob Ottilia die Zigarette zwischen die Finger; sie waren eiskalt. Una hatte natürlich recht: Es war zu spät, den Plan noch zu ändern. Im Morgengrauen würde ein Auto losfahren, und Ottilia musste nur darin Platz nehmen. Versehen mit einem gefälschten Ausweis, Kleidern zum Wechseln sowie genügend Francs und Besatzungsgeld hatte sie gute Chancen, die spanische Grenze zu erreichen. Alles, was sie jetzt noch brauchten, war ein deutscher Offizier, der genügend Autorität hatte, um die Erlaubnis in Unas Handtasche zu unterzeichnen.

Alles, was sie brauchten …

Klagende Töne kündigten das zweite Set der Vagabonds an. Die Musiker trugen jetzt rote Seidenhemden mit Fledermausärmeln und engem Kummerbund. Arkady Erdös, der Bandleader, stimmte seine Violine und sah trotzig ins Publikum. Er hatte also die verbotene Marseillaise gespielt? *Wen interessiert das schon?*, schien sein Blick zu sagen.

Das Problem war, dass es durchaus jemanden interessieren würde, nämlich die regelwütigen Deutschen. Coralie flüsterte: »Weiß Arkady, dass er einen zusätzlichen Passagier mitnimmt?«

»O ja, und die anderen werden es spätestens dann merken, wenn sie sich zusammen ins Auto quetschen.«

Ottilia hatte sich die Zigarette zwischen die Lippen gesteckt und zog so fest daran, dass das Ende glühte. Coralie, die ihre übliche Vorsicht vergaß, schimpfte: »Du siehst aus wie eine Fabrikarbeiterin nach der Nachtschicht!« Sie griff in die perlenbestickte Handtasche ihrer Freundin, auf der Suche nach der zweiundzwanzigkarätigen Zigarettenspitze, die eigentlich keine kluge Wahl für den Abend gewesen war. Gerade hatte Coralie sie gefunden, da spürte sie einen Atemzug an der Schulter und erschrak. Die Zigarettenspitze purzelte aus der Tasche, zusammen mit einem hellbraunen Büchlein.

Das Blut gefror ihr in den Adern.

Serge Martel lächelte auf sie herab. »Meine Damen, einige der Herren vom Militär haben gefragt, ob sie sich zu Ihnen gesellen dürfen.«

»Richten Sie ihnen aus, dass sie es nicht dürfen.« Coralie legte die Hände über das Büchlein. »Heute ist reiner Mädchenabend.«

»Mademoiselle, Sie verstehen nicht«, sagte Martel mit einschmeichelnder Stimme. »Sie fragen zwar um Erlaubnis, rechnen aber nicht mit Zurückweisung. Was verstecken Sie da unter Ihrer Hand?«

»Nichts.«

Martel holte aus und schwenkte nur eine Sekunde danach das Büchlein. Es war ein Ausweis. So weit nicht unüblich. Sie alle besaßen einen, das war gesetzlich vorgeschrieben. Dieser Ausweis aber enthüllte Ottilias wahre Identität; ihren echten Namen und ihr Herkunftsland. Sie hätte ihn gegen Ottilias Willen verbrennen sollen! Allein der Besitz des Ausweises genügte, um in lebensbedrohliche Schwierigkeiten zu kommen. Das betraf nicht nur Ottilia, sondern sie alle drei. Betont langsam sagte Coralie: »Monsieur Martel, bitte geben Sie ihn mir zurück.«

Martel hob in gespieltem Erstaunen eine Braue. Seine platinblonde Haarfarbe hatte er mit vielen der Offiziere an seinem Tisch gemeinsam, nicht jedoch die nüchterne Sachlichkeit. Sein Kapital war seine Umgänglichkeit, seine souveräne, sexy Art, mit Frauen zu reden. Martel lachte gern. Als er den Kopf drehte, sah Coralie, dass seine Nase schief war, ganz so, als hätte sie irgendwann einmal einen heftigen Schlag abbekommen. Vielleicht war das der Grund für die schummrige Beleuchtung in seinem Klub. Er war überaus eitel.

So beiläufig wie nur möglich sagte Coralie: »Sie wissen schon, dass Ausweise technisch gesehen Eigentum des Staates sind? Außerdem gehen sie niemanden etwas an.«

»Serge, mein Lieber, geben Sie ihn zurück.« Una blies den Rauch ihrer Zigarette aus. »Seien Sie nicht gemein.«

»Ich möchte doch nur einen winzigen Blick hineinwerfen, Madame. Aus reiner Neugier.«

»Neugierige Katzen verbrennen sich die Tatzen.« Vorsichtig drückte Una ihre Zigarette aus. »In diesem Ausweis befinden sich streng geheime Informationen. Sollten Sie Kenntnis davon erlangen, muss ich Sie töten.«

Schockiert blickte Coralie zu ihr hinüber.

»Streng geheime Informationen?«, wiederholte Martel.

»Ja.« Unas Kunstpause dauerte so lange, dass Coralie sie am liebsten vom Stuhl geschubst hätte. »In diesem Ausweis steht das Geburtsdatum unserer Freundin und damit auch ihr Alter. Zehn Jahre lang hat sie geschummelt, was das angeht. Wir wären also gezwungen, Sie auf die eine oder andere Art zum Schweigen zu bringen.«

»Sie wollen mich verhaften lassen?« Martels Blick fiel auf die schwarz uniformierten Männer drei Tische weiter. Als Coralie schon befürchtete, sie habe vergessen, wie man atmete, ließ Martel eine Lachsalve erschallen. »Wir spielen also Spielchen, Madame, aber Sie haben gewonnen. *Voilà!*« Er warf den Ausweis auf den Tisch, und als er gegen den Kerzenhalter fiel, klappte er auf und blieb geöffnet auf der Tischplatte liegen. Alle sahen das Bild einer ernsten Ottilia mit Seitenscheitel und dichten Locken über den Ohren.

Zeile für Zeile wurde das Geheimnis um Ottilia gelüftet. »Ottilia Johanna von Silberstrom. Geboren in Berlin am 19. Dezember 1909. Rotblondes Haar, hellbraune Augen. Beruf: keiner.« In der oberen rechten Ecke konnte man einen Stempel erkennen, der im Licht der Kerzenflamme blutrot erschien.

»*Juif*«, murmelte Martel. »Oder eher *juive*.«

Ottilia weinte. Una zog eine neue Zigarette aus ihrem Etui. Ihre Hand zitterte.

»Sie haben eine Jüdin in meinen Klub gebracht, Mademoiselle de Lirac? Sie setzen meine Lizenz, meinen Ruf, mein Leben aufs Spiel.«

Coralie hörte Ärger und noch etwas anderes aus seiner Stimme heraus, erkannte aber erst, was es war, als Martel mit Zeige- und Mittelfinger einer Hand auf den Ausweis zumarschierte. Er imitierte deutsche Stiefel. Selbst in seiner Wut konnte er der Gelegenheit für einen Witz nicht widerstehen. Coralie drückte ihre Handfläche auf den Ausweis; vielleicht konnte sie ihn ja mit ihrer Körperwärme schmelzen und zum Verschwinden bringen.

»Meine Damen? Dürfen wir stören?«

Als sie aufsah, standen drei Männer in tiefschwarzen Uniformen an ihrem Tisch. Unas »Besatzungshelden« hatten sich vorgewagt.

»Meine Damen?« Der deutsche Offizier schien irritiert von ihrem Schweigen. Er war der Ranghöchste, ging man von den drei Rauten an seinem Kragen aus. »Vorhin erweckten Sie den Eindruck …«

»Da haben Sie wohl etwas missverstanden.« Coralie ließ ihre Stimme möglichst schroff klingen.

»Sie möchten sich zu uns gesellen? Wie reizend!« Una erwachte zu neuem Leben, auch wenn sie sich anhörte, als sei sie gerade eine Treppe hinaufgestürmt. »Serge, mein Lieber, bringen Sie uns mehr Stühle. Lassen Sie die Herren nicht stehen.«

Martel machte eine ironische Verbeugung. Eine Minute später saßen die Herren am Tisch und plagten sich mit Höflichkeiten ab. Die ganze Zeit über starrte der ranghöchste Offizier auf Coralies Hand.

»Was verstecken Sie da, Fräulein?« Als Coralie ihn nur stumm ansah, blaffte er sie auf Deutsch an. Einer der anderen Offiziere streckte auffordernd die Hand aus.

Doch Serge Martel war schneller. Er riss den Ausweis an sich und schob ihn in Coralies Ausschnitt. »Meine Herren, ich habe die junge Dame gerade dafür gerügt, dass sie ihre *carte d'identité* aus der Handtasche hat fallen lassen. ›Ist die eigene Identität denn nicht der wertvollste Besitz?‹, habe ich sie gefragt.« In einer dramatischen Geste breitete er die Arme aus. Coralie war die Einzige, die seine Anspielung verstanden hatte. Ja, er spielte weiter seine Spielchen. »In diesen schwierigen Zeiten riskiert man nicht nur, dass die anderen missverstehen, wer man ist, sondern auch, wer man einmal war.« Ein Seitenblick auf Ottilia. »Habe ich recht, Mademoiselle de Lirac?«

Coralie schluckte. »Absolut.«

Der Offizier zuckte verständnislos mit den Achseln. Die Gefahr war an ihnen vorübergezogen.

Serge Martel war wieder in seinem Element und kündigte an, den besten Champagner an den Tisch zu schicken. »Eine Magnum, meine Herren, und dazu Austern von der Küste – auf Eis.« Er küsste geräuschvoll seine zusammengelegten Fingerspitzen. »Mit einer Mignonette-Sauce, die in ganz Paris berühmt ist. Sie werden mir doch die Ehre erweisen, eine Platte zusammen mit diesen schönen Damen zu genießen?«

Die Herren waren durchaus geneigt. Vor dem Krieg hätte man niemals Austern im Juli serviert, dachte Coralie. Aber die Besatzer waren ganz wild auf Pariser Luxus und verstanden nichts von den Feinheiten, die dazugehörten. Leuten wie Martel war das gleichgültig; sie verdienten daran. Martel stapfte davon. Die Offiziere stellten sich vor und nannten ihren Rang. Dann war Una an der Reihe. »Wie Sie schon wissen, sitzt zu meiner Rechten Mademoiselle de Lirac.«

Coralie rang sich ein Lächeln ab.

»Und hier ist Mademoiselle Dupont.«

Hatte Ottilia das begriffen? Ihr Nachname lautete jetzt Dupont. Coralie versetzte ihr einen sanften Rippenstoß. Ottilia riss die honigfarbenen Augen weit auf. »Guten Abend«, sagte sie. Auf Deutsch.

Una überspielte den Moment. »Sollen wir Ihnen auch unseren Rang nennen? Wir sind alle Häuptlinge. Wir haben nämlich Federn am Hut, sehen Sie?« Sie stupste ihr Hütchen neckisch an, und die Männer lachten. Die Begegnung mit einer echten Amerikanerin schienen sie überaus spannend zu finden. Die Vereinigten Staaten waren neutral, und Una war in Paris sicherer denn je.

Coralie fasste Ottilia am Handgelenk. »Auf die Damentoilette. Komm mit«, flüsterte sie. Der Ausweis, der an ihren Brüsten lag, musste sofort zerrissen und im Klo hinuntergespült werden. Außerdem musste sie Ottilia vor den Spiegel stellen und sie dazu bringen, ihren neuen Namen so oft zu wiederholen, bis es ihr in Fleisch und Blut übergegangen war. Und Martels Worte gingen ihr weiter im Kopf herum. »Auch, wer man einmal war.« Was wusste er über ihr eigenes Geheimnis?

Sie war nicht Coralie de Lirac. Sie stammte nicht aus gutem Hause oder aus Frankreich. Nicht einmal aus Belgien, wie ihre eigenen Papiere verkündeten. Ihre Herkunft war ein Geheimnis, das nur sie selbst und ein einziger anderer Mensch kannten. So hatte sie zumindest bislang gedacht.

Eins war ihr jedenfalls klar: Die Männer, die ihr gleich mit Martels überteuertem Champagner zuprosten würden, kannten nur einen Begriff für sie.

Feind.

I

1

Drei Jahre zuvor, im Süden Londons

Eine zielsichere Faust beförderte ihr Opfer in die Gosse.

»Das ist dafür, dass du Geld vor mir versteckt hast!« Jac Masson rang nach Luft. Der Schweiß tropfte ihm in den Schnurrbart, der so graublond war wie sein übriges Haar. Seine Tochter blickte benommen in den rauchverpesteten Himmel und wähnte sich einem blutrünstigen Löwen gegenüber. Jac hatte schon immer zu Gewalttätigkeiten geneigt, aber heute war er völlig außer sich. Das deutlichste Zeichen dafür war der plötzliche, starke Schmerz in ihren Augen.

»Steh auf, du faule *pute*, und geh zurück an die Arbeit!« Jac hob den Fuß, doch bevor er zutreten konnte, wurde er von den Fäusten eines jungen Mannes in Hemdsärmeln getroffen, der wild auf ihn einhämmerte. Beide gingen zu Boden, der junge Mann aber kam als Erster wieder auf die Beine. Mit geballten Fäusten lauerte er über Masson.

»Willst du dich mit mir anlegen, du hundsgemeiner Franzmann? Dann nimm es mit mir auf und lass Cora in Ruhe.«

»Franzmann?« Masson rappelte sich auf. Mit seinen fast einhundertneunzig Zentimetern warf er einen bedrohlichen Schatten. »Ich bin Belgier, kein Franzose. Halt dein Maul, wenn du den Unterschied nicht kennst.« Er grinste höhnisch beim Anblick der gegen ihn erhobenen Fäuste. »Nimm sie weg, du dürre irische Bohnenstange. Mit meiner Tochter mache ich, was ich will.«

Seine Tochter kroch derweil aus dem Rinnstein und griff nach seiner Weste, um sich daran hochzuziehen. Masson packte ihre Hand und verdrehte sie. »Mädchen, ich will am Wochenende deinen ganzen Verdienst, und ich werde jeden *sixpence* vor deinen Augen nachzählen. Marsch an die Arbeit!«

Er stapfte in Richtung der viel befahrenen Tooley Street davon, blieb aber noch einmal stehen, um einen Gegenstand auf die Straße zu werfen.

Der junge Mann, Donal Flynn, rannte los und hob den Gegenstand auf. Es war eine lederne Geldbörse. Missbilligend schnalzte er mit der Zunge und half Cora auf die Füße. »Bist du verletzt?«

»Mein Gesicht ... Ich sehe sicher aus wie Joe Louis an einem schlechten Tag.«

»Selbst wenn du zwei Veilchen hättest, würdest du niemals einem Schwergewichtsboxer ähneln.«

Sie rang sich ein schmerzverzerrtes Lächeln ab. »Fliegengewicht, vielleicht?«

»Höchstens. Du hattest Glück, dass ich in der Nähe war, ich habe gerade eine Kiste in der Vorschule abgeliefert.« Mit dem Daumen deutete Donal auf die nahe gelegene Magdalen Street. Es war Mittag, und die lauten Schreie vom Spielplatz wehten über die Fabrikdächer herüber. »Ich habe gehört, wie er deinen Namen gebrüllt hat, da wusste ich, dass du in Schwierigkeiten bist.«

»So kann man es auch ausdrücken. Ich bin zu Boden gegangen wie ein nasser Sack.« Sie sah über ihre Schulter. »Schnell, gehen wir, falls er zurückkommt.«

»Er wird nicht zurückkommen, jedenfalls nicht, wenn er dort ist, wo er immer um diese Uhrzeit ist. Wie viel war in der Geldbörse?«

»Fünf Pfund. Er hat mich durch halb Bermondsey gejagt und mich nur deshalb erwischt, weil ich gestolpert bin. Als ich sie ihm nicht geben wollte, ist er auf mich losgegangen.«

»Er hat nicht das Recht dazu.«

»Er hat sehr wohl das Recht dazu, Donal. Er hat den härtesten Schlag weit und breit, und in seinen Augen reicht das.«

Cora Masson lehnte sich an Donals Schulter, während sie sich langsam erholte. Aus einer Wunde über ihrem Auge tropfte Blut und vermischte sich mit der Schmutzschicht auf ihren Wangen. Als sie die Röcke ihres Sommerkleids richtete, stöhnte sie auf. Der bedruckte Rayonstoff war über und über mit Dreck beschmiert, und da sie sich vor der Gerberei befanden, ahnte sie, woraus dieser Dreck bestand. »Keiner von den Fabrikarbeitern ist gekommen, um mir zu helfen. Wenn du meine Schreie gehört hast, müssen sie sie auch gehört haben.«

»Sie haben Angst. Man munkelt, dein Vater hätte einmal einen Mann mit den bloßen Händen auseinandergerissen.«

»Das stimmt auch. Manchmal erzählt er mir davon.« Sie schüttelte den Kopf, um das furchtbare Bild zu verscheuchen. »Ich sollte eigentlich längst auf dem Weg zum Derby sein.«

Donal lachte ungläubig auf. »Du glaubst doch nicht, dass er dir einen Tag beim Rennen gönnt? Das wäre ja ein Wunder.« Er blickte die Shand Street hinunter. Keine Spur von Jac Masson. Das Pub namens The Spotted Cow an der Tooley Street hatte ihn anscheinend in seinen Bann gezogen.

»Ich habe ihm nicht gesagt, dass ich dort hinfahren wollte. Wer kann es ihm bloß verraten haben?« Cora nahm Donals Arm. »Bring mich einfach in die Bermondsey Street, dann schaffe ich den Rest schon alleine.«

»Zurück zur Arbeit?« Donal klang erleichtert.

»Zurück in die Fabrik. Die Busse sind vielleicht noch da. Wenn sie die Anwesenheitsliste durchgehen, merken sie, dass ich noch fehle. Außerdem vermissen sie mich beim Singen!« Sie stimmte eine Varietenummer an. »Du warst immer so lieb zu mir, jetzt bist du nur noch fies zu mir, jeden Abend schlägst du mich grün und blau!«

»Verausgabe dich lieber nicht so«, sagte Donal. »Ich kann dich stützen, aber nicht tragen. Und die Busse sind sicher nicht mehr da.«

Er hatte recht. Der Bordstein vor Coras Arbeitsplatz war übersät mit Zigarettenkippen und Bonbonpapieren. Außerdem lag dort eine einzelne Rose, die wohl von einem Sonntagsstrohhut abgefallen sein musste. Der Unrat zeugte von einer Menschenmenge, die über den Hof zu den wartenden Bussen gelaufen war. Die Hutfabrik brummte noch immer; aus ihren Schornsteinen quollen weiße Wolken, die sich gelbbraun färbten, als sie auf den üblichen Smog von Bermondsey trafen. Ihr typischer Geruch, Harz vermischt mit nassem Hund, war dank einer frischen Brise an jenem Tag weniger stechend als sonst. Als Cora sich das Innere der Fabrik vorstellte – die riesigen Maschinen, die rotierten, walzten, Luft ausbliesen –, wurde sie trübsinnig. Als wären noch mehr verflixte Hüte alles, was die Welt jetzt bräuchte!

Donal half Cora, zu einem Mäuerchen zu humpeln. Er kam besser mit ihrem Gewicht zurecht, als er behauptet hatte. Dabei war er nicht besonders muskulös, aber doch gut in Form, weil er sechs Tage die Woche die schweren Wäschekisten durch die Straßen schob. Und Cora war zwar groß – das war neben ihrer hellen Haut ein Hinweis darauf, von wem sie abstammte –, aber zierlich gebaut. Nachdem Donal sich davon überzeugt hatte, dass Cora alleine sitzen konnte, holte er den Karren, den er hatte stehen lassen.

Als er zurückkam, bat sie ihn um ihre Geldbörse.

Er reichte sie ihr. »Leider leer.«

»Irrtum.« Sie holte ein weißes Zettelchen heraus. Nummer 22 –

das war sowohl ihr Geburtstag als auch ihr Alter. »Meine Glückszahl. Ich wusste, dass ich dieses Jahr bei der Tombola gewinne.«

Donal nickte. »Meine Schwestern waren ganz neidisch.«

»Das brauchen sie nicht mehr zu sein. So ist es manchmal im Leben: Da denkt man, man hat Glück, und dann stellt sich heraus, dass man bloß verscheißert worden ist …«

»Keine schlimmen Wörter, Cora.«

Es war der 2. Juni, der Tag des großen Pferderennens, das den Höhepunkt der Rennsaison markierte und ein besonderer Tag für jeden Londoner Bürger war. Seit dem frühen Morgen waren viele Busse, Züge und Privatfahrzeuge zur Rennbahn von Epsom aufgebrochen. Die Firma Pettrew & Lofthouse, Hutmacher von Rang und Namen und außerdem Coras Arbeitgeber, hatte einen Vorstand aus Methodisten, die solche Dinge wie Pferderennen missbilligten, ganz zu schweigen von Flirtereien zwischen Frauen und Männern. Aber auch sie konnten nichts gegen die Tradition unternehmen, nach der sich jedes Jahr einige Arbeiter den feiernden Menschen anschließen durften. In diesem Jahr – 1937, das Krönungsjahr und schon darum ein außergewöhnliches Jahr – hatte man sich darauf geeinigt, dass einhundert Arbeiter statt der gewöhnlich fünfzig fahren durften. Am vorigen Freitag war unter anderem das Los mit der Nummer 22 – Coras Los – aus Mr. Pettrews riesigem Zylinder gezogen worden.

»Einer der Busse hätte doch wirklich auf mich warten können.« Cora ließ ihr Los vom Wind davontragen. »Ich bin nur schnell nach Hause gerannt, um mich umzuziehen, da hat mich mein Dad überfallen.«

»Wo hattest du denn die fünf Pfund her?«

»Was glaubst du denn?« Seit Weihnachten hatte sie abends in der Wäscherei gearbeitet, die Donals Großmutter gehörte. Um sechs, gleich nach ihrer Schicht bei Pettrew & Lofthouse, war sie zum Haus der Flynns an der Ecke Tooley und Barnham Street gegangen, um noch zwei weitere Stunden zu schuften, bevor es Zeit war, ihrem Vater das Abendessen zu bereiten. »Zehn Stunden Maloche die Woche für ein paar Kröten, und dieser schreckliche Mann meint, ich werfe sie ihm in den Rachen?« Sie schleuderte die Geldbörse in den Hof der Hutfirma. »Fragst du dich manchmal auch, ob das Leben überhaupt lebenswert ist?«

»Hier.« Donal hielt ihr seine Mütze hin. »Wisch dir das Gesicht ab. Es macht nichts, wenn sie Blut abbekommt.«

»Hast du kein Taschentuch?«

»Das liegt zu Hause.«

»Und was ist das hier?« Cora schwenkte ein Tuch aus Leinen.

Donal steckte die Hände in die Jackentaschen und stöhnte. Er fiel immer wieder darauf herein, wenn sie ihn bestahl. »Wenn du vor fünfzig Jahren gelebt hättest, hätte man dich gehängt, Cora.«

»Nein. Ich wäre davongekommen. Dich hätten sie gehängt.«

Donal wurde oft für Coras jüngeren Bruder gehalten, dabei war er drei Jahre älter als sie. Und obwohl sie blond war und er dunkelhaarig, hatten sie doch eine gewisse Ähnlichkeit. »Verletzte Unschuld mit kitschigen blauen Augen«, sagte Cora immer.

Er sah zu, wie sie sich die Wange abputzte, und sagte: »Ich dachte, ich hätte dir beigebracht, wie man einem Fiesling eine reinhaut.«

»Das würde ich mich nie trauen.«

»Mein Dad schlägt niemals meine Schwestern, nur uns Jungs.«

»*Mein* Dad ist ein Gentleman. Gute Erziehung ist schließlich eine Sache der Fäuste.«

Donal dachte kurz über diese seltsame Aussage nach. Dann sagte er: »Dad hat meiner Schwester Sheila nie ein Haar gekrümmt, nicht mal, bevor sie Polizistin wurde. Sie ist ja sowieso schon eine halbe Heilige. Er droht Marion und Doreen immer Prügel an, wenn sie mit jungen Männern ausgehen, macht es aber nie wahr.«

Aus einem Fabrikhof auf der anderen Straßenseite kamen zwei Sportwagen geschossen, auf deren hinteren, offenen Sitzen Frauen saßen und ihre Hüte festhielten. Vor ihnen saßen Männer mit flachen Mützen und modischen Halstüchern. Noch ein Konvoi, der zum Rennen unterwegs war. Einer der Fahrgäste hielt einen Wimpel mit dem Text: »Bennetts Leim – der hält, was er verspricht.«

Cora spürte den blanken Neid in sich aufsteigen. Es musste fantastisch sein, sich ganz dem Augenblick hingeben zu dürfen. Niemals Ausreden erfinden zu müssen. Über den Motorenlärm hinweg schrie sie: »Ich hoffe, ihr bleibt an euren Sitzen kleben!«

»Wir sind diejenigen, die kleben geblieben sind«, sagte Donal traurig. »Wenigstens hattest du die Chance mitzufahren. Meine Großmutter hält nichts von Feiertagen, außer von kirchlichen. Und auch nur dann, wenn man den irischen Heiligen namens Patrick anbetet. Dann gewährt sie uns einen halben Urlaubstag, aber diese halben Tage werden auch jedes Jahr kürzer. Immer dieselben schmutzigen Straßen, immer derselbe schmutzige Fluss, das ist mein Leben.«

Cora blinzelte in den Himmel. Hinter dem Rauch konnte man etwas Blaues erahnen. »Wenn die Sonne auf die Rechtschaffenen scheint, kriegen wir den Regen ab.« Sie zupfte ihn am Arm. »Komm, wir fahren trotzdem.«

Aber nicht in einem zerrissenen Kleid. »Ich muss mir was von einer deiner Schwestern leihen«, sagte sie zu Donal. Über die Tooley Street gingen sie Richtung Barnham Street, wo sie beide an verschiedenen Enden wohnten. Donal musste seinen Karren in die Wäscherei zurückbringen und sich eine Jacke holen. »Wir schleichen uns rein und wieder raus«, bestimmte Cora. »Bis irgendjemand merkt, dass wir da waren, sitzen wir schon im Zug nach Epsom.«

Auf dem Weg zur Wäscherei merkte Donal an, dass sie beide

völlig abgebrannt waren. Mit weniger als zehn Shilling konnte man nicht zum Rennen gehen. Und was das Ausleihen eines Kleids anging, war er sehr skeptisch, denn Marion und Doreen verteidigten ihre Sachen wie zwei Löwinnen. Sheila dagegen machte sich nichts aus Kleidern und zog sich auch außerhalb des Dienstes an wie eine Polizistin. »Ihre Kampfmontur willst du nicht mal im Traum tragen.« Er öffnete das Tor. »Wenn Granny uns sieht, frage ich sie, ob ich gehen darf. Ich kann sie nicht anlügen.«

»Dann schau eben, dass sie uns nicht sieht.« Cora folgte Donal in den Hof und duckte sich unter einer Wäscheleine hindurch, an der Männerunterwäsche hing. Es waren sicher dreißig Paar Unterhosen. Wahrscheinlich war gerade ein Schiff eingelaufen. Viele Kunden der Wäscherei waren nämlich Seemänner, die aus Hongkong, Indien oder der Südsee in die Stadt gekommen waren. Bermondsey war so ganz anders. Ein richtiggehend rückständiges Nest. Cora, die im Fenster des Wäschereigebäudes eine Bewegung wahrgenommen hatte, drängte Donal zur Eile. Warum musste der blöde Karren auch so quietschen? Zu spät.

Eine Frau in grüner Schürze kam aus dem Nebengebäude gelaufen. Sie hatte die Ärmel hochgekrempelt und die Haare am Hinterkopf so fest zusammengesteckt, dass ihre Augen leicht verengt wirkten. Immer, wenn Cora Granny Flynn sah, musste sie an eine Frühlingszwiebel denken.

Die alte Frau funkelte Donal böse an. »Du brauchst eine Stunde, um eine Ladung auszuliefern?«

Als sie Cora bemerkte, murmelte sie etwas Unverständliches. Die Kombination aus vielen Zahnlücken und einem untilgbaren Galway-Dialekt machte es den Menschen schwer, Granny zu verstehen, und das sogar in einem Viertel, in dem ein Drittel der Bevölkerung aus Irland eingewandert war.

Donal übersetzte: »Sie fragt, ob du hergekommen bist, um auszuhelfen.«

»Kommt nicht in die Tüte«, erwiderte Cora. »Ich hebe heute nichts Schwereres als meinen Wettabschnitt.«

»Ich könnte ein paar kräftige Hände zum Bügeln gebrauchen«, sagte Granny und ließ den Blick über Coras zerrissenen Ärmel und die Schrammen auf ihren Unterarmen wandern. »Selbst, wenn es zwei linke Hände sind.«

»Tut mir leid, Granny.« Hier hatte Cora ihre erste Stelle bekommen, und zwar mit vierzehn. An einem Freitag hatte sie die Schule abgeschlossen, am Montag darauf hatte sie schon am Waschzuber gestanden. Das Beste an Pettrew & Lofthouse war, dass sie sie aus den unendlich langen Waschtagen befreit hatten. Cora hatte nichts gegen Donals Großmutter und auch nichts gegen die anderen Frauen, aber die schwere Arbeit in der ständig feuchten Luft griff ihre Lunge an. Dazu waren ihre Hände durch die Waschlauge ganz rau geworden, und die Haut zwischen ihren Fingern war eingerissen und wollte nicht heilen.

Einmal hatte sie gefragt: »Warum soll ich mich so quälen, nur damit irgendwelche Mistkerle saubere Leintücher haben?«

Granny hatte sie am Ohr gezogen und geantwortet: »Weil du aus der Arbeiterklasse kommst. Das heißt, viel Arbeit und wenig Klasse.«

Am nächsten Tag war Cora zu Pettrew's gegangen und hatte um ein Gespräch mit dem Personalchef gebeten. Die Arbeit am Fließband der Hutfabrik bedeutete nicht gerade einen Schritt nach oben auf der sozialen Leiter, aber immerhin verheilten ihre Wunden.

»Nicht gerade heute, aber sonst schwinge ich gern das Bügeleisen in Ihrer Wäscherei«, sagte Cora zu Granny. *Immer schön höflich bleiben*, ermahnte sie sich. Wer weiß, vielleicht brauchte sie bald wieder Geld. »Jetzt habe ich eine Verabredung mit den oberen Zehntausend.«

Granny kicherte. »Dann hast du dich wohl noch nicht im Spiegel betrachtet.«

Leise sagte Cora zu Donal: »Dieses grüne Kleid, das Sheila am St. Patrick's Day anhatte, ist das noch irgendwo?«

Donal zuckte mit den Schultern, aber Cora war schon auf dem Weg ins Haupthaus. »Bevor sie vom Dienst kommt, hängt es schon wieder in ihrem Kleiderschrank. Sie wird nichts merken.«

Donal schloss die Tür hinter ihnen. »Natürlich wird sie es merken. Sheila weiß immer, wer den letzten Keks gegessen oder das Gasgeld verwettet hat. Sie würde dir jetzt empfehlen, zurück an die Arbeit zu gehen.«

»Donal, wenn du es jemals zu etwas bringen willst, hör auf, ständig das zu machen, was die anderen von dir wollen. Da draußen liegt die ganze Welt vor dir, und du hast ein Hirn im Kopf. In der Schule warst du der Beste im Rechnen. Und außerdem siehst du gut aus, wenn du nicht gerade auf deine eigenen Stiefelspitzen starrst.«

»Komm, ich sehe mal nach deinem Auge.« Er führte sie in die Küche. An den Wochenenden war es im Haus so laut wie im Zoo, aber jetzt waren die kleineren Kinder in der Schule und alle anderen bei der Arbeit. Donals Mutter war vor zwölf Jahren gestorben, im selben Jahr, in dem Coras Mutter fortgegangen war. Man erzählte sich, Molly Flynn sei an Erschöpfung gestorben, nach zehn Kindern und der anstrengenden Arbeit in der Wäscherei. Coras Mutter Florence Masson dagegen hatte ihre Höschen an einen Schiffsmast gehängt. Was eigentlich nur hieß, sie hatte sich mit einem Seemann davongemacht.

Das stimmte allerdings nicht ganz. Florence hatte England verlassen, zusammen mit einem Mann namens Timothy Cartland – er war Schauspieler, nicht Seemann. Gemeinsam wollten sie ihr Glück am Broadway in New York machen.

Donal tunkte ein Tuch in eine Schale mit kaltem Wasser und gab einen Tropfen Hamamelisextrakt dazu.

Cora sagte: »Ich habe gerade daran gedacht, dass meine Mutter auf den Tag genau seit zwölf Jahren weg ist. Wir sind zusammen zum Rennen gefahren, dann hat sie sich mit meinem Vater gestritten und ist wütend abgerauscht. Ich habe sie nie wieder gesehen.«

»Leg dir das Tuch aufs Auge. Ich schaue mal, ob der Herd an ist. Eine Tasse Tee würde dir guttun.«

Das Tuch brannte auf Coras Haut. Sie rief hinter Donal her: »Mum hat wahrscheinlich alles richtig gemacht. Erst zum Derby, dann fort auf Nimmerwiedersehen. Irgendwann mache ich es genauso. Ich besteige ein Schiff und fahre einfach los.« Zu spät merkte sie, dass Granny Flynn mitten auf der Küchentreppe stand.

»So, so, du willst also zur See fahren, Cora? Ich habe schon gehört, dass du eine Schwäche für Matrosen hast.«

Hinter der alten Frau tauchte Donal wieder auf. »Granny, lass das. So entstehen Gerüchte.«

»So entstehen auch andere Sachen. Außerdem kann ich in meinem eigenen Haus sagen, was ich will.« Granny kam in die Küche und nahm Cora das Tuch vom Gesicht. Sie stieß einen erstaunten Pfiff aus. »Das wird ja so dick wie ein Straußenei. In einer Stunde siehst du die Welt nur noch durch einen Schlitz. Ich nehme an, ihr wollt zum Rennen?« Als Cora nickte, schnaubte sie. »Und wo wollt ihr das Geld dafür hernehmen?«

Cora fuhr mit der Hand unter ihren Rock. Sie fingerte an ihrem Strumpfhalter herum, zog die Hand wieder hervor und wedelte triumphierend mit einigen Pfundscheinen. »Fünf Kröten, noch warm. Zähl sie nur, Donal.«

Das tat er. »Wo hast du die denn her?«

»Ich hab sie meinem Dad aus der Tasche gezogen.«

Granny sah schockiert aus. »Du bestiehlst deinen eigenen Vater?«

»Nur, weil er mich mit einem Boxsack verwechselt hat.«

»Hätte er dich dabei erwischt, hätte er dir den Kopf abgerissen. Und mir gleich dazu«, rief Donal.

Cora grinste. »Hat er aber nicht. Von diesen fünf Pfund machen wir uns den schönsten Tag unseres Lebens. Komm schon, Donal.«

Granny verschränkte die Arme. Das war die Verkörperung des Wortes »Nein«. »Cora Masson, du wirst deinem Vater das Geld zurückgeben. Alles, was dir gehört, ist rechtlich gesehen seins, und außerdem bist du ihm zu Gehorsam verpflichtet.«

Nachdenklich betrachtete Cora die alte Frau. Granny predigte gerne, besonders montags, kurz nachdem Father O'Brien ihr die Beichte abgenommen hatte. Gegen Ende der Woche nahm ihr religiöser Eifer dann wieder ab. »Sie haben leider unrecht. Ich bin nämlich schon über einundzwanzig. Und wenn Sie schon an mein Gewissen appellieren, sollten Sie Ihrem eigenen sagen, dass Donal einen halben Tag Urlaub wirklich verdient hat.« Sie schob sich eine Locke hinter das Ohr. Zugegeben, sie hätte allein fahren können, aber das hätte doch keinen Spaß gemacht. »Der Tag des Derbys ist wie der zweite St. Patrick's Day. Sie werden mehr Iren beim Rennen finden als auf der Grünen Insel selbst.«

Granny stemmte die Fäuste in die Hüfte. »Ich brauche Donal hier. Es herrscht Hochbetrieb.«

»Es herrscht doch immer Hochbetrieb. Außerdem braucht er ein bisschen Sonne. Sehen Sie sich doch nur seine bleichen Wangen an. Was ist schon ein einziger Nachmittag?« Cora spürte, dass Granny ihren Widerstand langsam aufgab. »Vielleicht gewinnen wir ja beim Rennen und bringen ein Vermögen nach Hause. Dann könnten Sie in Rente gehen und ins schöne Penge oder nach Catford ziehen. Sie müssten nie wieder schmutzige Unterhosen waschen.«

Granny beugte sich zu ihr. »Glaubst du wirklich, du kannst diesem Viertel entrinnen, Mädchen?«

»Wieso denn nicht? Meine Mum hat das doch auch geschafft.«

»Das erzählt man sich, aber du bist wie wir alle. Du steckst hier fest wie ein Schuhnagel im Straßenpflaster.« Sie sah auf Coras ruinierte Strümpfe, dann auf ihre Schuhe. Der Absatz hatte sie daran gehindert, ihrem Vater davonzulaufen. »Eins muss man Florence Masson lassen, sie war immer blitzsauber. Sie hat sich sehr gepflegt und auf ihre Figur geachtet. Tja, so macht man das wohl als ehemalige Schauspielerin.« Granny sprach das Wort »Schauspielerin« aus, als wäre es ein unanständiges Fremdwort.

»Sie hat immer davon gesprochen, eines Tages wieder auf die Bühne zu gehen. Aber Sie haben recht. An dem Tag, als sie verschwand, weinte der Himmel, und sie war so schön wie eine Frühlingsblume.«

Grannys Antwort blieb an ihrem letzten gesunden Zahn hängen. Sie stapfte die Küchentreppe hinauf und zeigte mit dem Daumen auf Donal. »Dann fahr halt und nimm ihn mit. Er kann dich trösten, wenn du deinen letzten Penny verspielt hast.«

Sheila war das älteste Flynn-Mädchen und verdiente ihr eigenes Geld, darum hatte sie ein Zimmer für sich allein. Sie war keine Schönheit. Böse Zungen behaupteten, sie sei bloß deswegen zur Polizei gegangen, weil sie einen Mann nur kriegen konnte, indem sie ihn verhaftete. Cora hegte also keine großen Erwartungen, als sie vor Sheilas Kleiderschrank stand.

Abgeschlossen. Der Schlüssel lag jedoch oben auf dem Schrank.

»Dieses Versteck ist nicht besonders fantasievoll, Constable Flynn.«

Andererseits konnte Sheila sich wohl nicht vorstellen, dass jemand nach dem Schlüssel suchen würde, der so groß war wie sie selbst. Cora, die auf grobe Röcke und sackförmige Strickjacken gefasst war, erstarrte, als sie die prächtige Auswahl sah. Spitzenstolen und seidene Abendkleider, manche davon sogar mit Metallgarn bestickt. Eine Robe aus magentafarbenem Samt nahm gut ein Viertel des Platzes ein.

Die eingenähten Schilder stammten aus Londons besten Kaufhäusern: Harrods, Debenham & Freebody, Liberty. Das smaragdfarbene Kleid, das ganz am Ende der Kleiderstange hing, wirkte dagegen wie ein ärmlicher Verwandter.

Als Cora es überzog, wurde sie von einer Parfümwolke eingehüllt. So, so. Wenn sie Sheilas Lieblingsduft vorher hätte erraten sollen, hätte sie wohl auf Maiglöckchen oder Karbolseife getippt, nicht aber auf exotische Blumen und Gewürze.

Das grüne Kleid hatte gerüschte Ärmel, die an den Schultern weit waren und so die Aufmerksamkeit des Betrachters auf den gegürteten Bund und die schlanke Hüftpartie lenkten. Cora drehte sich vor dem Spiegel der Frisierkommode. Nicht schlecht. Höchstens ein bisschen langweilig. Vielleicht eher eins der Kleider aus Kunstseide? Aber Donal ging nervös auf dem Treppenabsatz auf und ab und hielt nach seiner Schwester Ausschau, die möglicherweise plötzlich vor der Tür stehen würde. Darum nahm sich Cora bloß noch ein Paar Rayonstrümpfe und dazu crèmefarbene Häkelhandschuhe. Sie betrachtete ihr Spiegelbild. Waren in ihrem Gesicht irgendwelche Schuldgefühle zu erkennen? Nein, keine Spur. Sheila Flynn hatte genügend Kleider, um damit eine Revuetruppe auszustaffieren. Von dem Gehalt einer Polizistin? Nahm die heilige Sheila vielleicht Bestechungsgelder an? Oder bestahl sie Warenhäuser? »Cora, beeil dich!«, zischte Donal durch einen Spalt in der Tür.

Einen Hut. Ihren eigenen, einen billigen Strohhut mit künstlichen Kirschen, hatte sie bei der Flucht vor ihrem Vater verloren. Die Hüte von Pettrew's konnte sie sich jedenfalls nicht leisten, und die Ausschussware wurde nicht verkauft, sondern geschreddert.

Noch ein weiterer Grund, mich nicht schuldig fühlen zu müssen, dachte Cora und angelte sich die graue und pinkfarbene Hutschachtel, die oben auf dem Kleiderschrank lag. Sie hätte jeden Betrag gewettet, dass es Sheila Flynn gewesen war, die sie verpetzt hatte. Sheila kam nach der Schicht oft in Jac Massons Werkstatt vorbei, wo sie gemeinsam eine Tasse Tee tranken und Jac ihr so manchen Tipp gab. Wer stahl Alteisen? Wer hatte sich gerade ein Kraftfahrzeug oder ein Paar Stiefel zugelegt, die er sich eigentlich nicht leisten konnte? Jac war Ausländer und hielt sich daher nicht an den Londoner Verhaltenskodex, der besagte, dass man sich lieber die Zunge abschnitt als jemanden bei der Polizei anzuschwärzen. Es ging das Gerücht, dass Jac und Sheila etwas miteinander laufen hatten … aber das konnte eigentlich nicht sein. Jac musste gut dreißig Jahre älter als Sheila sein. Nein, es war ein rein geschäftliches Verhältnis. Es ging um Tee und Informationen.

Zweifellos erzählte Sheila auch alle möglichen Dinge über Cora herum. Woher hätte Jac sonst von ihrem Glückslos und dem Bügelgeld wissen können? Cora, die sich mittlerweile ganz im Recht fühlte, öffnete die Hutschachtel und gab einen angeekelten Laut von sich. Der Haufen aus schwarzen Federn im Inneren ähnelte eher einer toten Krähe denn einem Hut. Sie nahm ihn dennoch aus der Schachtel und studierte das angeheftete Schild im Futter: La Passerinette, Paris.

Cora riss die Augen auf. Paris, das war der Ort ihrer Träume. Alle ihre Lieblingsfilme spielten dort, und manchmal, wenn das Leben gerade besonders anstrengend war, stellte sie sich vor, sie sei Jeanette MacDonald, die von Maurice Chevalier neue Kleider angemessen bekam und mit ihm im Duett »Isn't It Romantic?« sang. Cora probierte den Hut auf und schob ihn so weit nach vorn, dass er ihr verletztes Auge bedeckte. Er hatte einen Netzschleier, der ihr bis zur Oberlippe reichte. Plötzlich kam ihr der Hut ganz hübsch vor. Gar nicht mehr wie eine tote Krähe, sondern vielmehr wie eine Fantasie aus schillernden Federn.

Als letzte Handlung nahm Cora sich eine Handtasche von einem Haken an der Tür. Sie war olivgrün und aus billigem Leder, aber sie brauchte eine Tasche, um ihren Gewinn darin nach Hause zu tragen.

Als der Zug aus dem Bahnhof London Bridge rollte, betrachtete Cora ihr Spiegelbild im Fenster des Dritte-Klasse-Abteils. Sie würde einen Preis für die geborgten Federn auf ihrem Kopf bezahlen müssen. So ging es schließlich immer aus.

Das Los mit der Nummer 22 war am Freitag während der Arbeitspause in der Kantine aus einem Hut gezogen worden. Die Firma Pettrew & Lofthouse war ein fortschrittliches Unternehmen, das seinen Arbeitern eine zwanzigminütige Pause während der langen zweiten Schicht gewährte. Es gab starken Tee aus riesigen Kannen, die ein bisschen an silberne Schwäne mit gebogenen Hälsen erinnerten. Dazu durfte man sich entweder ein Rosinenbrötchen oder ein Butterbrot nehmen. Als Coras Los gezogen wurde, ließ sie ihr Rosinenbrötchen halb aufgegessen liegen, schubste ihren Stuhl zur Seite und tanzte vor Freude einen Charleston. Diesen Tanz hatte sie von ihrer Mutter gelernt, und er schlummerte in ihren Füßen, immer bereit, bei der kleinsten Gelegenheit hervorzubrechen. Sie hüpfte und kickte, wirbelte mit den Händen, kurz, sie lieferte ihrem Publikum eine tolle Vorstellung. Selbst die kühlen Blicke des alten Pettrew und der anderen Direktoren konnten sie nicht bremsen.

»Los, Cora, zeig uns den Shimmy!«, riefen ihre Freundinnen, und sie hätte ihnen den Wunsch gern erfüllt, hätte sie nicht hinter sich das laute Räuspern ihrer Vorarbeiterin Miss McCullum vernommen. »Miss Masson?« Die Vorarbeiterin deutete mit dem Kopf auf die Tür.

In ihrem Büro sagte Miss McCullum vorwurfsvoll: »Cora, dieses Verhalten war höchst unpassend!«

»Ich weiß, Miss, aber mir war nach Feiern zumute.«

»Mag sein, aber bei Pettrew & Lofthouse achten wir die Werte unserer Gründer. Bei der Arbeit dürfen Sie gern in gedämpftem Ton singen. Aber eine Josephine-Baker-Imitation erwarte ich wirklich nicht von Ihnen!«

Cora entschuldigte sich zwar, dachte aber bei sich: *Dann kennen Sie mich wohl nicht gut genug.*

Es entstand ein kurzer Augenblick der Stille, während Miss McCullum überlegte. »Sie haben also einen Platz für den Ausflug zum Rennen gewonnen, aber sind Sie sich wirklich sicher, dass Sie einen halben Tag Urlaub dafür opfern möchten?«

Cora blinzelte. So eine dumme Frage.

»Miss Lofthouse und ich, wir beobachten Sie schon eine Weile.«

Miss Lofthouse war die Schwester einer der Geschäftsführer und selbst Direktorin.

»Wie meinen Sie das?«, fragte Cora misstrauisch.

»Wir betrachten Sie als Kandidatin für eine Beförderung, wie Sie vielleicht schon an der Gehaltserhöhung gemerkt haben, die wir Ihnen freiwillig gewährt haben.«

»Ach.« Letzten Monat hatte Cora vier zusätzliche Shilling in ihrer Lohntüte gefunden. Das war sicher gut gemeint, half ihr aber nicht so sehr, wie die Vorarbeiterin vielleicht glaubte. Neuigkeiten über Gehaltserhöhungen sickerten immer durch, und wer als Liebling der Geschäftsleitung galt, hatte keinen leichten Stand bei den Arbeitskollegen. Außerdem würde eine Beförderung nur bedeuten, dass sie zukünftig in den Gängen hin- und herlaufen, die Arbeit ihrer Freundinnen kontrollieren und ihre Fehler mit ausbaden musste. Das alles für ein wenig mehr Geld, von dem sie vermutlich ohnehin nichts sehen würde.

Miss McCullum fügte noch hinzu: »Das sage ich Ihnen jetzt im Vertrauen, Cora: Meine Stellung in der Damen-Filz-Verarbeitung wird vielleicht bald frei.« Sie zog eine Braue hoch, als erwarte sie eine Antwort darauf, aber Cora fiel keine ein. Alle wussten, dass die Vorarbeiterinnen mindestens Hutmacherlehrlinge sein mussten, geschult in der hohen Kunst des Blockens und der Feinbearbeitung. Pettrew & Lofthouse statteten Politiker, Lords und Ladys, ja sogar den Adel mit Kopfbedeckungen aus. Die Geschäftsführer waren allesamt Herren, die in einem Kraftfahrzeug mit Chauffeur zur Arbeit gefahren kamen – bis auf Miss Lucilla Lofthouse, die mit dem Fahrrad fuhr. Aber sie war früher eine Suffragette gewesen und wollte damit anscheinend ein Zeichen setzen. Die leitenden Angestellten bemühten sich um ein Oberklassen-Englisch und zogen sich entsprechend an. Miss McCullum etwa trug ein zigarrenbraunes Kostüm mit Spitzenkragen, und ihre Brille baumelte an einer dünnen Goldkette vor ihrer Brust. Wenn sie in den Werkraum kam, in dem Cora arbeitete, wurden alle still.

»Ich kenne mich doch bloß mit Damenfilz und Strohhüten aus«, platzte es aus Cora heraus. »Ich könnte niemals einen Hut ordentlich blocken, jedenfalls keinen, den irgendjemand später tragen möchte, denn ich bin total ungeschickt.« Sie hob die linke Hand. »In der Schule haben sie mich gezwungen, mit der rechten Hand zu schreiben, deswegen kann ich heute gar nichts richtig machen, nicht mal eine Kartoffel schälen. Ich habe noch nie mit Steifleinen oder Sisal gearbeitet, nicht mal mit Plüsch. Ich bin bloß Zuschneiderin. Ich tauge nicht zur Vorarbeiterin.«

»Da haben Sie ganz recht, dafür sind Sie noch viel zu unerfahren. Aber ich wollte gerade sagen, dass Miss Lofthouse und ich beschlossen haben, eine untergeordnete Position einzurichten, und zwar die einer Assistentin der Vorarbeiterin. Dafür halten wir Sie durchaus für geeignet. Sie würden dabei Praxiserfahrung sammeln können.«

Und was hatte das damit zu tun, dass sie zum Derby wollte? Diese Frage war Cora vermutlich vom Gesicht abzulesen, denn Miss McCullum sagte: »Einer zukünftigen Assistentin der Vorarbeiterin steht es nicht gut zu Gesicht, sich bei proletenhaften Vergnügungen blicken zu lassen. Sie sollten daher von einem solchen Vorhaben Abstand nehmen.«

Meinte sie das ernst? Die Aussicht auf eine Beförderung erschien Cora wie ein sehr kleines Marmeladenbrot, das die Vorarbeiterin von einer sehr langen Angelrute vor ihrem Kopf baumeln ließ, während das Derby bloß noch sechs Tage entfernt und gleichzeitig der schönste Tag des Jahres für Cora war. Miss McCullum gegenüber konnte sie natürlich nicht ehrlich sein, aber die Arbeit in der Hutfabrik war schrecklich langweilig. Immer dasselbe Ripsband, immer in Marineblau, Dunkelbraun oder Flaschengrün. Ganz selten einmal kam eine Rosette oder gar eine winzige Feder an einen Hut, aber die Modelle von Pettrew waren im Grunde genommen ziemlich langweilig. Zugegeben, sie waren elegant und langlebig, aber eben auch konservativ. Nun, das sollten sie ja auch sein.

»Miss McCullum, da draußen gibt es eine ganze Welt zu entdecken, mit wundervollen Farben. Ich möchte doch nur ein bisschen Urlaub haben, um sie mir anzusehen.«

Der Blick der Vorarbeiterin wurde kühl. Cora wusste nicht viel über Jean McCullum, nur, dass sie der Familie Lofthouse aus Schottland hierher gefolgt war, als diese die Firma von Pettrew übernommen hatte. Miss McCullum gehörte wie die Lofthouses den Methodisten an, was bedeutete, sie erhob niemals die Stimme oder bediente sich gar unbeherrschter Sprache; sie konnte aber eine ganze Predigt mit einem einzigen Blick übermitteln. Ihr braunes Kleid gab Cora das Gefühl, ihre eigene gelbe Strickjacke mit den roten Punkten sei vollkommen unangemessen.

»Cora, mit ›Urlaub‹ meinen Sie wohl ›Freiheit‹?«

»Was ist daran denn verkehrt?«

Miss McCullum schnalzte missbilligend mit der Zunge. »Freiheit ist eine gute Sache, solange feste Regeln nicht angetastet werden. Genau das will ich Ihnen sagen. Nennen Sie mir eine andere seriöse Branche, in der es ein Mädchen wie Sie irgendwann zu einem Gehalt von zweihundert Pfund im Jahr schaffen kann. Das ist so viel, wie ein gut verdienender Mann nach Hause bringt. Geben Sie sich nicht mit einem Leben als schlecht bezahlte Arbeiterin zufrieden, Cora. Ergreifen Sie Ihre Chance.«

»Das tue ich doch.«

»Ich rede von den *richtigen* Chancen. Auch ich habe an der Werkbank angefangen. Miss Lofthouse ist eine von nur einer Handvoll weiblicher Direktoren in ganz London. Sie hat Hutmacherin gelernt. Und Sie könnten mit dreißig Vorarbeiterin sein. Ist das etwa nichts?«

Cora wusste es nicht. Dreißig, das schien noch ein ganzes Jahrhundert entfernt zu sein. Aber der Tag des Derbys war ganz nah. Ihr Blick fiel auf das Fenster, auf die Wolken am Himmel, den nicht einmal der Rauch aus den Fabrikschloten trüben konnte. Wer mochte schon Regeln, außer den Leuten, die sie gemacht hatten? Anscheinend hatte jeder eine Vorstellung davon, was Cora aus ihrem Leben machen sollte, und sie alle führten direkt durch das Fabriktor. Dabei wusste sie, dass Miss McCullum es nur gut mit ihr meinte. Sie wollte nicht undankbar erscheinen. Also sagte sie die Wahrheit. »Ich möchte mein Glück in Paris versuchen.«

»In Paris? Himmel, warum denn das?«

»*Love Me Tonight.*«

»Wie bitte?«

»Das ist ein Film. Sie müssen sich unbedingt auch *Roberta* mit Irene Dunne ansehen. Die Kleider, die Hüte … In Paris wäre ich im Himmel.«

»Filme sind nicht das echte Leben, Cora.«

»Oh, doch, Miss McCullum. Sie sind das echte Leben, nur eben das anderer Leute.«

»Wollen Sie wirklich das Leben anderer Leute leben?«

»Auf jeden Fall.«

Miss McCullum blinzelte. »Ich glaube, Sie haben das nicht ganz durchdacht, Liebes. Wenn Sie es wirklich nach Paris schaffen würden, was würden Sie dort denn machen?«

»Ich kann ein bisschen singen, und meine Tanzkünste haben Sie ja gesehen. Ich könnte auf die Bühne gehen, wie meine Mum.«

»Nein. Dafür sind Sie nicht dünn und hübsch genug.«

Cora wollte gerade protestieren und erklären, dass das auch Joan Crawford nicht abgehalten hatte, bremste sich dann aber. Dieses ganze Gerede von der Schauspielerei war in Wirklichkeit bloß eine Nebelkerze. Sie wusste gar nicht, was sie anfangen sollte mit ihrem Leben. Sie wusste bloß, dass sie nicht an der Werkbank alt werden oder einen Mann namens Albert oder Bill heiraten wollte, nur um den Fäusten ihres Vaters und der Fabriksirene zu entfliehen.

Jetzt, da der Zug nach Epsom durch New Cross, Forest Hill und Croydon dampfte, dachte Cora an das Gespräch mit Miss McCullum zurück und gab ihm einen anderen Schluss. »Es ist so: Ich will nicht bei Pettrew's bleiben. Ich will nach Paris. Oder nach Timbuktu oder nach China. Egal, wohin, Miss McCullum. Aber ich habe leider nicht den Mut dazu. Ich bin ein Feigling. Wie Granny Flynn sagt: Ich stecke hier fest wie ein Schuhnagel im Straßenpflaster.«

Donal und Cora kauften Eintrittskarten für die öffentliche Tribüne. Sie hatten zwar nur Stehplätze, aber immerhin gute Sicht auf die Rennstrecke. Auf der gegenüberliegenden Seite lag The Hill, wo man keinen Eintritt bezahlen musste; dort tummelten sich viele Zuschauer zwischen Autos und offenen Doppeldeckerbussen. Die Sonne wurde von den Metallgeländern reflektiert und blendete, sodass Cora froh um den Schleier an ihrem Hut war. »Welches Rennen kommt jetzt?«, wollte sie von Donal wissen. Einige Jockeys galoppierten in den hinteren Bereich der Strecke.

Donal warf einen Blick auf seine Karte. »Die machen sich für das Rennen um halb drei bereit. Bis zum großen Rennen dauert es noch eine halbe Stunde.« Die Buchmacher wuselten aufgeregt herum, und die Tic-Tac-Men, deren Aufgabe es war, die Wettquoten per Winkzeichen anzuzeigen, waren voll ausgelastet. Die Quoten wurden laut ausgerufen, die Anfangspreise heraufgesetzt, auf der Tafel wieder ausgewischt und neu aufgeschrieben. Jedes Mal, wenn sich die Quote eines Pferds veränderte, ging ein Raunen durch die Menge. Cora hatte Donal zwei Pfund gegeben. Sie hatten sich ihre Fahrkarten und Tribünenplätze gekauft und noch ein paar Shilling für das Essen zurückbehalten. Alles andere setzte Cora auf ein einziges Pferd, das gewinnen würde.

»Hör zu, hier kommt mein Plan«, schrie sie Donal zu, als die Menge begeistert die Pferde des Halb-drei-Rennens begrüßte. »Du besorgst uns was zu essen und zu trinken, und ich mische mich unter die Leute. Ich werde herausfinden, welches Pferd der beste Außenseiter fürs Derby-Stakes-Rennen ist.«

»Ein Außenseiter? Meinst du wirklich?«

»Ich mag Außenseiter, Donal. Ich bin ja selber einer.«

Als Cora bei der Anzeigetafel angelangt war, donnerte das Halb-drei-Rennen gerade vorbei. Die Gewinner wurden ausgerufen, und die Zuschauer johlten wie verrückt. Noch eine

Viertelstunde, dann würde man die Tafel blankwischen und die Pferde des Derby-Stakes-Rennens anschreiben. Sie las sich die Liste durch.

Cash Book und Perifox waren die Favoriten und standen bei sieben zu eins. Danach kamen Le Ksar und Goya II mit neun zu eins. Cora las sich die Namen laut vor. Welcher hatte diesen ganz besonderen Klang, den nur ein Gewinner besaß? Bei Nummer zehn horchte sie auf: Mid-day Sun. Sie spürte … nun, nicht gerade ein Kribbeln, aber irgendein Gefühl, dessen Ursprung sie nicht genau bestimmen konnte.

Mid-day Sun stand bei einhundert zu sieben, genau wie ein Fohlen namens Gainsborough Lass. Die Quoten waren hoch, die Gewinnaussichten niedrig. Sie suchte nach Donal, sah aber nur Männer und Frauen, die ihre Rennkarten studierten. Sie würde allein entscheiden müssen. Immer wieder blieb sie bei dem Namen Mid-day Sun hängen. Einhundert zu sieben – wenn er gewann. Bei einem Einsatz von zwei Pfund und zehn würde sie … – sie musste ihr Hirn anstrengen – … zwischen dreißig und vierzig Pfund gewinnen. Das war genug, um von ihrem Vater wegzukommen und sich eine Weile über Wasser halten zu können, bis ein besserer Job in Sicht war. *Cora, hör auf, dir Hoffnungen zu machen*, ermahnte sie sich selbst. Die Chance, dass Mid-day Sun das Derby gewann, war ungefähr so groß wie die Chance, dass ihr Vater mit einem großen Blumenstrauß und Fish and Chips zum Abendessen nach Hause kommen würde. Es gelang ihr trotzdem nicht, das aufgeregte Gefühl im Bauch zu verdrängen.

Ein Mann aus einer Gruppe vor ihr verkündete gerade, dass sein Favorit Perifox aus Kentucky kam und dass er den Boden gerne hart hatte. Kentucky … sagten die Reichen so zu Kent? Cora bohrte ihre Absätze in den Boden. Der fühlte sich ziemlich hart an. Und Mid-day Sun? Bevorzugte auch er harten Boden? Sie stampfte auf. Plötzlich schrie jemand auf! Sie drehte sich um und sah einen Mann im Cutaway. Er hüpfte auf einem Bein und hielt sich den Fuß. Sie machte einen Schritt auf ihn zu, bereit, seinen Zylinder aufzufangen, falls der zu Boden fiel. Wütend funkelte der Mann sie an. »Warum zum Teufel stapfen Sie mir auf den Fuß?«

»Um zu testen, ob der Boden hart ist oder nicht.«

»Ihr Absatz ist auf jeden Fall hart, das kann ich Ihnen versichern.«

Sie wollte sich unbedingt entschuldigen, bekam aber nur ein dümmliches Grinsen zustande. Der Mann sah unverschämt gut aus. Helles Haar, braune Augen mit einem Hauch von Grün. Haselnussbraun, eine Augenfarbe, die sie selbst gern gehabt hätte. Sein Mund war groß und verriet einen gewissen Sinn für Humor, auch wenn sie auf den Beweis dieser Annahme noch warten musste, weil er gerade wütend die Zähne zusammenbiss. Es sprach aber auch Bände über ihre eigene Herkunft, dass sie einen Mann bewunderte, nur weil er gut rasiert und nicht schmutzig war, aber so war es nun mal. Sie hatte noch nicht viele Männer mit strahlend weißem Hemdkragen gesehen, es sei denn, er hatte das Hemd gerade aus Granny Flynns Wäscherei abgeholt. Sie hatte auch noch nicht besonders viele gut sitzende Anzüge gesehen. Der dunkelgraue Cut und der Zylinder mit dem schwarzen Band (so schick, dass er auch von Pettrew's stammen konnte) verstärkten den Eindruck, dass er aus gutem Hause kam. Seine hervorstechendste Eigenschaft jedoch war seine Schönheit. Schönheit. Dieses Wort hatte sie in Verbindung mit einem Mann noch nie benutzt. Plötzlich hatte sie das Gefühl, sie hätte ihn schon einmal gesehen.

»Finden Sie irgendetwas an mir besonders komisch?« Er hatte dieselbe Sprachmelodie wie die Direktoren bei Pettrew's, wenn sie eine Rede an die Belegschaft hielten.

»Entschuldigung, ich war gerade dabei, mir einen Gaul auszusuchen.« Oje, man würde ihr ihre Herkunft immer anhören. Sie musste versuchen, möglichst »schön« zu sprechen. »Mir war nicht bewusst, dass sich jemand hinter mir befindet.«

»Sie glauben doch nicht wirklich, dass in einer Menschenmenge niemand hinter Ihnen steht?«

»Ich habe versucht, mir den schnellsten Gaul … äh, das schnellste Pferd vorzustellen. Ich dachte, ich spüre ein Prickeln, wenn ich es gefunden habe.«

Sie schien das Interesse des Mannes geweckt zu haben. »Und, haben Sie es gespürt?«

»Irgendwie schon.« Jetzt spürte sie jedenfalls eins, und das lag nicht nur am blendenden Aussehen des Mannes, sondern auch an seinem herben, würzigen Geruch. »Ich spüre es im Bauch.« Sie tätschelte sich die Stelle. »Ich habe mir Mid-day Sun ausgesucht.«

Er warf einen Blick auf ihre Taille, und zum ersten Mal lächelte er. Sie hatte sich die Handschuhe unter den Gürtel gesteckt, weil sie die geborgte Handtasche mit den bloßen Händen tragen wollte. Bei Pferderennen waren immer viele Diebe unterwegs. Die Handschuhe hingen über den Gürtel herab und sahen aus wie bettelnde Pfoten.

»Interessant. Da sind Sie wohl die Einzige.«

»Ist wahrscheinlich eine dumme Wahl.«

»Das muss nicht sein. Immerhin hat er in Lingfield gewonnen, beim Trial-Stakes-Derby, er hat sich also über anderthalb Meilen bewiesen.«

»Ist das wahr?« Lingfield war nicht Newmarket oder Ascot. Es war nicht einmal York. Tatsächlich hätte Cora große Mühe gehabt, Lingfield auf einer Landkarte zu finden. Aber das machte nichts. Mid-day Sun war in Form, nur darauf kam es an. »Es würde mich nicht überraschen, wenn er einschlagen würde wie eine Bombe.«

»Wie meinen Sie das?«

»Kommt aus dem Nichts und räumt alles ab.« Als Cora diesen Satz sagte, machte eine Frau mit rotgoldenem Haar genau das. Sie kam aus dem Nichts und schob ihre behandschuhte Hand unter den Arm des Mannes. Nachdem sie Cora mit einem flüchtigen Blick bedacht hatte, hauchte sie dem Mann etwas ins Ohr. Nicht auf Englisch, sondern auf Deutsch.

Zu Pettrew & Lofthouse kamen viele Ausländer. Cora, die von ihrem Vater Französisch gelernt hatte, führte sie oft in der Fabrik herum. Französisch war die wichtigste Sprache im Hutgeschäft, aber Cora konnte auch ein paar Brocken Deutsch, die sie von den Einkäufern der feinsten Berliner Warenhäuser aufgeschnappt hatte.

Darum verstand sie auch, dass die Frau sich nicht gern in der Menschenmasse aufhielt und den Geruch der gebratenen Speisen verabscheute. Als sie zu ihrem Begleiter aufsah und »Nicht wahr, Dietrich?« murmelte, saugte Cora stolz die Wangen ein. Sicher hatten sie sich gerade darüber unterhalten, wie sehr sie Marlene Dietrich ähnelte. Erst, als der Mann der Frau antwortete, ohne sie anzusehen, wurde ihr klar, dass Dietrich sein Name war.

Er hatte sich nicht angehört wie ein Ausländer. Aber jetzt, da sie es bedachte, hatte er seine Worte sehr sorgfältig gewählt, genau wie ein Briefmarkensammler, der seine seltenen Stücke mit der Pinzette aufnimmt. Das erklärte auch, warum sie hier waren, unter Vorstadt-Hausfrauen und kleinen Handelsvertretern, und nicht im vornehmen Bereich, der den Mitgliedern vorbehalten war. Die Armen hatten wohl die falschen Karten gekauft.

Der Mann namens Dietrich erinnerte sich wieder an Coras Anwesenheit. Auf Englisch sagte er zu seiner Begleiterin: »Diese junge Dame glaubt, Mid-day Sun könnte einschlagen wie eine Bombe.«

Die Frau mit dem rotgoldenen Haar hob die Brauen. »Ach ja?« Sie klang gelangweilt. Wie so viele Frauen an jenem Tag war sie von Kopf bis Fuß in Weiß gekleidet. Eine Silberfuchsstola umrahmte ihr Gesicht, und unter ihrem weiten Mantel blitzte ein schneeweißes Chiffonkleid hervor. Sie trug Seidenstrümpfe und weiche Lederschuhe, die noch keine Grasflecken davongetragen hatten. Ein dreireihiges Perlenarmband an ihrem linken Handgelenk schloss die Lücke zwischen Handschuh und Ärmel. Und ihr Hut … Cora konnte den Blick nicht von ihm abwenden. Weißer Biberpelz, dessen Krone in zwei V-förmigen Spitzen auslief, wie zwei Jachtsegel an verschiedenen Punkten des Horizonts. Wenn man Fantasie hatte, konnte man auch eine Trifle-Garnierung darin erkennen. An fast jeder Frau auf der Welt hätte der Hut lächerlich ausgesehen, aber an dieser war er perfekt.

Fast perfekt. Aus einem Impuls heraus, den sie sich selbst nicht erklären konnte, sagte Cora: »Ihrem Hut fehlt eine Krempe. Er ist zu schmal im Vergleich zu Ihrem Kragen. Sie brauchen entweder mehr Hut oder weniger Pelz.«

Hätte sich dieses Gespräch an einem beliebigen anderen Ort zugetragen, wäre in diesem Moment eine peinliche Stille eingetreten. Aber jetzt, da die Teilnehmer des Derbys an der Tribüne vorbeidefilierten, bekam niemand außer Dietrich und der Frau ihre Unverschämtheit mit. »Sind Sie Hutmacherin?«, fragte die Frau mit starkem Akzent.

»Ja … das bin ich. Sogar eine sehr berühmte.«

»Ist das wahr?« Die Frau musterte Coras schwarzgefederten Hut so intensiv, dass sie schon befürchtete, er wäre nach hinten gerutscht und hätte ihr schlimmes Auge freigegeben. Sie wusste, dass es tatsächlich so gekommen war, als die Frau fragte: »Hatten Sie einen Unfall?«

»Ich bin gestolpert, als ich aus meinem Automobil gestiegen bin.«

»Und Sie waren kürzlich in Paris?«

»Ich … äh, also nicht in letzter Zeit.«

»Ihr Hut stammt nämlich von La Passerinette, auf dem Boulevard de la Madeleine.«

Cora glaubte, die Erde würde unter ihr zittern. Woher wusste die Frau davon? »Vom Boulevard … äh, ja, genau, wie Sie gesagt haben. Ich trage nicht immer meine eigenen Hüte.«

»Warum denn nicht? In Epsom muss eine gute Hutmacherin doch ihre eigenen Kreationen tragen.«

»Nein.« Cora suchte fieberhaft nach einer Ausrede. »Ich bin nämlich inkognito hier. Darum bin ich auch nicht im Mitgliederbereich. Dort versuchen die reichen Zicken immer, mir den Hut vom Kopf wegzukaufen.« *Oje, Cora, nimm dich zusammen.*

»Wenn Sie bekannt sind, habe ich schon von Ihnen gehört. Wie heißen Sie?«

Sie hätte jetzt antworten können: Cora Masson. Aber »Cora« hatte schon immer nach einer Putzfrau geklungen, und »Masson« erinnerte sie an die Fäuste ihres Vaters – und an seinen nach Schnaps riechenden Atem. Sie warf einen Blick auf die Tafel mit den Pferden. Le Grand Duc stand bei einhundert zu neun. Wenn Coras Vater den Metzger oder den Kohlenmann beeindrucken wollte, ließ er die Rechnung an »Jacques Masson de Lirac« schicken und behauptete, er stamme aus einem alten französischen Adelsgeschlecht. Und wenn er solche Spielchen treiben konnte, so konnte sie das erst recht. »Ich heiße Coralie de Lirac.« »Coralie«, so hatte ihre Mutter sie immer genannt.

»Haben Sie eine Karte?«, fragte die Frau.

»Eine Rennkarte?«

»Eine Visitenkarte. Ich bin neugierig, was diesen Hut von La Passerinette angeht. Ich habe – das heißt, ich hatte einen sehr ähnlichen Hut und wüsste gern, ob ihn jemand kopiert hat.«

Cora ahnte, dass die Frau bald Fragen stellen würde, die sie nicht beantworten konnte. Darum improvisierte sie. »Ich habe meine Karten verloren, als ich aus dem Automobil gestolpert bin, aber wenn Sie mir Ihre Adresse nennen, schicke ich Ihnen eine per Post.«

Die Frau schnaubte verächtlich. »Man nimmt nur Karten von Menschen an, die einem sozial gleichgestellt sind. Dietrich!« Die Frau berührte ihren Begleiter am Arm. »Ich langweile mich entsetzlich. Bring mich weg von hier.«

In diesem Moment betrat Donal die Bildfläche. Er trug zwei Gläser mit Ingwerbier und zwei Papiertüten, die nach gebratenen Zwiebelringen rochen.

»Mit extra viel Senf, Cora!«, brüllte er über die Menge hinweg. »Übrigens, irgend so ein Typ in der Schlange meinte, das Pferd aus Kentucky würde abgehen wie eine Lokomotive!« Als er ihre entsetzte Miene sah, musterte er den Mann im eleganten Cut und die Dame im Silberfuchs, die gerade den Schauplatz verließen. »Zum Teufel noch mal, die beiden haben nicht etwa versucht, dich zu bestehlen?«

Cora nahm einen großen Schluck Ingwerbier. Es war süß und sprudelte, sodass ihr ein wenig übel wurde. Sie hatte zu lange nichts gegessen. Donal zeigte auf die Tafel. »Perifox. Das ist er.« Als sie nur schnaubte, fügte er noch hinzu: »Er ist ein amerikanischer Champion. Rennt los wie die Feuerwehr!«

»Wenn er mit dem Dampfer übers Meer gekommen ist, will er sich sicher erst mal ausruhen. Epsom ist eine besondere Strecke. Jedes Pferd kann gewinnen, wenn es einen guten Reiter und etwas Glück hat. Ich setze auf Mid-day Sun.«

Donal ließ vor Schreck die Zwiebelringe fallen. Dann listete er alle Argumente auf, die bewiesen, dass ihre Entscheidung schwachsinnig war. Er schloss mit den Worten: »Außerdem ist sein Besitzer eine Frau. Frauen gewinnen keine Pferderennen.«

»Sie tritt doch nicht selbst an, oder? Und sie reitet das Pferd auch nicht. Sie besitzt es nur.«

Aber Donal ließ sich nicht beirren. »Frauen besitzen keine Derby-Gewinner.«

»Wer sagt das?«

»Alle.« Er dachte kurz nach. »Frauen können nicht die besten Pferde kaufen, weil sie kein Geld haben. Und die Männer verkaufen sie ihnen nicht, weil Frauen Pferde aussuchen so wie sie Hüte aussuchen. Sie wollen die braunen oder die grauen oder die, die ihnen leidtun. Das ist ein Männersport. Männer reiten die Pferde, Männer trainieren die Pferde, Männer gewinnen die Rennen.«

Wie im restlichen Leben. Cora schnippte Donal etwas Senf ins Gesicht. »Die Zeiten ändern sich.« *Ich könnte Vorabeiterin bei Pettrew & Lofthouse werden und zweihundert Pfund im Jahr verdienen.* In einer halben Stunde konnte eine Frau den Derbygewinner auf die Rennbahn führen. Alles war möglich. Cora rülpste dezent hinter vorgehaltener Hand. Das war das Ingwerbier. Ihr war noch immer schlecht, und sie hatte noch immer Hunger. »Ich muss mal schnell wohin! Donal, setz mein Geld für mich.« Sie reichte ihm zwei Pfund und zehn Shilling. »Alles auf Sieg. Sei bloß kein Feigling und setz es auf Sieg oder Platz.«

»Du bist wahnsinnig, wenn du auf Sieg oder Platz setzt. Den dritten Platz könnte er vielleicht schaffen, aber nicht den ersten. Du wirst alles verlieren.«

»Mein Geld, mein Risiko. Du bleibst bei Peri… wie hieß der noch mal?«

»Vielleicht. Oder bei dem mit dem russischen Namen.«

»Le Ksar?«

»Genau. Aber wahrscheinlich nehme ich Goya Iih-Iih.«

»Was?« Cora warf einen Blick auf ihre Rennkarte. »Das heißt Goya der Zweite, du Trottel. Willst du die Buchmacher zum Lachen bringen?«

Donal schnaubte verächtlich. »Du gibst den Buchmachern nie den Namen des Pferdes, bloß seine Nummer.«

»Von mir aus. Jetzt stell dich endlich in die Schlange. Ich hab's eilig!«

In der Damentoilette musste Cora sich heftig übergeben. Nachdem sie an der Schnur gezogen hatte, lehnte sie sich erschöpft an die Wand der Kabine. Das Handgemenge in der Shand Street zeigte Nachwirkungen. Sie wusch sich die Hände und spülte sich den Mund aus, dann trat sie hinaus ins Sonnenlicht, das in der Zwischenzeit noch an Helligkeit zugelegt hatte. Als sie Donal endlich gefunden hatte, war es acht Minuten nach drei, aber das Rennen hatte noch nicht begonnen.

»Sie haben die Pferde nicht an die Startlinie bekommen«, berichtete Donal. Er sah sie prüfend an. »Alles in Ordnung?«

»Hast du mein Geld gesetzt?«

»Ich glaube immer noch, du bist verrückt. Um ehrlich zu sein …« Jemand stieß ihn an, und reflexartig hielt er sich die Taschen zu. Wie Cora war er immer auf der Hut vor Dieben. Von der gegenüberliegenden Seite stieg aus unzähligen Kehlen ein Schrei auf wie ein unsichtbarer Vogelschwarm. Das Derby hatte begonnen.

Die ersten fünfeinhalb Achtelmeilen wurden auf der Gegengeraden gelaufen, darum konnten sie nicht viel erkennen. Dann sahen alle nach links hinüber. Diejenigen, die Ferngläser hatten, blickten hindurch. Eine Sekunde später quetschte sich das Feld um die Tattenham-Kurve. Ein Mann, der sich mit den Farben der Jockeys auskannte, rief: »Renardo führt, dahinter Fairford und Le Grand Duc.«

Cora und Donal sahen sich enttäuscht an.

»Fairford hat die Führung übernommen«, schrie der Experte. Cora versuchte, einen Blick auf die Pferde am Beginn der Zielgeraden zu erhaschen, aber Donal sprang aufgeregt herum und verstellte ihr die Sicht. Er hatte mitbekommen, dass Goya II dem führenden Fairford dicht auf den Fersen war. »Los, Goya!«, brüllte er.

»Wo ist meiner?«, jammerte Cora. »Wo ist Mid-day Sun?«

»Fairford ist geschlagen!«, rief jemand. »Es gewinnt Goya der Zweite oder Le Grand Duc.«

»Nein, das ist Perifox!«, rief ein anderer.

»Goya!« Donal ruderte mit den Armen. »Ich habe doch gewusst, dass er es packt!«

Cora spürte wieder die Übelkeit in sich aufsteigen. Donal hatte recht. Sie war zu sentimental für die Rennbahn. Aber sie war sich doch so sicher gewesen.

Die Pferde rasten vorbei. Zwei Braune lieferten sich ein Duell um den ersten Platz.

»Wer hat gewonnen? Donal, wer hat gewonnen?«

»Sieht nach Goya aus. Heilige Mutter Gottes, wenn er es geschafft hat, kaufe ich mir ein Fahrrad.«

»Welches Pferd ist da von außen gekommen?« Diese Frage konnte ihr niemand beantworten, nicht mal der Experte. Es folgte ein banges Warten, und als der Name des Gewinners an der Tafel angeschrieben wurde, hob ein erstauntes Raunen an.

Coras schriller Schrei tat sogar ihren eigenen Ohren weh. »Er hat es geschafft! Mid-day Sun! Ich könnte ihn küssen! Ich küsse dich!« Sie wollte Donal zu sich heranziehen, erstarrte aber, als sie merkte, dass sie gerade im Begriff war, einen Wildfremden zu umarmen. Donal war schon losgelaufen, mitten durch die Menschenmenge.

Mid-day Sun hatte gewonnen, Sandsprite belegte den zweiten Platz, Le Grand Duc den dritten. Als Cora Donal endlich gefunden hatte, war sein Gesicht kreidebleich.

»O Gott«, jammerte er.

Sie umarmte ihn. »Ich teile meinen Gewinn mit dir, dann kannst du es noch einmal versuchen. Mit meiner Glückssträhne gewinnen wir genug für zwei Fahrräder.« Sie hätte einen Freudentanz mit Donal hingelegt, hätte der nicht dagestanden wie ein nasser Sack. Darum tanzte sie für sich allein. »Miss McCullum kann sich ihre Beförderung an den Hut stecken. Ich werde kündigen. Morgen ziehe ich von zu Hause aus. Was meinst du, was wird der arme Buchmacher für ein Gesicht machen, wenn ich ihm sage, dass er mir mehr als fünfunddreißig Pfund auszahlen muss?« Sie wartete auf eine Antwort. »Donal? Wo ist mein Wettabschnitt?«

Plötzlich merkte sie, dass es nicht die Enttäuschung war, die Donal niederdrückte. »Donal? Der Wettabschnitt?«

»Ich …«

Sie legte die Arme um seinen Hals und trat ihm heftig gegen das Bein. So heftig, dass er zu Boden ging, mit ihr als Zusatzgewicht. Die Leute starrten sie schockiert an, aber das war ihr egal. »Wo ist er, du Idiot?«

»Cora, ich habe dein Geld nicht gesetzt. Ich dachte, Mid-day Sun würde verlieren, und dann hätte ich dir dein Geld zurückgeben können. Ich wollte nicht, dass du enttäuscht bist.«

Enttäuscht? Sie prügelte mit der olivgrünen Handtasche auf ihn ein, bis jemand rief: »Hör auf, Liebes. Es geht doch nur um ein paar Shilling! Dein Bruder wollte dir bloß helfen.«

Da richtete sie ihre Wut auf den Fremden. »Es geht nicht um ein paar Shilling, sondern um alles! Außerdem ist er nicht mein Bruder. Er ist ein Nichtsnutz, der Wäsche herumkarrt, weil nicht einmal seine eigene Großmutter ihm etwas Besseres zutraut.«

Wütend rauschte sie davon und fand sich nach wenigen Minuten auf einer Landstraße wieder. Ihre Schuhe waren mit der weißen Kreide beschmiert, die die Straße bedeckte. Wenn sie die Schuhe opfern musste, um ihre Ruhe zu haben, dann war es eben so. Auf der Rennbahn hatte sie tatsächlich versucht, Donal die Nase einzuschlagen – das machte ihr Angst. Es musste das Temperament ihres Vaters sein, das sich da Bahn brach.

Ein Stück die Straße hinunter drängten sich einige Männer um zwei Schecken. Das eine Pferd bäumte sich auf, während das andere wieherte und ausschlug. Die Männer waren Zigeuner. Früher, als Coras Eltern sich noch geliebt hatten, waren sie an Sonntagen oft mit dem Bus zur Rennbahn von Sussex gefahren. Dort verkauften Zigeuner »Glücks-Heidekraut« und ließen die Kinder gegen Geld auf ihrem Esel reiten. Meistens ging ihr Dad mit ihr zum Eselreiten, während ihre Mutter sich in einem Pferdewagen die Zukunft voraussagen ließ. »Aberglaube, so ein Unfug!«, hatte Jac Masson immer gesagt, aber Florence hatte sich nicht beirren lassen.

»Sie haben seherische Gaben, Jac, und außerdem solltest du dir keinen Zigeunerfluch einhandeln.«

Bei dem letzten Ausflug, an den Cora sich erinnern konnte, war ihre Mutter von der Hellseherin zurückgekommen und hatte verkündet: »Ich werde noch ein Baby bekommen, Jac. Die alte Frau meinte, ich hätte zwei Töchter auf der Handfläche. Was sagst du dazu?«

Ihr Dad hatte aufgestöhnt, aber gleichzeitig recht zufrieden gewirkt. Vielleicht hätte er sich selbst auch die Zukunft voraussagen lassen sollen. Dann hätte er nämlich erfahren, dass auf seiner Handfläche nur eine Tochter zu sehen war, und vielleicht hätte er auch andere Wahrheiten über sich zu hören bekommen.

Cora fragte sich, ob die Männer die gescheckten Pferde wohl verkaufen wollten. Als sie näher kam, bemerkte sie jedoch, dass die einen Zigeuner den anderen etwas abkauften, nämlich die Dienste ihres Hengstes. Das wiehernde Pferd war eine Stute. Und das Pferd, das sich aufbäumte, war mit Sicherheit ein Hengst.

Cora machte kehrt. Sie hatte noch nie etwas anfangen können mit Pferden. Vor einigen Jahren hatte der Hengst eines Kesselflickers in der Barnham Street versucht, die Stute des Lumpensammlers zu besteigen. Der Lumpensammler wollte den Hengst mit seiner Peitsche in die Flucht treiben. Donal, der damals noch so klein gewesen war, dass er kaum über den Rand des Wagens sehen konnte, rannte herbei, um zu helfen. Er war fast zwanzig Meter weit mitgeschleift worden, als die Stute durchging.

Donal suchte sicherlich nach ihr. Vielleicht sollte sie zu ihm zurückgehen. Ihr blieb ohnehin nichts anderes übrig, denn er hatte ihre Rückfahrkarten … Doch Cora entschied sich für einen anderen Weg. Sie ging durch ein Tor und fand sich auf einem Feld wieder, umgeben von Pferdewagen. Barfüßige Kinder tollten um die Reste von Lagerfeuern herum. Frauen saßen auf den Stufen der Wagen, rauchten Pfeife und strickten. Eine rief: »Warten Sie, Lady!« Aber Cora ging weiter. Dann blieb sie plötzlich stehen. Konnte sie ihren Augen trauen?

Vor ihr stand ein offenes Automobil, geparkt zwischen zwei Pferdewagen. In den blank polierten Chromteilen spiegelte sich das Sonnenlicht. Und der lippenstiftrote Lack glänzte so schön, dass eine Gruppe Kinder bewundernd vor dem Automobil stand, voller Furcht, dass der Mann, der an einem Kotflügel lehnte, sie wegjagen würde.

Sie erkannte ihn an dem Ascot-Hut, der auf der Motorhaube lag, und an seinen hellen Haaren, die wie Federn in der sanften Brise tanzten. Dietrich. War das sein Vorname oder sein Nachname? Bewegte er sich gerne unter dem gemeinen Volk? Und wo war seine hochnäsige Freundin?

Im selben Moment ergriff jemand ihre linke Hand. Cora fuhr herum und blickte in das wettergegerbte Gesicht einer alten Frau, die einen ramponierten Zylinder trug.

Die Frau zog Coras Hand zu sich heran. »Ich sage Ihnen die Zukunft voraus, Lady.«

»Ich habe kein Geld.«

Die Zigeunerfrau kicherte. »Ich weiß. Alles, was Sie hatten, ist fort.«

Das nahm Cora den Wind aus den Segeln. Wenn diese Frau die Gabe hatte und ihr anbot, ihr kostenlos aus der Hand zu lesen … Sie stellte ihre Handtasche im Gras ab und spreizte die Finger. »Na schön, Mütterchen. Werde ich je aus der Hutfabrik herauskommen? Werde ich irgendwann ein bisschen Spaß haben?«

Konzentriert betrachtete die Frau Coras Handfläche. »Sie haben eine lange Lebenslinie. Sie werden Ihr Leben damit verbringen, Dinge zu machen.«

»Was für Dinge?«

»Mit den Händen. Nähen. Formen. Für andere.«

Zum Teufel damit, dachte Cora. Heute hatte sie etwas gelernt. Sie wollte solche Hüte tragen, wie den, den sie gerade auf dem Kopf hatte. Oder wie den der deutschen Kuh. *Tragen*, nicht machen. Sie wollte mit gut aussehenden Männern flirten. Wollte Geld in der Tasche und auf der Bank haben.

Die Zigeunerin sagte unvermittelt: »Sie werden der Liebe nachjagen.«

»Und wie weit muss ich dafür gehen?« Sheila Flynn musste einen viel größeren Kopf haben als sie, denn der Hut rutschte ihr ständig nach hinten. Sie konnte ihn nicht gerade rücken, ohne die Hand der Zigeunerin loszulassen. »Schauen Sie mal auf meine Liebeslinie.«

»Da sehe ich nicht klar. Sie ist unterbrochen.«

Cora atmete so heftig aus, dass die Federn an ihrem Hut wackelten.

»Ich sehe Kinder.«

Das sagten sie immer, diese Frauen. *Ich sehe eine Wiege, darin ein blau und ein rosafarben angezogenes Kind.* Es war alles Unfug.

»Sie werden töten.« Die Frau sah sie scharf an.

»Das reicht.«

Die Frau ließ Coras Hand los und ging weg. Eine noch ältere Frau kam auf Cora zu und streckte die Hand aus. »Einen Shilling.«

»Ich habe vorhin gesagt, ich habe kein Geld.«

Das alte Weib deutete ins Gras. Dort lag einer von Sheila Flynns Handschuhen neben der Tasche. Cora begriff, dass sie ihn hergeben sollte. Natürlich auch den anderen. »Die gehören mir nicht«, sagte sie.

»Ein Shilling fürs Handlesen«, wiederholte die Frau.

So hätten sie den ganzen Tag lang diskutieren können. Schließlich gab Cora die Handschuhe verloren. Es waren solche, die es in jeder Textilhandlung zu kaufen gab, doch die Alte warf sie ihr vor die Füße und schrie: »Verrat!«

Cora betrachtete die Handschuhe. In ihren Augen wirkten sie ziemlich unschuldig.

»Kann ich helfen?«

Sie begrüßte Dietrich wie einen alten Freund. »Das ist mir schrecklich peinlich, aber hätten Sie vielleicht einen Shilling für mich?«

Er holte ein Zwei-Shilling-Stück aus der Tasche, und die Alte steckte es ein und stapfte davon. Von Wechselgeld schien sie nicht viel zu halten.

»Sie wollte meine Handschuhe nicht nehmen, da hätte sie als Nächstes meine Schuhe gefordert.«

Dietrich musterte sie schweigend. Die Sonne schien auf sein Haar und ließ es glänzen, und da dämmert es Cora: Sie hatte ihn tatsächlich schon einmal gesehen! In der katholischen St. George's Cathedral in Southwark, in die ihr Vater sie als Kind mitgenommen hatte. Dort gab es ein kleines Seitenfenster, das sie gern betrachtete, während die Messe gefeiert wurde. Ein goldener Kelch hatte vor dem Fenster gestanden und war durch das bunte Glas hindurch in Licht gebadet worden. Das Fenster zeigte einen

Ritter im Kampf mit einem Drachen. »Sie sind mein Heiliger Georg«, sagte Cora.

»Ich komme also mit einem Shilling zu ihrer Rettung angaloppiert? Sie hatten recht mit Mid-day Sun. Ich nehme an, Sie haben nicht auf ihn gesetzt? Sonst wären Sie jetzt nicht knapp bei Kasse.«

Sie stöhnte auf. »Das ist eine lange Geschichte. Hatten Sie mehr Glück?«

»Ich habe auf Sieg und Platz von Le Grand Duc gesetzt. Aber nur ein paar Pfund.« *Nur ein paar Pfund.* So lebten sie also, die oberen Zehntausend. »Glauben Sie an diesen Wahrsagequatsch?«

»Ach, das ist doch nur Spaß.« Cora zuckte mit den Schultern.

»Vor ein paar Minuten wirkte es nicht wie Spaß. Sie sahen aus wie ein kranker Rabe.« Er fuhr durch ihre Federn, und sie zuckte zusammen.

»Mich einen Raben zu nennen ist nicht sehr schmeichelhaft. Haben Sie mal einen aus der Nähe gesehen? Die haben winzige Augen und einen riesigen Schnabel.«

Er lachte. »Es sind majestätische und faszinierende Vögel. Außerdem unheilverkündend. Sind sie denn nicht allein für das Schicksal des Londoner Tower verantwortlich? Ich wäre lieber ein Rabe als eine Amsel.«

»Wo ist Ihre Freundin?«

Er nickte in Richtung eines gelben Wagens. »Lässt sich die Zukunft voraussagen. Eine große Frage brennt ihr auf den Nägeln, und der einzige Mensch, der sie ihr beantworten kann, ist eine wildfremde Analphabetin, die ihr Leben damit verbringt, Töpfe und Pfannen von einem Feld zum anderen zu transportieren. Ihr Frauen wollt auch noch das kleinste Detail eurer Zukunft erfahren, dabei steht doch alles klar geschrieben.«

»In den Sternen?«

»In den Zeitungen. Die Politik prägt unser Leben, nicht das Schicksal.«

Cora verzog das Gesicht. Die Politik war es nicht gewesen, die das Los Nr. 22 aus dem Hut gezogen hatte. Es war auch nicht die Politik gewesen, die Donal davon abgehalten hatte, ihr Geld auf Mid-day Sun zu setzen.

»Warum müssen Frauen immer so passiv sein? Können sie ihr Leben nicht in die eigene Hand nehmen?«, fragte er.

»Weiß nicht.« ›Passiv‹, das war ein neues Wort, aber sie konnte sich seine Bedeutung erschließen. »Ich habe noch nie hinter dem Steuer gesessen.« Sie betrachtete sein Automobil. »Fährt es schnell?«

»Es ist ein Mercedes Roadster und fährt sehr schnell. Möchten Sie es mal versuchen?«

»Das würde ich mich nie trauen. Aber …« Wenn sie jetzt sagte, was sie dachte, würde er ihr wohl über den Mund fahren? »Ich würde gern neben Ihnen sitzen, wenn Sie fahren, mir vom Wind die Locken zerzausen und den Smog aus der Lunge pusten lassen.«

Er schien über etwas nachzudenken. »Wo möchten Sie denn hinfahren?«

»Nach Brighton, dort möchte ich ein paar Muscheln am Strand essen.« Dann fiel ihr wieder ein, dass sie angeblich eine berühmte Hutmacherin war. »Ich meine, ich möchte Champagner trinken und Krabben …, äh, Krabbensandwiches essen. Dann hinüber nach Frankreich, und ohne Stopp bis nach Paris.«

»Sie möchten nach Paris?«

»Und ob! Wissen Sie, ich habe beschlossen durchzubrennen.«

»Wie passend! Morgen fahre ich nach Paris.«

»Nein! Auf Urlaub?«

»Sowohl auf Urlaub als auch geschäftlich. Ich muss arbeiten, aber ich habe auch Karten für die Expo.« Er fügte erklärend hinzu: »Exposition Internationale, die Welt kommt nach Paris, um Architektur, Technologie und exotische Speisen zu entdecken. Sie haben doch von der Weltausstellung gehört?«

»Natürlich.« *Noch nie.*

»Ich habe eine Reservierung für den Pullman. Die Zugfähre. Zwei Plätze. Sie können einen haben, wenn Sie wollen.«

Cora riss die Augen auf. Er musste doch gemerkt haben, dass sie kein Geld hatte. Und was war mit Miss Schneeglöckchen? »Fährt Ihre Freundin denn nicht mit Ihnen?«

»Ottilia? Nein, nein. Sie war den ganzen April über in Paris. Jetzt zieht sie nach London. Darauf besteht ihr Ehemann.«

Ihr Ehemann? »Für wen war dann der andere Platz?«

»Der andere Platz …« Er musterte sie intensiv, betrachtete ihre breiten Wangenknochen und ihr spitzes Kinn. »Der andere Platz ist für meinen Mann. Aber er kann einen anderen Zug nehmen.«

»Ihr Mann?« Himmel, hilf. Es gab Kerle, die seltsame Sachen mit Menschen des eigenen Geschlechts veranstalteten. Natürlich nicht in Bermondsey. Dort würden sie keine halbe Stunde überleben. Aber im Londoner Theaterviertel. Als ihre Mutter noch Rollen bekommen hatte, hatte sie ein- oder zweimal einen von diesen affektierten Typen mit nach Hause gebracht, bis Jac dem schließlich ein Ende setzte.

»Ja, mein Kammerdiener.«

»Ihr Kammerdiener. Das dachte ich mir.«

»Möchten Sie also mitkommen?«

Nach Paris, mit einem Wildfremden? Morgen schon … Das bedeutete, sie hatte keine Zeit zum Packen. Keine Zeit zum Verabschieden. Aber von wem hätte sie sich schon verabschieden sollen, außer von Donal? Da fiel ihr ein ganz konkreter Hinderungsgrund ein. »Ich habe keinen Pass.«

»Ich schon, und in meinem steht, dass meine Frau mich begleiten darf.«

»Sie haben eine Frau?« Hielten diese Leute denn gar nichts vom Eheversprechen?

»Natürlich, und Sie könnten leicht als meine Frau durchgehen. Sie ähneln ihr von der Haarfarbe und der Figur her sehr. Aber Sie sind viel jünger. Wenn Sie gefragt werden, brauchen Sie nur den Namen meiner Ehefrau zu nennen, er lautet …« Er hielt inne, als er sah, dass eine weiße Gestalt aus einem der Wagen stolperte. Cora machte sich auf eine Szene gefasst. Ottilia – hieß sie so? – würde es sicher nicht gefallen, dass Cora sich auf demselben Feld aufhielt wie sie.

Doch Ottilia bemerkte sie nicht. Genauso wenig wie Dietrich. Sie blieb stehen, um sich ihre Handschuhe überzustreifen, aber ihre Perlenarmbänder behinderten sie dabei. Als sie einen Handschuh fallen ließ, starrte sie ihn nur an, als könne sie nicht die Willenskraft aufbringen, ihn wieder aufzuheben. Plötzlich bemerkte Cora, wie unschicklich die Einladung für die Zugfähre gewesen war. Nicht nur unschicklich, direkt schon grausam. »Wie könnte ich mit Ihnen nach Paris kommen? Ich habe moralische Werte, ganz im Gegensatz zu Ihnen.«

Er lächelte. Amüsierte er sich über ihre Kehrtwendung? »Ottilia ist nur eine Freundin. Und was meine Frau betrifft, wir kommen uns gegenseitig nicht in die Quere. Sie ist zu Hause in Deutschland.«

Er war also tatsächlich Deutscher. Auch das sprach gegen den Plan. Wenn sie mit ihm ging, würde sie nie mehr nach Hause zurückkehren können. Der Krieg, der alle Kriege hatte beenden sollen, war vor fast zwanzig Jahren zu Ende gegangen. Es gab jedoch keinen Haushalt in ihrer Straße, in dem man nicht einen Sohn, Bruder oder Vater verloren hatte. Ihr Dad, der als Flüchtling nach England gekommen und zur Infanterie gegangen war, hatte noch immer Albträume von den Schützengräben und der Invasion von Belgien. Er konnte das Wort »Deutscher« nicht in den Mund nehmen, ohne verächtlich auszuspucken.

Nun, jetzt stand ein Deutscher vor ihr, und er wollte ihr einen Wunsch erfüllen, den sie vor nicht einmal zwei Stunden geäußert hatte. »Ich müsste erst mal nach Hause fahren und meinem Vater einen Brief hinlegen. Ich kann nicht einfach abhauen.«

»Klingt vernünftig.«

Dieser Anfall von Vernunft sollte ihr Leben stärker verändern, als jede Zigeuner-Wahrsagerin ihr jemals hätte voraussagen können.

2

Cora ging los zum Bahnhof. Sie hatte es aufgegeben, in der Menge auf der Haupttribüne nach Donal Ausschau zu halten. Sobald er nach Hause wollte, würde er sie schon finden.

Als es halb sechs wurde und Donal noch immer nicht aufgetaucht war, machte sie sich auf die Suche. Weder unter den heimwärts strömenden Massen noch auf der Tribüne die leiseste Spur von ihm. Er konnte doch nicht einfach heimgefahren sein? Schließlich hatte er ihre Fahrkarte in der Tasche. Drei Stunden später hatte sie Gewissheit.

Da Cora nicht die geringste Lust verspürte, die acht Meilen zu Fuß zurückzugehen, sprang sie auf die hintere Plattform eines Doppeldeckerbusses auf, als der kurz abbremste, um eine Gruppe Zuschauer vorbeizulassen. Den Fahrgästen, die die Köpfe nach ihr verdrehten, rief sie zu: »Gibt's hier einen Platz für ein Mädchen aus London, das alles verloren hat, außer den Glauben an die Menschheit?« Der Bus brachte seine Schar Betriebsausflügler zurück in die Stadt, und Cora zwängte sich zwischen zwei ihrer Altersgenossinnen und stimmte in die munteren Gesänge mit ein. Dabei war ihr eher nach Heulen zumute. An der Walworth Road ließ man sie hinaus, von dort marschierte sie noch zwei Meilen nach Hause.

Gegen elf Uhr abends war sie in der Barnham Street angelangt und streifte sich endlich die Schuhe ab. Während sie ihre geplagten, mit Blasen übersäten Füße auf den kalten Küchenboden presste, lauschte sie angespannt. Das Haus fühlte sich leer an. Wo war ihr Dad? Die Pubs hatten längst geschlossen, demnach war er vielleicht noch einmal arbeiten gegangen. Er war bei der Arbeit sein eigener Herr, und seine Arbeitszeiten waren vollkommen unberechenbar. Wenn er nicht hin und wieder essen müsste, dachte Cora oft, dann würde er sein Leben wohl zwischen Werkstatt und Pub verbringen.

Jetzt brauchte sie als Erstes einen Tee. Als sie nach dem Wasserkessel griff, fand sie in seinem Schnabel einen zusammengerollten Zettel.

C. Masson: Melde Dich bei Deinem Vater in der Werkstatt, wenn Du das hier liest – Constable Flynn. Hinter Sheilas Name stand ihre Polizei-Dienstnummer. *Allmächtiger*, dachte Cora, *sie macht auf amtlich. Sie weiß, dass ich an ihrem Kleiderschrank gewesen bin.* Aber woher bloß? Donal hätte doch niemals etwas verraten.

Sie trank ihren Tee und stellte sich dabei vor, wie Sheila den Zettel geschrieben hatte und mit ihren staubigen, plumpen Schnürschuhen über die Steinfliesen gestapft war. Niemand hier schloss seine Haustür ab, aber sie hoffte, dass Sheila nicht in Uniform gekommen war, denn dann würde schon bald das Gerede losgehen. Sie las den Zettel noch einmal. Kein Wort davon, dass Sheila es Jac schon gesagt hatte. Wenn sie sich beeilte, konnte sie die Lage vielleicht noch retten. Sie konnte Sheila anbieten, sie für das Ausleihen ihrer Kleider zu bezahlen, und womöglich sogar ihr blaues Auge als Verhandlungsmittel einsetzen.

»Weißt du, Sheila, mein Dad wirkt immer so nett und freundlich, ein echter Gentleman in der Öffentlichkeit. Aber wenn ich auch nur den kleinsten Fehler begehe, prügelt er mich gnadenlos. Meine Mum kann er nicht mehr bestrafen, also lässt er es an mir aus. Du kannst mich ihm doch nicht einfach ausliefern.«

Aber Sheila war alles zuzutrauen. In dem Fall blieb Cora nur noch die Flucht. Sie würde das Angebot des Deutschen annehmen. Nein, unmöglich. Sie sah das entgeisterte Gesicht dieses Dietrich vor sich, wenn sie tatsächlich mit einem Koffer am Bahnhof Victoria Station auftauchte.

Dabei hatte sie ja nicht mal einen Koffer. Aber sie hatte eine Arbeit, ihr Leben war hier, und sie war fest entschlossen, etwas daraus zu machen. Sie nahm den Pariser Hut ab und band sich ein Tuch um den Kopf. Kopftücher hatten immer etwas Demütiges. Wenn man sich in einem Kopftuch entschuldigte, dann wurde einem eher verziehen.

Wohin mit dem Hut? Ein flynnscher Wutanfall drohte, wenn sie mit dem Hut in der Hand vor Sheila erschien. Er musste vorerst verschwinden. Sie holte eine große alte Blechdose vom Küchenschrank und stemmte den Deckel auf. Knöpfe und Gürtelschnallen kamen zum Vorschein sowie ein zierlicher, narzissengelber Schuhabsatz.

Vor zwanzig Jahren war dieses Gelb eine todschicke Farbe gewesen, aber der braune Dreckrand des Absatzes erzählte eine traurige Geschichte. Am Tag des Derbys 1925 waren sie alle zur Rennbahn nach Epsom gefahren, und Coras Mutter hatte ihre nagelneue Garderobe in Gelb und Grün ausgeführt. Leider hatte es pausenlos geregnet, und das Gelände hatte sich in Morast verwandelt. Cora sah noch vor sich, wie ihre Mutter ausrutschte, dann im Dreck saß und weinend schrie: »Ich sehe aus, als wäre ich zwischen Kuhställen herumgepatscht! Was ist das bloß für ein Mistausflug.«

»Selber schuld.« Jac hatte sie ausgelacht. »Nächstes Mal gehst du in Gummistiefeln. Ich kann nicht die Kleine und auch noch dich tragen.«

Sie hatten sich angeschrien, und Coras letzte Erinnerung an ihre Mutter war, wie sie in der Menge verschwand. Zu diesem Zeitpunkt hatte Florence Massons Mantel einen dunklen Senfton angenommen, und der Hut tropfte seine grüne Farbe auf ihre Schultern. Als sie durch den Schlamm davonstapfte, war ein Absatz stecken geblieben.

»Wie wütend muss man sein, dass man ohne seinen Absatz wegläuft?«, fragte sich Cora laut, während sie den Deckel der Blechdose vorsichtig über Sheilas Hut zudrückte. *Und wie verzweifelt muss man sein, dass man ohne sein Kind geht?*

Darauf gab es keine Antworten. Sie nahm eine Taschenlampe, hängte sich zerstreut die olivgrüne Handtasche über den Arm und machte sich auf den Weg, um Constable Flynns Vorladung Folge zu leisten.

Jac Massons Werkstatt lag eingezwängt in einem der Bögen unter der Eisenbahnbrücke. Der einstöckige Schuppen war mit so viel Wellblech geflickt worden, dass er jedes Mal wie ein rostiger Schlüsselbund klirrte, wenn oben ein Güterzug vorbeifuhr. Cora richtete den Strahl ihrer Taschenlampe auf die Doppeltür. An dem schummrigen Licht hinter einer Fensterscheibe erkannte sie, dass sie erwartet wurde.

Sie trat ein, und sofort würgten Lösungsmitteldämpfe sie im Hals. Jedes Mal, wenn sie hierherkam, überlegte sie, ob die Lunge ihres Dad wohl so abgebeizt war wie die alten Lederschuhe, die sie manchmal am Themseufer aufsammelten. Und trotzdem staunte sie immer, wie Jac mit seinen Fleischerpranken Holz und stinkende Materialien in wunderschöne Gegenstände verwandeln konnte. Er stellte Imitate chinesischer Koromandel-Wandschirme her, schimmernd von Blattgold und farbigen Lackarbeiten. Sie liebte dieses Wort: *Koromandel*. Es war exotisch und sinnlich. Das war aber auch das Einzige, was exotisch oder sinnlich an Jac Masson war.

Nach seiner Entlassung aus der Armee hatte er Arbeit als Kulissenmaler im Theater gefunden und dabei Coras Mutter kennengelernt. Bald hatte seine Trinkerei ihn eine Stelle nach der anderen gekostet, und ein paar Jahre später gab ihm kein Theater in London mehr Arbeit. Florence hatte damals gut verdient, und für Jac hatte sie einem Mann, der sich zur Ruhe setzen wollte, sein Geschäft abgekauft. Der Mann hatte lackierte Wandschirme hergestellt, wie man sie in teuren Bekleidungsgeschäften und den Salons der Reichen antraf.

Jac hatte Gefallen an der Arbeit gefunden. Den ganzen Tag allein zu sein und keinem Menschen Rechenschaft ablegen zu müssen gefiel ihm, und der neue Stil der Zwanzigerjahre lag ihm, denn er hatte ein gewisses Talent für Grafik. Er hatte seine eigenen Jugendstilmotive entwickelt, mit Kolibris und üppigen Blumen, und war ziemlich gefragt. *Wäre er ein anderer Mensch,* dachte Cora, *dann würde er jetzt eine Fabrik leiten, vielleicht in einem der neuen Blocks an der Great West Road.* Sie würden in einem hübschen Reihenhäuschen mit Garten leben. Doch stattdessen beleidigte Jac seine Lieferanten, malte, was er wollte, ohne sich um die Wünsche seiner Kunden zu scheren, und vertrank all seinen Gewinn.

Sogar sein Schuppen strahlte traurigen Starrsinn aus. Es gab keinen Strom, nur Sturmlaternen und einen stinkenden Ölofen.

Das Licht, das sie gesehen hatte, kam aus der Ecke, die er seine »Farbnische« nannte. Sie war vom Rest der Werkstatt durch einen Ledervorhang abgetrennt. Hinter dem Vorhang trug er Farben und Blattgold auf oder besprühte billige Fichtenholzplatten mit vielen Schichten von schwarzem Japanlack, bis sie aussahen wie Ebenholz-Intarsienarbeiten.

Cora hörte ein Flüstern und spähte vorsichtig durch ein Loch in dem Ledervorhang. Im bläulichen Licht des Ölofens entdeckte sie ihren Vater. Er saß in dem alten Klubsessel, den er einem Trödler abgekauft hatte. Auf seinem Schoß hockte Sheila Flynn. Sie hatte ihren hässlichen Polizeihut zurückgeschoben, und die beiden küssten sich. Angewidert verzog Cora das Gesicht. Ihr Vater und Sheila Flynn, die einander gierig verschlangen ... Jacs Hand steckte in Sheilas Jackett, unter ihrer Bluse. Und ihre Hand lag auf einer Stelle, an die sie eindeutig nicht gehörte.

Cora schloss die Augen und hörte Sheilas Stimme: »Sagen wir es ihr morgen früh, Jac?«

»Müssen wir es ihr überhaupt sagen?«, brummte ihr Vater. Er klang leicht verwaschen, aber noch verständlich, demnach hatte er nur Bier getrunken, keinen Whisky. »Wird es ihr nicht von allein klar werden, wenn wir weg sind?«

Weg, wohin? Cora schlug die Augen auf und suchte sich ein größeres Guckloch. Davon gab es eine ganze Auswahl, denn irgendwann einmal hatte Jac sein Abbeizmittel gegen den Vorhang geschleudert. Es hatte sich durchgebrannt und viele winzige Öffnungen hinterlassen, die wie Einschusslöcher aussahen. O Himmel, jetzt küssten sie sich wieder. Auf einem Stuhl stand eine Teekanne neben einem Blechbecher, dazu eine rosengemusterte Porzellantasse auf einer Untertasse. Die Teetasse ihrer Mutter! Eine Kostbarkeit, weil sie einst zu den Requisiten eines Oscar-Wilde-Stückes gehört hatte. Wie konnte Sheila Flynn es wagen, aus ihr zu trinken! Gerade wollte Cora den Vorhang aufreißen, da sagte Sheila: »Sie ist an meine Sachen gegangen, dafür kann sie was erleben.«

»Überlass das nur mir«, murmelte Jac.

»Ach, das Kleid ist bloß ein alter Fummel, aber dass sie es wagt, in mein Zimmer zu schleichen! Und es war mein bester Hut. Außerdem hat sie auch all die anderen Sachen gesehen.«

»Was für Sachen?«

Jetzt klang Sheila mädchenhaft-kindisch: »Ich hatte einen kleinen Kaufrausch. Alles Taschengeld von dir ist für wunderschöne Sachen draufgegangen.« Und sie lispelte wie ein kleines Kind: »Du magst es doch, wenn ich mich für dich hübsch mache, stimmt's, Jacky?«

Das war zu viel. Heftig riss Cora den Vorhang auf und leuchtete den Turteltauben in die Augen. Zu ihrer Genugtuung stand beiden der Schock ins Gesicht geschrieben. Sheila kletterte so hastig von Jacks Schoß herunter, dass er aufjaulte. »Seit wann bist du hier?«, wollte sie wissen.

»Seit wann hurst du mit meinem Vater herum?«, schoss Cora zurück. »Hast du vergessen, dass er immer noch mit meiner Mutter verheiratet ist?«

Jac erhob sich langsam und steifbeinig. »Hör gut zu, Cora, diese Frau bedeutet mir alles. Wag es nicht, sie in meiner Gegenwart zu beschimpfen.«

Sheila hatte Oberwasser. *Siehst du?,* sagte ihr kleines Lächeln. *Ich bin die Auserwählte.*

Cora richtete die Taschenlampe auf ihren Vater. »Was heißt ›alles‹?«

Sheila antwortete: »Wir heiraten. Wir richten uns in Barnham Street ein, also sieh dich schon mal nach einer neuen Wohnung um.«

»Wie kannst du ihn heiraten, wenn meine Mum noch lebt?«

»Scheidung«, sagte Sheila triumphierend. »Drei Jahre Abwesenheit genügen nach dem neuen Gesetz, und deine Mutter ist schon viel länger weg.«

»Aber du bist katholisch«, gab Cora zurück. »Und mein Vater auch, wenn er sich mal kurz daran erinnert. Du glaubst doch nicht an Scheidung?«

Jac schaltete sich ein: »Ich glaube an alles, was mich glücklich macht. Ich will nur jeden Abend zu Hause mit Sheila verbringen.«

»Und was soll dann aus mir werden? Ich verdiene nicht genug für eine eigene Wohnung.«

»Du suchst dir irgendwo ein Zimmer.« Sheila zwinkerte Jac munter zu. »Oder sie kann mein Zimmer zu Hause mieten.

Donal hätte bestimmt nichts dagegen.« Dann starrte sie auf das grüne Seidenkleid und bleckte die Zähne. »Die Reinigung bezahlst du mir, Cora Masson, und neue Strümpfe kaufst du mir auch. Wo ist mein Hut?«

»Wer hat mich verpfiffen?«, fragte Cora. Wichtiger als alles andere war ihr plötzlich, ob Donal sie verraten hatte. Denn dann hatte sie keinen Freund mehr auf der Welt.

»Jemand hat den Schlüssel im Schrank stecken lassen, und ich habe gehört, du warst in der Gegend. Da Donal wohl kaum in meine Kleider gestiegen ist, musst du es gewesen sein. Also, ich würde sagen: einen Fünfer Leihgebühr für den Tag. Eigentlich das Doppelte, aber ich weiß, dass du dein ganzes Geld beim Pferderennen verloren hast. Du bist eben noch dümmer als … was ist?« Aus Sheilas Augen schossen Blitze. »Was gibt es da zu lachen?«

»Ich lache über dich. Du bist wirklich der selbstgerechteste Tugendbolzen, den ich kenne.« Dann zeigte Cora auf ihren Vater und holte tief Luft. »Und er ist der größte Dieb. Seit ich arbeite, lebt er von dem Geld, das ich nach Hause bringe. Du willst ihn heiraten? Da solltest du mal deinen Geisteszustand überprüfen lassen. Vielleicht sagt er, dass er dich liebt, und kauft dir ein paar hübsche Kleider, aber in ein paar Jahren sitzt du in der Falle, beide Arme in der Waschwanne, und jeden Samstagabend gibt es ein blaues Auge. Männer wie er …«

Sie ändern sich nicht. Der Seufzer hallte in ihrem Kopf, während die Räder einer vorüberfahrenden Lokomotive kreischten. Das Gebäude bebte, und die Deckenplatten gaben das knirschende Geräusch einer Knochensäge von sich. *Er hat dir dein Leben genommen, und er wird sich nicht ändern.*

Die Worte schienen nicht aus ihrem Kopf, sondern aus der Dunkelheit vor ihren Füßen zu kommen. Aus einem rätselhaften Impuls heraus richtete sie den Strahl ihrer Taschenlampe auf den

Ziegelsteinboden. Die Ziegel waren im Fischgrätmuster verlegt, und im Verlauf von fünfzehn Jahren hatten Jacs schwere Arbeitsstiefel sie in den weichen Erdboden gedrückt. Irgendetwas war seltsam: In der Bodenmitte war ein ganzer Abschnitt in Form eines Kirchenfensters abgesunken, am oberen Ende schmal und unten breiter. »Was ist da drunter, Dad?«

»*Salope* – du Schlampe!«, zischte Jac. »Du hast kein Recht, mich auszufragen. Sheila hat mir alles über dich erzählt. Du treibst dich mit Männern, mit Seeleuten herum.«

»Verdammt, das ist nicht wahr!« Ein einziger Matrose war es gewesen, und sie hatte ihn wirklich gern gehabt. Er war sanft und freundlich zu ihr gewesen.

Jac spuckte in ihre Richtung aus. »Wenn sie am Pier nach einer Nutte suchen, um ihn reinzustecken, finden sie dich dort!«

»Nicht doch, Jac.« Sheila zog eine Schnute, aber ihre Abscheu galt Cora. »Du wurdest immerhin gesehen, wie du im Mai in der Krönungsnacht mit einem Kerl von einem Schiff gekommen bist …«

»Ein dreckiger Ausländer!«, warf Jac ein. »Deine Mutter hat wenigstens mit ihresgleichen gehurt.« Plötzlich bewegten sich beide auf sie zu. Hatte Jac irgendeine Bedrohung in ihrem Gesicht gelesen? Redete er sich gerade in Rage, damit er einen Grund hatte zu explodieren? Cora wusste, dass ihr Vater zuschlagen wollte, und Sheila würde ihn nicht davon abhalten. Ihr schmallippiges Lächeln stachelte ihn eher an.

Cora sah deutlich, worauf jetzt alles hinauslief. *Raus hier!*, schrie eine Stimme in ihrem Kopf. Sie ließ die Taschenlampe fallen und rannte. Draußen zögerte sie kurz, verwirrt durch die Finsternis, dann lief sie instinktiv Richtung Bermondsey Street und Pettrew's. Im Notfall konnte sie über die Fabrikmauer klettern und sich in einem der Außengebäude verstecken. Am Tor von Pettrew's lauschte sie, ob sie verfolgt wurde.

Nichts, nur ihr eigenes Herzklopfen. Sie sah hinauf zu den Schornsteinen und den abweisenden schwarzen Fenstern und nahm innerlich Abschied. Ihr war klar, dass sie hier nie mehr Hutbänder nähen würde. Niemals würde sie Vorarbeiter-Assistentin unter Miss McCullum sein.

3

Paris, 16. Juni 1937

Ganz allmählich erwachte Coralie de Lirac, bis der Duft gewaschener Baumwolle ihr in Erinnerung rief, dass sie sich in ihrem Schlafzimmer im Hôtel Duet befand. Sie bauschte die Kissen hinter sich auf und atmete einen Hauch von Rosenessenz ein. Während sie schlief, hatten sich die dornenlosen Zéphirine-Drouhin-Rosen in einer Vase auf dem Toilettentisch in kleine Organza-Krinolinen verwandelt.

Allen, die sie in London zurückgelassen hatte, musste es erscheinen, als hätte Cora Masson sich einfach in Luft aufgelöst. Und so war es auch. Cora Masson gab es nicht mehr.

Sie ließ den Blick über ihre Umgebung wandern, Moiré-Tapeten, weiße Spitzengardinen und ein Chinateppich. Ein crèmefarbener Kleiderschrank nahm fast eine ganze Wand ein. Hinter einem bogenförmigen Durchgang lag ein Wohnzimmer mit exquisiter Chesterfield-Sitzgarnitur. Es gab ein perlmuttfarbenes Badezimmer, das sie immer nur mit ehrfürchtig angehaltenem Atem betrat. Wenn sich die arme Cora Masson früher einmal richtig waschen wollte, war sie ins städtische Schwimmbad gegangen.

Draußen summte schwacher Verkehr auf dem Boulevard de Courcelles, und in den kurzen Momenten der Stille hörte man

Vogelgezwitscher. Die elegante Straße führte durch das 8. und 17. Arrondissement in den Nordwesten von Paris. Direkt gegenüber dem Hotel lag der Parc Monceau, in dem Coralie gern frühmorgens spazieren ging, wenn das Gras noch glitzerte. Sie lernte gerade allein zu sein, zum ersten Mal in ihrem Leben.

Später am Vormittag wetteiferten ungeduldige Pariser mit Scharen von Touristen um Platz auf den Trottoirs. Die Weltausstellung, die Exposition Internationale, hatte ihre Tore geöffnet, und laut dem Hotelportier – ein Mann, den man nie ohne die Tageszeitung *Le Petit Parisien* unterm Arm sah – schwärmten täglich bis zu 150 000 Besucher durch die Pavillons.

Als es an der Tür klopfte, rief sie »*Entrez, s'il vous plaît*«. Französisch zu sprechen wurde ihr jetzt zur zweiten Natur. Dietrich hatte ihre Geschichte akzeptiert: Sie war Coralie de Lirac, Londoner Tochter eines verstorbenen belgisch-französischen Emigrantenpaares. Auf der Zugfahrt hatte er mehr über ihre Laufbahn als Hutmacherin erfahren wollen, doch sie hatte ihn mit einem »Ich mache Hüte, wenn mir danach ist« abblitzen lassen. Daraufhin hatte er nicht weiter nachgefragt. In seiner Welt schien es für junge Frauen normal zu sein, eine Arbeit zum Vergnügen anzunehmen und sie wieder fallen zu lassen, sobald sich andere, aufregendere Möglichkeiten boten. Was ihr fließendes Französisch betraf, mit dem sie in London stets alle verblüfft hatte, so sprach er selbst drei Sprachen und schien es völlig angemessen zu finden, dass sie immerhin zwei beherrschte.

Allerdings war er von ihrem Akzent nicht beeindruckt gewesen. »Du klingst wie ein Küchenmädchen. Ich werde dich zu einer Bekannten zum Unterricht schicken.« So überquerte Coralie nun zweimal täglich die Seine, um Konversation mit Mademoiselle Deveau zu machen. Dietrich war vor Jahren in Berlin ihr Schüler gewesen. »Jemand, der Deutsche dazu bringen kann, das ›r‹ hinten im Hals zu rollen und ›feuille‹ wie ein Franzose auszusprechen, wird dein Französisch im Handumdrehen auf Vordermann bringen.«

Zweimal zwei Stunden Unterricht täglich hatten Coralies Französisch schnell den letzten Schliff gegeben, aber die intensive geistige Anstrengung ermüdete sie. Um sich zu entspannen, ging sie den Weg zu Mademoiselle Deveaus Appartement am linken Seine-Ufer immer zu Fuß, und jedes Mal nahm sie eine andere Brücke. So sah sie Paris aus immer neuen Blickwinkeln. Der Hotelportier hätte ihr jederzeit ein Taxi gerufen, und Dietrich hatte sie für derlei Extras mit Bargeld ausgestattet, aber sie liebte ihre Erkundungsausflüge. Die Pariser Mauern schimmerten in den Farben von ungebleichtem Mehl und goldenem Feingebäck. Die Dächer hatten alle die gleiche Neigung, mit Gaubenfenstern, die aus dem Schiefergrau herausschauten. An den ersten und zweiten Stockwerken zogen sich Balkone wie schwarze, eiserne Spitzenborten entlang. Selbst Bäume, Laternenmasten und die Dächer von Métro-Eingängen begeisterten Coralie.

»Du bist empfänglich für das Genie von Haussmann«, hatte Dietrich zu ihr gesagt. »Er hat Stein und Licht vereint, damit sich der Blick vom Straßenpflaster in den Himmel hebt. Für die Bäume an den Boulevards musst du dich bei Napoleon III. bedanken. Und was dir an den geschwungenen Bänken und Straßenlampen so gefällt, das ist der Jugendstil.«

Dietrich genoss es, zu ihrer Bildung beizutragen, wenn er Zeit dazu hatte. Meistens war er tagsüber allerdings damit beschäftigt, seine zahlreichen Kontakte zu pflegen. Nach ihrer Ankunft hatte er ihr jedoch einen ganzen Tag gewidmet und war mit ihr in das Kaufhaus *Printemps* gegangen. Er hatte sie einer *vendeuse*, einer Verkäuferin, übergeben und gesagt: »Mademoiselle hat auf der Reise ihr Gepäck verloren. Bitte sorgen Sie dafür, dass sie alles bekommt, was sie braucht.«

Drei Stunden lang hatte die *vendeuse* sie mit Beschlag belegt.

Jetzt war der überdimensionierte Kleiderschrank mit Sommerkleidern, Jacken und Schuhen gefüllt. Ihre Wäscheschublade enthielt so feine, hauchzarte Unterwäsche, dass Coralie fast nicht wagte, sie anzuziehen.

Dietrich kündigte an, dass er demnächst mit ihr seinen Lieblingscouturier aufsuchen wollte. Dort sollte sie Kleider bekommen, die eine andere Frau aus ihr machen würden. Doch da hatte sie sich widersetzt. Ein Mensch konnte nur ein bestimmtes Maß an Veränderung auf einmal vertragen, und außerdem sollte Dietrich nicht ständig Geld für sie ausgeben. Es reichte, dass er sie nach Paris gebracht hatte. Aber es schien ihm Freude zu bereiten, und an Geld herrschte bei ihm offenbar kein Mangel.

Das Zimmermädchen stellte ein Frühstückstablett ab. »*Bonjour, Madame. Avez-vous bien dormi?*«

»Wie ein Whippet, der einem Bus bis nach Brighton hinterhergerannt ist.«

Sie antwortete auf Englisch, weil sich das auf Französisch einfach nicht sagen ließ. Jeden Morgen beantwortete sie die Frage anders, und jedes Mal lachte das Mädchen, obwohl es bestimmt kein einziges Wort verstand. Nachdem es die Vorhänge aufgezogen und eine Woge von Licht hereingelassen hatte, verschwand es wieder. Coralie schnupperte ausgiebig.

Gut. Kein Kaffee. Die Küche hatte eine Woche gebraucht, um Tee anstelle von Kaffee heraufzuschicken. Dann hatte es noch eine weitere Woche gedauert, bis endlich ein Getränk kam, das den richtigen Braunton hatte, mit Milch anstelle von Zitrone. Zitrone zu Pfannkuchen, gern. Auch gegen ein paar Tropfen Zitrone in der Haarspülung oder um die Fensterrahmen zum Glänzen zu bringen, war nichts einzuwenden … aber in einer Tasse Tee? Die Franzosen mussten noch viel lernen. Dafür wussten sie wahrhaftig, wie man Brot backte, und die Croissants waren unbeschreiblich. Das Hotel bezog seine von einem Bäcker, aus dessen Ofen sie direkt auf das Tablett sprangen. Sie wurden mit weißer Butter und Marmelade – *confiture* – serviert, die nichts mit der roten Paste gemein hatte, die sie immer im Laden an der Ecke Barnham Street gekauft hatte.

Hör auf, an die Barnham Street zu denken.

Sie schenkte sich Tee ein, belud sich den Teller und wollte zurück ins Bett schlüpfen, bevor ihr Nachthemd völlig auskühlte. Aber da klingelte das Telefon.

»Hundeheim Battersea, Lady Basset am Apparat«, scherzte sie. Denn es gab nur einen einzigen Menschen in Paris, der sie anrief. Allerdings befand sich dieser zurzeit nicht in der Stadt, er war geschäftlich in Deutschland. Vor vier Tagen war er abgereist und wollte zunächst in die Schweiz und dann heim nach Berlin fahren. Er sollte erst übermorgen wieder in Paris eintreffen.

»Guten Morgen, Coralie. Hast du meine Rosen erhalten?«

»Sie kamen zum Dinner. Weißt du, was? Noch nie hat mir jemand Rosen geschickt.« Oder überhaupt irgendwelche Blumen, abgesehen von dem Veilchenstrauß, den Donal ihr einmal an Ostern verlegen in die Hand gedrückt hatte …

Denk nicht an Donal.

»Das freut mich. Ich möchte gern in allem für dich der Erste sein.«

Sie biss sich auf die Lippe und fragte sich, wie er reagieren würde, wenn sie ihm sagte, dass man ein zerbrochenes Ei nicht wieder zusammenfügen oder einer Kirsche den abgefallenen Stängel nicht wieder ansetzen konnte. Wäre nicht fünf Wochen zuvor das Handelsschiff *Antigone* in die Docks von Rotherhithe eingelaufen, dann wäre ihre Jungfräulichkeit noch heute intakt. Aber dieses Thema verschob sie lieber auf später. »Ich frühstücke gerade im Bett. Und was machst du?«

»Faules Mädchen, ich habe mein Frühstück schon vor Stunden eingenommen. Ich stehe immer mit der Sonne auf. Eine

Gewohnheit aus Zeiten, als ich noch auf dem Land wohnte. Ich bin regelmäßig zum nächsten Hof gewandert und habe dort den Hahn geweckt.«

Sie lachte. Sie mochte Dietrichs Art, Geschichten zu erzählen, auch wenn sie noch so banal waren. In ihren ersten gemeinsamen Tagen hatte er ihr viele nette Dinge gesagt. Zum Beispiel, dass sie ihn dazu brachte, in Bildern zu denken.

Zuerst hatte sie das verwirrt. »Bilder … weil ich ein Dummchen bin?«

»Du drückst dich in Bildern aus, daran sehe ich, dass du den Blick einer Künstlerin hast. Das finde ich anregend«, hatte er gesagt.

Coralie nahm sich ein Croissant und setzte sich mit übereinandergeschlagenen Beinen auf das Bett. »Wo bist du? Noch in Berlin?« Dort besaß er eine Wohnung, und in einer anderen, kleineren Stadt ein Haus. Er hatte ihr erzählt, dass seine Frau mit den Kindern dort lebte, einem Jungen und einem Mädchen. Sie kannte Dietrich nun seit fünfzehn Tagen, zählte man den Tag des Derbys dazu, und das war bisher so ziemlich alles, was sie über ihn erfahren hatte.

»Ich bin in einem Café Nähe Leningrad, und draußen wartet ein Taxi.«

Leningrad? »Ich dachte, du wärst in Berlin.«

»Ich meine doch die Rue de Leningrad. Keine zehn Minuten entfernt. Kann ich mit dir frühstücken?«

Ihr Herz klopfte. Kein Wunder, dass die Fernsprechverbindung so gut war! »Ich habe dich noch gar nicht zurückerwartet.«

»Ich habe gehofft, du würdest dich freuen. Ich wollte dich sehen. Also?«

»Du hast gesagt, du hättest schon gefrühstückt.«

»Ja, vor Stunden, im Zug. Also?«

»Natürlich.« Sie konnte ihn schwerlich abweisen. Und das

wollte sie ja auch gar nicht. Jetzt war sie vier Tage lang allein gewesen, bis auf Mademoiselle Deveau, das Zimmermädchen und die Frau, die ihr das Haar gemacht hatte. Vier Tage ohne einen anständigen Plausch waren eine lange Zeit für ein Fabrikmädchen.

Während sie die Krümel von der Bettdecke schnippte, überlegte sie, was sie anziehen sollte. Eines ihrer neuen Kleider, oder sollte sie im Nachthemd bleiben? Es war aus rosa Satin und fühlte sich eher wie ein Abendkleid an. Nur war sie darunter vollkommen nackt, was geradezu eine Einladung darstellte. Andererseits hatte sie ihm gesagt, dass sie sich noch im Bett befand, daher wäre es komisch, wenn sie ihn jetzt gleich in Kleid und Strickjacke begrüßte.

Entspann dich, Mädchen. Dietrich hatte sie hier untergebracht, weil er am Tag genauso wie in der Nacht ihre Gesellschaft wollte. Er hatte eine Suite in dem Stockwerk über ihr bezogen und dann unerwartet auf Geschäftsreise gehen müssen, doch das änderte nichts an ihrem unausgesprochenen Vertrag.

Tatsächlich hatte sie Angst, dass sie ihn enttäuschen würde und dann alles vorbei war. Dietrich wollte »ihr Erster« sein, aber früher oder später würde er merken, dass ihm da jemand um Haaresbreite zuvorgekommen war. Wie sollte sie ihm das bloß erklären? In ihrer Welt redeten Mädchen nicht über solche Dinge. Zumindest nie mit Männern. Entweder behielten sie ihre Jungfräulichkeit bis zu ihrem Hochzeitstag, oder sie machten ihre Männer beim ersten Mal betrunken, sodass die nichts mitbekamen. Sie konnte sich nicht vorstellen, Dietrich betrunken zu machen, wenn er es nicht selbst wollte.

Aber spielte das überhaupt eine Rolle? Sie war nicht so naiv zu glauben, dass es für sie eine gemeinsame Zukunft geben könnte. Selbst wenn er zu Hause in Deutschland keine Frau gehabt hätte, war eine Ehe unvorstellbar. Er war nicht nur reich und eine Persönlichkeit auf dem internationalen Parkett, er trug auch noch einen Titel. Dietrich August Graf von Elbing. Die Kellner und Portiers des Duet nannten ihn daher »Monsieur le Comte«. Sie dagegen würde man niemals mit »Madame la Comtesse« anreden.

»Heut' wird's nichts mit der Heirat, meine Frau lässt mich nicht gehen«, trällerte sie, um ihre flatternden Nerven zu übertönen, während sie das Wasser am Waschbecken im Bad aufdrehte. Er hatte gesagt, er bräuchte zehn Minuten, aber angesichts des Pariser Verkehrs rechnete sie eher mit fünfzehn. Vor dem Spiegel versuchte sie ihre Locken zu glätten, wie die *coiffeuse* es ihr gezeigt hatte.

Gerade putzte sie sich die Zähne, da klopfte es an der Tür. Das konnte doch wohl nicht sein? Als sie aus dem Bad eilte, stand sie vor Dietrich. Mit Pfefferminzschaum auf den Lippen tadelte sie ihn: »Das waren nie im Leben zehn Minuten.«

»Neun, glaube ich.« Dietrich warf sein Jackett über einen Stuhl, dann zog er seine Krawatte ab und warf sie hinterher. Erschreckend wach stand er da, in Hemdsärmeln und geknöpfter Weste, und deutete auf ihre Zahnbürste. »Du siehst aus wie die Freiheitsstatue, wenn auch mit leicht geschrumpfter Fackel. Guten Morgen. Gehen wir zu Bett?«

Die direkte Frage hatte sie aus der Fassung gebracht, und sie griff zur ersten Ausflucht, die ihr in den Sinn kam – Dietrich musste Stunden im Zug verbracht haben, er wollte doch sicher zuerst ein schönes heißes Bad nehmen? Ohne auf Antwort zu warten, eilte Coralie zurück und drehte die Hähne an der Wanne auf. Dann spülte sie sich den Mund aus und warf einen Blick in den Spiegel. In dem beschlagenen Glas sah sie aus wie ein reifer Pfirsich. Wieder im Schlafzimmer, fragte sie: »Möchtest du eine Tasse Tee?«

»Tee? Gütiger Himmel! Wenn schon, dann Kaffee. Ich werde ihn in der Wanne trinken.«

Sie rief den Zimmerservice an. Dann schob sie konzentriert das Geschirr auf ihrem Frühstückstablett herum, denn Dietrich sah aus, als beabsichtige er, sie in die Arme zu nehmen. Er wirkte nervöser als sonst, was aber vielleicht daran lag, dass er die Nacht im Zug verbracht hatte. Sie wünschte, sie könnte auftreten wie die Frauen in den Filmen, mit Hüftschwung und gehauchtem »Daaarling«, aber das hatte sie nie gelernt. Niemand hatte je versucht, sie zu verführen. Tatsächlich hatte sie nicht einmal im Inneren eines Hauses mit jemandem geschlafen. Der Matrose und sie waren im Southwark Park gewesen. »Du kannst in dieser Wanne nicht Kaffee trinken. Die ist ein Monster. Sie verschluckt dich.«

»Coralie?« Er lächelte sie geduldig an, aber sie ahnte, dass er frustriert war. »Du plapperst Unsinn.«

Sie stürzte davon, um das Badewasser abzudrehen, und er folgte ihr. Sie spürte, wie er ihren Körper mit den Augen verschlang. In den ersten beiden Tagen in Paris hatte sie weder essen noch schlafen können. Jedes Mal, wenn sie die Augen schloss, hatte sie ihren Vater auf sich zukommen sehen, während Sheila beifällig lächelte. Dietrich hatte ihr Schlaftabletten besorgt und sie dabei streng angewiesen, es damit nicht zu übertreiben.

»Dir ist etwas zugestoßen, und es hängt mit dem hier zusammen.« Sanft hatte er ihr blaues Auge berührt, das zu dem Zeitpunkt in allen Regenbogenfarben schillerte. »Du bist davongelaufen, soviel ich weiß. Ich nehme an, du bist aus einer üblen Geschichte geflohen?«

Sie hatte genickt und die Veronal mit Wasser hinuntergespült.

»Was auch immer dir durch den Kopf geht, lass es hinter dir. Ehe du dich's versiehst, hast du dich wieder daran gewöhnt, glücklich zu sein.«

Das hatte sie auch versucht, und seither war immerhin ihr Appetit zurückgekehrt. Ihr verschwommenes Spiegelbild im Badewasser zeigte, dass drei anständige Mahlzeiten täglich alle Spuren ihrer hungrig verbrachten Kindheit ausgelöscht hatten. Plötzlich legte sich Dietrichs Schatten über ihren eigenen.

»Die brauchen aber lange mit dem Kaffee. Ich rufe noch mal an«, bemerkte sie hastig.

Dietrich begann sein Hemd aufzuknöpfen. »Sag ihnen, stark und ohne Milch. Mit einem viertel Teelöffel Zucker.«

Sie nutzte die Zeit, um einen langen Morgenmantel über ihr Nachthemd zu ziehen. Als der Kaffee kam und sie ihm seine Tasse brachte, lag er bereits in der Wanne, die Arme über den Rand gebreitet.

Noch nie hatte sie einen erwachsenen Männerkörper in Ruhe betrachten können. Im Southwark Park hatten der Matrose und sie sich unter dem nächtlichen Sternenhimmel geliebt. Im Film nahmen nur Frauen Bäder, wobei sie in Handtücher gehüllt ins Wasser stiegen und unter einem Berg aus Schaumblasen verschwanden. Sie hatte nie gesehen, wie das Brusthaar eines Mannes im Wasser dunkel und glatt wurde oder helle Haut langsam den Farbton wechselte. Oje, sie spürte, wie sie rot wurde. »Ich lasse dich jetzt allein, damit du, äh, dich waschen kannst.«

»Aber du hast mir meinen Kaffee noch gar nicht gegeben. Setz dich und unterhalte dich ein bisschen mit mir.«

Sie ließ sich auf dem Wannenrand nieder und starrte auf Dietrichs muskulösen Brustkorb und weiter hinab bis zu seinem Bauchnabel.

Er setzte sich auf und wischte sich mit der flachen Hand das Wasser vom Gesicht, dann nahm er seinen Kaffee. »Warum hast du einen Mantel angezogen?«

»Das ist mein Morgenrock.«

»Aber die Absicht ist dieselbe. Dachtest du, es würde hier drin regnen?« Er schnippte ein wenig Wasser nach ihr. »Oder hast du Angst zu frieren? Es hat mindestens fünfundzwanzig Grad.«

»Nur fünfundzwanzig Grad?« Sie sah selbst, wie der Satin sich in den Dampfschwaden an jede ihrer Rundungen schmiegte.

Er wandte den Blick nicht davon ab. »Zieh ihn aus. Ich möchte deine Arme sehen. Und auch deinen Hals und deine Schultern. Du hast einen göttlichen Körper, Coralie, das ist mir schon bei unserer ersten Begegnung aufgefallen, noch bevor ich dein lädiertes Auge sah. Versteck ihn nicht vor mir.«

»Ich verstecke gar nichts.« Sie streifte den Morgenmantel ab.

»Komm näher.« Dietrich streckte seine freie Hand aus und legte sie ihr um die Taille, dann zog er sie zu sich. Sie spürte den Abdruck seiner nassen Hand und sah, wie er die Augen schloss. Als er durch den Satin ihre Brust umfasste, schrie sie leise auf. Langsam öffnete er die Augen, und sie ahnte, dass er lächelte, obwohl sein Mund sich nicht bewegte. Er war so ernst, so perfekt, dass sie den Drang verspürte, sich vorzubeugen und seine Lippen mit den ihren zu berühren.

»Nimm mir die Tasse ab.«

Sie griff nach der Tasse und senkte den Blick, denn sonst hätte sie seine Erregung gesehen. Dies war die Sorte Realität, mit der man schrittweise umzugehen lernte. Erst im Dunkeln, dann im Dämmerlicht. Als sie die Tasse nahm, traf der Kaffeeduft sie wie ein Schlag. Alles Blut wich ihr aus dem Kopf, und wie aus weiter Ferne hörte sie das Scheppern von Porzellan und schmeckte Seife. Dann war da nur noch ein rot gefärbtes Nichts.

Als sie zu sich kam, war sie warm eingepackt, nackt, und hörte gleichmäßiges, ruhiges Atmen neben sich. Man hatte sie also, nachdem sie Dietrich kopfüber in den Schoß geplumpst war, wie ein Kind abgetrocknet und anschließend wie eine Betrunkene ins Bett gepackt. Wenn sie jedes Mal beim Duft von Kaffee in Ohnmacht fiel, würde sie in Paris nicht lange überleben.

Sie musste nachsehen, ob Dietrich wohlauf war. Womöglich

hatte ihn der Kaffee verbrüht, oder Porzellansplitter waren ihm ins Auge geflogen! Aber er wirkte unversehrt, seine Gesichtszüge fast jungenhaft, wie er so schlafend dalag. Als sie sich an ihn schmiegte, legte er den Arm um sie und zog sie an sich. Die Seife des Hôtel Duet duftete nach Frühlingshyazinthen.

»Coralie.« Mit jeder Silbe wurde er wacher, und dann lagen seine Arme um ihren Körper und seine Lippen auf ihren, erst erkundend, dann drängend, während das Begehren die Oberhand gewann. Coralie überließ ihm die Führung und war froh, dass er bei diesem ersten Mal nichts Besonderes von ihr erwartete. Er war ein Mann, der bei allem die Führung übernahm und sie mit sich zog … und warum auch nicht? Sie ließ sich fallen und vertraute ihm, und lustvoll erlöst schrie ihr Körper auf. Falls Dietrich bemerkt hatte, dass sie keine Jungfrau mehr war, so hatte er nichts dazu gesagt. Oder es schien ihm nichts auszumachen. Damit verschwand diese Sorge, und als sie die Augen schloss, zog unmerklich die Liebe in ihr Bett ein.

4

Bei einer Wohltätigkeitstombola hatte sie einmal einen Topf mit Honig gewonnen. Der Teppich im Salon von Maison Javier hatte die gleiche Farbe. Sein Flor kräuselte sich über den Spitzen ihrer Schuhe. Gleich sollten sie sich die Nachmittagsschau ansehen, und Coralie zitterte innerlich wie eine Solistin vor dem Konzert nach zu wenigen Proben.

Dietrich ging voraus zu einer Bank aus crèmefarbenem Leder und setzte sich, einen Arm über die Rückenlehne gelegt. Coralie versuchte seine Haltung nachzuahmen, aber das war schwierig in dem Kleid, und schließlich saß sie so steif da wie bei einem Bewerbungsgespräch. Er hatte sie nach dem gemeinsamen Mittagessen auf den nahen Champs-Élysées hierher in die Rue de la Trémoille geführt und ihr erklärt, er habe dieses Haus ausgesucht, weil Roland Javier als Spanier die Weiblichkeit verehre. Nie versuche er, seine Kundinnen wie kleine Mädchen, Schaubudenfiguren oder gar wie Knaben zu kleiden. »Außerdem sind die meisten seiner Mannequins sehr groß. Es ist unsinnig, *haute couture* von einer Venus im Taschenformat vorführen zu lassen.«

Noch ganz im Bann der letzten Liebesstunden hatte Coralie lächelnd genickt. Im Bett mit Dietrich war sie zur Frau geworden, indem sie lernte hinzusehen, ohne rot zu werden, zu berühren und berührt zu werden. Hier im Salon des Elite-Couturiers fühlte sie sich um ein paar Stufen zurückgeworfen.

Dietrich hob ihre Hand an seine Lippen. »Du darfst das Ganze genießen, weißt du. Bist du in London nie bei Molyneux, bei Stiebel oder Norman Hartnell gewesen?«

»Eigentlich nicht.« Sie nahm an, dass er Modeschöpfer aufzählte, aber sicher war sie sich nicht. Daher wich sie seinem Blick aus und kramte in ihrer Handtasche, einem hübschen kleinen Rechteck aus allerweichstem Leder von Hermès. Ein Geschenk von Dietrich. Um irgendetwas zu sagen, schalt sie ihn: »Du sollst nicht dein ganzes Geld für mich ausgeben.«

»Für wen sollte ich es denn sonst ausgeben?«

Sie dachte an Ottilia, und dann an seine Frau, aber laut sagte sie: »Für dich, natürlich.«

»Ein Mann kann nicht mehr als eine bestimmte Menge schwarzer, grauer oder blauer Anzüge besitzen, und da ich ständig unterwegs bin, kann ich auch nicht Autos oder Pferde sammeln.«

»Warum bist du eigentlich ständig unterwegs?« Ihrer Erfahrung nach waren Männer, die häufig den Ort wechselten, entweder auf der Flucht vor der Polizei oder vor Schuldeneintreibern.

»Ich sitze eben nicht gern zu Hause. Und Einkaufen macht mir auch keinen Spaß. Würdest du denn einen Mann bewundern, der vierzig Paar Schuhe besitzt?«

Einer Antwort auf ihre ernsthafte Frage war er damit elegant ausgewichen, aber sie ließ das Thema fallen, denn jetzt stellte Josette, die *vendeuse*, die man ihr zugeteilt hatte, gekühlte Weingläser und Mandelplätzchen vor sie hin. Wie dekadent, Alkohol um drei Uhr nachmittags. Kaum war ihr der Gedanke gekommen, trat sofort ein anderer an seine Stelle – sie sah ihren Vater vor sich, auf dem Weg durch die Shand Street zu seinem Mittagsbier. Sie atmete tief durch, bis das Bild verschwand. In mancherlei Hinsicht mochte sie ja die Tochter ihres Vaters sein, aber niemals, was die Trinkerei betraf.

Musik erfüllte den Salon, sanfte Geigenklänge strömten hinter einem blumengeschmückten Bühnenrahmen hervor. Flache Stufen führten zu einem Laufsteg hinab, der direkt vor ihren Sitzplätzen endete. Ungefähr zehn Damen teilten sich mit ihnen die Bank, die an die zehn Meter lang sein musste. Manche waren offenkundig Mütter und Töchter, und alle saßen sie in der gleichen mühelosen Haltung da, die Knie geschlossen, die Beine leicht seitlich gestellt. Alle trugen Kostüme oder elegante Stadtkleider. Coralie hatte das Gefühl, dass sie, ohne auch nur den Kopf zu drehen, ihr geblümtes rosa Baumwollkleid mit den Rüschen und der Schleife am Dekolleté geprüft und ihm eine schlechte Note verpasst hatten. Sie liebte dieses Kleid und hatte auch noch darauf beharrt, als jene erste *vendeuse* bei Printemps versucht hatte, es ihr auszureden. »Es ist zu überladen für Mademoiselle, und rosé schmeichelt so heller Haut nicht.«

Was für ein Pech. Rosa war ihre Lieblingsfarbe. Sie mochte es so sehr, dass sie gleich auch noch ein Kleid in Nelkenrosa und eines in Krapprot gekauft hatte. Aber aus den Blicken zu schließen, die sie hier trafen, wurde Rosa nicht als angemessene Farbe für die elegante Tageskleidung betrachtet. Wieso hatte Dietrich nichts gesagt?

Sie überlegte gerade, ob sie ihn vielleicht zum Gehen bewegen konnte, als ein schwarz gekleidetes Mädchen die Bühnenvorhänge zurückband. Eine Frau in mittleren Jahren, die Josette flüsternd als die *directrice* bezeichnete, verkündete daraufhin den Beginn der Nachmittagsschau.

Coralie machte es sich bequem, denn trotz allem war sie neugierig. Sie musste ja nur ein paar Kleider aussuchen. Dann würde Dietrich sie kaufen, und alle wären glücklich.

Das erste Mannequin hatte goldenes Haar. Es schlenderte an ihnen vorbei, während die *directrice*, Mademoiselle Liliane, das Ensemble beschrieb.

»Heloïse trägt Nummer eins, Esprit. Aus glänzender Baumwolle gearbeitet, ist dieses einfache Kleid perfekt zum Nachmittagstee, für einen Museumsbesuch, selbst einen kleinen Waldspaziergang. Mesdames, Monsieur, beachten Sie die schmalen Falten, die sich ausstellen, wenn Heloïse sich bewegt. Esprit fällt geschmeidig und schwingt bei jedem Schritt mit. Eine Symphonie aus Linie und Bewegung.«

Nach zehn Minuten derartiger Kommentare schwirrte Coralie der Kopf. Wie sollte man sich so viele Namen merken? Esprit, Élan, Eldorado, Elderberry. Nein, Elderberry war nicht dabei, aber trotzdem … Und wer auch immer diese Kleider entwarf – hieß der Mann Javier? –, hatte es ausschließlich mit Weiß. Weiß über Weiß, getragen von langhalsigen Mädchen mit den grazilen Armen von Tänzerinnen. Es war, als würde man einer Schar Störche zusehen. Keinerlei Muster, Punkte oder Streifen. Es war alles so trist.

Daher konzentrierte sie sich, statt die Kleider zu betrachten, auf die Mädchen, die sie vorführten. Zwei waren zierlich und braunhaarig, Nelly und Zinaida. Sie lachten und waren das, was Mademoiselle Deveau als *»animée«* bezeichnet hätte. Die größeren schauten allesamt ernst drein, als machten ein paar Zentimeter mehr das Lächeln unmöglich. Manche waren geradezu statuenhaft, andere schlank wie Schilfrohr. Der Teint aller Mädchen war makellos, und irgendwo hinter der Bühne musste es einen hauseigenen Friseur geben. Vor einer Stunde war Coralie noch mit ihrem Körper völlig zufrieden gewesen. Jetzt konnte sie nur noch an das Fett denken, das sie am Po zugelegt hatte, und an ihre kräftigen Schultern, die sie dem Bügeln bei Granny Flynn verdankte. Jedes Mal, wenn ein Mädchen durch den Bogen entschwebte, nahm im Tempo von Mademoiselle Lilianes Kommentar ein anderes ihren Platz ein. Hinter der Bühne fand sicher ein hektisches Treiben statt, um die Mädchen jeweils in das nächste Kostüm zu bekommen und ihnen den passenden Hut aufzusetzen. Aber wenn sie herauskamen, ruhig und majestätisch wie Schwäne, war davon nichts mehr zu erahnen.

»Wunderbar, nicht?«, fragte Dietrich.

»Sie könnten direkt aus einem Hollywood-Film stammen.«

»Ich meine die Kleider.«

»Oh, die sind wirklich hübsch. Nur ist da so viel Weiß.«

»Es ist eben eine Frühjahr/Sommer-Kollektion. Ah.« Dietrich wies mit dem Kopf auf ein Mädchen in einem Rohseidenkostüm. »Schwarz. Bist du jetzt zufrieden? Achte darauf, die Nummern von allen, die dir gefallen, zu notieren.« Er reichte ihr Notizblock und Bleistift, die Josette zuvor auf ihren Tisch gelegt hatte. Coralie hatte angenommen, das diene dazu, ihre konsumierten Getränke zu notieren.

»Um ehrlich zu sein, Dietrich, ich sehe mich nicht darin.«

Hatte sein Blick einen Moment auf ihren Rüschen und der Schleife geruht? »Denkst du, ich habe dich hier aus Versehen hergebracht? Javier ist nicht für Frauen, die möchten, dass ihre Kleider auf zehn Kilometer auffallen. Ottilia trägt auch Javier.«

Verflixt. Ottilia. Natürlich, sie brauchte nur daran zu denken, wie die Frau beim Derby gekleidet gewesen war. Coralie zog mit ihrem Bleistift eine eifersüchtige Zickzacklinie, dann schrieb sie »Esprit«, weil das der einzige Name war, der ihr noch einfiel. Als Mademoiselle Liliane das schwarze Krepp-Kostüm mit »Envie« bezeichnete, notierte sie das ebenfalls.

Seufzend winkte Dietrich eines der Mannequins heran. »Mademoiselle, würden Sie bitte …« Das Mädchen nahm eine laszive Pose ein. »Coralie, schau genau hin. Siehst du? Es mag ein schlichtes Kleid sein, aber lass deine Augen ein bisschen wandern. Siehst du den Ärmel?«

Gehorsam folgte sie seinem ausgestreckten Finger. Seide in einem Blauton, der sie an Gebetsbücher erinnerte, die zu lange im Schrank gelegen hatten.

»Achte auf die Details.«

Sie starrte hin, als würde sie das Etikett auf einer sehr kleinen Dose entziffern müssen. Der Ärmel endete in einer umgeschlagenen Manschette mit winzigen Pilzknöpfen, die in makellos glatten Schlaufen steckten. Mit Garn in genau demselben Farbton wie das Kleid war ein Rosenmuster eingearbeitet worden. Jeder Stich war exakt gleich lang, und das bewunderte sie jetzt tatsächlich. Sie hatte zwei Jahre Übung gebraucht, um den Standard zu erreichen, der bei Pettrew & Lofthouse verlangt wurde, jeder Stich exakt gleich lang. »Ich hätte die Stickerei fröhlicher gemacht.«

»Du hast es immer noch nicht verstanden.«

Zu ihrer Erleichterung tauchten nun azurblaue Tageskleider auf, danach erschienen die Mannequins in Strandkleidung, dann in knappen Tenniskleidern. Endlich ein paar bunte Stoffe. Die Abendkleider, die die Schau beschlossen, waren in gedeckten Farben gehalten, aber sie waren aufregend geschnitten, und die Mädchen trugen auffälligen Modeschmuck dazu. Coralie notierte ein paar weitere Namen; Dietrich lächelte und nahm ihre Hand.

»Hast du genug?«, fragte sie und meinte damit: *Sollen wir zurück ins Hotel gehen?*

»Aber Coralie, wir haben doch noch gar nicht angefangen.«

Sie unterdrückte ein Stöhnen.

Als die letzte gekräuselte Welle in Weiß durch den Bühnenrahmen verschwand, kehrte ihre *vendeuse* zurück. »Sind Sie ein wenig überwältigt, Mademoiselle de Lirac? Es ist eine lange Schau. Monsieur Javier konnte sich nicht zwischen seinen Modellen entscheiden und hat am Ende fast sechzig mit hereingenommen. Aber gefällt es Ihnen denn?«

Coralie nickte etwas zu heftig. »Wunderbar, Josette, vielen Dank. Nur glaube ich nicht, dass ich heute gleich etwas anprobieren möchte.«

Josette reagierte mit einem verwirrten Stirnrunzeln. »Oh, natürlich nicht, das wäre ja gar nicht möglich.«

Coralie begriff, dass sie ins Fettnäpfchen getreten war. Aber warum?

Als sie am nächsten Tag in das Taxi stieg, das der Portier des Duet für sie beide bestellt hatte, hörte sie, wie Dietrich den Fahrer anwies: »Boulevard de la Madeleine«. Während sie losfuhren, sagte er: »Wir besuchen unseren Lieblingshutladen.«

»Ach, ich dachte, wir hätten nur das blonde Haar gemeinsam.«

Scharf sah er sie an. »Gewiss doch mehr als das. Wenn es heute ein Rennen gäbe, würde ich dich mit nach Longchamps nehmen und auf den Gewinner wetten lassen. Dann würde sich für unsere Affäre ein Kreis schließen.«

Unsere Affäre. Während das Taxi den Boulevard Malesherbes hinunterbrauste, ging Coralie das Wort immer noch durch den Kopf. »Affäre«, das hieß Ehebruch. Affären waren schmutzig und für gewöhnlich kurzlebig. Und doch war an ihren Gefühlen für Dietrich nichts Schmutziges. Sein Gesicht im Profil, seine Stimme am Telefon, wenn er sie anrief, um sie zum Lunch oder ins Bett einzuladen. Die Schmetterlinge in ihrem Bauch, wenn er ihr die Hand sanft auf den Rücken legte oder sie beim Arm nahm. Das fühlte sich so völlig rein an, auch wenn die Welt es vermutlich anders sah. Wenn Dietrich für sie doch nur ebenso empfinden würde.

Als das Taxi auf die Place de la Madeleine einbog, lenkte die gewaltige Säulenfront einer Kirche sie von ihren Gedanken ab. Sie verdrehte noch den Kopf, um einen allerletzten Blick auf La Madeleine zu erhaschen, da hielt das Taxi hinter einem blitzenden Talbot mit Chauffeur am Steuer. Als Dietrich ihr die Tür öffnete, sprang sie hinaus und eilte zu einem Schaufenster voller Hüte auf Metallständern.

Sie waren alle rosafarben, von zartestem Pfirsich intensiver werdend zu Koralle und Flamingo. Manche waren mit Gänsefedern geschmückt, andere mit Federn von gefärbtem Perlhuhn oder Hahn, die in der Modewelt allerdings *coque* hießen. Ein Hut hatte eine mit flaumigen Straußenfedern gefütterte Krempe, die bestimmt entsetzlich kitzelte. Ihr Blick wanderte immer wieder zu dem letzten Modell in der Reihe. Es war krabbenrosa und verkörperte trotz seiner gefärbten Coque-Federn die absolute Schlichtheit. Obwohl der Hut sie entfernt an Sheila Flynn erinnerte, hätte sie viel dafür gegeben, ihn zu besitzen. Dann wanderte ihr Blick nach oben: Der Name *La Passerinette* war in das Schaufensterglas geätzt. Über dem »i« war ein kleiner, grauer Vogel abgebildet, der sich gerade auf dem Buchstaben niederließ. Ein Spatz? Ein Fink? Oder ein bedauernswertes Geschöpf, das gleich an Vogelleim kleben bleiben würde? Ein wenig so fühlte sie sich nämlich.

In diesem Laden würde man sie innerhalb von fünf Minuten bloßstellen. Sie blickte sich nach Dietrich um und erwog, sich den Knöchel – oder was auch immer – zu verstauchen, um wieder in das sichere Taxi zurückkehren zu können. Aber das Taxi fuhr gerade davon, und Dietrich hielt ihr die Ladentür auf.

»Du stehst auf der falschen Seite der Scheibe, Liebchen. Komm schon.«

Der Salon von La Passerinette war gerade geräumig genug, um zwei Tischen Platz zu bieten, jeder mit einem Dreifachspiegel versehen, dazu ein Sofa, auf das Dietrich mit einer Vertrautheit zusteuerte, die Coralies Unbehagen noch steigerte. Eine einzelne Assistentin kümmerte sich um eine alte Dame in Schwarz. Sie waren mitten in eine Auseinandersetzung hineingeplatzt, denn soeben bellte die Kundin, ihr Kopf messe »sechsundfünfzig Zentimeter, seit eh und je. Behaupten Sie nicht, es wären siebenundfünfzig. Dummes Ding!«

Die Assistentin hatte Mühe, ihr Maßband um das Haar der Frau zu bekommen. »Um sicher zu sein, müssen wir Ihre Locken mit einrechnen, Madame la Marquise. Madame haben immer noch bemerkenswert viele davon.«

»Zählen Sie sie etwa?«

»Keinesfalls. Bitte sitzen Sie still.«

Coralie erkannte das Problem des Mädchens. Die Marquise hatte einen krummen Nacken und reckte deshalb ihr Kinn vor, um sich im Spiegel zu sehen. Ihre kaffeebraune Lockenpracht schob sich immer weiter nach hinten. Dann rutschte sie ganz weg, und Coralie unterdrückte ein Kichern. Geschickt brachte die Assistentin das Haarteil wieder an seinen Platz, dann wandte sie sich Coralie zu. Ihre Brillengläser waren dick wie Einmachglas.

»Verzeihen Sie, Mademoiselle Lorienne wird gleich kommen, wenn Sie so freundlich wären, Platz zu nehmen.«

Dietrich war von dem Mädchen nicht gegrüßt worden. Als Coralie neben ihm auf dem Sofa saß, flüsterte sie: »Sind Männer hier drin etwa nicht erlaubt?«

Leise antwortete er: »Das arme Mädchen sieht mich nicht. Sie sieht die Welt nur verschwommen.«

»Aber wie kann sie dann Hutmacherin sein?«

»Vielleicht, indem sie nur Damen bedient, die noch kurzsichtiger sind als sie. Normalerweise ist sie in einem der hinteren Räume versteckt. Wir werden auf Lorienne warten, hier ist es nett und ruhig.«

Lorienne. Wieso war Dietrich so vertraut mit einer Frau, die einen Hutladen führte? Er schwieg jetzt, also sah sie sich genauer in dem Laden um. Die dunkelrosa Wände und der bombastische Kronleuchter, der Lichtreflexe auf die Hüte im Schaufenster warf. *Ich gehe mit einem dieser rosa Hüte hier wieder raus,* nahm sie sich vor. Vorausgesetzt, sie kosteten kein Vermögen. Ihr Blick fiel auf graue und rosafarbene Hutschachteln, und sie sog scharf die Luft ein, als sie sie wiedererkannte. Besorgt blickte Dietrich sie an.

»Der Hut, den ich getragen habe, als wir uns begegnet sind«, platzte sie heraus. »Mit den schwarzen Federn … Er kam aus diesem Laden und aus einer solchen Schachtel wie die dort. Deine Freundin Ottilia sagte, sie hätte den gleichen.«

»Er war eine Sonderanfertigung von hier. Es gab nur dieses eine Exemplar.«

»Unmöglich.«

»Warum?«

Es war wirklich zu seltsam, aber sie konnte nicht die ganze Geschichte preisgeben. Also versuchte sie es mit der Hälfte. »Ich hatte den Hut von einer Nachbarin geborgt. Gewissermaßen jedenfalls … Sie heißt Sheila Flynn. Wenn es Ottilias Hut war, wie ist er dann bei Sheila gelandet?«

Dietrich starrte an die Decke, als sähe er dort die verschiedenen Möglichkeiten angeschrieben. »Ich kann mir denken, was passiert ist. Ottilia liebte den Gedanken an schwarze Federn, aber die Wirklichkeit gefiel ihr nicht. Sie sah in dem Hut wie eine Leiche aus, deshalb gab sie ihn ihrem Hausmädchen. Ich nehme an, das Mädchen brachte ihn mit nach London, als sie Ottilia begleitete, und verkaufte ihn. Händler zahlen hübsche Summen für Ware aus zweiter Hand mit Pariser Etiketten. Der Zufall liegt wohl darin, dass ausgerechnet deine Nachbarin ihn gekauft hat. Vielleicht hat aber auch einfach jemand Kopien mit falschen La-Passerinette-Etiketten hergestellt. Das kommt vor. Wir könnten es herausfinden, solltest du wieder nach London zurückgehen.«

»Das will ich aber nicht.«

»Coralie, du siehst aus, als würdest du gerade in dein eigenes Grab starren. Möchtest du mir vielleicht etwas sagen?«

»Ja. Mir wäre lieber, wir wären nicht hergekommen.«

»Aber es ist ein wunderbarer Laden.«

»Dietrich, warum hat Ottilia so getan, als hätte es sie interessiert, als ich sagte, ich wäre Hutmacherin?« *Als ich sagte* – drei kleine Schritte hin zu einem Geständnis. *Na los, bringen wir es hinter uns.*

»Es hat sie wirklich interessiert.«

Coralie schüttelte den Kopf. »Eine Frau wie sie? Du kannst ruhig ehrlich zu mir sein.«

»In Ordnung.« Wieder starrte Dietrich über sich ins Leere. »Ottilia treibt durchs Leben wie eine Blüte, die man in den Fluss geworfen hat. Ich glaube, es hat ihr etwas ausgemacht, dass eine andere Frau ihren Hut trug, aber es ist nicht ihre Art, eine Szene zu machen. Das fände sie vulgär.«

»Mich jedenfalls fand sie vulgär.«

»Tatsächlich? Ich erinnere mich nur daran, wie du mir auf den Fuß gestampft bist, der mir übrigens immer noch wehtut. Und an den Anblick deines geraden, schlanken Rückens. Ich wollte gern dein Gesicht sehen. Ich hoffte, es wäre schön. Als sich das bestätigte, dazu noch mit einem blauen Auge garniert, wurde ich neugierig.«

»Warum warst du in England?«

»Um auf privaten Versteigerungen Gemälde zu kaufen. Und um Ottilia zu besuchen. Sie hat mich überredet, mit ihr zum Derby zu fahren, nicht wegen der Rennen – sie mag keine Pferde und hasst Menschenmengen –, aber weil sie gehört hatte, dass man in Epsom Zigeuner-Wahrsagerinnen antrifft. Ich habe dir damals gesagt, dass sie die Antwort auf eine Frage suchte.«

Coralie sah Ottilia vor sich, wie sie zu Boden starrte, während ihre weißen Kleider sie wie Schaum umwehten. »Sie hat geweint, als sie aus dem Wagen kam.«

»Sie hat erfahren, dass es gefährlich ist, die Wahrheit erfahren zu wollen, weil man sie dann vielleicht tatsächlich zu hören bekommt.«

Während er die Worte sprach, sah er sie so eigenartig an, dass Coralie rot wurde und schnell das Thema wechselte.

»Ich dachte, ihr wolltet sehen, wie es unter armem Volk so zugeht. Menschen aus deiner Klasse flanieren gewöhnlich im Mitgliederbereich.«

»Weder Ottilia noch ich werden gern erkannt. Hier, das musst du dir ansehen …«

Die Verkäuferin hatte eine schwarze Filzscheibe auf den Kopf der Marquise platziert. Vor Coralies Augen schob sie den Filz zu einem Kegel zusammen, während sie mit der anderen Hand für die Marquise eine Linie beschrieb. Dann formte sie aus dem Stoff eine Krone und ein Stück Krempe, wie eine Bildhauerin, die mit Lehm arbeitet. Sie beugte sich so dicht über ihr Werk, dass ihr die Brille ein Stück die Nase hinunterrutschte, dann zog sie eine Schere aus ihrer Jackentasche hervor. Coralie riss die Augen auf. Fasziniert sah sie zu, während die Klingen millimeterweise Krempe abschnitten.

Das Mädchen steckte das flachere Ende der Krempe hoch, dann trat sie zurück, und Coralie konnte die Marquise im Spiegel sehen. Der alten Adeligen war wieder zu Würde verholfen worden. Ihr faltiges Wachsbohnengesicht hatte an der Schläfe Weite erhalten, ihre Raubvogelnase war weicher geworden. Sogar ihre Perücke erschien, so in Schwarz gerahmt, nun weniger absurd. Ein Paar Hände und wenige Schnitte mit der Schere hatten diese Verwandlung bewirkt. Das Mädchen war eine Zauberin.

»Es gefällt mir nicht.« Die Marquise riss das Kunstwerk ab und schleuderte es von sich.

»Vielleicht wollen Madame la Marquise mir die Ehre erweisen und sagen, was ihr gefallen würde?« Das Mädchen sprach leise, und ihre Stimme klang müde.

»Ich kann kein Schwarz mehr sehen!«

»Aber Madame wünschen immer Schwarz.«

»Madame wünschen immer Schwarz«, äffte die alte Frau sie nach. Dabei erinnerte sie Coralie an den Beo im Schaufenster des Friseurladens an der Old Kent Road. »Dieser da!« Ein knochiger Finger deutete Richtung Fenster. »Der da mit den vielen Federn. Der in Blassrosa.«

Coralie stockte der Atem. »Aber den wollte ich!«

»Nicht doch.« Dietrich wirkte amüsiert. »Du willst doch sicher nicht noch mehr Federn? Zu spät, Liebchen.«

Die Assistentin hob den Hut von seinem Ständer wie ein Schlachtopfer und seufzte: »Madame la Marquise wollten noch nie eine solche Farbe.«

»Woher wollen Sie das wissen? Wie alt sind Sie?«

»Neunundzwanzig, Madame.«

»Nun, ich bin achtzig. Mein Mann ist gestorben, bevor Sie geboren wurden. Wer sagt, dass Witwen in Schwarz leben und sterben müssen?«

Die Assistentin platzierte die rosa Federn auf dem Kopf der Marquise.

»Sie sieht aus wie ein altes Suppenhuhn«, stöhnte Coralie auf.

Dietrich lachte leise neben ihr, während die Marquise sich mühsam erhob und befahl: »Lassen Sie die Rechnung an meinen Landsitz schicken und packen Sie den Hut in eine Schachtel. Ich werde ihn auf der Reise tragen.«

Mit der La-Passerinette-Hutschachtel in der Hand hatte sie Mühe, die Tür zu öffnen, und Dietrich erhob sich, um zu helfen. Als die Marquise an ihm vorbeistapfte, sagte er: »Madame, wenn Sie die Bemerkung gestatten, Sie werden hinreißend aussehen in Rosa.« Zu Coralies Verblüffung streckte die alte Frau ihm gnädig die Hand zum Handkuss hin.

Als Dietrich sich wieder setzte, zischte Coralie: »Wolltest du dich als Traumprinz fürs Finsbury-Park-Theater bewerben?« Es war ihr herausgerutscht, bevor sie sich bremsen konnte, und die Veränderung in Dietrichs Ausdruck ließ sie plötzlich frösteln. »So habe ich das nicht gemeint. Sei mir nicht böse.«

»Dann mach dich nicht über mich lustig.«

»Ich bin eben eifersüchtig.«

»Auf eine alte Frau? Alle, die sie sehen, werden über sie lachen. Musst auch du sie noch verhöhnen?«

Ihre Augen füllten sich plötzlich mit Tränen. »Ich habe mich furchtbar benommen. Sei nicht böse auf mich, Dietrich.«

Er reichte ihr sein Taschentuch. Ihre Handtasche lag irgendwo zu ihren Füßen. »Versteh mich recht, Coralie, für die Menschen, an denen mir etwas liegt, bin ich zu sehr vielem bereit, aber Hohn und Spott sind mir zuwider.«

»Also liegt dir etwas an mir?«

»Sehr viel. So, und jetzt versuche ich, Lorienne zu finden. Vielleicht macht sie ein Nickerchen. Es ist heiß heute, und heißes Wetter reizt die Nerven.«

Sie schloss die Augen, als er ging. Gerade sie hätte doch wissen müssen, wie Männer es hassten, wenn man sie neckte. Wie oft hatte sie sich zu Hause für eine respektlose Bemerkung eine Ohrfeige eingefangen! Donal war die Ausnahme, er nahm ihren Spott immer gelassen hin. Aber vielleicht hatte es ihm ja doch etwas ausgemacht – sie hatte sich nie die Mühe gemacht, ihn zu fragen. Ach, Donal. Ihre letzten Worte ihm gegenüber waren so böse gewesen, und jetzt sah sie ihn vermutlich nie wieder. Doch sie musste sich auf Dietrich konzentrieren. Er verdiente ihren Respekt. Als sie sich ihm am Bahnhof Victoria Station an den Hals warf, da hätte er sie einfach stehen lassen können. Aber nie würde sie die Mischung aus Ungläubigkeit, Mitleid und ja, Freude vergessen, mit der er sie begrüßt hatte.

Am 3. Juni war sie kurz vor elf in den Bahnhof Victoria Station gestürmt und hatte gleich überall nach dem Pullman-Zug Ausschau gehalten. Keine Zeit für die Damentoilette, um sich etwas frisch zu machen, nachdem sie den Großteil der vergangenen Nacht auf der Straße verbracht hatte. Von der Bermondsey Street war sie ans andere Themse-Ufer hinübergewandert und hatte sich an den Kais herumgedrückt, bis verschiedene Männer auf sie aufmerksam wurden und ihr klar wurde, dass sie hier die Nacht nicht unbelästigt verbringen würde. Sie war auf ihre Flussseite zurückgekehrt und hatte Zuflucht in der vertrauten St. George's Cathedral gefunden. Dort hatte sie auf einer harten Kirchenbank erstaunlich gut geschlafen und war gerade noch rechtzeitig aufgewacht, um zum Bahnhof zu laufen.

Sie hatte einen Gepäckträger am Arm gepackt und gekeucht: »Der Zug zur Fähre?«

Der Gepäckträger hatte zum äußersten Ende der riesigen Bahnhofshalle gezeigt: »Bahnsteig acht. Die Menge rückt gerade vor, Sie sind spät dran.«

Sie war weitergehastet bis zur längsten Schlange. War die hochgewachsene Gestalt an der Schranke vielleicht Dietrich? Sommermantel mit Gürtel und ein Homburger? Wenn er es nur war! Sie rang ihren Beinen einen letzten Kraftakt ab. »Ich bin's, Coralie, warten Sie!« Immerhin war sie so geistesgegenwärtig gewesen, sich »Coralie« zu nennen.

Atemlos hatte sie sich in seine Arme geworfen und nur am Rande den Kammerdiener bemerkt, der sie eindeutig von oben herab musterte. Dietrich hatte sie auf Armlänge von sich gehalten.

»Sie schaffen sechzig Stundenkilometer, ganz wie Mid-day Sun. Brownlow, geben Sie mir Ihre Fahrkarte. Sie nehmen einen späteren Zug.«

Dietrich hatte sie mit offenen Armen empfangen, aber jetzt war es womöglich vorbei damit. Sie hatte es in seinen Augen gelesen.

Coralie hatte angenommen, er würde mit einer Hutmacherin à la Miss McCullum zurückkehren, und war erstaunt, als eine elegante Frau von Mitte zwanzig vor ihm in den Salon kam.

»Das ist Mademoiselle Royer«, erklärte er ihr. »Lorienne, wie ihre Freunde sie nennen dürfen.«

Die Hände der Frau schimmerten alabasterfarben vor einem schwarzen Leinenkleid, ihre Nägel waren lang und farblos lackiert. Eigentlich überhaupt keine Hutmacherinnenhände. Sie trug ein dreireihiges schwarzes Perlenarmband am linken Handgelenk. Coralie sah ein Abbild von Ottilia in ihr, nur als Negativ. Am auffallendsten an ihrer Erscheinung war jedenfalls ihr platinblondes Haar – *eimerweise Peroxyd* –, obwohl sie nichts Billiges an sich hatte. Das Haar war in eine sanfte Welle gelegt. Mit ihren dunkelbraunen Augen, den hohen Wangenknochen und dem sinnlichen Mund war sie eine schöne Frau. *Sie weiß, dass sie mit Schmollen weiter kommt als mit Lächeln,* erkannte Coralie. *Zumindest bei Männern.*

Lorienne Royer lehnte ihre Hüfte an Dietrichs Schenkel, und selbst während sie Coralie bei La Passerinette willkommen hieß, waren ihre Worte an ihn gerichtet. »Damit können wir etwas anfangen. Eine hohe Braue und angelsächsischer Teint. Natürliche Strohhüte werden Mademoiselle de Lirac perfekt stehen.«

Coralie mischte sich ein: »Ich möchte aber lieber etwas in Rosa.« Der kurzzeitige Wunsch, Dietrich zu besänftigen, war bereits wieder verblasst. Sie wollte wahrhaftig keinen langweiligen Strohdeckel auf den Kopf verpasst bekommen. Wenn die Marquise mit achtzig rebellieren konnte, dann konnte sie das mit zweiundzwanzig erst recht.

Lorienne schüttelte den Kopf. »Das sind Hüte für besondere Anlässe. Kommen Mademoiselle bitte mit zu einem Spiegel?«

An dem Tisch, den zuvor die Marquise besetzt hatte, wurde Coralie aus drei unterschiedlichen Blickwinkeln mit ihrem eigenen Gesicht konfrontiert. Sie schaute in eine andere Richtung und begegnete dem traurigen Blick der Assistentin mit der dicken Brille draußen auf der Straße. Vielleicht war der Blick auch gar nicht traurig, nur zu kurzsichtig, um irgendetwas zu erkennen. Als das Mädchen wieder hereinkam, schoss es Coralie durch den Kopf: *Sie hasst den Laden hier.*

»Würden Mademoiselle de Lirac bitte in den Spiegel schauen?« Ein lackierter Nagel streifte ihr Kinn. »Damit ich Sie richtig betrachten kann?« Ohne ihre Musterung zu unterbrechen, fragte Lorienne die Assistentin: »War die Marquise einigermaßen bei Laune?«

»Nein. Leider hatte sie eine ihrer schrulligen Anwandlungen.«

»Hat sie sich für einen neuen Hut entschieden?«

»Ja, Mademoiselle Lorienne. Für das Barett. Mit der Coquefeder in Wildrose. Sie nannte den Farbton allerdings ›Zinksalbe‹.«

»Wie?«

»Zinksalbe.«

Ein Fingernagel grub sich in ihr Kinn, und Coralie schrie auf. Nach einer hastigen Entschuldigung wandte Lorienne sich ganz dem Mädchen zu. »Sie haben der Marquise de Sainte-Vierge das Wildrosenbirett verkauft? Was für ein Triumph. Sie haben sich selbst übertroffen. Nein, sagen Sie nichts, holen Sie mir Strohteile für die Kundin hier.«

Coralie warf der jungen Frau einen mitfühlenden Blick zu, aber sie drückte sich mit gesenktem Kopf an ihr vorbei. Sie zuckte zusammen, als Lorienne den Arm hob – um ihre Armbänder zurechtzuschütteln, wie sich herausstellte, nicht, um sie zu schlagen. Coralie wandte sich noch einmal schnell zu Dietrich hin, um zu sehen, ob er die Szene mitbekommen hatte, aber er starrte zum Fenster hinaus. Seine Finger spielten mit einem silbernen

Schlüssel, an dem ein Schildchen baumelte. Sie runzelte die Stirn. Warum trug er einen Hausschlüssel bei sich, wenn er im Hotel wohnte?

»Sie haben Glück«, sagte Lorienne, nachdem sie Coralie gut fünf Minuten lang im Spiegel studiert hatte. »Ihnen werden die meisten Formen stehen, solange wir schmale Kronen vermeiden.«

»Demnach also keine Hexenhüte?«

Wäre ihr Versuch zu scherzen, ein Ball gewesen, dann wäre er müde in eine Ecke gerollt.

»Die Krone eines Hutes sollte so breit wie oder breiter als die Wangenknochen sein. Bei Ihnen sind die Wangenknochen der breiteste Teil des Gesichts, und Sie haben ein kleines Kinn. Zu viel Hut lässt knabenhafte Gesichtszüge nicht zur Geltung kommen. Ein zu schmaler Hut macht Ihr Gesicht rautenförmig. Ist das verständlich?«

»Absolut. Ich hätte gern einen Hut, der …«

»Sie haben einen hellen Teint, aber Farbe in den Wangen, deshalb wird Violaine Ihnen Strohhüte bringen, die ins Graue, nicht ins Gelbe tendieren. Ja?«

Nein! Langsam ärgerte Coralie sich ernsthaft, bis sie merkte, dass das scharfe »Ja?« der Assistentin gegolten hatte, die mit einer Auswahl ungeblockter Strohrohlinge mit Krempen, sogenannten *capelines,* an der Tür stand.

»Hüte habe ich gesagt!« Dann wandte Lorienne sich an Coralie: »Sie nimmt an, dass wir ganz von Anfang blocken, aber das geht nicht, weil Sie Ihre neuen Hüte schnell brauchen. Wenn Ihre Kleider von Javier eingetroffen sind, kommen Sie noch einmal vorbei und suchen sich dazu passende Hüte aus, exakt auf Ihre Maße geblockt.«

Coralie ließ sich ihre Überraschung nicht anmerken. Bei Pettrew's hatten sie Hüte in drei oder vier Standardgrößen hergestellt, und sie hatten Zwischengrößen gemacht, indem sie die

Dicke des Innenbandes anpassten. Dieser Laden musste wahrhaft vermögende Frauen bedienen, wenn maßgefertigte Blöcke zum Einsatz kamen. Lorienne wandte sich jetzt an Dietrich. »Mademoiselle hat eine andere Ausstrahlung und einen anderen Stil als die Frauen, die Sie sonst hergebracht haben, Herr von Elbing.«

Die Antwort kam prompt: »Mademoiselle de Lirac ist absolut einzigartig. Sie mit anderen zu vergleichen hieße, ein elegantes Gebäude mit einem geschmackvollen Gemälde zu vergleichen. Das würde beiden nicht gerecht.«

Coralie verließ den Laden mit drei Hüten: einem Panama, einem breitkrempigen Modell aus Sisal und einer Zigeunerkappe, die ihre Augen betonte und sie aussehen ließ wie eine blonde Vivien Leigh. Sie war von allen dreien begeistert, aber das sagte sie nicht laut. In La Passerinette war sie sich vorgekommen wie zwischen den Fronten eines Rosenkriegs. Es gab da etwas zwischen Lorienne und Dietrich; ihr kleines Pariser Paradies barg also doch eine Schlange in sich.

»Wie fühlst du dich?«

Wie sie sich fühlte? Von Dietrichs Beinen umschlungen. Ihr Herz klopfte heftig, aber vielleicht war es auch sein Herzschlag, der sich mit ihrem vermischte. Völlig unerwartet hatte wilde Leidenschaft sie gepackt. Nach ihrem Besuch bei La Passerinette hatten sie in einem Restaurant in der Nähe zu Mittag gegessen. Dietrich wirkte nachdenklich, und sie hatte befürchtet, ihn ein weiteres Mal enttäuscht zu haben, weil ihr Kopf nicht die richtige Form besaß oder sie einmal zu oft nach einem rosafarbenen Hut verlangte. Vielleicht rumorte auch noch ihre Bemerkung über den Traumprinzen in ihm. Doch kaum waren sie in ihr Hotelzimmer zurückgekehrt, hatten sie auch schon auf dem Bett gelegen und sich fast die Kleider vom Leib gerissen. Dann war die Zeit stehen geblieben, und sie war zu der Frau geworden, die

Dietrich offenbar wollte, ein Geschöpf mit Krallen, Zähnen und hemmungsloser Lust. Mal dominant, mal nachgiebig hatte sie die Macht der Meisterschaft auf dem Gebiet der Liebe entdeckt. Es hatte nichts mit Stärke zu tun. Es kam von innen, und das machte es so berauschend. Aber das Beste war, dass es auch ein nächstes und ein übernächstes Mal geben würde.

Wie sie sich fühlte? Wieder fielen ihr nur Bilder ein. »Leicht wie Eischaum und schlapp wie gekochter Spinat. Ich könnte jetzt nicht von hier bis zum Fenster gehen.«

»Ich nehme das als Kompliment. Weißt du, dass halb Paris zwischen fünf und sieben nachmittags miteinander im Bett ist? Es ist die Zeit, die man für die Liebe reserviert.«

»Klopfen deshalb die Zimmermädchen nie um diese Zeit?«

»Sie sind vermutlich selbst im Bett.«

»Ich hoffe, wenigstens der Koch ist auf. Ich habe nämlich schon wieder einen Riesenhunger. Können wir bitte früh zu Abend essen?«

Sanft biss Dietrich sie in die Schulter. »Du kannst dir den Zimmerservice bestellen, ich muss nämlich heute Abend fort.«

»Ach, wie schade, warum denn?«

»Geschäfte.«

»Kann ich mitkommen?«

Kurzes Schweigen. »Bleib hier und ruh dich aus. Du wirkst ein wenig müde heute.«

»Mir geht so einiges durch den Kopf. Etwas, das ich dir sagen muss. Weil ich nicht ganz die bin, für die du mich hältst.« So, jetzt hatte sie es ausgesprochen.

War sein Schweigen jetzt anders? Kälter? Länger? »Sprich weiter.«

»Eigentlich bin ich keine Hutmacherin. Auch wenn ich es behauptet habe, aber ich …«

»Du tust es nur ein bisschen zum Spaß.« Er nahm ihre Hand und legte sie auf seinen Bauch, der sich mit jedem Atemzug hob und senkte. »Wie Ottilia, die La Passerinette gekauft hat, weil sie in Paris war, sich langweilte und fand, ein Hutladen wäre das Richtige.«

»Moment mal, La Passerinette gehört Ottilia?«

»Zu hundert Prozent. Weißt du, eines Tages wollte sie gern Konzertpianistin sein und ließ sich den teuersten Flügel Berlins ins Haus liefern. Drei Unterrichtsstunden später gab sie das Klavierspiel auf. Warum willst du Hutmacherin sein, Coralie, wenn ganz gewöhnliche Mädchen das besser können?«

Sie stöhnte frustriert auf. Ottilia war wie die Masern, man wurde sie einfach nicht los. Und wenn jeder ihrer Anläufe zur Beichte so abgebogen wurde, dann würde sie es nie schaffen. Sie konnte Dietrich einfach nicht länger in dem Glauben lassen, sie wäre ein reiches Londoner Mädchen, das sich zum Spaß mit diesem und jenem beschäftigte, frei von Familienbanden, wo doch die Wahrheit ganz anders und viel finsterer aussah. »Dietrich …« Sein Atem wurde flacher. »… Ich wollte dir etwas sagen …«

»Hm?«

Sie hatte sagen wollen »über Cora Masson«, aber der Mut hatte sie schon verlassen. Stattdessen fragte sie: »Was weißt du über Lorienne Royer?«

»Gewiss viel mehr, als ihr lieb ist.«

»Ich bin sicher, sie schlägt ihre Assistentin, Violaine.«

»Das ist ein schwerer Vorwurf. Wie kommst du darauf?«

»Ich kenne die Anzeichen. Wenn ich … wenn Leute ein paarmal Prügel bezogen haben, nehmen sie eine bestimmte Haltung ein. Sie wissen, aus welcher Richtung der Schlag oder der Tritt kommt, nur nicht, wann, sind also ständig auf der Hut. Ich würde dem armen Mädchen liebend gern ein paar Tipps geben, wie man sich wehrt. Meiner Erfahrung nach ist es ziemlich wirksam, dem anderen in die Augenlider zu kneifen.« Zu ihrer Verwunderung hörte sie Dietrich lachen.

»Du willst Krieg anzetteln? Aber Coralie, Violaine ist neunundzwanzig, sie ist kein kleines Mädchen mehr. Sie kann für sich selbst kämpfen.«

»Da bin ich mir nicht so sicher. Ich mag Lorienne nicht. Stört es dich, wenn ich das sage?«

»Klinge ich so?«

»La Passerinette ist dein Lieblingshutladen, also dachte ich, dass ihr befreundet seid.«

»Meine Liebe, in Berlin gehe ich zu dem einen Schneider, in Zürich zu einem anderen und in London immer zu Henry Poole. Ich muss die Männer, die an mir Maß nehmen, nicht unbedingt mögen.«

»Aber du hättest es nicht gern, wenn ich mit den Fäusten auf sie losgehe.«

»Oder dich in ihre Augenlider krallst, nein.«

»Ich würde Lorienne ein paar verpassen, wenn ich sehen würde, wie sie dem armen Mädchen etwas tut. Ich hasse Schläger.«

Dietrich schlang seine Finger in ihre. »Gut, ich will ehrlich sein. Lorienne Royer ist mir absolut unsympathisch, obwohl ich sie kaum kenne. Sie stellt entzückende Hüte her, und da es Ottilias Laden ist, gehe ich mit meinen Freundinnen dorthin, wenn ich kann. Bist du jetzt zufrieden?«

Sie seufzte. Mit wie vielen ›Freundinnen‹ hatte er dort wohl schon Hüte gekauft? Dietrich fuhr fort: »Lorienne Royer war Ottilias voriges Dienstmädchen. Lorienne strebte nach Höherem, und Ottilia hat ihr die Leitung von La Passerinette anvertraut. Sie teilen sich die Gewinne halbe-halbe. Mademoiselle Royer ist tüchtig, aber ich halte sie nicht für besonders begabt.«

»Nein«, warf Coralie schnell ein. »Violaine ist die wahre Könnerin. Wie sie aus einem einfachen Stück Filz etwas Wunderschönes gezaubert hat ... Warum geht sie nicht von dort weg?«

»Ich habe keine Ahnung. Übrigens bin ich mir sicher, dass

Ottilia längst nicht die Hälfte der Gewinne bekommt. Auch deshalb gehe ich gelegentlich vorbei, um Lorienne daran zu erinnern, dass ich in der Nähe bin und sie im Blick habe. Sie weiß, dass ich mit Ottilia in ständigem Kontakt stehe.«

Coralie legte den Kopf auf Dietrichs Brust. Jedes ihrer Gespräche führte zu einer anderen Frau. Der Schlüssel in Dietrichs Hand fiel ihr wieder ein. Zu welcher Tür mochte er gehören? »Mit wem triffst du dich heute Abend?«

»Mit Geschäftspartnern aus Berlin. Sie kommen zur Weltausstellung …«

»Du hast doch versprochen, mit mir hinzugehen!«

»Das werden wir auch, aber das heute Abend ist ein reiner Männerabend. Wir reden Deutsch, und du würdest dich ausgeschlossen fühlen, während wir uns gegenseitig an vulgärer Überheblichkeit übertreffen, wie Männer das bei Geschäftsessen nun mal tun.«

Sie malte sanfte Kreise und Linien auf seine Brust und wartete darauf, dass sein Atem schneller ging. Diese neue Macht konnte noch nützlich sein. »Dietrich, womit genau verdienst du dein Geld?«

»Ich befördere Gegenstände von einer Person A zu einer Person B und nehme dafür eine Kommission.«

»Was für Gegenstände?«

»Kunst. Manchmal Schmuck oder seltene Bücher. Orientalische Antiquitäten. Auch mal alte Instrumente und Noten. Wenn jemand etwas Seltenes oder Schönes hat und es verkaufen möchte, kümmere ich mich um die Transaktion.«

»Du bist ein Händler.«

»Ich betrachte mich lieber als Mittelsmann.«

»Das ist nicht besonders romantisch.«

»Wäre dir lieber, ich wäre ein Märchenprinz?«

»Ja.« Sie lachte, denn das klang, als hätte er ihr verziehen. Aber sie war noch immer nicht ganz beruhigt. Mit einer Ehefrau in

Deutschland konnte sie umgehen, doch mit etwaigen Rivalinnen in Paris nicht. Jetzt löste er sich auch schon von ihr und war für ihre Liebkosungen nicht mehr empfänglich.

Nachdem er sich angezogen hatte, beugte er sich zu ihr und küsste sie. »Ich gehe hinauf in meine Suite und nehme noch ein Bad. Soll ich dir auch Badewasser einlassen?«

»Ich will noch nicht baden.« Sie schlang die Arme um seine Taille, fühlte den Stoff seines Jacketts, ertastete die Klappe einer Tasche. »Bleib doch hier.«

Er küsste sie auf die Nase. »Nein, aber schlaf ja nicht ein.«

Die Tür fiel hinter ihm zu. Coralie wartete einen Augenblick, dann öffnete sie ihre Hand. Es war ein bisschen gemein, einen Mann zu bestehlen, während man von ihm geküsst wurde, aber seine Geheimnistuerei machte sie einfach wahnsinnig.

5

Der Schlüssel ähnelte dem zu ihrem Kohlenkeller in der Barnham Street, nur war dieser weniger rostig. Auf dem Schildchen stand »Von Silberstrom, Wohnung Nr. 1«.

»Von Silberstrom«, das klang deutsch. Sie schnupperte an dem Schildchen, ob irgendein erkennbarer Duft von ihm ausging. Dann kam sie sich albern vor und ließ sich auf ihre Kissen sinken. Jetzt musste sie den verflixten Schlüssel in Dietrichs Tasche zurückbefördern, ohne dass er es merkte.

Sie konnte ihn auf seinem Weg nach draußen abfangen. Wenn er allerdings das Jackett gewechselt und sein Diener es weggehängt hatte, steckte sie in Schwierigkeiten. Sie hatte keinen Schlüssel zu seiner Suite, und den hochnäsigen Mister Brownlow konnte sie wohl kaum bitten, sie hereinzulassen. Sie schloss die Augen und erwog, den Schlüssel einfach auf den Boden vor den Aufzug zu legen, damit Dietrich glaubte, er hätte ihn fallen gelassen.

Aus tiefstem Schlaf schreckte sie plötzlich hoch. Jemand rief ihren Namen.

Cora, aufstehen! Los, auf die Beine! Ein Gesicht erschien vor ihrem inneren Auge, umrahmt von gelb-grauem Haar und mit einem struppigen Schnauzbart, der die Oberlippe verdeckte. Als sie die Augen aufschlug, starrte dieses Gesicht auf sie herunter.

»Dad«, flüsterte sie. »Tu mir nichts. Heirate Sheila, wenn du willst. Ich werde nie etwas verraten.«

»Wach auf, Liebchen. Du hast kein Abendessen bestellt.«

Langsam nahm sie ihre Umgebung wieder wahr. »Dietrich?«

»Wer würde sich denn wohl sonst hier über dein Bett beugen?«

»Was habe ich gerade gesagt?«

Die Matratze senkte sich, als er sich neben sie setzte. »Du hast gesagt ›Cora steh auf‹ und hast mich mit deinem Vater verwechselt.«

»Er nennt mich Cora. Ich meine, so nannte er mich. Er ist …«

»Tot. Im Zug hast du mir erzählt, dass du Waise bist und auf der Welt keine Menschenseele mehr hast. Lässt du deinen Vater oft in deinen Träumen wieder lebendig werden?«

Er wusste, dass sie ihn angelogen hatte. Sie hörte es an seinem Tonfall, aber sie versuchte, dem Unvermeidlichen auszuweichen. »Ist dein Treffen erfolgreich verlaufen?«

»Ausgezeichnet. Allerdings wollte ich vorher noch woanders vorbeigehen, aber als ich den Schlüssel herausholen wollte, war er nicht mehr da. Hast du ihn vielleicht gesehen?«

»Er wird dir wohl aus der Jackentasche gefallen sein.«

Der Schlüssel lag unter ihrem Arm an ihrer Seite, und Dietrich entdeckte ihn sofort. »Du erwähntest meine Jackentasche, ich nehme also an, du hast ihn herausgenommen. Habe ich recht?«

Einen kurzen Moment überlegte sie, es abzustreiten, aber schließlich nickte sie doch. »Ich war neugierig.«

»In Bezug auf meine Privatangelegenheiten? Wo ich hingehe, wen ich treffe? Wenn ich derlei mit dir teilen wollte, würde ich das tun. Verstehst du das nicht, Cora?«

»Nenn mich nicht so. Ich bin Coralie.«

»Gut, wo wir nun schon bei der Wahrheit sind: Du bist Cora Masson aus einem Londoner Viertel namens Bermondsey. Du bist mit mir nach Paris gekommen, um einer üblen Lage zu entgehen.«

Ihr stockte der Atem. »Woher weißt du das?«

»Du hast im Zug den Platz meines Dieners eingenommen. Erinnerst du dich daran, wie ich kurz vor Abfahrt des Zuges mit Brownlow sprach? Ich habe ihn angewiesen, Erkundigungen über dich einzuziehen.«

»Das ist abscheulich!«

»Es war gesunder Menschenverstand. Du hattest kein Gepäck, du sahst aus, als wärst du die ganze Nacht von Bluthunden gehetzt worden. Ich wollte wissen, mit wem ich da auf Reisen ging. Brownlow war bei der Londoner Polizei, bevor er mein Kammerdiener wurde.« Sie stöhnte. Ein verflixter Bulle. Kein Wunder, dass der Mann sie immer ansah, als würde er ihr am liebsten Handschellen verpassen.

»Als du in Victoria Station lauthals rufend auf mich zuranntest, hat jeder deinen wahren Akzent gehört. Brownlow war Streifenpolizist in Greenwich, das liegt ein Stückchen flussabwärts von Bermondsey, glaube ich. Ein paar Anrufe förderten den Namen ›de Lirac‹ zutage, den dein Vater offenbar immer angab – oder sollte ich sagen: angibt? –, wenn er wegen Trunkenheit und Ruhestörung verhaftet wurde.«

»Warum hast du nie etwas gesagt?«

»Ich habe darauf gewartet, dass du es mir selbst erzählst. Dass du mich davor warnst, dass ich die Tochter eines gewalttätigen Mannes entführt habe.«

»Oh, keine Sorge, hierher wird er mich niemals verfolgen.«

»Du verstehst mich falsch, ich habe keine Angst vor deinem Vater. Ich werde nur nicht gern … wie sagt man? Reingelegt.«

»Seit Tagen versuche ich es dir zu sagen, aber ich habe es nicht über die Lippen gebracht.« Coralie lag einfach nur da und wartete auf das Urteil. Lügnerinnen waren nicht besonders liebenswert. Lügnerinnen kamen nur durch, indem sie gerissen waren und ihre Macht ausspielten. Das würde sie nicht tun. Kein unwiderstehlicher Augenaufschlag, keine Liebkosung, um ihn für sich zu gewinnen.

»Möchtest du es mir jetzt sagen?«

Ja. Es würde eine Erleichterung sein. »Aber versprich mir, dass du mich nicht unterbrichst. Auch, wenn ich nicht gleich die richtigen Worte finde.«

Dietrich reichte ihr den Morgenmantel, als sie aus dem Bett stieg. »Du redest, und ich höre zu. Und morgen früh gibt es zwischen uns keine Geheimnisse mehr.«

Also erzählte Coralie ihm alles, von Pettrew's, Donal und Midday Sun, auch wenn ihr beinah die Stimme versagte, als sie zu der Begegnung mit ihrem Vater und Sheila in der Werkstatt kam. »Jetzt weiß du es. Ich bin weggelaufen, weil ich eine Heidenangst vor meinem Vater habe.«

»Glaubst du immer noch, dass er dir etwas antun würde?«

»Mehr als ein blaues Auge?« Sie lachte sarkastisch. »Absolut. Die Ziegel auf dem Boden in seinem Schuppen hat er herausgenommen und später wieder an ihren Platz gelegt. Er hat etwas vergraben, und ich fürchte … ich habe Angst, dass es meine Mutter ist. Ich habe mich immer gefragt, warum sie nie zurückgekommen ist.«

Sie wartete auf tröstliche Worte oder Bewunderung für ihre unheimliche Intuition. Und eigentlich wäre ihr ein Ausdruck völliger Ungläubigkeit am liebsten gewesen. Aber Dietrich sagte das Schlimmste, was er sagen konnte: »Dann sollten wir nach London zurückfahren und der Sache auf den Grund gehen.«

»Nein! Was ist, wenn ich recht habe?«

»Das ist doch besser, als es nicht zu wissen.«

Verzweifelt raufte sie sich das Haar. »Ich kann nicht zurück. Egal, was unter diesen Ziegeln liegt, mein Vater wird alles tun, damit es nicht ans Tageslicht kommt. Wenn es sein muss, bringt er mich um. Er hat schon einmal jemanden umgebracht, damit brüstet er sich. ›Das erste Mal ist immer am schwersten‹, hat er gern gesagt, »›danach ist es einfach‹.«

»Es ist nicht einfach, Coralie. Verzeih, aber du weißt ja nicht, was du da sagst.«

Sie versuchte es mit einem anderen Argument. »Ich hätte weder ein Zuhause noch eine Arbeit. Bei Pettrew's nehmen sie mich nicht mehr, nachdem ich ohne ein Wort verschwunden bin, und sie werden mir auch keine Referenzen geben. Und wenn erst jeder weiß, dass mein Vater mit einer Polizistin zusammen ist, werden alle mich schneiden. Da, wo ich herkomme, vertraut man den Bullen nicht. In Paris kann ich wenigstens neue Freunde finden.«

Dietrich trat auf sie zu und nahm sie bei den Armen. Sie fröstelte, obwohl durch das offene Fenster ein sanfter warmer Windhauch hereinwehte. »In einer fremden Stadt findet man gar nicht so leicht Freunde, und die Franzosen sind ziemlich introvertiert. Auf die Familie fixiert«, erklärte er, als er merkte, dass sie das Wort nicht kannte. »Erwarte nicht, dass du hier so bald in irgendeinem Kreis herzlich aufgenommen wirst.«

»Lieber einsam unter Fremden als einsam unter alten Freunden. Hier kann ich mir ein neues Leben erfinden, ein anderer Mensch sein. Ich kann mir vorstellen, dass meine Mutter glücklich in New York lebt, eine neue Familie hat und immer noch manchmal an mich denkt. So bleibt mir die Hoffnung.«

Seufzend akzeptierte er ihre Argumente, obwohl er ihre Logik eindeutig nicht nachvollziehen konnte. »Wenn du vorhast, deine Identität für immer zu wechseln, dann musst du sofort damit anfangen und es sehr ernst nehmen. Du musst alles vernichten, was sich auf deine Vergangenheit bezieht.«

Sie wusste, dass er recht hatte. Sie konnte nicht einfach spielen, sie sei Coralie de Lirac. Sie musste Coralie de Lirac sein. »Meine alten Kleider habe ich schon weggeworfen. Sie haben mich zu sehr an alles erinnert.«

»Du musst jede Erinnerung an dein altes Leben vertreiben, selbst die Erinnerung an Menschen, die dir noch etwas bedeuten.« Dietrich zog sie an sich und hielt sie fest, als sie bei diesen Worten unerwartet in Tränen ausbrach. Er half ihr zum Bett, dann lagen sie nebeneinander, und man hörte nur noch Coralies leises Schluchzen.

Irgendwann sagte sie: »Dann zwingst du mich nicht zurückzugehen?«

Er küsste sie. »Nein, wenn du absolut sicher bist, dass du hierbleiben willst.« Er griff nach dem Telefon auf dem Nachttisch und bestellte beim Zimmerservice ein leichtes Abendessen und zwei Brandys. Kurz darauf saß sie im Bett, die Kissen in den Rücken gestopft und spürte fasziniert, wie der Alkohol ihr wie Feuer die Kehle hinabrann. »Ich möchte hierbleiben. Ich weiß nicht, warum, aber ich habe das Gefühl, in Paris ist alles möglich.«

Dietrich nahm ihr das Glas aus der Hand und küsste sie ein weiteres Mal. »Und ich mag es, wenn du hier bei mir bist. Es fühlt sich gut an, gebraucht zu werden. Wir brauchen einander.«

6

Anfang Juli ging Dietrich mehrmals zur Weltausstellung, aber immer allein. Seine Landsleute waren in Scharen angereist, um Kunst zu kaufen, wie er Coralie erklärte, und alle trafen sich im deutschen Pavillon. Er hatte von seiner Englandreise solche Gemälde mitgebracht, wie sie in Deutschland gerade sehr beliebt waren, und innerhalb von ein paar Wochen wollte er damit das Einkommen eines ganzen Jahres erwirtschaften. »Je unheimlicher die Wirklichkeit wird, desto mehr wünschen meine Landsleute sich bäuerliche Szenen und Familienidyllen.« Zu Spottpreisen hatte er ganze Kisten davon erstanden, um sie in Paris versteigern zu lassen. Jetzt rührte er die Werbetrommel.

Zu solchen Treffen konnte er Coralie nicht mitnehmen, weil einige seiner Kontaktleute seine Frau kannten. »Es wäre unhöflich Hiltrud gegenüber«, erklärte er.

»Dietrich, lebt ihr eigentlich völlig getrennt?«

»Gefühlsmäßig, ja. Unsere Nachbarn halten uns wohl trotzdem für eine normale Familie, obwohl ich die meiste Zeit weg bin. Wir müssen Rücksicht auf die Gefühle der Kinder nehmen.«

Seine Wohnung befand sich in der Nähe des Potsdamer Platzes mitten in Berlin. Seine Frau hingegen verließ kaum je ihr Stadthaus in Hohen Neuendorf, das wenige Zugminuten nördlich von Berlin lag. Die zwölfjährige Claudia verbrachte den Sommer zu Hause bei ihrer Mutter. Der fünfzehnjährige Waldo war mit vielen anderen Jungen in einem Sommerlager, und Coralie spürte, dass Dietrich darüber nicht glücklich war. Der Junge war nicht ganz gesund, er hatte einen Herzfehler, der ihm Atemprobleme verursachte. Coralie dachte an die ersten Wochen ihrer Arbeit bei Granny Flynn. Da war sie auch erst vierzehn gewesen, aber um ihre Lunge hatte sich kein Mensch geschert.

Rief Dietrich seine Frau manchmal an, um vertraulich mit ihr zu plaudern? Oder schrieb er ihr seitenlange Briefe, wenn er allein oben in seinem Zimmer war? Mehrmals in der Woche, wenn sie in ihren Lieblingscafés in der Sonne saßen, schrieb Dietrich kurze Kärtchen an seine Kinder. Die Karten an seine Tochter schickte er einfach so ab, aber für Waldo nahm er jedes Mal einen festen Umschlag und überprüfte, ob er auch gut zugeklebt war. »Im Lager gibt es keine Privatsphäre«, sagte er.

Eines Abends, als er sie allein in ihrem Zimmer zurückgelassen hatte, bemerkte Coralie erstaunt, dass Pettrew's ihr fehlte. Der Schwatz in der Teepause, der gemeinsame Heimweg, Arm in Arm, mit Donals Schwestern Doreen und Marion … Ihr fehlte sogar die Arbeit mit den Händen. Hätte jemand sie vor einem Monat gefragt, was sie vom Nichtstun hielte, dann hätte sie geantwortet: »Perfekt! Wann kann's losgehen?« Und doch schien es auf Dauer nicht das Richtige für sie zu sein. Über diese Erkenntnis war Coralie so beunruhigt, dass sie nach oben fuhr und Kammerdiener Brownlow auf einen Drink in die Bar einlud. Mit einem Glas in der Hand vergaßen die Finger vielleicht ihre Sehnsucht nach Beschäftigung.

Brownlows Antwort war kurz und knapp. »Das wäre nicht schicklich, Miss. Ich trinke ohnehin nicht.«

Das hatte sich also erledigt. Jetzt blieb ihr nur Radiohören oder Lesen. Dietrich war mit ihr in einem Buchladen in der Rue de l'Odéon gewesen, in der auch Louise Deveau, ihre Französischlehrerin, wohnte. Von den Liebesromanen hatte er sie fortgezogen und getadelt: »Du brauchst den geschönten Ersatz nicht, du hast doch mich.« Dann hatte er ihr ein Buch von Ernest Hemingway gekauft.

»Jeder sollte *In einem anderen Land* lesen. Vor allem Männer, die den Krieg mögen. In Deutschland müsste es Pflichtlektüre sein, aber stattdessen verbrennen wir es.« Der Ladenbesitzer hatte auch eine deutsche Übersetzung vorrätig, und Dietrich hatte auch die gekauft und gesagt: »Lies beide nebeneinander, dann lernst du ganz von selbst Deutsch.«

Unmerklich verstrich die erste Juliwoche. Am Tag hatte sie Dietrich und ihren Sprachunterricht, abends war sie allein. Neuerdings wurde Dietrich bei seinen abendlichen Ausflügen von Brownlow begleitet, und das wurmte sie am allermeisten.

Dietrich musste ihre gedrückte Stimmung wohl bemerkt haben, denn eines Abends ließ er seine Pläne kurzerhand ausfallen und nahm sie mit nach Montmartre, in das Nachtleben auf dem Boulevard de Clichy.

Das Rose Noire war dunkel und anonym. Hier bestand kaum Gefahr, dass ihnen Hiltrud von Elbings Bekannte über den Weg liefen. Die Band spielte langsamen, verführerischen Swing, und Coralie ließ sich in Dietrichs Armen von der Musik einlullen. Bis das Tempo bei der nächsten Nummer zu einem Lindy Hop anzog.

Die schnellen Tänze ließ Dietrich aus. Aber er nickte aufmunternd, als ein schwarzhäutiger Mann namens Dezi Rice, der zuvor auf der Bühne gesungen hatte, zu ihnen trat und Coralie zum Tanz aufforderte: Hauptsache, sie kam anschließend zu ihm zurück. Sie nahm an, dass Dietrich sitzen blieb, weil er die wilden amerikanischen Rhythmen nicht mochte; er beharrte jedoch darauf, es hätte mit gewissen Bändern zu tun.

»Was für Bänder?«, fragte sie später, als das Dinner gebracht wurde.

»Gewebe, das zwei Knochen miteinander verbindet.« Vor ihnen stand Forellenmousse in Austernschalen, eine Delikatesse des Hauses, die man in den heißen Sommermonaten statt der Austern von der Île de Ré servierte. Er bog eine leere Schale nach außen auf und zeigte ihr das Scharnier zwischen den Hälften. »Wenn du so ein Band weit genug überdehnst, geht es kaputt. Siehst du?« Er zerbrach das Scharnier.

»Du hast dir ein Band überdehnt?«

»Gerissen. Und das hier.« Er schob sein Haar zurück. Am Haaransatz war eine Narbe zu sehen, wulstig wie die weiße Innenhaut einer Orange. »Ich hatte einen Unfall.«

»Zu schnell gefahren?« Sie dachte an den lippenstiftroten Mercedes Roadster.

»Hast du schon von Baron von Richthofen gehört?«

»Der schreckliche Rote Baron? Das bist doch nicht etwa du?«

Er legte ihr einige Austernschalen auf den Teller und reichte ihr die schwarze Trüffelsauce, die zu der Mousse gehörte. »Nein, aber ich bin 1915 mit ihm geflogen.«

»Im Krieg?«

Dietrich nickte. »Richthofen nannte mich immer nur ›Kleiner‹, weil ich eine Zeit lang der jüngste Pilot bei den Luftstreitkräften war.«

»Warst du ein Flieger …« Sie biss sich auf die Lippe. Fast hätte sie »Flieger-Ass« gesagt. Aber Dietrich war ja auf der falschen Seite gewesen! »Bist du abgeschossen worden?«

»Nur angeschossen, sonst wäre ich wohl nicht hier. Über den vorderen britischen Linien bei Arras hat mich beim Luftkampf ein kanadischer Pilot in einer DH2 getroffen. Ein britisches Flugzeug.«

»Der Kanadier hat getan, was er tun musste, nehme ich an.«

»Natürlich. Mein Bordschütze hätte ihn ebenfalls unter Feuer genommen, wenn er gekonnt hätte. Wir gerieten ins Trudeln, aber ich stabilisierte die Maschine noch einmal, landete in einem Graben und brach mir das Knie. Und holte mir das hier.« Er wies auf die Narbe.

»Du könntest ja so tun, als stammte sie aus einem Duell.«

»Mein Vater hatte so eine über dem linken Auge, wie jeder ordentliche preußische Aristokrat. Meine hat er verachtet, weil sie nicht von einer Schwertklinge herrührte.«

Coralie nippte an ihrem Wein, ein gekühlter Pissotte aus Westfrankreich. Den hatte Félix, der freundliche Sommelier des Klubs, ihnen empfohlen. Wie seltsam das Leben doch war. Letzten Monat war sie noch ein Fabrikmädchen gewesen, das am liebsten Guinness-Bier trank. Von den Deutschen hatte sie eine ziemlich fest umrissene Meinung gehabt. Und jetzt teilte sie hier ihr Bett mit einem Mann, der sich seine Sporen damit verdient hatte, britische Flieger über Frankreich abzuschießen. Während sie ihre Austernschalen leerten, erfuhr sie, dass er sechzehn gewesen war, als der Erste Weltkrieg ausbrach – demnach war er jetzt neununddreißig. Mit achtzehn hatte er seinen ersten Einsatz für den Kaiser geflogen. Da war sie noch ein Baby gewesen.

Zeit, das Thema zu wechseln! Sie warf einen Blick in die Runde und fragte Dietrich, was er von Frauen hielt, die beim Essen den Hut aufbehielten. Mehrere teuer gekleidete Damen taten nämlich genau das. »Ich käme mir sehr komisch vor, mit einem Hut auf dem Kopf zu essen.«

»Zu Zeiten meiner Mutter gehörte das zum guten Ton, außer bei privaten Dinnerpartys. Aber warum machst du dir Gedanken darüber? Mit einem Hut auf dem Kopf könntest du so wenig Lindy Hop tanzen wie mit Schwimmflossen an den Füßen.«

Vielleicht hatte er recht. Es war fantastisch gewesen, über den Tanzboden gewirbelt zu werden, dennoch fand sie diese Abendhüte mit ihren Diamantnadeln und Netzschleiern extrem begehrenswert. Sie sah sich im Geist an einem Fenster sitzen, das Radio eingeschaltet, und Satin-Pillboxhüte für reiche Kundinnen anfertigen. Ein Korb mit Hutbändern, flinke Finger bei der Arbeit … Bloß arbeitete sie diesmal auf eigene Rechnung.

»Ich bestelle uns jetzt Steaks.« Dietrich lehnte sich zurück und hielt nach einem Kellner Ausschau.

»Aber sag ihnen, dass meines gut durch sein soll.« Sie hatte kurz zuvor einen Kellner gesehen, der Steaks in einer blutigen Flüssigkeit servierte.

»Du musst lernen, Fleisch rosa zu essen, nicht so lange gebraten, bis es sich anfühlt wie eine Pilgersandale.«

»Rosa ist die richtige Farbe für Hüte, braun für Fleisch«, gab sie zurück. Da nahm er ihr Gesicht in beide Hände und küsste sie, bis ein Kellner neben ihrem Tisch diskret hüstelte.

»Wir könnten auch nach Hause gehen«, bemerkte Dietrich. Er blickte auf seine Uhr mit den Leuchtzeigern und dem abgewetzten Lederarmband.

»Wir haben kein Zuhause.«

»Nein. Dafür haben wir Freiheit, jetzt, wo du all deine Geheimnisse losgeworden bist.« Als der Kellner sich entfernt hatte, fuhr er fort: »Oder gibt es da noch mehr zu erzählen, von deinem Freund Donal vielleicht? Hat er dich entjungfert?«

Er hatte es also gemerkt. Natürlich. »Donal war es nicht. Er und ich sind immer nur gute Freunde gewesen. Kann ich es dir ein anderes Mal erzählen? Es war alles ein bisschen viel auf einmal.«

»Ich habe kein Recht, dich danach zu fragen, aber gleichgültig ist es mir nicht.«

»Ich erzähle es dir, sobald ich bereit dazu bin.«

»Und bis dahin bleib einfach du selbst. Coralie de Lirac, die über die Pariser Boulevards spaziert, verfolgt von fünfzig Augenpaaren.«

Er war ein bisschen betrunken. Fünfzig Augenpaare? Vielleicht, wenn ihr Unterrock in ihrem Schlüpfer hängen geblieben war.

»Du sollst Paris in dich aufsaugen, Coralie, damit ich es mit deinen Augen sehen kann.«

»Schau es dir doch mit deinen eigenen Augen an!«

»Verstehst du, für uns Deutsche ist Paris, la Lutèce, der mythische weiße Hirsch, den wir durch dunkle Wälder jagen. Unsere ewige Jagdbeute, unsere Fantasie, für immer unerreichbar.«

Wahrscheinlich lag es an den zwei Flaschen Pissotte, dass sie antwortete: »Ich packe ihn für dich am Schwanz, du wirst schon sehen. Aber kaufst du mir denn einen Hutladen? Wie Ottilia für Lorienne?«

Und wahrscheinlich aus dem gleichen Grund sagte er lachend: »Selbstverständlich, nur noch nicht gleich.«

Als sie sich in dieser Nacht in den Armen lagen, murmelte er: »Wenn du vorhast, in Paris zu bleiben, dann müssen deine Papiere, deine Sprache, deine Geschichte makellos sein. Alles Englische an dir muss getilgt werden, auch das zerkochte Fleisch.«

»Du machst mir Angst.«

»In Coralie de Liracs Geschichte darf es keine Schwachstelle geben. Dein Vater war Belgier, hast du gesagt?«

»Ja, aus Tubize in Brabant.«

»Damit fangen wir an. Du brauchst Fotos. Das ist einfach. Louise Deveau kann mit dir in einem der großen Warenhäuser in eine Fotokabine gehen.«

Dann erwähnte er das Ganze nicht mehr, bis er ihr irgendwann Mitte Juli ein Päckchen überreichte. »Deine neue Identität.«

Sie saßen auf einer Bank im Parc Monceau, nachdem sie sich zuvor in ihrem Zimmer geliebt hatten. Es war kurz vor dem Abendessen. Männer in Overalls hängten Trikolore-Fahnen für die Feiern zum 14. Juli in die Bäume. Coralie zog einige Dokumente aus einem Umschlag und stellte fest, dass sie als Marie-Caroline de Lirac geboren worden war, Tochter von Guy de Lirac, Rechtsanwalt im belgischen Nivelles. »Warum nicht Tubize?«

»Die Spur wäre zu offensichtlich. Fahr irgendwann einmal nach Nivelles und sieh es dir an.«

»Einverstanden. Aber wieso ausgerechnet Rechtsanwalt? Mein Vater hasst Recht und Gesetz.«

»Nicht doch, dein armer Vater aus Nivelles ist tot.«

»Und warum Marie-Caroline? Das muss ich mir dann ja noch extra merken.«

»In diesen katholischen Ländern Frankreich und Belgien werden die Kinder immer nach Heiligen benannt, und ich habe einfach keine Heilige Coralie gefunden.«

»Ich wurde nach meiner Großmutter Cora genannt, aber meine Mutter mochte Coralie lieber. Sie meinte, es würde auf der Anschlagtafel im Theater auffallen, falls ich jemals in ihre Fußstapfen trete.«

»Du kannst trotzdem Coralie bleiben. Auch die Franzosen haben Spitznamen. Aber dein Taufname ist Marie-Caroline.«

Ihre Mutter war jetzt eine gewisse Marlène Decorte, ebenfalls aus Nivelles. Da war noch ein gekonnt auf alt getrimmter Pass, in dem Coralies Beruf mit *modiste* angegeben war, was, laut Dietrich, einer Hutmacherin im Französischen am nächsten kam. Als Geburtsdatum stand da der 8. November 1915.

Sie rief aus: »Ich habe am zweiundzwanzigsten Oktober Geburtstag!«

»Jetzt nicht mehr. Lern diese Daten in- und auswendig. Wiederhole sie dir morgens und abends vor dem Spiegel. Der achte November ist mein Geburtstag, so können wir immer gemeinsam feiern. Egal, wo wir sind.«

»In Paris, hoffentlich.«

»Das hoffe ich auch, aber ich kann mein anderes Leben nicht für immer außen vor lassen. Ich bin ein Zugvogel, wie die kleine Passerinette an Ottilias Schaufenster.«

»Daher kommt der Name? Ich habe mich schon gefragt …«

»Die Passerinette ist ein hübscher kleiner, grau-rosa Zugvogel, der in Südfrankreich brütet und in Afrika überwintert.«

»Mhm …«

»Wie sie lasse ich mich nieder und fliege wieder davon. Mit diesen Papieren bekommst du eine Aufenthaltsbestätigung.«

»Wenn du meinst …«

»Was ist los, Coralie?«

»Ich kann mir keinen neuen Geburtstag merken, und du würdest den November auch hassen, wenn du in London aufgewachsen wärst. Nichts als Nebel.«

»Von jetzt an darfst du nur noch von Paris reden.« Dietrich nahm ihr die Papiere aus der Hand, weil sie unbewusst anfing, sie zu zerknittern. Er fügte hinzu: »Am achten November nehme ich dich mit ins Tour d'Argent, und anschließend werden wir uns so lieben, dass du den Tag nie mehr vergisst.«

»Also bleibst du bis November?« Er strich ihr eine Locke aus der Stirn. »Ich bleibe so lange, bis ich weiß, dass du allein fliegen kannst.«

Am 14. Juli tanzten sie auf den heißen Straßen, und am darauffolgenden Tag schlief Coralie bis mittags. Dann rief Dietrich an und bat sie, den bequemsten ihrer Hüte von La Passerinette anzuziehen. »Und ein einfaches Kleid. Du musst dich darin frei bewegen können. Ich brauche deine Hilfe.« Coralie setzte sich im Bett auf. In seiner Stimme lag etwas Ernstes.

»Bin in zwei Minuten da«, versprach sie. Dann fiel ihr ein, dass sie um zwei Uhr nachmittags bei Javier eine Anprobe für Herbstkostüme hatte. Vier Sommerensembles waren bereits geliefert worden, ein schwarzes und drei weiße. Aber sie hatte sie nicht getragen. Die Kleider waren fantastisch, doch, Coralie gestand es sich nur ungern ein, in der Taille zu eng. Das kam von all den Croissants mit Marmelade. »Dietrich, mir fällt ein: Ich habe einen Termin bei Javier, aber den kann ich absagen.«

»Nein, das brauchst du nicht. Wir treffen uns bei Javier, und anschließend gehen wir in die Rue de Vaugirard.«

»Wo ist das?«

»Am linken Seine-Ufer, in der Nähe des Palais du Luxembourg.«

»Ich habe Angst, Dietrich.«

»Wovor?«

»Dass ich mich irgendwo nützlich machen muss. Ich habe ganz vergessen, wie das geht.«

Er lachte nur.

Singend zog Coralie ein getüpfeltes Leinenkleid an und setzte einen der weichen Strohhüte auf, die Lorienne für sie angefertigt hatte. Sie lachte sogar, als später der Schneider bei Maison Javier ausrief: »Ich glaube, Sie lernen endlich, zu genießen und nicht nur zu ertragen, Mademoiselle. Auch wenn Sie, verzeihen Sie, in der Mitte drei Zentimeter zugelegt haben, seit ich Sie zum ersten Mal gesehen habe. Ich fürchte, wir müssen den Schnitt noch einmal anpassen.«

Anschließend traf sie Dietrich im Verkaufssalon, und gemeinsam begaben sie sich zum linken Seine-Ufer. Sie fuhren zwei Stationen weiter als nötig und spazierten durch den Jardin du Luxembourg, der sie mit seinen Springbrunnen und geometrischen Rasenflächen in der Hitze erfrischte. In der Rue de Vaugirard blieben sie vor einem vierstöckigen Haus am Rand des Parks stehen. Im rechten Flügel des mächtigen Eingangstors befand sich eine kleinere Tür, und als Dietrich an einer Glocke zog, wurde sie kurz darauf geöffnet. Der Mann, der in der Tür erschien, trug den leeren linken Ärmel à la Admiral Nelson quer über dem Bauch festgesteckt. *Alter Soldat*, dachte Coralie. Obwohl er so alt gar nicht war, Mitte fünfzig vielleicht, wie ihr Vater. Ihr früherer Vater. Der Mann fragte nach ihrem Begehr.

Dietrich antwortete geduldig. »Ich bin Graf von Elbing. Den

ganzen letzten Monat über hat Madame Corvet mich jeden Tag anstandslos hereingelassen.«

Hier war er also gewesen. Coralie warf einen verstohlenen Blick auf das Namensschild neben der Tür: »von Silberstrom«. Als Nächstes würde Dietrich todsicher den ominösen Schlüssel aus der Tasche ziehen.

Der Concierge weigerte sich, seine Frau zu holen. »Die letzten Male waren Sie mit einem Mann hier. Wo ist der?«

Dietrich seufzte. »Ich würde meinen, dass Sie das nichts angeht, Monsieur Corvet. Wenn Sie uns bitte einlassen würden.«

Corvet legte seinen unversehrten Arm über den leeren Ärmel. »Nur meine Frau und ich haben die Erlaubnis, in Abwesenheit von Madame la Baronne das Haus zu betreten.«

»Das ist nicht richtig. Auf ausdrücklichen Wunsch von Madame la Baronne habe ich ebenfalls die Erlaubnis dazu.«

Corvet schob abwehrend das Kinn vor. »Ihr Deutschen glaubt, ihr könnt überall bestimmen, ja? Und jetzt legt ihr Spanien in Schutt und Asche. Mörder. Gehen Sie, sonst rufe ich die Polizei!«

Coralie unterdrückte ein Kichern. So vollkommen fassungslos hatte sie Dietrich noch nie erlebt. Aber es war zu heiß, um noch länger herumzustehen und die Friedensverhandlungen abzuwarten. Sie stöhnte leise auf, tastete nach der Hauswand und ließ sich dagegensinken. »Ich glaube, ich werde ohnmächtig ...«

Kurz darauf saß sie in einem kühlen Innenhof, und der Concierge war davongeeilt, um Wasser zu holen. Ohne seine Rückkehr abzuwarten, zog Dietrich sie in die Eingangshalle und betätigte den Liftknopf für den zweiten Stock, *deuxième étage*. Während sie nach oben fuhren, drückte er Coralie einen Kuss auf die Schläfe. »Gut geschauspielert. Ich hätte noch den ganzen Abend auf der Straße gestanden.«

»Sein Verhalten wundert mich nicht, wenn er seinen Arm im

Kampf gegen euch Deutsche verloren hat. Was hat er mit Spanien gemeint? Dort herrscht jetzt Bürgerkrieg, oder?«

Dietrich antwortete nicht gleich. Erst als sie anhielten, sagte er, während er die Gittertür aufschob: »Deutsche Fliegergeschwader unterstützen Francos Nationalisten gegen die spanischen Republikaner. Sie haben Madrid und ein paar kleinere Städte bombardiert.«

Sie wusste nicht, wer Franco war, aber sie hatte gehört, wie der Portier im Duet etwas von »verdammten Faschisten« knurrte, die versuchten, eine gewählte Regierung zu stürzen. Sie persönlich war auf der Seite der Menschen, die bombardiert wurden. Aber Dietrich? Sein Tonfall hatte wenig verraten, und an seiner Miene konnte sie nichts ablesen. Sie startete einen Versuchsballon: »Wärst du jetzt gern dort?«

»Als Flieger? Manchmal. Die Liebe zum Fliegen verliert man nie. Wechsle bitte das Thema, Coralie, das kannst du doch so gut.«

»Wen besuchen wir hier?«

»Niemand.« Dietrich führte sie zu einer massiven Nussholztür mit einem blitzblank polierten Messingknauf.

Unterwegs hatte Coralie schon das schmiedeeiserne Treppengeländer mit dem glänzenden Messinghandlauf bewundert. Jemand machte sich hier eindeutig viel Arbeit beim Putzen. Wie in fast allen Pariser Häusern, die sie kannte, gab es hier einzelne, abgetrennte Wohnungen, die durch ein Treppenhaus miteinander verbunden waren. Aber dieses Haus war das schönste, das sie bisher betreten hatte. Die beste Wohnung lag natürlich im ersten Stock, mit hohen Decken und schmiedeeisernen Balkongittern. In der Wohnung hier oben, die Dietrich gerade mit dem wohlbekannten Silberschlüssel aufschloss, mussten Menschen leben, die sich auf der sozialen Leiter eine Sprosse weiter unten befanden. »Wer ist die ›Madame la Baronne‹, von der Corvet gesprochen hat?«

»Ottilia natürlich.«

»Ist sie eine Aristokratin?«

»Nein.« Dietrich ließ sie vorausgehen und schloss hinter ihnen die Tür. »Titel haben in Deutschland nichts zu sagen, sie bringen einem höchstens einen Tisch im Restaurant ein. Und manchmal auch Probleme.«

»Ich kenne Barone nur aus Märchen, dort sind sie immer böse.«

»Ottilias Vater war der Freiherr von Silberstrom, ein Berliner Industrieller, aber ursprünglich kam die Familie aus Österreich. Deshalb wird Ottilia hier mit ›Madame la Baronne‹ angesprochen. Und sie hat wirklich keinen Funken von Bosheit in sich.«

»Du hast gesagt, sie ist verheiratet. Warum trägt sie nicht den Namen ihres Mannes?«

Dietrich knipste eine Lampe an und sagte: »Geh voraus, aber vorsichtig, hier ist alles voller Stolperfallen. Um deine Frage zu beantworten, bei Ottilias Mann handelt es sich um den berühmten deutschen Sänger Franz Lascar. Er hat sich in Berlin mit der Gestapo angelegt, unserer Geheimpolizei. Seine Lieder haben unseren Führer beleidigt. Ottilia hat ihren Mädchennamen wieder angenommen und gehofft, der Gestapo würde vielleicht entgehen, dass sie die Frau eines Volksfeindes ist.«

»Hat es funktioniert?«

»Der Gestapo entgeht nichts. Lascar hat Ottilia noch nie gutgetan.«

In dem großen Empfangszimmer sperrten die geschlossenen Fensterläden das Tageslicht aus, und der intensive Harzgeruch versetzte Coralie sofort in die Werkstatt ihres Vaters zurück. Als Dietrich das Deckenlicht und dazu noch ein paar Stehlampen einschaltete, zählte Coralie zwei Dutzend Teekisten und ebenso viele flache Kästen. Es war wie in den Docks von Rotherhithe, wenn ein Schiff beladen wurde. Der Harzgeruch entströmte ein paar Säcken mit Hobelspänen, mit denen wahrscheinlich der kostbare Inhalt der Kisten geschützt werden sollte. An den Wänden reihten sich Hunderte von ungerahmten Bildern und Drucken. »Hast du das alles in England gekauft?«

»Nein, nein. Meine englischen Erwerbungen lagern in einem Keller beim Hôtel Drouot. Das ist das Auktionshaus.« Dietrich legte Jackett und Krawatte ab. »Dies hier ist Ottilias Kunstsammlung.«

»Die Sammlung hat eine eigene Wohnung?«

»Und nicht irgendeine Wohnung!« Dietrich stieß die Läden auf, und das Sonnenlicht flutete herein. Man hatte einen fantastischen Blick auf den Jardin du Luxembourg, grünes Laub hinter schmiedeeisernen Gittern. »Schau, man sieht sogar die Orangerie, das Gebäude dort hinter den Bäumen. Nur das Beste für Ottilias Bilder. Sie sind theoretisch eine Million Pfund wert.«

Mit offenem Mund starrte Coralie ihn an. Als Kinder hatten sie und Donal oft ein Spiel gespielt: »Wenn ich hundert Pfund hätte, dann würde ich …« Hundert Pfund waren ihnen ausreichend erschienen, um sich selbst die hochfliegendsten Träume zu erfüllen.

Dietrich steckte seine Manschettenknöpfe in die Hosentasche und krempelte die Ärmel auf. »Mit Brownlows Hilfe habe ich seit dem neunzehnten Juni hier Tag für Tag Bilder eingewickelt, verpackt und die Bestandsliste erneuert.«

Coralie wischte Hobelspäne von der Kiste, die ihr am nächsten stand. Sie enthielt Gemälde, in fast transparentes Papier eingewickelt, von Gummibändern gehalten und mit Etiketten versehen. Ein paar Rollen dieses halb durchsichtigen weißen Papiers standen an einem Ende des Raumes. »Was für ein Job! Ich würde es nicht einen Monat lang mit Brownlow aushalten«, sagte sie.

»Nein. Brownlow passt schlecht in ein künstlerisches Umfeld.

Wenn man ihm einen Apfel zeigt, dann denkt er ›Apfelknödel‹, nicht ›Stillleben durch eine Öffnung nach Norden gesehen‹.«

»Das würde ich auch nicht denken. Ich würde denken: ›Strudel oder Beignets mit Vanillezucker‹.«

»Ich glaube trotzdem, dass ich dir nicht alles zweimal erklären muss. Im Ernst, ich bin noch lange nicht fertig mit der Bestandsaufnahme, aber es fehlen ein paar Stücke. Bei aller Wachsamkeit des guten Monsieur Corvet.«

Sie spürte seinen Ärger. »Jemand hat gestohlen?«

»Es sind kleine Stücke, aber das sind oft die kostbarsten. Deshalb habe ich es so eilig, diese Kisten von hier weg und in Sicherheit zu bringen.«

»Und was soll ich dabei tun?«

Dietrich nahm ein ledergebundenes Buch aus einem Regal. »Hier ist die Bestandsliste von vor zwei Jahren, als die Sammlung Berlin verlassen hat. Ich werde dir einen Titel und eine Beschreibung vorlesen, und du suchst das entsprechende Bild heraus. Ich untersuche es, mache eine Notiz zu seinem Zustand und hake es ab. Du wickelst es ein und beschriftest es. Erst wenn wir wirklich alles katalogisiert haben, kann ich einschätzen, was fehlt. Du mit deiner Art, in Bildern zu sehen … Ich hätte dich schon früher darum bitten sollen.«

»Ja, hättest du das bloß getan.« Coralie betrachtete die ungerahmten Kunstwerke, die an den Fußleisten lehnten, und überlegte, ob Brownlow wohl gefeuert worden war. Das hätte ihr gefallen! »Wo soll die Sammlung denn hin?«

»Nach Neuendorf, sobald Ottilia zustimmt. Sie ist mit alldem überfordert. Ihr Mann würde gern über die Sammlung entscheiden, aber ich muss dafür sorgen, dass sie nicht Betrügern in die Hände fällt. Egal, ob es sich um unbekannte Diebe oder berühmte Tenöre handelt.«

Er hielt das Buch ans Licht, um besser lesen zu können. »Gut.

Hier habe ich beim letzten Mal aufgehört. ›Blick auf Oxford Colleges und Wiesen, George Pyne, 1867, Mischtechnik, Aquarell und Bleistift‹. Findest du das?«

Coralies Zuversicht sackte in den Keller. Sie wollte so gern helfen – und den alten Sauertopf Brownlow ausstechen –, aber die einzige Kunst, die sie kannte, waren bunte Strandpostkarten. Und was zum Teufel war Mischtechnik? Sie ging durch den Raum und entschied sich auf gut Glück für einen der Stapel. Sie zog eine deprimierende Studie von Gebäuden und einer Wiese daraus hervor. »Das hier?«

Dietrich nahm es ihr ab. »Lieber Himmel, du bist eine außergewöhnliche Frau. Wenn du so weitermachst, dann sind wir bis zum Dinner fertig.«

Sie brauchten vier Tage, und am Ende hatte Coralie das Gefühl, eine Kulturtaufe erhalten zu haben. Manchmal waren sie so müde gewesen, dass sie sich anblafften. Aber meistens arbeiteten sie zügig, von einem unsichtbaren Band vereint. Madame Corvet, die in gleichem Maße zuvorkommend war wie ihr Mann mürrisch, brachte ihnen zur Stärkung Kaffee und Tüten mit Brioches. Jeden Abend um Punkt sechs Uhr entkorkte Dietrich eine Flasche Wein, und gegen Mitternacht stolperten sie lachend gegen die Teekisten. Jede volle Kiste wurde zugenagelt und mit einem weiteren Glas Wein begossen. Coralies Geschicklichkeit mit dem Hammer weckte Dietrichs Neugier.

»Als ich klein war, hat mein Vater im Old-Vic-Theater gearbeitet. Er hat mich mit hinter die Bühne genommen …«

»Dein Vater war Anwalt aus Nivelles, denk daran!«

Wenn das Taxi sie schließlich vor dem Duet absetzte, fielen sie nur noch ins Bett. Dort lagen sie eng umschlungen, bis Brownlow um sieben Uhr morgens an die Tür klopfte und mit Grabesstimme mitteilte, Graf von Elbings Bad sei eingelassen und seine

Kleider lägen bereit – »*Oben*«. Brownlow war beleidigt, wie Dietrich bemerkte. Wieder hatte Coralie ihm seinen Platz streitig gemacht, aber ihre neue Beschäftigung erfüllte sie so sehr, dass sie keinen weiteren Gedanken daran verschwendete.

Am Dienstag, den 20. Juli, eine Minute vor halb sieben, schlug Dietrich das Buch zu. »Das war das letzte Bild.«

»Was ist mit denen dort am Fenster?«

»Die werde ich für Ottilia verkaufen. Sie braucht Bargeld, weil ihr Ehemann, der große Künstler, nicht für ihren Lebensunterhalt arbeiten gehen kann. Aber jetzt weiß ich wenigstens, was alles fehlt.«

Coralie ließ sich langsam an der Wand hinabrutschen und blieb auf dem Boden sitzen. Ihre Finger fühlten sich geschwollen an. »Du meinst, was alles gestohlen wurde?«

»Es kann sein, dass Ottilia das ein oder andere hergegeben hat. Manchmal verschenkt sie Dinge, um Leuten eine Freude zu machen.«

»So, wie sie Lorienne La Passerinette überlassen hat?«

»Wenn du das, was du hast, nicht achtest, bedienen sich die Leute bei dir. Das versuche ich ihr immer wieder klarzumachen. Und je mehr sie dir wegnehmen, desto weniger achten sie dich.«

Wenn er von ihr redet, wird seine Stimme ganz sanft, dachte Coralie.

In diesem Augenblick kam Madame Corvet mit ofenwarmem Pfirsichkuchen herein, und Dietrich wandte sich ihr zu: »Madame, veranlassen Sie bitte, dass das Schloss dieser Wohnungstür ausgewechselt und durch ein Doppelschloss ersetzt wird. Heute noch.«

Die Concierge stammelte: »Ohne Anweisung von Madame la Baronne?«

Dietrich zog einen Brief aus der Tasche. »Hier ist ihre Anweisung. Sie gibt mir freie Hand zu tun, was ich für nötig halte.

Glauben Sie etwa, ich wollte nicht das Beste für Madame la Baronne?«

Madame Corvet blickte unsicher auf ein paar der noch offen herumstehenden Bilder, dann sagte sie nur: »Ein Doppelschloss, sobald wie möglich.«

Sie gingen zu Fuß zurück ins Hotel. Es nieselte leicht, und ein süßlich-modriger Duft hing in den Straßen. »Ich liebe Paris im Regen«, murmelte Coralie.

»Ich liebe Paris zu jeder Jahreszeit.«

Als sie über den Fluss spazierten, fragte Coralie: »Dietrich, liebst du Ottilia?«

Er sah sie nicht an. »Wir wollten heiraten, aber es war nicht möglich.«

»Das habe ich nicht gefragt.«

Dietrich blieb stehen und drehte Coralie zu sich herum. »Ja, ich liebe sie.«

Darauf gab es nicht mehr viel zu sagen. Coralie hätte den Mund ohnehin nicht aufgebracht, denn auf einmal war ihr übel. Den restlichen Weg zurück ins Duet konzentrierte sie sich nur auf ihre Atmung. Dort angekommen, wartete sie nicht auf den Lift, sondern nahm die Treppe und schaffte es gerade noch in ihr Badezimmer.

Am nächsten Morgen holte sie sich aus einer Apotheke auf dem Boulevard Malesherbes etwas gegen die Übelkeit, und als sie zurückkehrte, stieß sie in der Hotelhalle auf Brownlow. Adrett wie immer, glatt gebügelt bis zu dem Samtkeil am Rücken seiner Weste. Er holte bei dem Angestellten an der Rezeption die Post ab. Die beiden bemerkten sie, und sie konnte an seinem Gesicht ablesen, wie Brownlow etwas Gehässiges sagte. Hätte eine echte Lady ihm seinen Platz auf der Zugfähre weggeschnappt, dann hätte er das noch verkraftet. Aber eine kleine Betrügerin aus Bermondsey? Über diesen Affront kam er niemals hinweg.

Sie trödelte in der Halle, denn sie hatte keine Lust, mit ihm gemeinsam nach oben zu fahren. Als der Lift wieder herunterkam, fand sie einen Brief auf dem Boden. Er trug eine deutsche Briefmarke und war an »Herrn Graf von Elbing« adressiert. Brownlow hatte wohl nicht aufgepasst.

Aber warum bloß musste sie den Umschlag sofort aufreißen? Entsetzt über sich selbst, versuchte sie ihn gleich wieder zu verschließen, doch ihr unbedachtes Vorgehen ließ sich nicht ungeschehen machen. Da zog sie den Brief heraus und las die erste Zeile: *Lieber Vater.*

Sie war wirklich tief gesunken. Hinter dem klagenden Geräusch des abbremsenden Lifts hörte sie einen Mann husten. Dort wartete Brownlow auf sie, oder wohl eher auf den Lift, weil er gemerkt hatte, dass ein Brief fehlte. Wo sollte sie den Brief verstecken? Ihr Kleid hatte keine Taschen. Sie konnte ihn auch in kein Strumpfband stecken, weil sie in Söckchen losgegangen war. Auf dem Aufzugsboden lag eine Matte. Eine halbe Sekunde, bevor Brownlow die Tür öffnete, schob sie den Brief darunter.

7

Dietrich nahm sie schließlich doch noch mit zur Weltausstellung. Vierundvierzig Länder hatten zu diesem Anlass Pavillons entworfen; die Bauarbeiten jedoch durften nur von Franzosen ausgeführt werden, wie Dietrich ihr erklärte. Daher waren selbst zwei Monate nach der offiziellen Eröffnung viele noch nicht fertiggestellt.

»Wenn Deutsche sie gebaut hätten, dann wären sie fertig?«

»Natürlich. Der deutsche Pavillon stand als Erster.«

»Ich dachte, es sei der russische gewesen«, neckte sie ihn.

»Du hast immer eine Antwort parat, Coralie. Erzähl mir lieber etwas Spannendes. Erzähl mir, was du siehst.«

Sie gingen gerade durch eine Allee von Springbrunnen den Chaillot-Hügel hinunter, das neu erbaute Palais de Chaillot im Rücken. Vor ihnen strömte die Seine vorbei wie flüssiger Bernstein im Abendlicht. »Würde man einen großen Ball zwischen diesen Brunnen hindurch und über den Fluss rollen, dann würde der Eiffelturm umfallen wie ein Kegel. Zufrieden, Monsieur le Comte?«

»Ich bin entzückt.«

»Können wir zuerst zum japanischen Pavillon gehen? Ich mag Orientalisches.«

»Da wirst du enttäuscht sein. Der japanische Pavillon ist moderne Architektur in Reinform.«

»Warum muss sich nur immer alles ändern?«

»Weil das Leben sonst auf der Stelle treten würde. Coralie, heute Abend habe ich dir ein paar Dinge zu sagen.«

»Ach, ja?« Der Brief schoss ihr durch den Kopf, der sicher noch immer wie ein zugedecktes Mordopfer in seinem Versteck lag. Sie wandte sich ab, um die schuldbewusste Röte zu verbergen, die ihr ins Gesicht gestiegen war. Alles, nur nicht entdeckt werden. »Was denn?«

»Nur Geduld. Erst treffen wir auf der Dachterrasse des deutschen Pavillons einen Geschäftspartner.«

Sie spürte eine Veränderung in ihm. Eine neue Konzentration – als würde man das Rad an einem Filmprojektor drehen, und das Bild wird scharf.

Der deutsche Pavillon war in Flutlicht getaucht und wurde von einem gewaltigen Adler überragt. Am Eingang flatterten rotweiße Fahnen mit schwarzen Hakenkreuzen. Coralie und Dietrich wurden an der Tür von einer Gruppe Menschen aufgehalten, die sich auf Deutsch unterhielten. Ein Mann schraubte, während er redete, ein Blitzlicht auf eine beeindruckende Kamera. Er trug eine Armbinde mit Hakenkreuz. Dietrich schien zu interessieren, was er sagte.

»Was ist hier los?«, fragte Coralie.

»Der Mann will den russischen Pavillon fotografieren.« Dietrich wies auf ein Gebäude direkt gegenüber, auf dessen Dach zwei Riesen standen: ein Mann mit einem Hammer, eine Frau mit einer Sichel. »Er berichtet für seine Heimatzeitung in Bayern und will zeigen, wie sehr das russische Werk dem deutschen unterlegen ist.«

»Aber das stimmt ja nicht. Ihr Gebäude ist nicht so hoch, aber trotzdem schön. Ich begreife nicht, wieso alles Deutsche das Beste sein muss.«

»Das habe ich nicht gesagt. Ich gebe nur die Ansicht des Mannes wieder.« Dietrich wandte sich auf Deutsch an die Gruppe. Der Mann mit der Kamera antwortete, dann grüßte er zu Coralies Verwirrung mit ausgestrecktem Arm und rief: »Heil Hitler!«

»Heil Hitler!«, gab Dietrich zurück.

Im Pavillon ließ Coralie ihn vorausgehen. Sie wusste nicht, wo sie hinschauen und was sie sagen sollte. In Kino-Wochenschauen hatte sie gesehen, wie der deutsche Führer in überfüllten Sälen Reden hielt. Sie hatte gehört, wie die Leute mit fanatischer Begeisterung wie aus einer Kehle seinen Namen brüllten. Vor Pubs in Südlondon hatte sie Jungen in schwarzen Hemden gesehen, die sie nachahmten, aber nie wäre sie auf die Idee gekommen, dass Dietrich diesen Irrsinn mitmachen könnte. Es war, als hätte sie den einen Dietrich draußen vor dem Pavillon gelassen und wäre mit einem anderen hereingekommen.

Hakenkreuze überall. Auf den Bodenkacheln, auf Fotografien an der Wand, sogar in den Buntglasfenstern, die das deutsche Handwerk verherrlichten. Wo waren die Heiligen mit den entrückten Gesichtern geblieben? Coralie ließ sich noch etwas weiter zurückfallen, als Dietrich mit Hackenschlagen und »Heil Hitler!« zwei Männer begrüßte.

Was war bloß mit ihnen los? Die Engländer liefen doch auch nicht durch die Gegend und riefen sich »Gott erhalte den König!« ins Gesicht. Sie tat so, als sei sie von den Fototafeln fasziniert, auf denen funkelnagelneue, menschenleere Straßen zu sehen waren, die sich ins Endlose zogen, sogenannte Autobahnen. Gleichzeitig lauschte sie Dietrich und seinen Gesprächspartnern, die in schnellem, hartem Deutsch miteinander redeten. Zu Monatsanfang hatte sie Mademoiselle Deveau gefragt, ob sie eine ihrer täglichen Französischstunden dem Deutschlernen widmen könnten. Louise Deveau hatte mit ihrem ironischen Lächeln geantwortet: »Sie möchten Dietrich eines Tages mit Ihrem fließenden Deutsch verblüffen? Viel Glück! Aber ich warne Sie: Nicht jeder Mann mag Überraschungen.«

Coralie hatte gute Fortschritte gemacht, aber es reichte nicht, um zu verstehen, was die drei Männer sagten, außer dass regelmäßig »der Führer« vorkam. Dafür bildeten sie ein atemberaubend gut aussehendes Trio, hochgewachsen und athletisch. Dietrich und ein etwa gleichaltriger Mann, beide sehr blond, der dritte vielleicht Anfang dreißig und mit hellbraunem Haar. Alle drei hätten Filmstars sein können.

Endlich schüttelten sie sich die Hände und verabschiedeten sich, worauf Dietrich sich nach ihr umsah.

Sie trat zu ihm. »Sind das deine Geschäftspartner?«

»Nein, das sind Freunde. Gute Freunde. Komm, wir gehen etwas trinken.«

Als sie ihm eine Treppe hinauf folgte, bemerkte Coralie, dass die Geländer aus ineinander verschlungenen silbernen Hakenkreuzen bestanden.

Auf der Dachterrasse bestellte Dietrich für sich ein Bier und für Coralie eiskalten Apfelsaft. Der Saft wurde in einem hohen Glas mit Strohhalm serviert, und sie trank ihn schnell. Sie hätte Dietrich eingehender nach seinen Freunden fragen können, aber vielleicht wollte sie es lieber nicht so genau wissen. Dass Dietrich ein politischer Mensch war, hätte sie nicht zu wundern brauchen, aber das Ganze gefiel ihr nicht, auch wenn sie nicht viel davon verstand. Er bestellte ihr einen zweiten Apfelsaft, und während sie warteten, zog er etwas aus der Tasche.

»Ich muss dir ein paar wichtige Dinge sagen, aber manchmal sagen Gegenstände mehr als Worte.« Er öffnete seine Hand, in der ein goldener Ring mit einem blutroten Stein lag.

»Oh. Der ist …«

»Alt und langweilig.« Er lächelte. »Langsam lerne ich deinen Geschmack kennen, aber das hier ist nun wirklich kein Plunder.«

»Du schenkst ihn mir?«

Er sah ihr tief in die Augen, so intensiv, dass es ihr ein wenig Angst machte. »Du hast mir so viel gegeben, dass ich dir etwas von mir geben möchte. Steck ihn in deine Handtasche und pass gut auf ihn auf.«

Sie tat, als hätte sie ihn nicht gehört, und streifte den Ring auf ihren Mittelfinger. Er war zu groß. Sie gab ihn Dietrich zurück, und resigniert ließ er ihn in die Tasche seines Jacketts fallen. »Gib ihn mir im November an unserem Geburtstag wieder.«

»Ja, wir müssen über deine Zukunft reden …«

»Herr Graf von Elbing, guten Abend!« Ein dünner, sonnengebräunter Mann blieb an ihrem Tisch stehen und streckte Dietrich die Hand hin.

Das musste der Geschäftspartner sein. Coralie wartete auf ein »Heil Hitler«, und als es ausblieb, überlegte sie, ob man das vielleicht nur mit Freunden machte. Oder vielleicht sagte man nicht »Heil«, wenn man einen weißen Leinenanzug trug und einen zerdrückten Panamahut unter den Arm geklemmt hatte. Dietrich stellte sie einander vor.

»Meine Begleiterin, Mademoiselle de Lirac. Coralie, darf ich dir Thierry-Edgar Clisson vorstellen, er ist ein alter Bekannter und großer Kunsthändler.«

Clisson lachte. »Sie schmeicheln mir, Graf. Sehr erfreut, Mademoiselle.« Er küsste ihr die Hand.

Danach machte er den Mund minutenlang nicht mehr zu. Sprudelnd wie die Springbrunnen von Chaillot erzählte er ihr, dass er in wenigen Tagen in die Ferien fuhr und dies vor der Abreise seine letzte Verabredung war. »Einen ganzen Monat mit Freunden, Angeln, Kochen im Freien, Faulenzen und allen erdenklichen Ausschweifungen.« In Paris wohnte er über seinem eigenen Geschäft in der Rue de Seine. »Kennen Sie es? Nur einen Steinwurf entfernt haben Baudelaire und George Sand gewohnt. Ich hoffe, Sie sind beeindruckt.«

»Ungeheuer beeindruckt«, sagte sie. »Waren beide Maler?«

Dietrichs diskretes Kopfschütteln warnte sie davor, weitere Fragen zu stellen.

Clisson erzählte ihr, dass die Stockwerke unterhalb seiner Wohnung die exklusivste Galerie mittelalterlicher Kunst in Frankreich beherbergten, während er oben die *crème de la crème* bei sich empfing. Wenn er sich nicht gerade auf seinem Schloss in Dreux im Département Eure-et-Loire aufhielt. »Ein Wohnsitz allein genügt mir nicht, eine Folge meiner Kindheit. Empfinden Sie das auch so? Meine Eltern trennten sich, und bis ich einundzwanzig war, pendelte ich zwischen den Kontinenten hin und her. Da wurde mir klar, dass sich nur die Schuster, die meine Schuhe besohlten, darüber freuten. Ich schrieb meinen Eltern, dass sie sich fortan selbst auf den Weg machen müssten, wenn sie mich sehen wollten.«

»Das war mutig. Haben Sie sie wiedergesehen?«

Der Kellner kam. Clisson bestellte Champagner und bestand darauf, sie einzuladen. Ein Treffen mit seinem »lieben, lieben Freund und einer so charmanten Dame« verlangte nach dem besten Pommery. Er wartete, bis eingeschenkt war, dann antwortete er: »Mein Vater landete am Ende auf einem Außenposten in den Kolonien, heiratete eine Einheimische und brachte eine ganze Brut hervor, die ich ebenso wenig verstehe wie seine Gemälde. Habe ich erwähnt, dass er eine Malakademie für hoffnungslos Unbegabte leitete? Die Rückreise nach Frankreich konnte er sich nie leisten. Hurra. Ewige Liebe zwischen Eltern und Kindern? Nichts als sentimentale Propaganda.«

Er mag Katzen, dachte Coralie. Auf seinen silbernen Manschettenknöpfen war der Pfotenabdruck einer Katze eingraviert.

»Meine Mutter hingegen habe ich oft gesehen«, fuhr Clisson fort. »Hier und in Berlin. Sie hat wieder geheiratet, einen deutschen

Flieger. Ein durchaus netter Kerl, der General, also habe ich nachgegeben. Von Paris nach Berlin fahren exzellente Züge, die Fahrt macht keine Mühe, wenn man Erster Klasse reist.«

»Ihre Mutter war eine großartige Frau.« Dietrich ergriff zum ersten Mal das Wort, seit er sie beide einander vorgestellt hatte.

Clisson ließ Coralie keine Sekunde aus den Augen. Er blinzelte nicht einmal. Vielleicht konnte er das mit seinen Froschaugen auch gar nicht. Sie hatte keine Ahnung, ob er sie bewunderte oder nach Rissen in ihrer Fassade suchte. Sogar, wenn er etwas zu Dietrich sagte, starrte er sie dabei an. »Essen wir gemeinsam zu Abend?«

»Nein. Mademoiselle de Lirac und ich werden in unser Hotel zurückfahren.«

»Tja, dann werde ich im Le Roi George im britischen Pavillon speisen, während Sie sich in Ihr Bett zurückziehen.« Genauso gut hätte Clisson sagen können: »Während Sie mit Ihrer Geliebten ins Bett gehen.« Jetzt ließ er Coralies Blick endlich los. »Lieber Graf, sprechen wir vom Geschäft. In Ihrer Nachricht haben Sie angedeutet, dass Sie mich mit ein paar Stücken aus dem von-Silberstrom-Schatz locken wollen. Beim letzten Mal wollten Sie die Sammlung nicht auseinanderreißen.« Clisson warf Coralie einen schelmischen Blick zu. »Mademoiselle de Lirac, was weiß Ihr Dietrich von der Zukunft, dass er es plötzlich eilig hat, Gemälde zu Geld zu machen?«

Coralie hätte entgegnen können: »Ottilia muss ihren Ehemann bei Laune halten«, aber sie zuckte nur die Achseln. Sie wusste noch nicht recht, ob sie diesen überschwänglichen Franzosen mochte.

»Ich bin ein empfindsamer Mensch.« Clisson tätschelte ihr das Handgelenk. »Ich sauge Eindrücke auf, und ich kann Ihnen sagen, ein kleiner Spaziergang durch diesen Pavillon hat dieselbe Wirkung wie zehn Stunden laute Marschmusik. Bald gibt es Krieg, und Dietrich weiß, wie es losgehen wird. Und wir alle wissen, wer ihn anfangen wird.«

»Die Deutschen? Sie protzen nur, sonst nichts«, bemerkte Coralie. »Sie hatten ihren Pavillon als Erste fertig, und jetzt schüchtern sie alle anderen ein.«

Clisson musterte sie eindringlich. »Sie machen mich neugierig. De Lirac … Aus welcher Ecke Frankreichs kommen Sie? Ich kann Ihren Akzent nicht recht einordnen.«

Hastig sagte sie: »Ihr Männer wollt übers Geschäft reden. Und ich muss mir die Nase pudern.«

»Hier wird von Damen nicht erwartet, dass sie bei dem Wort ›Geschäft‹ die Flucht ergreifen. Wir sind nicht in England.« Dietrich verzog das Gesicht, als ihm bewusst wurde, was er gesagt hatte. Er wandte sich an Clisson und lenkte seine Aufmerksamkeit auf etwas anderes. »Bei unserer letzten Begegnung waren Sie an ein paar Albrecht-Dürer-Radierungen interessiert.«

Clissons Glupschaugen weiteten sich. »Erlesene Werke.«

»Nun, die sind nach wie vor unverkäuflich. Dafür verkaufe ich eine Reihe herrlicher russischer Ikonen. Wenn Sie sie morgen anschauen kommen, garantiere ich Ihnen ein Vorkaufsrecht.«

»Aber ich reise ab in die Ferien, wie ich bereits sagte.«

»Verschieben Sie es, denn ich werde ebenfalls abreisen, dies ist die letzte Gelegenheit.«

Jetzt ließ Coralie die beiden endgültig allein, und erst als die Dachterrasse hinter ihr lag, überkam sie der Schock mit ganzer Wucht. Er fuhr also fort. Der Ring sollte wohl eine Art Abschiedsgeschenk sein. Was sollte sie nur ohne Dietrich machen?

Sie musste ziemlich weit laufen, bis sie endlich einen Waschraum fand. In einer Kabine übergab sie sich wieder einmal. Apfel und Champagner, keine gute Mischung. Anschließend schlenderte sie durch das mit Hakenkreuzen übersäte Foyer, weil sie nicht die Kraft aufbrachte, die Treppe hinaufzusteigen. Hätte in diesem Augenblick jemand eine Matratze heruntergeworfen, dann hätte sie sich daraufgelegt und eine Woche lang geschlafen.

Clissons Gerede hatte ihr Angst gemacht. Nach dem Inferno des vorigen Krieges plante Deutschland doch sicher keinen weiteren Krieg mehr. Krieg bedeutete, dass man sich für eine Seite entscheiden musste, und sie machte sich keine Illusionen darüber, zu wem Dietrich halten würde.

Menschen in eleganter Abendkleidung umströmten sie von allen Seiten wie einen Stein in der Brandung, und irgendwann kehrte sie schließlich doch auf die Dachterrasse zurück. Wobei sie eine andere Tür nahm, um vorerst Clissons aufmerksamem Blick zu entgehen. Sie beschloss, sich die Blumen anzuschauen und vielleicht sogar die Autos der Marke Mercedes, die unter einer Markise ausgestellt waren. Sie sehnte sich danach, mit Dietrich allein zu sein. Er sollte ihr beteuern, dass er in Paris bleiben wollte und nur notgedrungen und vorübergehend nach Deutschland musste.

Die Nelken und Freesien dufteten betörend in der Abendluft, aber ihre Schönheit ließ sie kalt. Sie schlenderte zu den Automobilen und malte sich aus, mit welchem sie davonfahren würde. Etwa zehn Minuten lang vertiefte sie sich in Armaturenbretter aus edlem Holz, in verchromte Anzeigen und ihr Spiegelbild in schwarzen Karosserien. Sie sah, dass Clisson immer noch redete und gestikulierte. Gerade wurde eine zweite Flasche Champagner gebracht. Frustriert wanderte Coralie an den Rand der Dachterrasse und starrte hinaus auf den Fluss, der wie Öl durch die violette Dämmerung floss. Aus seinen Tiefen stiegen Reflexe auf, die wie Goldmünzen schimmerten.

Ein Vergnügungsboot sauste mitten hindurch, und von seinem Heck stieg ein Feuerwerk auf. Es erinnerte sie an das Feuerwerk über London zur Feier der Krönung von George VI. Donal und sie hatten auf der London Bridge das Feuerwerk anschauen wollen, aber sie hatte ihn stehen lassen und war nach Bermondsey zurückgerannt. Weil sie ein Rendezvous mit einem Matrosen mit langen Wimpern und schrägen Mandelaugen hatte. Sie lag mit Rishal im Southwark Park im Gras und lauschte ihm, während er von seinem Zuhause erzählte. Mauritius, die »Île Maurice«, auf der man Französisch sprach. Er fand es fantastisch, dass er in London ein Mädchen gefunden hatte, mit dem er reden konnte. »Fantastisch« war auch der passende Ausdruck für die fünf darauffolgenden Abende. Und dann, am sechsten, war er nicht erschienen. Sein Schiff war ausgelaufen, und die Geschichte war zu Ende.

Tja, nicht ganz. Coralie legte sich die Hand auf den Bauch. Sie brauchte sich nicht mehr einzureden, dass Kaffee und ungewohntes Essen an der häufigen Übelkeit schuld waren. An den Fingern zählte sie ab und kam auf knapp elf Wochen seit der Krönungsnacht. Ihre Regel war zweimal hintereinander ausgeblieben. Die älteste Geschichte der Welt. Mädchen schläft mit Junge, der Junge zieht weiter, das Mädchen bekommt ein Kind. Was, um Himmels willen, sollte sie Dietrich sagen? Sie musste etwas sagen, bevor er nach Deutschland fuhr, denn sonst stand er bei seiner Rückkehr vor ihrem dicken Bauch. Probehalber flüsterte sie: »Dietrich, ich habe einen Riesenfehler gemacht, aber bitte hilf mir.«

Sie drehte sich um. Der Tisch war leer. Dietrich und Thierry-Edgar Clisson waren fort.

8

»Monsieur le Comte ist fort, Mademoiselle. Vor einer Stunde hat er sich abgemeldet und bezahlt.«

Gereizt trat Coralie von einem Fuß auf den anderen. Der Rezeptionist des Duet war ihr nie besonders aufgeweckt erschienen. »Von Elbing«, sagte sie. »Graf von Elbing.« Zweifellos verwechselte er Dietrich mit irgendeinem anderen Gast.

»Wie gesagt«, bemerkte der Mann mit ausdrucksloser Miene. »Graf von Elbing hat bezahlt und ist abgereist.«

Coralie presste die Füße fest auf den Boden. Sie fiel nicht in Ohnmacht und wurde auch nicht hysterisch. Dietrich liebte Ordnung, er hatte sicher seine Rechnung bezahlt, damit das geregelt war. Gleich würde er hereinspaziert kommen, und sie würde sich in seine Arme werfen. »Wo ist er hin?«

»Ich habe keine Ahnung, Mademoiselle.« Grinste der Mann etwa? »Das Taxi ist zur Gare de l'Est gefahren, demnach Berlin, nehme ich an. Er wird nach Hause gefahren sein.«

Nach Hause. Zurück in sein ordnungsgemäßes, ehrbares Leben. Das wollte der Rezeptionist damit wohl sagen. Mit heißem Gesicht fragte sie: »Hat er etwas für mich hinterlassen?«

Der Form halber bückte sich der Mann ein wenig unter seine Theke. »Es sieht nicht so aus. Und, Mademoiselle, das Hotel wäre Ihnen verbunden, wenn Sie morgen früh Ihr Zimmer räumen würden.«

Da fiel ihr etwas ein. »Hat Brownlow, sein Diener, ihn begleitet?«

»Ich glaube nicht.«

Sie drückte den Knopf am Lift, und Erleichterung machte sich in ihr breit. Dietrich war geschäftlich abberufen worden und kam sicher bald wieder, sonst hätte er seinen Diener nicht zurückgelassen. Sie war wütend auf den Rezeptionisten. Im Hinauffahren meldete sich ihr Gewissen, und sie suchte nach dem Brief. Sie wollte einen frischen Umschlag kaufen, während Dietrich weg war, irgendwie die Handschrift fälschen und die Briefmarke unter Dampf ablösen. Dann würde ihn der Brief bei seiner Rückkehr erwarten.

Leider war da aber kein Brief. Sie drehte die Bodenmatte um. Nichts. Eine Putzfrau, sagte sie sich, ja, eine Putzfrau hatte ihn sicherlich gefunden.

Die Tür zu Brownlows Zimmer stand weit offen. Ein ihr unbekanntes Zimmermädchen zog gerade das Bett ab.

»Kommt der Mann, der hier in diesem Zimmer war, zurück?«

»*Non.*«

Hatte man einen Brief für sie hinterlegt? Irgendetwas, das an sie adressiert war?

»*Non.*«

Als sie zu ihrem Zimmer hinunterging, war sie immer noch zuversichtlich, dass sie unter der Tür eine Nachricht finden würde. Aber auch da war nichts. Sie kroch in ihr Bett, stopfte sich eine Faust in den Mund und zog die Knie hoch bis zur Brust.

Am nächsten Morgen gab es kein süßes langsames Erwachen. *Ich wette, es gibt kein Frühstück*, dachte Coralie, als das Zimmermädchen klopfte. Ihr Magen knurrte.

Aber das übliche, großzügig gefüllte Tablett erschien. Allerdings mit Kaffee anstatt Tee. Sie trank den Kaffee aus, nachdem sie mehrere Zuckerwürfel hineingerührt hatte, und aß alles bis zum letzten Happen auf. Zu ihrem Elend gesellte sich Verwirrung, als ein Strauß duftender dunkelrosa Rosen für sie eintraf. War Dietrich wieder da?

»Sie wurden gestern bestellt, bevor Monsieur le Comte nach Berlin abgereist ist«, erzählte ihr der Page. Und, nein, Monsieur war nicht zurück.

Sie besaß etwa dreitausend Francs – Geld, das Dietrich ihr für Taxis gegeben und das sie still und heimlich gehortet hatte, indem sie überall zu Fuß hinging. Wie weit kam man damit wohl in Paris? Mit Hotels war es jetzt natürlich vorbei. Sie musste sich ein Wohnheim mit Linoleumboden und Nesselbettwäsche suchen, die Art Haus, in dem sitzen gelassene Mädchen in Nöten unterkamen.

Als Erstes musste sie etwas finden, in das sie ihre Sachen einpacken konnte. Schließlich zog sie die dickste Kleidung an und stopfte alles Übrige in zwei Hutschachteln von La Passerinette. Die dritte Schachtel behielt sie für ihre Hüte. Die Kleider von Javier würde sie verkaufen. Ungetragen, wie sie waren, würde man sie ihr aus den Händen reißen. Wenn ihr eigenes, nettes Zimmermädchen ihr über den Weg lief, wollte sie sie fragen, ob sie ein Geschäft für Kleider aus zweiter Hand kannte. Aber sie begegnete keiner Menschenseele. Es war ein ganz normaler Donnerstag, doch über dem Duet hing sonntägliche Stille.

Der Portier im Foyer hüstelte, als sie vorbeikam. Natürlich erwartete der Mann ein Trinkgeld. Es würde im Hotel die Runde machen, dass Mademoiselle ohne Trinkgeld gegangen war und auch noch die Seife aus dem Bad mitgenommen hatte.

Miss McCullums Worte holten sie ein, als sie Richtung Seine lief: »Wollen Sie wirklich das Leben anderer Leute leben?«

»Auf jeden Fall«, hatte sie damals mit der unverschämten Gewissheit einer jungen Frau geantwortet, die nie in ernstere Nöte gekommen war. Tja, jetzt lebte sie das Leben eines sitzen gelassenen Mädchens in Paris. Es fühlte sich scheußlich an.

Der Weg in die Rue de l'Odéon war weit, aber sie musste mit jemandem reden, der Dietrich kannte. Vielleicht hatte Mademoiselle Deveau eine einleuchtende Erklärung für seine Abreise. Wenn sie jetzt nicht schon zu spät kam …

In der letzten Unterrichtsstunde hatte Mademoiselle Deveau ihr angekündigt, dass sie Ende Juli Paris verlassen würde. »Wenn es August wird, muss ich raus aufs Land«, hatte sie erklärt. Ende September wollten sie den Unterricht wieder aufnehmen. Nun, daraus wurde nichts. Solcher Luxus kam jetzt nicht mehr infrage.

Als Mademoiselle Deveau auf ihr Klopfen hin die Tür öffnete, brach sie vor lauter Erleichterung in Tränen aus.

Mademoiselle Deveau führte sie zu einem Stuhl im Vorraum. Durch eine offene Tür sah Coralie zwei reisefertige Koffer und eine Kiste mit Gemüse, vermutlich für eine Nachbarin, die in der Stadt blieb. Im Stehen hörte Mademoiselle Deveau sich Coralies Geschichte an, die sie unter Schluchzen herausbrachte. Am Ende seufzte sie. »Leider sind Sie nicht die Erste. Als Herr von Elbing in Berlin bei mir mit dem Unterricht begann, hatte er kurz zuvor eine Verlobung gelöst.«

»Mit Ottilia von Silberstrom. Sie konnten nicht heiraten.«

»Das kommt darauf an, wie man es betrachtet. Es hieß damals, sie hätte ihm den Laufpass gegeben, aber in Wahrheit war er es. Ich sage Ihnen, manchmal brennt die Leidenschaft schnell und heiß wie trockenes Stroh. Die Männer gehen auf und davon, und wir Frauen bleiben zurück und stochern in der Asche. Diese Lektion lernen wir früh. Was werden Sie jetzt tun?«

»Eine Arbeit suchen. Wenn ich Glück habe, finde ich bald etwas.«

»Ich wünsche Ihnen wirklich viel Glück, aber jetzt muss ich los, sonst verpasse ich noch meinen Zug.«

Coralie stellte ihr eine letzte Frage. Kannte sie einen Händler, der Couture-Kleider aufkaufte?

»Sommerkleider? Versuchen Sie es in der Rue des Rosiers, aber verkaufen Sie sie nicht jetzt. Im Augenblick wird Herbstkleidung gekauft, wenn überhaupt. Warten Sie bis Februar.«

Februar? Wenn sie richtig gerechnet hatte, dann hielt sie im Februar schon ein Kind im Arm. Die Furcht lag ihr schwer wie ein nasser Mantel auf den Schultern, als sie zum anderen Seine-Ufer zurückwanderte. Im Jardin des Tuileries legte sie eine Pause ein. Während Stare um ihre Füße herumpickten, entwarf sie einen Plan. Auf ihren täglichen Ausflügen durch die Straßen rund um La Madeleine waren ihr zahlreiche Hutmachersalons ins Auge gefallen: fünf allein auf dem Boulevard Malesherbes. Irgendwo wurde doch bestimmt eine Hilfskraft gebraucht. Zu den Staren sagte sie: »Bis heute Abend muss ich eine Arbeit haben, sonst schlage ich mich mit euch um eure Krümel.«

Der Boulevard Malesherbes war angenehm kühl auf seiner Schattenseite und glühend heiß dort, wo die Sonne hinfiel. Coralie trat entschlossen in das erste Hutmachergeschäft auf ihrem Weg. Sie stellte sich vor und fragte, ob sie eine freie Stelle hätten.

»Bedaure, Mademoiselle, wir stellen nicht ein.«

Im nächsten Laden holte eine Assistentin die Inhaberin, die auf Coralies Hutschachteln blickte und sie fragte, ob sie Proben dabeihabe. Kurz kämpfte Coralie gegen die Versuchung an, die Hüte von La Passerinette als ihre eigenen auszugeben, aber sie gestand: »Nein, Madame.«

Man fragte nach ihrer letzten Arbeitsstelle.

»Das war in London.«

Statt des aufflammenden Interesses, das sie erwartet hatte,

schürzte die Besitzerin die Lippen. »Tut mir leid, aber Sie wären nicht geeignet.«

Sie versuchte zu argumentieren, nannte Pettrew & Lofthouse, »Hutmacher für die oberen Zehntausend«, schindete damit aber keinerlei Eindruck. London schien in Paris keinen magischen Klang zu haben. Umgekehrt war das anders, dachte sie düster, als sie ihre Schachteln hinter sich her aus der Tür zerrte.

Im nächsten Geschäft wartete sie eine Ewigkeit, nur um dann von einer Praktikantin zu hören: »Madame sagt, wir stellen nicht ein. Versuchen Sie es im September wieder.«

Als sie beide Straßenseiten bis zur Place de la Madeleine abgeklappert hatte, war »Kommen Sie im September wieder« zu ihrem Marschrefrain geworden. Was hatte es damit bloß auf sich?

Von den Säulen von La Madeleine prallte das Sonnenlicht zurück, und Coralie bereute, dass sie das Paisleymuster-Challiskleid mit der kirschroten Wolljacke angezogen hatte. Die Luft war so drückend, dass sich keine Fliege mehr regte.

Direkt vor der Kirche La Madeleine lag die Rue Royale, eine kurze Straße mit Luxusgeschäften. Auch hier war es keinen Deut besser. Jede Bewerbung wurde abgelehnt, manchmal, noch bevor sie überhaupt ausgeredet hatte. Vor dem berühmten Salon von Rose Valois in Nummer 14 blieb sie stehen und starrte auf die hauchzarten Krempen, Sommerblumen und mit perfektem Schwung angebrachten Federn. Man würde sie dort drin im Handumdrehen bloßstellen, und noch mehr Zurückweisung verkraftete sie jetzt einfach nicht. Ein paar Schritte weiter kam sie am Tee-Salon Ladurée vorbei. Platten voller rosafarbener, mintgrüner und schokoladebrauner Macarons lachten sie an, und das Wasser lief ihr im Mund zusammen. Schnell schloss sie die Augen. Im Haus daneben befand sich der elegante Laden von Suzanne Talbot. Noch vor ein paar Stunden hatte sie das Gefühl gehabt, sie hätte dem Pariser Hutmacherhandwerk etwas zu bieten. Doch jetzt? Selbst Jean McCullum hätte es hier schwer.

Aber sie durfte nicht aufgeben. Wie oft war sie vom Fahrrad gefallen, bis sie Radfahren gelernt hatte? Als sie auf der anderen Straßenseite ein weiteres Hutgeschäft entdeckte, lief sie mitten zwischen den Autos hindurch und stieß bei »Henriette Junot« so heftig die Tür auf, dass sie über die Schwelle hineinstolperte. Als sie sich aufrappelte, sagte sie sich, dass ihre Erfolgsaussichten gleich null waren. Aber zur Entschädigung wollte sie sich anschließend ins nächste Café setzen und eine eisgekühlte Zitronenlimonade und vielleicht einen Korb mit Brot bestellen.

Hinter einer Glastür im Hintergrund stand eine *vendeuse* und bürstete einen Filz, als würde sie ein Kätzchen streicheln. Coralie nutzte die Stille und sah sich Henriette Junots Frühjahr/Sommer-Kollektion aus der Nähe an. Es fehlte die übliche Schar Hutständer, auf denen man die Modelle ausstellte. Stattdessen entdeckte sie vier *marottes*, mit Sägemehl ausgestopfte Köpfe mit aufgemaltem Kussmund und runden Augen, die auf einem mit weißem Satin bedeckten Tisch standen. Aber was für Hüte! Eine *marotte* trug kirschrosa Gaze mit einer Krempe voller leuchtend gelber Lilien. Zwei grüne Strohhüte erinnerten an eine Sommerwiese mit kunterbunt hingetupften Blumen. Der vierte war einmal ein simpler Breton gewesen und in einen Schwung wilder Erdbeeren samt Blättern, sternförmigen Blüten und Früchten verwandelt worden. Auf einer Blüte hatte sich ein Tagpfauenauge niedergelassen, und plötzlich war Coralie fest davon überzeugt, dass der Falter lebendig war. Sie pustete ganz leicht, und seine Flügel zitterten.

»Kann ich Ihnen helfen?« Unbemerkt war die *vendeuse* herausgekommen.

Coralie richtete sich auf. »Können Sie Schmetterlinge fangen? Man muss sehr vorsichtig sein, damit die Flügel nicht brechen.«

Die *vendeuse* starrte erst sie, dann den Schmetterling an und lachte leise. »Ach, der ist doch nicht echt.«

Coralie berührte einen Flügel vorsichtig mit dem Finger. Bemalte Seide, von hauchdünnem Draht zusammengehalten. So viele Jahre hatte sie für Pettrew's Hutband auf Filz genäht, aber hier blickte sie jetzt endlich in die Seele eines wahrhaft schönen Hutes. Die Kreation aus Erdbeeren und Blättern war nicht einfach eine Kopfbedeckung. Es war eine Stimmung. Eine Laune, die einen Moment einfing, so, wie einen Schmetterling mitten im Flug.

»Mademoiselle? Wünschen Sie eine Anprobe?«

»Ach … nein.« Atemlos rasselte Coralie ihre kleine Ansprache herunter und wartete auf die höfliche Absage.

»Wo haben Sie gelernt?«

Zu Coralies Überraschung hatte die *vendeuse* von Pettrew & Lofthouse gehört und stimmte ihr darin zu, dass es ein geachtetes Unternehmen war. »Für Herrenhüte. Ihre Damen-Serien gelten als recht gewöhnlich, und Hutmacherei für Damen verlangt anderes Können.«

»Aber ich kann lernen.« Sie hörte selbst, wie verzweifelt das klang. Sie wappnete sich für ein höfliches *Es tut mir leid, aber …*, doch zu ihrer Überraschung wurde sie nach oben in die Arbeitsräume gebeten.

»Heute ist es sehr ruhig bei uns«, erklärte das Mädchen. »Unser Haus liefert Hüte an den Couturier Javier, dessen Herbst/Winter-Kollektion in …« – sie sah auf die Uhr – »… in zwei Stunden vorgestellt wird.«

»Javier? Oh!« Coralie war eingefallen, dass sie dort am nächsten Morgen eine Anprobe hatte. Die Aussicht, abgemessen und mit Nadeln traktiert zu werden, war überraschend reizvoll, verglichen mit der Alternative, ziellos durch die Straßen zu ziehen. Aber da Dietrich nicht die Rechnung für irgendwelche neuen

Kleider übernehmen würde, wäre es unfair, die Zeit des Schneiders zu verschwenden. Coralie erkundigte sich, ob »Madame Junot« im Haus war. Oder vielleicht sah sie sich bei Javier die Kollektion an?

Die *vendeuse* schüttelte den Kopf. »Madame Junot sieht sich nie die Vorführungen ihrer Kollektionen an, weil sie so nervös ist. Schon ein böses Wort, ein scharfer Blick kann sie in Verzweiflung stürzen. Ihre *première* ist für sie hingegangen. Madame selbst ist dort, wo sie sich am liebsten aufhält, oben in ihrem Atelier.«

Im ersten Stock erhaschte man durch runde Glasfenster einen Blick auf Frauen und Mädchen bei der Arbeit. Ordentliche Haarknoten und weiße Ärmel unter Baumwollschürzen. Eine stumme Maschine, dachte Coralie. Ich könnte ein kleines Rädchen darin sein, wenn ich es richtig anstelle. »Woran arbeiten sie alle?«

»Raum eins und zwei bearbeiten Kundenaufträge. Die übrigen stellen die Herbst/Winter-Kollektion her, unsere Hauskollektion. Die wird Ende September vorgeführt. Auch von den Kundinnen von Javier werden Bestellungen kommen, der September ist hoffnungslos voll. Wenn Sie Madame gefallen, unternimmt sie vielleicht einen Versuch mit Ihnen. Noch eins weiter hoch.« Die *vendeuse* wies auf eine schmale, steile Treppe. »Ich bin übrigens Amélie Ginsler.«

Die Treppe führte zu einem Dachzimmer. Darin saß eine einsame Gestalt unter einem offenen Oberlicht und nähte an einem kegelförmigen Hut, der auf einer *marotte* saß. Coralie sah kurzes Haar, weite Hosen und ein weißes Hemd und rechnete damit, nun ihren ersten männlichen Hutmacher kennenzulernen – bis Amélie die Gestalt mit »Madame Junot« ansprach. »Die junge Frau sucht eine Anstellung und sagt, sie hat viel in London gearbeitet.«

Madame Junot nähte weiter. Coralie fragte sich gerade, ob sie ihre Anwesenheit überhaupt bemerkt hatte, da wandte sie abrupt den Kopf und wies auf Coralies Hutschachteln. »Was ist da drin?«

»Meine Kleider. Ich bin so viele Jahre lang zwischen London und Nivelles hin- und hergefahren – dort lebt meine Familie« – inzwischen glaubte sie mühelos an ihre neue Identität, so oft hatte sie das jetzt geübt –, »dass meine irdischen Güter sich immer gerade am falschen Ort befinden. Gestern habe ich spontan den Zug nach Paris genommen. Es blieb keine Zeit, einen Koffer zu finden.« Sie lachte ein hoffentlich melodisches kleines Lachen.

»Das sind La-Passerinette-Schachteln. Sie sind doch keine Spionin von denen?«

»Natürlich nicht, Madame. Ich möchte arbeiten. Die Kreation von Hüten ist mein Leben.« Für alle Fälle fügte sie noch hinzu: »Verkaufen kann ich auch.«

Henriette Junot starrte sie so unverwandt an, dass Coralie überlegte, ob sie Schweißflecke unter den Achseln hatte. Der beunruhigende Blickkontakt brach erst ab, als sich ein Mädchen hereinstahl. Es war höchstens vierzehn.

»Loulou!« Madame Junot schnippte mit den Fingern. »Geh hinunter und hol einen Schlapphut, einen von den Übungsmodellen.« Als die kleine Gehilfin kurz darauf mit einem Filzhut mit herabhängender Krempe zurückkam, warf Madame Junot ihn Coralie zu und wies dann auf eine Schere. »Zeigen Sie mir, was Sie können. Passen Sie ihn mir an. Kürzen Sie die Krempe. Machen Sie ihn so, dass er mir steht.«

Dass er einer Frau mit vorgewölbter Stirn und einem, taktvoll ausgedrückt, starken Kiefer stand? »Natürlich«, stammelte Coralie und tat, als würde sie in Nachdenken versinken, während sie verzweifelt nach einer Eingebung suchte. Die Krempe kürzen? Sie hatte von ungeduldigen Handarbeitslehrerinnen in ihrem Leben so viele Schläge mit dem Lineal bekommen, dass ihre Knöchel brannten, wenn sie nur eine Schere zur Hand nahm. Das war einer der vielen Gründe, warum sie bei Pettrew's lieber im Werkraum geblieben war und sich vor einer Beförderung gedrückt hatte.

Sie holte tief Luft wie ein Schwimmer vor dem Sprung ins kalte Wasser, drehte den Hut ein paarmal in der Hand und schnitt dann mutig drauflos. Die Schere machte sich selbstständig und fuhr tief in die Krempe hinein. Jetzt konnte sie nur noch weiterschneiden. Als ein großer schwarzer Filzkringel zu Boden fiel und sie Amélie Ginsler erschrocken die Luft einziehen hörte, war klar, dass es kein Zurück mehr gab. Sie hielt eine Art Puddingschüssel für einen Dorftrottel in den Händen. Ohne die hochgezogenen Augenbrauen zu beachten, drehte sie den Stumpf in alle Richtungen, als betrachte sie ein wunderschönes Rätsel.

Loulou kam ihr ungewollt zu Hilfe, indem sie gähnte. Coralie erkannte, dass sie jetzt sehr schnell eine Idee brauchte. Es mangelte ihr leider sehr an den handwerklichen Fertigkeiten, aber vielleicht besaß sie einen Sinn für Formen und Proportionen. Dietrich war jedenfalls dieser Meinung gewesen. »Du denkst in Bildern«, hatte er gesagt. »Ich werde Ihnen etwas … vollkommen Einfaches machen.« Coralie bat Loulou um ein Stück Ripsband und eine Schachtel Stecknadeln. »Und eine Nadel mit schwarzem Faden bitte.« Während das Kind in einem Schrank suchte, entfernte Coralie die letzten Reste der Krempe. Sie faltete die unteren Kanten ein und befestigte sie mit den Nadeln, die Loulou ihr brachte. Jetzt hielt sie ein Zwischending aus einer Toque und einem Fez zwischen den Fingern. »Nadel, bitte.«

Sie zwang sich dazu, sich zu entspannen. Mit verkrampften Fingern stach man sich unweigerlich.

Sie heftete nur grob, denn sie vernahm bereits ungeduldiges Füßescharren. Dann biss sie den Faden ab, brachte den Hut noch einmal mit den Innenkanten ihrer Daumen in Form und bat Madame Junot, vor dem Spiegel Platz zu nehmen.

Henriette Junot fläzte sich hin, ein Bein ausgestreckt, den Kopf zur Seite gedreht. *Ja, mach es mir ruhig möglichst schwer.* Aber während sie zu ihr trat, fiel Coralie ein, wie sie sich bei La Passerinette gefühlt hatte, eingeklemmt zwischen Spiegeln und Hutmacherin. Eine Frau begibt sich in die Macht ihrer Hutmacherin, wie ein Mann seine Kehle dem Barbier darbietet, der ihn rasiert. »Würden Madame Junot es mir bitte sagen, wenn ihr etwas unangenehm ist?«

»Da können Sie sicher sein«, war die Antwort.

Henriette Junots Nase war gerade, und ihr schwarzes Haar hing wie Vorhänge zu beiden Seiten ihres Gesichts herab. Das Kinn erinnerte an eine Treppenstufe. Coralie platzierte den provisorischen Hut und rückte ihn zur Seite und nach vorn, bis er Henriettes rechtes Auge fast komplett verdeckte.

»Ich sehe nichts.«

»Aber wir sehen Sie, Madame.« Coralie verspürte einen Funken Erregung. Beinahe zufällig hatte sie Henriettes hervorstehende Stirn zum Verschwinden gebracht. Jetzt musste sie den Eindruck breiterer Wangenknochen erwecken, um den kräftigen Unterkiefer auszugleichen. Sie griff nach ein wenig schwarzer Gaze und knüllte sie zu einer Art Blüte, die sie seitlich an den Hut steckte. Etwas Interessantes nahm Form an.

Das Schönste an der Frau waren ihre tiefschwarzen Augen, und Coralie dachte: *Wenn ich den Mut hätte, würde ich ihr die Haare abschneiden*. Sie wählte die weniger radikale Variante und strich Henriettes Haar hinter die Ohren. Die Wirkung war bemerkenswert, geradezu elegant.

Aber es erinnerte an die englischen Kindermädchen, die im Parc Monceau ihre Kinderwagen über die Wege schoben. Der Hut brauchte noch mehr Weichheit. Henriette Junot brauchte mehr Weichheit. Offensichtlich sehnte sich etwas in ihr danach, sonst würde sie ihr Leben wohl nicht damit zubringen, luftigen Tand für andere Frauen zu kreieren. Coralie sah sich nach zusätzlichen Verzierungen um, aber das Dachatelier war so karg wie seine Besitzerin. Nicht einmal eine Blumenvase.

Blumen …

»Loulou, öffne bitte vorsichtig die Hutschachteln, bis du Rosen findest. Ich brauche drei oder vier Blüten.«

Loulou fand die dornenlosen Zéphirine-Drouhin-Rosen, Dietrichs letzter Strauß. Er musste sie bei dem Rezeptionisten bestellt haben, bevor sie zur Weltausstellung gingen. Also hatte sie ihm da noch etwas bedeutet, auch wenn seine Gefühle später an jenem Tag eine abrupte Wendung genommen hatten. Lag es an ihr? An etwas, das sie gesagt hatte? Coralie verscheuchte die Gedanken.

Die Rosenköpfe hingen anmutig herab, als sie vorn am Hut befestigt waren. Ihr dunkles Rosa verlieh Henriettes Haut und ihren Lippen Farbe.

Niemand sagte ein Wort, während Coralie einen Streifen schwarzer Futterseide von einer Stuhllehne nahm und ihn um Henriettes Nacken legte. So in Schwarz gerahmt, wurden die Rosen noch mehr betont, und plötzlich dachte Coralie *Zwei hätten gereicht.* Aber sie hatte natürlich vier draufpacken müssen. »Gefällt Ihnen das Bild, Madame?«

Henriette sah zu Amélie, die entgegnete: »Sehr gut. Ja, wunderschön. Vielleicht habe ich Ihnen da ein echtes Talent gebracht, Madame.«

»Sie haben verzweifelt nach irgendeinem Talent Ausschau gehalten, ja?«

Amélie wurde rot. »Ich meine, angesichts des Materials, das wir der jungen Frau gegeben haben, ist das Ergebnis außerordentlich.«

»Material? Sie wollen sagen, der Kopf, mit dem sie arbeiten musste?« Henriette Junot riss sich den Seidenstreifen ab. »Sie sind verletzend.«

»Madame, ich meinte, wenn man bedenkt, dass wir der jungen Frau kümmerliche Materialien und eine Linkshänderschere gegeben haben.«

Es gab Scheren für Linkshänder? Jetzt, wo sie genauer hinsah, erkannte Coralie, dass die Schneide auf der linken Seite saß. Kein Wunder, dass sie den Hut beinahe völlig zersäbelt hätte. Aber sie ließ sich nichts anmerken. »Sie haben gesehen, was ich kann, jetzt hoffe ich sehr, dass Sie eine Stelle für mich finden, Madame Junot.«

Henriette nahm den Hut ab. Ohne Coralie anzusehen, sagte sie: »Alle unsere Anfängerinnen durchlaufen einen zweiwöchigen Kurs, um sich mit dem Stil unseres Hauses vertraut zu machen. Danach folgen sie einen Monat lang einer erfahrenen Angestellten und lernen die Vorlieben und Abneigungen unserer Kundinnen kennen.«

»Sehr gern«, sagte Coralie.

»Während des Kurses bezahlen wir unseren Anfängerinnen nichts.«

»Aha. Ich verstehe.«

Henriette brauste auf. »Warum sollten wir Sie denn bezahlen? Sie profitieren von unserem Unterricht und unserem Können. Eher müssten Sie uns bezahlen.«

»Wie viel würde ich nach den ersten zwei Wochen bekommen?«

»Ein halbes Jahr lang zahlen wir ein Lehrlingsgehalt. Vierhundert Francs pro Monat.«

Das reichte nicht zum Leben. Aber wenn sie keine Arbeit fand, bevor ihr Bauch für jeden sichtbar wurde, dann musste sie auf der Straße betteln gehen oder Zuflucht bei der Britischen Botschaft suchen – und die würde sie zurück nach London schicken. »Madame, ich nehme gern die Gelegenheit wahr, in solch einer …«, da unterbrach sie die Inhaberin:

»Kommen Sie in der ersten Oktoberwoche wieder, dann werde ich mich entscheiden. Ich verspreche nichts.«

»Kann ich nicht jetzt gleich anfangen?«

Langsam kannte Coralie diesen Ausdruck, der jetzt auf Henriette Junots Gesicht erschien. Sie hatte ihn auf dem Gesicht des

Rezeptionisten im Duet gesehen, bei dem Zimmermädchen und bei einem Dutzend Verkäuferinnen. Verachtung.

»Sie wissen doch sicher, dass alle bedeutenden Häuser im August schließen? Niemand von Rang und Namen bleibt im August in Paris. Unsere Kundinnen haben ihre Herbsthüte bestellt, und alle anderen können sich zum Teufel scheren. Ich selbst verschwinde heute Abend für einen Monat.«

»Die Ateliers bleiben aber doch geöffnet?«

Henriette ignorierte ihren Einwand. »Wir geben eine kleine Cocktailparty am letzten Freitag im September, um die Kreationen für die neue Saison zu zeigen. Danach ist wieder Normalbetrieb. Ja, kommen Sie Anfang Oktober wieder. Vielleicht erinnere ich mich dann sogar an Sie.«

Der August begann mit einem Feiertag, und Paris blieb den Touristen und all jenen überlassen, die kein Haus auf dem Land hatten oder es sich nicht leisten konnten, in Richtung Küste abzureisen. Coralie ging die Champs-Élysées entlang und träumte von eisgekühlter Limonade, während ihr die Hutschachteln um die Beine schlugen. Die Cafés und Restaurants der Prachtstraße machten ihr großes Saisongeschäft. Aus geöffneten Türen streckten sich rote Teppiche unter Markisen-Schnurrbärten wie Zungen heraus. Sie erinnerten Coralie an unersättliche Münder und verhöhnten ihren knurrenden Magen. Wenn nur heute irgendeine Tür aufging, bevor sie endgültig verzweifelte. In den letzten vier Tagen hatte sie ihr Geld zusammengehalten, indem sie nur Brot gegessen und aus öffentlichen Brunnen getrunken hatte. Ihr Zuhause war zurzeit ein Wohnheimschlafsaal, durch dessen kleines Fenster man auf rostige Abflussrohre hinaussah. Ihre Matratze roch verdächtig und war so dünn, dass sie immer noch den Abdruck der Holzlatten im Rücken spürte. Die übrigen Bewohnerinnen hatten sie beobachtet, wie sie zu dem letzten Bett in der

Reihe gegangen war. Sie hatten die Hutschachteln fixiert, die sie mitgebracht hatte, und auf ihre Kleider und ihre staubigen Schuhe gestarrt. Zum Schlafen hatte sie alles unter ihr Kopfkissen gepackt.

Heute wollte sie versuchen, vorübergehend Arbeit als *plongeuse,* als Tellerwäscherin, zu finden. Unterste Stufe, aber es würde ihr wenigstens zu einer ordentlichen Mahlzeit am Tag verhelfen. Bisher hatte sie sich in zwei Restaurants vorgestellt. Beim ersten hatte der Wirt ihr rosa Rüschenkleid und die Zéphirine-Rose an ihrem Hutband betrachtet und gelacht. Der zweite hatte sich ihre Hände zeigen lassen. Stirnrunzelnd hatte er Coralies lange Finger und polierte Nägel betrachtet und dann den Kopf geschüttelt. »Sie würden keine zwei Stunden durchhalten, Mademoiselle.«

Vor dem Restaurant Fouquet's erhob sich ein Paar von seinem Tisch. Coralie drückte sich so lange herum, bis es sein Trinkgeld hinterlassen hatte, dann schnappte sie sich die zurückgebliebenen Wassergläser und trank eines nach dem anderen aus. Die Hitze in Paris schien täglich schlimmer zu werden.

»*Pardon,* Mademoiselle.«

Ein Mann rempelte sie an, dass die Hutschachteln hüpften. Sie hatte nicht gewagt, sie in dem Wohnheim zu lassen, obwohl der Wert ihres Inhaltes schon stark gesunken war, seit sie die Stücke von Javier verkauft hatte. Mademoiselle Deveau hatte recht gehabt. Für die wunderschönen, ungetragenen Kleider hatte sie lediglich ein paar Hundert Francs bekommen. Ihre Nerven lagen blank, deshalb schnauzte sie den Mann an: »Passen Sie doch auf, wo Sie hingehen. Ich bin ja wohl nicht zu übersehen.«

»Pardon«, wiederholte der Mann und lüpfte seinen speckigen Hut. Er beging eindeutig die Todsünde, ihn oben bei der Krone anzufassen, statt an der Krempe. Man sah, wo seine Finger regelmäßig hingriffen. Da war auch mit Neublocken und Reinigung nichts mehr zu retten. In Pettrews Reparaturabteilung hieß das

»Bürste und Bumerang« – man bürstete den Hut gründlich ab und schickte ihn dann zurück.

Als sie weiterging, wurde ihr auf einmal übel, und die Reihen von Tischen und Stühlen verschwammen vor ihren Augen mit den Zierbüschen in ihren Kästen und den weißen Sonnenschirmen. Sie fühlte sich verloren wie ein Käfer auf einem riesigen Billardtisch und sank an den erstbesten leeren Tisch. Als ein Kellner Wasser brachte, nahm sie ihm das Glas direkt aus der Hand. Dann bestellte sie das Billigste von der Karte. Tomatenomelette, Salat und Brot. Viel Brot. Eigentlich hatte sie über den Fluss hinüber ins Studentenviertel gehen wollen, um nicht die für das 8. Arrondissement typischen Preise bezahlen zu müssen. Doch so weit kam sie jetzt nicht. Als ihr Essen serviert wurde, versuchte sie, es nicht zu gierig hinunterzuschlingen, aber sie hatte keine Kraft mehr für Tischmanieren. Erst als der Kellner abräumte und sagte »Mademoiselle möchten vielleicht einen Kaffee?«, sah sie nach ihrer Handtasche. Sie wollte kontrollieren, ob sie genug Münzen für ein Trinkgeld hatte. Doch die Tasche stand weit offen, und ihr Puls raste los. Minutenlang wühlte sie verzweifelt, aber kein Wunder geschah. Man hatte ihr das Portemonnaie gestohlen.

Sie weinte. Nicht laut, nicht theatralisch, aber voller Verzweiflung. Was machte man in so einer Situation? Anbieten, dass sie später wiederkam und dann bezahlte? Aber wie? Sie hatte nicht mal genug für eine weitere Nacht in dem schäbigen Wohnheim.

»Dietrich von Elbing«, murmelte sie. »Wenn ich dich je wiedersehe, bringe ich dich um. Oder mich, vor deinen Augen.«

»Ersteres, hoffe ich. Mord hat etwas Erhabenes. Selbstmord ist immer vulgär.«

Sie sah hoch und versuchte, sich einen Reim auf die Gestalt zu machen, die vor ihr stand. Sie erkannte einen weißen Anzug und eine Umhängetasche.

Thierry-Edgar Clisson legte seinen Panamahut auf den Tisch.

»Darf ich mich zu Ihnen setzen? Ich bummle gerade Richtung Bahnhof. Ich habe einen Platz im Nachtzug nach Nizza und reise von dort nach Marokko. Ich glaube, ich habe meine Ferien erwähnt, als wir uns neulich begegnet sind. Ein kleiner Aufenthalt zwischen den Souks. Graf von Elbing zuliebe hatte ich die Abreise verschoben, aber er hat mich versetzt.«

Er zog einen Stuhl heran, lockerte seine Krawatte und schubste einen kleinen Käfer von seiner Manschette. »Sie offenbar auch.«

»Wissen Sie, dass er weggefahren ist, ohne mir etwas zu sagen?«

Clisson musterte Coralie interessiert, obwohl ein Kellner neben ihnen stand. »Ich hatte vor, ein bisschen durch eine Galerie zu wandern, bevor ich mich zum Bahnhof begebe. Aber Ihre missliche Lage verspricht bei Weitem mehr Zerstreuung. Leisten Sie mir auf einen Kaffee Gesellschaft?«

»Für mich eisgekühlte Limonade, bitte, und Sie müssen bezahlen. Ein Dreckskerl mit Hut hat mein Portemonnaie gestohlen. Was ist bloß los mit dieser Stadt?« Sie beugte sich vor, um Clisson packen und festhalten zu können, falls er Anstalten machte zu gehen. »Warum ist Dietrich abgereist? Sie haben ihn als Letzter gesehen. Er muss doch etwas gesagt haben.«

»Nun ja, vielleicht kann ich ein Stück zu dem Puzzle beitragen, aber welches Puzzle legen wir? Den romantischen Helden, den Sie lieben, oder den bösen, verbitterten Mann, den ich vor zehn Jahren in Berlin kennengelernt habe? Oder jenen Dietrich, den keiner von uns beiden kennt?«

»Sagen Sie es mir.«

Clisson seufzte. »Im deutschen Pavillon kam jemand mit einer Nachricht, als Sie weg waren, um sich die Nase zu pudern.«

»Wer? Was für eine Nachricht?«

»Ein hinreißend gut aussehender junger Deutscher. Claus von Irgendwas. Die Nachricht wurde flüsternd überbracht, aber ich habe verstanden, dass man den Grafen nach Hause gerufen hat.«

Ihre Getränke trafen ein, Coralies milchig-trübe Limonade, in der Eiswürfel klirrten, und Clissons Kaffee, der durch einen Metallfilter in eine Tasse tropfte. Sie fragte: »Hatten Sie Gelegenheit, sich die russischen Ikonen anzusehen?«

»Keine Spur. Ich habe vergebens auf einen Anruf oder immerhin eine Entschuldigung gewartet.«

Clisson sagte noch mehr, aber Coralie war in Gedanken wieder auf der Dachterrasse und starrte auf den funkelnden Fluss. »Monsieur Clisson, warum hat er mir nicht gesagt, dass er geht?«

»Nennen Sie mich Teddy. So hat mich einer meiner amerikanischen Kunden genannt, das hat etwas. Als wir auf Sie gewartet haben, war Graf von Elbing beunruhigt. Sie hatten sich nicht wohlgefühlt, und er fürchtete, Sie wären vielleicht irgendwo zusammengeklappt oder hätten sich verlaufen. Aber dann erschien noch eine dieser herrlichen, markanten Gestalten und flüsterte ihm noch eindringlicher ins Ohr. Da brach der Graf auf und bat mich, auf Sie zu warten.«

»Ich war die ganze Zeit dort auf dem Balkon. Sie hätten sich bloß umzusehen brauchen!«

Teddy seufzte. »Meine Liebe, wenn Sie die stürmische Julia spielen müssen, dann warnen Sie Ihren Romeo vorher! Der liebe Graf blickte zur Tür, nicht zum Balkon.«

»Ich bin durch eine andere Tür zurückgekommen.«

»Ein Schulmädchenfehler. Und ich habe nicht auf Sie gewartet, weil ich ziemlich verärgert war. Man hatte mich in Sachen Abendessen brüskiert, mit den Dürer-Radierungen beleidigt, allein mit meinem Champagner sitzen lassen und zum Abholdienst degradiert. Wer würde da nicht die Flucht ergreifen?«

Sie trank einen Schluck und hätte beinahe wohlig geseufzt, als sie die Eiswürfel und das Zitronenfleisch auf der Zunge spürte. »Was hat es mit diesem Dürer auf sich?«

»Er war ein deutscher Maler im sechzehnten Jahrhundert. *Der* deutsche Maler schlechthin. Er ist ihr da Vinci, auf einer Höhe mit den großen Italienern. Die Radierungen stellen religiöse Szenen dar.«

»Von dem, was ich bei Ottilia gesehen habe, würde ich mir das meiste nicht an die Wand hängen. Es gab ein paar nette Sachen, hauptsächlich Blumen, und ein paar Gemälde mit Obst …«

Clisson unterbrach sie: »Sie haben die Von-Silberstrom-Sammlung gesehen?« Er klang, als hätte sie die Auffindung des Heiligen Kreuzes miterlebt.

»Ich habe mitgeholfen, sie einzupacken und zu katalogisieren.«

Clisson saß wie erstarrt da, dann wedelte er schwach mit der Hand: »Reden Sie weiter.«

»Dietrich hat mir erzählt, dass Ottilia eine sagenhafte Sammlung von ihrem Großvater geerbt hat und dass er versucht, sie vor Betrügern zu schützen. Jetzt schickt er sie an einen sicheren Ort.«

»Wohin?«

»Äh … nach Neuendorf?«

»Hohen Neuendorf in Deutschland?« Clisson biss beinahe in den Rand seiner Kaffeetasse.

»Ist das schlecht?«

Mit seinem Panamahut fächelte Clisson sich Luft zu. »Die Sammlung von Silberstrom wurde aus Deutschland fortgebracht, damit sie den Nazis nicht in die Hände fällt. Wenn er sie jetzt zurückschafft in die Nähe von Berlin, ist das zumindest verdächtig. Weiter mag man lieber gar nicht denken.«

»Dietrich ist kein Nazi, wenn Sie das meinen.«

»Liebes Mädchen, woher wollen Sie das wissen? Auf jeden Fall grüßt er wie einer. Ich war neulich im Pavillon, als Sie kamen. Ich habe gesehen, wie er seine Kumpane begrüßt hat.«

»Er ist kein Nazi! Er hasst Männer, die den Krieg mögen und Bücher verbrennen. Wenn Sie ihm so nahe gewesen wären wie ich, dann wüssten Sie das.«

»Wie nah genau eigentlich? Entschuldigung, aber das Schlafzimmer ist nicht unbedingt der Ort, an dem Menschen besonders viel von sich preisgeben. Psychologisch, meine ich.«

»Wir haben nicht unsere ganze Zeit im Bett verbracht. Sie behaupten, sein Freund zu sein, aber Sie wissen gar nichts von ihm. Zum Beispiel mag er überhaupt keinen Champagner, aber Sie haben ihm einen nach dem anderen bestellt! *Sie kennen ihn nicht.*« Sie war rot geworden, weil sie genauso wie Clisson gehört hatte, wie Dietrich »Heil Hitler!« gerufen hatte, als es gar keinen Grund dafür gab. Außer den, dass er wohl Gleichgesinnte getroffen hatte. Schließlich gestand sie: »Nun ja, ich weiß nicht recht, woran er wirklich glaubt.«

»Meine Liebe, ist Ihnen denn gar nicht in den Sinn gekommen, dass Graf von Elbing nur ein weiterer Betrüger sein könnte, der versucht, die Sammlung Silberstrom von ihrer Besitzerin zu trennen?«

Sie schüttelte den Kopf. »Dietrich liegt viel an Ottilia. Viel mehr, als mir lieb ist. Er würde ihr niemals schaden.«

»Nein? Zwei Tage bevor er sie heiraten sollte, hat er alles abgesagt. Das arme Mädchen soll am Boden zerstört gewesen sein.« Clisson sah zu, wie Coralie die letzten Tropfen aus ihrem Glas saugte. »Noch eine?«

»Lieber nicht.« Ihre Blase drückte bereits.

»Was haben Sie jetzt vor, wo er auch Sie sitzen lassen hat?«

»Arbeiten. Irgendeine Arbeit.« Da schoss ihr ein Gedanke durch den Kopf. »Suchen Sie eine Assistentin?«

»Wobei sollten Sie mir assistieren?« Clisson winkte dem Kellner, dass er bezahlen wollte.

»Bei Ihrem Kunstverkauf. Ich könnte Ihren Laden führen. Listen schreiben. Putzen. Ihre Buchhaltung machen.«

»Haben Sie Erfahrung mit so etwas?«

»Nicht so recht, aber ich fürchte, als Hutmacherin finde ich keine Arbeit. Und im Augenblick habe ich die ganze Zunft auch gründlich satt.«

»Haben Sie denn keine Familie, zu der Sie zurückgehen könnten?« Als er keine Antwort bekam, sagte er: »Es gibt Agenturen. Sie könnten als Zimmermädchen etwas finden … das ist allerdings nicht so einfach, ganz ohne Referenzen.«

»Ich brauche eine Unterkunft. Letzte Nacht hatte ich Wanzen im Bett. Heute werde ich nicht mal mehr ein Bett haben.«

Clisson erschauerte. »Sie brauchen einen Beschützer. Ich sehe nicht recht vor mir, wie Sie Treppen aufwischen und Wasserklosetts reinigen, aber ich kann Sie mir als bezahltes Schoßhündchen eines großzügigen Mannes vorstellen.«

Hätte sie ihn nicht noch gebraucht, damit er die Rechnung bezahlte, dann hätte sie ihm jetzt eine Ohrfeige verpasst. »Ach, Sie laden mich wohl ein, mit nach Marokko zu kommen?«

Das entlockte ihm ein schwer zu deutendes Lächeln. »Marokko ist nur für Jungs. Ich hätte viel eher den lieben Grafen mitgenommen.«

»Oh.«

»Sehe ich da in Ihren Augen etwa provinzielle Missbilligung?«

Nein. Ihr Lächeln war verschwunden, weil die Zurückweisung wehtat, sogar, wenn sie von Teddy Clisson kam. »Es ist Ihr Leben, und jeder Pfannkuchen hat zwei Seiten, wie meine Mutter immer sagte.«

»Was für eine aufgeklärte Dame, auch wenn es tatsächlich viel mehr als zwei Seiten gibt.« Clisson legte den Kopf schief. »Ich könnte einen charmanten Herrn mit einer Neigung zu stattlichen Blondinen informieren, der sich sehr nett um Sie kümmern würde … oder ich könnte Sie zu einem Haus schicken, das ich kenne.«

»Eine Pension?«

»La Nichée, hinter dem Bahnhof Saint-Lazare. Nobel, Champagner am Nachmittag und nie mehr als zehn Kunden pro Schicht.«

»Ein Bordell?«

»Sie würden tausend Francs die Nacht verdienen.«

Sie ging nicht auf ihn los, nahm es sogar ziemlich gelassen. Sie hatte die Mädchen in Grüppchen vor ihrem Wohnheim herumstehen sehen und kannte den Stempel, den sie im Gesicht trugen. Ob Tooley Street oder Goutte d'Or, Prostituierte in der Stadt trugen immer zu roten Lippenstift, der sich mit dem Gesichtspuder vermischte, und gingen alle mit einem ausladenden Hüftschwung. Im Foyer des Wohnheims hatte sie Zuhälter gesehen, die die Gewinne der Nacht mit der Hausleiterin teilten. Am Ende sollte nun auch sie selbst an einen dieser Männer geraten? »Ich kann nicht.«

»Dietrich hat Sie für andere Männer verdorben? Ja, das verstehe ich.« Clisson nickte. »Aber es wird andere geben, so oder so.«

»Ich kann nicht, weil ich schwanger bin.«

Mit einer Handbewegung schickte Clisson den Kellner, der mit der Rechnung kam, wieder fort. »Ist es Dietrichs Kind?«

Sie zögerte. Wenn sie Ja sagte, dann half er ihr vielleicht. »Nein.« Sie seufzte. »Und ich weiß ehrlich gesagt nicht, was ich jetzt tun soll.«

»Das Leben ist heilig.« Clisson zog einen Füllfederhalter aus seiner Brusttasche und schrieb etwas auf eine Karte, die er einem schmalen Büchlein entnahm. Wie zu sich selbst wiederholte er: »Das Leben ist heilig.«

»So lange, bis es geboren ist. Von da an ist es nur ein uneheliches Kind mehr, das jeder verachtet.«

Clisson gab ihr die Karte. »Die Adresse einer Einrichtung, die Sie wahrscheinlich aufnehmen wird. Sie werden für die Nonnen nähen und stopfen, während sie Ihnen Vorträge über Ihren abwegigen Lebenswandel halten. Aber wenn es so weit ist, werden sie Ihr Kind in eine gute Familie geben und Sie erst auf die Straße setzen, wenn Sie eine respektable Arbeit gefunden haben. Sie brauchen mir nicht zu danken.«

Das hatte sie auch gar nicht vor. Die Worte »Sie geben Ihr Kind in eine gute Familie« bohrten sich wie ein Dorn in ihr Inneres. »Ich gehe in kein verdammtes Kloster.«

Clisson lachte lauthals. »Bordelle und Klöster sind also aus dem Rennen. Ich bin ganz Ohr. Sagen Sie mir, was Sie tun wollen.«

»Nun ja … Ich könnte zu Ihnen kommen. Ihre Wohnung hüten, während Sie durch die fernen Souks streifen.« Seine Augen traten hervor wie bei einem Lachs. »Ich kann für Sie putzen.«

»Ich habe eine Putzfrau.«

»Ich könnte doch aufpassen, dass niemand Ihre Wertgegenstände stiehlt?« Da er bestimmt der Typ war, der Unordnung verabscheute, ergänzte sie: »Ich könnte Ihre Bilder ordnen. Sie abstauben und stapeln.«

Er gab einen Laut des Entsetzens von sich.

Der Kellner legte die Rechnung auf den Tisch, und während der Unterbrechung durchschoss sie ein kühner Gedanke. Sie lehnte sich vor. »Ich würde mich um Ihre Katze kümmern.«

»Woher wissen Sie, dass ich eine Katze habe?«

Weil sie seine Manschettenknöpfe neulich gesehen hatte. Heute trug Clisson einfache goldene Ovale, und er schien über ihre hellseherischen Fähigkeiten ziemlich erstaunt zu sein. »Ich würde ihn schön pflegen, während Sie weg sind.«

»Ihn? Wie kommen Sie darauf, dass Voltaire ein Kater ist? Die Leute sagen unweigerlich ›sie‹, wenn sie von Katzen reden. Immer ›er‹, wenn es um Hunde geht. Und perverserweise ›es‹, wenn sie ein Baby meinen.«

»Manchmal weiß ich Dinge einfach. Ich bin genauso empfindsam wie Sie.« Hätte Clisson seine Beine nicht unter den Tisch gesteckt, dann hätte sie nach Katzenhaaren Ausschau gehalten und ihn mit der Bemerkung verblüfft, Voltaire sei ein schöner Roter oder ein edler Schildpattkater. Sie riskierte es einfach: »Ich fand schon immer schwarze Kater am schönsten.«

Clisson strahlte auf. »Das ist außerordentlich! Voltaire ist von reinstem Pechschwarz!« Seine Begeisterung erstarb. »Ich habe nicht Ja gesagt, und im September komme ich zurück.«

»Dann ziehe ich wieder aus.«

»Wovon werden Sie leben? Sie haben keinen Franc mehr.«

»Sie werden mir Geld leihen. Voltaire und ich können ja abends nicht standesgemäß tafeln, wenn ich pleite bin.«

Teddy Clisson beugte sich zu ihr herüber. Sein Atem roch nach Kaffee, und ihr drehte sich der Magen um.

»Ich leihe niemals etwas aus. Aber ich zahle Ihnen einen Monat Gehalt, wenn Sie ...«

»Sagen Sie es ruhig.« Hauptsache, es kamen weder Nonnen noch Bordelle ins Spiel.

»Einen Monat Gehalt, wenn Sie bei der Seele Ihrer Mutter schwören, Ihren ganzen Charme einzusetzen, wenn Dietrich zu Ihnen zurückkommt – und das wird er, und das spüre ich mit jeder Faser meines Körpers. Er soll mir diese Dürer-Radierungen verkaufen.«

Einen Augenblick lang vergaß sie das ganze Elend und lachte. »Ich sorge dafür, dass er sie Ihnen für den halben Preis gibt. Abgemacht?« Sie streckte ihre Hand aus, und Teddy Clisson ergriff sie.

9

Nachdem Coralie den ganzen Feiertag über vergeblich versucht hatte, Arbeit in einer Küche zu finden, war sie am nächsten Morgen bereit, es noch einmal mit der Hutmacherei zu versuchen. Auch wenn ihre Bewerbung bei Henriette Junot schiefgegangen war, beschwingte sie die Erinnerung daran, wie sie die eher unattraktive Frau mit ein paar rosa Rosen verwandelt hatte. Sie hatte doch etwas anzubieten. »Das Einzige, worin ich sonst noch gut bin, ist im Bett«, erklärte sie dem kräftigen Kater, der ihr um die Fußknöchel strich und maunzte, weil er etwas von ihrer Milch haben wollte. Sie kochte sich gerade eine Tasse heiße Schokolade. »Aber das ist kein Beruf für ein Mädchen, das noch Träume hat.«

Dank der sauberen Laken und des Zimmers für sich allein hatte sie so gut geschlafen wie seit Tagen nicht mehr. Aber als sie an der heißen Schokolade nippte, überflutete sie eine Welle von Übelkeit. Während sie sich im Badezimmer die Seele aus dem leeren Leib würgte, stieß sie einen Vorschlag an alle Schicksalsgöttinnen hervor, die sie hören mochten: »Wenn ihr mir eine Arbeit gebt, dann will ich nie mehr faulenzen. Und ich werde die liebevollste Mutter der Welt sein. Ich verspreche es feierlich.«

Auf dem Boulevard de la Madeleine brannte ihr die Sonne in den Nacken. Warum war sie nicht früher auf die Idee gekommen, es bei La Passerinette zu versuchen?

Weil es wehtat, als Dietrichs abgelegte Mätresse zurückzukommen.

Aber als sie davorstand, war sie froh, Hüte im Schaufenster zu sehen anstatt heruntergelassener Rollgitter. Beinahe jedes andere Hutmachergeschäft war geschlossen, die meisten bis zum Ende des Sommers. Sie hatte sich für ihre Arbeitssuche wahrhaftig den schlechtesten Zeitpunkt ausgesucht.

Seit Coralies letztem Besuch im Juni hatte sich der Stil von Lorienne Royers Hüten nicht verändert, aber statt Rosa gab es jetzt eine Skala von Apricottönen zu sehen. Coralie dachte an den Morgen, als sie mit Dietrich hier gewesen war. Die Hüte im Schaufenster waren ein Trick, um Kundinnen hereinzulocken. War man nämlich erst einmal im Laden, dann bekam man das, was Lorienne gerade dahatte. Coralie spähte hinein. Nichts rührte sich.

»Wäre das mein Laden, würde ich ein bisschen Bewegung reinbringen«, murmelte sie. An der Tür zögerte sie. Sie sah wieder Loriennes scharfe Nägel vor sich, und Violaine, die sich ängstlich wegduckte. Konnte sie es in ihrem Zustand wagen, hier eine Arbeit anzunehmen? Sie legte sich eine Hand auf den Magen, der von der Würgerei noch immer schmerzte. Ihr Zustand war doch genau der Grund, warum sie es hier versuchen wollte. Lorienne Royer konnte ihr ohnehin keine Angst machen. Sie hatte in ihrem Leben schon mit ganz anderen Schlägern zu tun gehabt. Entschlossen drückte sie gegen die Tür – sie war abgeschlossen. Ihr Blick fiel auf eine Karte, die im Fenster lehnte:

La Passerinette ist geschlossen.
In Auftrag befindliche Arbeiten werden fertiggestellt.
Abholungen bitte telefonisch vereinbaren.

Coralie war so verzweifelt, dass sie fluchte wie Jac Masson zu seinen besten Zeiten. Da hörte sie, dass über ihr ein Fenster geöffnet wurde, und blickte nach oben. Eine helle Stimme rief herunter: »Wir haben geschlossen. Möchten Sie einen Hut abholen?«

Geblendet von den Mauern des fünfstöckigen Gebäudes im Sonnenlicht, brauchte Coralie eine Weile, bis sie Violaine erkannte. Das Mädchen blinzelte ebenfalls, wie ein Tier, das gerade aus dem Winterschlaf erwacht war. Sie trug keine Brille.

Ich habe sie geweckt, dachte Coralie. *Um halb zwölf an einem Sommertag!* »Ich hätte gern mit Lorienne gesprochen. Ich suche eine Stelle.«

Violaines Antwort ging im Rumpeln eines vorbeifahrenden Busses unter. Der Boulevard de la Madeleine war eine der Hauptverkehrsstraßen von Paris und immer laut. Aber nicht laut genug, um das Geräusch eines sich schließenden Fensters zu übertönen.

»Vielen Dank auch«, schleuderte Coralie erbittert hinauf. Niedergeschlagen blickte sie auf La Madeleine. In der Kirche war es bestimmt kühl, und sie konnte sich ausruhen und ein Gebet sprechen, denn das Schicksal ließ sie offenkundig bisher im Stich. Sie wollte doch nur eine Chance. Ein kleines Fitzelchen Glück. Sie war schon dreißig Schritte weit gegangen, als sie hörte, dass man ihren Namen rief. Sie drehte sich um und sah Violaine, die winkend auf dem Trottoir stand. Coralie eilte zurück. Das Mädchen war aus einer Tür von derselben Farbe wie die Steinmauern gekommen. Dort also ging es hinauf zu den Wohnungen über dem Salon.

»Mademoiselle Royer ist nicht da«, erklärte Violaine, während sie ein bisschen zu spät versuchte, ihre zerknitterten Kleider glatt zu streichen. »Sie ist in Deauville, am Meer, wissen Sie?« Ihr tiefer Seufzer sollte wohl heißen: *Manche haben eben Glück.*

»Können *Sie* mich vielleicht einstellen?«

Violaine trat näher, fast etwas zu nahe. »Nur, wenn Sie umsonst arbeiten würden … Käme das infrage? Sie könnten viel Erfahrung sammeln.« Auf dem Weg aus ihrer Wohnung herunter hatte sie ihre Brille aufgesetzt, aber sie schien immer noch Mühe zu haben, scharf zu sehen. Es war, als begegnete man ihrem Blick unter Wasser.

Coralie schüttelte den Kopf. »Ich habe schon Erfahrung. Ich brauche ein Gehalt.«

»Natürlich.« Violaines Gesichtszüge fielen in sich zusammen, als würde ihr gerade der letzte Rettungsring davonschwimmen. »Ich habe die letzten zwei Nächte durchgearbeitet. Ich muss eingeschlafen sein. Ich nehme mir Arbeit mit hoch in die Wohnung, weil im Salon unten pausenlos das Telefon klingelt.«

Violaines Fingerknöchel trugen rote Spuren, als hätte sie sich verbrannt. *Nächtliches Blocken mit heißem Dampf*, dachte Coralie. *Sie ist ganz allein, während alle anderen in Urlaub fahren.* Sie hätte ihr so gern geholfen. »Es tut mir wirklich leid.«

Violaine zuckte die Achseln. »Sie könnten es bei Printemps auf dem Boulevard Haussmann versuchen. Vielleicht stellen sie dort ein.«

Der Gedanke schoss Coralie durch den Kopf, Violaine irgendwo zum Mittagessen einzuladen, aber da meldete sich die Sparsamkeit. In Teddys Wohnung in der Rue de Seine warteten Käse und Orangen auf sie. Sie dankte Violaine und ging quer über die Place de la Madeleine davon. Sie war schon zur Hälfte die Rue Royale hinunter, bis sie die Orientierung wiedergefunden hatte. Es war die falsche Richtung, wenn sie zum Boulevard Haussmann wollte. Sie wischte sich den Schweiß von der Stirn und überlegte, ob sie noch die Kraft zum Umkehren hatte. Vielleicht Printemps dann am Nachmittag, wenn sie sich ausgeruht und umgezogen hatte?

Während sie noch schwankte, bemerkte sie auf der gegenüberliegenden Straßenseite zwei elegant gekleidete Damen, die versuchten, Henriette Junots Salon zu betreten. Sie hatten die Ladentür geöffnet, waren aber offensichtlich zu gut erzogen, um sich in die Menschenmenge zu drängen, die schon drin war. Verteilte das Personal heute etwa gratis Hüte?

Coralie knabberte noch daran, wie abschätzig Henriette sie behandelt hatte, trat aber trotzdem an den Bordstein und wartete auf eine Lücke im Verkehr. Henriette musste mittlerweile in die Ferien abgereist sein. Jetzt konnte sie wenigstens kurz hineinschauen und Amélie Ginsler danken, die ihr so geholfen hatte. Als sie über die Straße rannte, fiel ihr ein Farbfleck in Henriettes Schaufenster ins Auge. Im Fenster stand eine einzelne *marotte* in einem Meer aus rosa Blütenblättern. Sie trug ein asymmetrisches schwarzes Barett mit vier Zéphirine-Rosen, die ihr über eine Augenbraue herabhingen.

Heiliger Zorn stieg in Coralie auf.

Sie wandte die Ellenbogentaktik an, die sie auf der Rennbahn in Epsom gelernt hatte, und schob sich durch die Menge nach vorn in den Salon. Bis sie Henriette sah, umringt von Frauen in Sommerkostümen, die alle gleichzeitig redeten. Also hatte sie ihren Urlaub abgesagt. Oder hatte der nur als Ausrede gedient, um Coralie abzuwimmeln? Sobald es etwas ruhiger war, würde sie Madame Junot beim Arm nehmen, ans Fenster führen und eine Erklärung für das Rosenbarett verlangen. Die Frau hatte sie vor einem vierzehnjährigen Lehrmädchen gedemütigt, sie rausgeworfen und dann ihren Entwurf gestohlen.

Jemand tippte ihr auf die Schulter. Sie fuhr herum und erblickte Amélie Ginsler, die sie schockiert anstarrte. Lautlos die Lippen bewegend fragte Coralie: »Was ist hier los?«

Amélie zog sie ans andere Ende des Raumes und sagte: »Der Couturier Javier, dem wir Hüte liefern … An dem Tag, als Sie hier waren, ist seine neue Kollektion kopiert worden. Seine kompletten Herbst/Winter-Modelle wurden im Voraus nach New York verkauft. Der arme Mann hat alles hingeworfen und sich zu Hause eingeschlossen. Es ist eine Katastrophe!«

Das brauchte Amélie ihr nicht näher zu erklären. Etwas Ähnliches war bei Pettrew's passiert, als ein Londoner Kaufhaus Bankrott gegangen war. Über Nacht waren die Bestellungen für die ganze Saison storniert. Ein Lagerraum voll mit Material, das bezahlt werden musste. Mädchen auf der Gehaltsliste, die nichts zu tun hatten. Coralie betrachtete den Haufen, der Henriette umringte. »Ärgerliche Kundinnen?«

»Klatschtanten. Sie wollen Hintergründe hören, denn bei Javier erfährt man kein Wort.« Henriette stand am Rande des Nervenzusammenbruchs, fügte Amélie hinzu. Sie hatte gerade in den Urlaub aufbrechen wollen, ihre neue Geliebte wartete schon im Taxi. Doch anstatt den September in einem Schloss an einem Seeufer in Arriège zu verbringen, durfte sie jetzt versuchen, ihr Geschäft vor der völligen Katastrophe zu bewahren.

Coralie erfasste die Lage und sah, dass Henriette das Wasser bis zum Hals stand. Sie verspürte kein Mitleid, nur kribbelnde Erregung. *Du hast für eine Chance gebetet,* sagte sie zu sich selbst, *und hier ist sie.* Sie wartete, bis der Schwarm auf der Suche nach Futter weiterzog und der Salon sich weitgehend geleert hatte, dann marschierte sie zu Henriette. »Sie sitzen in der Tinte, aber ich habe das, was Ihnen jetzt fehlt: Energie und einen leeren Kalender. Überlassen Sie mir den Laden für einen Monat, und ich bringe Ihr Geschäft für Sie wieder auf die Beine.«

Henriette schürzte die Lippen. »Ich brauche jemanden mit Talent und Sinn fürs Geschäft.«

Wortlos ging Coralie zum Fenster und nahm das Zéphirine-Barett hoch. »Offensichtlich finden Sie, dass ich Talent habe. Was den Geschäftssinn betrifft: Ich bin eine direkte Nachfahrin des Duc de Lirac, des cleversten Finanziers der Geschichte.«

»Nie von ihm gehört.«

Coralie tat erstaunt. »Sie haben nie von dem Mann gehört, der Napoleon den Dritten vor dem Bankrott bewahrt hat? Mein Vorfahre hat Napoleon nicht nur seine Finanzen gerettet, er hat ihn sogar dazu gebracht, zum Dank auf jedem Pariser Boulevard Bäume zu pflanzen. Wenn Sie das nächste Mal im Schatten spazieren, dann schauen Sie nach oben und danken Sie dem Duc de Lirac. Also, abgemacht?«

Coralie machte sich keine Illusionen darüber, warum Henriette auf ihr Angebot einging. Henriette Junot war kurz davor gewesen, ihren Laden zu schließen und den Schlüssel in die Seine zu werfen. Da hatte es nur einer halbwegs überzeugenden Geschichte bedurft. Und schnell fand Coralie heraus, dass der Salon sehr gut ohne Henriette lief. Amélie Ginsler kümmerte sich um den Verkauf. Madame Zénon, die griechischstämmige *première*, leitete mit ein paar begabten Stellvertreterinnen die Herstellung.

In den ersten Tagen wanderte Coralie hauptsächlich durch die Räume, erfüllt von der Angst, dass sie sich übernommen hatte. Dann rettete sie ihr Ehrgeiz. Sie konnte die Situation nutzen, vor der Henriette geflohen war, um ihre eigene Zukunft und die ihres ungeborenen Kindes zu sichern. Das Schicksal hatte ihr einen Salon in die Hände gespielt: Damit würde sie sich einen Namen machen.

Für Javiers Kollektion waren etwa fünfzig Modelle angefertigt worden, und diese Hüte verkaufte Coralie als Erstes. Nicht im Laden, weil nicht ganz klar war, wem die Entwürfe letzlich gehörten. Nein, bei der Weltausstellung, die an den Ufern der Seine noch in vollem Gang war. Sie ließ Amélie und Madame Zénon zehn der attraktivsten und selbstsichersten Verkäuferinnen und Näherinnen aussuchen. Und Coralie schickte sie los, damit sie sich unter die Touristen mischten, Blickkontakt aufnahmen und ihre Hüte direkt vom Kopf weg verkauften. Innerhalb von Stunden waren diese Modellhüte ausverkauft, und die Ateliers waren voll damit ausgelastet, Nachschub anzufertigen. Die Kassen klingelten, und der liebenswürdige Buchhalter Monsieur Moulin rieb sich vergnügt die Hände.

»Ich hatte in London viel mit dem Einzelhandel zu tun«, erklärte ihm Coralie. Sie erwähnte nicht, dass sie sich ihre Verkaufstechnik auf Bermondseys Obst- und Gemüsemarkt abgeschaut hatte. Man brauchte kein Genie sein, um zu sehen, dass die Straßenverkäufer, die am lautesten schrien, ihre Waren immer als Erste loswurden.

Der September kam, und Teddy Clisson kehrte sonnengebräunt zurück. Als er Voltaire gesund und munter und Coralie vollauf beschäftigt und strahlend antraf, lud er sie ein, noch ein, zwei Wochen zu bleiben. »Ich habe so viele Geschichten zu erzählen, ich brauche einfach Publikum.« Mit einem Blick auf ihre Taille fragte er: »Bist du wirklich schwanger, oder war das ein Trick, um mein Mitleid zu erregen? Ich sehe keine Anzeichen von einem Baby.«

»Da ist ein Baby, glaub mir.« Sie hatte begonnen, ihre sich rundenden Formen unter weiten Blusen mit einem Gürtel um die Hüfte zu verbergen. Außer Teddy wussten bisher nur Madame Zénon und Amélie über ihren Zustand Bescheid. In ein paar Wochen würde sie ihren Babybauch nicht länger verbergen können. »Ich suche mir eine eigene Wohnung«, versprach sie. »Hier kann ich nicht bleiben, sonst fangen die Leute an, über uns zu tratschen.«

»Das wäre ein Spaß.« Er reichte ihr eine Schachtel, in der eine fein gearbeitete Silberuhr mit schwarzem Lackarmband lag. »Dafür, dass du so nett zu Voltaire warst. Nein, du brauchst mich nicht zu umarmen.« Sein Ton wurde geschäftsmäßig. »Mein Vermieter hat immer etwas in der Rue de Seine zu vermieten, wenn du im Hinblick auf Aussicht oder Lift keine besonderen Ansprüche stellst. Seine Preise sind recht vernünftig.«

Wenige Tage später hatte Clisson ganz in der Nähe, zum Fluss hin, eine Wohnung für sie gefunden. Sie lag im obersten Stock eines sehr alten Hauses und hatte keinen Lift, aber Coralie nahm sie trotzdem. Das Gebäude war nur drei Stockwerke hoch, und sie malte sich aus, wie das Auf und Ab mit einem Baby im Korb sie schlank halten würde.

Henriette Junots 1937er-Herbst/Winter-Kollektion wurde am 9. September vorgestellt. Henriette reiste von ihrem gemieteten Schloss an, um die Schau zu leiten, und sie brachte ihre Geliebte mit. Die beiden posierten in den neuen Hüten und kicherten dabei wie Schulmädchen. Danach brachte sie eine Woche lang Coralies Arbeitsalltag durcheinander, entließ untergeordnete Mitarbeiterinnen und ging jedermann auf die Nerven. An dem Tag, als sie wieder abreiste, spürte Coralie, wie ein stummes Aufatmen durch das Haus ging.

»Wenn sie verliebt ist«, vertraute Madame Zénon ihr an, »kümmert sie sich einen Teufel um das Geschäft. Aber wenn die Beziehung in die Brüche geht, dann kommt sie angerauscht wie eine Bärenmutter, der man ihr Junges geraubt hat.« Die *première* warf einen Blick auf Coralies Bauch, der unter einem Faltenkittel verborgen war. »Ich hoffe, Sie legen sich ein wenig Geld zurück. Madame mag weibliche Geliebte haben, aber das heißt nicht, dass sie etwas für Frauen übrig hat. Verstehen Sie, was ich meine?«

»Ich spare wie verrückt.« Coralie arbeitete zudem unter Hochdruck an einem Portfolio von Entwürfen und sammelte alles an Erfahrungen, was ihr für einen eigenen Salon nützlich sein konnte. Hauptsache, Henriette blieb in den nächsten paar Monaten noch siebenhundert Kilometer weit weg. Und erfuhr nicht, dass Coralie schwanger war. Die grässliche Übelkeit hatte Gott sei Dank aufgehört, und das Baby musste wohl recht klein sein, denn

Coralie passte immer noch in ihre Röcke, die sie mit Knöpfen an elastischen Gummis versah. Aber jedes Geheimnis kommt eines Tages ans Licht.

An einem Nachmittag Mitte Oktober sah Coralie zu, wie Madame Zénon das Profil eines Hutes zeichnete, den sie gemeinsam entwarfen. Da merkte sie, dass eine der *petites mains*, der Näherinnen, sie schockiert von der Seite anstarrte. Schnell zog Coralie den Bauch ein, aber später wurde ihr bewusst, wie andere Angestellte hinter vorgehaltener Hand tuschelten.

Gut, sagte sie sich, *Zeit, den Stier bei den Hörnern zu packen.* Sie berief eine abendliche Versammlung ein, bei der sie dem vollen Salon eröffnete, dass sie im Februar ein Kind bekommen würde. Sie ignorierte das aufgeregte Geflüster und fügte augenzwinkernd hinzu: »Von jetzt an werde ich nicht mehr durchs Haus rennen und auf der Treppe nur noch zwei statt drei Stufen auf einmal nehmen.«

»Weiß Madame Bescheid?«, fragte eine der älteren *secondes*. Sie war eine der wenigen im Haus, die Coralie nicht mochte, weil bekannt war, dass sie für Henriette spionierte.

»Selbstverständlich«, log Coralie munter. »Sie wird die Patin. Das war's für heute.«

Gib mir Weihnachten und noch eine Saison, betete sie an diesem Abend in ihrem winzigen Schlafzimmer. Wenn sie richtig gerechnet hatte, konnte sie Anfang Februar noch eine Frühjahr/Sommer-Kollektion zustande bringen, bevor die Wehen einsetzten.

Im November wurden ihre Gebete erhört, wenn auch in Form schlimmer Nachrichten. Henriette war krank. Sie hatte sich beim Baden in dem See vor ihrem Schloss erkältet, und das war ihr auf die Lunge geschlagen. Lungenentzündung, Rippenfellentzündung, Blut auf dem Kopfkissen. Sie teilte Madame Zénon und Coralie in einem zittrig geschriebenen Brief mit, dass sie wohl kaum zu

Weihnachten zurückkam. Sie vertraue darauf, dass sie ihr Geschäft gut durch diese entscheidende Saison lenkten.

»Vertrauen« war in Henriettes Fall natürlich relativ.

Am Freitag, dem 5. November, stürmte es abends heftig. Coralie dekorierte die Ausstellungssäule mit Efeu und Christrosen und dachte voll Grauen an den Heimweg, der vor ihr lag. Sie erschauerte, als Hagelkörner gegen das Fenster prasselten. Ihre Wohnung hatte einen offenen Kamin, aber leider gab es niemanden, der ihn für sie einheizte. Am Ladentisch notierte Amélie die Verkäufe des Tages und hatte es ebenfalls nicht eilig, sich dem Wetter auszusetzen. Da flog plötzlich die Tür auf.

Coralie stürzte los, um sie wieder zu schließen, weil sie dachte, der Wind hätte sie aufgestoßen. Dabei zog sie ihre Efeuranken hinter sich her. Als sie mit dem Mann zusammenstieß, der aus der Dunkelheit hereintrat, schlang sich Efeu um seine Schulter. Lachend pflückte er es ab. Die tiefschwarzen Augen, der dunkle Teint und ein dicker Schnurrbart verliehen ihm das Aussehen eines Banditen. Coralie zog sich hinter die Theke zurück und griff nach ihrer Schere.

Amélie hingegen lächelte strahlend. »Monsieur Cazaubon, wie schön! Bringen Sie Neuigkeiten von Madame Junot?«

»Ich war gerade bei ihr.« Der Fremde küsste Amélie auf beide Wangen, dann sah er herüber zu Coralie. »Es geht ihr schon ein bisschen besser, aber leider ist sie sehr unglücklich. Ihre Freundin hat sie verlassen.«

»Wie bedauerlich«, sagte Amélie, aber es klang nicht sonderlich überrascht.

»Ich wollte sie nach Céret zu unseren Eltern bringen, nur zehn Kilometer von Schloss Jarrat entfernt, wo sie jetzt ist, aber sie wollte nicht. Also habe ich zwei Krankenschwestern engagiert, die sich um sie kümmern, und ich hoffe bei Gott, dass sie ihr nicht den Hals umdrehen.« Der Mann lachte über Amélies Grimasse. »Na, kommen Sie. Meine Schwester ist schon schwierig, wenn sie gesund ist, das wissen wir alle. Aber wenn sie krank ist, könnte sogar ich ihr an die Gurgel gehen!«

Er sprach schnell, fast zu schnell für Coralie, und dazu noch mit dem Akzent und dem rollenden »r« der Leute aus dem Süden. Cazaubon … War das wirklich Henriettes Bruder? Er sah eher spanisch als französisch aus, aber dafür gab es vielleicht eine Erklärung. Sie wusste, dass Henriette den Namen »Junot« angenommen hatte, um sich von ihren Wurzeln zu distanzieren, die in Nordkatalonien lagen. Egal, wer der Mann war, er musste von der Métro-Station aus zu Fuß gekommen sein, denn sein Haar glitzerte, und er hatte nasse Spuren auf dem Teppich hinterlassen. Er bemerkte ihren skeptischen Blick. »Sie sind Mademoiselle de Lirac.«

Coralie verschränkte die Arme. »Ich glaube, ich weiß, wer Sie sind.«

Er verbeugte sich. »Henriettes Augapfel.«

Ja, und ich wette meine neue Uhr, dass sie dich geschickt hat, um mich zu kontrollieren. Ihr Herz klopfte, und nicht nur aus Besorgnis. In den letzten vier Monaten waren Teddy Clisson, der Buchhalter Monsieur Moulin und Voltaire die einzigen männlichen Wesen in ihrem Leben gewesen. Cazaubons kräftige Männlichkeit und das neckende Funkeln in seinem Blick versprachen etwas Prickelnderes. *Es werden andere kommen, so oder so.* Sie wurde rot.

»Dann stimmt es also, Mademoiselle?«

»Was meinen Sie?«

Er machte eine entschuldigende Geste. »Eine der alten Hexen von oben hat meiner Schwester geschrieben, dass Sie in gewissen Umständen und«, er flüsterte theatralisch, »unverheiratet sind.«

Coralie wich seinem Blick nicht aus, weil ihr instinktiv klar war, dass er nach ihren Schwächen Ausschau hielt. Sie legte ihr weihnachtliches Grünzeug zur Seite und gewährte Cazaubon einen Blick auf ihren Bauch. »Ein Baby und kein Ring.« Sie streckte ihre linke Hand aus. »Sehen Sie genau hin.«

Das tat er. Als ihre Blicke sich wieder trafen, hatte sich das Funkeln in seinen Augen verstärkt. »Sagen Sie, essen Sie für zwei?«

»Sind Sie etwa Arzt?«

»Bauingenieur. Falls ja, dann würde ich Sie beide jetzt gern zum Essen einladen.«

Coralie brach in Gelächter aus. Vor Verblüffung, verbunden mit Erleichterung. Was auch immer dieser Mann von ihr wollte, zumindest war es nicht ihr sofortiger Untergang.

Später erzählte Ramon Cazaubon ihr, dass er tatsächlich von seiner Schwester geschickt worden war. Henriette hatte ihn beauftragt, ein bisschen im Lagerraum herumzuschnüffeln, die Rechnungsbücher durchzugehen. »Sie hat Angst vor Ihnen, Coralie, und ich verstehe, warum. Sie sind anders, Sie warten nicht darauf, dass sich das Leben vor ihnen ausbreitet. Sie stürzen sich in den Ring, so, wie ein Gaucho mit dem Lasso ein Jungrind fängt. Ich werde ihr jedenfalls schreiben und berichten, dass alles in bester Ordnung ist.« Auf die Rechnungsbücher hatte er keine Lust, da er gezwungenermaßen seine Tage bereits mit Bauplänen verbrachte. Die Abende, sagte er, waren für die Freundschaft da. Und die Nächte für das Vergnügen.

Gegen jede Vernunft ließ Coralie sich an diesem Abend von ihm einladen, dann an einem zweiten Abend und an einem dritten. Bald freute sie sich auf das Türschlagen und das energische Füßeabtreten, das seine Ankunft im Salon ankündigte. Sie hatte ihm eine Standpauke gehalten, weil er den Teppich ruiniert hatte.

Ramon und seine Schwester hatten die brüske Impulsivität gemeinsam, aber er war herzlicher, emotionaler, ja, geradezu feurig. Er wurde niemals müde. Um Mitternacht, wenn sie nur noch nach Hause und ins Bett wollte, schlug er vor, noch zur Place Pigalle oder zum Boulevard Clichy zu gehen, in diesen oder jenen Nachtklub. Er schien jede Tanzband in Paris zu kennen. Tagsüber arbeitete er in einem Zeichenbüro der nationalen Eisenbahngesellschaft, und abends stieg er in Keller und Gewölbe hinunter und tauchte ab in die Musik. Er lebte mehrere Leben nebeneinander, wie er ihr einmal lachend gestand.

»Ich liebe Paris, aber ich fühle mich auch in den Ausläufern der Pyrenäen wohl. Ich bin ein Intellektueller, ein Lohnsklave, ein Jäger und auch ein Bohémien. Ich bin ein Politiker, der Politik hasst, ein Anarchist, der an Gott glaubt. Ich bin ein Krieger, der den Frieden liebt. Das Leben ist kurz, Coralie. Meine Eltern sind wie Eichen, die langsam ihre Jahresringe anlegen. Henriette mit all ihrem Talent ist wie ein stehendes Maisfeld, das darauf wartet, gemäht zu werden. Für mich ist das Leben ein wilder Stier. Ich werfe mich ihm auf die Hörner, dann soll es ruhig versuchen, mich zu durchbohren und zu zertrampeln.«

»Eines Tages macht es das vielleicht«, warnte sie ihn.

»Dann hoffe ich, du bist bei mir und verbindest mir die Wunden. Mit mir ist das Leben nicht bequem, aber ich weiß, was ich will.«

In der zweiten Dezemberwoche fragte er sie, ob sie ihn heiraten wolle.

Sie sagte Nein. Zweimal in ihrem Leben hatte sie sich blindlings in die Liebe gestürzt. Zweimal war sie verlassen worden, jetzt war sie schwanger – und klüger. Und sie liebte ihn nicht. »Du bist Mitte dreißig, hast ein sicheres Einkommen … Wieso hat dich noch keine Frau geangelt? Was hättest du von einer Ehe mit mir?«

»Ich habe mit vielen, vielen Frauen geschlafen, aber ich wollte nie eine heiraten. Bis jetzt. Mir gefällt deine Art, und ich liebe deinen Körper.«

»Mit dem Kind eines anderen darin?« Sie hatte ihn schockieren wollen. Aber es gelang ihr nicht.

»Ich habe Kinder gern.«

Aber sie war immer noch vorsichtig. »Ich brauche kein Mitleid.«

»Absolut nicht. Aber dein Kind.« Er wusste, wohin er zielen musste. »Unehelich geboren zu sein ist ein schweres Los. Wenn du mir nicht glaubst, dann warte, bis du ins Krankenhaus kommst. Du wirst sehen, wie die Schwestern dich behandeln, und später die Beamten auf dem Rathaus, wenn du das Kind eintragen lässt und keinen Vater angeben kannst. Dein Kleines wird jeden Tag weinend aus der Schule kommen. Außerdem, stell dir nur vor, wenn du mich heiratest ...«

»Dann kriege ich dich jede Nacht!« Konnte sie mit seiner unermüdlichen Energie leben? Sie hatte noch nicht mit ihm geschlafen. Ihm machte ihr Bauch nichts aus, aber in dem Punkt war sie empfindlich. Er würde ein heißblütiger Liebhaber sein, und sie brauchte ihre Kräfte.

»Wenn du mich heiratest, wollte ich sagen, wird das Henriette wirklich ärgern. Sie erträgt es nicht, wenn ich andere Frauen mag. Sie ist schon eifersüchtig, wenn eine Fliege auf ihrem Essen landet, so ist sie einfach. Und ich rieche förmlich die Rivalität zwischen euch. Du gewinnst gern.« Und schließlich der überzeugende Grund: »Ich mag dich, Coralie. Ich will versuchen, dir ein guter Ehemann zu sein. Ich glaube, du brauchst einen Mann, der sich um dich kümmert.«

Bei seinen letzten Worten brach sie zusammen und weinte. Er nahm sie in die Arme, und es tat gut, so fest gehalten zu werden. Eine Woche vor Weihnachten heirateten sie.

Am Tag ihrer Hochzeit legte sie auf dem Rathaus ihre falschen Papiere vor, und der Beamte akzeptierte sie, ohne mit der Wimper zu zucken. Nicht einmal Henriettes fuchsteufelswilder Brief, in dem sie Coralie für die Frechheit beschimpfte, ihren Bruder zu heiraten und »einer der ältesten Familien Frankreichs« einen Bastard unterzuschieben – nicht einmal er konnte ihre neu gewonnene Sicherheit beeinträchtigen.

Am Nachmittag des 24. Dezember 1937 zündete Coralie gerade Kerzen im Schaufenster an und träumte von Ideen für die Frühjahrskollektion, da durchfuhr sie ein scharfer Schmerz, und sie spürte, wie Flüssigkeit an ihren Beinen hinunterlief.

Eine amerikanische Kundin im Anproberaum hörte ihren bestürzten Aufschrei. Während die Mädchen im Salon hilflos umherrannten, kam die Amerikanerin und half Coralie beim Aufstehen. Sie stützte sie, bis der Schmerz vorbei war, und bemerkte: »Schätzchen, Sie werden Ihre Weihnachtskekse im Krankenhaus essen.« Sie rief eine *vendeuse* herbei. »Sie, Mademoiselle, holen Sie meinen Fahrer und lassen Sie ihn direkt hier vorfahren. Eine von Ihnen bringt Handtücher, und jemand benachrichtigt den Ehemann. Die Frau hier liegt in den Wehen.«

Coralies Tochter kam um siebzehn Minuten nach Mitternacht am Ersten Weihnachtstag auf die Welt und wog gerade knapp über fünf Pfund. Sie bekam den Namen Noëlle Una. Noëlle, weil das die Hebamme vorgeschlagen hatte – es war ja *noël*, Weihnachten –, und Una zu Ehren von Madame Una Kilpin, deren Rolls-Royce Coralie durch den Pariser Verkehr bugsiert hatte. Später hatte sie angeboten, Patentante der Kleinen zu werden.

Den ganzen Januar 1938 nahm Coralie sich frei. Doch am ersten Februar ließ sie die kleine Noëlle mit einem Kindermädchen allein und fuhr in einem Taxi durch den eisigen Regen zur Rue Royale.

Es tat ihr weh, sich von ihrem Baby loszureißen, aber Coralie war bewusst, dass sie beruflich auf einer Erfolgswelle ritt. Auf Ramons Drängen hin hatte Henriette Coralie zögernd zur *directrice* und Atelierchefin ernannt und ihr damit vollständig die kreative Leitung des Geschäfts überlassen. Danach war Henriette, die immer noch kränkelte und sich von der ganzen Welt verraten fühlte, nach Italien abgereist. Der Arzt hatte für ihre Lunge das wärmere Klima empfohlen, und sie hatte eine ihrer Krankenschwestern mitgenommen. Bald trafen Gerüchte über eine neue Beziehung ein, und alle waren sich einig: Henriette kam bestimmt nicht so bald zurück.

Als das Jahr 1938 voranschritt und die Gewinne sich mehrten, dankte Coralie der Vorsehung dafür, dass sie Arbeit hatte. Trotz all seiner Versprechungen war Ramon nämlich kein guter Ernährer ihrer kleinen Familie. Er begehrte sie unverändert. Er war ein leidenschaftlicher, wenn auch manchmal leichtsinniger Liebhaber. Aber irgendwie schmolz sein Gehalt stets dahin, bevor die Miete bezahlt war. Er ging nicht mehr so oft in Nachtklubs, doch es zog ihn noch immer unwiderstehlich in dunkle Kellerräume. Jetzt beteiligte er sich an den Treffen linksradikaler politischer Gruppen. Coralie wusste, dass er von seinem Geld zwei oder drei Gruppen finanzierte und auch politische Flüchtlinge unterstützte. Sein einziger nützlicher Beitrag zu ihrem Haushalt war die Kohle, die er am Güterrangierbahnhof neben seinem Büro »abzweigte«.

»Sei nicht ungerecht, Coralie«, sagte er, wenn sie ihn wieder einmal beschimpfte, weil er ihr nicht einen Franc Haushaltsgeld gab. »Das Beste habe ich dir gegeben: meinen Namen. Du bist Madame Cazaubon.«

Das stimmte. Dank ihrer Ehe war sie nun eine echte französische Staatsbürgerin. Alles Englische schlief von da an im Verborgenen in ihr.

II

10

Deutschland, 6. November 1938

Er hatte so lange regungslos dagestanden, dass seine Füße zu einem fernen, gefrorenen Kontinent zu gehören schienen. Allmählich drang die Feuchtigkeit durch den Ledermantel, der ihn gegen den eisigen Regen schützte. Seine Ohren schmerzten vor Kälte, aber es war sinnlos, den Hut wieder aufzusetzen, denn auch der war tropfnass.

Hiltrud stand da wie eine in Pelz gehüllte Säule, anscheinend völlig unberührt von der Kälte. Er versuchte, etwas zu sagen, gab es dann aber auf. Es hing unausgesprochen zwischen ihnen in der Luft: Derjenige, der am Grab die Stille brach, war derjenige, der weniger trauerte. Der sich schuldig machte, den unerträglichen Verlust zu verschmerzen. Unweigerlich war das jedes Mal er.

Die Buchstaben auf dem Grabstein schimmerten dunkel vom Regen. »Unser geliebter Sohn, Waldo Dietrich von Elbing, 16. September 1921 – 28. Juli 1937.« Über Waldos Name die Worte »Blut und Ehre«. Darüber ein leicht geneigtes Hakenkreuz. Hiltrud und ihr Vater hatten den Steinmetz angewiesen, das Hakenkreuz größer zu machen als das christliche Kreuz darunter. Hiltrud hatte darauf bestanden, dass sie jeden Sonntag zu diesem Friedhof am Ufer der Havel herausfuhren, aber was sah sie hier? Diesen auftrumpfenden Stein oder den trostlosen Hügel, unter dem ihr Sohn lag?

Wie viele gleichaltrige Jungen war Waldo für sein Landjahr in ein Lager zur Feldarbeit geschickt worden, trotz seines angeborenen Herzfehlers, aus dem ein Sauerstoffmangel in seinem Blut resultierte. Hiltrud und ihr Vater hatten das seinen Betreuern verschwiegen, weil angeborene Schwäche in diesem Deutschland, das so nach Vollkommenheit strebte, eine Schande war.

Meine Schande, warf Dietrich sich vor. Doch er hatte nicht gewusst, dass Waldos Zustand sich so verschlimmert hatte, dass er nach langen Einsätzen auf dem Feld zusammenbrach. Und dass die anderen Jungen sich wegen seiner Blässe über ihn lustig machten und ihn »Mädchen« nannten. Hätte Waldo davon irgendetwas in seinen Briefen erwähnt, wäre Dietrich sofort eingeschritten. Aber er hatte sich eingeredet, dass dieses Landjahr seinem Sohn guttun und ihn stärken würde. Und hatte sich unterdessen in seine Liebesaffäre, in sein Pariser Abenteuer gestürzt.

Sein wunderbarer, armer Junge. In Dietrichs Abwesenheit hatten Hiltrud und ihr Vater dafür gesorgt, dass Waldo von der Feldarbeit fort und in ein militärisches Ausbildungslager kam, um den Umgang mit der Waffe zu lernen und irgendwann Mitglied einer Flugabwehreinheit zu werden. Sie waren dazu entschlossen gewesen, einen Soldaten aus dem Jungen zu machen. Sobald Dietrich von ihren Plänen erfahren hatte, war er von Paris nach Hohen Neuendorf gereist. Ein Militärlager, wo die Jungen jeden Tag mit schweren Rucksäcken kilometerweit rennen mussten, das war unvorstellbar. Wo sie Geschütze luden, abfeuerten und durch holpriges Gelände zerrten, während ein Gefreiter Befehle brüllte und Rauchbomben flogen, um echten Krieg nachzustellen. Für starke, kämpferische Jungen zweifellos ein herrliches Leben. Für Waldo jedoch …

Als er in Deutschland eintraf, hatte sein Sohn schon mit der militärischen Ausbildung begonnen. Während eines angespannten Familienrates hatte Hiltrud ihn angefleht, keinen Staub aufzuwirbeln. Ihr Vater hatte so viele Beziehungen spielen lassen, um an den begehrten Platz zu kommen, dass es ein Affront gewesen wäre, wenn sie Waldo jetzt dort wegholen würden. Hiltruds Vater hatte sich völlig hinter seine Tochter gestellt und erklärt, er würde nicht tatenlos mit ansehen, wie man seinen Enkel um die Möglichkeit brachte, zum Mann zu werden.

In dem Lager waren die Hänseleien und Schikanen schlimmer geworden, doch Waldos Briefe aus jenem Sommer hatten ins selbe Horn gestoßen wie sein Großvater: *Wenn ich ihnen zeige, dass ich ein Mann bin, dann hören sie schon auf.*

Sie hatten aber nicht aufgehört. Waldo war im Unterricht und bei den Übungen immer weiter zurückgefallen, sodass auch seine Ausbilder ihm das Leben schwer machten. Er ging durch die Hölle, und schließlich hatte er Dietrich die Wahrheit geschrieben. *Mein lieber Vater, ich kann nicht mehr. Bitte hol mich nach Hause.*

Der Brief hatte Dietrich erst erreicht, als es bereits zu spät gewesen war.

Dieses Mal brach Hiltrud das Schweigen. »Komm, wir gehen. Ich habe Vater versprochen, dass wir früh zu Mittag essen. Er hat jetzt so viele Verpflichtungen.«

Dietrich nickte und bot ihr seinen Arm, aber Hiltrud ging ihm zum Tor und zu seinem Wagen voraus. Als der Lutherische Friedhof hinter ihnen zurückblieb, hörte man in der Stille im Wagen nur das Zischen der Reifen auf den nassen Straßen. Erst als sie durch die Außenbezirke von Hohen Neuendorf jagten, ergriff Hiltrud wieder das Wort: »Bleibst du zum Essen? Vater hat ein Geburtstagsgeschenk für dich.«

Er hatte vorgehabt, nach Berlin zurückzufahren und den Tag mit Arbeit am Schreibtisch zu verbringen. Er und Hiltrud lebten, abgesehen von einer kurzen Versöhnung nach Waldos Tod, seit über einem Jahr vollständig getrennt. Das Familienanwesen besuchte er nur ein paarmal im Monat, um seine Tochter zu sehen. Und was war schon ein vierzigster Geburtstag, wenn der eigene Sohn nicht älter als fünfzehn geworden war? »Keine Geschenke, Hiltrud. Und mein Geburtstag ist erst in zwei Tagen.«

»Ich weiß. Aber an dem Tag bist du bei deiner Mutter.«

Auch das hatte er nicht vor. Er würde nach München fahren. In das Brauhaus, in dem der Führer seine jährliche traditionelle Rede hielt.

»Also, isst du mit uns zu Mittag?«

»In Ordnung.«

Das Geschenk seines Schwiegervaters bestand aus einer gerahmten Fotografie von ihm selbst am Steuer seines neuen Mercedes 540K und aus Neuigkeiten, die er Dietrich zu einem späteren Zeitpunkt mitteilen wollte. Das Mittagessen verlief angespannt, alle benahmen sich furchtbar höflich, während Messer und Gabeln klapperten. Dietrich sah seine Tochter an und überlegte, ob Claudia diese Sonntagsrituale wohl lebenslange Magenprobleme einbringen mochten.

Als endlich der Kaffee serviert wurde, entschuldigte Hiltrud sich und stand auf, um einen dringenden Anruf zu erledigen. Im Hinausgehen legte sie frische Holzscheite auf das Feuer im Kamin.

Dietrich erlaubte Claudia, ebenfalls vom Tisch aufzustehen. »Gib mir einen Kuss, und dann geh und vertief dich in deine *Frauen-Warte*.« Er hatte die Zeitschrift der nationalsozialistischen Frauenschaft draußen auf dem Tisch in der Diele entdeckt.

Sie rutschte von ihrem Stuhl, aber statt zu ihm zu kommen, ging sie zu ihrem Großvater und drückte ihm einen Kuss auf die Wange. »Macht es dir nichts aus, Opa, wenn du deinen Kaffee allein schlürfst?«

»Schlürfen sagt man nicht, und er ist nicht allein, denn ich bin ja da.« Der Anblick von Claudias rotblonden Zöpfen neben dem weißen Haarschopf seines Schwiegervaters machte Dietrich klar, dass er während des Mittagessens die ganze Zeit versucht hatte, etwas von Waldo in ihr zu sehen. Er hatte es nicht geschafft, denn sie strotzte von all der Gesundheit, die ihrem Bruder versagt geblieben war. Er streckte die Hand aus. Claudia ignorierte sie.

»Opa sagt, du redest nie mit uns.« Sie war jetzt fast vierzehn und von einer Selbstsicherheit, die zu ihrer robusten Gesichtsfarbe passte. »Großpapa erzählt mir von der Partei. Wenigstens ihm kann ich erzählen, dass ich mich für Deutschlands Ruhm einsetzen und unsere Familienehre retten will.«

Dietrich zuckte weder vor Worten noch vor Waffen zusammen, darin war er geübt. Er ließ seine Hand sinken und sagte: »Wenn du Ruhm suchst, werde ich dich sicher enttäuschen. Ehre kann ich dir allerdings bieten, glaube ich, wenn auch vielleicht nicht in der Form, die du erwartest.« Als sie gegangen war, wandte er sich an seinen Schwiegervater: »Bringst du ihr bei, ein Nazi zu werden, Ernst?«

Ernst Osterberg schob das massige Kinn vor. »Benutze bei mir nicht diesen scheußlichen Ausdruck. Wir sind die Nationalsozialistische Arbeiterpartei, mit Betonung auf ›Arbeiter‹.« Der alte Mann hatte ein feindseliges Glitzern in den Augen. »Und Claudia hat recht. Die Zukunft gehört ihresgleichen; ich bin stolz darauf, dass ich ihr das gezeigt habe.« Wie zum Beweis schritt Osterberg zur Tür und rief seiner Enkelin hinterher: »Möchtest du morgen nach der Schule mit mir eine Ausfahrt in meinem neuen Wagen machen, *Sternchen*?«

»O ja, bitte!«, rief Claudia begeistert zurück.

Ernst Osterberg setzte sich wieder an den Tisch, die Tür hatte er offen gelassen. Während Dietrich einen Viertellöffel Zucker in seinen Kaffee rührte, hörte er Hiltrud in einem ununterbrochenen Fluss am Telefon von Strickquadraten sprechen und von ihrer Gewissheit, dass ihr örtlicher Frauenbund in diesem Winter mehr Decken anfertigen würde als jeder andere in Berlin. *Wir überleben,* dachte er. *Ich in meinem Eispanzer in Berlin, sie mit ihren Stricknadeln. Claudias Trauer drückt sich in kalter Verachtung für mich aus, angestachelt von ihrem Großvater.*

Regen prasselte ans Fenster. Ernst Osterberg zog eine Taschenuhr hervor und sagte: »Du willst sicher nicht zu spät in die Stadt zurückfahren.«

»Du hattest mir etwas zu sagen?«

Osterberg besaß die schweren Hängebacken einer Bulldogge, was die Ausdrucksmöglichkeiten seines Gesichts erheblich einschränkte. Dennoch war so etwas wie ein Lächeln in seinen Zügen zu erkennen. »Meine Neuigkeiten, ja. Silberstroms Unternehmen sind jetzt alle arisiert. Am Donnerstag wurde endlich die Farbenbranche der neuen Leitung übergeben. Die ganze Gesellschaft, gesäubert von ihren jüdischen Direktoren. Ist das ein gutes Geburtstagsgeschenk für dich?«

»Du gehörst dem neuen Vorstand an? Du bist ›Treuhänder‹?«

Osterbergs knappes Nicken besagte: *selbstverständlich.* Er bemerkte: »Weißt du, dass man einen Juden an seinen Ohrläppchen erkennen kann?«

»Das hast du mir schon einmal gesagt.«

»Wir werden jeden Angestellten vor meinem Büro untersuchen, immer zehn auf einmal.« Kein Augenzwinkern unter den schweren Lidern deutete darauf hin, dass er scherzte. »Max von Silberstrom hat arische Vorstandsmitglieder als seine Stellvertreter eingesetzt.«

»Wie man es seit April von ihm verlangt hat.«

»Aber sie haben nicht für den Staat, sondern für ihn gearbeitet.« Ernst donnerte mit der Faust auf den Tisch. »Ein Jude kann nichts dafür, dass er ein Jude ist, aber ein Strohmann für einen Juden ist ein wissentlicher Verräter. Die Handelskammer wird auf harten Strafen bestehen.«

»Mm. Du hast Max von Silberstrom sehr übel behandelt.«

Die Hängebacken schlackerten. »Du hast als Kind zu viel Zeit in Silberstroms verdammtem Garten verbracht. Max und Ottilia sollten dir so fremd sein wie …« Osterberg suchte nach einem Bild, und als ihm nichts einfiel, sah er sich im Zimmer um. »So wie dieser Kohleneimer. Wir waren fremden Schädlingen gegenüber alle viel zu weich. Jetzt sind wir Gott sei Dank dabei, sie loszuwerden. Ich hätte Max von Silberstrom gern im Gefängnis gesehen, aber er ist in die Schweiz entkommen. Jemand hat ihm geholfen.«

»Männer wie Max haben leider überall Freunde. Und ich hoffe, du hast auch welche, Ernst. Denn ihr habt böse gestümpert bei der Übernahme der Silberstrom-Unternehmen. Dass ihr euch untereinander darüber streitet, wer das Geschäft führen soll …« Dietrich schüttelte den Kopf. »Euer Hin und Her hat Max genügend Zeit gelassen, seine chemischen Formeln ins Ausland zu verkaufen.«

»Was meinst du damit?«

Dietrich trank einen Schluck Kaffee und sah zufrieden, wie sein Schwiegervater sich unbehaglich wand. Das Feuer hatte die Eiseskälte von Waldos Grab aus seinen Gliedern vertrieben, und auch wenn es ihn nach Hause zog, löste Dietrich sich nur ungern aus der Wärme. Auf keinen Fall jedoch wollte er Ernst das letzte Wort überlassen. Ernst Osterberg, ein geborener Tyrann, hatte Dietrichs Ehe ruiniert, indem er sich in der Anfangszeit, als er und Hiltrud sich richtig hätten kennenlernen sollen, immer und ewig dazwischendrängte. Auf die Mängel, die er an Dietrich zu bemerken glaubte, hatte er seine Tochter so oft hingewiesen, bis sie sie selbst sah. Aber das alles war nichts, gar nichts, im Vergleich zu dem Unheil, das Ernst Osterberg in jüngster Zeit angerichtet hatte. »Du weißt, dass die Silberstrom-Unternehmen die ersten Farben für Kraftwagen entwickelt haben.«

Osterberg winkte ungeduldig ab. »Ich hatte mir überlegt, ihr spezielles Rot für meinen neuen Wagen zu nehmen. Am Ende habe ich aber beschlossen, dass ein Mann in meinem Alter und meiner Stellung …«

»Silberstroms Wissenschaftlern hast du es zu verdanken«, unterbrach ihn Dietrich, »dass du deinen Wagen in Grün, Blau oder Sonnengelb bekommen kannst, während es vor ein paar Jahren noch hieß ›Jede Farbe‹ mein Herr, wenn es nur ›Schwarz‹ ist. Aber weißt du, dass Silberstroms Labors auch einen Tarnanstrich für Flugzeuge entwickelt haben?«

»Ich leite die Firma! Natürlich weiß ich das!«

»Ein Anstrich, der mithilfe von Polymeren den Strömungswiderstand verringert und die Aerodynamik verbessert. Er macht unsere Kampfflugzeuge wendiger.«

»Deshalb wurde die Fabrik ja arisiert.«

»Aber nicht schnell genug.« Dietrich lächelte kalt. »Max hat genau diese Formel ins Ausland gebracht. ›Amerikanisiert‹, könnte man sagen. Du wirst deine Freude daran haben, Reichsminister Göring zu erklären, was das für Folgen haben mag. Ernst, vielleicht verlieren wir deinetwegen den nächsten Krieg.«

Jetzt saß ihm am Tisch ein verängstigter alter Mann gegenüber. »Dass es Krieg gibt, ist nicht gewiss.«

»O doch. Wir sind längst über reine Verteidigungszwecke hinaus bewaffnet, und du, Ernst, hast furchtbar gepatzt.«

Osterberg starrte ins Feuer. Vielleicht sah er seine Stellung als Vorsitzender der örtlichen Handelskammer und Stellvertreter des Gauleiters von Brandenburg bereits in Rauch aufgehen wie die Holzscheite, die Hiltrud auf die Glut gelegt hatte, bevor sie aus dem Zimmer gegangen war. »Du könntest mir helfen. Du bist Görings Freund. Du könntest mit ihm reden.«

»Ich bin sein Kunstlieferant, einer von vielen. Und er ist ein viel beschäftigter Mann, als Luftwaffenminister und Hüter unserer Wirtschaft.«

Osterberg wischte sich ein paar Schweißperlen von der Oberlippe. »Du bist in seiner Staffel geflogen, du trägst die gleichen Orden wie er. Ihr seid Waffenbrüder.«

»Da triffst du mich an meiner schwächsten Stelle. Ich habe mir immer einen Bruder gewünscht.« Dietrich drehte an dem Ring an seinem Mittelfinger, und der dunkle Rubin fing etwas von dem Feuer ein. Der Edelstein befand sich seit dem 14. Jahrhundert in seiner Familie. »In ein paar Tagen treffe ich Göring in München. Ich werde ein gutes Wort für dich einlegen.« Dietrich hob die Tasse an die Lippen und roch auf einmal Paris. Er spürte ein Kribbeln im Magen, und einen Augenblick lang lag er in der Badewanne im Duet, einen satinverhüllten Oberschenkel vor Augen, Brüste, die sich ihm entgegenreckten, während Coralie sich zu einem Kuss über ihn beugte …

»An was denkst du?«, wollte Osterberg wissen. »Was siehst du?«

Dietrich sah Coralie de Lirac. Er hatte ihr sein Vertrauen, eine neue Identität und, kurzzeitig, einen kostbaren Familienring geschenkt. Im Gegenzug hatte sie ihn achtlos der letzten Möglichkeit beraubt, seinen Sohn lebend zu sehen. Er hoffte inbrünstig, dass er ihr nie wieder begegnete, denn er wusste nicht, ob er dann noch genügend Selbstbeherrschung aufbringen könnte.

11

5. Oktober 1939

Der Salon war gedrängt voll mit Kundinnen, Journalisten und Mädchen mit Hüten. Immer noch trafen frische Tabletts mit Champagner ein und wurden leer wieder hinausgetragen. Das Einzige, was erlahmte, waren Coralies Füße. Sie streifte einen Schuh ab und ließ den Nachmittag einen Augenblick lang Revue passieren. Viele hielten ihre vierte Solo-Kollektion für Henriette Junot für die beste, die das Haus je hervorgebracht hatte. Eine Modejournalistin hatte sogar verlangt, dass diese Herbst-Winter-Kreationen des Jahres 1939 »Coralie de Lirac pour Henriette Junot« heißen müssten.

Die sechzig Hüte, vorgeführt von Mannequins in Abendkleidern im Hollywood-Stil, spiegelten unbestreitbar Coralies Persönlichkeit wider. Sie fragte sich allerdings, ob sie nicht zu weit ins Theatralische gedriftet war, auf Kosten des Stils.

Stil, das war der Tyrann, der ihr immer im Nacken saß. Stil hatte nichts mit Mode oder Chic zu tun – er ließ sich nicht definieren, wenn er vorhanden war, aber wenn er fehlte, sprang es jedem sofort ins Auge.

Während das freie Europa sich einen nervösen Frühling und Sommer lang darüber klar wurde, dass es Krieg geben würde, hatte Coralie nach Inspiration für ihre Kollektion gesucht. Während die polnisch-deutschen Verhandlungen aufgenommen wurden und scheiterten, hatte sie Kunstgalerien und Museen durchstreift, auf der Jagd nach dem zündenden Funken für ihre Fantasie. Während deutsche Truppen in Böhmen und Mähren einmarschierten, hatte sie Kriegsrat mit ihren Angestellten gehalten, um die eine brillante Idee einzufangen, über die das Paris der Mode reden würde. Endlich war ihr bei einem Abend mit Freunden im Gaumont-Kinopalast die Erleuchtung gekommen.

Jawohl, »Alexander's Ragtime Band« und Ethel Merman mit einem schwarzen Zylinder auf dem Kopf. Ihre Kollektion war ein Gruß an Hollywood, mit einer kleinen Verbeugung vor der typisch englischen Zurückhaltung. Sie hatte sie herausgebracht, obwohl vor etwas über einem Monat der Krieg erklärt worden war. *Krieg? Was für ein Krieg?* Es herrschte Verdunkelungszwang, Tausende von Männern waren eingezogen worden, aber Paris konnte sich noch immer amüsieren. So lautete die Botschaft bei Henriette Junot. Es tummelten sich immer noch unzählige Amerikanerinnen im Salon, auch Britinnen und sogar Deutsche. Nur Gäste aus Südamerika fehlten. Sie waren durch die Atlantik-Blockade der Alliierten abgeschnitten worden.

»Schätzchen, du hast uns ganz herrlich nach London entführt.« Eine schöne, selbstbewusste Mittdreißigerin näherte sich, als wären Kameras auf sie gerichtet. Sie sprach mit amerikanischem Akzent, allerdings in einer solchen Mischung aus Ostküstentonfall und Südstaatensingsang, dass Coralie nie herausfinden konnte, woher ihre Freundin Una wirklich kam. Una Kilpin selbst verschleierte ihre Vergangenheit, was die Nähe zwischen ihnen nur noch verstärkte. Sie waren beide Selfmade-Frauen. Sie hatten beide viel zu verbergen, und weil sie das gegenseitig spürten, stellten sie sich nie zu viele Fragen.

Sie redeten oft Englisch miteinander und machten sich einen Spaß daraus, beliebig zwischen Englisch und Französisch hin- und herzuspringen, zur Verwirrung ihrer Umgebung. Allen neuen Bekannten gegenüber hielt Coralie sich strikt an die Lebensgeschichte, die Dietrich für sie erfunden hatte. Nur mit Una hatte sie eine Ausnahme gemacht. Sie hatte ihr offenbart, dass sie für Pettrew & Lofthouse gearbeitet hatte, und es ihre »Lehrzeit im Ausland« genannt. Es war ihr gar nichts anderes übrig geblieben, denn Una hatte sie direkt auf ihren Cockney-Akzent angesprochen.

»Ich habe fünf Jahre in London gewohnt, und dort haben alle meine Hausmädchen das Wort ›Butter‹ so ausgesprochen wie du. Immer wenn du Englisch redest, Coralie, höre ich die Glocken von Saint Mary läuten.«

Auch über Noëlles wahren Vater war Coralie Una gegenüber ganz offen gewesen.

»In einem Londoner Park? Ich hoffe, eine Nachtigall hat dazu gesungen«, war die Antwort. Mit amourösen Fehltritten konnte man Una Kilpin nicht schockieren.

Una *McBride,* wie sie sich neuerdings nannte. Nach der Trennung von ihrem Ehemann, einem Großreeder im Dienst der britischen Regierung, hatte sie wieder ihren Mädchennamen angenommen. »Ich habe meine kilpinschen Schiffe versenkt«, war ihr Kommentar dazu gewesen.

»Dir muss höllisch warm sein.« Coralie erwiderte Unas Begrüßungskuss. Una war umwerfend gekleidet in ein Kostüm von Javier aus flottem Schottenstoff, eine Schottenmütze keck auf ihrem gewellten blonden Haar.

»Ja, es ist ein bisschen eng, aber ich liebe dieses Kostüm. Weißt du, dass ich die Einzige bin, die jetzt eines der schottischen Ensembles des Meisters hat? Du weißt ja, dass Javiers Herbst/Winter-Kollektion von 1937 eingestampft wurde.« Una machte eine Geste, die wohl heißen sollte: *Frag nicht!* Sie hatte bei der Geschichte damals ebenfalls die Hände im Spiel gehabt. »Ich habe privat Bahnen von diesem Stoff anfertigen lassen, und ein Mädchen, das ich kenne, hat den Entwurf kopiert.«

Coralie hatte Una nie nach dem Ende von Maison Javier oder dem Raub jener Entwürfe gefragt. Sie hatte Una lediglich darum gebeten, niemals einen ihrer Entwürfe zu stehlen oder zu kopieren. Und soweit sie wusste, hatte Una sich daran gehalten. Sie hätte es auch gar nicht nötig gehabt, sie war nämlich die inoffizielle Botschafterin des Salons und durfte so viele Hüte gratis tragen, wie sie wollte.

Una McBride war eine anspruchsvolle Kundin, die ausschließlich Schattierungen von Beige, Toffee und Crème trug und ständig in Modemagazinen zu sehen war. Die Frauen kauften das Gleiche, was sie trug. Monsieur Moulin notierte ihren Namen stets in Rot in den Rechnungsbüchern, aber er gab gern zu, dass sie ihren unbegrenzten Kredit verdiente.

Jetzt blickte Coralie stirnrunzelnd auf Unas Schottenmütze. »Du solltest einen Hut von *mir* tragen. Die Leute werden sich fragen, ob du uns den Rücken gekehrt hast.«

»Zu diesem Kostüm kann man einfach nichts anderes tragen, aber von morgen an gehe ich nur noch in Coralie de Lirac. Ach, großartig!«

Ein Mannequin schlenderte mit dem mühelos geschmeidigen Gang ihrer Zunft vorbei. Ihre Robe hatte Ärmel und Schultern eines Southern-Belle-Kleides. Ihr Hut war aus schwarzem Plüsch, mit einer Organzaschleife vorn, festgesteckt mit einem Diamantschmetterling. Coralie hatte sich auf ihre Wurzeln bei Pettrew's besonnen und Zylinderhüte im Reiterstil entworfen. Vorne tief heruntergezogen und hinten hoch, passten sie zu der neuen Vorliebe für üppige Frisuren. Die Kleidung wurde kurviger, Busen waren gefragt. Neben Zylinderhüten hatte Coralie auch Barette kreiert. Der erste Kriegswinter erforderte etwas Praktisches für jene Frauen, die durch die Verdunkelung zur Arbeit und zurückgingen.

Sie hatte leuchtende Farben gewählt und Blumen und Pompons in kontrastierenden Tönen hinzugefügt. Mochten auch die Lichter ausgegangen sein, aber die arbeitenden Frauen brauchten sich nicht unsichtbar zu machen.

Coralie hoffte inständig, dass es nach der heutigen Schau Bestellungen regnete, denn Henriette war wieder da. Von ihrer Krankheit genesen, aber ohne ihre letzte Geliebte, war sie in den Salon gerauscht, als wäre sie nicht zwei Jahre, sondern nur ein, zwei Wochen lang fort gewesen. Als Erstes hatte sie Monsieur Moulin entlassen und einen neuen Buchhalter eingestellt. Diesen Mann – er hieß Soufflard – ließ die Hutmacherei vollkommen kalt. Hüte waren für ihn etwas, um sich gegen Regen zu schützen und damit Profit zu machen. Jetzt stand er neben Henriette und betrachtete ein Tablett mit Kaviarhäppchen, das gerade vorbeigetragen wurde. Wahrscheinlich zählte er jedes einzelne Fischei und addierte die Kosten. Henriette war mit einer Journalistin der *New York Times* ins Gespräch vertieft, Mrs. Fisk-Castelman, die eigentlich Coralie hatte interviewen wollen. Aber Henriette hatte sich vorgedrängt und gesagt: »Nur eine spricht für diesen Salon – und das bin ich.«

Wenn Eifersucht ein grünäugiges Monster war – wie Shakespeare behauptete –, dann hatte Henriette mehr grüne Augen als ein Korb voller Katzen. Als es ihr damals zupasskam, hatte sie ihr Geschäft bereitwillig auf Coralies Schultern abgeladen, doch nun nahm sie ihr den Erfolg zutiefst übel.

Coralie fühlte sich so verletzlich wie seit Dietrichs Abreise nicht mehr. Sie war jetzt allein mit ihrem Kind, denn Ramon war ausgezogen – darauf hatten sie sich beide geeinigt. Er wohnte nun ein paar Métro-Stationen weiter in Montparnasse, und es gab eine neue Frau in seinem Leben. Trotzdem blieben sie verheiratet. Hin und wieder brachte er ihr Kohle vorbei, aber sonst bekam Coralie nichts von ihm, damit war der Traum von ihrem eigenen Salon fürs Erste ausgeträumt. Noëlle war fast zwei Jahre alt und brauchte zu Hause entweder ein Vollzeit-Kindermädchen oder ihre Mutter. Die beängstigende Wahrheit war, dass Coralie Henriette mehr brauchte als Henriette sie. In diesem Augenblick verkündete Una, eine halbe Flasche Champagner im Magen und von der gespannten Atmosphäre unberührt: »Liebe Coralie, du hast uns nicht nur den Londoner Stil, sondern auch die englische Klasse geschenkt. Das ist extrem mutig in Paris. Ich erkläre dich zur Königin der Hüte!«

Coralie schüttelte den Kopf, um sie zum Schweigen zu bringen, aber Henriette hatte es bereits gehört. Coralie stellte sich schon auf eine böse Szene ein, aber Henriette kam nur zu ihr, um zu berichten, wie begeistert Mrs. Fisk-Castelman von der Schau gewesen war.

»›Es ist eine meiner besten‹, sagt sie. Sie hat mir versichert, dass Amerika noch immer gespannt auf Paris schaut ...« Henriette machte eine Pause, in der sie Una eisig zunickte. »Und sie meint, dass ich in den USA immer einen Markt haben werde.«

»Natürlich«, gab Una genauso kalt zurück. »Wenn Sie Ihren nächsten Hutladen auf einem Kriegsschiff eröffnen. Inzwischen fährt niemand mehr zum Vergnügen über den Atlantik hin und her.«

Henriettes Lächeln erstarb, aber sie setzte es schnell wieder auf. »Wie Sie meinen, Madame Kilpin.«

»McBride, Schätzchen. Momentan bin ich solo unterwegs.«

Als Henriette davonstolzierte, flüsterte Coralie: »Wenn du in die Staaten zurückfährst, Una, könntest du mich und Noëlle dann mitnehmen?«

»Ich fahre nirgendwohin. Gladys Fisk-Castelman hat mich bekniet, nächste Woche mit auf ihr Schiff zu kommen, aber ich lasse meine Lieblingsstadt nicht im Stich. Übrigens wirst du gerade berühmt, und Henriette ist das sonnenklar! Wenn Mrs. F-C jemandem ein Loblied singt, dann ist die Welt aus dem Häuschen.«

»Wenn du mich fragst, dann hat die Welt bald genug andere Sorgen, mit Zwangsabgaben und Lebensmittelknappheit. Wir haben es hier noch ganz gemütlich, aber in Polen muss es furchtbar sein.«

»Immer wenn du so redest, weiß ich, dass du Ramon getroffen hast.«

»Neulich war er abends da, er hängt so an Noëlle. Man kann von ihm sagen, was man will, aber Ramon kennt sich mit Politik aus. Er glaubt, dass die Nazis sich bald nach Westen wenden und hier einmarschieren werden.«

»Ach, Coralie, bleib bei den Hüten. Wenn die Wahrheit im Krieg das erste Opfer ist, dann ist Eitelkeit das letzte. Selbst wenn Bomben fallen, werden immer noch Damen deine Hüte wollen. Du hast eine glänzende Zukunft vor dir.«

Um neun Uhr abends war der Salon leer und die Kollektion in Kisten verpackt. Der Teppich war übersät mit liegen gebliebenen Programmen, und es roch nach Parfüm und schalem Champagner. Zeit, nach Hause zu gehen. Coralie sehnte sich danach, ihr Kind in den Armen zu halten, das zu Hause wahrscheinlich längst friedlich schlief.

Sie sah sich nach Henriette um. Nicht, weil sie mit ihr reden wollte, sondern im Gegenteil, um ihr aus dem Weg zu gehen. Am nächsten Tag würden sie die Kollektion, ihre Kosten und ihre Erfolgsaussichten durch Soufflards Fleischwolf drehen, das reichte. Coralie war sechzehn Stunden auf den Beinen gewesen, und im Augenblick kümmerte es sie nicht mehr im Geringsten, wer hier im Haus das Sagen hatte. Sie zog den Gürtel ihres Mantels fest und rief Amélie und Madame Zénon einen Abschiedsgruß zu.

Leider beging sie den Fehler, vorne durch den Laden hinauszugehen. Im Verkaufssalon lehnte Henriette an der Ausstellungssäule, mit zurückgelegtem Kopf und geschlossenen Augen. Soufflard redete auf sie ein und brach ab, als er Coralie erblickte.

Henriette schlug die Augen auf und runzelte die Stirn, als sie Coralie im Mantel sah. »Du gehst?« Sie klang überrascht.

»Es ist Viertel nach neun. Wir machen ja keine Nachtschicht.«

»Du lebst immer noch in der Wohnung in der Rue de Seine? Ist sie nicht zu groß für eine alleinstehende Frau mit Kind?« Das »alleinstehend« sprach Henriette mit hörbarer Schadenfreude aus.

Coralie hätte ihr antworten können, dass die Wohnung eigentlich eine Spur zu klein war für zwei, aber dass sie wohl trotzdem bis zum Sankt-Nimmerleins-Tag dort bleiben würde. Es hatte militärischer Logistik bedurft, um ihr riesiges massives Bett – ein Geschenk von Teddy – die Treppe hinaufzuschaffen. Wahrscheinlich gab es keine Männer mehr in Paris, die es ihr wieder hinuntertragen würden. »Ja, Henriette. Ich wohne immer noch in der Rue de Seine.«

»Gut«, sagte Henriette. »Ich werde deine Sachen dort hinbringen lassen. Dich will ich hier nicht mehr sehen.«

Schwankend suchte Coralie nach dem nächsten festen Halt, und das war zufällig Monsieur Soufflard. »Du meinst …«

»Schwirr ab!«

»Das kannst du nicht machen!«

»Nenn mir drei Gründe, wieso nicht.« Henriette hatte in Italien zugenommen, und ihr Teint war fahl geworden. Offenbar war es keine rundum glückliche Zeit dort gewesen. Sie hatte Ärger mit den faschistischen italienischen Behörden bekommen.

»Drei Gründe? Gut. Ich habe dir eine Kollektion geliefert, die jeder für fantastisch hält. Zweitens habe ich dein Geschäft für dich am Laufen gehalten, als du krank warst.« Henriette verzog den Mund. Sie wartete auf einen weiteren Grund. In Ordnung, den konnte sie haben. »Drittens bin ich deine Schwägerin.«

Henriettes dunkle Augen blitzten wild. »Jetzt nicht mehr. Er hat dich verlassen.«

»Ich habe ihn rausgeworfen, aber wir sind immer noch verheiratet. Und du hast kein Recht dazu, mich zu entlassen.«

Soufflard räusperte sich. »Doch. Die Bilanzen sind nicht ausgeglichen.«

»Das sind sie direkt nach einer neuen Kollektion nie.« Coralie würdigte ihn kaum eines Blickes. »Wenn die Bestellungen eintrudeln, dann stopfen sich die Löcher wieder.«

»Ich spreche von etwas anderem, Mademoiselle de Lirac.«

Kurz überlegte sie, ob sie ihn darauf hinweisen sollte, dass sie gesetzlich noch immer »Madame Cazaubon« war. Sie hatte »de Lirac« als ihren Künstlernamen behalten, aber sie war als »Madame« anzureden – anders als Henriette, die sich einfach »Madame« nannte, um ihre Stellung in der Geschäftswelt aufzuwerten. Am Ende sagte Coralie nichts, weil Henriette ihr ein Blatt Papier in die Hand drückte.

»Unterschreib das«, befahl Henriette. »Du erklärst dich mit deinem Ausscheiden einverstanden und verzichtest auf alle Forderungen an uns.«

Coralie weigerte sich. »Ich habe aber Forderungen, zum Beispiel steht mir eine Umsatzbeteiligung zu. Und ich werde nicht meine Arbeitsstelle aufgeben, solange ich ein Kind durchfüttern muss.«

»Warum sind Sie denn nicht zu Hause bei ihm?« Monsieur Soufflard schien ehrlich verwirrt zu sein. »Ich befürworte es gar nicht, wenn Mütter arbeiten gehen.«

»Bei ihr!«, schrie Coralie ihn an. »Und es ist mir piepegal, ob Sie das befürworten oder nicht. Ich arbeite, weil ich muss.«

Einzelne Angestellte tauchten auf, darunter auch Amélie und Madame Zénon, und Coralie war froh darüber. Sie standen auf ihrer Seite. Henriette ignorierte alle und versuchte noch einmal, Coralie dazu zu bringen, das Papier zu nehmen. »Wir geben dir sechzigtausend Francs, wenn du gehst, aber du musst unterschreiben und mich von jeder Verpflichtung dir gegenüber freisprechen, jetzt und in Zukunft.«

Sechzigtausend? Das änderte doch allerhand. Mit sechzigtausend konnte sie ihr eigenes Geschäft eröffnen und hatte sogar noch einen kleinen Puffer, wenn die Verkäufe nicht gut liefen. Aber eine Alarmglocke schrillte in ihr. Was hatte Donal ihr vor Jahren gesagt, als sie in der Schule auf einen großen Kerl losgegangen war und sich eine blutige Nase geholt hatte? »Regel Nummer eins: Wenn der andere locker und entspannt aussieht, dann hat er einen Metallring im Handschuh.« Sie sagte: »Gut, ich unterschreibe …« Henriette war nicht schlau genug, um ihren Triumph zu verbergen, und das bewies ihr, dass sie mit ihrem Verdacht richtiglag. »Sobald ich es einem guten Anwalt gezeigt habe.«

Henriette stampfte mit dem Fuß auf. »Ich habe versucht, fair zu sein! Sie haben es alle gehört …« Jetzt nahm sie endlich ihre Angestellten zur Kenntnis, und die traten nervös den Rückzug an. »Sie alle haben gehört, wie sie auf meine Großzügigkeit reagiert.« Henriette zerriss das Papier und nickte Soufflard zu. Er zog eine Füllfeder heraus, benutzte die Theke als Unterlage und begann zu schreiben. Coralie verzog das Gesicht, als seine Feder pedantisch über das Papier kratzte, aber schließlich hielt er ihr das Ergebnis hin.

Es war weder eine Verzichtserklärung noch ein Schuldschein, sondern eine Rechnung. Coralie las: *Von Februar 1937 bis einschließlich September 1939 an Madame Kilpin-McBride abgegebene Waren: 72 000 Francs, 50 Centimes. Abfindungszahlung an Mademoiselle de Lirac: 60 000 Francs. Zu zahlen von Mademoiselle de Lirac an Henriette Junot: 12 000 Francs, 50 Centimes.* Der letzte Betrag war unterstrichen. »Wir erwarten Barzahlung, Mademoiselle.«

Coralie starrte erst Soufflard, dann Henriette an. Deren Grinsen besagte: *Siehst du?* »Du und deine amerikanische Freundin, ihr habt mein Geschäft monatelang beraubt«, frohlockte Henriette. »Es steht alles in den Büchern. Geh, oder wir bringen dich vor Gericht.«

»Das ist ungerecht! Una hat dem Geschäft Millionen von Francs in Kundschaft eingebracht. Die Hälfte aller Bestellungen verdanken wir ihr.«

»Was für eine Beleidigung. Dies ist *mein* Geschäft. *Mein* Erfolg.«

Aber Henriettes Ärger war nicht echt, und Coralie war klar, dass man sie ausgespielt hatte. Sie erwog ihre Möglichkeiten. Henriette oder Monsieur Soufflard eine blutige Nase schlagen. *Marottes* in die Spiegel schleudern. Oder es mit Würde hinnehmen. Sie schritt zur Tür, drehte sich aber noch einmal um und sagte lächelnd: »Wir werden sehen, wer im nächsten April die bessere Kollektion herausbringt, Henriette.«

»Du nicht. Niemand wird dich einstellen. Du wirst schon sehen, was du davon hast, meine Freunde, meine Angestellten und meinen kleinen Bruder zu stehlen.«

»Dein Bruder ist alles Mögliche, Henriette, aber klein ist er nicht.«

Sie ließ die Tür krachend hinter sich zufallen. Wieder einmal stand sie auf der Straße, aber diesmal hatte sie ein Kind zu ernähren. Und das würde sie auch tun und Noëlle außerdem auf die besten Schulen schicken. Henriette Junot hatte ihr den Boden unter den Füßen weggezogen, gut, dann schuf Coralie sich eben selbst das schönste Parkett.

Sie ging nicht gleich nach Hause, sondern wanderte vorsichtig durch die verdunkelte Rue Royale zum Boulevard de la Madeleine, wo sie im Halbmondlicht ein weißes Kärtchen im Schaufenster von La Passerinette vorfand. Es steckte zwischen Scheibe und Rollo, und alles deutete darauf hin, dass es noch dasselbe Kärtchen wie im Juni war:

La Passerinette ist geschlossen.
In Auftrag befindliche Arbeiten werden fertiggestellt.
Abholungen bitte telefonisch vereinbaren.

Die Welt der Pariser Hutmacher war klein. Man munkelte, dass Lorienne Royer Paris verlassen und einen Laden in irgendeiner anderen Stadt aufgemacht habe. Angeblich hatte sie ihre Assistentin, Violaine Beaumont, im Stich gelassen, und die hatte es nun mit erbosten Kundinnen zu tun und musste ihr Gehalt von Baronin von Silberstrom in London einfordern. Coralie kam das sehr glaubhaft vor, aber noch hatte sie bisher nichts davon gehört, dass La Passerinette verkauft worden wäre.

Sie öffnete den Briefkastenschlitz und schnupperte. Ein leicht muffiger Geruch stieg ihr entgegen … Der Laden schien noch immer leer zu sein.

Violaines Wohnung über dem Salon lag im Dunkeln. Das ganze Gebäude war finster wie die Nacht, aus keinem Fenster drang auch nur der kleinste Lichtstreif. Es war zu spät, um zu klingeln, also machte sie sich auf den Weg nach Hause.

Auf der Pont des Arts legte sie eine Verschnaufpause ein. Paris erstreckte sich zu beiden Seiten der Brücke wie schlampig zusammengefegte Glut, aus der unzählige Lichtpünktchen hervorschimmerten. Die Verdunkelung war seit der Kriegserklärung in Kraft, aber die Leute waren nachlässig geworden. Falls jemals deutsche Bomber bei Vollmond kamen, dann konnten sie der Seine so wie einer weiß gestrichenen Straße folgen. Seit September hatte es regelmäßig Alarm gegeben, Sirenen heulten, die Menschen stolperten mit Gasmasken in den Händen auf die Straße und versuchten den nächsten Luftschutzkeller zu finden. Bisher war es jedes Mal Fehlalarm gewesen.

Man nannte das Ganze *»drôle de guerre«*, einen komischen Krieg.

»Das Land, das alles in Verteidigung investiert, wird der Nation unterliegen, die alles in Angriff investiert.« Das hatte Dietrich zu Coralie im Panthéon gesagt, am Grab von Napoleon Bonaparte. Er hatte gewusst, was kommen würde. Anstatt von ihrem eigenen Laden zu träumen, sollte sie vielleicht lieber Paris verlassen. Kinder wurden bereits aufs Land verschickt und Schulen geschlossen. Kürzlich erst hatte Julie, ihr junges Kindermädchen, gefragt, ob Coralie vorhatte, sich dem allgemeinen Auszug anzuschließen. »Bekannte von mir ziehen zur Sicherheit nach Haute-Vienne. Das liegt weit ab vom Schuss.«

»So weit ab, dass ich noch nie davon gehört habe«, hatte Coralie geantwortet. Es stimmte, sie besaß keinerlei Zuflucht. Keine Freunde oder Kontakte außerhalb von Paris. Wie die meisten verließ sie sich darauf, dass Frankreichs ausgedehnter Verteidigungswall, die Maginot-Linie, die Deutschen in Schach hielt. Sie vertraute auf eine Armee von zwei Millionen Mann und tat das, was ihr vor einer gefühlten Ewigkeit, im Sommer vor zwei Jahren, die Zigeunerfrau vorhergesagt hatte: *nähen und formen*.

Anders ausgedrückt: Sie machte einfach weiter.

In der Rue de Seine gab es viele Galerien und Antiquitätenläden, darunter auch – sie warf einen Blick nach oben – die Galérie Clisson. Kopfschüttelnd betrachtete sie im Vorbeigehen die schmalen Lichtstreifen in den oberen Fenstern. Teddy hatte erklärt, dass seine Straße lieber als Erste drankommen sollte, falls die Deutschen Paris bombardierten. Großzügigkeit und Egoismus vereinten sich in ihm: Er war der lebende Beweis dafür, dass man einen Menschen gernhaben konnte, obwohl man nicht viel an ihm zu bewundern fand.

Ihr Haus stand an der Kreuzung zur Rue Jacques Callot. Leichtfüßig eilte sie die Stufen hinauf und schloss die Wohnungstür leise hinter sich, dann blieb sie im Vorraum stehen und lauschte. Sie hörte Kinderatmen und hin und wieder das leichte

Schnarchen des Kindermädchens. Julie musste im Wohnzimmer in einem Sessel eingeschlafen sein.

Coralie schlich in das kleine Zimmer, kniete sich neben das niedrige Rollbett und streichelte den schwarzen Haarschopf auf dem Kissen. Ihre Tochter schlief tief und fest, die kleinen Hände neben dem Kopf geballt. Coralie beugte sich hinunter und küsste die beiden Fäustchen nacheinander. Als die kleinen Arme sich reflexartig nach ihr ausstreckten, zog sie ihr Kind an sich. Dann legte sie es wieder hin und schnupperte. Fisch. Nach einem letzten Kuss verließ Coralie auf Zehenspitzen das Zimmer und bereitete sich innerlich auf eine taktvolle Auseinandersetzung mit Julie vor. Noëlle durfte keinen Fisch essen. Sie war zwei Monate zu früh geboren worden und immer noch sehr klein. Sie konnte an der winzigsten Gräte ersticken.

Durch die halb offene Küchentür bemerkte Coralie einen Stapel Töpfe neben der Spüle. Ein wildes Durcheinander, selbst für Julies Verhältnisse, die keine große Geschirrspülerin war. Es roch durchdringend nach Fisch. Bouillabaisse, wenn ihre Nase sie nicht täuschte. Coralie ging ins Wohnzimmer und drehte das Licht an.

In einem Sessel erwachte eine zusammengesunkene Gestalt mit einem Grunzen.

»Ramon, was zum Teufel …?« Automatisch hielt Coralie Ausschau nach einer zweiten Person, aber Ramon war allein. Das war wirklich ein starkes Stück. Julie war erst neunzehn und stammte aus einer angesehenen Buchhändlerfamilie in der nahe gelegenen Rue Jacob, das aber hatte Ramon nie davon abgehalten, ungeniert mit ihr zu flirten. Coralie verzog das Gesicht bei der Erinnerung daran. Für den leidenschaftlichen, heißblütigen Mann, den sie geheiratet hatte, gab es einen ganz einfachen Namen: Schürzenjäger. Sie sah sich um. Wie konnte ein einzelner Mann bloß so ein Chaos anrichten? Er hatte offensichtlich Zeitung gelesen und die Seiten in allen vier Ecken des Zimmers verteilt. Er hatte auch geraucht, neben den unordentlichen Resten einer Mahlzeit stand ein voller Aschenbecher. Sie baute sich vor ihm auf und stieß gegen sein Bein. »Wo ist Julie?«

»Hm? Ach so. Sie ist heimgegangen. Wir brauchten ja nicht beide hier zu sein.« Sein weit offenes Hemd gewährte ihr einen Blick auf sein dichtes Brusthaar.

»Ich hoffe, sie ist gegangen, bevor du angefangen hast, dich auszuziehen.«

Ramon blickte an sich herunter. »Ich habe ihr ein bisschen Brust gezeigt. Sie quiekt immer so hinreißend.«

»Sie quiekt, weil du ein Flegel bist. Und hier stinkt es wie auf einem Fischkutter. Du weißt doch, dass ich keinen Fisch im Haus haben möchte.« *Verflixte Verdunkelung.* »Ich kann das Fenster nur aufmachen, wenn wir im Dunkeln sitzen.«

»Komm, dann legen wir uns hier im Dunkeln hin.« Ramon griff nach ihr, und seine weißen Zähne blitzten. Sie wandte sich ab. Das kam überhaupt nicht infrage. Als sie vor einem Jahr erfahren hatte, dass Ramon ihr untreu war, war ihre Welt beinahe zusammengebrochen. Sie hatte gerade erst angefangen, ihm rückhaltlos zu vertrauen, und ihn mit einer reifer gewordenen fürsorglichen Leidenschaft geliebt. Dann hatten sich Schmerz und Zorn wie Rasierklingen in ihr Herz gebohrt. Warum verrieten die Männer sie immer? War sie denn so wertlos?

»Leidenschaft brennt … wie trockenes Stroh«, hatte ihre ehemalige Lehrerin, Mademoiselle Deveau, einst gesagt. »Männer sind gut im Weggehen. Wir Frauen bleiben und stochern in der Asche.« Es erinnerte Coralie daran, welche Gefahren die Opferrolle mit sich brachte; deshalb hatte sie Ramon ziehen lassen. Inzwischen kamen sie miteinander aus. Wenn er guter Laune war – und sie die Energie dafür aufbrachte –, dann konnten sie sogar zusammen lachen. Noëlle vergötterte ihn, deshalb durfte er kommen und gehen, wann er wollte. Aber er durfte sich nicht wieder an Coralie heranmachen.

»Hast du Noëlle etwa allein gelassen, um dir Essen zu holen?« Coralie trug die Reste von Ramons Abendmahlzeit in die Küche.

Er kam hinter ihr her. »Natürlich nicht, sie war dabei. Ich habe ihr ein bisschen Fisch gegeben. Ja, ich weiß, aber sie hat es überlebt.« Ramon vergrub seine Nase in ihrem Nacken.

Coralie hatte schon die Arme ins Spülbecken gesteckt und eine schmutzige Windel zwischen den Tassen gefunden. Sie hätte sie Ramon ins Gesicht klatschen können, aber ihr Zorn flaute sofort wieder ab. Sie war immer noch zu wütend auf Henriette, um auf jemand anderen loszugehen. Sie schüttelte Ramon ab. »Wenn du wüsstest, was das heute für ein Tag war …«

»Ach ja! Deine Schau, natürlich! Du trägst noch immer einen Hut, also muss sie gut gewesen sein.«

»Die Logik verstehe ich nicht, aber, ja, es war schön. Danach allerdings …« Sie erzählte ihm die ganze Geschichte.

Ramon brach in schallendes Gelächter aus. Er lachte niemals halbherzig. »Ich habe dir gesagt, dass Henriette wiederkommen und alles zurückverlangen wird. Sie hat dich sicher betrogen?«

Sie erzählte ihm von den versprochenen sechzigtausend Francs, die sich unversehens in eine saftige Rechnung verkehrt hatten.

»Meine Schwester ist wie ein Wal mit geöffnetem Maul. All die kleinen Fische verstehen nicht, dass sie zu Abendessen werden, sobald sie in dieses große Maul hineinschwimmen. Du bist so ein kleiner Fisch, Coralie.«

»Keineswegs!«

In ihrem Schlafzimmer legte Coralie den Hut in seine Schachtel und umrundete vorsichtig das riesige Bett mit dem hohen Kopf- und Fußende. Teddys Hochzeitsgeschenk nahm fast das ganze Zimmer ein und ließ gerade noch Platz für einen schmalen Kleiderschrank. Als sie sich streckte, um die Hutschachtel auf den

Schrank zu stellen, zog Ramon sie an sich. »Kann ich bleiben, *chérie*?«

»Stimmt was nicht mit deinem Bett zu Hause? Oder mit deiner Geliebten? Ich wärme mir jetzt den Rest Suppe auf. Ich hoffe, du hast Brot übrig gelassen.«

»Es ist zu spät zum Essen.«

»Für dich vielleicht! Ich war den ganzen Tag auf den Beinen.« Sie rutschte vom Bett und fügte widerwillig hinzu: »Du kannst auf dem Sofa schlafen, aber nur für eine Nacht. Und mich lässt du in Ruhe, verstanden?«

Als Coralie Teelichter im Wohnzimmer anzündete und sich ein Gedeck auf den Tisch legte, dachte sie wieder daran, wie viel Sicherheit ihr Ramon gegeben hatte. Auch wenn er an ehelicher Treue nur kurzzeitig Gefallen gefunden hatte. Zudem war er auf eine Weise menschlich, die sie nicht an sich hatte: Er kümmerte sich um die Verlierer und die Armen dieser Welt. Trotz all ihres Grolls auf ihn blieb da eine hartnäckige Zuneigung.

Mitternacht. Sie lag da und lauschte auf Ramons Atem. Er hatte den linken Arm um sie geschlungen, und sie hörte das Ticken seiner Armbanduhr unter ihrem Ohr. Sie gab immer viel zu schnell nach, das war ihr Problem. Hatte Dietrich sie verlassen, weil sie sich zu bereitwillig hingegeben hatte? Männer hatten keine Achtung vor dem, was sie gratis bekamen.

Und doch hatte Dietrich ihr damals einen eindeutig wertvollen, ganz besonderen Ring schenken wollen. Sie verstand ihn einfach nicht. »Ich säe die Saat meines eigenen Untergangs«, murmelte sie. »Und hege und pflege sie dann noch gründlich. Ich bin eben die Tochter meines Vaters.«

Leises Schniefen vom Flur her meldete, dass Noëlle wach wurde. Coralie seufzte müde, warf die Decke zurück und griff nach ihrem Satinmorgenrock. Es war der, den Dietrich ihr gekauft hatte. Er hatte noch immer seinen Rosenblütenglanz, weil sie ihn stets in speziellen Seifenflocken wusch.

Als sie Noëlle beruhigt hatte und sich wieder ins Bett legte, setzte Ramon sich auf. »Ich wollte dich um einen Gefallen bitten.« Er lachte über ihre abwehrende Reaktion und sagte: »Nein, nicht das. Ich muss ein paar Freunde irgendwo unterbringen. Deshalb bin ich eigentlich gekommen.«

»Wie schmeichelhaft.«

»Sie bleiben nicht lange, und sie schlafen auf dem Boden. Sobald sie neue Papiere haben, sind sie wieder weg.«

»Was für Freunde?« Er bezeichnete sich immer als einen Anarchisten, der das verdorbene Gesellschaftssystem zerschmettern wollte. Da konnten ›Freunde‹ alles Mögliche bedeuten. »In was für eine Sache bist du wieder verwickelt?«

»In den Krieg, *chérie*. Ob es dir gefällt oder nicht, in den sind wir alle verwickelt. Also, hast du Platz für sie?«

12

Wenige Tage später kam Ramon um sechs Uhr morgens mit einem welken Blumenstrauß und zwei abgerissen aussehenden Männern an, die er als »Untergetauchte« bezeichnete.

Sie trugen schwarze, zerzauste Bärte im Gesicht und blickten misstrauisch um sich. *Die Kleider muss ich verbrennen,* dachte Coralie. Sie würde sie mit der Zange ins Feuer werfen. »Sprechen Sie Französisch?«, fragte sie die beiden.

Stumm starrten die Männer sie an, und das reizte Coralie nur noch mehr. Auch Noëlle hatten sie aufgeweckt. Coralie hörte ein fernes »*Maman*!«, und dann das Plumpsen eines kleinen Körpers, der sich aus dem Bett wälzte.

»Ich hoffe, die haben sich nicht vor der Armee gedrückt«, murmelte sie im Hinausgehen. Als sie mit Noëlle auf dem Arm zurückkehrte, betrachtete sie die Ankömmlinge noch einmal genauer. Einer trug einen Geigenkasten, und ihr gemeinsames Gepäck schien aus einem einzigen verbeulten Koffer zu bestehen. Aber ihr Lächeln beim Anblick der Kleinen wirkte echt, und Coralie erkannte, dass die Männer jünger waren, als sie anfangs gedacht hatte. »Was ist nun ein ›Untergetauchter‹?«

»Jemand, der eine Zuflucht braucht. Wie wäre es mit Frühstück?« Ramon ging an ihr vorbei in die Küche. Als sie ihm in den Raum folgte, war er gerade dabei, alle Schranktüren aufzureißen.

»Wo sollen sie denn schlafen?«, fragte sie.

»Unter dem Dach. Ah, *voilà*!« Er hielt eine Dose Kondensmilch in der Hand. »Hast du Butter?«

»Sie sollen auf dem Dachboden schlafen?« Ihre Wohnung lag im Mansardendach, und irgendwann einmal hatte jemand eine Decke eingezogen. Der Raum darüber, über eine Leiter zu erreichen, war so niedrig, dass ein Mann dort nicht stehen konnte. »Das ist eine Rumpelkammer, und ich bin sicher, es gibt dort Vogelnester.«

»Es ist komfortabler als alles, was sie bisher hatten, und sie wollen nur irgendwo in Sicherheit schlafen. Ich bringe noch Decken und Matten.« Ramon senkte die Stimme: »Sie haben in Spanien bei den Internationalen Brigaden gekämpft, aber nach der Demobilisierung hat man sie über die Grenze zu uns abgeschoben und nach Gurs getrieben. Das ist ein Internierungslager für Leute, mit denen Frankreich nichts anzufangen weiß. Sie sind abgehauen, und jetzt brauchen sie eine Komplettwäsche.«

»Allerdings.«

»Ich meine damit neue Identitäten. Sie sind Musiker und wollen hier in Paris arbeiten. Deshalb helfe ich ihnen. Musikfreunde halten zusammen.«

»Sind sie Spanier?«

»Ungarn.«

»Warum können sie nicht heim nach Ungarn oder wohin auch immer?«

»Sie sind Zigeuner. Roma.«

»O nein. Ich will keine Zigeuner hierhaben. Zigeuner stehlen. Sie stehlen Kinder.« Sie presste Noëlle so fest an sich, dass die Kleine sich jammernd beschwerte.

»Coralie! Ich schäme mich für dich.« Ramon nahm ihr Noëlle ab. »Du glaubst tatsächlich an diese dummen Vorurteile? Dann könnte man auch dein Kind sein Leben lang verachten, denn manche werden sagen, es trägt deine Sünde auf der Stirn. Du, als

Belgierin, müsstest dumm sein, und ich, als Franzose, müsste ein fantastischer Liebhaber sein. Wenigstens das Letzte stimmt allerdings, hm?«

Wenn er sie attackierte, dann hörte er immer mit einem Scherz auf – er wusste, dass sie seinen Humor, gegen ihren Willen, ansteckend fand. Aber dieses Mal lächelte sie nicht.

Er nahm ihre Hand, und Coralie zuckte zusammen, denn seine war eiskalt. Die drei waren durch die frostige Morgendämmerung gekommen. Wie weit waren die beiden Ankömmlinge wohl überhaupt schon zu Fuß gegangen? Es war ein langer Weg bis zur spanischen Grenze.

»Sie sind in ihrem Land nicht erwünscht, Coralie, und durch Deutschland können sie erst recht nicht reisen. Sie sitzen hier fest.«

»In Ordnung. Ich koche Kaffee und Eier und überlege mir, wie es weitergeht. Butter ist im Vorratsschrank. Da kommt sie nicht von allein heraus! Ich bin nicht euer Hausmädchen, weißt du.«

Beim Frühstück entlockte sie ihm einen Gegenwert für ihr Entgegenkommen: »Ramon, ich brauche Kohle für den ganzen Winter.«

Er gab einen mutlosen Laut von sich. »Es gibt nicht viel zu holen. Die Fabriken heizen Tag und Nacht, sie fertigen Waffen und all das.«

»Du willst also, dass deine Tochter friert. Das nenne ich echte Vaterliebe, Ramon Cazaubon.«

»Ich werde schauen, was ich tun kann. Jetzt gib mir die Marmelade.« Als er ihren Gesichtsausdruck sah, lachte er. »*Bitte,* Madame.«

»Sag diesen Jungs, dass sie hier nicht rauchen können. Nirgends in der Wohnung. Ich will nicht, dass die Kleine wie ein Aschenbecher riecht. Und Rauch ist schlecht für Kinder.«

»Mir hat es nie geschadet.«

Sie funkelte Ramon nur schweigend an, bis er genervt mit der Zunge schnalzte und rief: »Kameraden, es gibt eine Hausordnung!«

Als die Männer frisch gebadet und rasiert wieder auftauchten, zeigte sich, dass sie nur wenig älter waren als Coralie. Arkady und Florian. Coralie spürte Mitgefühl, als sie in blauen Anzügen, die Ramon für sie aufgetrieben hatte, ins Wohnzimmer schlurften. Sie hatten ein Jahr lang mit Gefängnisrationen überlebt und sahen aus wie Zwangsarbeiter, die man aus einem Reisfeld geholt hatte. *Die Jungs*, wie sie sie von da an innerlich nannte, hörten ernst zu, als sie ihre Hausordnung aufstellte, obwohl sie nicht sicher war, wie viel sie davon verstanden. Den Klodeckel nach Benutzung herunterklappen. Klopfen, ehe man das Badezimmer betrat. Nur Flüstern, wenn Noëlle abends im Bett war. Und niemals rauchen, egal, was Ramon zu dem Thema sagen mochte.

Jedes Mal, wenn von da an der eine gedankenlos in die Tasche griff, zischte der andere: »Nicht erlaubt!«

Sie rauchten auf der Straße, und das bereitete Coralie Sorgen. Jeder Gendarm, der nicht völlig blind war, würde zwei identisch angezogenen Müßiggängern Fragen stellen oder ihnen in ihr Haus folgen. Also erlaubte sie ihnen schließlich, im Treppenhaus zu rauchen, bei geöffnetem Fenster. Der Laden im Erdgeschoss wurde von einem Ehepaar geführt, das woanders wohnte und die Wohnung darüber als Lager nutzte. Sie begegneten ihnen nur gelegentlich auf der Treppe, aber trotzdem wies sie die Jungs an, nicht laut Ungarisch zu reden, ja, nicht einmal ihre heimatlichen Liedchen zu pfeifen. Als sie eines Morgens hinunterging, um Wäsche aufzuhängen, fegte Arkady gerade Asche fort. Arkady war ein kluger Kopf. Man musste ihm nie etwas zweimal sagen.

Er nahm ihr den Wäschekorb ab und trug ihn nach unten. Er hatte richtige Musikerhände, wie ein Lautenspieler auf einem

Renaissance-Gemälde. Seine Geige hatte er unversehrt von Ungarn bis nach Paris gebracht, durch Krieg, Bomben und Demobilisierung hindurch. Sie hatte Gurs überlebt, die Schweinestallbaracken und den Schlamm. »Weil er schläft mit Geige«, erklärte Florian. »Ist sein Baby.«

Florians »Baby« war ein Hackbrett. Das Instrument war der Inhalt des Koffers gewesen, verpackt unter ein paar einzelnen Kleidungsstücken. Coralie sah jedes Mal fasziniert zu, wenn er es sich um den Hals hängte wie einen Bauchladen. Wenn er gekonnt mit den kleinen Hämmerchen darauf spielte, sang es wie eine Harfe, und Noëlle geriet geradezu in Trance. Spielte Arkady noch dazu, klang es anders als alles, was Coralie je gehört hatte. Dann klammerte sich Noëlle an Coralies Hände und verlangte quietschend, dass sie mit ihr tanzte.

Die nächsten zwei Wochen vergingen mit Waschen, Kochen und – wenn auch etwas holprigen – Gesprächen wie im Flug. Auch mit unerwartet viel Gelächter, was ihr ein wenig über die Niedergeschlagenheit in Sachen La Passerinette hinweghalf. Ein paar Tage nach ihrem nächtlichen Besuch dort war sie zum Boulevard de la Madeleine zurückgekehrt und hatte bei »Beaumont« geklingelt. Als keine Antwort kam, hatte sie auf den Knopf darüber gedrückt. Eine ältere Frau war herausgekommen und hatte ihr gesagt, dass Violaine gewiss die Schlüssel zum Laden hatte. Und, nein, er war nicht verkauft worden. Violaine wurde vorübergehend von der Baronin von Silberstrom bezahlt, aber keine der Frauen war erreichbar.

»Die arme Violaine ist zusammengebrochen. Nervöse Erschöpfung. Und so, wie diese Royer sie behandelt hat, ist es auch kein Wunder. Sie erholt sich in einer Klinik außerhalb von Paris, aber fragen Sie mich nicht nach dem Namen, den weiß ich nicht.«

Ohne Ottilia von Silberstroms Londoner Adresse waren Coralie die Hände gebunden. Der Gedanke, La Passerinette zu übernehmen, ließ sie nicht mehr los; es war ein Traum mit pragmatischem Hintergrund. Sie wusste, dass sie den Laden auf Trab bringen konnte, und sie wusste auch, dass sie nie mehr für eine andere Frau arbeiten wollte. Das Schaufenster mit den heruntergelassenen Rollos verfolgte sie, ebenso wie der flüchtige Blick auf eine weiß gekleidete Gestalt, den sie bei ihrem letzten Besuch erhascht hatte. Die Frau war aus dem Laden herausgekommen. Rotblondes Haar, ein dicker Pelzkragen, es musste einfach Ottilia gewesen sein.

Der Verkehr war so dicht gewesen, dass es gar nichts genützt hätte, sich selbstmörderisch hineinzustürzen. Deshalb hatte Coralie zähneknirschend zusehen müssen, wie die Gestalt in ein Taxi gestiegen und darin um die Ecke in der Rue Cambon verschwunden war. Später hatte Coralie ihre Freundin Una McBride angerufen.

»Wenn du hörst, dass die Baronin von Silberstrom in Paris ist, könntest du dann herausfinden, wo sie abgestiegen ist? Ich habe es im Ritz in der Rue Cambon versucht, aber da ist sie nicht.«

Una hatte versprochen, Augen und Ohren offen zu halten.

»Ich bin ihr einmal in London begegnet, aber wir sind nicht gerade gute Bekannte.«

Inzwischen brachte Coralie den Jungs ›anständiges‹ Französisch bei. Julie beteiligte sich daran. Sie war eine hübsche junge Frau mit langem braunem Haar und vollen Lippen, und sie genoss es, dass zwei junge Männer um ihre Aufmerksamkeit buhlten. Coralie wurde nervös. Ein Duell unter Musikanten wäre schon schlimm genug gewesen. Aber aufgebrachte Eltern, die wissen wollten, wer ihre Tochter verführt hatte, waren in ihrer Lage gefährlicher als Nachbarn oder Polizisten. Da sie die Jungs nicht ausquartieren konnte, versuchte sie Julie vorsichtig dazu zu bewegen, dass sie sich eine andere Stelle suchte. Sie erklärte ihr, sich im Augenblick kein Kindermädchen leisten zu können – aber das Mädchen brach in Weinen aus. »Im Haus meiner Eltern ist es so düster, keiner redet, und Sie brauchen mich doch. Ich bin Noëlles Ersatzmutter!«

War sie das? Kein besonders schöner Gedanke, aber vielleicht stimmte es, angesichts all der Zeit, die Coralie bei ihrer Arbeit verbracht hatte. Sie gab nach. Julie konnte bleiben, mit reduzierter Stundenzahl, aber sie redete ihr ernsthaft ins Gewissen. Sie sollte bitte nicht mehr diese engen Strickjäckchen tragen. Und beim Sprechen nicht so hauchen, dass die Jungs sich ganz nah zu ihr beugen mussten, um sie verstehen zu können. »Arkady und Florian hatten monatelang keine Frau um sich. Du bist doch nicht naiv, Julie.«

Julie verhielt sich auch weiterhin so, als wüsste sie in diesen Dingen nur zu gut Bescheid, und irgendwann bat Coralie Ramon, eine andere Bleibe für die Jungs zu finden.

»Das ist nicht so einfach«, gab Ramon zurück. »Gönn Julie doch einen Liebhaber.«

»Solange sie sich unter meinem Dach aufhält, bin ich für sie verantwortlich.«

»Nein, das meinst du nur.«

Aber Ramon reagierte schließlich doch auf ihre Sorgen und arrangierte für die Jungs Vorspieltermine in Nachtklubs, deren Chefs er kannte. Wenn sie erst Arbeit hatten, dann konnten sie sich eine eigene Unterkunft suchen. Jeden Abend hatten sie unbezahlte kurze Auftritte zwischen Place Pigalle und Boulevard Clichy, in der Hoffnung, das würde ihnen eine Anstellung einbringen. Aber sie kamen mit immer längeren Gesichtern wieder nach Hause. Und die Abendanzüge, die Ramon für sie beschafft hatte, hingen zusehends schlaffer an ihnen herunter.

Arkady erklärte: »Wenn wir mit unserer eigenen Musik kommen, sagen die Klubs, sie hätten schon genug fremdländische

Musik. Wenn wir sagen, wir können amerikanischen Swing spielen, heißt es, wir sind nicht schwarz genug.«

»Oder nicht weiß genug«, warf Florian ein.

»Oder nicht amerikanisch genug. Aber zu Hause sind wir immer zu sehr Zigeuner.«

Einen Monat später kam Ramon mit neuen Ausweisen für die beiden an. Vereinzelte Schneeflocken glitzerten auf seinen Schultern. Es war mittlerweile November, doch Kohle gab es keine. Ramon erklärte, dass es leichter war, die Räder von Zügen zu stehlen als Kohle aus den Güterwaggons. Die Depots wurden mittlerweile von Bewaffneten bewacht. So drängten sie sich um einen kleinen Heizstrahler und machten sich mit zwei neuen Personen bekannt: Arkady Erdös und Florian Lantos.

Die Jungs waren zu Wildschweinjägern und Wandermusikern geworden – Ersteres, um ihre Kriegsnarben zu erklären. Ramon hatte behauptet, die Hauer von Wildschweinen würden Löcher hinterlassen, die Schusswunden sehr ähnlich sahen. Ihre Vornamen hatten sie beschlossen zu behalten und dazu Nachnamen gewählt, die sie als Ungarn auswiesen, aber nicht als Roma. Arkady glaubte daran, dass es Unglück brachte, wenn man den Namen änderte, den man von seiner Mutter bekommen hatte. »Außerdem könnte ich mich eines Tages betrinken und ihn vergessen.«

»Ihr braucht einen Reklametrick.« Coralie kämmte Noëlles Locken. Haar, so dunkel wie ein Biberpelz. Die Augen der Kleinen waren exotisch mandelförmig, und Coralie erkannte Rishal, den Matrosen, in ihnen. Jeder andere sah Ramon. Sogar die, die sie schon lange kannten, gingen davon aus, dass Noëlle seine Tochter war. Ungeduldig entwand Noëlle sich ihr, und Coralie bot Arkady den Kamm an. Seine Korkenzieherlocken waren verknäult wie ein Fischernetz. »Ihr braucht etwas, womit ihr euch von den anderen abhebt.«

»Wir sind ja keine Varieté-Nummer.«

»Doch. Als Einwanderer müsst ihr Folklore spielen und euch neu und ungewöhnlich ausstaffieren. Das ist eben so. Ich werde mir etwas überlegen.«

Am 8. November drängten sie sich alle um ihren kleinen Esstisch und stießen auf ihren Geburtstag an. Ihren offiziellen Geburtstag, den Dietrich für sie ausgesucht hatte. Arkady und Florian, Julie und Ramon, sie saßen so eng beieinander, dass sich keiner rühren konnte, ohne alle in Bewegung zu versetzen. Noëlle saß auf Ramons Schoß, die Wange an seine Schulter gelehnt. Jemand hatte einen rosa Blumenstrauß in einen Blechbecher gesteckt. Während Coralie ihren Kuchen anschnitt und die Gedanken an Dietrich verscheuchte, die immer an diesem Tag kamen, sprach sie laut einen Wunsch aus: »Gesundheit und Glück für alle!« Und fügte innerlich noch einen ganz für sich hinzu: *Einen Strauß rosa Rosen von jemandem, der den Mut hat, treu zu bleiben.* Ihre Gedanken schweiften ab, und plötzlich sagte sie: »Was ist mit dem Rose Noire?«

Alle sahen sie an.

Ramon griff den Gedanken auf: »Am Boulevard de Clichy? Die haben uns fortgescheucht. Es herrscht Chaos dort. Der Eigentümer sitzt in La Santé.«

Coralie nickte. »Sieben Jahre Gefängnis, weil er seiner amerikanischen Sängerin das Ohr abgerissen hat. Ließ sich beim Liebesspiel fortreißen, Euer Ehren. Die Frau allerdings sagt, dass er auf sie losgegangen ist, als sie kündigen wollte. Aber jetzt hört zu …«

Coralie hatte gehört, dass das Rose Noire dringend Musiker brauchte. Der Nachtklub wurde jetzt von seinem Sommelier Félix Peyron geleitet, einem älteren Mann, der es einfach nicht schaffte, anständige Bands aufzutreiben. »Sie haben eine Gruppe namens Les Hot Boys, aber ihr Trompeter ist siebzig, und sie spielen nie zwei Abende hintereinander in gleicher Besetzung. Der Klub sucht verzweifelt eine eigene Hausband.«

»Aber wir sind keine Hot Boys«, sagte Florian traurig. »Wir sind oft frierende Jungs.«

»Teddy geht dort immer hin«, sagte Coralie. »Er hat mir erzählt, dass sie einen offenen Abend veranstalten. Man geht auf die Bühne, spielt ein paar Nummern, und die Band mit dem meisten Applaus bekommt einen Vertrag für sechs Wochen.« Die Jungs strengten sich an, Coralies Französisch zu folgen. »Ihr müsstet noch ein, zwei Mitspieler finden.«

Ramon antwortete an ihrer Stelle: »Du kannst dich nirgends mehr zum Pinkeln hinstellen in Paris, ohne einen Flüchtling mit Gitarre auf dem Rücken neben dir …« Seine Miene verdüsterte sich. »Wie willst du dafür sorgen, dass sie den größten Applaus kriegen?«

Coralie stand auf und zeigte, wie begeisterter Beifall ging.

»Sehr witzig, Coralie. Wir sind nur zu dritt – angenommen, wir schleppen unser Kindermädchen mit.« Er zwinkerte Julie zu, deren Stuhl so dicht neben Florians stand, dass ihre Schenkel sich berühren mussten.

»Ich komme mit. Ich tanze gern«, sagte Julie begeistert.

»Na ja, das war nicht ernst gemeint«, antwortete Ramon. »Du bist noch zu jung für das Rose Noire. Und wer würde dann auf Noëlle aufpassen?«

Coralie merkte, dass er versuchte, ihre Idee zu untergraben. Und zwar weil sie Teddy erwähnt hatte. Die elitäre Herkunft und das Landschloss ihres Freundes waren Ramon ein Dorn im Auge. Er konnte ja ruhig seinen politischen Grundsätzen folgen, aber sie wollte ihre Wohnung und ihr Leben wieder für sich haben. Sie fand keine Zeit und Ruhe mehr, um sich um ihre Arbeit zu kümmern, und das war, als würde sie in einem Boot ohne Paddel sitzen und immer weiter vom Festland forttreiben. Das Gefühl war noch stärker geworden, als sie in der Zeitschrift *Marie Claire* ein Loblied auf Henriette Junots »erstaunliche und witzige, von der Reiterei inspirierte Hutkollektion« las.

»Ich bin sicher, Julies Mutter würde Noëlle hüten. Das hat sie früher schon angeboten«, sagte sie, Ramons Einwand ignorierend. »Ich heuere Claqueure an, Teddy kennt viele Leute ...« *Spiel niemals Poker, mein Lieber, denn dein Gesicht verrät dich.* »Und ich bitte Una McBride, uns zu helfen. Vielleicht kommen auch ein paar von Henriettes Mädchen, wenn ich ihnen halbwegs passable Männer zum Tanzen in Aussicht stelle. Ihr Jungs ...« Sie setzte eine Miene auf, die Arkady und Florian ein nervöses Lachen entlockte. »Ihr braucht Kostüme, ungezähmte Mähnen und wilde Blicke. Ihr müsst den Roma-Look richtig dick auftragen.«

Julie kicherte.

»Wir haben keine Kostüme.« Arkady zupfte an seiner Kleidung.

»Und ich habe keine Zeit, um herumzurennen und etwas aufzutreiben.« Ramon kaute an seinem Daumennagel, was bedeutete, dass er gerne eine rauchen wollte.

»Kostüme sind mein Gebiet.« Coralie hielt beide Hände hoch. »Ich habe seit über einem Monat keine Nadel mehr in den Fingern gehabt. Ihr bekommt weiße Hemden und rote Schärpen. Wir beide«, sie drehte sich zu Julie um und riss sie in ihrem Schwung mit, »werden passende Hüte tragen. Wir werden alle Hüte tragen. Warum nicht?«, fragte sie, als Ramon seinen Stuhl zurückschob. »Ich könnte an ein und demselben Abend eure Karriere starten und meine wieder in Gang bringen.«

13

Am letzten Samstag im November glitzerten die Straßen vor beißendem Frost, doch die Tanzfläche des Rose Noire glühte wie ein Backofen. Coralie war verzweifelt – und das nicht nur, weil das Kleid ihr am Körper klebte. Sie hatte »Arkady and His Vagabonds of Swing« voller Zuversicht einen mühelosen Sieg prophezeit, doch nun musste sie feststellen, dass die Konkurrenz groß war. Mindestens zehn Musikgruppen eiferten um die Chance auf ein langfristiges Engagement. Der Krieg hatte die Nachtklubs hart getroffen. Die Hälfte aller Männer im tanzfähigen Alter war eingezogen worden. Viele Lokale hatten dicht gemacht, statt weiter ums Überleben zu kämpfen. Sänger und Jazzmusiker verloren ihre Arbeit. Von den amerikanischen Künstlern, die einst in die Stadt geströmt waren, um die Jazzleidenschaft der Pariser zu befriedigen, waren die wohlhabenderen bereits gen Heimat aufgebrochen. Der Rest sparte auf Dritte-Klasse- oder Zwischendeck-Tickets. Bis das Geld beisammen war, mussten sie sich irgendwie über Wasser halten und legten sich dafür mächtig ins Zeug.

Una McBride hatte ihr aus Alabama stammendes Dienstmädchen Beulah bereits nach Hause geschickt und auch die Schiffspassage für einige arbeitslose Schlagzeuger bezahlt. »Paris wird kein Spaß für Schwarze und Frauen, wenn die Deutschen hier einfallen«, bemerkte sie und folgte Coralies Blick zur Bühne, wo die ersten Musiker eben ihre Instrumente stimmten. »Aber krieg jetzt bloß kein Mitleid mit *denen* da. Du musst dich um deine eigenen Jungs kümmern.« Una schillerte in ihrer rückenfreien, paillettenbesetzten Robe, und ihr Haar war zu einer perfekten Welle frisiert, die sich auf der Stirn in zig kleinen, eng anliegenden Löckchen brach.

»Die Deutschen kommen nicht«, erwiderte Coralie. »Das weiß ich, weil du noch hier bist. Wenn du Angst hättest, wärst du schon längst auf dem Weg nach London. Es setzen immer noch Schiffe von der Bretagne nach Südengland über.«

»Ach, Schätzchen, ich bin einfach nur zu träge, um mich aus dem Staub zu machen. Das werde ich sicher noch bereuen.«

»Still jetzt! Kein Gerede mehr über den Krieg. Heute Abend will ich mich amüsieren.« Und dazu musste sie aufhören, sich Sorgen um Noëlle zu machen, die in der Obhut von Julies Mutter geblieben war. Das Kind war gleich nach dem Abendessen eingeschlafen, also hatte man es Madame Fourcade nicht mehr vorstellen können. Coralie hätte wirklich darauf bestehen sollen, dass Julie zu Hause blieb. Dafür wurde das Mädchen schließlich bezahlt!

Die erste Band betrat unter Applaus die Bühne. Als Julie zu klatschen begann, brachte Coralie sie verärgert zum Schweigen. »Vergiss nicht, auf welcher Seite du stehst.« Doch Julie lächelte nur. Coralie musste zugeben, dass sie bezaubernd aussah. In ihrem braunen Haar steckte ein Sträußchen Seidenblumen, auf dessen größter Blüte ein Schmetterling saß. Den Schmuck hatte Coralie ihr angefertigt und dazu schamlos Henriette Junots Verdrahtungstechnik kopiert. Und Una hatte Julie ein pfirsichfarbenes Kleid geliehen, eines ihrer farbigen Exemplare, die sie jede Saison kaufte und nie anzog.

Als Coralie sie nach dem Grund fragte, hatte Una nur belustigt die Schultern gezuckt. »Das ist wie bei Ladendieben, die das Klauen nicht lassen können, weißt du? Ich liebe jedes Kleid, das ich sehe, und muss es einfach haben. Oh, ich zahle natürlich dafür. Oder besser gesagt: Mr. Kilpin zahlt – ich hab ihm ein monatliches Budget für Kleider abgerungen. Aber sobald meine Haut mit farbigem Stoff in Berührung kommt, fühlt es sich an, als hätte ich mich mit Gift eingerieben. Wenn du mir diese Neurose erklären kannst, bist du hundert Dollar die Stunde wert.«

Coralie war sich nicht sicher, wie viel sie wert war. Sie hatte die ganze Woche Seide zugeschnitten und genäht, bis ihre Augen brannten. Die acht anderen Mädchen in ihrer Gesellschaft, Näherinnen von Henriette Junot, trugen alle ein *Cache-misère*, einen Seidenturban übersät mit Troddeln, Perlen und Federn. Sie saßen über drei Tische verteilt und nippten am Champagner, der von Teddy Clissons ältlichen Kavalieren zur Verfügung gestellt wurde, und sahen dabei aus wie eine Horde Königinnen von Saba. Oder vielleicht traf Prinzessinnen es besser. Coralie für ihren Teil war fest entschlossen, die Königin des Abends zu werden.

Ihr eigenes Kleid aus elfenbeinfarbener, schräg angeschnittener Seide hatte sie von Dietrich bekommen. Es war schon ein wenig aus der Mode, doch sie hatte feine Goldfransen an die Taille genäht und ihm so einen Hauch von Mata Hari verliehen. Und sie hatte sich selbst einen Hut gemacht, ein wahres Prachtstück.

Noch vor ihrem Rauswurf bei Henriette hatte sie einige Zylinder- und Krempenblöcke mit nach Hause genommen, um an ihnen zu üben. Die Blöcke waren aus Pappelholz und reine Handarbeit und entschädigten sie ein wenig für die Umsatzbeteiligung, um die Henriette sie betrogen hatte. Coralie hatte sich für den Abend einen Zylinder entworfen. Da Seidenplüsch sowohl ihre Fähigkeiten als auch ihre Geldbörse überstieg, hatte sie Steifleinen verwendet. Nachdem der Stumpen geformt und getrocknet war, behielt er seine Form und wurde zusätzlich mit baumwollumhülltem Draht verstärkt. Sie hatte ihn mit Hasenleim und Blattgold bestrichen, mit einem Eichhornhaarpinsel geglättet und mit Rosenblüten und Schmetterlingen aus Goldlamé besetzt, sodass er erstrahlte wie eine byzantinische Krone. Blattgold brachte zwar mit einem Schlag die Erinnerung an ihren Vater zurück, doch das konnte sie ausblenden. Und sie fand, dass sie mit ihrer Kaskade aus schweren Locken ganz annehmbar aussah.

Una dachte offensichtlich genauso. »Ich kauf dir diesen Hut auf der Stelle ab«, verkündete sie und öffnete ihre Geldbörse.

»Der passt dir nicht, und außerdem ist er meine Visitenkarte. Die Leute sollen auf meinen Kopf gucken, nicht auf deinen.« Sie lehnte sich zu Una und vertraute ihr den lang gehegten Wunsch an, La Passerinette zu übernehmen.

Una verzog das Gesicht. »Mach das nicht, der Laden ist vollkommen wertlos. Klar, du könntest ihn pachten und den Lagerbestand aufkaufen, aber der Firmenwert ist dahin. Dieses furchtbare Gör hat alle vergrault.«

»Violaine? Sie kann nichts dafür.«

»Nein, ich spreche von Lorienne. Als ich das letzte Mal dort war, hat sie mich mit ihren Nägeln gekratzt. Und all die apricotfarbenen Hüte im Schaufenster. Denkst du, sie hätte mir einen davon verkauft?«

»Du trägst doch gar kein Apricot.«

»Darum geht es nicht. Und es ist unfair, dass du mir für heute Abend nicht auch einen Hut gemacht hast.«

»Das ist die Strafe dafür, dass du immer noch bei Henriette kaufst.«

»Ich werde überlaufen, versprochen. Jetzt gib mir deinen.«

»Gold steht dir nicht.«

»Natürlich steht es mir. Gold ist das bessere Beige. Oh, du bist wirklich gemein.«

Eine neue Band hatte inzwischen die Bühne betreten. Alle Mitglieder trugen die gleichen weißen Anzüge, die ihren südländischen Teint betonten. »Komm, lass uns das Tanzbein schwingen«, meinte Coralie. »Ich bin nicht hier, um den ganzen Abend auf meinem Stuhl zu sitzen.«

»Tanzt dein Mann nicht mit dir?« In Unas Frage klang ein wenig Häme mit.

»Ramon behält Julie im Auge. Die Jungs haben Angst, dass sie ihre guten Manieren vergisst. Hast du nicht bemerkt, dass Florian ganz vernarrt in sie ist?«

»Und er vertraut *Ramon?*«

Coralie stand auf, ging auf Teddy zu und hielt ihm die Hand hin. »Meine Damen, entschuldigen Sie mich. Wenn man nicht tanzt, schlafen einem noch die Füße ein.«

Teddy lauschte aufmerksam. »Ich höre gar keine Musik.«

»Ich weiß. Wenn die Jungs sich nicht bald ins Zeug legen, werden sie wohl rausgeschmissen, und die nächste Gruppe kommt zum Zug. Wäre für unsere Vagabonds nicht das Schlechteste, was?«

Doch da setzte die Musik endlich ein, wie eine Lokomotive, die sich kreischend aus dem Bahnhof quält. Während Coralie und Teddy einen gemächlichen Twostep aufs Parkett legten, teilte sie ihm ihre Überzeugung mit, dass die Band nichts als eine Horde korsischer Banditen war.

»Das stimmt.« Teddy zeigte auf eine weitere Gruppe Männer mit dunkler Haut. Sie standen vor dem schweren Friesvorhang, der verhinderte, dass Licht hinaus auf die Straße drang und die Verdunklung störte. Alle waren breitschultrig, trugen weite Hosen und starrten unverwandt zur Bühne. »Schwarzhändler aus Marseille«, flüsterte Teddy ihr ins Ohr. »Ein Revierkampf ist ausgebrochen, und jetzt versuchen sie, hier die Kontrolle zu übernehmen. Nein, nicht hinsehen. Sie sind sehr scheu und außerdem bewaffnet. Die Band gehört zu ihnen. Sie wird übrigens gewinnen.«

Coralie heulte auf: »Also haben unsere Jungs gar keine Chance? Ich hab drei Nächte lang an ihren Kostümen genäht, das ist einfach nicht gerecht!«

»Das Leben war noch nie gerecht, meine Liebe, und heutzutage ist es noch ungerechter.«

Arkady's Vagabonds of Swing waren die Letzten auf der Liste, und als sie endlich auf die Bühne kamen, verließen die ersten Gäste bereits das Lokal, ebenso wie einige Musiker und ihre Unterstützer, als hätten sie ebenfalls gehört, dass die Sache ein abgekartetes Spiel war. Arkady warf Coralie einen schicksalsergebenen Blick zu, und sie lächelte aufmunternd zurück. Der Klub war schließlich noch nicht leer. Die Leute hatten für Musik und Tanz einen langen Weg durch die Dunkelheit auf sich genommen, also würden sie auch tanzen.

Arkadys Jungs, Florian und zwei Neulinge, ein Spanier und ein Portugiese, hatten eine Auswahl an Stücken einstudiert, die das Publikum von den Sitzen reißen würde. Und schön anzusehen waren sie auch, in ihren rot-weißen Kostümen. »Los, Mädels.« Coralie gab ihrer Gruppe ein Zeichen. »Schnappt euch einen Kerl, und ab geht die Post.«

Das erste Lied war eine langsame Klage verlorener Liebe: »Vous qui passez sans me voir«. Arkady und Florian hatten eigentlich keine bekannten Stücke spielen wollen, doch Coralie hatte diesbezüglich kein Blatt vor den Mund genommen: »Packt alle Pariser auf einen Fleck, die einen ganzen Abend lang ungarische Mazurkas hören wollen, und ihr spielt vor frischer Luft. Die Leute wollen die Lieder, die sie aus Filmen, dem Radio und dem Casino de Paris kennen. Würzt das Ganze mit ein paar Zigeunerrhythmen, und ihr habt was völlig Neues.«

Der spanische Gitarrist spielte die Melodie. Das Hackbrett verlieh dem Ganzen eine silbrige Note, der portugiesische Kontrabassist gab den Takt vor, und Arkadys Geige jauchzte und schluchzte dazu. Am Schluss gab es viel Applaus. Wie auf ein Zeichen bewegten sich die Korsen auf die Bühne zu. »Spielt weiter!«, rief Coralie durch ihre zum Trichter geformten Hände, und

Arkady leitete schnell zu Fats Wallers »This Joint is Jumping« über. Die Leute strömten auf die Tanzfläche. Dezi Rice, mit dem Coralie vor einer gefühlten Ewigkeit den Lindy Hop getanzt hatte, ergriff ihre Hand. »Bleibt der Hut auf Ihrem Kopf?«

»Wenn er runterfällt, treten Sie bloß nicht drauf!« Sie und Dezi tanzten direkt unter einer opulenten Art-déco-Leuchte aus rosafarbenem Glas, die der Inhaber Serge Martel als Abschiedsgeschenk zurückgelassen hatte, kurz bevor er von einem Polizeiwagen abgeholt worden war. Das Abbild einer Rose schien auf sie hinab, und sie tanzten zwischen Licht und Schatten. Ihre Umrisse flackerten wie bei einem zu schnell abgespielten Film.

Coralie war im Geiste wieder in der Kantine von Pettrew's und legte eine flotte Sohle hin. Auch nachdem Dezi aufgehört hatte, tanzte sie weiter – bis sie bemerkte, was ihn zurückhielt. Die korsischen Musiker versuchten, wieder auf die Bühne zu gelangen. Ihre Gangsterkumpels oder -brüder oder wie auch immer sie miteinander verbandelt waren, hatten sich hinter ihnen postiert. Wie immer, wenn er spielte, schien Arkady völlig versunken, Florian und der Gitarrist jedoch hatten die Gefahr bereits gewittert. Und auch der Kontrabassist hielt inne, doch er schaute zur Treppe.

Was zum Teufel …? Die schweren Vorhänge am Eingang wölbten sich, und eine Gruppe von Soldaten betrat den Saal. Moosgrüne Uniformen, aufgesetzte Taschen, schwarze Barette.

»Das sind Tommys!« Dezi pfiff auf den Fingern, um ihre Aufmerksamkeit zu erregen.

Um die zwanzig englische Soldaten blickten sich um, als seien sie geradewegs ins Paradies gestolpert. »Sind die Briten einmarschiert?«, fragte Coralie.

»Sie sind in der Normandie stationiert, entlang der belgischen Grenze, aber manchmal lässt man sie raus. Die haben sicher drei Tage Ausgang. Sperrt eure Töchter weg.« Dezi lachte.

Félix Peyron begrüßte die Neuankömmlinge mit höflicher

Zurückhaltung. Er rechnete sich vermutlich aus, wie viel Champagner sie trinken würden, dachte Coralie. Die Frauen im Klub waren da schon enthusiastischer. Sie lösten sich vom Rand der Tanzfläche und traten auf die Burschen zu. Während Félix und seine Leute neue Tische eindeckten, fiel Coralie zwischen all dem Grün eine Handvoll schieferblauer Uniformen ins Auge.

»Royal Air Force«, erklärte Dezi. »Gruppe Nr. 1, haben ihre Stellung in der Nähe von Reims.«

»Sind Sie ein Spion oder so was?«

»Ich war vor ein paar Wochen dort, hab ein Konzert gegeben, um die Truppenmoral zu stärken, und hinterher habe ich einige der Jungs getroffen. Größtenteils Bomberbesatzung, gehören zum Expeditionskorps.«

Coralie wusste nicht, ob sie sich über die neuen Gäste freuen sollte. Sie wirkten so fremd. Nach zweieinhalb Jahren in Paris hatte sie sich an das Aussehen der Franzosen gewöhnt. Abgesehen von ein paar wenigen Dunkelhaarigen waren die Engländer durchweg mausgrau oder rothaarig. Die Korsen hatten ihren Ansturm auf die Bühne unterbrochen und beäugten die Soldaten ebenfalls.

Da fließt noch Blut, bevor der Abend zu Ende ist, dachte Coralie. Sie sollte die Tommys vielleicht warnen, allerdings käme sie an die Jungs von der Royal Air Force besser heran, weil sie etwas abseits saßen. Einer von ihnen erregte ihre Aufmerksamkeit: ein Großer mit kräftigen Schultern und einem glänzenden dunklen Haarschopf unter der Kappe. Er schien sie ebenfalls bemerkt zu haben. Der goldene Zylinder tat seine Wirkung, vermutete sie.

Dezi flüsterte: »Haben Sie einen Leckerbissen erspäht? Lassen Sie sich aber nicht von Ihrem Mann erwischen.«

»Wir lassen uns unsere Freiheiten.« Ramon hielt eine von Henriettes Näherinnen umklammert. Er hatte wohl entschieden, dass Julie auf sich selbst aufpassen konnte.

Dezi meinte nachdenklich: »Dieser Deutsche, mit dem Sie früher manchmal hier waren – der Typ hat mich nicht als Bedrohung gesehen. Ich glaube, er hat mich überhaupt nicht bemerkt.«

»O doch, das hat er …« Coralie wollte jetzt nicht über Dietrich sprechen. Den ganzen Abend schon hatte sie ihn wie einen Geist an ihrer Seite gespürt. Wie von ferne hatte sie seine Stimme vernommen, die ihr erklärte, warum er diesen oder jenen Wein auswählte und weshalb sie gut beraten wäre, rosa gebratenem Fleisch den Vorzug zu geben. Die Korsen hatten begonnen, in starkem französischem Dialekt »Die Sieger, die Sieger« zu grölen.

Coralie wandte sich an Dezi: »Wer hat gewonnen? Meine Vagabonds oder deren Leute?«

»Deren Leute natürlich.«

»Ich hab ja nichts dagegen, wenn meine Freunde gegen die bessere Band verlieren, aber dieser haarige Haufen würde nicht mal nach einem ordentlichen Bad einen sauberen Ton rauskriegen – oh!«

Eine Flasche segelte vom Fuß der Bühne empor und traf Arkady im Gesicht. Er hörte auf zu spielen, und Coralie sah Blut auf seinem Hemd. Nach einer Salve unübersetzbarer Flüche klemmte er sich sein Instrument wieder unters Kinn und spielte weiter. Der Abend war noch nicht vorbei.

Die Tommys waren inzwischen aufgestanden und klatschten. Es wurde immer wilder. Die Näherinnen wirkten verängstigt, und Coralie dachte plötzlich, dass ihr Henriette vermutlich schnell im Nacken säße, wenn sie die Mädchen nicht unversehrt wieder zur Arbeit schickte. Ramon sah aus, als wollte er jeden Moment wie ein Stier auf die Korsen losgehen. Seine Tanzpartnerin und Una hielten ihn jedoch zurück. Teddy und seine Freunde waren wie vom Erdboden verschluckt. Hielten sich vermutlich unter den Tischen versteckt. Einer der Gangster betrat die Bühne, schnappte sich das Mikrofon und rief: »Es ist vorbei, wir haben einen Gewinner.«

Arkady versetzte ihm einen Kopfstoß, und daraufhin flogen noch mehr Flaschen. Eine zerschellte am Kontrabass. Die Vagabonds hielten fünf Sekunden lang Kriegsrat und machten dann mit »This Joint is Jumping« weiter, spielten eine Überleitung und gingen zu »Alexander's Ragtime Band« über. Diese letzte Nummer hätte ihnen eigentlich ohrenbetäubenden Applaus einbringen sollen – wäre das hier ein fairer Wettkampf gewesen. Ein korsischer Trompeter stand inzwischen auf der Bühne und stieß auf seinem Instrument Töne wie ein gequälter Elefant hervor.

»In Ordnung.« Coralie raffte ihr Kleid. »Jetzt oder nie.« Sie hatte sich an die Spielregeln halten wollen, aber hier gab es keine Regeln mehr. »Mädels!«, rief sie den Näherinnen zu. »Schaut gut hin und macht es mir nach.« Sie rannte auf die Bühne zu und streckte eine Hand aus, damit man sie hochzog.

»Zu gefährlich!«, schrie Arkady. »Keine Frauen!«

Also stemmte sie sich allein nach oben. »Beachte ihn gar nicht«, brüllte sie Arkady entgegen und meinte den penetranten Trompeter. »Vergiss Ragtime. Wir geben ihnen …« Sie schrie ihm einen Titel ins Ohr.

Arkady schaute verwirrt drein. »Das? Jetzt?«

»Kennst du das etwa nicht?«

»Das kennt doch jeder. Ganz Europa singt es, sogar die Spanier, und in Gurs singen sie es auch. Aber das haben wir nicht geprobt.«

»Willst du die Tommys auf deine Seite ziehen?«

»Was sind denn Tommys?«

»Vergiss es. Leg einfach los, und ich garantiere dir, für die Truppe mit den schwarzen Baretten gibts kein Halten mehr. Spielt mir ein bisschen Begleitung, und ich übernehm den Gesang.«

»Du singst, Coralie?«

»Darauf kannst du Gift nehmen, und meine Mädels tanzen.«

»Können sie das denn?«

Tja, wie er selbst gesagt hatte, jeder kannte diesen Song und den passenden Tanz dazu. Er war nicht gerade kompliziert. Beim Zusammenstellen ihrer Garderobe für den heutigen Abend hatte sie immerzu daran denken müssen, selbst die Bühne zu erobern. Ein kleines Finale, um diese Nacht zu der ihren zu machen. Es war ein Risiko, denn wie könnte sie ihre wahre Nationalität deutlicher in die Welt posaunen als durch dieses Lied? Doch der Anblick der Engländer hatte ihr ein klein wenig Heimweh eingeflößt. Und Stolz. Sie waren hier, um es mit den Deutschen aufzunehmen. Sie verdienten ein Lied aus der Heimat, das sie mitschmettern konnten. Der korsische Trompeter hatte aufgehört zu tröten und bedachte sie mit obszönen Gesten. Coralie trat auf ihn zu und versetzte ihm einen Kinnhaken, dass er rückwärts von der Bühne flog.

Dann stolzierte sie zum Mikrofon: »Da, wo ich herkomme, nennt man so was Manieren. Bereit, Jungs?«

Arkady drehte sich zu den anderen um und formte mit den Lippen die Worte: »Eins, zwei, drei, vier …«

Coralie zwinkerte den Tommys zu, die sie anfeuerten: »Na los, Goldie!« Sie klemmte ihre Daumen unter imaginäre Hosenträger und sang: »Any time you're Lambeth way, any evening, any day …«

Alles suchte sich in Windeseile einen Tanzpartner. »The Lambeth Walk« war 1937 ein riesiger Erfolg gewesen und hatte von London aus ganz Europa erobert, ansteckend wie ein Grippevirus. New York war ihm sofort erlegen. Sogar die Deutschen hatten ihre eigene Version. Maurice Chevalier hatte das Stück im Casino de Paris zum Schlager gemacht. Der proletarische Tanz mit dem Cockney-Ausruf »Oi« nach dem Refrain war eher ein beschwingtes Marschieren und von öffentlichen Tanzsälen bis zu Diplomatenempfängen allgegenwärtig.

Coralie sang weiter. Wenn man dem Liedtext Glauben

schenkte, war das ganze Leben frei und einfach. Die Menschen konnten verdammt noch mal tun und lassen, was sie wollten … in Lambeth, und im Rest der Welt.

Die Tommys teilten offenbar diese Meinung. Sie umlagerten die Bühne, und die Korsen drängten sich direkt hinter ihnen, zogen ihnen die Kappen von den Köpfen und rissen Hemdkragen ab. Bald schon flogen Fäuste, und die Damen kreischten. Eine Flasche landete vor Coralies Füßen. Sie schleuderte sie zurück. »You'll find yourself, doin' the –« Einer der Gangster umklammerte ihr Bein »– Lambeth walk, oi!« Bei »oi« versetzte sie ihm einen Tritt, doch er zog sie trotzdem zu sich herunter. Mit einem spitzen Schrei hielt sie ihren Hut fest, um ihn nicht zu verlieren. Arkady fasste sie unter den Armen und zog in die entgegengesetzte Richtung. Coralie schrie, er solle sie loslassen. Wenn sie selbst nicht in zwei Stücke zerriss, tat es ihr Kleid ganz bestimmt. Mit einem dumpfen Aufschlag landete sie auf der Tanzfläche, und noch bevor sie Zeit hatte, einmal Atem zu schöpfen, wurde sie auch schon wieder nach oben gezerrt. Sie schloss die Augen und entspannte alle Muskeln, um dem erwarteten Schlag möglichst wenig Widerstand zu bieten. *Bitte nur kein blaues Auge.*

Doch der Schlag kam nicht. Stattdessen wurde sie auf die Füße gezogen und schnell in Richtung Treppe geschoben. Sie stolperte voran und hielt die Hand eines Fremden, der goldene Hut war ihr über die Augen gerutscht. Sie hoffte, dass Julie, Una, die Näherinnen und Teddy ebenfalls zu den Ausgängen gelaufen waren. Ramon konnte auf sich selbst achtgeben. Sie taumelte durch das Foyer, an der Garderobe vorbei, deren Aufpasser eine abgeblendete Taschenlampe auf sie richtete, und raus auf den Boulevard de Clichy, wo die Luft ihr eisig wie Meeresgischt entgegenschlug. Eine Mondschliere spendete gerade genug Licht, um die Silhouette eines Mannes mit Schulterpolstern und Barett auszumachen.

Er trug einen schweren Gürtel. Sie erkannte in ihm den großen Kerl von der Royal Air Force, der ihr schon zuvor aufgefallen war. Also hatte er sie aus dem Saal gezogen. »*Merci beaucoup*«, keuchte sie, jetzt wieder auf Französisch. »Sie haben mir die Chance auf eine Zugabe verdorben.«

Hände umfassten ihren Hinterkopf, und sie blickte auf in ein schmales, ernstes Gesicht, das ihr irgendwie bekannt vorkam. Eine Sekunde später wurde sie so leidenschaftlich geküsst, dass sie sich kaum auf den Beinen halten konnte.

Auch nach dem Kuss löste er seine Lippen nicht von ihren, und auf Englisch sagte er: »Weißt du, wie lange ich darauf gewartet habe?«

Ohne nachzudenken, antwortete sie ebenfalls auf Englisch: »Was für eine Frechheit! Ich bin verdammt noch mal eine verheiratete Frau, und mein Mann ist unten im Klub.« Das war eine weitere von Ramons Rollen: der ewig eifersüchtige Ehemann, der ihr immer dann zupasskam, wenn sie einen übereifrigen Verehrer abschütteln wollte.

»Verheiratet? Cora, was ist nur mit dir passiert? Und was zum Teufel machst du hier?«

Cora … Sie sah erneut zu ihm auf und versuchte in dem harten Gesicht die weichen Züge zu erkennen, die zu dieser Stimme passten. Sie war jetzt tiefer und frei von dem ängstlichen Tonfall, der sie früher begleitet hatte. »Donal Flynn. Donal … das Gleiche könnte ich dich fragen!« Sie zog an seinem Ärmel aus Wollserge.

»Hab mich freiwillig gemeldet, was sonst? Du hast doch nicht geglaubt, dass ich immer noch Wäsche durch London karre, jetzt, wo wir im Krieg sind, oder? Cora, warum bist du fortgegangen? Warum bist du einfach weggelaufen? Ich hab dich überall gesucht. Ich dachte, du wärst …«

»Psst.« Ihr Blick huschte über den eisigen Boulevard. Er war menschenleer. »Donal, nenn mich nicht Cora. Ich bin *Coralie*, Coralie de Lirac. Du darfst mich niemals anders nennen.«

»Ich hab dich gesucht nach dem Derby. Ich hab tagelang nach dir gesucht, und dann nach deiner Leiche, auf den Müllkippen und in den Abwasserkanälen, und unten bei den Docks ...« Er brach ab und zog sie erneut an sich.

»Du dachtest, ich sei tot?«

»Ich dachte, Jac hätte dich fertiggemacht. Ich bin zu seinem Schuppen, bin ihm an die Gurgel gegangen, aber er hat geschworen, dass er dir kein Haar gekrümmt hat. Ich hab ihn niedergeschlagen. Oh, Cora. Am Leben und noch viel schöner als früher. Cora ...«

»Coralie! Und da fällt mir ein, du bist mir auch noch eine Erklärung schuldig. Lässt mich einfach in Epsom hocken ...«

Er stöhnte. »Ich weiß. Ich bin nach Hause gefahren – ich war stocksauer, und mir ist überhaupt nicht in den Sinn gekommen, dass ich deine Fahrkarte habe, bis ich mitten in der Nacht aufgeschreckt bin. Ich hab in meiner Jacke nachgeschaut – und da war sie. Ich bin sofort zu euch rüber und hab geklopft, wirklich, aber es hat niemand aufgemacht. Cora ...«

»*Coralie.* Ich bin jetzt Coralie.«

»Aber warum bist du hier? Warum bist du nicht nach Hause gekommen, solange es noch ging?«

»Das hier ist jetzt mein Zuhause. Und ich würde lieber den Deutschen gegenübertreten als meinem Vater oder deiner verfluchten Schwester.«

»Aber das ist es ja: Dein Vater ist weg, und Sheila auch.«

»Wo sind sie denn? Zur Hölle gefahren?«

»Sie sind in Irland und halten sich versteckt, das glaubt zumindest mein Vater. Es ist alles rausgekommen, nachdem du verschwunden bist. So einiges kam ans Licht. Ihre Affäre war *das* Gesprächsthema bei uns, und Sheila hat einen offiziellen Verweis von ihrem Vorgesetzten bekommen. Aber gegen die Abreibung unserer Großmutter war das natürlich ein Witz. Dann fingen die Gerüchte an.«

»Was für Gerüchte?«

»Erst deine Mutter, dann du – wie vom Erdboden verschluckt. Und dann taucht auch noch dieser Schauspielerfreund deiner Mutter wieder auf.«

»Wer? Dieser Timothy Cartland, mit dem sie damals durchgebrannt ist?« Coralies Ohren schmerzten unter dem Druck ihres pochenden Herzens – sie hatte vor Anspannung die Luft angehalten.

»Sie ist überhaupt nicht durchgebrannt. Ich hab in der Zeitung gelesen, dass an der Shaftesbury Avenue ein neues Stück Premiere feiert, und da wurde ein Timothy Cartland erwähnt. Ich bin nach der Matinée-Vorstellung hin, um mit ihm zu sprechen. Ich dachte, das hättest du sicher von mir erwartet.«

Nein, dachte sie. *Warum kannst du dich nicht einfach raushalten?*

»Ich hab ihn gefragt: ›Wo ist Florence Masson?‹ Der Name sagte ihm nichts, aber als ich ihren Künstlernamen nannte, Florence Fielding, erinnerte er sich, dass er vor fünfundzwanzig Jahren mal mit ihr zusammengearbeitet hatte. ›Eine Katastrophe von Frau mit einem großen, lauten Mundwerk.‹ Er hat mir geschworen, dass sie nie was miteinander hatten. Er war wirklich in New York, aber er ist allein dorthin und kam 1938 auch allein wieder zurück, und in all der Zeit hat er nie auch nur einen Mucks von Florence Fielding gehört, sagt er. Ich mache also kehrt und denke bei mir: Wenn Florence gar nicht nach Amerika gegangen ist …«

»Es reicht, Donal. Weck keine schlafenden Hunde.« Coralie reckte sich zu ihm hinauf und küsste ihn, vor allem, um ihn zum Schweigen zu bringen, doch das starke körperliche Verlangen, das sie daraufhin durchströmte, traf sie vollkommen unvorbereitet. Es war kraftvoller als sexuelle Begierde. Donal hatte sich in einen anziehenden Mann verwandelt, und bis zu diesem Augenblick war ihr nicht bewusst gewesen, wie sehr sie sich nach Liebe sehnte. Nach der Geborgenheit eines gemeinsamen Lebens. Wenn jemand ein verlässlicher Partner war, dann Donal. Sie beide hatten die gleiche Luft geatmet, im gleichen Staub gelebt. Doch als er sie mit Macht an sich zog und sie mit seinen Küssen verschlang, änderte sie ihre Meinung.

Gib nicht alles preis, ermahnte sie sich. *Du darfst nicht riskieren, dass er Fragen stellt und zu viel rausfindet.* Sie zog sich zurück und fragte: »Was für Maschinen fliegst du?«

»Das darf ich eigentlich nicht sagen … aber ich schätze, in diesem Fall kann es nicht schaden. Fairey Battles, leichte Bomber. Ich bin Flugbeobachter und Navigator, wir fliegen Nachteinsätze. Aber hör mal, Cora …«

»*Coralie.* Sie sind ziemlich gut im Küssen geworden, Navigator Flynn. Gut in Übung?« Sie konnte sehen, wie sein Krawattenknoten sich beim Schlucken auf und ab bewegte und erkannte die alte Befangenheit. Gut. Sollte es ihm ruhig die Sprache verschlagen. Eines Tages wäre sie stark genug, sich das Ende von Florence' Geschichte anzuhören. Und eines Tages würde sie sich vielleicht auch mit Donal hinsetzen und ihm alles über Coralie de Lirac erzählen. Aber nicht heute. Sie hatte zu viel in ihr Leben in Paris investiert, um als Hochstaplerin aufzufliegen. Sie trat einen Schritt zurück.

»Cora, geh nicht!«

Es zerriss ihr das Herz, die Hoffnung und das Verlangen zurückzuweisen, die sich in Form von Donals Händen nach ihr ausstreckten. Der silberne Flügel über seiner linken Brusttasche war die Realität, kein billiges Geglitzer, wie sie es trug. Donal riskierte sein Leben, jedes Mal wenn er in ein Flugzeug stieg, während sie bloß tanzte und sang. »Ich gehe jetzt, Donal, und ich will nicht, dass du mir nachläufst.«

Hörte er ihr überhaupt zu? »Ich bin noch bis morgen Abend in Paris, wir könnten …«

»Nein. Tut mir leid, dass ich dich geküsst habe – aber zeigt das nicht, dass ich immer noch so schlimm bin wie früher? Ich bin nicht nur verheiratet, ich habe auch ein Kind.«

»Bitte geh nicht.«

Doch genau das tat sie, und sie machte nicht einmal kehrt, als ihr aufging, dass sie ihre bequemen Schuhe und den Mantel im Klub liegen gelassen hatte, obwohl ein langer Fußmarsch vor ihr lag. Außerdem trug sie noch immer diesen goldenen Hut. Wenn man sie nicht ausraubte, würde der erste Gendarm, der ihr über den Weg lief, sie wegen Hurerei festsetzen.

»Coralie!« Donals Schmerz drang bis zu ihr, doch er selbst folgte nicht.

»Viel Glück da oben in den Lüften, mein Freund«, flüsterte sie. »Lass dich von diesen Mistkerlen nicht runterholen.«

14

Weihnachten 1939 ließ die Wasserleitungen gefrieren und hauchte dicken Reif auf die Fensterscheiben, sodass Coralie das festliche Abendessen in ihrer Küche mit Handschuhen zubereitete. Sie hatte Una, Ramon – der seine jüngste Flamme abserviert hatte oder seinerseits abserviert worden war –, Arkady und Florian zum Essen eingeladen.

Als sie gerade die dürre Gans zusammenband, die sie auf dem Markt zu einem zehnmal höheren Preis erstanden hatte, als er im letzten Jahr üblich gewesen war, wurde sie von einem Klopfen unterbrochen. Sie war überrascht, Julie vor der Tür vorzufinden, die einen Korb Äpfel umklammerte und ein Abendkleid unter ihrem Wintermantel zu verbergen suchte, indem sie ihn am Kragen zusammenhielt.

»Julie! Du hast doch heute frei.«

Das Mädchen antwortete mit einem nervösen Kichern. Um Himmels willen, hatte Coralie wirklich geglaubt, dass sie zu Hause bleiben würde?

Coralie betrachtete Julies neue Frisur, einen Berg aus Locken und eingeflochtenen Schleifen. »Sieht nach … Hollywood aus.«

»Ich weiß!« Julie lief schnurstracks zum Flurspiegel. »Das Mädchen beim Coiffeur meinte, ich sehe aus wie Bette Davis in *Jezebel*.« Sie streifte den Mantel ab und drehte sich zu Coralie um. »Ich helfe Ihnen beim Kochen, und ich kann das Essen servieren.«

»Dann such ich dir einen schönen, weiten Arbeitsanzug raus.« Coralie konnte sich die Bemerkung nicht verkneifen. »Wir Mädels sind heute Abend unter uns, die Männer haben keine Zeit.« Als sie den bestürzten Ausdruck in Julies Gesicht sah, musste Coralie lachen. »War nur ein Scherz. Soll ich dich neben Florian setzen?«

Jeder brachte etwas mit: Kohle, Wein, ein Schlückchen Cognac, Kartoffeln, Rauchwurst. Una steuerte eine Kiste Champagner bei, das Geschenk eines reichen Verehrers, der für die Regierung arbeitete. Noch überraschender war allerdings ihr zweites Mitbringsel: Ottilia von Silberstrom.

Una hatte die Baronin 1937 in London kennengelernt, jedoch kaum mehr einen Gedanken an sie verschwendet, bis Coralie ihr berichtete, dass sie auf dem Boulevard de la Madeleine einen flüchtigen Blick auf sie erhascht hatte. Daraufhin hatte Una Nachforschungen angestellt, aber jeder sagte ihr das Gleiche: »Die arme Tilly? Hat sie nicht Zuflucht in London gefunden? Warum sollte sie in der aktuellen Situation nach Paris zurückkehren?« Una war drauf und dran gewesen zu glauben, dass Coralie sich getäuscht hatte.

Doch dann, vor wenigen Tagen, stand Ottilia plötzlich vor ihr in der Schlange eines Tabakhändlers gegenüber dem Quai d'Orsay. »Wie es aussieht, lebt sie seit dem Sommer wie eine Einsiedlerin in der Rue de Vaugirard«, erzählte Una Coralie leise. Die beiden musterten Ottilia, die sich eben zu Noëlle hinabbeugte. Sie trug einen langen Mantel, so flauschig wie Distelwolle, und Noëlle streichelte sichtlich betört einen der Ärmel.

Ottilia sah zu ihnen herüber und lächelte, und Coralie nickte ihr zu. Ihr stiller Dialog war ebenso klar wie eine offene Aussprache: *Wir kennen uns. Ein Mann, den wir beide lieben, steht zwischen uns, und wir werden Schweigen darüber bewahren.*

Una, die nichts von diesem Austausch bemerkt hatte, fuhr mit gedämpfter Stimme fort: »Ich konnte den Gedanken nicht ertragen, dass sie Weihnachten ganz allein verbringt, also hab ich auf die europäische Etikette gepfiffen und sie eingeladen. Sag jetzt nicht, dass du beleidigt bist! Du wolltest, dass ich sie suche.«

»Um Geschäftliches zu besprechen. Ach Herrgott, sieh dir das an!«

Ramon küsste soeben Ottilias Hand und schien unter einem ähnlichen Bann zu stehen wie Noëlle. Hatte Ottilia auf Dietrich dieselbe Wirkung gehabt?

Coralie wurde sich plötzlich ihrer mit Fett besprenkelten Schürze und der geröteten Wangen bewusst und flüchtete in die Küche, wo sie sich von ihren verwirrenden Gefühlen ablenkte, indem sie diverse Deckel anhob und mit einem scheppernden Geräusch wieder auf die Töpfe setzte

Una folgte ihr und öffnete die Ofentür. »O Wonne! Gänsebraten, meine Leibspeise. Vergiss die Arbeit für einen Abend und lern Tilly besser kennen. Im geeigneten Moment können wir auf La Passerinette zu sprechen kommen. Ich sag dir: Die Frau unter all dem Pelz und den Perlen ist ein wahrer Schatz.«

Und tatsächlich, bei Champagner und einem Horsd'œuvre aus geschmortem Chicorée legte Ottilia nichts von der Grandezza an den Tag, die Coralie in Epsom so geärgert hatte.

Später, als Ramon die Gans zerlegte, erinnerte Coralie sich an Dietrichs Bemerkung, Ottilia lasse sich durchs Leben treiben, womit er ausdrücken wollte, dass sie die Welt nicht wirklich verstand. Dieser Verdacht erhärtete sich, als Ottilia erklärte, sie sei nach Paris zurückgekehrt, um die Verschiffung ihrer Kunstsammlung nach England zu überwachen.

»Mein Mann besteht darauf, dass wir die Bilder nach London bringen.« Franz war zornig auf sie gewesen, weil sie alles in der Rue de Vaugirard zurückgelassen hatte, erklärte sie. »Ich hatte geglaubt, sie wären dort sicher, aber er vertraut weder den Franzosen noch irgendwem sonst. Und mir am allerwenigsten.« Ottilia lachte zaghaft. »Er hat mich nach Paris geschickt, um die Kisten nach England bringen zu lassen, nur … es sind so viele!« Sie hatte den ganzen Sommer über in ihrer Wohnung gesessen, außerstande, den Telefonhörer in die Hand zu nehmen und sich Rat zu holen. »Sonst hat Graf von Elbing solche Dinge immer für mich geregelt.« Sie sah rasch zu Coralie herüber, nicht herausfordernd, eher um Verständnis bittend. »Ich habe bei ihm zu Hause in Deutschland angerufen, aber seine Frau sagte, er würde nicht mehr dort wohnen.«

Coralie schnitt Fleisch für Noëlle klein und kontrollierte es auf Knochen. »Wo wohnt er dann?«

»In Berlin. Sie hat mir eine Nummer diktiert, aber die stimmte nicht. Sie hat sie sicher mit Absicht falsch durchgegeben, ich kenne keine andere Berliner Nummer mit einer solchen Vorwahl.«

»Hat er keine Freunde, die ihn für Sie ausfindig machen können?«, fragte Una.

»Ich hab bei ein paar Galerien und einem Auktionshaus angerufen, mit denen er Geschäfte macht, aber sobald ich meinen Namen nannte, war das Gespräch beendet. In Berlin ist der Name von Silberstrom so bekannt wie Rothschild in London oder Rockefeller in New York. Aber heutzutage bringt er die Leute dazu, einfach aufzulegen. Ich habe mit meinem Bruder Max in Genf telefoniert. Er meint, Dietrich ist möglicherweise in Schanghai.«

»In China?« Julie riss vor Bewunderung die Augen auf. Das Wort wanderte um den Tisch und rief allgemeines Erstaunen hervor.

»Ich fand *Shanghai-Express* fantastisch«, bemerkte Coralie, »aber ich wäre nicht gern in diesem Zug. China befindet sich doch im Krieg, oder?«

Una nickte. »Mit Japan.«

Ottilia seufzte. »Dietrich ist hingereist, um Kunst aus dem Orient zu kaufen. Die bekommt man dort gerade sehr günstig.«

»Des einen Krieg ist des andern Gewinn.« Ein Lächeln umspielte Unas Lippen, doch Ramon knurrte: »Verdammter Kapitalist.«

Kein Kapitalist, ein Zugvogel, dachte Coralie. *Er flattert von Ast zu Ast und sucht sich seine Nahrung, immer unterwegs.* »Das alles erklärt aber noch nicht, warum Sie in Paris festsitzen«, wandte sie sich an Ottilia. Allmählich ging ihr auf, dass dieses gestrandete Geschöpf ihr eines Tages zur Last werden könnte.

Ottilias Antwort war simpel: Als der Krieg erklärt worden war und die Nachtfähren nach England ausgesetzt wurden, war ihr kein anderer Ausweg eingefallen, um nach London zurückzukehren.

»Warum haben Sie nicht die Route über Spanien und Portugal genommen?«, tadelte Una sie.

»Oder Marseille«, warf Coralie ein. »Sie hätten nach Gibraltar segeln können. Oder von der Bretagne nach Portsmouth übersetzen.«

Ottilia starrte sie an. »Wo liegen denn all diese Orte?«

Ein solcher Ausbund an Hilflosigkeit fand bei den Männern am Tisch offensichtlich Anklang, vor allem bei Ramon. Die Geißel der Bourgeoisie blickte verträumt vor sich hin und verfehlte dabei mit dem Glas die eigenen Lippen.

Ottilia ihrerseits war völlig vernarrt in Noëlle und hätte sie am liebsten den ganzen Abend auf dem Arm gehalten. Und natürlich war heute nicht nur Weihnachten, sondern auch Noëlles zweiter Geburtstag, und nach dem Abendessen gab es Geschenke. Coralie hatte eine Flickenpuppe genäht. Una hatte Noëlle ihr erstes Paar richtige Schuhe gekauft, aus cremefarbenem Ziegenleder mit runder Kappe und schönen Schleifen zum Binden. Ramon zauberte einen Holzhund an der Schnur hervor und brachte alle furchtbar zum Lachen, indem er laut bellte, als Noëlle ihr Geschenk über die Holzbohlen zog. Und Ottilia überreichte eine wunderschön verpackte Schatulle, die ein Armband aus Platin und Diamanten enthielt.

»Das können wir nicht annehmen«, wehrte Coralie verlegen ab, und Ottilias Augen füllten sich mit Tränen.

»O doch, Sie müssen. Ich mache so gern Geschenke, und mir selbst wurde schon so viel gestohlen. Wirklich, nehmen Sie es, das erspart mir viel Kummer.«

Als Coralie später am Abend vorsichtig das Gespräch auf ihren Wunsch brachte, La Passerinette zu kaufen, hauchte Ottilia: »Natürlich, Sie müssen es haben. Ja, nehmen Sie es nur.«

Jetzt konnte Coralie Dietrichs Verdruss nachvollziehen. Ottilia war in eine Welt unermesslichen Reichtums geboren, doch sie hatte fast ihr gesamtes Vermögen durch die Flucht aus Deutschland verloren. Was ihr blieb, musste geschützt werden. Vor Schwindlern und, wie es schien, vor ihr selbst.

Nach dem Essen entschieden die Männer, runter zum Fluss zu gehen, um sich die Beine zu vertreten und zu rauchen. Sobald sie sich gegen die Kälte eingemummt und die Wohnung verlassen hatten, holte Una Stift und Papier hervor.

»Lassen Sie uns das Geschäftliche erledigen, solange die Herren weg sind. Coralie, du willst diesen Laden haben. Tilly, Sie wollen ihn verkaufen. Sie können Bargeld gut gebrauchen, nehme ich an.«

Ottilia nickte. »Ich begreife es nicht ganz, aber wenn ich zur Chase Bank gehe, sagt man mir, dass meine Konten eingefroren wurden.«

»Tja, es ist auch furchtbar kalt draußen.«

Ottilia ging nicht auf Unas Bemerkung ein und fuhr fort: »Ich besitze nur das Geld, das ich im Koffer aus London mitgebracht habe.«

Una stellte Radio Paris ein und half Coralie und Ottilia zur samtigen Stimme Maurice Chevaliers, einen Vertrag auszuarbeiten. Coralie würde die Ladenmiete übernehmen und das Geschäft für insgesamt fünfzigtausend Francs kaufen, zu zahlen in monatlichen Raten. Der Kaufpreis umfasste das gesamte Lager und jeglichen Firmenwert, den Lorienne sich noch nicht unter den Nagel gerissen hatte. Coralie würde auch Violaine Beaumont weiterbeschäftigen, die derzeit noch unter ärztlicher Aufsicht stand, aber bald entlassen werden sollte und dann wieder in die Wohnung über dem leeren Geschäft einziehen würde.

Ottilia beschrieb es so: »La Passerinette ist ihr Zuhause, und sie fürchtet sich zu gehen. Mein lieber Dietrich – ich meine natürlich Graf von Elbing – sagt, sie sei ein kleines braunes Vögelchen, das sein Nest baut und auf seinen Eiern sitzt, für alle unsichtbar. Was für ein Vogel mag das wohl sein?«

»Ein Huhn?«, schlug Coralie vor.

»Sicher ein Zaunkönig«, meinte Una.

»Dietrich spricht in Bildern. Ist Ihnen das aufgefallen, als Sie ihn kennenlernten?« Ottilia suchte Coralies Blick.

»Eigentlich nicht«, erwiderte Coralie ausweichend. Wusste Ottilia von ihrer Affäre mit Dietrich? Ihr kindlich offener Blick ließ keine Rückschlüsse zu. Coralie hatte ihre erste Zeit in Paris Una gegenüber nur vage umrissen und einen Deutschen erwähnt, der sich »um sie kümmerte«, aber Namen hatte sie nicht genannt. Una war zum Glück gerade damit beschäftigt, den Sender am Radio besser einzustellen, sodass die heikle Unterhaltung versiegte. »Lassen Sie uns über Mode sprechen«, schlug Coralie schnell vor. »Ich brauche einen Haufen Ideen, wenn ich Sie jeden Monat pünktlich bezahlen will.«

Ottilia schluckte den Köder, und so entwarfen sie Hüte, bis die Männer zurückkehrten.

Knapp fünf Monate später, im Mai 1940, griffen deutsche Streitkräfte die Niederlande an. Am Zehnten des Monats zerbombte die deutsche Luftwaffe Rotterdam bis auf die Grundfesten. Am Vierzehnten kapitulierten die Niederländer, und das deutsche Heer preschte nach Belgien vor.

In Paris sprachen sich die Menschen Mut zu: »Die Benelux-Staaten haben weder unsere Verteidigungen noch unsere tüchtige Armee. Und auch keine Maginot-Linie. Die Deutschen kommen nicht weit.«

Die Deutschen nahmen die Ardennen ein, die alte, als undurchdringlich geltende Grenze zwischen Belgien und Frankreich, brachen einfach hindurch und folgten der Somme, um den Truppen der Alliierten in Belgien den Weg abzuschneiden.

Das Britische Expeditionskorps, das den feindlichen Vorstoß nach Westen aufhalten sollte, wurde zum Meer zurückgedrängt. Am 27. Mai verhinderte man ein Massaker, indem man Hunderttausende Soldaten von den Stränden der flandrischen Küste evakuierte. »Das Wunder von Dunkerque« ließ Frankreich mit einer demoralisierten Armee zurück, die dem Blitzkrieg entgegensah: Formationen aus deutschen Panzern und Panzerfahrzeugen, unterstützt von Bombern und Kampffliegern, die sich in atemberaubendem Tempo fortbewegten. Die Maginot-Linie blieb unverletzt, aber nutzlos stehen. Der Feind hatte sie umrundet, den Flügel umgangen.

Am 3. Juni kündigten heulende Sirenen einen Luftangriff auf Paris an und rissen die Menschen aus dem Schlaf. Gewehre feuerten, und man konnte nicht erkennen, wie weit entfernt die Schüsse fielen oder aus welcher Richtung sie kamen. Die Presse bemühte sich um einen optimistischen Ton. *Wir werden siegen, weil wir stärker sind.* Trotzdem sprachen die Menschen davon, Paris zu verlassen und die Loire zu überqueren, die für eine anrückende Armee eine weitere Hürde bedeuten würde.

Am 13. Juni spürten diejenigen, die in der Hauptstadt geblieben waren, wie der Boden unter ihren Füßen vom Artilleriefeuer erbebte. Sie sahen Geschosse über den vom Rauch verdunkelten Himmel zucken und hörten ein Knirschen wie von Mühlrädern. Eine anrückende Armee. In die Stadt strömten Flüchtlinge aus dem Norden und erzählten von deutschen Kampfflugzeugen, die sie auf den Straßen bombardiert hatten, und dass Tausende gestorben waren, als sie versuchten, dem Feind zu entkommen und sich nach Frankreich aufs Land zu retten, das als sicher galt. In den Parks und auf den Boulevards richteten die Menschen den Blick zum Himmel und dachten an Warschau und Rotterdam. Sie bemerkten Vögel, die sich in den Bäumen sammelten und aufflatterten, wie Wasserfontänen, und in dunklen Schwärmen davonzogen.

Die Menschen nahmen diese Warnung ernst und brachen ebenfalls auf, in Autos, Lastern, auf Motorrädern und Pferden, und verstopften alle Ausfallstraßen aus der Stadt. Julie und ihre Familie gingen und nahmen Florian mit. Ramon Cazaubon, eigentlich zu alt für den Dienst an der Waffe, ging ebenfalls und meldete sich freiwillig. Coralie und jene unter ihren Freunden, die blieben, verbarrikadierten sich in der Wohnung in der Rue de Seine.

Am 14. Juni nahmen die Deutschen Paris ein.

Reichsminister Göring gehörte zu den Befehlshabern, die die Besetzung an vorderster Front anführten. Er brachte einen persönlichen Berater mit, einen Mann, der Paris gut kannte. Einen Mann, der in seiner Uniform der Luftwaffe eine gute Figur machte und der schon lange die Rache in seinem Herzen nährte.

III

15

Coralie trat hinaus auf den Bürgersteig und blinzelte ins helle Sonnenlicht. Sie hielt Noëlles kleine Hand in ihrer. Vier Tage lang eingesperrt, auf die Invasion, das Bombardement und den Tod wartend, das war die Grenze des Erträglichen. Wenn sie schon sterben mussten, dann wollten sie dabei frische Luft atmen.

Paris war gefallen. Diese Nachricht war überall verbreitet worden, mit Lautsprecherwagen herausposaunt, und zwar auf Französisch mit starkem Akzent. Der Strom war ausgefallen, das Telefonnetz zusammengebrochen, aber wenigstens hatte die Bombardierung aufgehört.

Alles wirkte seltsam friedlich. Zu friedlich. An einem Samstag im Juni sollte die Rue du Seine eigentlich nur so brummen vor lauter Geschäftigkeit, aber ausnahmslos jeder Laden und jedes Café hatte die Rollläden heruntergelassen. Der Großteil der Bevölkerung war fort. Diejenigen, die geblieben waren, so wie Coralie und ihre Freunde, versteckten sich noch immer in den Häusern.

Hätte alles seinen normalen Gang genommen, wäre Coralie jetzt in La Passerinette, wo sie gearbeitet und verkauft hätte. Wo sie bald das sechsmonatige Jubiläum hätte feiern können. Doch La Passerinette und die Place de la Madeleine lagen am gegenüberliegenden Ufer, mitten in einem Kriegsgebiet.

»*Maman!* Schau!« Noëlle tappte ein paar Schritte und deutete eifrig auf etwas, das sich vor ihr befand. Coralie brauchte einen Moment, bis sie erkannte, was das Kind ihr zeigen wollte.

»Oh! Voltaire! Er ist nach Hause gekommen. Warte, Schatz, ich fange ihn schon ein.«

Teddy Clisson hatte Paris bereits vor dem Einfall der Deutschen verlassen und war in sein Landhaus nach Dreux gefahren. Etwa zu dieser Zeit war Voltaire verschwunden, aus lauter Angst vor den Detonationen der Bomben in den westlichen Vororten. Coralie hatte gemeinsam mit Teddy nach ihm gesucht; verzweifelt hatten sie seinen Namen gerufen und sich durch die Massen der flüchtenden Bürger gekämpft, durch die überfüllten Straßen bis hinunter zum Quai Voltaire, wo Teddy der Kater ursprünglich zugelaufen war.

Er würde so glücklich sein, dass sein Liebling noch am Leben war. Aber wie sollte sie ihm die Nachricht zukommen lassen? Die Post funktionierte doch auch nicht mehr.

»Du hast ja gekämpft«, sagte Coralie vorwurfsvoll zu dem Kater. Voltaire sah ziemlich mitgenommen aus, und ein Ohr hing schief herab. »Du brauchst ein Bad«, verkündete sie, aber als sie sich nach dem Tier bückte, sprang es davon. »Das macht nichts«, tröstete sie Noëlle. »Er kommt wieder, wenn er richtig hungrig ist.«

Coralie war selbst ausgehungert. Sie und ihre Gäste – Una, Ottilia und Arkady Erdös – hatten am ersten Tag der selbst gewählten Haft noch gut gespeist, am zweiten schon schlechter, und während der letzten zwei Tage hatte bloß noch Noëlle etwas zu essen bekommen. Coralie sehnte sich nach einem Stück Brot, aber welcher Bäcker hatte noch geöffnet? Sie brauchten jedenfalls auch noch andere Lebensmittel, etwa Fisch und Milch.

Als sie sich dem Haus näherte, sah sie, dass ihre Freunde bereits auf der Suche nach ihr waren, als fürchteten sie, dass sie verschwunden sei wie Voltaire.

»Kommt, wir gehen auf die Suche nach etwas Essbarem.« Una trug einen Einkaufskorb über dem Arm. Sie hatte ihre Wohnung in der Avenue Foch am selben Tag verlassen, an dem Teddy aus Paris geflohen war, da sie sich unwohl gefühlt hatte, so nah am verteidigungslosen Stadtrand. Kurzerhand hatte sie Ottilia aus der Rue de Vaugirard abgeholt und war zusammen mit ihr bei Coralie erschienen, mit den Worten: »Wir schmeißen jetzt unsere Schätze zusammen, und deine Wohnung ist am einfachsten warm zu bekommen, weil sie so klein ist.« Als sie entdeckte, dass einer von Coralies »Untergetauchten« noch bei ihr wohnte, brach sie in Entzücken aus. »Reine Frauenhaushalte habe ich noch nie gemocht. Der wunderbare Arkady kann uns mit seiner Violine in den Schlaf spielen. Obwohl er mich mit seinen Glissandos eher zum Kochen bringt. Muss man noch immer eine Leiter nehmen, um in seine Dachkammer zu gelangen?«

Coralie hatte an Weihnachten schon bemerkt, dass sich die beiden zueinander hingezogen fühlten, und Una erklärte, dass Arkady besser daran täte, die Leiter hochzuziehen, wenn er zu Bett ging. »Una, du kannst bei mir schlafen, da ist genug Platz. Ottilia kann Noëlles Bett haben, und Noëlle kann sich neben mich kuscheln.«

»Du bist der Chef.« Una hatte Leintücher und Decken mitgebracht, dazu einen Überseekoffer mit Kleidern und eine Kiste mit »Goldstaub«: ein Dutzend Seifenstücke, sorgfältig drapiert über einigen Bündeln von französischen Francs. Sie hatte einen Monat zuvor ihr Konto geplündert, wie sie erzählte, als ihr nämlich klar geworden sei, dass der *drôle de guerre* alles andere als komisch war.

Ottilia war mit ihrem Schminkköfferchen gekommen. Außerdem hatte sie zwei Pelzmäntel, eine große Blechdose mit indischem Tee und eine Hutschachtel mit ihrem ganzen Bargeld aus London dabei.

Nachdem sie sich mit Arkady beraten hatten, kamen sie zu dem Schluss, dass sie es an der Rue Mouffetard versuchen würden, denn jener Markt war seit dem Mittelalter fast ununterbrochen ein beliebter Umschlagplatz für Lebensmittel gewesen. Dort waren tatsächlich einige Stände geöffnet. Sie füllten Unas Korb mit rotstieligem Mangold, Kartoffeln, Radieschen und angestoßenen Äpfeln. Bei einem *traiteur* kauften sie Estragonhühnchen und Taubenbrust mit Puy-Linsen. Am besten aber war, dass ein Café geöffnet hatte.

Sie bestellten Kaffee, frisches Brot und Butter. Die Deutschen hatten Mehl in die Stadt gebracht, wie der *patron* erzählte. »Sie sind gut organisiert, wir werden also nicht verhungern. Aber unsere Armee … Wie konnte unsere glorreiche Armee nur so untergehen? Ich gebe den Briten die Schuld. Sie sind mit ihren Schiffen davongefahren und haben uns schutzlos zurückgelassen. *Perfide!* Noch eine Tasse Kaffee?«

»Warum nicht«, erwiderte Coralie. Ramon hatte ihr beigebracht, Kaffee zu lieben. Es hatte länger gedauert, aber als sie damit aufhörte, Noëlle zu stillen, wurde ihr von dem Geruch nicht mehr übel. Er hatte allerdings keinen Erfolg damit gehabt, sie zu seinem zweiten Laster zu überreden, den Zigaretten. Sie bemerkte, dass Arkady die Finger aneinanderrieb – das war ein Zeichen dafür, dass er keinen Tabak mehr hatte. Sie unterdrückte ein Lächeln und sagte: »Die Deutschen werden uns nichts abgeben, Arkady. Gewöhn es dir lieber gleich ab.«

Nach dem Frühstück brachten Arkady und Ottilia die Einkäufe nach Hause. Coralie, Una und Noëlle gingen derweil Richtung Fluss. Es war an der Zeit, sich dem Schicksal zu stellen und nach dem Zustand des Geschäfts zu sehen. Coralie wollte außerdem dringend Violaine treffen, die sie nicht mehr gesehen hatte, seit die Panik ganz Paris erfasst hatte.

Coralies erste Saison bei La Passerinette war eher lehrreich als profitabel gewesen. Da sie nicht das Kapital für eine vollständige Kollektion zur Verfügung gehabt hatte, waren nur einige Hausmodelle entstanden. Die Kundinnen wählten eine Grundform und bekamen daraus einen Hut angefertigt, der genau auf ihre Wünsche zugeschnitten wurde. Das hieß aber auch, dass jeder fertige Hut sofort weggekauft wurde und nie ein Modell übrig blieb, um das Schaufenster zu zieren. Und so verbreitete sich bald das Gerücht, dass sie pleite waren.

Coralie hatte darauf reagiert, indem sie im April das Geschäft zwei Wochen lang geschlossen ließ und zusammen mit Violaine von morgens bis abends nur Hüte herstellte. Sie blockten Exotenstroh und Sisal zu sommerlichen Formen und fügten Netzstreifen und Seidenblumen im firmentypischen Rosa und Grau hinzu, um den Eindruck von Opulenz zu erzeugen. An spezielle Hutmacherwaren war kaum noch heranzukommen, darum behalf Coralie sich mit Tarlatan und Steifleinen, die sie mit Seide, Organdy oder Taft überzog und dadurch hochwertiger erscheinen ließ. Violaine war ihr derweil eine flinke Helferin, die drei Hüte herstellte, während Coralie in derselben Zeit nur einen schaffte, und sich auch von extravaganten Ideen nicht abschrecken ließ. Violaine war froh, dass Coralie da war, erst recht, nachdem sie begriffen hatte, dass ihre Stellung jetzt gesichert war. Wegen ihrer schlechten Augen verließ sie nur ungern ihr bekanntes Umfeld und fühlte sich am sichersten im Atelier von La Passerinette, gleich hinter dem Salon. Am liebsten arbeitete sie ohne jede Störung, nur unterbrochen von der Mittagspause, und war dankbar für ihren pünktlich bezahlten Lohn. All das hatte ihr Lorienne Royer nicht bieten können. Vom ersten Tag an hatte Coralie sich fest vorgenommen, Violaine ihre Wertschätzung zu vermitteln.

Mit Noëlle an der Hand gestaltete sich der erste Spaziergang durch das besetzte Paris ein bisschen langsam. Alle waren jedoch froh darüber, dass die Stadt unversehrt geblieben war, nachdem sie niedergebrannte Häuser und Bombenkrater an jeder Ecke befürchtet hatten. Paris war gefallen, aber offensichtlich mit der Anmut einer Dame, die ohnmächtig auf ihr Sofa sinkt. Erst am Fluss waren die ersten feldgrauen Uniformen zu beobachten. An der Pont du Carrousel versperrten ihnen zwei Wachsoldaten mit Maschinenpistolen den Weg. »Halt!«

»Ich überlasse dir alle meine weltlichen Güter, Süßer«, murmelte Una – auf Englisch, das war gefährlich.

»Gleichfalls«, sagte Coralie. Doch die Soldaten winkten sie höflich durch.

»Warum haben die Männer Töpfe auf dem Kopf?«, wollte Noëlle wissen. Sie konnte mit ihren zweieinhalb Jahren schon außergewöhnlich gut sprechen. Coralie führte das darauf zurück, dass sie das einzige Kind unter vielen schwatzhaften Erwachsenen war.

»Das sind keine Töpfe, Schatz, sondern Helme. Damit sich die Männer nicht am Kopf wehtun.«

»Wieso wehtun?«

»An den Vögeln, die vom Himmel fallen«, improvisierte Una. Als die Renault-Fabrik in Boulogne-Billancourt bombardiert wurde, hatten sie Noëlle erzählt, dort übten Männer mit Trommeln für die Feier am 14. Juli.

Coralie, die sich der Maschinenpistolen hinter ihnen bewusst war und nur erahnen konnte, was hinter dem massigen Palais du Louvre auf sie warten würde, versuchte, wenigstens den Anschein von Normalität zu wahren. Die Seine jedenfalls hatte sich nicht verändert. Sie glänzte platinfarben, wo die Sonne auf ihre Oberfläche traf. Von ihrem ersten Tag in Paris an hatte Coralie den Fluss geliebt. Wenn sie ihn überquerte, wechselte sie von einem

Leben in ein anderes – und ließ ihre Probleme am jeweils anderen Ufer zurück.

»Großer Gott, schau dir das an!« Una war stehen geblieben und sah zurück aufs linke Seineufer. Über den grauen Dächern schoss der Eiffelturm in die Höhe. An seiner Spitze prangte ein Banner. »Das ist ein Hakenkreuz, da bin ich mir sicher.«

Coralie teilte ihre Vermutung.

»Willst du zurück nach Hause?«

»Ich weiß nicht …« Wenn sie jetzt kehrtmachte, würde sie tagelang brauchen, um wieder Mut zu sammeln, das wusste Coralie. Immerhin hatten die Wachsoldaten gelächelt. Sie waren ungehindert ans rechte Seineufer gelangt, aber am Quai des Tuileries stand eine ganze Reihe von kakifarbenen Motorrädern mit Beiwagen. »Sieht aus, als wäre ein ganzes Regiment zum Schwimmen gegangen.« Sie spähten über das Brückengeländer hinunter zu den Anlegeplätzen. Dort, wo früher verliebte Paare spazieren gegangen waren und Künstler ihre Bilder gemalt hatten, patrouillierten jetzt Soldaten mit festem Schritt.

An der Place de la Concorde war der Anblick des ägyptischen Obelisks, dick in Sandsäcke eingehüllt, fast schon ein beruhigender Anblick. Nicht aber die mit Maschinengewehren ausgerüsteten Soldaten in allen vier Ecken des Platzes. Kraftfahrzeuge hochrangiger Militärs, mit Hakenkreuzen über dem Kühlergrill, teilten sich die Straßen mit Truppentransportern voller Soldaten. Kein einziges französisches Automobil war zu sehen.

»Hör mal«, sagte Coralie. Von den Champs-Élysées drang martialische Musik herüber, begleitet von einem rhythmischen Stampfen, das klang wie Donnerhall. Ein alter Mann – der einzige andere Zivilist auf dem Platz – erklärte ihnen, was die Klänge zu bedeuten hatten.

»Das ist eine Siegesparade. Was Sie da hören, sind tausend Stiefel im Stechschritt.«

La Passerinette war jetzt ganz nahe, die Madeleine oben an der Rue Royale war schon zu sehen. Durch eine optische Täuschung lag sie genau zwischen dem französischen Marinehauptquartier und dem Hôtel de Crillon. Es waren höchstens fünf Gehminuten.

Der alte Mann folgte ihrem Blick. »Das Crillon gehört jetzt ihnen. Da residiert der deutsche Kommandant von Paris.«

Der deutsche Kommandant von Paris.

Coralie bekam es mit der Angst zu tun. »Gehen wir nach Hause.«

Es dauerte fünf Tage, bis sie wieder genügend Mut geschöpft hatte. Kurz nach zwölf Uhr mittags schloss sie die Tür von La Passerinette auf, und dieses Mal war sie allein. »Violaine? Ich bin's!«

Ein furchtbarer Gestank ließ sie erstarren.

Sie dankte ihrer Intuition, die sie dazu gebracht hatte, Noëlle zu Hause zu lassen. Sie kämpfte sich durch einen Schwarm Fliegen und ging direkt nach oben, wo Violaines Wohnung lag. Als auf ihr Klopfen hin keine Antwort kam, drückte sie die Türklinke herunter. Nicht abgeschlossen. »Violaine?« Eine Staubschicht auf dem Tisch und eine Kanne mit schimmeligem Kaffee deutete darauf hin, dass der Ort schon seit einiger Zeit verlassen war. Hatte sich Violaine am Ende der Massenflucht angeschlossen? Das erschien ihr unwahrscheinlich, denn eine entfesselte Menschenmasse war Violaines schlimmster Albtraum. Aber vielleicht war sie einfach mitgerissen worden? Doch dieser Gestank … und die Fliegen … Ein wahrscheinlicheres Szenario drängte sich ihr auf. Coralie band sich ihren Seidenschal um Mund und Nase und ging nach unten, um sich dem Unvermeidlichen zu stellen.

Vor der Tür zum Atelier suchte sie sich den richtigen Schlüssel aus dem Bund, schloss die Tür auf, öffnete sie und trat ein. Hunderte von Fliegen flogen auf, und ein widerlicher Gestank löste einen Brechreiz in ihr aus.

Violaine lag gekrümmt auf dem Boden. Ein Korb lag auf der Seite, und irgendetwas Ekelhaftes lief aus ihm aus. Verfaulte Makrele. Coralie fürchtete sich davor, irgendetwas anzufassen, und sah sich nervös in dem vertrauten Raum um. Alles leer. Hüte, Blöcke, Maschinen, Werkzeuge, Stoffrollen – alles weg. Eine andere Ahnung nistete sich in Coralies Gedanken ein. Räuber, Plünderer! Sie hatten Violaine niedergeschlagen und eingeschlossen.

Das Atelier hatte keine Fenster, nur Luftschlitze, durch die ein bisschen Licht vom Innenhof einfiel. Die Schlitze waren geöffnet, und direkt davor stand ein Stuhl. Violaine musste um Hilfe geschrien haben, aber im Angesicht einer Million gleichzeitig flüchtender Menschen waren ihre Hilferufe ungehört verhallt. Sie hatte kein Wasser …

Coralie murmelte ein Gebet und kniete sich neben Violaine auf den Boden. Sie strich ihr die Haare aus dem Gesicht und fühlte warme Haut. Als sie vorsichtig ein Augenlid hochzog, flackerte die Pupille. »Violaine? Gott sei Dank! Ich hole Hilfe! Nein – erst Wasser.« Im Obergeschoss füllte sie das erstbeste Gefäß, und kurz darauf flößte sie Violaine das Wasser löffelweise ein. »Ich hole Hilfe. Bleib hier.«

Bleib hier? Wenn man unter Schock stand, sagte man anscheinend die dümmsten Sachen. »Es könnte eine Weile dauern, weil …« Nein. Das war nicht der geeignete Augenblick, um Violaine nahezubringen, dass Paris jetzt deutsch war. Sie erwog kurz, an Wohnungstüren weiter oben im Haus zu klopfen, aber die dröhnende Stille deutete darauf hin, dass alles verlassen war. Nur Violaine war noch da.

Sie eilte die Rue Royale hinab, in Richtung Place de la Concorde. Hätte sie doch bloß flache Sandalen und einen vernünftigeren Hut gewählt! Sie hätte sich natürlich an die nächstgelegene *préfecture* der Polizei wenden können, aber Violaine brauchte sofort Hilfe, und darum ging sie dorthin, wo es mit Sicherheit funktionierende Telefone gab. Am Tag nach dem Einmarsch hatten die deutschen Soldaten Telefonkabel im Hof der amerikanischen Botschaft an der Avenue Gabriel gelegt, um das Hôtel de Crillon mit der Vermittlungsstelle zu verbinden. Sollten die Deutschen doch einen Krankenwagen rufen!

Die Sonne glänzte auf den Gewehrkolben der Wachsoldaten, die vor dem Crillon auf und ab marschierten. Coralie näherte sich ihnen mit gesenktem Blick. Bislang hatte sie die Deutschen als höflich und respektvoll erlebt. Vielleicht fühlten sie sich in Paris ja eher als Gäste denn als Eroberer? Jedenfalls waren auch sie nur Männer. Sie würde im richtigen Moment aufsehen und lächeln. Ihr Hut, den Una »Verführung am helllichten Tag« getauft hatte, würde ihnen schon zeigen, dass sie keine Bedrohung darstellte. Man würde sie sicher in die vergoldete Lobby lassen.

»Halt, nicht weiter!«

Plötzlich waren mehrere Gewehrkolben auf sie gerichtet. Sollte sie die Hände heben? Schnell berichtete sie von dem Notfall, mit den wenigen deutschen Wörtern, die sie von Dietrich gelernt hatte. Man sagte ihr, sie solle sich an die Polizei wenden. Die Sache mit ihren eigenen Leuten regeln. Doch sie blieb standhaft, hauptsächlich allerdings, weil sie sich fürchtete, den Gewehren den Rücken zuzukehren. »Ich brauche einen Krankenwagen oder ein anderes Auto.«

Regeln Sie die Sache mit ihren eigenen Leuten.

»Aber es ist dringend! Meine Freundin ist …« Sie verstummte, als eine andere Stimme ertönte. Die Wachen standen stramm.

»Generalmajor!«, ratterte der eine Soldat hervor. »Diese Frau …«

»Wegtreten. Wo ist sie?«

Ein großer Mann in blaugrauer Uniform voller Abzeichen, einer Schildmütze und schwarzen Lederstiefeln unterzog Cora einer eingehenden Prüfung. Der silberne Adler über seiner Brusttasche, das Eiserne Kreuz am Kragen und das blaue und goldene

Kreuz über dem Brustbein wiesen ihn als ranghohen Militär aus. Doch erst, als sie in seine Augen blickte und in ihnen einen Funken des Erkennens sah, wusste sie, dass das Warten vorbei war. Er war zurückgekehrt.

Auf Deutsch sagte sie: »Ich brauche Hilfe.« Das »Dietrich« verschluckte sie im letzten Moment.

»Komm.« Er bedeutete ihr, ihm in das Gebäude zu folgen.

»Es geht um Violaine«, sagte sie, an seinen Rücken gerichtet. »Von La Passerinette.«

Er ging weiter, und die Absätze seiner Stiefel klackten laut über den Schachbrett-Marmorboden. Sie musste sich anstrengen, um mit ihm Schritt halten zu können. Schließlich erreichten sie einen Büroraum, in dem Männer und auch einige Frauen in Uniform vor Telefonanlagen saßen. Er rief einen der Männer zu sich, erteilte ihm eine Anweisung und verließ dann das Zimmer.

Sie versuchte, ihm zu folgen, wurde aber von einem der Telefonisten zurückgehalten. Ihr Deutsch hatte sie verlassen, daher erklärte sie ihr Problem langsam auf Französisch. Der Mann hatte sie anscheinend verstanden, denn er notierte ihren Wunsch nach medizinischer Hilfe und fragte nach der genauen Adresse am Boulevard de la Madeleine. Man würde sich um die Sache kümmern, versprach er ihr, doch sie müsse noch bleiben. »Befehl von Generalmajor von Elbing.«

»Aber meine Freundin liegt dort auf dem Boden. Ich muss nach ihr sehen.«

»Sie haben mich nicht verstanden, Fräulein. Sie stehen unter Arrest.«

16

Sie setzte sich auf den ihr angebotenen Stuhl und nahm die aufrechte Haltung ein, die sie in Javiers Salon gelernt hatte. Was würde Dietrich wohl zu dem Idioten sagen, der seine Anordnungen falsch verstanden hatte? Sie stand also unter Arrest. Aber weswegen? Wegen ihres Pillbox-Huts mit der rosafarbenen Seidentroddel? Wegen ihres Kleids mit einem albernen Muster aus marineblauen Kirschen? Oder weil ihr Rock ihre schlanken Beine so offen zeigte? Vielleicht hatte sie ja gegen einen neuen puritanischen Kodex verstoßen. Wenn man sich die Frauen in ihren Uniformen so ansah, kam man leicht zu dem Schluss, dass der modische Schick noch nicht bis nach Deutschland vorgedrungen war. Im Moment allerdings, da die Sonne durch die Westfenster hineinfiel, kam ihr das Kleid wie ein Segen vor. Sie ignorierte die missbilligenden Blicke der hochgeschlossen gekleideten Telefonistinnen und hätte am liebsten gerufen: »Ihr seid jetzt in Paris! Gewöhnt euch lieber an uns!«

Ach, die armen Mädchen. Sie trugen graue, sackartige Uniformen, knöchelhohe Socken und schwarze Schnürschuhe. Als hätte man sie aus der Erziehungsanstalt geholt und ihnen verboten zu lächeln.

Was hätte Javier wohl für sie entworfen? Kurz dachte sie über diese Frage nach. Als ihr damit langweilig wurde, spielte sie mit ihrem Korallenarmband herum, Ramons Hochzeitsgeschenk.

War sie anfangs noch verärgert gewesen, so überwog bald die Ängstlichkeit. Etwa eine Stunde später – sie trug ihre Armbanduhr an jenem Tag ausnahmsweise nicht – wurde ihr Name ausgerufen. Zwei Männer in Zivil standen in der Tür. Einer winkte sie zu sich.

Nervös erhob sie sich. »Wo ist D… ich meine, Generalmajor von Elbing?«, fragte sie auf Deutsch.

Sie gaben ihr keine Antwort, sondern führten sie einen Korridor hinunter und weiter auf die Rue Royale. Als sie ein schwarzes Automobil erblickte, wurde ihre Sorge um Violaine von der Furcht um ihr eigenes Schicksal verdrängt. »Wohin bringen Sie mich?«

»Bitte steigen Sie ein, Fräulein.«

Es war lange her, dass sie so komfortabel gereist war, aber alles, woran sie denken konnte, war eine Reihe schrecklicher Ziele. Jede Straße hatte jetzt ein deutsches Schild, wie sie auf der Fahrt Richtung Fluss bemerkte. An der Pont de la Concorde winkte eine Motorradwache sie durch den Kontrollpunkt. Am anderen Ende der Brücke angelangt, bogen sie auf den Boulevard Saint-Germain ein.

Dann kam der Boulevard Raspail, und in wenigen Augenblicken würden sie an der Kreuzung Rue de Vaugirard angelangt sein. Coralie stellten sich die Nackenhaare auf. War Dietrich wegen Ottilias Kunstsammlung nach Paris gekommen? Hatte er Anhaltspunkte dafür, dass Ottilia in dem Haus lebte? Und … o Gott. Was, wenn Ottilia noch mehr Bilder weggegeben hatte und Dietrich jetzt glaubte, es sei ihre Schuld? Das würde auch seinen kühlen Auftritt ihr gegenüber erklären.

Zu ihrer Erleichterung hielt das Auto am Boulevard Raspail an, direkt vor dem Hôtel Lutetia. Ein nobles Etablissement. Mit Teddy war sie einige Male dort gewesen, und jetzt war sie froh um ihre hohen Schuhe und den eleganten Hut. Wenn Dietrich sich hier mit ihr auf einen Drink treffen wollte, so würde sie wenigstens nicht wirken wie eine graue Maus, die ihm zwei Jahre lang hinterhergeschmachtet hatte. Sie hatte fest vor, ihn mit ihrer Wut zu konfrontieren, ihm klar zu sagen, was sie von ihm hielt, und dabei wollte sie perfekt aussehen.

Das Lutetia war ein Refugium für ausländische Künstler, die geflohen waren, und außerdem sehr nach Teddys Geschmack. Doch als sie aus dem Automobil stieg, sah sie, dass es dem Haus nicht besser ergangen war als den anderen Grand Hotels. Die Fenster spien Hakenkreuzbanner aus, wie Treppenläufer, die man zum Trocknen hinausgehängt hatte.

Im marmornen Foyer befanden sich überall Insignien des Nationalsozialismus, die man dem edlen Dekor einfach übergestülpt hatte. Ein Mann im makellosen Anzug, von zwei Soldaten im Klammergriff gepackt, wurde in ihre Richtung geführt. Eine Sekunde lang dachte Coralie, sie würden zusammenstoßen. Auf seiner Stirn standen Schweißperlen. Als der Fremde jetzt an ihr vorbeigeführt wurde, rief er mit spanischem Akzent: »Das ist ein Irrtum! Ein furchtbarer Irrtum!«

»Kommen Sie.« Einer ihrer Begleiter trieb sie vorwärts. Aus dem Inneren des Gebäudes drang der Klang von klapperndem Geschirr und Stimmengewirr an ihre Ohren. Sie merkte, dass der Speisesaal ganz in der Nähe sein musste – und dass sie Hunger hatte. Doch der Geruch von gebackenem Fisch vermischte sich mit der schrecklichen Erinnerung an den Inhalt von Violaines Einkaufskorb. *Diese Fliegen.* Die Kehle schnürte sich ihr zusammen, und sie würde sich nicht mehr beherrschen können, wenn man sie noch näher an die Küche bringen würde.

Nein, jetzt führten sie sie ins Haupttreppenhaus, dann eine weitere Treppe hinauf, die schlichter gehalten war, und in einen Flur, der enger war als in den unteren Etagen. Sie spürte, dass jeder Mensch, dem sie begegneten, sie musterte, und fragte sich, wie sie auf die anderen wohl wirken mochte. Sicher war sie ganz rot im Gesicht, passend zu ihrem Aufzug. Es war ein heißer Junitag, sie war erst den Weg zum Laden gegangen, dann schnell gelaufen, um Hilfe zu holen, und danach hatte man sie eine Stunde lang in einem stickigen Zimmer ohne einen Schluck Wasser sitzen lassen. Und jetzt spürte sie noch ein anderes Bedürfnis. »Meine Herren, wenn es Ihnen nichts ausmacht, würde ich gerne die Damentoilette aufsuchen.«

Keine Chance. Stattdessen fand sie sich in einem Zimmer wieder, dessen einziges Fenster mit braunem Papier zugehängt war. Einer der Männer schaltete das Licht ein, und sie erkannte zwei Stühle und einen Tisch. Hier verschwendete man wohl kein Geld für Möbel. Es gab noch nicht einmal einen Lampenschirm.

Einen Moment später schloss sich die Tür, und sie war allein.

Eingeschlossen. Sie hämmerte an die Tür und rief: »Meine Freundin liegt im Sterben. Lassen Sie mich heraus!«

Sie schrie noch immer, als sich ein Schlüssel im Schloss drehte und Dietrich ins Zimmer trat. Er war noch in Uniform und trug die Mütze unter dem Arm. »Setzen Sie sich hin«, befahl er ihr.

Hatte er das Wort »bitte« vergessen? Sie würde ihm Folge leisten, wenn er sie nett darum bat.

Er setzte sich ans andere Ende des Tisches und legte ein Buch vor sich hin. Es erinnerte Coralie an den Katalog, den sie zusammen in der Rue de Vaugirard erstellt hatten.

Auf Französisch sagte er: »Bleiben Sie stehen, wenn Sie wollen, aber dann dauert es eben länger, bis Sie hier wieder rauskommen.«

»Hast du einen Krankenwagen gerufen?«

»Setzen Sie sich, Fräulein.«

Fräulein? Hatte er ihre gemeinsamen Stunden im Bett vergessen? Sie setzte sich hin, strich sich aber umständlich den Rock glatt, damit er ihre Angst für Sturheit hielt. Dietrich beugte sich vor und verschränkte die Hände. Er trug noch immer dieselbe

Armbanduhr, eine Fliegeruhr mit abgewetztem Band. Das Licht der Hängelampe nahm seinem Gesicht jede Tiefe, sodass sie nicht einschätzen konnte, ob er in den fünfunddreißig Monaten, die sie getrennt gewesen waren, irgendwie sichtbar gealtert war. Sein Haar jedenfalls schien ihr ein bisschen grauer geworden zu sein.

»Wer beginnt diese Unterhaltung?«

»Das ist keine Unterhaltung. Ihr voller Name, Fräulein.«

Na schön. Er wollte also lächerliche Spielchen spielen. Sie öffnete ihre Tasche, um den Ausweis herauszuholen. Jene Tasche, die er ihr gekauft hatte, und zwar bei Hermès.

»Ich sagte, nennen Sie mir Ihren Namen.«

Geschockt stammelte sie: »Coralie de …« Nein, halt. Er wollte ihren richtigen Namen, den, den er für sie erfunden hatte. »Marie-Caroline de …« Nein, das ging auch nicht. In ihrem Ausweis stand nun ein anderer Name. »Cazaubon. Ich heiße Madame Cazaubon.«

Haselnussbraune Augen, die so oft mit ihr gelacht, so oft vor Leidenschaft geglüht hatten, durchbohrten sie jetzt. »Sie sagen, Sie sind verheiratet, aber Sie tragen keinen Ring.«

Wie dumm von ihr, jetzt auf ihre Finger zu schauen. Als würde gleich ein Ring aus dem Nichts auftauchen. »Wir leben getrennt.«

»Wie heißt Ihr Mann?«

Ach … wollte er jetzt auf Ramons politische Aktivitäten hinaus? Einige der Gruppen, die er in Paris unterstützt hatte, waren ziemlich extrem. »Ich habe Ihnen doch gesagt, dass wir nicht zusammenleben.«

»Wenn Sie mir seinen Namen nicht sagen, finde ich ihn eben selbst heraus, aber das könnte einige Stunden dauern. So lange müssten Sie dann hierbleiben …«

»Ramon. Ramon Cazaubon.«

»Hat er einen zweiten Vornamen?«

»Natürlich hat er einen, er ist ja Franzose.« Sie hatte nicht so frech klingen wollen, aber ihr Mund war furchtbar trocken. Sie sehnte sich nach einem Schluck Wasser – eine Tasse Tee war ja wohl außer jeder Reichweite. »Maurice André.« Oder war es andersherum? Sie hatte Ramons vollen Namen nur zweimal gehört, nämlich an ihrem Hochzeitstag und als sie die Geburt von Noëlle angezeigt hatten.

Dietrich schraubte einen Füllfederhalter auf und schrieb ihre Antwort nieder. »Ihr Geburtsdatum?«

»Sie sollten mich nicht zwingen, es Ihnen zu sagen.«

»Ihr Geburtsdatum.«

»Der achte November neunzehnhundert …« Ihr Kopf war leer. Schließlich musste sie es von dem Ausweis ablesen. »Neunzehnhundertfünfzehn. Sie machen mich nervös, und ich ängstige mich wegen Mademoiselle Beaumont. Ich brauche einen Drink. Ich meine, ein Glas Wasser …«

»Ihr Geburtsort?«

»Äh, Nivelles.« Oder war es Tubize? »Nivelles in Brabant. Belgien. Aber das weißt du doch, Dietrich.«

»Für Sie Generalmajor von Elbing.«

Sie starrte ihn an. Wollte er so tun, als seien sie Fremde?

Es folgten weitere Fragen. Die Berufe ihrer Eltern, ihr Taufort, ihre Schulausbildung, ihre berufliche Laufbahn. Danach kamen Fragen über Ramon. Sein Alter, sein Geburtsdatum – zum Glück konnte sie sich das gut merken, denn es war der 31. Oktober. Halloween. Sie hatte oft zu Ramon gesagt, dass er ihr Albtraum war.

»Sein Beruf?«

»Äh … er ist gerade beim Militär.« Ramons ziviler Beruf wurde mit einem langen Titel bezeichnet, den sie sich nie hatte merken können. »Davor hat er für die SNCF gearbeitet. Die Eisenbahn. Er war Ingenieur und hat mit Brücken und Tunneln zu tun gehabt.«

»War er Wartungsingenieur?«

»Er … nein. Er hat Pläne gezeichnet und irgendwelche Sachen berechnet … Ich habe es nie richtig verstanden.«

Dietrichs Lippen zuckten kaum wahrnehmbar. Ein Lächeln? »Können wir uns darauf einigen, dass er Bauingenieur ist, Frau Cazaubon?«

»Ja. Tut mir leid. Ich weiß nicht, wo er stationiert ist, das schwöre ich. Wir hören nichts von ihm.«

Seine Miene verfinsterte sich wieder. *»Wir?«*

»Ich habe eine Tochter.«

»Name?«

»Noëlle Una.« Während sie Dietrichs Füllfederhalter betrachtete, stieg die Angst in ihr hoch. Die Existenz ihres Kindes war jetzt schriftlich festgehalten. »Warum schreiben Sie das auf? Wer sind Sie jetzt?«

»Der, der ich immer gewesen bin.« Dietrich schrieb noch etwas auf, legte den Federhalter dann aber zur Seite. »Wenn Sie südlich des Flusses wohnen, was hatten Sie dann im Hôtel Crillon zu suchen?«

Sie berichtete ihm, dass La Passerinette jetzt ihr gehörte. »Das liegt ja am Boulevard de la Madeleine, und ich brauchte dringend ein Telefon, also bin ich zur Place de la Concorde gerannt. Das habe ich auch schon zu Protokoll gegeben.«

»Sie haben La Passerinette von der Baronin von Silberstrom gekauft? Wo ist sie jetzt?«

In ihrem Kopf leuchteten sämtliche Warnlampen auf. Dietrichs Miene erschien ungerührt, aber was ging wohl in seinem Inneren vor? Sie wusste nichts über diesen Mann, das hatte Teddy einmal zu ihr gesagt, und er hatte recht gehabt.

Dieses Gespräch handelte vielleicht gar nicht von Ramon. Vielleicht ging es Dietrich ja um Ottilia, die seit Mitte der Dreißigerjahre auf der Todesliste der Nazis stand. Sie saß in Paris fest, war Jüdin und Flüchtling und sah einer unsicheren Zukunft entgegen. *Wir werden sie hier rausbringen,* beschloss Coralie auf der Stelle. *Wir bringen sie zurück nach England, wie auch immer wir das anstellen müssen.* »Ich habe keine Ahnung, wo sie sich befindet.«

Dietrich betrachtete ihren Hals, dann ihr Gesicht, dann »Verführung am helllichten Tag«, so genannt nach den Seidentroddeln, die sich mit den Haaren der Trägerin verflochten. »Dann haben Sie das Hutgeschäft nicht von ihr gekauft?«

»Nein, von Lorienne Royer. Die ist aber von hier weggezogen.« Und konnte ihr daher auch nicht widersprechen. »Könnte ich ein Glas Wasser haben, bevor ich in Ohnmacht falle?«

Dietrich lehnte sich auf seinem Stuhl zurück. Sie wartete auf die Worte, die die Vernehmung beenden und ihr erlauben würden, die Toilette aufzusuchen – das war mittlerweile fast noch dringender als der Wunsch nach einem Schluck Wasser. Doch die Stille hielt so lange an, dass sie sie schließlich brach.

»Was soll ich Ihnen sonst noch sagen? Meine Schuhgröße? Sie wissen bereits, wie viel Zucker ich in meinem Tee mag und auf welcher Bettseite ich am liebsten schlafe.«

Er zuckte zusammen. Immerhin eine Reaktion. Er war also nicht komplett aus Eis. Ohne die Augen von ihm abzuwenden, stellte sie sich ihr Duet-Bett vor, platzierte sich selbst nackt darauf und brachte auch ihn in das Szenario ein. Sie dachte daran, wie er ihren Namen gehaucht hatte, wenn sie ihn liebkost hatte, von der Brust zum Nabel und weiter nach unten … Sie betrachtete den echten Dietrich und spürte, dass er gegen die zunehmende Erregung ankämpfen musste. Die Muskeln in seinem Gesicht und am Hals waren angespannt wie Klaviersaiten.

Wo war sein Lächeln? Warum gab er nicht auf? Er war so nahe dran. Als er den Federhalter aufnahm, war sie überrascht, dass er nicht in zwei Teile zerbrach. Aber Dietrich erwiderte bloß: »Gehen wir noch einmal die Fragen durch.«

»Wie entsetzlich. Ach, Liebes, wie furchtbar demütigend. Hat Dietrich von Elbing dir das wirklich angetan? Ottilias Held? Sollen wir es ihr sagen?«

Coralie stürzte den Tee hinunter, den Una ihr gekocht hatte. »Ich will nie wieder an ihn denken. Obwohl ich heute wohl einen der heldenhaftesten Märsche der Geschichte hingelegt habe. Als ich ihm endlich klargemacht hatte, dass ich gleich auslaufen würde, sprang er so schnell auf wie noch nie ein Mann zuvor.«

Wenn Coralie sich jemals wieder von dem schlimmen Erlebnis erholte, würde sie vielleicht eines Tages lächeln bei der Erinnerung an Dietrich, der jede einzelne Tür im Flur aufriss, nur um zu entdecken, dass sich dahinter Schränke mit Büromaterialien oder ein Schreibzimmer verbargen.

»Du hast ihn beschämt. Das ist gut.«

»Er hat wohl eher versucht, die Teppiche zu schützen. Als ich aus der Toilette kam, hat er nur mit den Schultern gezuckt und mich gehen lassen. Ich weiß noch immer nicht, was er eigentlich von mir wollte. Jedenfalls darfst du Ottilia nichts davon erzählen. Wir müssen sie in Sicherheit bringen, und zwar, bevor er sie findet.«

Una nickte.

Coralie spürte, wie ein Schauer ihren Körper durchfuhr. »Man denkt immer, wenn sie einen abholen, leistet man Widerstand … Aber so ist es nicht. Man ist gefügig wie ein Hund. Da war ein Mann im Lutetia, ein Spanier, glaube ich …« Sie wollte lieber nicht über sein Schicksal nachdenken.

Violaines Schicksal dagegen würde hoffentlich bald geklärt werden. Coralie hatte nicht gewagt, sich noch einmal zu La Passerinette zu begeben, darum hatte Arkady ihr diesen Gang abgenommen, und sie wartete angespannt auf seine Rückkehr. In der Wohnung lag der Schock noch in der Luft. Noëlle hatte sich anscheinend in den Schlaf geweint. Una erzählte, wie lange sie mit der Kleinen gespielt und ihr dabei immer wieder versichert hatte, dass *Maman* gleich nach Hause käme.

Auch Ottilia hatte geweint, als Coralie erschien, erschüttert und verwirrt. Sie schluchzte noch immer gedämpft. Una rutschte auf ihrem Stuhl hin und her, nahm dann Coralies Tasse und brachte sie in die Küche.

»Arkady ist schon so lange fort«, klagte sie, als sie zurück ins Wohnzimmer kam.

»Wahrscheinlich muss er immer wieder seine Papiere vorzeigen.«

»Er ist doch Ungar, da winken sie ihn einfach durch«, entgegnete Una.

»Aber er ist ein Zigeuner«, gab Coralie zu bedenken.

»Das steht nicht in seinen Papieren.«

Nein, aber in seinem Gesicht steht es geschrieben, und ich hätte ihn nie um diesen Gefallen bitten dürfen. Coralie erhob sich, um das Abendessen zuzubereiten, obwohl ihre Beine zitterten. »Nur nicht nachlassen, ihr Mädchen, so ist es richtig!«, sagte sie im Tonfall von Miss Lucilla Lofthouse.

Una rief ihr in die Küche nach: »Dein britischer Akzent ist wirklich toll. Wie lange hast du dort noch gleich gelebt?«

»Ach … nur ein paar Jahre. Ich habe eben ein Gefühl für Akzente. Coralie, der menschliche Papagei. Soll ich Marlene Dietrich beim Kochen imitieren?«

Arkady erschien nur wenige Minuten, bevor die Ausgangssperre in Kraft trat. Er sei achtmal angehalten worden, erzählte er, aber seine Papiere hatten keinen Grund zur Beanstandung gegeben. Ein deutscher Soldat hatte ihm sogar eine Zigarette geschenkt.

»Was ist mit Violaine?«

»Sie ist im amerikanischen Hospital in Neuilly.«

Neuilly lag im Nordwesten, es war ein wohlhabender Vorort von Paris.

Im Briefkasten von La Passerinette hatte ein Zettel gesteckt, wie Arkady berichtete. »Mit einer Unterschrift, die ich nicht entziffern konnte.« Alles andere aus dem Salon war nicht mehr da.

Coralie hatte gar nicht mehr an ihr geplündertes Atelier gedacht. Eine kleine Stimme in ihrem Kopf fragte: *Na, was jetzt?* Die Antwort war einfach: *mehr Material kaufen*.

Arkady wusste nicht, wer Violaines Transport in das amerikanische Hospital veranlasst hatte, und Coralie hörte auf, über diese Frage nachzudenken, als sie plötzlich Noëlle nach ihrer *Maman* rufen hörte.

17

Am 21. Juni 1940 trafen sich Marschall Pétain, der Held des Ersten Weltkriegs, und sein Stellvertreter Paul Laval mit Adolf Hitler in einem Salonwagen im Wald von Compiègne, etwa fünfzig Kilometer nordöstlich von Paris. Es war derselbe Eisenbahnwagen, in dem die Deutschen 1918 die Kapitulationserklärung unterzeichnet hatten. Pétain hatte den Frieden für Frankreich hart erkauft; die finanziellen und menschlichen Opfer würden sein Volk schwer belasten.

Pétain hatte jetzt die Freiheit, eine Regierung zu bilden, die mit den Eroberern zusammenarbeitete und nicht gegen sie; Frankreich würde in zwei Zonen aufgeteilt werden. Die neue Landkarte zeigte eine gezackte Linie, die westlich bis nach Tours reichte und dann bis hinunter zur spanischen Grenze verlief. Dadurch bekamen die Deutschen die Kontrolle über die atlantische und die nördliche Küste. Ihre Armee besetzte die nördliche Zone, inklusive Paris. Die südliche Zone blieb unter französischem Kommando und war im Volksmund bald als »freie Zone« bekannt. Coralie fragte sich, ob sie und ihre Freunde jetzt Gefangene waren.

Am folgenden Tag versammelten sie sich bei zugezogenen Gardinen um das Radio, um den Worten des ins Exil getriebenen Armeegenerals Charles de Gaulle zu lauschen. Er beschwor alle Franzosen, unverdrossen weiterzukämpfen. Sich niemals der Sklaverei zu ergeben.

Arkady murmelte: »Ich werde nach England gehen und mich seiner Armee anschließen.«

»Du bleibst schön hier«, erwiderte Coralie. »Es gibt mehr als einen Weg, in den Krieg zu ziehen.«

»Das stimmt nicht, es gibt nur einen, und zwar mit Blut.«

»Wo wir gerade davon sprechen«, begann Una, der das Gespräch offensichtlich nicht behagte. »Wie geht es deiner Assistentin, Coralie?«

»Violaine? Die Ärzte haben sie nach Hause geschickt. Das arme Ding hat in letzter Zeit viel zu viel Zeit in Krankenhäusern verbracht. Zum Glück ist ihre Nachbarin gerade vom Lande zurückgekommen und kann sich um sie kümmern. Ich fahre gegen Ende der Woche mal hin, um nachzusehen, ob sie genug zu essen haben.« Sie musste außerdem ihr geplündertes Atelier in Augenschein nehmen und überlegen, wie sich ihr Geschäft wieder auf die Beine stellen ließ.

Es gab jedoch genug, worum man sich sorgen musste. Das allgemeine Vertrauen in das Wohlwollen der Deutschen war so gering wie das Angebot an Lebensmitteln. Für die Besetzer glich die Stadt noch immer einem Büfett, an dem man sich frei bedienen konnte; die deutschen Soldaten litten keinen Mangel, während die Einheimischen sich mit dem begnügen mussten, was übrig geblieben war. »Grüne Bohnen und Spinat!«, jammerte Una an jenem Abend und stieß die Gabel in ihr karges Mahl. »Das deutsche Oberkommando hat alle möglichen Restaurants beschlagnahmt und in ›Soldatenheime‹ umgewandelt. Ich wette, dort serviert man keine Linsen mit Sägespänen. Derweil müssen die Krankenhäuser die Medikamente für unsere Kriegsverletzten rationieren!«

Una war gerade vom amerikanischen Hospital in Neuilly gekommen, wo sie als Freiwillige arbeitete. Coralie hätte es ihrer glamourösen Freundin niemals zugetraut, aber sie war tatsächlich ausgebildete Krankenschwester. Sie hatte die Ausbildung durchgezogen, um ihre ehrgeizige Mutter zu schockieren und den immer neuen Heiratsvorschlägen ihrer Großmutter zu entgehen, wie sie Coralie erzählte. »Sie hatten mir immer wieder gesagt, dass die Frauen der McBrides nicht arbeiten. Darum suchte ich mir den schwersten Beruf aus, den ich mir vorstellen konnte, nur um es ihnen zu zeigen. Wie sich herausstellte, war ich ganz gut darin, und ich würde vielleicht noch immer als Krankenschwester arbeiten, wenn ich mich nicht in einen Franzosen verliebt und in Europa wiedergefunden hätte – nur um in die Hände von Mr. Kilpin zu geraten, aber das ist eine andere Geschichte.« Nach ihrer Zwölfstundenschicht wirkte ihr Gesicht eingefallen. »Ich habe noch niemals solche Wunden und Infektionen gesehen, und es kommen immer mehr Patienten. Warum tun sich Männer gegenseitig so etwas an?«

»Du meinst, warum sie Krieg führen?« Coralie dachte kurz darüber nach. »Es ist vielleicht so ähnlich, wie ein Kind zu kriegen. Das hält man auch für ganz einfach, bis es dann tatsächlich so weit ist.«

»Ich wünsche mir so sehr ein Kind«, sagte Ottilia traurig. Sie konzentrierte sich nur selten auf das, was um sie herum gesprochen wurde, und sprang meistens nur auf einzelne Worte an. »Als ich mit Dietrich verlobt war, haben wir uns überlegt, wie viele Kinder wir bekommen wollten. Zwei Mädchen, zwei Jungen.«

»Wir *müssen* sie nach England bringen«, flüsterte Una. »Am besten, bevor sie zufällig auf Dietrich trifft und die Mutter seiner Kinder werden möchte.«

Coralie murmelte: »Neulich musste ich ihr erklären, warum sie die Eier an der Kasse bezahlen musste. Sie hat doch tatsächlich zu der Verkäuferin gesagt, sie solle die Eier in die Rue de Seine liefern lassen.«

»Wir bringen sie hier weg, aber wenn wir sie wirklich nach

England bringen wollen, heißt das, wir müssen über die Demarkationslinie, durch das freie Frankreich nach Spanien und weiter bis nach Portugal.«

Coralie zog die Stirn kraus. »Es wird schwer genug, sie zum Gare Montparnasse zu kriegen, ohne dass sie einen Nervenzusammenbruch bekommt.«

»Ich rede mal mit den Leuten im Hospital«, versprach Una. »Dort gibt es ein Netzwerk unter den Angestellten. Man versucht, die amerikanischen Juden aus Frankreich herauszubringen. Ich kann sie nicht um Hilfe bitten, sie gehen schon genügend Risiken ein. Aber ich kann vielleicht einen Tipp von ihnen bekommen. Und du gehst heute mit Tilly zu La Passerinette. Denk dran, Hüte sind Gottes Art, die Frauen daran zu erinnern, dass sie ein Hirn im Kopf haben!«

Das war eine gute Idee. Sie konnten vielleicht eine kleine Teeparty mit ihrem Besuch verbinden. Coralie ging in die Küche und suchte nach den letzten Butterresten. Sie hatte auch noch eine Tüte Mehl, und daraus konnten sie durchaus einen Kuchen zaubern.

Im Atelier angekommen, wurde Coralie wieder bewusst, was Violaine widerfahren war – und dass die Regale leer waren. Sie stieß einen wütenden Seufzer aus. Nähmaschinen, Spannrahmen, Hutbandrollen, *marottes* und Hutständer, das alles war zu ersetzen. Genau wie ihre wertvollen Blöcke, jedenfalls irgendwann.

Der Gedanke, dass die Diebe einfach über Violaine hinweggestiegen waren, erzürnte sie am meisten. Eine Zigeunerin hatte ihr in Epsom einmal geweissagt, sie werde jemanden töten. Jetzt begriff sie, zu welch gefährlicher Mischung Hass und Ohnmacht werden konnten.

Nachdem sie das Atelier hinter sich abgeschlossen hatte, sammelte sie Noëlle und Ottilia ein, die es sich auf dem Salonsofa gemütlich gemacht hatten. Zusammen gingen sie hinauf in Violaines Wohnung, wo sie von Jeanne Thomas, der Nachbarin, die sich jetzt um Violaine kümmerte, eingelassen wurden. Coralie hatte sie bereits kennengelernt. Jeanne war eine schlanke Frau um die sechzig und begrüßte Coralie freundlich. Ihre Aufmerksamkeit galt jedoch in erster Linie Ottilia, die ein Frühlingsensemble von Javier aus dem Jahr 1938 trug und darin einfach fantastisch aussah. Ihr rötlich blondes Haar umrahmte ihr Gesicht auf bezaubernde Art.

Violaine, die noch immer geschwächt in ihren Kissen lag, bildete den Gegensatz zu Ottilias strahlender Erscheinung. Mit ihren strähnigen Locken und ihrer dicken Brille wirkte sie beinahe mitleiderregend. »Violaine, es war meine Schuld!«, rief Coralie und nahm ihre Hand. »Ich hätte dich schon früher finden können, aber ich habe mich nicht hergetraut. Einmal kam ich bis zur Place de la Concorde, verlor dann aber den Mut. Und die ganze Zeit über warst du hier, eingeschlossen von diesem Abschaum …«

Violaine unterbrach Coralies Gefühlsausbruch: »Es war Lorienne.«

Coralie musterte Violaine. Hatte das schlimme Erlebnis am Ende auch ihren Kopf durcheinandergebracht? »Lorienne ist schon lange nicht mehr in Paris. Sie ist wohl nach Dijon gegangen.«

»Sie ist nicht weggegangen. Guten Tag, Madame la Baronne.« Violaine streckte Ottilia die Hand hin. Coralie spürte auf Anhieb eine Verbindung zwischen den beiden Frauen. War es gegenseitiges Verständnis?

Violaine wiederholte, dass Lorienne Paris nicht verlassen hatte. »Die Dijon-Geschichte diente doch nur dazu, das Gesicht zu wahren. Sie haben ihr die Anstellung gekündigt, nicht war, Madame?«

Ottilia biss sich auf die Lippe. »Dietrich hat mir versichert, sie hätte die Gewinne niedriger angesetzt, um mich zu schädigen. Es ist geschmacklos, so mit den Leuten umzugehen. Ich ließ meinen Londoner Anwalt also einen Brief aufsetzen. Lorienne antwortete auf ganz abscheuliche Art und nannte mich eine … nein, ich will es nicht aussprechen.«

Violaine nickte. Sie wirkte ungerührt. »Sie hat eine Anstellung bei einer anderen Hutmacherin angenommen – bei Henriette Junot. Eine unserer Kundinnen hat sie dort gesehen. Sie ist anscheinend Henriettes Stellvertreterin. Sie nennt sich ›Directrice‹.«

»Reden wir über den Tag, an dem sie hierher zurückkam. An was erinnerst du dich?«, wollte Coralie wissen.

Violaine runzelte die Stirn. »Es war der zwölfte oder dreizehnte Juli. Auf den Straßen herrschte furchtbares Chaos, und ich hatte Angst, dass die Läden schließen und ich ganz ohne Lebensmittel dasitzen würde. An meiner üblichen Stelle kam ich nicht über die Straße vor lauter Automobilen, die Stoßstange an Stoßstange standen und hupten. Ich brauchte Stunden, um ein Fischgeschäft und einen Lebensmittelladen zu finden, die noch Ware zu verkaufen hatten. Zu Hause öffnete ich die Tür zur Straße hin, und dann schubste mich jemand hinein.«

»Lorienne?«

»Ihr platinblondes Haar ist wohl unverkennbar«, murmelte Ottilia.

»Es waren noch zwei andere dabei.« Violaine schloss die Augen. »Lorienne wollte wissen, warum die Hüte aus dem Schaufenster verschwunden waren. Ich sagte ihr, dass wir sie weggeschlossen hatten und bis auf Weiteres den Laden geschlossen hielten. Da erwiderte sie: ›Die Hüte gehören jetzt mir. Mademoiselle de Lirac hat sie mir verkauft.‹ Ich glaubte ihr nicht, aber dann schleifte sie mich ins Atelier und drückte mich gegen die Tür, bis ich ihr den Schlüssel aushändigte.«

»Es waren also drei Personen?«

»Drei Frauen. Eine trug Hosen.« Violaine verzog missbilligend den Mund. »Sie hatte kurze Haare und eine furchtbar schroffe Art zu reden.«

Henriette also – und wer noch? Das roch nach Rache. Coralie fragte: »Und dann haben sie die Regale leer geräumt?«

»Sie haben alles in Wäschesäcke gepackt, die sie mitgebracht hatten.«

»Und dich bewusst eingeschlossen?«

»Ich hatte Pfirsiche und Äpfel dabei, und im Kocher war noch Wasser. Sonst wäre ich gestorben.«

»Auf den Fisch hattest du wohl keine Lust.«

Violaine sah Coralie an, ohne die Augen auf sie zu fokussieren, und gab den Witz zurück. »Ach nein, so roh dann doch nicht.«

Noëlle, die bislang still neben Ottilia gesessen hatte, deutete auf den Korb mit Coralies Kuchen und lispelte: »Ach nein, so roh dann doch nicht.«

Alle lachten, und die Spannung löste sich. Madame Thomas ging, um Tee zu kochen, und Coralie begleitete sie. Während das Wasser langsam heiß wurde, betonte Madame Thomas, wie froh sie darüber sei, sich endlich wieder um jemanden kümmern zu können. Sie hatte ihre Arbeit als Buchhalterin aufgegeben, um ihren kranken Ehemann zu pflegen, bis er vor fünf Jahren gestorben war. »Danach wurde es furchtbar still.«

Coralie hörte sich selbst fragen, ob Madame Thomas vielleicht gern die Buchhaltung von La Passerinette übernehmen würde. »Ich wollte eigentlich eine Anzeige ins Schaufenster kleben. Ich werde den Laden im Oktober wieder aufmachen und muss ihn dann ein bisschen professioneller führen. Mit Zahlen kann ich zwar ganz gut umgehen, bleibe aber doch lieber bei meinen Hüten!«

»Im Oktober?«, rief Violaine, als Coralie beim Tee ihren Plan wiederholte. »Warum erst dann? Uns mag es vielleicht schlecht gehen, aber nicht alle sind davon betroffen. Schöne Sachen gehen weg wie warme Semmeln. Madame Thomas, sagen Sie es ihr!«

Ottilia schaltete sich ein. »Man bekommt weder Strümpfe noch Unterwäsche, weil die deutschen Soldaten alles leer kaufen und ihren Frauen die Sachen nach Hause schicken.«

Madame Thomas spitzte die Lippen. »Oder sie gewissen Mädchen in der Stadt schenken.«

Na schön, dann eben im September, dachte Coralie. Das bedeutete, sie hatten zweieinhalb Monate Zeit, um neue Werkzeuge aufzutreiben und neue Ware herzustellen. »Was fort ist, ist fort.« Sie konnte zwar zu Henriette Junot gehen und die Rückgabe ihres Eigentums verlangen, würde aber ganz sicher nur betont unschuldige Blicke und Hohngelächter ernten.

Paris erteilte ihr dieselbe Lektion, die sie schon einmal in London hatte lernen müssen: Ein Mädchen aus der Arbeiterklasse, das es wagte, nach seinen hochfliegenden Träumen zu streben, traf auf jede Menge Leute, die es wieder auf den Boden der Tatsachen zurückholten. Sie war nun zwar ganz unten, würde aber wieder an die Oberfläche kommen, genau wie ein Champagnerkorken.

18

Sechs Tage später, am letzten Freitag im Juni, saßen Coralie de Lirac und Una McBride an einem Nachtklubtisch, aufwendig zurechtgemacht, als würde der Krieg sich in einem anderen Universum abspielen. Ottilia war zu Hause geblieben, um auf Noëlle aufzupassen, und Coralie freute sich auf ein paar Stunden ungehinderten Vergnügens.

Die Vagabonds hatten ein Engagement im Rose Noire bekommen, und heute Abend fand ihr Debüt statt. Coralie und Una nahmen winzige Schlucke aus ihren Gläsern – Wein war fast unerschwinglich teuer geworden – und warteten darauf, dass die Musik begann. Der Strom war gerade wieder einmal ausgefallen. In der Stadt gab es schon wieder Licht, aber auf dem Montmartre war die Versorgungslage schwieriger.

Als die Vagabonds schließlich auf die Bühne traten, jauchzte Una vor Freude.

»Beim letzten Mal, als sie hier gespielt haben, sind sie gerade noch mit heiler Haut davongekommen«, erinnerte Coralie ihre Freundin.

»Ach, diese Korsen sind schon längst weg«, erwiderte Una. »Die haben ihr Unwesen getrieben, solange Martel im Gefängnis saß, aber jetzt, wo er wieder draußen ist, sind sie in die freie Zone abgehauen. Es ist illegal, Bargeld von einer Zone in die andere zu schaffen, also müssen sich die Kriminellen für eine entscheiden.

Die Vagabonds sind jedenfalls wieder im Geschäft, und das Licht der Zivilisation erstrahlt einmal mehr.«

Als Coralie sich im Raum umsah, konnte sie nicht viel davon erkennen. Und als sie eine Gruppe bestehend aus sechs deutschen Offizieren erblickte, die sich gerade an einem Tisch in der Nähe niederließen, fragte sie sich ernsthaft, was sie überhaupt in diesem Nachtklub suchten.

Dietrich war einer der Männer in der Gruppe. Zum Glück war die Beleuchtung schwach; der große Leuchter war ausgeschaltet, um das Stromnetz nicht zu überlasten. »Dieser Wein ist zu warm«, klagte Coralie, die ein Ventil für ihre Nervosität suchte. »Wir sollten um einen Eiskühler bitten.«

»Aber Liebes, wo soll man denn jetzt Eis hernehmen?«

»Und der ganze Laden ist voll mit Männern. Heute Abend bekäme selbst Luzifers Mutter einen Tanz. Ich habe keine Lust, mit den verdammten Deutschen zu reden, geschweige denn, mit ihnen zu tanzen.«

»Schade, denn einer von denen starrt dich überaus interessiert an. Er sieht gut aus, wenn man auf den Typ ›eiskalter Krieger‹ steht.«

Er hatte sie also entdeckt. Coralie blickte unverwandt zur Bühne hinüber. Die Vagabonds begannen mit Edith Piafs »Mon Cœur Est Au Coin d'Une Rue«, einer langsamen Nummer. Arkady spielte so sicher wie immer, Florian aber wirkte nervös. Er war alleine nach Paris zurückgekehrt und strahlte etwas Verlorenes aus. Sein rotes Hemd hing lose an seinem Körper herab. Das Hackbrett hatte er gegen eine Gitarre getauscht, und er sah aus, als würde er auch diese Entscheidung bereuen.

Nach »Mon Cœur« stimmte Arkady das muntere »That's A Plenty« an. »Der arme Florian kommt nicht so ganz mit«, murmelte Coralie.

»Das ist seine eigene Schuld, weil er aufs Land geflüchtet ist. Die gestandenen Musiker sind geblieben, haben sich betrunken und die Marseillaise gespielt, während die Nazis immer näher gekommen sind.«

»Hat er Julie geheiratet?«

»Nein. Sogar Florian kann eine bessere Partie machen als dieses dumme Mädchen«, schnaubte Una.

»Julie ist nicht dumm, nur jung. O Gott, da kommen welche.« Zwei Männer in schlecht gebügelten Anzügen drückten ihre Zigaretten aus und kamen auf ihren Tisch zu. Sie sahen aus wie Franzosen, aber das war auch alles, was für sie sprach.

»Einen Tanz, Ladies?«

»Sicher, warum nicht?« Una ließ sich von dem größeren der beiden auf die Tanzfläche führen.

»Und was ist mit uns?« Der andere sah Coralie an. Sie erinnerte sich, ihn schon einmal gesehen zu haben. Er war einmal der Türsteher des Klubs gewesen. Warum war er nicht beim Militär? Der Mann schien ihre Gedanken zu lesen und fragte aggressiv: »Wollen Sie mich vielleicht etwas fragen?«

»Ich tanze lieber, als zu reden«, entgegnete sie. Wenn sie ein paar Runden auf der Tanzfläche drehten, würde er sich vielleicht beruhigen.

Nach dem Tanz ließ Coralie sich auf ein weiteres Glas warmen Wein an der Bar einladen und fragte nach Martel. »Man erzählt sich, er sei aus dem Gefängnis gekommen … Ist das wahr? Nach dem, was er getan hat?«

Es stimmte tatsächlich, wie ihr Begleiter ihr versicherte. Martel war vom neuen Regime begnadigt worden. Er wäre an jenem Abend sicher im Klub gewesen, hätte man ihn nicht erst einmal in ein Internierungslager gesteckt.

»Da soll er sich wohl wieder an das Leben außerhalb von geschlossenen Räumen gewöhnen?«

»Da soll er wohl eher entlaust werden.« Der Mann deutete

über seine Schulter nach hinten. »Diese Typen würde er wohl kaum mögen.«

Zuerst dachte sie, er beziehe sich auf die Deutschen, aber dann funkelte er Arkadys Vagabonds böse an.

»Das sind drittklassige Ausländer. Sie haben das Engagement nur bekommen, weil sie Instrumente spielen. Sänger will man jetzt keine mehr, weil alle Texte auf Anti-Nazi-Anspielungen überprüft werden müssen.«

»Das wusste ich gar nicht.«

Er zuckte mit den Achseln. »Jetzt wissen Sie's.«

»Wo haben Sie gekämpft? Wohl in der Normandie?« Das war eine provokante Frage. Dieser Kerl hatte mit Sicherheit noch nie eine Uniform getragen.

»Ich habe es an der Lunge.« Er hustete kräftig, um seine Aussage zu unterstreichen. »Ich habe mich dem passiven Widerstand angeschlossen. Ich komme gern bei Ihnen vorbei und kontrolliere Ihre Verdunkelungsvorhänge.«

»Danke, nicht nötig.«

Danach schienen die Konversationsthemen erschöpft zu sein. Coralie wusste sich nicht anders zu helfen, als das Wetter zu erwähnen. »Es ist furchtbar heiß.«

»Was erwarten Sie denn im Juni? Schnee? Und was macht eigentlich Ihre Freundin da?«

Una hatte ihren Partner gegen einen der Männer von Dietrichs Tisch ausgetauscht. Coralie verbarg ihre Verzweiflung, indem sie mit den Schultern zuckte. »Na, sie tanzt. Wir befinden uns in einem Nachtklub, da ist das erlaubt.«

»Diese Männer sind Luftwaffenoffiziere. Ich habe Félix gebeten, ihnen eine Runde auszugeben, weil sie allein im letzten Monat zweihundertfünfzig britische Bomber über Frankreich abgeschossen haben.«

Nur der letzte Rest ihres gesunden Menschenverstands hinderte Coralie daran, diesem Mann ihren Wein ins Gesicht zu schütten. *Zweihundertfünfzig abgeschossene Bomber. Bitte, lieber Gott, lass Donals nicht dabei gewesen sein.* »Sie sind also froh darüber, dass diese Flugzeuge abgeschossen wurden?«

»Zum Teufel mit den Briten. Sie haben unsere Truppen in der Normandie im Stich gelassen.«

»Sie haben Tausende von britischen Jungs mitgenommen. Sie mussten verschwinden, sonst wären sie niedergemetzelt worden.«

»Was versteht eine Frau denn schon davon?«

»Ach, fahren Sie doch zur Hölle!«

Er wandte sich abrupt ab und ging Richtung Ausgang, blieb aber unterwegs noch einmal stehen, um ihr etwas zuzurufen: »Wenn Sie es mal von einem richtigen Mann besorgt haben wollen, wissen Sie ja, wo ich zu finden bin.«

Verflixt, jetzt war sie an der Bar gefangen und kam nicht an ihren Tisch zurück, ohne an Dietrich vorbeigehen zu müssen. Sie war in einer Zwangslage: Mauerblümchen saßen allein am Tisch, Prostituierte saßen allein an der Bar.

Sie trug ihr Korallenarmband, dessen spitze Enden ihr unangenehm in die Haut stachen. Una tanzte gerade mit Dietrich. Er gehörte ihr, Coralie. Sie war ihm zwar böse, aber er gehörte noch immer zu ihr. Wenigstens in ihrer Vorstellung.

Als Una sich endlich zu ihr gesellte, blaffte Coralie sie an: »Sechs Tanzpartner, einer nach dem anderen.«

»Das nennt man Koexistenz.«

»Das nennt man ›sich anbiedern‹.«

Una kletterte auf einen Barhocker und fummelte eine Zigarette in die Zigarettenspitze. Ihre Hände zitterten leicht. »Sei still und hör mir zu. Als ich mit dem ersten getanzt habe, habe ich seine Kollegen belauscht. Eine meiner Großmütter war Deutsche, daher kann ich ein paar Brocken Deutsch.« Sie hielt sich das Feuerzeug vor den Mund, damit ihr niemand von den Lippen lesen konnte. »Vor drei Tagen wurde verfügt, dass alle Menschen, die aus Deutschland geflohen sind, deportiert werden sollen. In Polen gibt es ein besonderes Lager für sie. Pétains Regierung hat zugestimmt, sie den Deutschen zu überantworten, das war eine Bedingung des Waffenstillstands.«

»Verstößt das nicht gegen irgendeine Konvention?«

»Keine Ahnung, aber das hilft Ottilia jetzt auch nicht weiter.«

»Ist Tilly überhaupt ein Flüchtling? Eigentlich ist sie doch aus London gekommen.«

»Das ist Feindesland. Hast du gewusst, dass ihr Bruder Max wichtige Forschungsergebnisse an die Konkurrenz nach Amerika geschickt hat? Irgendwas über Chemikalien oder Farbe. Die Deutschen waren nicht erfreut darüber, darum ist zu vermuten, dass Tilly ganz oben auf der Liste steht. Jeder könnte sie verraten. Freunde, Nachbarn, eifersüchtige Verkäuferinnen … was ist denn?«

»Gefahr auf neun Uhr.«

»Neun Uhr? Ach so, jetzt spielen wir Navigator …« Zwei Luftwaffenoffiziere kamen zu ihnen herüber, gefolgt von einem Ober mit Wein und Eiskühler. Una warf einen Blick auf die beiden und murmelte: »Das ist doch dein Dietrich, nicht? Er kommt auf uns zu. Wenn jemand Tilly helfen kann, dann er.«

»Nein! Er hat ein Eigeninteresse daran, sie auffliegen zu lassen … Näheres später.« Die Männer waren bei ihnen angekommen.

Una machte einen Schmollmund und blies aufreizend den Zigarettenrauch aus. »Meine Herren, eisgekühlter Champagner, wie wunderbar!«

»Eis für die wenigen, die es sich leisten können«, murmelte Coralie.

Dietrich bat sie um einen Tanz, und sie gewährte ihn ihm. Es war, als wäre er ein entfernter Bekannter und sie eine gelangweilte Dame, die sich über die Zerstreuung freute. Die Vagabonds spielten »In A Sentimental Mood«, aber Coralie hatte kein Verlangen, sich an Dietrich zu schmiegen. Sie wollte seine Uniform nicht berühren. Ein einziger Gedanke ging ihr immer wieder im Kopf herum: *zweihundertundfünfzig britische Flugzeuge abgeschossen.*

Schließlich brach er die Stille. »Ich glaube, dieses Kleid habe ich dir gekauft.«

»Ja, als wir hierhergekommen sind …« Sie biss sich auf die Zunge.

»Voll in die Falle gegangen. Ich war ganz erstaunt, wie gut du dem Verhör neulich widerstanden hast. Deine Antworten stimmten mit den Angaben auf deinem Ausweis überein.«

»Warum hast du das gemacht, Dietrich?« Sie unterdrückte den Wunsch, ihm das Gesicht zu zerkratzen. Ihm die Uniform vom Leib zu reißen, angefangen bei diesem Schwalbenschwanzkreuz. Sie wollte es abreißen, den Mann wiederfinden, der er gewesen war, den Freund, den Liebhaber … und dann dem Mann, der er geworden war, ins Gesicht spucken.

»Dich verhören?« Er klang jetzt deutscher, als sie in Erinnerung hatte. Weniger fließend in der Fremdsprache. Das war nicht überraschend, schließlich waren drei Jahre vergangen. »Um zu prüfen, ob du dich auch unter Druck an deine Geschichte halten kannst. Du musst deine Antworten polieren. Wäre ich ein professioneller Verhörspezialist gewesen, wäre ich stutzig geworden, weil du so unsicher warst.« Er legte den Kopf zur Seite, um den Kopfputz aus Blumen und Bändern zu betrachten, den sie in ihren Locken trug. »Ich hatte nicht damit gerechnet, dich als erfolgreiche Hutmacherin, Ehefrau und Mutter wiederzusehen. Du warst sehr umtriebig.«

»Genau wie du. Du hast Karriere gemacht und Medaillen verliehen bekommen.« *Und jetzt bist du zurück in Paris … warum?*

»Erzähl mir von Ramon, dessen Ring du nicht trägst. Es war also eine kurze Ehe?«

»Kurz und elegant.«

»Aber fruchtbar.«

»Meine Tochter ist nicht von Ramon.« Sie spürte, wie es ihm kalt den Rücken hinunterlief. Seine Miene veränderte sich, und ein Ausdruck des Verstehens schlich sich in seine Augen. »Sie ist auch nicht dein Kind, Dietrich.«

Er nahm seine Hände von ihr. »Setzen wir uns an einen Tisch.«

Er suchte einen am Rande des Raums aus und bestellte ihren früheren Lieblingswein – Pissotte. »Erzähl mir von deiner Tochter.«

Normalerweise war Noëlle ihr liebstes Gesprächsthema, aber jetzt erschien es ihr wie eine Art Geheimnisverrat, ihm von ihr zu erzählen. »Sie ist ein ganz normales Kind. Wird im Winter drei Jahre alt, und dann muss ich über einen Kindergarten nachdenken. Das heißt, wenn überhaupt welche geöffnet sein werden.«

»Ist das eine Spitze?« Er drehte den Stiel seines Glases in der Hand. »Halt dich einfach an die Fakten.«

Na schön, dachte sie, wenn er es so will. »Erinnerst du dich noch daran, als wir einmal hier zu Abend gegessen haben und du mich nach dem Namen meines ersten Liebhabers gefragt hast? Ich habe mich um die Antwort gedrückt. Du willst also die Wahrheit wissen? Es war ein Seemann. Rishal. Er kam von der Insel Mauritius.« Sie skizzierte ein paar Details: der Krönungsabend, das Feuerwerk, der Alkohol, der in Strömen geflossen war. Sie hatte ihn wirklich gemocht. »Um ehrlich zu sein, wäre ich damals aber mit jedem mitgegangen, der mich liebevoll behandelt hätte. Wir verbrachten ein paar romantische Nächte miteinander, dann stach er wieder in See und ließ mich schwanger zurück. Ende des Märchens.«

Dietrich schien versunken in die Spiegelungen seines Weinglases, was ihr die Gelegenheit gab, ihn ausführlich zu betrachten. Auf den ersten Blick hatte er sich nicht verändert, aber dann entdeckte sie feine Linien, die wie Krähenfüße von seinen äußeren Augenwinkeln ausgingen. Er war auch ein wenig dünner geworden. Vielleicht hatte ja auch er unter der Trennung gelitten?

»Dietrich, warum hast du mich verlassen?«

»Ich musste zurück nach Deutschland.«

»Warum hast du mich zwei Monate lang auf Händen getragen und dann fallen gelassen wie eine heiße Kartoffel? Ich war verzweifelt und stand auf der Straße. Ich habe dich gehasst.«

Er schüttelte unwillig den Kopf. »Warum warst du verzweifelt, wo du doch zwanzigtausend Francs hattest und die Miete zwei Monate im Voraus bezahlt war? Ich habe dich vielleicht verlassen, Coralie, aber nicht dem Untergang überlassen.«

»Du hast noch zwei Monate Miete bezahlt? Sie haben mich rausgeschmissen! Ich musste Punkt elf draußen sein.« Die Erinnerung an diesen schrecklichen Tag schnürte ihr die Kehle zu. »Du hast mir kein Geld hinterlassen. Ich hatte gerade noch genug, um nicht zu verhungern.«

»Willst du mich einen Lügner nennen? Ich habe dir zwanzigtausend Francs in bar hinterlassen.«

»Wem hast du sie denn gegeben?«

»Brownlow, zusammen mit einem Brief, in dem ich erklärte, warum ich ging und was ich über dich erfahren hatte.«

Sie errötete, als sie sich dieses Gespräch vorstellte. Welchen Schaden hatte Brownlow ihrem guten Namen bloß zugefügt? Hatte er sie als geldgierig verunglimpft oder vielleicht auch als Mädchen, das nur auf Spaß aus war? »Brownlow hat mich gehasst. So viel Geld hätte er nie an mich weitergegeben. Er hat es sicher gleich in die eigene Tasche gesteckt, dieser feine Herr. Ich wette auch, dass der Mann an der Rezeption das Geld für die Miete für sich selbst abgezweigt hat.« Jetzt schlich sich ein Zittern in ihre Stimme. »Und du, du hast mir wehgetan, dabei habe ich dir nichts getan und dich immer nur geliebt!«

»Nichts getan? Bist du dir da sicher?« Seine lauter werdende Stimme war wie ein Vorwurf: Sie hatte sich in Dinge eingemischt, die sie absolut nichts angingen.

Sie nahm einen Schluck Wein. »Doch, etwas habe ich getan. Ich habe einen Brief an mich genommen.«

In seinen Gesichtsausdruck mischte sich etwas Brutales, und sie spürte, wie eine vertraute Panik in ihr aufstieg – das kannte sie schon von ihrem Vater. »Du hast mehr als nur einen Brief genommen. Du hast ein Leben genommen. Das kann ich dir niemals verzeihen, und darum male ich mir in dunklen Stunden manchmal aus, was ich dir dafür antun möchte. Ich habe Macht, Coralie. Und du bist Mutter … das ist eine Gelegenheit, von der ich nicht zu träumen gewagt habe.«

»Was sagst du da, Dietrich? Was hat meine Mutterschaft mit alldem zu tun?«

»Dein Kind gegen mein Kind.« Er erhob sich so energisch, dass sein Stuhl über den Boden kratzte. Sie streckte die Hand nach ihm aus, quer über den Tisch, verfehlte ihn aber.

»Du würdest meiner Tochter etwas antun? Warum? Was ist mit deinem Kind passiert? Dietrich, erklär mir das!«

Er musste sich anstrengen, seine Gefühle unter Kontrolle zu halten. »Geh jetzt. Ich lasse dich nach Hause fahren, in die Rue de Seine. Siehst du, ich weiß alles über dich. Sogar, dass deine letzte Hutkollektion bei La Passerinette hauptsächlich in Rosa gehalten war.« Er rang sich ein schiefes Lächeln ab. »Das Rosa habe ich dir nie austreiben können.« Er berührte die Lehne ihres Stuhls, und sie zuckte schon zusammen, bevor ihr klar wurde, dass er die Grundlagen der Höflichkeit trotz allem nicht vergessen hatte.

»Hast du etwas von Ottilia gehört?«, fragte er.

»Ja. Das heißt, nein. Sie ist in den Süden gegangen. Nach Cap d'Antibes.« Das war Unas bevorzugtes Ferienziel, und sie redete oft über die weißen Villen und das blaue Meer dort. »Die Baronin von Silberstrom hat sich eine Villa gemietet.«

»Nach Cap d'Antibes, im Sommer? Ottilia verträgt die Sonne doch überhaupt nicht. Weißt du nicht mehr, wie sie auf der Rennbahn von Epsom einen Mantel und Handschuhe getragen hat? Du warst schon immer eine schlechte Lügnerin, Coralie. Sie ist in Paris, wenn auch nicht in der Rue de Vaugirard.«

»Sie ist in Cap d'Antibes«, wiederholte Coralie. »Schick deine Handlanger dorthin, dann werden sie es dir bestätigen.«

»Du solltest wissen, dass es mit Arrest bestraft wird, Menschen wie Ottilia zu verstecken. Es gibt keine Gnade, nicht einmal für eine hübsche, eloquente Hutmacherin. Wenn du mir etwas zu Ottilia zu sagen hast, findest du mich …«

»Im Crillon? Oder im Lutetia? Oder teilst du deine Zeit zwischen den beiden Orten auf?«

Er zog ihr den Stuhl zurück, und dann standen sie sich gegenüber. Eine Art elektrischer Strom, den man beinahe sehen konnte, floss zwischen ihnen. »Weder noch. Ich habe Räume an einem Ort, der uns beiden etwas bedeutet.«

»Im Duet?« Coralie errötete, trotz der angespannten Situation. Einen Sekundenbruchteil lang glaubte sie, er würde sich zu ihr herüberlehnen und sie küssen. Sie flüsterte: »Dietrich, was ist nur passiert mit dir?«

Er trat einen Schritt zurück, knallte die Hacken zusammen und ließ sie stehen.

Am nächsten Morgen brach Coralie auf, schon kurz nachdem es hell geworden war. Sie trug flache Schuhe, einen einfachen Mantel mit Gürtel und ein Kopftuch, das sie unter dem Kinn zusammengebunden hatte. Sie durfte nicht erkannt werden.

19

Sie ging zügig, ohne die Sonne wahrzunehmen, die alles in ein helles, apricotfarbenes Licht tauchte. An der Rue Valdonne angekommen, einer schmalen Seitenstraße des Boulevard du Montparnasse, ging sie noch einmal die Beschreibung durch, die Arkady ihr am Vorabend nach seiner späten Heimkehr gegeben hatte. Braune Fensterläden, einfaches Haus, im Straßenverlauf zur Mitte hin. Unauffällig. Das Problem war, dass so ziemlich alle Häuser braune Fensterläden hatten. Sie suchte nach dem geheimen Unterschlupf, in dem Ramon Arkady und Florian untergebracht hatte, als sie nach Paris gekommen waren. Der Gastgeber, ein Maler im fortgeschrittenen Alter, hatte ihnen falsche Papiere angefertigt.

»Ramon nennt ihn Bonnet. Er malt große Bilder.« Arkady streckte die Arme aus, um eine riesige Leinwand anzudeuten. »Aber wenn er Papiere fälscht, arbeitet er mit der Zartheit eines Schmetterlings. Er ist ein Genie, aber …« Arkady führte ein imaginäres Glas zum Mund. »Ramon muss immer alles auf Fehler überprüfen.«

Sollte sie es wirklich tun? Einen Trunkenbold mit der Herstellung von falschen Papieren für Ottilia beauftragen? So etwas taten nur mutige Menschen. Sie jedoch war nicht mutig. Als Kind hatte sie zusammen mit Donal an der Eisenbahnlinie am Ende der Shand Street gespielt. Sie warteten darauf, dass die Schienen durch einen herannahenden Zug vibrierten, und ließen sich dann auf Mutproben ein. Sie hüpften auf einem Bein über die Schienen, berührten das Geländer auf der gegenüberliegenden Seite und hüpften auf dem anderen Bein wieder zurück.

Sie hatte das niemals geschafft, sondern war jedes Mal wieder zurück in Sicherheit gesprungen, noch bevor sie die andere Seite erreicht hatte. Donal dagegen hatte die Sache immer durchgezogen. Komisch. Er war zwar oft zögerlich und stellte sich auch nicht immer geschickt an, hatte aber viel bessere Nerven als sie. Was würde er jetzt sagen? Fände er richtig, was sie tat? Dass sie sich selbst gefährdete, um einer Freundin zu helfen? Oder würde er sie egoistisch nennen, weil sie mit der Zukunft ihres Kindes spielte?

Um zu der genannten Adresse zu gelangen, musste sie den Boulevard Raspail hinuntergehen. Beim Lutetia atmete sie unwillkürlich schneller. Hier befand sich das Hauptquartier der *Abwehr* – das war der militärische Geheimdienst der Deutschen, wie sie erfahren hatte. Dietrich hatte sie also in die Höhle des Löwen bringen lassen. Ein vernünftiger Mensch, der diesem Ort einmal entronnen war, würde nicht freiwillig dorthin zurückkehren. Oder etwa doch?

Sie ging die Rue Valdonne entlang, bis sie den Duft der Bäckerei wahrnahm und ihr Magen rebellierte. Man gewöhnte sich an den Hunger – oder unterdrückte ihn zumindest –, aber wenn man ofenfrisches Brot roch, kapitulierte man doch jedes Mal. Vor dem Laden hatte sich bereits eine Schlange aus Hausfrauen des Viertels gebildet, und als sie Coralie erblickten, setzten sie feindselige Mienen auf, fast so, als wollten sie ausdrücken: »Unsere Straße, unser Brot.«

Coralie postierte sich in einen Hauseingang in sicherer Entfernung. Selbst trunksüchtige Dokumentenfälscher mochten frisches Brot. Arkadys »Genie« würde sicher bald auftauchen. Und tatsächlich, um kurz nach sechs Uhr öffnete sich eine Tür in der

Nähe, und ein Mann trat heraus. Er war stämmig, hatte einen grauen Bart und Wangen, die von roten Äderchen durchzogen waren – das klassische Bild eines Trinkers. Ob er auch Künstler war, konnte sie nicht erkennen. Die Farbe auf seinem Overall hätte auch vom Anstreichen eines Hauses stammen können.

»Monsieur Bonnet?«

Er zuckte zusammen, und Coralie befürchtete schon, er würde wieder ins Haus zurückflüchten. Doch er steckte nur die Hände in die Taschen und betrachtete sie misstrauisch. »Wer will das wissen?«

Sie nannte ihm einen Namen – nicht ihren richtigen. »Ich habe gehört, Sie könnten Ausweisdokumente herstellen.«

»Wer sagt das?« Der dichte Bart erschwerte es, den Ausdruck des Mannes zu deuten.

»Ich möchte lieber keine Namen nennen, aber Sie können mir vertrauen.«

»Ich vertraue nur auf zwei Dinge, Madame. Auf Cognac und auf Bargeld.« Er setzte seinen Weg zu der Bäckerei fort.

»Ich bin Ramon Cazaubons Ehefrau, reicht Ihnen das?«, zischte sie.

»Ramons Mädchen?« Er kam zurück und grinste so breit, dass sein Bart auseinanderklaffte. »Ja, wirklich ein toller Kerl, unser Ramon!«

»Also, können Sie mir helfen? Ich kenne da jemanden, der dringend die Stadt verlassen muss.«

Bonnet räusperte sich und spuckte aus. »Mann oder Frau?«

»Eine Frau. Können Sie außerdem eine Reiseerlaubnis für fünf Personen fälschen?«

Bonnet blies die Backen auf und atmete dann langsam aus. »Ich glaube schon. Aber eins sage ich Ihnen gleich. Ich fälsche keine Polizeiunterschriften, egal ob eine französische oder eine deutsche. Unterschriften müssen Sie sich selbst beschaffen. In Ordnung?« Er führte sie in einen schmuddeligen Flur, in dem es nach Gas und Speiseöl roch. Und nach etwas, das sie unweigerlich zurück nach Bermondsey und in die Fabrik an der Magdalen Street versetzte: der Gestank nach Verwesung. Vielleicht war er ja doch ein richtiger Künstler. Ihr Vater hatte Hasenleim benutzt, um seine Wandschirme vorzubereiten.

»Wie heißt Ihre Freundin?«, wollte Bonnet von ihr wissen.

»Dupont. Ottilie Dupont. Ja, ich weiß.« Ihr war nicht entgangen, dass Bonnets Bart zuckte. Benutzte man in Frankreich den Namen »Dupont«, so war das in etwa dasselbe, wie sich in England mit dem Namen »Smith« in einem Hotel anzumelden. Coralie und Una hatten Dutzende von falschen Namen in Erwägung gezogen und sich schließlich für »Dupont« entschieden, da das der Nachname von Ottilias früherem Dienstmädchen gewesen war und sie ihn sich darum vielleicht am besten merken konnte. Der falsche Vorname »Ottilie« folgte einer ähnlichen Logik.

Bonnet wuchsen Falten um die Augen. »Sie wollen also Papiere für Mademoiselle Dupont und eine Reiseerlaubnis. Dafür brauche ich die Namen von allen, die damit reisen wollen. Wie alt ist Ihre Freundin?«

»Dreißig. Wir benutzen ihr echtes Geburtsdatum, weil sie sich kein anderes merken kann.«

Bonnet schnalzte missbilligend mit der Zunge. »Sie wissen, was passiert, wenn sie auffliegt?«

»Ja. Wann können Sie die Papiere fertig haben?«

»In zwei Wochen.« Als sie widersprach, lachte Bonnet trocken auf. »Na schön, Madame Cazaubon zuliebe in nur neun Tagen, aber das kostet Sie einiges. Denn ich bin sehr gut.« Nachdem Coralie ihm alle nötigen Daten gegeben und das Foto von Ottilia zugesteckt hatte, gaben sie sich die Hand, und Bonnet folgte ihr nach draußen auf den Bürgersteig. Er sah sie unsicher an und fragte: »Wissen Sie, wo Ramon jetzt ist?«

»Nein. Er ist in den Krieg gezogen, und seitdem habe ich nichts von ihm gehört.«

»Tatsächlich nicht? Er ist zurück in Paris. Dort wohnt er.« Bonnet zeigte auf die gegenüberliegende Straßenseite. »Zusammen mit einer … äh, Entschuldigung.«

Mit einer Frau. Mit wem denn sonst?

»Wenn es Ihnen ein Trost ist: Sie kann Ihnen nicht das Wasser reichen.«

Coralie verließ den Schauplatz und stellte sich vor, wie sie Ramon die Treppe hinunterstoßen würde, wenn er es wagen sollte, sich bei ihr zu melden.

Noch eine Sache musste sie erledigen, dann würde sie wieder nach Hause gehen.

Es hat seine Vorteile, wie eine Vogelscheuche mit Kopftuch herumzulaufen, dachte Coralie. Sie schaffte es ans rechte Seineufer, ohne ein einziges Mal nach ihren Papieren gefragt zu werden. Die Soldaten an der Maschinengewehrstellung an der Place de la Concorde sahen nicht einmal auf, als sie vorüberging. Leise sang sie ein Lied aus der Revolution: »Ah, ça ira, ça ira, ça ira!« *Wir werden es schon schaffen* … Sie sang ununterbrochen auf ihrem Weg zu Henriette Junot.

20

Coralie besaß noch immer einen Schlüssel zu Henriettes Laden. In dem Durcheinander, das bei ihrem Abgang entstanden war, hatte niemand daran gedacht, ihn ihr abzunehmen. Im Laden war es dunkel. Nicht einmal die Frühaufsteher waren schon da.

Coralie schloss die Tür hinter sich und betätigte das Feuerzeug, das sie sich von Arkady geliehen hatte. Der Feuerschein fiel auf vier *marottes* auf ihrem Ständer, einander zugeneigt wie in einer Unterhaltung begriffen. Dietrich mochte sich über ihre Vorliebe für Rosa lustig gemacht haben, aber wenn man nicht gerade einen Zuckerwatteton wählte, war Rosa doch eine sehr geschmackvolle Farbe. Wie interessant, dass Henriette Hüte in dem gleichen ausgeblichenen Farbton ausstellte, mit dem sie und Violaine im Frühjahr experimentiert hatten.

Coralie führte die Flamme so nah wie möglich an die Hüte heran und entzifferte die Etiketten. »HJ, Paris.« So, so, sie hatten also die Schilder von La Passerinette abgetrennt und stattdessen Henriettes eingenäht, und zwar, indem sie dieselben Nahtlöcher wieder benutzten. Coralie ahnte schon, wie Henriette sich verteidigen würde, wenn man sie zur Rede stellte: »Beweise mir erst mal, dass es deine sind!«

Nun, das würde sie wohl schaffen. Sie betätigte noch einmal das Feuerzeug und inspizierte das Band mit der Größenangabe im Inneren des Hutes. Winzige Stiche, die von links nach rechts verliefen – genäht von einer Rechtshänderin. Violaine.

Doch die Nähte im zweiten Hut verliefen in umgekehrter Richtung. Mit Violaines Ermutigung hatte Coralie sich von der in Kindheitstagen erzwungenen Umgewöhnung befreit und nähte jetzt mit der linken Hand. Um zu beweisen, dass diese Hüte von ihr hergestellt worden waren, müsste Henriette Junot irgendwo eine linkshändige Hutmacherin auftreiben, die für sie log. Aber vor Gericht würde die Sache wohl kaum kommen. Coralie würde sich nehmen, was ihr gehörte, und zwar sofort.

Sie würde im Lager damit anfangen.

Das Lager befand sich hinter dem Salon, und Coralie hatte den Schlüssel dafür. Die Tür war allerdings offen, und das Licht brannte. Im Lager stand eine junge Frau im Regenmantel auf einer Leiter. Ein älterer Mann hielt die Leiter fest, doch als er Coralie entdeckte, begann sie zu wackeln.

Coralie wollte eine Konfrontation vermeiden, darum setzte sie zu einer Erklärung an. Aber dann bemerkte sie, dass sie das Mädchen kannte. »Amélie!«

»Du meine Güte!« Amélie Ginsler, Henriettes Chefverkäuferin, kletterte von der Leiter. »Was machst du denn hier?«

»Angeln. Und du?«

Amélie sah schuldbewusst zu dem alten Mann hinüber, der sie flüsternd fragte: »Wer ist denn das?«

»Eine Freundin«, sagte Amélie. »Eine gute Freundin.« Dann, an Coralie gerichtet: »Das ist mein Großvater. Er hilft mir.«

»Wobei?«

»Beim Stehlen.« Die Worte purzelten ihr nur so aus dem Mund. »Henriette will mich entlassen. Das habe ich gehört. Sie wollte mich gleich feuern, weil ich zu viele Fragen über das neue Material gestellt habe, aber Lorienne meinte, sie solle mich noch eine Woche behalten, weil Rosaire noch nicht so weit ist, meine Aufgaben zu übernehmen.«

»Rosaire?«

»Das ist Henriettes neueste …« Amélie warf ihrem Großvater einen unsicheren Blick zu. »Freundin. Sie hat vor ein paar Wochen hier angefangen und soll mich ersetzen.«

So, so, dann hatte Henriette also noch weitere »Lieblinge« um sich geschart, um ihre Autorität zu stärken. Coralie empfand Mitgefühl für Amélie, aber jetzt war keine Zeit für Unterhaltungen. »Wo ist das neue Material?«

»Oben. Ich zeige es dir. Ich hole mir meine Sachen, und Großvater bringt sie nach Hause.« Amélie hielt etwas gegen die Brust gedrückt. Hüte aus Satin. Keine richtigen Hüte, sondern Miniaturen in Puppengröße.

»Darf ich?« Coralie untersuchte einen. Er war perfekt, und sogar die Blumen und die eingerollten Straußenfedern waren im richtigen Maßstab gearbeitet. Der zweite Hut war genauso wunderschön. »Hast du die gemacht?«

»Nein, mein Großvater.« In Amélies Stimme schwang ein gewisser Stolz mit. »Er hat die Blöcke geschnitzt und den Filz geblockt, und Großmutter hat ihn zurechtgeschnitten. In Wien haben sie klassische Puppen hergestellt und waren weithin bekannt. Hier wollten sie das Geschäft weiterführen, aber es ist schwer, ganz ohne Startkapital neu anzufangen. Wir haben einen Laden im Marais, in der Rue Charlot. Komm doch einmal vorbei und bring dein kleines Mädchen mit. Großvater hat seine Waren früher an die besten Häuser in Wien und Berlin verkauft …« Sie verstummte, und Coralie dachte sich den Rest. Natürlich. Amélie war Jüdin. Sie hatte immer angenommen, dass »Ginsler« ein deutscher Name sei, und tatsächlich war es so. Ein deutscher – ein jüdischer – Name.

»Hast du Henriette diese Hüte gezeigt?«, fragte sie.

»Darum sind sie ja hier«, sagte Amélie. »Vor ein paar Jahren hatten wir eine gesonderte Kinderkollektion. Das war meine Idee, um uns eine neue Generation von Kundinnen zu sichern. Unsere Kundinnen brachten ihre kleinen Töchter mit, und andere Mädchen führten die Hüte vor. Ich hatte Großvater überredet, mir ein paar Puppen zu überlassen, damit auch er vielleicht neue Kunden gewinnen konnte. In letzter Minute verlangte Henriette dann eine Provision auf alles, was er verkaufte, und nach der Schau zwang sie mich, ihr diese Hüte auszuhändigen, weil sie die Zierelemente wiedererkannt hatte. Es waren Reste vom Atelierboden. Wir werfen jede Woche doch säckeweise Reste weg! Aber weil jetzt etwas Schönes aus ihnen geworden ist …«

Amélie redete nicht weiter. Sie zog ein Zentimetermaß und eine feine Schere aus der Tasche. »Und ich habe auch noch mein Adressbuch mit den Daten meiner Kunden. Wenn sie mich entlassen hat, rufe ich bei ihnen an und frage, ob ich ihre Hüte neu gestalten darf. Selbst reiche Frauen können es sich nicht mehr leisten, die Kollektion vom letzten Jahr einfach wegzuwerfen.«

Der alte Mann holte eine Taschenuhr hervor. »Wir müssen gehen. Es ist fast sieben.«

»Wird Henriette dir die Umsatzbeteiligung geben, die sie dir schuldet?«, fragte Coralie.

Amélie lachte verbittert. »Meine Verkäufe sind Rosaire zugeschlagen worden, also heißt die Antwort Nein.«

Rosaire. War sie die dritte Person, die an dem Raubzug beteiligt gewesen war? Coralie wollte von Amélie wissen, wie Lorienne mit der übrigen Belegschaft auskam.

»Sie ist jetzt die *première*. Sie hat den Posten von Madame Zénon übernommen, die zu ihrer Familie nach Marseille zurückgekehrt ist – aber erst, als Henriette sie unter Druck gesetzt hat.« Es stellte sich heraus, dass sämtliche Angestellten Lorienne geradezu hassten. »Sie macht nämlich alle für ihre eigenen Fehler verantwortlich. Und benimmt sich wie ein Scheusal, nur nicht Henriette gegenüber, die verehrt sie. Das einzige Mal, als die beiden gestritten haben, war nach dem Desaster der April-Kollektion.«

»Ach ja?« An dem Abend, als Coralie gegangen war – oder auch entlassen worden war, je nachdem, welchen Standpunkt man einnahm –, hatte sie Henriette die Wette angeboten, dass sie die bessere Frühjahrskollektion hervorbringen würde. Dann marschierten jedoch die Deutschen ein, und die Wette war in Vergessenheit geraten. »Welches Desaster?«

Amélie richtete sich erst an ihren Großvater. »Geh nach Hause, Opa. Nimm meine Sachen mit, wir sehen uns dann heute Abend. Ich muss Coralie jetzt etwas zeigen.«

»Jetzt kriegst du mal was zu sehen.« Sie befanden sich in einem der Ateliers im oberen Stockwerk, und Amélie öffnete einen Schrank, bis oben angefüllt mit Hüten. »Die April-Kollektion.«

»Du meine Güte!«

Amélie kicherte. »Wir alle haben zu Lorienne gesagt, dass sie verrückt ist, dass die Farben im Moment völlig unpassend sind, aber sie wollte um keinen Preis davon abrücken. ›Die Leute werden sagen, dass wir wahre Patrioten sind. *Vive la France!*‹ Nach zehn Minuten herrschte dann der allgemeine Konsens, dass von vornherein alles Henriettes Idee war.«

Coralie hatte noch nie so viel Rot, Weiß und Blau auf einem Haufen gesehen. Die Hüte explodierten geradezu vor lauter Kokarden, Federn und Blumen in den Farben der Tricolore. Man bekam Kopfschmerzen, wenn man sie zu lange betrachtete. »Die sind wohl nicht auf den Markt gekommen? Ich habe sie jedenfalls nie gesehen.«

»Nein, weil Henriette plötzlich die Panik gepackt hat. Sie hatte es immer für möglich gehalten, dass es einen Einmarsch geben könnte. In Italien hatte sie Leute kennengelernt, die die deutsche

Armee viel genauer einschätzen konnten als wir Franzosen. Wahrscheinlich hatte sie Angstvisionen davon, wie unsere Kundinnen mit ihren Hüten auf dem Kopf vor den einrollenden Panzern flüchteten. Da sagte sie die Schau ab und befahl Lorienne, noch einmal ganz von vorne anzufangen.«

Lorienne hatte allerdings nichts mehr zustande gebracht. Die Inspiration war dahin, und die Zeit drängte. Also überzeugte sie Henriette von einer Verzweiflungslösung. »Coralie, ich wusste nicht, dass sie deine Ware gestohlen hat, bis ich die Schilder von La Passerinette auf dem Boden gefunden habe. Lorienne behauptete, du hättest ihr die Hüte verkauft. Sie sagte, du hättest …«

»Die Stadt verlassen? Vielleicht hoffte sie ja darauf.«

»Henriette nahm deine Hüte auseinander, nähte sie ein wenig anders wieder zusammen und setzte schließlich ihr Etikett darauf.«

»So etwas darf man nicht tun.« Coralie war außer sich. »Diese Formen sind nicht harmonisch.«

Amélie lachte. »Die Harmonie ist Henriettes geringstes Problem. Sie hat neue Mitarbeiterinnen angeworben – Rosaire, Soufflard, Lorienne –, und irgendwie haben die sie in der Hand. Manchmal sieht Henriette direkt erschöpft aus. Na ja, ab jetzt ist das nicht mehr meine Sorge.«

Sie fanden den Großteil der gestohlenen Hüte in Henriettes Atelier unter dem Dach: Exemplare aus Stroh, Sisal, Chintz und Organdy. Amélie holte ein paar Wäschesäcke und half Coralie dabei, sie zu füllen. Dann polterten sie die Treppe hinunter, beladen wie die Packesel.

»Alle meine Blöcke sind gestohlen worden«, erzählte Coralie. »Meine Werkzeuge, einfach alles.«

»Wir könnten noch im Keller nachsehen.«

Eine Suche dort brachte nur Kisten mit Filzabfällen zutage, die an eine Matratzenfirma weiterverkauft werden sollten. Amélie sagte: »Ich vermute, deine Ausrüstung ist binnen Stunden verkauft worden. Ich glaube kaum, dass Henriette irgendwelche Schwarzmarkthändler in ihrem Adressbuch stehen hat, aber ich würde meinen letzten Franc darauf wetten, dass Lorienne jede Menge von denen kennt.«

Als Coralie die Säcke mit den Filzabfällen betrachtete, kam ihr eine Idee. Filzreste und Miniaturblöcke, auf denen man sie formen konnte. »Amélie, nimmt dein Großvater Aufträge an?« Doch Amélie hatte es eilig, vom Schauplatz wegzukommen. »Dann geh nur«, sagte Coralie. »Ich habe hier noch eine Sache zu erledigen.«

Sie musste mehrere Male nach oben und wieder nach unten gehen und keuchte schwer, als sie es endlich geschafft hatte, Henriette Junots Schaufenster in ein Tableau zu verwandeln, das die Passanten garantiert in höchstes Erstaunen versetzen würde.

Wieder auf der Straße angelangt, stoppte sie einen Lieferwagen und bot dem Fahrer ihr ganzes Geld an, wenn er sie und ihre schweren Wäschesäcke zum Boulevard de la Madeleine fahren würde – eine kurze Strecke. Sie und Violaine würden alle Schilder neu aufnähen müssen, und sie hatte noch immer ihr Werkzeug nicht wieder zurück, aber sie hatte einen Sieg errungen. Einen unmoralischen Sieg vielleicht, aber was kümmerte sie das schon?

21

Es war der 12. Juli, wieder ein Freitag. Coralies Fälscher hatte sein Versprechen nicht gehalten. Zweimal war sie in die Rue Valdonne gegangen, um nachzufragen. Bonnet hatte auf ihr heftiges Klopfen hin nicht geöffnet, aber bei ihrem zweiten Besuch hatte sie sein Gesicht hinter der Fensterscheibe entdeckt. Nun, sie würde wiederkommen. So lange, bis er endlich lieferte.

Coralie, Una und Ottilia nahmen gerade ein spätes Frühstück ein, als es dreimal an der Tür klopfte. Sie erstarrten mitten im Gespräch. Coralie spürte das unangenehme Gefühl im Magen, das sich in letzter Zeit leider häufiger eingestellt hatte. Vielleicht war es ja Henriette, die ihrem Zorn über die Hutgeschichte Luft machen wollte? Oder die französische Polizei, die Wind von ihren Besuchen bei einem Fälscher bekommen hatte? Oder gar die Deutschen, die mit ihrem schwarzen Automobil gekommen waren? Ihre Handflächen wurden feucht, während sie hinunterging und den Riegel zur Seite schob.

Ramon hatte sich schon fast an ihr vorbeigeschoben, als sie ihn erkannte und keuchte: »Du!« Sie bemerkte gleich, dass er abgenommen hatte. Sein Gesicht war mit Kratzern übersät, auf denen sich Schorf gebildet hatte. Seine Kleider jedoch waren sauber und gebügelt. Coralie erschnupperte sogar den schwachen Duft einer Frau an ihm. Bevor sie aber etwas zu ihm sagen konnte, blaffte er: »Was zum Teufel ist denn in dich gefahren?«

»Worauf spielst du an? Dass ich mit Bonnet gesprochen habe? Ein Glück, dass ich bei ihm war, sonst hätte ich wohl nie erfahren, dass du zurück bist.«

»Bonnet?« Ramon starrte sie ungläubig an. »Du warst in der Rue Valdonne? Coralie, wie kannst du es wagen? Nur ich nehme Kontakt zu ihm auf!«

»Hättest du mir gesagt, dass du in Paris bist, hätte ich dich darum gebeten. Ottilia ist in Gefahr. Wir müssen sie wegbringen.«

Entdeckte sie da etwa einen Anflug von Scham in seinem Gesicht? »Ich wollte mich ja bei dir melden. Aber ich hatte so viel zu tun.«

»Das ist mir schon zu Ohren gekommen.«

»Wage es nicht, mir Unrecht zu tun.« Er zeigte mit einem anklagenden Finger auf sie. »Nach dem, was du meiner Schwester angetan hast!«

»Henriette? Moment mal. Sie hat mich nicht nur ausgeraubt, sondern fast noch meine Assistentin umgebracht. Zeig auf sie mit deinem Finger.«

»Ich weiß, was sie getan hat, und dafür gibt es keine Entschuldigung, aber musstest du sie gleich festnehmen lassen? Coralie, ein solcher Racheakt ist unter deiner Würde.«

»Sie wurde festgenommen? Ich verpetze niemanden, nicht mal Henriette.«

»Das war auch nicht nötig. Du hast ja eine kleine Schau auf der Rue Royale abgezogen. Mit diesen Hüten in Blau, Weiß und Rot, den Farben der Revolution.«

»Ach, meinst du meine kleine Schaufensterdekoration? Ein bisschen amateurhaft, aber immerhin wirkungsvoll.« Sie stemmte die Hände in die Hüfte.

»Wirkungsvoll, ja, ganz bestimmt. Henriette und Lorienne Royer wurden noch am selben Tag wegen umstürzlerischer Tendenzen verhaftet. Ja, du hast richtig gehört. Es ist nicht erlaubt, die französischen Farben zu zeigen. Kannst du vielleicht irgendwelche *tricolores* in Paris entdecken? Man hat die beiden ins Santé-Gefängnis gebracht. Lorienne ist wieder draußen, aber Henriette sitzt noch ein.«

»Das wollte ich nicht!«

»So ist es aber. Du musst immer mit dem Kopf durch die Wand. So war es schon im Rose Noire, als du uns alle in einen Kampf hineingezogen hast und Arkady und seine Jungs fast verprügelt wurden. Nur, damit du im Mittelpunkt der Aufmerksamkeit stehen konntest, in deinem goldenen Hütchen. Du bist einfach verantwortungslos und bringst damit alle in Gefahr.«

»Ach ja, und was ist mit dir? Ich dachte, du wärst tot oder in einem Kriegsgefangenenlager.«

Er schnaubte verächtlich. »Ich habe ja kaum eine Kugel abgefeuert. Ich war die ganze Zeit über hinter den feindlichen Linien und habe Verletzte in die Lazarette gebracht.«

»Und jetzt treibst du dich in irgendwelchen Hinterhöfen mit verheirateten Frauen herum.«

Er lief rot an. »Wieso gehst du davon aus, dass sie verheiratet ist?«

»Weil sie immer verheiratet sind. Ich war die rühmliche Ausnahme. Ich nehme an, du arbeitest momentan auch nicht?«

»Ich kann nicht, weil die deutsche Militärpolizei nach mir fahndet. Ich bin ganz kurz vor der Kapitulation gefasst und zum Kriegsgefangenen erklärt worden, aber ich konnte fliehen. Ich bin zusammen mit ein paar anderen Jungs von einem Lastwagen gesprungen und weggerannt. Jetzt mache ich Gelegenheitsarbeiten, also bitte mich nicht um Geld.«

»Wann habe ich dich zum letzten Mal um Geld gebeten?«

Noëlle musste sie gehört haben, denn sie rief plötzlich von oben herunter: »Papa, Papa!«

Coralie wollte zu ihr hinaufgehen, aber Ramon hielt sie zurück. »Es war einmal ein Mann namens Raphael Bonnet, der auf dem Montmartre wohnte. Eines Tages war er so betrunken, dass er den Berg hinuntergerollt ist, bis nach Montparnasse.«

»Heb dir deine Märchen für Noëlle auf.«

»Das ist kein Märchen. Wenn die Gestapo ihn jemals in die Finger kriegt, wird er reden. Von der Gestapo hast du doch schon gehört? Geheime Staatspolizei. Nette Kerle in dunkelgrauen Uniformen. Manchmal tragen sie auch normale Anzüge, um mehr wie wir anderen auszusehen.«

»Was willst du mir damit sagen?«

»Bonnet wusste meinen Namen und meine Adresse, und jetzt weiß er auch deine. Wenn sie ihn abholen und verhören, wird er dich verraten.«

Sie hatte einen Fehler gemacht. Aber sie würde Ramon nicht die Genugtuung geben, ihre Bestürzung darüber zu erleben. »Bonnet kennt diese Adresse nicht. Ich bin immer zu ihm gegangen.« Henriette aber tat ihr leid. »Soll ich einen Essenskorb für deine Schwester herrichten?«

Ramon verdrehte die Augen. »Dafür hat sie ihre Freundin. Hör mal, ich gehe jetzt zu Bonnet und hole deine Papiere ab. Männer wie er brauchen ab und zu einen Tritt in den Hintern von Männern wie mir. Das ist keine Aufgabe für eine Frau.«

Zwei Stunden später starrte Ottilia missbilligend auf ihre neue Identitätskarte. »Diese Fotografie ist ja schrecklich. Ich wirke unfreundlich und dick.« Das Foto hatten sie von Ottilias Londoner Büchereiausweis abgelöst. Coralie war schockiert gewesen, dass Ottilia ihn mit nach Frankreich gebracht hatte, zusammen mit zwei weiteren Identitätsnachweisen: ihrem Reisepass und einem britischen Fremdenausweis. Letzteres, ein bräunliches Büchlein, offenbarte, dass sie in Berlin geboren war und dort auch gelebt hatte. Coralie hatte ein Feuer im Kamin angezündet, um die Dokumente in die Flammen zu werfen, aber Ottilia hatte sie im letzten Moment daran gehindert. Sie jammerte, sie könne ohne diese Ausweise nicht mehr legal nach Großbritannien einreisen. »Lieber in England interniert, als nach Deutschland deportiert werden.«

Jetzt sah Coralie ihrer Freundin über die Schulter, um Bonnets Arbeit zu beurteilen. Der Ausweis machte einen überzeugenden Eindruck; er war sogar ein bisschen faltig, und die Ecken wirkten fettig, fast so, als wäre er schon viele Male von Beamten inspiziert worden. »Verteidige diesen Ausweis mit deinem Leben, Tilly, und lern jede einzelne Zeile auswendig. Die meisten Details stimmen, aber nicht alle. Siehst du? Da steht, dass du in der Rue de Madrid wohnst.«

»Aber das ist doch eine furchtbare Straße. Ich hatte mal eine Aufwartefrau, die in der Nähe gewohnt hat.«

»Wichtig ist nur, dass du dir die Adresse leicht merken kannst, denn du willst ja nach Madrid.«

»Ich dachte, ich will nach Vichy.«

»Ja, zuerst, aber ...« Coralie hielt inne und tauschte einen Blick mit Ramon. Er hielt Ottilias Fluchtplan für amateurhaft. Vielleicht waren solche Dinge tatsächlich Männersache. »Una kann dir das besser erklären als ich«, sagte sie. »Sie wird rechtzeitig zum Abendessen aus dem Krankenhaus zurückkommen.«

»Warum steht da, dass ich Floristin bin?«

»Deiner Legende nach bist du eine alleinstehende Frau ohne Eltern, die zu einer Tante nach Perpignan ziehen möchte. Frauen aus solchen Verhältnissen müssen normalerweise arbeiten. Und wir haben einen Beruf ausgesucht, über den du reden kannst, solltest du verhört werden. Du hast in deinem Leben ja schon eine Menge Blumen gekauft.«

»Das heißt doch nicht, dass ich mich damit auskenne. Ich bestelle sie, und eine Frau bringt sie mir und arrangiert sie dann. Warum sollte ich das auch selbst machen?«

Ramon unterbrach das Gespräch und fragte Coralie, ob sie Bier in der Wohnung habe. Er müsse in die Rue Valdonne und wieder zurück laufen, und es sei heiß draußen.

»Wir haben schwachen Tee«, sagte sie. »Hat Bonnet dir noch mehr gegeben?«

»Eine Rechnung.« Ramon reichte ihr einen kleinen, speckigen Zettel mit ein paar Zahlen darauf. »Und das hier.«

»Das hier« war ein winziges rosafarbenes Rechteck: eine falsche Erlaubnis, die vier männlichen Musikern sowie Ottilie Dupont gestattete, die Demarkationslinie zu überqueren und in die freie Zone zu gelangen. Der deutsche Reichsadler und das Datum des Tages prangten als Stempel auf dem Papier. Doch wie Bonnet schon angekündigt hatte, fehlte die Unterschrift.

»Dafür müsst ihr euch ein Bein ausreißen«, warnte Ramon.

»Wir stellen uns einfach an der Kommandantur an und behalten unsere Beine. Ich mache dir einen Tee«, erwiderte Coralie.

Er folgte ihr in die Küche, und während sie darauf warteten, dass das Wasser kochte, erklärte sie ihm den Fluchtplan in jeder Einzelheit.

»Es ist ganz einfach«, sagte sie. »Die Vagabonds spielen morgen Abend ein Doppelprogramm im Rose Noire. Sobald die Ausgangssperre wieder aufgehoben ist, fahren sie los nach Vichy und nehmen Ottilia mit.«

»Holen sie sie hier ab?«

»Nein, wir gehen alle in den Klub. Von dort aus fahren sie zusammen los.«

»Und was dann?«

»Erinnerst du dich an den Champagner, den wir an Weihnachten getrunken haben? Der kam von einem Freund von Una. Er ist jetzt Berater der neuen Regierung in Vichy und hat ein paar Strippen gezogen, um den Vagabonds eine einwöchige Auftrittsserie in einem Klub nahe des Hôtel du Parc zu verschaffen. Dort übernachten alle hochrangigen Minister. Tja, in Vichy kann man sich wohl nicht so gut amüsieren.«

Una hatte es ein bisschen anders ausgedrückt. »Die Minister, ihre Frauen und Geliebten gehen sich vor lauter Langeweile gegenseitig an die Kehle. Sie sind ganz scharf auf jedes bisschen Pariser Kultur, das sie kriegen können.«

»Und wie reisen sie? Mit dem Zug?«, fragte Ramon.

Coralie maß die Teeblätter ab. »Mit dem Auto, dank Serge Martel.«

»Du machst Witze.«

»Nein.« Martel, der nun wieder seinen Klub leitete, wollte sich bei der neuen Regierung anbiedern. Er hatte den Vagabonds eine Woche freigegeben und ihnen sogar seinen berühmten weinroten Peugeot für die Fahrt überlassen. Una hatte die Sache vor wenigen Tagen noch einmal mit Martel besprochen, um ganz sicherzugehen. Sie hatte ihr engstes Kleid angezogen und die obersten Knöpfe offen gelassen ... Die sorgfältige Planung jedes Details hatte sich ausgezahlt. Bislang jedenfalls.

Ramon suchte noch immer nach Schwachstellen des Plans. »Ottilia wird sich eine Woche lang in einer Stadt voller Regierungsspione, deutscher Agenten und Sicherheitsmänner verstecken müssen.«

»Das ist immer noch sicherer als in Paris, und außerdem hat sie Arkady, der sich um sie kümmern wird.«

»Und wenn die Woche um ist?«

»Drei der Jungs kommen hierher zurück, und Arkady bringt Ottilia mit dem Zug nach Perpignan. Das liegt nahe der spanischen Grenze.«

»Ich weiß, wo Perpignan liegt! Da kenne ich mich schließlich aus. Eigentlich sollte ich das machen ...«

»Du machst es aber nicht.« Coralie goss kochendes Wasser

über die Teeblätter. Weil sie so aufgeregt war, verschüttete sie ein bisschen.

Ramon zuckte mit den Schultern. »Du musst dich wohl um Noëlle kümmern.«

»Das stimmt.«

»Und Una …«

»Hat ihre Aufgabe im Krankenhaus. Arkady schafft das schon. Er hat im Krieg gekämpft, weißt du?« Sie biss sich auf die Unterlippe, und Ramon sah zu Boden. »Ich will ja nur sagen …«

»Ich weiß, was du sagen willst.« Seine schwarzen Augen funkelten. »Ich wollte gegen die Deutschen kämpfen, habe dann aber nur Latrinen gegraben und Tragbahren geschleppt. Der Krieg ist noch nicht vorbei, und eines Tages werde ich allen beweisen, dass mein Blut genauso gut ist wie das von allen anderen.«

»Dazu wird es nicht kommen. Hör mal, du kannst uns auf andere Art helfen. Pass morgen Abend auf Noëlle auf. Und wenn irgendetwas passiert und ich nicht mehr zurückkomme …«

Er legte seine Hand auf ihre. »Du wirst zurückkommen, *chérie*, weil du beim ersten Anzeichen von Gefahr das Rose Noire verlassen wirst. Wenn du verfolgt wirst, darfst du aber nicht hierherkommen. Geh an einen sicheren Ort und schick mir eine Nachricht.«

Sie wollte ihm sagen, dass er die Sache nicht so dramatisch sehen solle. Stattdessen entschuldigte sie sich noch einmal dafür, dass sie Henriette in Schwierigkeiten gebracht hatte.

Ramon knurrte: »Meine Schwester! Irgendwann musste es ja so kommen.«

Nachdem Ramon gegangen war, machten Coralie und Ottilia sich auf den Weg zur Place de l'Opéra und stellten sich in die Schlange vor die Kommandantur. Dort gaben die Deutschen die Erlaubnisscheine aus, die neuerdings das Leben der Franzosen bestimmten. »Ich bin mir sicher, dass diese Schlange von vorne immer länger wird«, jammerte Coralie, als sie bereits zwei Stunden gewartet hatten. Arkady passte auf Noëlle auf, doch er musste um fünf ins Rose Noire aufbrechen. Um Viertel vor fünf kam ein Uniformierter heraus und brüllte: »Geschlossen. Wir haben geschlossen. Kommen Sie am Montag wieder.«

Am Montag? »Könnten wir nicht jetzt mit jemandem sprechen?«, bat Coralie den Mann und holte den rosafarbenen Erlaubnisschein hervor. »Wir brauchen nur eine Unterschrift.«

Der Mann betrachtete das Papier und runzelte die Stirn. »Wer von Ihnen ist Dupont? Warum sind Sie zu zweit gekommen?«

»Wir kommen am Montag wieder«, sagte Coralie schnell. Sie spürte instinktiv, dass die Situation gefährlich werden konnte, und brachte Ottilia fort.

Beim Abendessen schlug Una eine andere Lösung vor. Sie hatte einige Scheiben Räucherschinken aus der Krankenhausküche mitgebracht – ein seltener Luxus. Für Ottilia und Noëlle hatte sie sogar eine ganze Hähnchenkeule. Coralie hatte ein paar Kartoffeln und einen Liter Rotwein aufgetrieben. Wirklich erstaunlich, dachte sie, als sie den Tisch für das Abendessen der Erwachsenen deckte, wie aus so einfachen Dingen ein Festmahl werden konnte. War man sehr hungrig, so konnte man das Ganze auch als ein Wunder betrachten. Noëlle war schnell eingeschlafen, hatte doch auch sie eine schöne Mahlzeit bekommen.

»Wir machen es so. Serge Martel prahlt ja immer damit, dass sein Klub wie ein Magnet auf eine bestimmte Art von deutschen Offizieren wirkt.« Una hob ihr Glas. »Cheers.«

»Welche Art?«

»Die von der alten Garde. Diejenigen, die den Nationalsozialisten zwar zu Diensten sind, aber nicht von deren Ansichten überzeugt sind. Martel hat mir gesagt, dass er auf sie besonders achtet.«

»Er schützt sie?«

Una lachte über Coralies Naivität. »Nein, er benutzt sie als Informationsquelle. Jeden Abend ist ein Tisch im Rose Noire für die Nazi-Polizei reserviert, um die eigenen Leute auszuspionieren.«

»Die Gestapo?«

»Martel hat sie einfach nur als Polizei bezeichnet. Er meint, diese Offiziere sind dabei, zu … na, sagen wir, französisch zu werden. Sich zu sehr zu entspannen. Wir jedenfalls werden unseren ganzen Charme spielen lassen und uns von ihnen diese Unterschrift holen.«

»Du glaubst, ein deutscher Polizist unterschreibt unsere Erlaubnis, nur weil wir ihn nett anlächeln?«

Una schenkte ihnen beiden nach. »Na klar.«

Den Freitagabend verbrachten sie damit, Ottilias Koffer zu packen: Alltagsröcke, Stricksachen und einfache Unterwäsche. Wenn man sie durchsuchen würde, durften keine Couture-Schilder gefunden werden, und solche aus London schon gar nicht.

Coralie musste sich sehr anstrengen, um Ottilia begreiflich zu machen, warum sie ihr goldenes Cartier-Zigarettenetui mit dem Monogramm »von S« nicht mitnehmen konnte. Ebenso wenig die goldene Zigarettenspitze und das Feuerzeug. Wie zu erwarten brach Ottilia in Tränen aus.

»Wenn ich in Spanien bin, wer sagt mir dann, wohin ich gehen soll?«, fragte sie plötzlich.

Das war die große Frage, und Coralie wusste keine Antwort darauf. Arkady würde sie zu einem sicheren Unterschlupf bringen, dessen Adresse Una von einer ihrer Kolleginnen aus dem Krankenhaus bekommen hatte. Danach jedoch wäre Ottilia auf sich allein gestellt.

Ich könnte mich durchschlagen, dachte Coralie, *und Una würde das Ganze wohl als ein Abenteuer betrachten*. Tatsächlich würde Una wohl erster Klasse nach Madrid reisen, auf Kosten eines deutschen Feldmarschalls, und seine Mannschaft würde ihre Koffer tragen. Aber Ottilia? Würde sie es schaffen, unendlich viele schwierige Entscheidungen allein zu treffen? Sie wirkte schon jetzt wie in Trance. Sie saß am Esstisch und murmelte monoton mit ihrem deutschen Akzent vor sich hin.

»Zeit fürs Bett. Ich weiß, dass es noch nicht dunkel ist«, sagte Una im Tonfall einer Krankenschwester. »Aber wir haben einen anstrengenden Tag vor uns …« Sie verstummte. Draußen hielt ein Auto. Una drückte sich gegen die Wand neben dem Fenster und schielte durch die Verdunkelungsgardine, die Coralie noch immer nicht abgehängt hatte. »Oje«, sagte sie leise.

»Was ist denn?«, wollte Coralie wissen.

»Ein schwarzer Mercedes 260 D. Und zwei Herren.«

»Wollen sie …«

»Zu uns?« Una beugte sich gerade so weit vor, wie es die Vernunft zuließ. Ein hartes Klopfen gegen die Haustür beantwortete die Frage.

»Schnell, in Arkadys Dachkammer«, flüsterte Coralie. »Una, hol unsere Mäntel, Hüte, Handtaschen und Geldbörsen, damit sie glauben, wir wären ausgegangen. Lass die stehen«, sagte sie zu Ottilia, die gerade die Teetassen ineinanderstapelte. »Nimm deinen Koffer. Ich hole Noëlle.«

Zum Glück hatte Arkady die Leiter unten gelassen. Er war verspätet ins Rose Noire aufgebrochen. Mit Noëlle auf dem Arm sah Coralie zu, wie Una durch die Luke witschte und dann von oben die Koffer, Mäntel und Hüte entgegennahm, die Ottilia ihr reichte.

»Beeil dich«, sagte Coralie, als Ottilia vorsichtig nach oben kletterte. Coralie stand mitten auf der Leiter und reichte Noëlle gerade an Una weiter, als es unten laut krachte. Sie hatten die Haustür eingetreten. In letzter Sekunde zog Coralie die Leiter hoch und schloss die Luke.

Nebeneinander lagen sie auf Arkadys Bettstatt, die Herzen wild klopfend vor Aufregung. Coralie hielt Noëlle den Mund zu, obwohl das Kind noch halb schlief. Jetzt folgte ein noch lauteres Krachen – das war die Wohnungstür. Dann hörte man Männerstimmen: »Baronin von Silberstrom?« Auf Deutsch rief jemand: »Ottilia? Bist du da?«

Sowohl sie als auch Ottilia erkannten die Stimme sofort. Coralie zischte: »Still, Tilly!«

Coralie hätte hinterher nicht sagen können, wie lange die Männer die Wohnung durchsuchten, bevor sie wieder abfuhren. Da sie eine Falle befürchteten, blieben sie so lange in ihrem Versteck, bis sie Krämpfe in den Beinen bekamen und die anhaltende Stille ihnen verriet, dass sie die Luke wieder öffnen konnten. Die Nacht verbrachten sie vollständig bekleidet und nur leicht dösend. Frühmorgens dann der nächste Schock, als die Tür wiederum krachend aufflog. Alle fuhren vor Schreck hoch. Aber es war nur Arkady, der aus dem Rose Noire zurückkehrte.

Sie konnten nicht riskieren, den Tag in der Rue de Seine zu verbringen. Dietrich war am Abend zuvor gekommen, um Ottilia zu holen, und er war nicht allein gewesen. Er konnte jederzeit wieder in der Wohnung auftauchen.

Coralie gab Noëlle vertrauensvoll in die Hände Arkadys – er würde das Kind zu Ramon bringen – und verbrachte den Samstag zusammen mit Ottilia und Una damit, im Bois de Boulogne spazieren zu gehen. Sie versteckten sich im Wald wie Gesetzlose. Zur Teatime dann gingen sie den kurzen Weg zu Unas Wohnung an der Avenue Foch. Una steckte den Schlüssel ins Schloss und sagte in dem übertrieben fröhlichen Tonfall, der für gewöhnlich auf ihre Besorgnis hindeutete: »Mit Spinnweben und verdorbenem Obst kann ich umgehen, aber nicht mit Gestapo-Leuten, die hinter dem Sofa auf uns lauern.«

Ihre Fußstapfen auf dem Boden der Wohnung klangen ein wenig wie marschierende Soldaten. Coralie machte sich bereit, beim ersten antwortenden Knarren zu fliehen. Aber es war alles in Ordnung, abgesehen von einer Schale halb verdorbener Äpfel, von Fruchtfliegen umschwirrt, und einer dicken Staubschicht auf allen Möbeln.

Coralie hatte das Gefühl, sich in einem riesigen, leeren Hotel zu befinden. Wo sie auch hinsah, überall entdeckte sie schöne Dinge aus verschiedenen Materialien: Onyx, Wildleder, Marmor, Nussbaumholz … Und nirgends stand Gerümpel herum. Una hatte einmal gewitzelt, sie würde zusammen mit Arkady wieder in ihre Wohnung ziehen, sollte er jemals seine Schüchternheit überwinden und ihr den Hof machen. Diese Vorstellung ging Coralie jedoch nicht in den Kopf. In diesem Palast wäre Arkady vollkommen fehl am Platz.

Sie folgte Una in ein luxuriöses Schlafzimmer und merkte, wie ihre Straßenschuhe in dem schneeweißen Teppich versanken. Eine Wand des Zimmers bestand fast nur aus verspiegelten Türen. »Mein Kleiderschrank«, erklärte Una. »Das hier war das Reich meines Hausmädchens Beulah. Ich komme mir immer noch vor, als würde ich unerlaubt in ihren Bereich eindringen. Aber nun bin ich eben mein eigenes Hausmädchen. Nehmt euch, was euch gefällt.«

Mit offenem Mund stand Coralie da. »Wie viele Abendkleider besitzt du eigentlich?«

»Vielleicht zweihundert. Beulah hat ein Dutzend Koffer mit in die Staaten genommen, aber es ist ja immer noch genug übrig. Um ein Zitat von Henry Ford zu verfälschen: Ihr könnt ein Kleid in jeder Farbe haben, solange es …«

»Beige ist«, vervollständigte Coralie den Satz. »Wenn du dich traust, trägst du heute Abend Rot, oder meinetwegen auch Pink.« Sie zog ein bodenlanges Kleid in Krabbenrosa mit eingewebten

Silberfäden hervor. Dann bemerkte sie den Plastikreißverschluss am Rücken.

»Elsa Schiaparelli«, sagte Una. »Es ist echt, weil ich nirgends einen Reißverschluss in exakt der richtigen Farbe auftreiben konnte.«

»Du hast es nie getragen?«

»*Virgo intacta.*«

»Ich verstehe einfach nicht, warum …«

»Müssen wir das immer wieder durchkauen? Weil ich es kann. Weil es mir Freude gemacht hat, Rechnungen für Kleider anzusammeln, die ich nie getragen habe, einfach nur, um Mr. Kilpin zu ärgern. Der würde dir nämlich am liebsten noch Geld dafür abknöpfen, dass du an seinem Kaffee schnuppern darfst.« Una hängte das Schiaparelli-Kleid wieder auf seinen Bügel zurück. »Also los, entscheidet euch. Wir müssen im Rose Noire sein, wenn es öffnet, damit wir einen guten Tisch kriegen.«

»Es darf nicht zu eng oder zu schwer sein«, sinnierte Coralie. Um Mitternacht würde man die Luft im Rose Noire schneiden können, und außerdem mussten sie in der Lage sein, sich frei bewegen und jederzeit wegrennen zu können.

Ottilia wählte ein Kleid, das wenig mehr als ein Netz war, bestickt mit reflektierenden Scheiben, die aufblitzten, wenn sie angestrahlt wurden. »Dieses hier«, sagte sie atemlos.

»Nicht genehmigt.« Una hängte es wieder in den Schrank. »Du magst mich vielleicht überstrahlen wollen, aber diese *paillettes* haben die lästige Angewohnheit, dauernd abzufallen. Du würdest aussehen wie ein getrockneter Hering, der seine Schuppen verliert.«

Laut Coralies Uhr war es schon nach fünf. »Una, wähl du doch für uns aus.«

Ottilia bekam also ein elfenbeinfarbenes Seidenkleid mit einem Abendmantel aus Spitze. Una selbst nahm ein crèmefarbenes Kleid im Schrägschnitt mit einem Überrock aus besticktem Chiffon, der bei jeder Bewegung sacht mitschwang. Für Coralie wählte Una ein Etuikleid aus kaffeefarbenem Rayon mit tief ausgeschnittenem Rücken und aufgestickten Perlen.

»Alles Originale von Lutzman«, sagte Una stolz. »Nun, davon gab es auch nur Originale. Deins steht dir wirklich, Coralie. Dieses Kleid braucht eine groß gewachsene Trägerin mit breiteren Schultern. Meine sind zu schmal.«

Coralie drehte sich vor dem Spiegel. »Sind die Perlen dafür da, dass mein Tanzpartner etwas zum Spielen hat?« Tanzen würde sie bestimmt nicht. Nein, sie würde sich ganz unauffällig benehmen, so lautete der Plan. »Wer ist denn Lutzman? Er teilt offensichtlich deine Vorliebe für ausgewaschene Farben.«

»Nicht er, sondern sie. Alix Gower, einer von Javiers Schützlingen. Sie hat den Namen Lutzman gewählt, weil ihr eigener Nachname Gower irgendwann zu gefährlich wurde für sie. Aber das ist eine Geschichte, die ich euch ein anderes Mal erzählen werde.« Una posierte vor dem Spiegel, die linke Hüfte nach vorne gedrückt. »Sie hat Javiers klare Linienführung übernommen, aber als Frau wusste sie natürlich auch, dass eine gewisse Unschuld neben der erotischen Ausstrahlung sehr wichtig ist. Bei Alix wussten die Männer nie, woran sie waren. Sie hat sie alle auf Trab gehalten, auch ihren eigenen Ehemann.«

»Ich habe Javiers Sachen nie so recht gemocht«, gestand Coralie. »Die waren mir immer zu schlicht.«

»Was du nicht sagst. Dein Kleid heißt übrigens Lutzman Nr. 10.«

»Ist Alix noch in Paris?«

»Nein, sie musste fliehen. Sie ist Engländerin und außerdem Jüdin, und wie wir alle wissen, hätte man sie wegen beider Eigenschaften eingesperrt, wenn man sie erwischt hätte. Verdammt, wo bleibt denn Tilly?«

Wie sich herausstellte, war sie im angrenzenden Badezimmer und suchte im Medizinschränkchen nach einer Pinzette. Als sie sich in der Spiegelwand gesehen hatte, war ihr die »schreckliche Tragödie« ihrer Augenbrauen bewusst geworden. Eine kleine Glasflasche mit Schlaftabletten stand ohne Deckel auf dem Badezimmerschränkchen.

»Wie viele hast du genommen?«, wollte Una wissen.

»Nur ein oder zwei.«

»Dann wollen wir dafür beten, dass sie nicht zu früh zu wirken beginnen.«

Während Una noch die Abendmäntel heraussuchte, wandte Coralie sich der Wahl der Schuhe zu. Wie zu erwarten, verfügte Una über eine unglaubliche Sammlung. Kein einziges Paar jedoch hatte Absätze, die weniger als zehn Zentimeter hoch waren. Ottilia entschied sich dafür, ihre eigenen Pumps anzulassen, doch Coralie konnte sich absolut nicht vorstellen, in den Lederhalbschuhen auszugehen, die sie am Morgen angezogen hatte. Darum nahm sie sich ein Paar Riemchenschuhe aus Satin – und stellte dabei fest, dass Unas Füße eine halbe Nummer größer waren als ihre eigenen. Schließlich stopfte sie ein wenig Seidenpapier in die Spitzen.

Endlich waren sie bereit. »Ich nehme mal an, wir werden nicht in deinem Rolls-Royce zum Boulevard de Clichy gefahren?«, sagte Coralie.

Una lachte zynisch. »Den habe ich einer Eule mit Monokel im deutschen Hauptquartier übergeben. Sie hätten ihn mir sowieso weggenommen und mir höchstens entwertete Francs dafür gegeben, und ich wäre auch bloß bis zur Stadtgrenze gekommen mit dem bisschen Benzin, das noch im Tank war. Mir egal, weil ich dafür freies Geleit in die Schweiz für zwei befreundete Schriftsteller bekommen habe, die sich in einem dieser Hasenkäfige im Marais versteckt hatten. Ihr wisst schon, zehn Leute auf ein Zimmer in einem baufälligen Patrizierhaus.« Una senkte die Stimme. »Ja, ich weiß, was du jetzt fragen wirst. Warum habe ich Ottilias Flucht nicht auf diese Art gekauft?«

»Nein, Tilly ist zu wertvoll für sie. Sie hätten ihr vielleicht eine Reiseerlaubnis ausgestellt, nur um sie gleich am ersten Kontrollpunkt festzunehmen. Wir machen es auf die einzig mögliche Weise, und zwar geheim. Du bist ein guter Mensch, Una Kilpin-McBride.«

»Du bist auch ganz in Ordnung, Madame de Lirac-Cazaubon. Also dann, vielleicht mit der Pferdekutsche? Das Rose Noire ist zu weit zum Gehen, und in dem Abendkleid möchte ich mich nicht in die Métro setzen. Ach, so ein Mist!« Una hatte sich die ganze Zeit über im Spiegel betrachtet. »Die Hüte!«

»Dann führ uns mal zu deiner Hutabteilung. Ich nehme an, du hast einen eigenen Flügel dafür?«

»Nein. Ich möchte eins dieser süßen kleinen Hütchen tragen, die Amélie Ginsler für dich gemacht hat.«

»Meine Puppenhüte? Die sind aber noch nicht fertig.«

Etwa eine Woche nach ihrer Begegnung mit Amélie bei Henriette Junot war Coralie ins Marais gegangen, um dem alten Monsieur Ginsler ein Angebot für eine Auftragsarbeit zu machen. Nachdem sie eine Stunde lang orientierungslos durch die Gässchen gelaufen war, die Nerven angespannt von den Menschenmassen und Gerüchen dort, fand sie schließlich doch noch die Rue Charlot. Den Laden der Ginslers entdeckte sie auf Anhieb, denn winzige Gesichter aus Wachs starrten durch die mit Gaze verhängten Fensterscheiben.

Amélie hatte sie freudig überrascht begrüßt. Der alte Monsieur Ginsler dagegen war vorsichtiger. »Ich habe gedacht, Sie möchten nur einen oder zwei«, murmelte er, als Coralie verkündete, sie habe zwanzig Säcke mit Filzresten von einem Stoffhändler gekauft.

»Machen Sie daraus so viele Hüte wie nur möglich, Monsieur.« Dann richtete sie sich an Amélie. »Denk doch bloß. Viele Frauen verbringen jede Menge Zeit in Warteschlangen oder auf dem Weg zur Arbeit. Dafür ziehen sie sich ein Kopftuch über, weil es einfacher ist. Aber ein Puppenhut passt in jede Handtasche oder auch in einen eigenen kleinen Beutel. Abends können sie dann das Kopftuch ablegen und den kleinen Hut aufsetzen – und brauchen nicht einmal einen Spiegel, um schick auszusehen.«

Am Ende war es Monsieur Ginslers Frau, die ihren Mann davon überzeugte, Coras Auftrag anzunehmen. »Sagst du Nein, weil wir so viel zu tun haben, Manny?« Sie blickte bedeutungsvoll auf die mit Spinnweben überzogenen Dachbalken. »Sogar die Puppen schlafen.«

Als Coralie wieder aus dem Laden trat, hatte sie drei Hüte von der Größe einer Teetasse in der Hand – perfekt bis ins kleinste Detail. Kurz darauf hatte sie die Hüte Una gezeigt – und sofort wieder weggeräumt, als sie das Glitzern in den Augen ihrer Freundin entdeckte. Und auch jetzt sagte Coralie bestimmt: »Die Produktion hat noch nicht begonnen. Ich warte noch bis September.«

»Und was hält dich davon ab, sie heute Abend zu lancieren?«

»Alles. Sie werden eine Sensation sein, davon bin ich überzeugt. Und das Letzte, was wir wollen, sind Leute, die uns anstarren.«

»Da bin ich anderer Meinung«, sagte Una. »Je mehr wir den Leuten zum Schauen geben, desto weniger fällt ihnen auf, was wir verstecken wollen.«

»Tja, zu schade. Die Hüte liegen zu Hause, und ich laufe bestimmt nicht noch mal den ganzen Weg dorthin.«

»Du lässt sie doch im Marais herstellen? Da kenne ich mich aus. Meine Freunde, die Schriftsteller, wohnten ganz in der Nähe von dieser Puppenwerkstatt. Also los, gehen wir.«

Die Vagabonds waren schon mitten in ihrem ersten Set, als Una, Coralie und Ottilia im Klub ankamen. Sie hatten eine halbe Stunde bei den Ginslers verbracht, vor dem rauchigen Kamin, während Amélie und ihre Großmutter fieberhaft drei kleine Hüte für sie herstellten.

Coralie war in nachdenklicher Stimmung, als sie das von Kerzen ausgeleuchtete Rose Noire betrat. Kurz zuvor hatte sie erfahren, dass Amélie eine schwerbehinderte Tochter hatte. Die Familie beschützte die zwölfjährige Françoise so gut, dass niemand in Henriette Junots Atelier von ihrer Existenz wusste. »Ich habe es nur Madame Zénon erzählt«, hatte Amélie Coralie anvertraut.

Sie standen auf der Tanzfläche und ruhten sich kurz aus. Die Vagabonds spielten eine Hot-Jazz-Version der Marseillaise, so laut, dass die Flaschen auf der Theke hüpften. »Sie wissen doch, dass dieses Lied verboten ist, oder?« Coralie blickte unsicher zu ihnen hinüber. »Keiner tanzt.« Sie holte tief Luft, stellte sich mental auf die bevorstehende Herausforderung ein und versuchte, die Aufmerksamkeit des Klubinhabers, Serge Martel, nicht auf sich zu ziehen.

Eine halbe Stunde später befand sie sich zusammen mit Ottilia auf der Damentoilette. Vor wenigen Augenblicken wäre Ottilias britischer Fremdenausweis um ein Haar entdeckt worden, und ihr Atem hatte sich nach der Anspannung noch nicht wieder beruhigt.

Ottilia lief gleich zum Spiegel hin. »Habe ich etwas falsch gemacht?«

Coralie wedelte mit dem brisanten Dokument. »Das hier ist gefährlicher als ein geladener Revolver. Da ist sogar ein Stempel des Polizeireviers in der Bow Street drauf! Verstehst du das denn nicht?« Offensichtlich nicht, denn Ottilia schüttelte den Kopf. Gleich würden Tränen fließen. Coralie seufzte und nahm einen

Kajalstift aus der Tasche. »Zieh dir mal die Augen nach. Du siehst ja aus, als hättest du einen Monat nicht geschlafen.« Während Ottilia sich zum Spiegel beugte und eine zittrige Linie zog, sagte Coralie: »Weißt du noch, damals in Epsom? Wir haben uns beide aus der Hand lesen lassen. Ich weiß ja nicht, was deine Zigeunerin zu dir gesagt hat. Meine hat behauptet, ich würde eines Tages jemanden töten. In letzter Zeit ist mir klar geworden, dass ich tatsächlich dazu in der Lage wäre.«

»Wirst du etwa mich töten?«

»Nein, doch nicht dich.« *Na ja, manchmal hätte ich schon Lust dazu.* »Ich würde töten, um die zu schützen, die ich liebe.«

Ottilia fuhr mit dem Stift leicht über eine Augenbraue. »Ich beneide dich. Ich schaue nach der Zukunft aus und sehe nichts. Ich sehe nur das, was hinter mir liegt.«

»Du wirst bald wieder glücklich sein.«

»Nein. Als Dietrich unsere Verlobung gelöst hat, dachte ich, ich müsse sterben. Ich erinnere mich noch immer an jedes einzelne Wort, das er gesagt hat. ›Ich komme nicht weiter im Leben, wenn ich mit dir zusammen bleibe.‹ Tja, sein Leben ist weitergegangen, meins ist stehen geblieben. Ich war doch erst neunzehn. Ich weiß nicht mehr, was diese Zigeunerin mir in Epsom gesagt hat, aber ich erinnere mich gut daran, dass ich ganz verzweifelt war, als ich aus ihrem Wohnwagen gestolpert bin.«

Darauf wusste Coralie nichts zu entgegnen und zog sich in eine Toilettenkabine zurück. Der Wasserdruck war nicht hoch genug, um den Ausweis hinunterzuspülen, darum fischte sie ihn unter großer Überwindung wieder heraus. Dann stellte sie sich auf den Toilettendeckel, hob den Deckel des Spülkastens an und ließ den Ausweis hineinfallen. Sie hörte die Tür der Damentoilette auf- und wieder zugehen. Darum wischte sie sich die Hände am Toilettenpapier ab, strich sich das Kleid glatt, schloss die Tür der Kabine auf und trat hinaus. »Meine Güte! Julie!«

Coralie blickte erstaunt auf ihre frühere Nanny. Sollte sie denn nicht noch auf dem Lande sein? Und wo war ihr frisches, jugendliches Aussehen geblieben? Julie Fourcade trug ein enges Satinkleid, scharlachroten Lippenstift und den dazu passenden Pillbox-Hut auf dem übertrieben gewellten Haar – eine ziemlich schlechte Kopie eines Hollywood-Stars. Coralie versuchte, ihre Überraschung zu verbergen. »Bist du wegen Florian hier? Der arme Junge ist ganz dünn geworden ohne dich. Warum hast du nie vorbeigeschaut? Und wo wohnst du jetzt? Bestimmt nicht in der Rue Jacob, sonst wären wir uns mal begegnet.«

Julie zuckte nur vage mit den Schultern. »Ach, ich habe immer so viel zu tun, du weißt ja, wie das ist. Ich bin nicht wieder mit Florian zusammen. Ich habe jetzt einen neuen Freund.«

Ja, dachte Coralie, *das sieht man*. »Ich hoffe, er kümmert sich gut um dich.«

Julie musterte Coralie von oben bis unten. Ihr Kleid, die Hochsteckfrisur, der winzige Hut mit seinen pinkfarbenen Federn. Dann fiel ihr Blick auf das Korallenarmband. »Das hat Ramon dir geschenkt, nicht?«

»Koralle für Coralie.«

»Mein Freund hat mir das hier geschenkt.« Julie hielt Coralie ihre Hand hin; ein Opalring zierte ihren Finger. Auch Ottilia gewährte sie einen Blick darauf, bevor sie in derselben Kabine verschwand, die Coralie gerade verlassen hatte. »Wie nett, dass wir uns getroffen haben. Kommt mal an meinen Tisch und trinkt ein Glas mit mir, wenn ihr mögt. Jetzt entschuldigt mich, ich laufe gleich aus.«

Als der Türriegel zuschnappte, wurde Coralie bewusst, dass Julie überhaupt nicht nach Noëlle gefragt hatte.

Die deutschen Offiziere erhoben sich, als sie wieder zurück zu ihrem Tisch kamen. Das war ein gutes Zeichen. Sie betrachteten sie also wie Damen und nicht wie Flittchen. Zum Glück war

Dietrich nicht auf die Idee gekommen, sie hier zu suchen – jedenfalls noch nicht. Elf Stunden mussten sie noch überstehen, bis Ottilia endlich in Sicherheit sein würde. Erst dann konnten Coralie und Una den Schauplatz verlassen. Coralie entdeckte Una auf der Tanzfläche, zusammen mit einem hochrangigen Offizier in schwarzer Uniform.

»Ich habe eine Idee«, sagte Coralie zu den Offizieren, die am Tisch geblieben waren. Sie sprach Deutsch, und die Männer starrten sie an, ganz verwundert über ihren Akzent, der auf eine gewisse Bildung schließen ließ. Mademoiselle Deveau war eine gute Lehrerin gewesen, und von Dietrich hatte sie mehr gelernt, als er vielleicht ahnte. »Zwei von Ihnen tanzen mit uns, und der dritte Mann könnte das Abendessen bestellen. Der Koch hier ist sehr gut. Er schafft es, auch aus nichts noch etwas zu zaubern …«

Sie bot dem ältesten der Männer ihre Hand und sagte: »Beim Tanzen verrate ich Ihnen dann, von wem ich Deutsch gelernt habe.«

Ihr Tanzpartner war vielleicht Mitte zwanzig, hatte etwas weiter auseinanderstehende Augen und eine breite Nase. Er roch ein wenig nach Schweiß, weswegen sie sich eher zurücklehnte statt sich an seine Brust zu schmiegen, so wie es viele der anderen Tänzerinnen machten. Nun, es war auch eher Unas Stärke, Männern durch Charme eine Unterschrift abzuluchsen. Bald entdeckte sie Julie, mit einem deutschen Partner, um dessen eckige Schultern sie ihre molligen Arme gelegt hatte. Er wirkte ziemlich verliebt. Hatte er ihr den Ring geschenkt?

Es gab einige Ausdrücke, um das Verhältnis zwischen Eroberern und Zivilisten zu beschreiben, aber das Wort »Kollaboration« war jenes, das mit Abstand die meisten Interpretationsmöglichkeiten in sich trug. Für einige war es nur ein nützliches Verhältnis. Für andere – wie etwa Serge Martel – bedeutete es Profit und für bestimmte Frauen die pure sexuelle Begegnung. *Für manche heißt es vielleicht sogar Liebe*, sinnierte Coralie.

Ihr Partner hieß Ulrich, wie sie bald erfuhr, und kam aus Niederschlesien. »Da, wo die Kohle herkommt«, wusste sie gleich.

Ihn schien das zu verwundern. Hatte man ihm etwa beigebracht, dass die Franzosen alle dumm waren und in Höhlen lebten? So wie man ihnen wiederum beigebracht hatte, dass alle Deutschen Hunger litten und Zigaretten aus Pferdemist rauchten. Sie fragte nach seinem Regiment und musste ihre Erleichterung verbergen, als er stolz auf das Abzeichen an seinem Kragen deutete und sagte: »Waffen-SS.«

Das hieß wohl, dass er nicht bei der Gestapo war. Als sie bemerkte »Ich dachte, Sie wären vielleicht Polizist«, wirkte Ulrich so beleidigt, dass sie schnell fragte: »Wofür steht SS noch gleich?«

»Schutzstaffel. Eine Elite-Einheit.« Er zeigte ihr seinen Totenkopfring.

»So sehen wir bald alle aus, wenn das Essen noch knapper wird«, sagte sie. Er lachte nicht. Und er machte auch nicht den Eindruck, als würde er ihr freiwillig die Reiseerlaubnis unterzeichnen. Sie hielt Ausschau nach Una, entdeckte statt ihrer aber Ottilia, die mit einem der jüngeren SS-Männer tanzte und wie in Trance wirkte. Aha, dort hinten war Una und gab offensichtlich ihr Bestes, dicht in Ottilias Nähe zu bleiben. Sie mussten sich austauschen und einen neuen Plan entwerfen, denn Coralie wusste nur eins ganz sicher: Ottilia würde nicht noch weitere elf Stunden lang die Fassung bewahren.

»Sie wollten mir doch verraten, warum Sie so gut Deutsch sprechen, Fräulein.«

»Wie bitte? Ach so, ich habe eine Lehrerin hier in Paris. Die Hälfte der Zeit sprechen wir Französisch miteinander, die andere Deutsch. Und ich lese deutsche Bücher. Allerdings nur seichte Liebesgeschichten«, erklärte sie und beschloss, *In einem anderen Land* nicht zu erwähnen. »Ich mag zu realistische Geschichten nicht so gern.«

Dann gelang es ihr, Blickkontakt zu Una aufzunehmen. Im selben Moment erstarrte ihre Freundin: Am Rand der Tanzfläche standen vier Männer. Sie musterten Tanzpaar für Tanzpaar, als würden sie die Gesichter von einer imaginären Liste streichen. Waren sie Franzosen? Nein, dafür waren sie zu groß gewachsen und trugen die falschen Anzüge. Coralie sah, wie sie sich berieten und dann ein Signal zu Ottilias Tanzpartner schickten.

Auch Coralies Partner hatte sie entdeckt. »Das sind Offiziere von der Gestapo. Sieht aus, als würden sie gerne Ihre Freundin verhören.«

»Dann haben sie sich geirrt. Ottil… – also, Ottilie ist vielleicht nicht die Klügste, aber auf keinen Fall gefährlich.« Ottilia wurde von der Tanzfläche geführt. *Ganz ruhig*, beschwor Coralie sie im Geiste. *Du bist Floristin aus der Rue de Madrid und machst dir einen schönen letzten Abend in Paris, bevor du zu deiner Tante nach Perpignan reist.*

Einer der Gestapo-Männer war nicht ganz so stämmig wie seine Kameraden. Er hatte eine Narbe im Gesicht und trug eine runde Brille, die ihm das Aussehen eines Gelehrten, vielleicht sogar eines Priesters verlieh. Er hatte sich seinen Homburger unter den Arm geklemmt und zog sich gerade seine Lederhandschuhe aus, vermutlich, um Ottilias Handtasche zu durchsuchen. Sie streckte sie ihm unterwürfig entgegen. An seinem Auftreten war nichts Beunruhigendes.

Er zog einen Gegenstand nach dem anderen hervor. Einen Lippenstift, einen Schreibstift, die goldene Zigarettenspitze. Schließlich den Ausweis, den er mit quälender Genauigkeit inspizierte.

Als er Ottilia die Handtasche zurückgab, atmete Coralie auf, doch die Erleichterung hielt nicht lange an. Er stellte ihr weitere Fragen, und bald wirkte Ottilia so aufgelöst und hilflos, dass sie mit Sicherheit jeden Moment in Tränen ausbrechen würde. *Du bist Ottilie Dupont und auf eine technische Oberschule am linken*

Seine-Ufer gegangen. Du bist arbeitslos, weil es in Paris gerade keine Blumen gibt.

Hatte Dietrich diese Männer hierherbefohlen? War er ihnen gefolgt, vielleicht vom Bois de Boulogne aus oder von der Avenue Foch? Coralie sah zu Arkady, und ein schrecklicher Gedanke machte sich in ihr breit. Vielleicht hatten sie gar ihn verfolgt, und zwar zu Ramon. Die Gestapo hatte vielleicht schon Noëlle und Ramon abgeholt, und Dietrich machte seine Drohung wahr … *Dein Kind gegen mein Kind.* Schluss damit, befahl sie sich selbst, oder du kriegst noch vor Ottilia einen hysterischen Anfall. Vielleicht hatte jemand im Klub die Geheimpolizei gerufen … Coralies Blick fiel auf Serge Martel, der sie lange anstarrte, die Hand zum Herzen führte und eine angedeutete Verbeugung vollführte.

Die Gestapo hatte Ottilia umzingelt.

»Wo bringen sie sie hin?«, fragte Coralie ihren Partner.

»Die Gestapo hat ein Haus an der Avenue Foch, mit Arrestzellen und Verhörräumen.« Ulrich gab sich distanziert. »Sie waren mit dieser Frau auf der Damentoilette. Sie waren ziemlich lange fort.«

»Wir haben unser Make-up erneuert.« Ihre Stimme zitterte. »Den Lippenstift nachgezogen.«

»Ist sie denn Ihre Freundin?«

»Eigentlich nicht. Ich kenne sie kaum.«

Es war ganz leicht. Sie hatte Ottilia verraten und war jetzt keinen Deut besser als Serge Martel oder ihr Vater.

Sie führten Ottilia zur Treppe, und zwei Gestapo-Männer hielten sie am Arm fest. Vier Männer, um eine Frau festzunehmen, die so zart war wie der Stiel eines Weinglases.

Coralie murmelte Ulrich eine Entschuldigung zu und rannte in Richtung der Damentoilette. Da sie fürchtete, er könne versuchen, sie aufzuhalten, schlug sie einige Haken. Doch in ihrer Hast verlor sie einen der geborgten Schuhe und knickte mit dem Fuß um. Es tat unerträglich weh, aber sie zwang sich dazu, den Schmerz auszublenden, und streifte auch den anderen Schuh ab. Die Treppe des Klubs war mit Teelichtern ausgeleuchtet; still erklomm Coralie Stufe um Stufe in dem Bewusstsein, dass sich die Gestapo-Abordnung direkt vor ihr befinden musste. Vielleicht hatte Ottilia ihnen ja doch noch einen kleinen Kampf geliefert. Coralie hörte gerade, wie Ottilia auf Deutsch ziemlich erregt nach ihrem Mantel verlangte. So sanftmütig, wie es immer den Anschein hatte, war Ottilie Dupont wohl doch nicht.

Coralie hatte sich keinen Plan zurechtgelegt, und ihre einzige Waffe war ihre Hutnadel. Die war zwar recht spitz, würde aber kaum vier ausgebildete Polizisten unschädlich machen können. Ihre einzige Chance bestand darin, sich zwischen sie und ihr Automobil zu drängen, wenn sie den Klub verließen. Wenn sie Ottilia dazu bringen konnte, schnell loszurennen, konnten sie von ihrer genauen Ortskenntnis profitieren. Coralie kannte inzwischen jedes kleine Gässchen und jede Abkürzung. Wenn sie es bis zum Butte de Montmartre schafften, würden sie die uralten, unbefestigten Wege nehmen, auf denen man mit dem Auto nicht weiterkam. Sie machte einen Schritt vorwärts. Jetzt oder nie.

Plötzlich legte sich eine fremde Hand über ihren Mund. Irgendjemand hatte sich geräuschlos hinter sie geschlichen. Sie versuchte, nach dem Angreifer zu treten, wurde dann aber hochgehoben und die letzten paar Stufen hinaufgetragen. Jetzt wurde sie gegen eine Wand gedrückt, und eine Stimme flüsterte ihr ins Ohr: »Leiste keinen Widerstand.«

Dietrich.

»Ich kann euch nicht beide retten. Kurt!« Eine andere Figur trat in ihr Gesichtsfeld. »Übernimm sie und sorg dafür, dass sie ruhig bleibt.«

Sie holte schnell und tief Luft, bevor eine andere Hand ihren Mund bedeckte. Dietrich rief: »Major Reiniger, halt. Ich habe neue Befehle, was Frau von Silberstrom angeht.«

Der andere Mann stellte dieses Ansinnen wohl infrage, denn Dietrich erwiderte: »Ich bin Generalmajor von Elbing und habe den Befehl, diese Frau zum Luftwaffen-Hauptquartier zu bringen. Sie ist von größter Wichtigkeit für das Reich und meine Vorgesetzten. Bitte übergeben Sie sie mir.«

Coralie konnte sich ein Stück weit aus dem Griff ihres Bewachers (hatte Dietrich ihn nicht Kurt genannt?) befreien. Er fasste sie nicht ganz so hart an, wie es Dietrich zuvor getan hatte.

»Was passiert jetzt?«, fragte sie.

»Er lässt seine Autorität spielen.«

Wieder bekam Dietrich Gegenwind. Einer von der Gestapo – vermutlich Reiniger – wollte wissen: »Wer hat Ihnen diesen Befehl gegeben, Generalmajor?«

»Der Oberbefehlshaber der Luftwaffe. Reichsminister Göring.«

»Er ist aber nicht in Paris. Ich muss wissen, von wem Sie diesen Befehl bekommen haben.«

»Reichsminister Göring.«

Dietrich gab sich höflich, aber bestimmt. »Wollen Sie den Befehl eines Mannes infrage stellen, der direkt dem Führer untersteht?«

Stille. War Dietrich zu weit gegangen? Coralie konnte nicht viel sehen, aber sie meinte Ottilias verängstigte Atemzüge zu hören.

Dietrich versuchte es mit einem versöhnlicheren Ton. »Reiniger, ich schlage vor, dass Sie mit mir in die Avenue Marigny kommen und Ihre Zweifel meinem direkten Vorgesetzten General Hanesse vortragen. Vielleicht hätte ich dazusagen sollen, dass er mir diesen Befehl erteilt hat, nachdem er ein Ferngespräch aus Berlin bekommen hatte.«

»Ich kenne den General. Wir nehmen die Frau jetzt mit, und ich rufe ihn morgen früh an.«

»Aber der General wird Paris schon morgen früh verlassen.« Dietrich gab einen nachdenklichen Ton von sich. »Ich habe eine Idee. Er wollte heute Abend im Ritz dinieren, an seinem üblichen

Tisch. Es macht ihm sicher nichts aus, wenn wir ihn kurz stören. Fahren wir doch hin und legen ihm die Sache vor.«

Das schien das geheime Codewort zu sein, das »Sesam öffne dich«. Coralie hörte das Scharren von Schuhen und konnte schließlich die Silhouette einer Frau ausmachen, die sich in die Dunkelheit entfernte. Eine andere Gestalt bewegte sich schnell auf sie zu. Dann öffnete sich eine Schwingtür und schloss sich wieder.

Ein Automotor sprang an. Ottilia war fort, aber war sie auch sicher?

Sie warteten zusammen, Coralie und der Bewacher, den sie noch nicht zu Gesicht bekommen hatte. Zwischen den Gestapo-Männern entwickelte sich eine gedämpfte Unterhaltung mit gelegentlich eingestreuten Zoten. Schließlich bewegte sich die Schwingtür wieder einige Male, und die Männer waren fort. Der Hausdiener, der Kassierer und die Garderobenfrau wagten sich wieder aus einem Nebenraum hervor. Eine schwache Lampe wurde eingeschaltet.

Coralie sah auf – und schrie. Der Mann neben ihr hatte ein Gesicht wie aus einem Horrorfilm. Ein Großteil des Wangenknochens und des Kiefers darunter fehlte. Haut war über die Löcher gespannt und mit groben Stichen festgenäht worden. Das Auge darüber wurde von einer schwarzen Klappe bedeckt.

Ein bitteres Lächeln verriet ihr, dass er Reaktionen wie die ihre gewohnt war. »Oberleutnant Kurt Kleber. Ich bin Generalmajor von Elbings Freund und Kamerad. Ich weiß leider nicht, wo sie die Dame hinbringen, aber ich habe den Auftrag, Sie an einen sicheren Ort zu begleiten.«

Der sichere Ort stellte sich als Ottilias Wohnung in der Rue de Vaugirard heraus. Coralie erinnerte sich daran, dass Dietrich zu ihr gesagt hatte, er sei an einen Ort gezogen, der ihnen beiden viel bedeute.

Kleber half Coralie aus dem Dienstwagen, der sie vom Klub hierhergefahren hatte. Ihr Knöchel war dick angeschwollen.

»Dieses Haus gehört der Luftwaffe«, sagte Kleber, der ihr Zögern offensichtlich falsch verstand. »Die Gestapo wird sich hier keinen Zutritt verschaffen können.« Er fasste sie am Arm. »Ist alles in Ordnung mit Ihnen? Sie tragen keine Schuhe.«

»Ich habe mir wohl den Knöchel verstaucht, wie ungeschickt von mir.«

Kleber führte sie ins Haus und zum Aufzug. Sie fuhren in den zweiten Stock, dorthin, wo sie im Frühjahr 1937 so oft mit Dietrich gewesen war. Coralie, die auf den Anblick von Kisten gefasst gewesen war, reagierte erstaunt, als sie in eine leere Wohnung trat. Lediglich ein makelloser blauer Teppich bedeckte die Bodenbretter.

»Was ist denn mit den ganzen Kisten passiert?«

Kleber half ihr aufs Sofa. »Meinen Sie die Kunstsammlung, die hier gelagert wurde? Die hat Generalmajor von Elbing auf die Reise geschickt, und zwar sofort, nachdem er unten eingezogen war. Ich habe selbst gesehen, wie die letzten Kisten weggebracht wurden.«

»Wohin sind die Sachen denn geschickt worden?«

»Das werden Sie ihn selbst fragen müssen.« Kleber brachte ihr einen Hocker für ihr Bein und schlug vor, einen Arzt zu holen.

»Ein bisschen kaltes Wasser und ein paar Tücher genügen mir.« Als er mit den gewünschten Sachen zurückkam, fragte sie: »Wo hat Dietrich meine Freundin hingebracht?«

»Das darf ich Ihnen wirklich nicht sagen. Kann ich Ihnen noch irgendetwas bringen, um Ihnen den Aufenthalt hier ein wenig angenehmer zu machen?«

Am liebsten hätte sie entgegnet: »Meine Tochter«, bat dann aber nur um Aspirin, einige Toilettenartikel und Kleidung zum Schlafen. Und natürlich um etwas zu essen. Sie war besorgt um Noëlle, Una und sich selbst. Aber auch ausgehungert. »Wer wohnt hier?«

»Niemand. Ich teile mir die untere Wohnung mit Dietrich. Zeitweilig wohnten hier zwei Kameraden, aber sie sind wieder zurück im aktiven Dienst. Ich nehme an, Sie können einen Drink gebrauchen.« Kleber holte eine Flasche mit durchsichtigem Inhalt aus einem Buffetschrank. »Kirsch?«

»Wenn dadurch die Schmerzen verschwinden …«

Er reichte ihr ein Glas. »Wir haben uns schon einmal getroffen.«

»Das glaube ich nicht.« Daran hätte sie sich erinnert.

»O doch. Sie kamen mit Dietrich zum deutschen Pavillon auf der Weltausstellung, aber wir wurden einander nicht vorgestellt. Sie trugen Rosa.«

»Das stimmt, Sie haben recht.« Der Schock beim Anblick von Dietrich und zwei gut gekleideten Männern, die den Hitlergruß austauschten, saß ihr noch immer in den Knochen. Keiner der beiden Fremden hatte allerdings auch nur entfernte Ähnlichkeit mit diesem Mann gehabt.

Ein Lächeln huschte über Kurt Klebers unversehrte Gesichtshälfte. »Ich habe mich verändert. Das brauche ich wohl kaum zu betonen. Ich bin in eine Explosion hineingeraten. Vielleicht erinnern Sie sich ja an mich, wenn ich Ihnen verrate, dass ich der ältere der beiden Männer war, die sich mit Dietrich trafen. Der weniger Gutaussehende.«

»Ist der andere Mann auch hier?«

»Nein, er ist im Krieg.« Kleber füllte ihr Glas wieder auf und versprach ihr, gleich im Luftwaffenhauptquartier gegenüber anzurufen und ein Abendessen zu bestellen.

»Was ist mit den Corvets, dem Concierge und seiner Frau? Wohnen sie nicht mehr hier?«

Kleber schien nichts über sie zu wissen. »Täglich kommt deutsches Personal von gegenüber und macht hier sauber. Ansonsten kümmern wir uns um uns selbst. Keine Sorge, es gibt ein frisch bezogenes Bett für Sie. Darf ich es Ihnen zeigen? Nein? Na schön. Ich wünsche Ihnen eine gute Nacht.«

Er schlug die Hacken zusammen und verließ das Zimmer.

Coralie blieb auf dem Sofa sitzen und trank langsam ihr Glas aus. Kurt Kleber hatte diesen Ort sicher genannt, aber das konnte alles Mögliche heißen und hing von denjenigen ab, die hier das Sagen hatten. Wenn Dietrich wirklich ihr Feind war, saß sie in der Tinte, aber im Moment fürchtete sie ihn nicht so sehr. Serge Martel dagegen … Er war ein Informant. Ein Kollaborateur. Ein lächelnder Feind. Sie stürzte den letzten Schluck hinunter und tastete nach ihrem Knöchel. Die kalte Kompresse hatte gewirkt, und Coralie schaffte es, ins Badezimmer zu humpeln. Sie wollte den Geruch des Rose Noire von sich abwaschen – und auch jegliche Spuren der Feindberührung.

22

Es gibt ein ganz besonderes Geräusch, das nur dann entsteht, wenn man sich entspannt in heißes Badewasser gleiten lässt. Coralie erzeugte dieses Geräusch, fühlte sich aber sofort schuldig. Vielleicht war Noëlle ja aufgewacht und rief nach ihr? Nun ja, dachte sie, während sie sich mit einem Waschlappen einseifte, die Welt würde nicht untergehen, wenn sie sich ein paar Minuten Entspannung gönnte.

Coralie, die ihre Locken in einen Handtuchturban gewickelt hatte, war fast in der Wanne eingenickt, als das Knirschen eines Schlüssels im Türschloss sie wieder hochschrecken ließ.

»Guten Abend!« Eine Männerstimme. War das jemand, der ihr das Abendessen brachte? Sie hatte angenommen, das Hauswirtschaftspersonal im Luftwaffenhauptquartier sei weiblich, aber wenn man näher darüber nachdachte, war männliches Militärpersonal viel wahrscheinlicher. Sie lag ganz still, schob nur den großen Zeh ihres unverletzten Fußes in den Wasserhahn, um das laute Tropfen zu unterbinden.

Es klopfte leise an der Tür. »Lass dir Zeit, Coralie. Das Abendessen wird in einer halben Stunde hier sein.«

»Dietrich?«

»Ich lege dir etwas zum Anziehen hin, Kleider aus Ottilias Schrank. Das wird sie nicht stören, ihr beide seid ja inzwischen gute Freundinnen. Es sei denn, du möchtest in diesem doch sehr gewagten Abendkleid dinieren.«

Nanu, hörte sie da eine Spur von Unsicherheit in seinen Worten? »Ist Ottilia bei dir?«, fragte sie ihn.

»Nein, und ich werde dir auch nicht sagen, wo sie sich befindet. Ich warte im Wohnzimmer auf dich.«

Er hatte ein schwarzes Seidenstrickkleid mit Gürtel von Javier ausgewählt. »Er findet wahrscheinlich, dass sich Nonnen zu elegant anziehen«, murmelte sie, während sie das Kleid überstreifte. Doch als sie sich im Spiegel betrachtete, sah sie eine erwachsene Französin vor sich. Herbst/Winter-Kollektion, etwa fünf Jahre alt, schätzte sie. Ein Kleid aus der Zeit des glatt zurückgekämmten Haars und der fast schon männlich-kühlen Zurückhaltung.

Sie holte den pfingstrosenfarbenen Lippenstift aus ihrer Abendtasche und zog ihre Lippen nach. Dann setzte sie sich ihren Puppenhut wieder auf. Die grellen Federn bissen sich farblich mit ihrem Lippenstift.

Wie schade, dass ihr Knöchel so dick angeschwollen war.

Als sie aus dem Badezimmer kam, saß Dietrich ausgestreckt auf dem Sofa, genau wie früher. Er starrte in sein Weinglas – das hatte er früher nie getan. Wein hatte er immer nur am Tisch getrunken.

»Klopf, klopf«, sagte sie leise.

Dietrich stand auf.

Er hatte die Uniform gegen einen blaugrauen Anzug, ein weißes Hemd und eine dunkelblaue Krawatte getauscht. Konservativ, aber wenigstens wieder wie ein Mensch.

»Komm, setz dich zu mir«, sagte er.

»Du wirst mir dabei helfen müssen.« Sie deutete auf ihren schmerzenden Fuß. »Das ist passiert, als ich deinen Freunden im Klub hinterhergerannt bin.«

»Das sind nicht meine Freunde.«

»Ihr sprecht dieselbe Sprache.« Dankbar ließ sie sich auf das Sofa sinken. »Ich weiß nicht, wie ich mit diesem Fuß zurechtkommen soll. Ich hasse die Métro, und Busse sind in Paris momentan seltener zu sehen als Kamele, weil ihr euch das ganze Benzin unter den Nagel gerissen habt.«

Er ging nicht auf ihre Provokation ein. »Dann solltest du dir wohl ein Fahrrad besorgen.«

Sie musste ein Lachen unterdrücken. »Toller Vorschlag.«

»Ein Fahrrad schenkt dir Freiheit.«

»Freiheit. Na, ich weiß nicht. Schenk mir noch ein Glas Kirsch ein.«

Sie saßen nebeneinander und nippten an ihren Drinks, wie Fremde, die sich den falschen Abend für eine Cocktailparty ausgesucht hatten. Coralie, die in einem Haus mit vielen Parteien wohnte, hatte sich an ständige Hintergrundgeräusche gewöhnt. Stille konnte sie nicht lange aushalten. »Bitte sag mir, dass es Ottilia gut geht.«

Dietrich stellte sein Glas ab und streckte ihr die Hände hin, mit der Handfläche nach oben. »Siehst du vielleicht Blut?«

»Das beweist gar nichts. Sogar Jack the Ripper hat sich die Hände nach seinen Verbrechen gewaschen, nehme ich mal an.«

Er nickte süffisant. »Du hast noch immer einen Konter auf alles in petto. Wie ein kleiner Trommler, der das Becken schlägt, nachdem die Musik aufgehört hat.« Er runzelte die Stirn. »Das war ein schlechter Vergleich, aber ich habe fast drei Jahre lang kein Wort Französisch mehr gesprochen.«

»Na, dann bist du am richtigen Ort, um es wieder aufzufrischen.«

Er ging nicht auf sie ein. »Ich habe deine Freundin zu jemandem gebracht, dem ich vertraue. In ein oder zwei Tagen wird diese Person Ottilia an einen anderen sicheren Ort bringen. Diesen Ort werde ich erst dann erfahren, wenn es unumgänglich ist. Das ist die übliche Vorgehensweise.«

Das wusste Coralie bereits. Auch Arkady und Florian waren

auf diese Weise durch Paris geschleust worden, so lange, bis die Polizei nicht mehr nach ihnen suchte. »Wie ging es Tilly, als du sie gesehen hast?«

»Tilly? Ach so, du meinst Ottilia. Sie war sehr still. Ihr hattet ihr doch Beruhigungsmittel gegeben.«

»Nein, aber …« Sie erwähnte ihren Verdacht, dass Ottilia in einem fremden Badezimmer Schlaftabletten gefunden hatte. »Und dann haben wir sie dazu gebracht, Champagner zu trinken.«

»Aha. Dann wird sie schlafen, das ist auch am besten so. Aber warum um alles in der Welt habt ihr sie in einen Nachtklub mitgenommen, der als Tummelplatz der Abwehr und der SS gilt?«

Sie stürzte ihr Getränk hinunter, damit sie ihm nicht antworten musste. Es wäre nicht schlau gewesen, ihm jetzt den Plan zu erklären, der – bei Lichte besehen – genauso untauglich erschien, wie Ramon von Anfang an gesagt hatte. Wäre Dietrich nicht im richtigen Moment auf der Bildfläche erschienen, wäre Ottilia jetzt in der Hand der Gestapo. Und sie und Una würden vielleicht in der Nebenzelle schmoren. Ihr einziger Triumph wäre gewesen, Serge Martels dunkle Machenschaften ans Licht gebracht zu haben.

»Wo ist deine Tochter?«

»Im Bett, hoffe ich.« Sie würde mit ihm nicht über Noëlle reden. »Als du hinter mir die Treppe im Rose Noire hochkamst, sagtest du: ›Ich kann euch nicht beide retten.‹ Darf ich annehmen, dass deine Absichten mir gegenüber ehrenhaft sind?«

»So würde ich das nicht ausdrücken.«

Ohne es zu wollen, waren sie einander nähergekommen. Dietrich berührte ihr Gesicht – eine Berührung, die sie erschauern ließ. Sie sah ihm in die Augen, versank in den braunen, grünen und goldenen Flecken seiner Iris. Er schien sich ebenso von ihrer Nähe berühren zu lassen. Wenn sie sich nun zu ihm beugen, mit einem Finger über seinen Mund fahren würde … Sicher würde er sie dann zu sich heranziehen und küssen, oder etwa nicht?

Nun, so etwas hätte die alte Coralie getan, aber inzwischen hatte sie die Verhaltensweisen eines Fabrikmädchens abgelegt. »Dein Freund Kurt hat mich darauf hingewiesen, dass wir uns schon einmal begegnet sind.«

»Er ist durch die Hölle gegangen. Genau wie ich.«

Er klang so unbarmherzig, so verbittert, dass sie ihn sofort wieder in Uniform vor sich sah. Sie rief sich ins Gedächtnis, dass er im letzten Krieg auf britische Piloten geschossen hatte und dies zweifellos auch in diesem Krieg getan hätte, wäre er ein paar Jahre jünger gewesen. Sie konnten kein Liebespaar mehr werden. Die Unschuld war verflogen. »Hier ist es sehr geräumig«, sagte sie, während sie überlegte. Sollte sie ihn necken? Über ihn lachen? Das konnte er nicht leiden. »War sicher ganz schön anstrengend, alle diese Kisten nach unten zu tragen, nicht?«

»Willst du etwa von mir wissen, wo sich die Silberstrom-Sammlung jetzt befindet?«

»Du kannst mir meine Neugier nicht übel nehmen.«

»Das tue ich auch nicht. Jedenfalls nicht, was diese Neugier betrifft.« Er ließ es bei der Anspielung bewenden. »Sie ist in Sicherheit.«

»Vor wem?«

»Das ist eine gute Frage.« Er erhob sich und trat ans Fenster. Nicht, um hinauszusehen, denn es war stockfinster draußen. Außerdem waren die Rollläden heruntergelassen und die Gardinen zugezogen. Nein, er wollte ein wenig Abstand zwischen sie beide bringen. »Was würdest du sagen, wenn ich dir verraten würde, dass die Sammlung sehr bald meinem alten Kameraden Göring präsentiert werden wird? Und dass alles, was er selbst nicht besitzen möchte, nach Deutschland geschickt wird, als Geschenk für den Führer?«

»Ich würde sagen, dass Teddy Clisson recht gehabt hat. Dass du ein Schwindler bist.«

»Teddy ist zu gütig. Was, wenn ich dir verraten würde, dass alle Werke von jüdischen Künstlern und degenerierten Rassen entweder verbrannt oder verkauft werden, um das Reich zu finanzieren?«

Sie stand auf. Ihr Fuß schmerzte wie von tausend glühenden Nadeln gestochen. »Dann würde ich dich an eine Buchhandlung in der Rue de l'Odéon erinnern, in der du mir erzählt hast, dass man in Deutschland den Roman *In einem anderen Land* verbrannt hat, weil er sich gegen engstirniges Denken richtet.« Hatte sie ihn damit getroffen? Sie konnte es nicht einschätzen. »Und was ist mit den Dürer-Radierungen, die Teddy unbedingt haben wollte? Die sind wohl an einen sicheren Ort gebracht worden.«

Es überraschte ihn, dass sie sich so genau daran erinnerte. »Ja, auch sie sind sicher«, erwiderte er.

Sie musste sich zwingen, aufrecht stehen zu bleiben, wollte ihm aber in die Augen sehen, wenn sie ihre nächsten Worte äußerte. »Du verdammter Nazi.«

Dietrich stürzte auf sie zu, voller Zorn, aber bevor er sie erreicht hatte, klopfte es an der Tür, gefolgt von einem »Hallo!«.

Noch ein Klopfen, jetzt an der Tür des Wohnzimmers. Coralie vermutete, dass Dietrich die Unterbrechung ganz recht war.

»Herein!«

Ein Mann in Uniform betrat das Zimmer. Er trug ein Tablett, das mit einem weißen Tuch bedeckt war. Dietrich bedeutete dem Mann, es ins Esszimmer zu bringen. Nachdem er wieder gegangen war, bot Dietrich Coralie seinen Arm und sagte spöttisch: »Sollen wir zum Essen schreiten? Man wird drüben über uns reden. Nicht, weil wir hier zu zweit sind, sondern weil deutsche Köche es nicht gewohnt sind, so spät für jemanden zu kochen.«

Sie hatte das Esszimmer noch nie zuvor betreten. Bislang war es mit Kisten angefüllt gewesen. Es war ein schöner Raum mit gestreifter Tapete. Die Fenster standen offen, um etwas Nachtluft hineinzulassen. Die Stühle und der Tisch waren aus gekalktem Holz, in einem provinziellen Louis-XV.-Stil gehalten und erinnerten ein wenig an Teddy Clissons Möbel. Der Uniformierte hatte die Kerzen auf dem Tisch nicht angezündet, und sie waren sich darin einig, weiterhin im Dunkeln zu sitzen, damit sie das geöffnete Fenster noch ein wenig genießen konnten. Coralie hob den Deckel einer der Servierschüsseln an – und war perplex. »Was ist denn das?«

»Spätzle. Man schabt den Teig in kochendes Wasser und schwenkt die Spätzle danach in Butter. Ich bin damit aufgewachsen.«

In einer anderen Schüssel befanden sich Rouladen mit einer Füllung aus Speck, Dillgurken und körnigem Senf. Als Gemüsebeilage gab es Apfelrotkraut. Coralie fand die geschmackliche Kombination aus Süßem, Pikantem und Scharfem sehr faszinierend und hätte ihren Teller noch ein zweites Mal gefüllt, wäre da nicht ihr Kleid mit dem engen Gürtel gewesen.

Dietrich hatte eine Flasche Wein geöffnet, der laut Etikett von der Rhône nahe Avignon stammte. Er war kraftvoll und gleichzeitig fein ausbalanciert; um Klassen besser als der *vin ordinaire*, den sie sich für gewöhnlich leisten konnte. Die Weinlese im vergangenen Herbst war kaum von den Kampfhandlungen des Krieges beeinträchtigt worden. Frankreich war noch immer ein großer Weinproduzent, aber inzwischen rissen sich die Deutschen die besten Tropfen unter den Nagel.

»*Where blind and naked ignorance delivers brawling judgments, unashamed …*«

»Wie bitte?« Seine Worte verwirrten sie, vielleicht auch darum, weil er sie auf Englisch sprach.

»Das ist von Tennyson, *Idylls of the King*«, erklärte er. »Habe ich dir nie erzählt, dass ich in Oxford studiert habe? Ich war Rhodes-Stipendiat.«

»Du hast mir nie viel über dich erzählt. Habe ich dir schon mal erzählt, dass ich am Magdalen College studiert habe?«

»Meinst du das Magdalen College in Oxford?«

»Nein, die Magdalen Street in Bermondsey … die Schule der Straße. Tja, früher hast du gerne Poesie zitiert. Je später der Abend, desto lieber.«

»Je später der Abend? Und wie wird dieser enden?«

»Was wünschst du dir denn von diesem Abend?« Es musste am Wein liegen. Ihre Finger wanderten über die Tischplatte, auf der Suche nach seinen. Ja, es war der Wein. Sie verachtete Dietrich und wollte ihn nicht.

Er schien sie auch nicht zu wollen, denn er stand auf und verließ das Zimmer. Kurz darauf kam er wieder zurück, mit einem Aktenkoffer, den er auf den Tisch legte. Mit einem schnappendenden Geräusch öffnete er ihn. Aktenkoffer waren weltweit der größte Lusttöter, fand sie, direkt nach langen Damenunterhosen und dreckigen Fingernägeln. Nachdem er die Verdunkelungsgardine zugezogen und die Kerzen angezündet hatte, holte er einen Brief aus dem Koffer. »Du hast mich bestohlen. Ich hätte besser aufpassen sollen, wusste ich doch früh von deiner kleinen Angewohnheit.«

Das konnte sie tatsächlich nicht abstreiten. Sie hatte ihm erst einen Schlüssel aus der Tasche geklaut, dann noch einen Brief. Denselben Brief, den er jetzt vorwurfsvoll auf den Tisch legte. Selbst verkehrt herum erkannte sie die akkurat geschriebene Adresse und die deutsche Briefmarke. Dietrich setzte sich wieder auf seinen Stuhl und verschränkte die Hände. Er schien darauf zu warten, dass sie etwas sagte.

Weich dem ersten Schlag aus und setz dann schnell etwas dagegen. Donals Rat. »Du bist gestern in mein Haus eingedrungen. Du hast die Türen eingetreten.«

Das gab er sofort zu. »Du hast dich auf dem Dachboden versteckt.« Sie fluchte, und seine Reaktion darauf war – Gelächter. »Du bist kein Houdini, der sich in Luft auflösen kann. Wo hättest du dich denn sonst verstecken sollen? Außerdem deuteten die Abdrücke im Flurteppich darauf hin, dass gerade eine Leiter hochgezogen worden war. Der erdrückendste Beweis jedoch waren die Teetassen auf dem Tisch.«

»Vielleicht ist Abwaschen nicht meine Lieblingsbeschäftigung.«

»Aber du magst Tee, und heutzutage, wo es nichts mehr zu kaufen gibt, würdest du deine Tasse nicht bloß halb austrinken. Es sei denn, du wärst gezwungen zu fliehen. Hättest du mich und Kleber hereingelassen, hätten wir die Schlösser nicht zu beschädigen brauchen. Wir hätten nur Ottilia mitgenommen und dir viel Ärger erspart.«

»Warum hast du nicht an die Decke geklopft?«

Er dachte kurz nach. »Das hätte ich getan, wäre ich allein gewesen. Aber eine panische Ottilia durch die Dachbodenluke zwängen, nein, das war mir zu gefährlich. Es wäre außerdem würdelos gewesen.«

»Über meine Würde hast du dir nicht so viele Gedanken gemacht, als du mich im Lutetia verhört hast.« *Stundenlang musste ich die Beine zusammenkneifen.* »Du hast mich ganz und gar nicht zivilisiert behandelt.« Sie spielte mit dem Feuer, denn sie spürte, dass Dietrich gereizt war. Würden sie beide im selben Augenblick explodieren?

Dietrich schob ihr den Brief hin, ließ aber die Hand darauf liegen. »Bevor ich es vergesse, du solltest den Programmschalter deines Radios wirklich nicht auf der Frequenz von Radio Londres stehen lassen. Die Sendungen der BBC sind verboten, und die Strafe für das Anhören …«

»Ist sicherlich das Wegschießen der Ohren durch ein Erschießungskommando. Deine Leute erlassen jede Woche vierzig neue Gesetze, aber danke, dass du mich an dieses erinnerst.«

»Hör dir lieber Radio Paris an.«

»Soll ich mir von Pétain erzählen lassen, wie sicher er im Sattel sitzt?«

»Da wird auch wunderbare Musik gespielt.«

»Da wird Propaganda gespielt. Wir sollen lernen, ›Wir lieben die Deutschen‹ zur Melodie von ›Ausgerechnet Bananen‹ zu singen.«

»Halt den Mund, Coralie. Wie viel hast du gelesen von diesem Brief?«

»Die erste Zeile. *Mein lieber Vater*, und sonst nichts, das schwöre ich. Ich weiß nicht einmal, welches deiner Kinder dir geschrieben hat. Ich habe es dir noch nicht gesagt, aber ich habe in der Zwischenzeit ganz gut Deutsch gelernt. Ich hätte alles verstehen können, aber ich habe nichts gelesen, weil es mich nichts angeht.«

»Und doch hast du den Brief geöffnet. Du hast ja keine Vorstellung, was du damit angerichtet hast.« Er stellte sich neben sie und umfasste ihr Gesicht mit den Händen. Sie spürte seinen Ring an einem Mundwinkel. Dann an der Schläfe. Sie zuckte zusammen, als er ihre Hutnadeln herauszog, ihr den zierlichen Hut vom Kopf nahm und ihn von allen Seiten betrachtete. »Dieses Ding ist lächerlich.«

»Es ist mein Lebensunterhalt.«

»Und leben willst du.«

»Überleben will ich. Ich habe ein Kind.«

»Ach ja, ein Kind. Du willst leben für dein Kind, und du willst, dass dein Kind leben wird.«

Natürlich wollte sie das!

»Dabei solltest du nur noch in Stunden denken. Serge Martel weiß, dass du Engländerin bist.«

In Coralie stieg ein Gefühl auf, das ihr mittlerweile vertraut war. Ihre Kehle schnürte sich zu, und durch ihre Adern schienen Ameisen zu laufen. »Nein, bis jetzt vermutet er es nur …«

»Er weiß es. Wir haben euch heute Abend beobachtet, Kurt und ich, aus einer dunklen Ecke im Klub heraus. Dich, deine schicke Freundin und Ottilia. Und diese Idioten von der Waffen-SS. Martel hat sich dann an uns herangewanzt.« Dietrich ahmte Martels öligen Ton nach: »›Monsieur le Comte, Herr Kleber, welche Ehre. Was für ein Zufall, Ihre *petite amie* ist heute Abend auch hier. Aber Sie sitzen an getrennten Tischen? Ich hoffe, Sie haben sich nicht gestritten?‹ Martel ist wie eine Giftschlange. ›Ist es etwa, weil Mademoiselle Ausländerin ist? Wenn man sie so erlebt, glaubt man kaum, dass sie in England geboren ist.‹«

»Du musst es ihm gesagt haben. Außer dir wusste es niemand.«

»Ich habe es nie jemandem gesagt. Wahrscheinlich bist du einmal unachtsam gewesen.«

»Also, was hast du jetzt vor?«

»Martel hofft, dass ich ihn für sein Schweigen belohne. Ich glaube, er plant eine kleine Erpressung. Wir könnten das Problem lösen, wenn ich dich in die Avenue Foch Nummer vierundachtzig bringen und der Gestapo übergeben würde.«

»So sehr hasst du mich?«

»Selbst in hundert Jahren wäre ich nicht darüber hinweg, was du mir angetan hast.«

»Der Brief … Ich hätte ihn nicht öffnen dürfen. Aber das Schlimmste war, dass ich ihn vor dir versteckt habe, nicht wahr? Das war wirklich unverzeihlich.«

Er legte den Brief wieder in den Aktenkoffer zurück und ließ den Deckel laut zuschnappen. »Gute Nacht.«

Sie konnte nicht schnell genug aufstehen, um ihm zu folgen, darum drehte sie sich auf ihrem Stuhl um. »Sag mir, warum das so schlimm für dich war.«

Aber er war schon fort, und sie starrte auf ihren leeren Teller. Zu ihrer Verwunderung schlief sie in jener Nacht tief und fest und wachte erst auf, als die Mittagssonne durch eine Lücke in den

Gardinen hereinschien. Vor der Tür des Schlafzimmers entdeckte sie einen Brief.

Rue de Vaugirard, 1:00 Uhr nachts
14. Juli

Liebe Coralie,
würde ich über mehr Selbstbeherrschung verfügen, wäre ich geblieben. Hast Du denn wirklich geglaubt, ich würde Dich der Gestapo übergeben? Nein, so tief bin ich nicht gesunken. Ich glaube auch nicht, dass Serge Martel Dich denunzieren wird, denn er weiß, dass Du unter meinem Schutz stehst. Solltest Du je zum Verhör einbestellt werden, so ist mir nicht bange, denn bei mir hast Du Dich gut geschlagen. Ich muss Paris verlassen, darum habe ich veranlasst, dass man Dich nach Hause fährt. Zuvor aber muss ich Dir verständlich machen, welch schlimme Wunde Du mir zugefügt hast. Bitte habe den Mut, das Frühstück mit mir zusammen einzunehmen, gegen acht Uhr.
Dietrich

Acht Uhr … Sie sah auf ihre Armbanduhr. Das war vor vier Stunden.

23

La Passerinette eröffnete neu am 3. September 1940, ein ganzes Jahr nach Ausbruch des Krieges. Die Hüte, die Coralie von Henriette Junot zurückerobert hatte, verursachten geradezu einen Menschenauflauf. Sie hatte den pinkfarbenen Modellen noch schwarze Gaze und Federn hinzugefügt, und die Kundinnen waren entzückt über diese Abkehr von den traditionellen Herbsttönen in Rotbraun. Auf der Wiedereröffnungsparty kamen Journalistinnen und Kundinnen miteinander ins Gespräch. Die schicken Modezeitschriften mussten neuerdings zwar mit geringerem Umfang und schlechterem Papier erscheinen, waren aber trotzdem voll mit den neuesten Kreationen und vielen Tipps, wie man auch mit wenig Aufwand schick sein konnte.

Was die Puppenhüte anging, so verkaufte Coralie alles, was die Ginslers herstellen konnten. Am Anfang war der Zuspruch noch gering gewesen, darum hatte Coralie ihre Freundin Una mit an Bord geholt. Sie hatte den Abend im Rose Noire nicht nur überlebt, sondern zählte seitdem auch noch einen Sturmführer der Waffen-SS zu ihrem Verehrerkreis. »Mit dem läuft aber nichts. Er wird nie einen Fuß über meine Schwelle setzen, darauf könnt ihr Gift nehmen.«

Una war zurück in die Avenue Foch gezogen und nahm wieder stärker am gesellschaftlichen Leben teil. Sie war nicht nur ein modisches Vorbild, sondern auch eine heldenhafte Krankenschwester. Nachdem sie verkündet hatte »Einen Hut zu tragen, der nicht größer ist als ein Rosinenbrötchen, ist nicht nur modisch, sondern auch patriotisch«, war der Ansturm auf die Puppenhüte so richtig losgegangen.

Sie waren auch bei den deutschen Soldaten sehr beliebt, denn auf diese Art konnten sie ihren Frauen oder Geliebten zu Hause einen echten Pariser Hut mit der normalen Post schicken. Männer in Uniform bildeten lange Schlangen auf dem Boulevard de la Madeleine. Ende September zahlte Coralie zwölftausend Francs in der Crédit-Lyonnais-Bank ein. Sie hoffte, dass das Geld eines Tages zu Ottilia gelangen würde.

Von Dietrich hatte sie nichts mehr gehört, seit sie seinen Brief vor ihrer Schlafzimmertür gefunden hatte. Sie vermutete, dass er ihr ihre Abwesenheit beim Frühstück übel genommen hatte.

Sie dachte jedoch immer an ihn, wenn sie auf ihrem neuen Fahrrad zur Arbeit fuhr. Zu Beginn war sie noch etwas wacklig gewesen, vor allem, wenn sie nur Zentimeter von den vorbeifahrenden Autos und Lieferwagen trennten. Die Straße war eine Kampfzone: Militärtransporter beharrten auf ihrer Vorfahrt, französische Fahrer fluchten vor lauter Frust. Wegen der Benzinknappheit hatten viele Autobesitzer ihre Fahrzeuge auf *gazogène* umgestellt – Brenner, die Holz und Kohle verfeuerten und Smog-Wolken ausstießen. Coralie schlängelte sich durch das Chaos und teilte sich ihre enge Spur mit Pferdewagen, die in hohem Tempo an ihr vorbeizogen.

Bald jedoch fühlte sie sich sicherer und bewältigte die vier Kilometer zwischen Wohnung und Laden zweimal täglich in flottem Tempo. Dabei kreierte sie einen ganz eigenen Modestil à la bicyclette: kurze Jacke, eine bequeme Culotte, knöchellange Söckchen, ein schmales Seidentuch, um die Haare im Zaum zu halten, dazu eine Hutschachtel im Lenkerkorb. Das war kostenlose Werbung. Arkady hatte ihr eine Hupe an den Lenker geschraubt.

So wurden befreundete Ladeninhaber stets mit einem Hupsignal gegrüßt, genau wie die deutschen Soldaten, die in den Soldatenheimen ihr Frühstück einnahmen. Coralie war glücklich – so glücklich, wie man in einer hungernden Stadt eben sein konnte. Sie war beschäftigt, hatte Erfolg und fühlte sich sicher. Dietrich hatte, obwohl er nicht da war, einen Schutzschild zwischen sie und diejenigen errichtet, die sie in Gefahr bringen wollten. Noëlle hatte eine neue Nanny bekommen und blühte regelrecht auf, und Arkady war zu Una in die Avenue Foch gezogen, sodass Coralie ihre Wohnung wieder für sich hatte.

»Er ist ein guter Freund und Beschützer«, sagte Una über Arkady, doch Coralie hatte den Verdacht, dass er noch mehr für sie war. Vielleicht waren ja der Altersunterschied oder die soziale Kluft ein Grund dafür, dass sie sich lieber bedeckt hielten.

Eines Morgens Mitte Oktober kam Kurt Kleber bei La Passerinette vorbei. Ob Coralie ihm wohl einen Hut für seine Frau zaubern könne, als Überraschung? Sie würde bald zu ihm nach Paris kommen. Kurts gesundes Auge leuchtete auf, als er den Namen seiner Frau aussprach, und Coralie dachte: Dieses Mädchen hat vielleicht ein Glück.

Leider war Kurt nicht auf die Idee gekommen, die Maße seiner Frau in Erfahrung zu bringen. »Sie ähnelt Ihnen ein wenig, Mademoiselle de Lirac. Das heißt, sie ist auch blond.«

»Haben Sie denn wenigstens eine Fotografie von ihr, damit ich ihre Gesichtsform sehen kann?«

»Natürlich habe ich ein Bild von Fritzi.« In seiner Brieftasche, direkt über dem Herzen.

Coralie heftete das Bild an ihr Arbeitsbrett und tat ihr Bestes, einen Hut für Kurts Frau herzustellen. Als er wieder vorbeikam, um sich nach dem Arbeitsfortschritt zu erkundigen, war er begeistert von dem Ergebnis. Er bezahlte Coralie in Besatzungswährung, die zwanzigmal so viel wert war wie der Franc, und nannte eine Adresse in der Avenue Marigny, in die der Hut geliefert werden sollte. »Das ist das Hauptquartier von General Hanesse, dort habe ich eine Wohnung, die für ein Ehepaar eher geeignet ist. Wussten Sie, dass Dietrich wieder in der Rue Vaugirard wohnt? Sie dachten wohl, er käme nie mehr aus der Schweiz zurück, nicht wahr? Mir ging es genauso. Wollen Sie ihn nicht einmal besuchen?«

Aha. Er war also in der neutralen Schweiz gewesen. Sie hätte zu gern gefragt, weshalb er dort gewesen war, doch ihr Stolz hinderte sie daran. Nein, sie würde ihn nicht besuchen.

Kurt entschlüsselte ihren Gesichtsausdruck. »Ich würde mich freuen, wenn Sie es täten. Ich habe gesehen, wie stolz Dietrich war, als er Sie in unseren Pavillon führte. Wie er Sie angesehen hat! Ich kenne ihn nun schon seit Jahren, aber so glücklich wie damals hatte ich ihn noch nie gesehen.«

»Das hat nicht lang angehalten. Er hat mich verlassen.«

»Wissen Sie denn, warum?«

»Nein, nicht so richtig. Tut mir leid, aber ich muss mich um meine Kundinnen kümmern.« Sie hielt ihm die Tür auf und wartete darauf, dass er gehen würde. »Ich werde den Lieferjungen zu Ihnen schicken, sobald der Hut ganz fertig ist. Sagen Sie Frau Kleber, sie möge dann vorbeikommen. Ich werde ihr zeigen, wie man den Hut trägt und ihn noch etwas anpassen.« Sie sah Kurt eine Weile nach. Er war ein netter Mann, aber sie durfte die Grenze zu einer Freundschaft nicht überschreiten. Wo war diese Grenze überhaupt? Es machte Coralie großen Spaß, Puppenhüte für eintausend Francs das Stück zu verkaufen, an Männer in grauen Uniformen. Wenn sie ihnen die kleinen Holzschachteln übergab, sagte sie: »Ihre Süße wird glauben, sie bekommt einen französischen Käse. Wenn sie dann die Schachtel öffnet – *oh là là*!«

Sie perfektionierte den sexy französischen Akzent und dachte: *Ich bin keine Spur besser als Serge Martel. Ich nehme ihr Geld und lächele gekünstelt.* Das war tatsächlich Kollaboration, und zwar von der besonders schlimmen Art, weil manche dieser Soldaten fest daran glaubten, dass sie in wenigen Wochen nach England aufbrechen und dort einen Blitzkrieg entfesseln würden. Jede kecke Bemerkung, die sie lächelnd aufnahm, jeder Schein Besatzungsgeld, den sie aus der Tasche eines Soldaten akzeptierte, bedeutete einen Verrat an gleich zwei Ländern. Dass sie Kurt Kleber mochte, war noch keine Kollaboration, aber wenn sie Dietrich in seiner Wohnung besuchte, wäre das eine. Die Grenze war schwammig, aber sie sah sie trotzdem klar vor sich.

Ein paar Tage vor dem ersten November brachen laute Motorengeräusche in die frühabendliche Stille ein. Nur wenige Augenblicke danach drangen zwei finster blickende junge Männer in den Laden ein und schrien: »Hier arbeiten Jüdinnen!«

Coralie stellte sich zwischen die Männer und die Kundin, die sie gerade bedient hatte. Sie hatte tatsächlich zwei neue Nähhilfen eingestellt, Paulette und Didi Benoît, gebürtige Französinnen und Katholikinnen. Aber das ging diese Rüpel nichts an. »Raus hier!«, brüllte sie.

Einer der beiden schwenkte einen Ziegelstein. »Der hier fliegt durch Ihr Fenster, falls Sie lügen.«

Coralie sah rot. Sie war nicht umsonst Jac Massons Tochter. Sie packte die Hand des jungen Mannes und knallte sie ihm mitsamt dem Ziegelstein an die Nase. Über seine Schreie hinweg brüllte sie: »Raus aus meinem Laden, ihr verdammten Dreckskerle!« Drohend hob sie die Linkshänderschere, die Una ihr im Frühjahr zuvor zum Anlass ihrer ersten Kollektion geschenkt hatte. »Raus, oder ich schneide ein Loch in dein Gesicht, so groß, dass ich dir den Stein hineinwerfen kann!«

Sie traten den Rückzug an, im selben Augenblick, als eine von Coralies Stammkundinnen eintraf, begleitet von einem deutschen Offizier, mit dem sie ein Verhältnis hatte. Der Offizier verlangte zu wissen, was gerade vor sich ging.

Der unverletzte junge Mann vollführte eine Art militärischen Gruß und streckte dem Offizier eine Karte hin. Sein Jargon wies ihn als Bewohner der Hinterhöfe von Montmartre aus. »Wir können machen, was wir wollen!«

Der Deutsche inspizierte die Karte, zuckte mit den Achseln und gab sie dem Mann zurück. Zu Coralie sagte er: »Sie sind bei unserer Polizei.«

»Sie sind bei der Gestapo?«

Der Offizier gab ein Geräusch von sich, das wohl »sozusagen« heißen sollte. »Sie stehen unter dem Schutz der Gestapo.«

»Das heißt also, die können tatsächlich machen, was sie wollen?«

Mehr oder weniger, lautete die Antwort. Von diesem Moment an begriff Coralie, dass sie es mit zwei Feinden zu tun hatte: mit den uniformierten Deutschen, die Regeln so liebten und »Eins, zwei, drei!« vorzählten, wenn sie in geordneter Formation in ein Gebäude eindrangen; aber auch mit dem einheimischen Abschaum, der plötzlich mächtig geworden und niemandem zu Rechenschaft verpflichtet war. Coralies zartes Glück und ihr Sicherheitsgefühl lösten sich in nichts auf.

Der letzte Oktobertag war ein ruhiger Donnerstag. Coralie saß gemeinsam mit Madame Thomas in einer Ecke des Ateliers über den Büchern. Jeanne Thomas hatte darum gebeten, unten arbeiten zu dürfen, da es dort wärmer war als in ihrer Wohnung. Coralie hatte es ihr gern erlaubt, denn alle fühlten sich sicherer, wenn sie enger beieinandersaßen, obgleich niemand es zugab.

Während Madame Thomas Linien über eine weiße Seite ihres Rechnungsbuches zog, belauschte Coralie unauffällig Violaine – oder genauer gesagt, Violaines neue Kundin. Sie war eine umwerfende Erscheinung mit der Figur eines Mannequins und war zusammen mit ihrem deutschen Begleiter namens Rudi in den

Salon spaziert. Überheblich verkündete sie, dass ihr »lieber Rudi« von dem »lieben Jakob« gehört habe, wie wunderbar dieser Salon sei. Bald stellte sich heraus, dass der »liebe Jakob« jener Offizier gewesen war, der geholfen hatte, die beiden aggressiven jungen Männer in die Schranken zu weisen.

Violaine forderte Rudi dazu auf, es sich auf dem Sofa bequem zu machen, und bat die neue Kundin auf einen Stuhl an einem der Spiegeltische. »Bitte, Mademoiselle.«

Mademoiselle bestand darauf, den Tisch umstellen zu lassen, damit sie mit dem Rücken zum Fenster sitzen konnte. Vielleicht wollte sie ja ihre deutsche Eroberung betrachten – oder war sie gar ein wenig nervös in seiner Gegenwart? Immerhin war er eine beeindruckende Erscheinung in seiner tiefschwarzen SS-Uniform. Seine eisblauen Augen strahlten sowohl Leere als auch unnachgiebige Disziplin aus.

»Sie müssen natürlich auch die Steuer mit einrechnen, Mademoiselle de Lirac.«

»Wie bitte, Madame Thomas?«

»Sie haben Gewinn gemacht, darum müssen Sie Steuern bezahlen.«

»Ja, natürlich. Lieber bezahle ich ein bisschen zu viel als zu wenig.« Die deutsche Steuerbehörde verhängte drastische Strafen für Fehler und Unterlassungen. Coralies Blick schweifte wieder zu der neuen Kundin, die jedoch scharf reagierte. »Starren Sie mich nicht so an. Und du, Rudi, starr mich auch nicht an. Lies doch ein bisschen in der Zeitung, ja? Würden Sie ihm bitte eine Zeitung bringen?« Sie schnippte mit den Fingern in Coralies Richtung.

Coralie stand auf, mit so viel stiller Würde, wie sie nur aufbringen konnte. »Natürlich, Mademoiselle. Eine französische oder eine deutsche?«

»Eine deutsche, das ist doch klar.«

Coralie kaufte jeden Tag zwei verschiedene Zeitungen, die *Allgemeine Zeitung* und *Le Figaro*. Nachdem sie ihm die *Allgemeine* gebracht hatte, ging sie wieder zu ihrem Platz zurück, vorbei an Violaine, die gerade das glänzende schwarze Haar der Kundin anhob, um ihre Kopfform besser sehen zu können. Coralie dachte: *So unhöflich und arrogant diese junge Frau auch ist, sie hat einen Hals, bei dem ein Dichter ins Schwärmen geraten könnte.* Aber halt, was war denn das? Das linke Ohr der Frau sah aus, als hätten Ratten daran genagt. Sie schien Coralies Blick zu bemerken und erstarrte.

Coralie sah zu, wie Madame Thomas eine neue Seite in ihrem Buch mit dem Datum »31. Oktober« versah, und murmelte: »Ramons Geburtstag.« Eigentlich hatte sie vorgehabt, ihn zusammen mit Noëlle zu besuchen, um ihm ein Päckchen Zigaretten zu schenken. Und, wenn sie ganz ehrlich war, um seine neue Freundin zu begutachten. Doch am Sonntag zuvor hatte sie zufällig Bonnet am Quai de Montebello getroffen und war noch immer davon erschüttert, was sie von ihm erfahren hatte. Coralie und Noëlle hatten gerade nach Märchenbüchern gestöbert, und Bonnet hatte versucht, einige seiner eigenen Bücher zu verkaufen. Als er sie entdeckt hatte, war er gleich zu ihr herübergekommen. »Ah, Ramons Freundin! Und das, ist das Ramons Kind?«

Sie stellte ihm Noëlle vor.

Bonnet schüttelte den Kopf. »So ein Trottel, dieser Ramon. Wie kann man Sie nur verlassen, für dieses dumme Stück, mit dem er jetzt zusammen ist? Ach, sie ist ganz hübsch, aber jede Nacht unterwegs, und wie sie streiten, *mon dieu*. Diese Ausdrücke! Sie knallt die Tür hinter sich zu, und dann, tapp-tapp-tapp, läuft sie die Straße hinunter. Er rennt ihr immer nach …« Bonnet imitierte einen schwer verliebten Mann. »Ich kann ohne dich nicht leben, Julie!«

»Julie, und wie noch?«

Das wusste Bonnet nicht. »Es gibt Tausende von Julies in Paris.«

Das stimmte, und selbst Ramon hätte einem Freund nicht das Mädchen ausgespannt. Oder seinem Kind die frühere Nanny … Coralie ging in die Hocke, um Noëlle zu befragen. »War Papas Freundin nett zu dir, als du bei ihm warst?«

»Da war keine Freundin, nur Papa.«

Dann war er »Julie« also für den einen Tag losgeworden. *Halte dich fern von der Rue Valdonne*, sagte Coralie zu sich selbst. Manchmal ist es besser, nicht alles zu wissen.

Madame Thomas klappte ihr Rechnungsbuch zu. »Zeit fürs Mittagessen. Schauen Sie nur, wie es gießt!« Ein Platzregen ging gerade auf den Boulevard nieder, überall sah man hastig aufgespannte Regenschirme. Nun, immerhin war morgen der erste November, der Winter stand vor der Tür. Was würde dieser Winter wohl bringen?

»Soll ich Paulette und Didi sagen, dass sie jetzt in die Mittagspause gehen können?«, fragte Madame Thomas.

»Ja, natürlich. Violaine wird noch ein wenig bleiben, und ich gehe zum Mittagessen, wenn Sie zurückkommen.« Coralie blieb an ihrem Tisch sitzen und überflog die langen Zahlenreihen im Rechnungsbuch, doch als plötzlich die Tür aufging, sah sie voller Angst auf, in Erwartung eines Ziegelsteins, der in ihre Richtung geflogen kam. Ein einzelner Mann stand im Türrahmen. Oje, das war schlimmer als jugendliche Schläger – es war Serge Martel.

Martel stand ihr im Licht. Sein Hut und die breiten Schultern seiner Jacke waren feucht. Coralie erhob sich und rang sich ein Lächeln ab. Dieser Mann war mächtig, und sie hatte eine kleine Tochter, die ihren Schutz brauchte. »Sie sind den ganzen Weg durch den Regen gelaufen, Monsieur Martel? Nehmen Sie etwa nicht mehr Ihr Automobil?«

»Manchmal laufe ich ganz gerne. Oder gehe im Park spazieren.«

»Ach wirklich?« Sie versuchte, ein Gespräch zu beginnen, ohne das Rose Noire oder Ottilia zu erwähnen. Das waren schwierige Themen. Schließlich sagte sie: »In Vichy waren sie ganz verrückt nach den Vagabonds. Das hat Arkady mir erzählt. Die Leitung des Klubs dort hat sich wirklich bemüht, sie für weitere Abende zu buchen. Werden Sie sie gehen lassen?«

»Vielleicht überlasse ich sie tatsächlich den Leuten in Vichy. Ich kann inzwischen aus den besten Jazz-Quartetten auswählen.«

Coralies mühsam aufgesetzte Freundlichkeit fiel in sich zusammen. »Nein, das können Sie nicht. Die schwarzen Musiker sind alle verhaftet worden.« Dezi Rice war abgeholt worden, und sie hatte um ihn geweint. Er war gerade aus einem Cabaret im Montmartre gekommen, als ein fensterloser Lieferwagen neben ihm anhielt. Dann folgten aufgeregte Schreie und Türenschlagen. »Die besten Jazz-Quartette sind jetzt in Drancy und warten auf die Deportation an einen Ort, den niemand kennt.« Nur diejenigen, die viel Glück gehabt hatten, waren noch auf ein Schiff nach Amerika gelangt. »Halten Sie sich an Arkady. Loyalität bedeutet, dass Sie Freunde haben, wenn Sie welche brauchen.«

»Erkennen Sie das hier?« Serge Martel ließ Ottilias britischen Fremdenausweis auf Madame Thomas' Rechnungsbuch fallen. Der Umschlag war aufgequollen, weil das Büchlein ja in einem Klosettkasten gelegen hatte, doch die Informationen darin waren noch gut lesbar und die Fotografie gestochen scharf. »Sie haben eine polizeilich gesuchte Frau versteckt, anstatt sie den Behörden zu übergeben.«

»Von wem haben Sie den?«

»Von Julie.«

»Sie meinen, meine Julie?«

»Nein, *meine* Julie. Sie weiß, wie sie sich meine Gunst erhalten kann.« Martel zwickte Coralie ins Ohr. Das tat weh, weil er genau die Stelle gefunden hatte, an der die Nerven nahe der Hautoberfläche verliefen. »Wir können einander helfen«, fuhr er fort. »Sie geben mir Informationen über die Aktivitäten eines gewissen Mannes, und ich erzähle im Gegenzug den Behörden, dass Sie nur ein unschuldiges Werkzeug waren.«

Ramon war also sein Ziel. Sie musste ihm eine Nachricht zukommen lassen, und zwar schnell. »Ich bin keine Informantin. Sie haben sich die Falsche ausgesucht.«

»Ich bekomme einen Schulterklopfer von Major Reiniger, und Sie bekommen die Erlaubnis, noch etwas länger zu leben.«

»Wie gesagt, ich bin keine Informantin.«

»Ihr kleines Mädchen braucht seine *Maman*, die sie ins Bett bringt, nicht so ein hartherziges Weibsstück in einem staatlichen Heim. Wenn Sie festgenommen werden, kommt Ihr Kind ins Waisenhaus. Wussten Sie, dass die Aufseherinnen dort manchmal kleine Mädchen verkaufen, um ihren Lohn aufzubessern? Sie verkaufen sie an Männer, die die Kleinen untereinander immer weitergeben, bis sie irgendwann sterben.«

»Sie sind schrecklich vulgär.«

»Tja. So sieht es also aus. Geben Sie mir die Informationen, und ich halte einen netten Tisch in meinem Klub für Sie reserviert. Abgemacht?«

»Ich liefere Ihnen meinen Mann erst aus, wenn die Hölle zufriert.«

Blassblaue Augen blinzelten. »Cazaubon? Glauben Sie denn, ich will Ihren Möchtegern-Bolschewisten?« Martel spuckte verächtlich aus.

Violaine kam hinzu. »Was ist hier los? Mademoiselle de Lirac?«

»Nichts. Wir unterhalten uns nur ein wenig.«

Martel beugte sich so weit zu Coralie hinüber, dass sie seinen sauren Atem riechen konnte. Félix Peyron hatte ihr einmal verraten, dass sein Chef nichts als rotes Fleisch aß. »Ich will nicht Ihren Ehemann. Ich will Dietrich Graf von Elbing. Und wenn

Sie ihn mir nicht liefern …« Er stimmte ein bekanntes englisches Lied an. »Sagen Sie mir den Namen des Songs, *Miss* de Lirac.«

»›The Lambeth Walk‹«, sagte Coralie, wobei sie ›Lambeth‹ aussprach wie eine Französin. Er vollführte eine angedeutete Verbeugung vor ihrer Courage.

»Eine Engländerin, die Juden hilft. Sie werden nicht mehr lange leben. Denken Sie gut darüber nach.« Auf dem Weg zur Tür sah er in den Spiegel und erstarrte, als er das Gesicht der Frau erkannte, die ihn anblickte. »Meine Güte. Solange Antonin ist zurück in der Stadt und offensichtlich in guter Gesellschaft.« Martel kümmerte sich nicht darum, welche Schockreaktion seine Worte auslösten, und verließ den Laden, ohne die Tür hinter sich zu schließen.

Ich muss Dietrich finden, dachte Coralie.

24

Wie sollte man aus dieser Lage nur entkommen? Mademoiselle Antonin hatte einen Panikanfall erlitten, und ihr Begleiter bedrohte jeden, der zur Tür wollte, mit seiner Pistole. Violaine holte Riechsalz und versuchte, ihre Kundin zu beruhigen. Coralie wollte gerade unauffällig verschwinden, als die Tür aufging. Im Türrahmen stand ein großer, schlanker Mann in einem gelbbraunen Anzug, in der Hand einen Regenschirm.

»Teddy, du bist wieder da!« In ihrem Schockzustand platzte Coralie heraus: »Dieser Anzug hat eine schreckliche Farbe!«

Thierry-Edgar Clisson wirkte ein wenig verblüfft. »Caramel. Habe ich in Algier machen lassen, erinnert mich an den Sonnenschein. Auch dir einen guten Tag, meine Liebe.«

»Deine Haare sind gewachsen.«

»Ich traue diesen Barbieren auf dem Land nicht. Bin erst gestern aus Dreux zurückgekehrt. Aber da wir gerade Nettigkeiten austauschen, was für ein interessanter Hut.« Er führte ein imaginäres Opernglas zu den Augen und betrachtete Coralies Kopf. »Eine Bonbonschale, geschmückt mit einer pinkfarbenen Seerose … Sind Krempen und Kronen aus der Mode gekommen? Und was ist das hier?«

Teddy blickte anerkennend auf Rudi, der seine Pistole wieder in das Halfter gesteckt hatte, aber weiterhin wachsam war. »Waffen-SS? Ihr tragt ja hinreißende Uniformen. Nun, mit Schwarz kann man nie etwas verkehrt machen in der Stadt.« Er drehte sich wieder zu Coralie um, die versuchte, ihn möglichst diskret zum Schweigen zu bringen. »Bist du frei, meine Liebe? Ich habe eine wunderbare Überraschung für dich.«

»Nein, ich kann nicht …«, begann Coralie, aber dann stürmte ein kleiner Wirbelwind herein und schrie: »*Maman*! Onkel Teddy führt uns zum Essen aus!«

Es folgte Coralies neue Nanny Micheline, deren Regenmantel bis hinauf zu den Taschen mit Wasser vollgspritzt war. Sie war eine dunkelhaarige, hübsche junge Frau vom Land, deren runder Körper aber nicht für sportliche Betätigungen gemacht war. Sie nestelte an ihren BH-Trägern herum, die beim schnellen Laufen offensichtlich verrutscht waren. »Madame, dürfen wir mitgehen?«

Coralies Kopf war ganz leer, bis auf die Drohungen, die Serge Martel ausgestoßen hatte. »Sie haben Noëlle allein durch die Straßen laufen lassen? Da hätte sie ja jeder mitnehmen können!« Vor wenigen Minuten hätten sie diesem Monster begegnen können. »Ich habe sie Ihnen anvertraut, Micheline.«

Teddy packte Coralie am Arm. »Noëlle war immer in unserem Blickfeld. Meine Liebe, du gefährdest das Kind mit deiner Angst mehr, als Micheline oder ich es je könnten.«

Nun, das stimmte. Coralie breitete die Arme aus, und Noëlle kam zu ihr hingelaufen. »Es tut mir leid. Es tut mir so leid. Auch Ihnen gegenüber, Micheline, ich habe wohl überreagiert.«

»Aber nein, Madame.« Die junge Frau wirkte reumütig. »Sie haben ja recht, manchmal bin ich vielleicht etwas sorglos, obwohl man heutzutage wohl immer auf der Hut sein muss.«

»Bekomme ich ein Eis, *Maman*? Du kaufst mir doch immer ein Eis, wenn du sauer bist.«

Solange Antonin erwachte aus ihrer Stummheit und sagte: »Wenn das meine Kleine wäre, würde ich sie jeden Tag zum Essen ausführen und ihr vier Eis am Stiel kaufen.«

»Vier? Ja, bitte«, kreischte Noëlle.

Coralie hörte sich selbst sagen, dass es nett wäre, jetzt essen zu gehen. »Wenn du heute ein Eis in Paris finden kannst, mein Liebling, bekommst du gleich vier Stück. Ich ziehe nur eben meinen Mantel an.«

»Und setz einen anderen Hut auf«, rief Teddy ihr nach. »Es sei denn, die Seerose schließt sich bei Regen.«

Im Atelier zog Coralie einen Trenchcoat über, tauschte ihren Puppenhut gegen einen braunen Fedora und band ein gewachstes Seidentuch darüber, um ihn vor dem Regen zu schützen. Das glänzende schwarze Telefon, das sie von Lorienne Royer geerbt hatte, stand in der Ecke. Ach, wenn sie doch nur Dietrichs Nummer hätte! Sie musste auch Ramon eine Nachricht zukommen lassen. Martel hatte ihren Ehemann zwar nicht direkt bedroht, aber … da war noch Serges Julie, Coralies Julie, Ramons Julie. Wenn Ramon und Martel mit derselben Julie zu tun hatten, würde es Ärger geben.

Als sie hörte, dass Paulette und Didi vom Essen zurück waren, riss sie eine Seite aus einem alten Rechnungsbuch. Eine der beiden konnte doch eine Nachricht in die Rue Valdonne bringen. Aber was sollte sie schreiben? Es durfte nicht zu offensichtlich sein, falls das Mädchen in eine Kontrolle geriet. Sie kaute an ihrem Bleistift und schrieb dann: *Ramon, hier kommt ein Gartentipp für dich …*

»Wenn du kein besonderes Restaurant vorziehst, können wir dann vielleicht südlich des Flusses einkehren?«

Teddy warf Coralie einen verwirrten Blick zu. »Natürlich, aber dann müssen wir die Métro nehmen. Ich hatte noch nie großen Spaß daran, im Regen spazieren zu gehen, und diese junge Dame hier« – er deutete auf Noëlle, die mit Genuss in jede einzelne Pfütze sprang – »hat wohl gar keinen Sinn für die Empfindlichkeit von hellen Hosen.«

Teddy führte sie in ein Restaurant am südlichen Ende des Jardin du Luxembourg und wählte einen Außentisch unter einer wasserfesten Markise. Die Speisekarte war kurz: drei Gerichte und keine Spur von Eis oder überhaupt einem Dessert.

Coralie stellte sich auf zwei Stunden Pause ein, denn Teddy nahm sich gern reichlich Zeit zum Essen. Sie wählte ein Omelette mit Edelpilzkäse und freute sich schon auf den Eigeschmack. Aber bereits nach dem ersten Bissen merkte sie, dass sie gestreckt worden waren. Was den Käse betraf, nun, da hatte der Koch wohl einfach die Käsereibe zweimal über der Pfanne geschwenkt. Wo früher einmal goldgelb gebratene Kartoffeln und knackiger Salat gewesen waren, fanden sich jetzt Makkaroni und die unvermeidlichen Bohnen auf Coralies Teller. Sie beobachtete Noëlle, die geschmorte Leber verspeiste und dabei artig Konversation mit Teddy und Micheline machte. *Sie hat eine bessere Wahl getroffen als ich*, dachte Coralie. *Ich habe ein perfektes französisches Mädchen herangezogen: manierlich, schick, dem Genuss zugetan. Und wenn Serge Martel es wagen sollte, ihm auch nur ein Haar zu krümmen, werde ich ihn in Stücke reißen.*

»Wie entzückend. Ich liebe Zufälle, auch wenn das, was man ›Zufall‹ nennt, meistens entweder statistisch unvermeidlich oder einfach Pech ist.« Teddy erhob sich und streckte die Hand aus. Coralie löste sich langsam aus ihrer mörderischen Gedankenwelt.

Jemand sagte ihren Namen. »Du!«, rief sie.

»Ich habe schon gedacht, Paris hätte dich verschluckt«, gab Dietrich unbewegt zurück. »Teddy, mein lieber Freund, wie geht es Ihnen? Und wer ist das?«

Coralie übernahm die Vorstellung. »Mademoiselle Hascoët, meine Nanny.«

Dietrich trug Uniform. Micheline warf Coralie einen schockierten Blick zu. »Und wer ist diese junge Dame?«, fragte Dietrich. »Ist das vielleicht Noëlle?« Er streifte einen seiner Lederhandschuhe ab und streckte ihr die Hand hin. Noëlle packte sie mit beiden Händen und strich mit ihren kleinen Fingern über seine. »Du bist ein schönes Kind. Augen so dunkel wie Ebenholz und so glitzernd wie ein Wasserfall. Noëlle Una Cazaubon.«

Coralie erstarrte. Im Geiste war sie zurück im Lutetia und sah, wie Dietrich den Namen ihrer Tochter notierte.

»Sprichst du denn Französisch wie eine Pariserin, kleine Noëlle?«

Noëlle starrte Dietrich unverwandt an und sagte: »Hering, Hering, fett wie Göring.«

Dietrich sah Coralie fragend an.

»Das … haben wir in einem Restaurant gehört. Von Armeeoffizieren … also, deutschen.« Tatsächlich hatten sie den Spruch auf Radio Londres gehört, im Rahmen eines satirischen Gedichts, das Hitlers neuen Reichsmarschall mit einem dicken Hering verglich. Von jetzt an würde das Radio ausgeschaltet bleiben, bis Noëlle im Bett war.

Auf Teddys Einladung hin gesellte Dietrich sich zu ihnen. Den ganzen Vormittag lang war er im Luftwaffen-Hauptquartier gewesen und hatte Briefe diktiert, gleichzeitig aber sehnsüchtig aus dem Fenster geblickt. »Ein nasser Garten hat etwas Unwiderstehliches. Die Bäume glänzen wie polierte Kerzenleuchter. Wer will in einem solchen Moment im Haus eingeschlossen sein?«

»Ich«, erwiderte Teddy.

»Sie waren schon immer eher Katze als Hund, Clisson. Darf ich Kaffee für alle bestellen?«

»Wenn Sie damit dieses Gebräu aus Malz und Kehricht meinen, das sich als Kaffee ausgibt, nein danke.«

»Eis!«, rief Noëlle hoffnungsvoll.

»Ich gehe mal fragen.« Dietrich ging hinein. Sie konnten nicht sehen, mit wem er sprach, doch nur wenige Minuten später wurde eine Kanne köstlichen Kaffees an den Tisch gebracht, zusammen mit zwei Portionen *crème caramel*, die in einem Sirup aus karamellisiertem Zucker schwamm. »Es gab kein Eis«, sagte er zu Noëlle, als er wieder an den Tisch zurückkam. »Und sie hatten auch nur zwei *crèmes*, aber ich habe drei Löffel verlangt.«

»Nicht für mich«, entgegnete Coralie, obwohl sie zugegriffen hätte, wäre Teddy der edle Spender gewesen. Doch mit etwas Verspätung sagte sie: »Vielen Dank.« Unter dem Tisch öffnete sie ihre Handtasche, suchte nach Stift und Zettel und schrieb: *Wir müssen reden*. Dann suchte sie Dietrichs Hand und legte den Zettel hinein.

Als es Zeit zum Verabschieden war, sagte Dietrich zu Coralie: »Ich bringe dich nach Hause.«

Coralie, die sich Michelines neugieriger Blicke und Teddys amüsiertem Kichern bewusst war, verlor den Mut. »Das brauchst du nicht. Wir nehmen die Métro.«

»Geh mit dem lieben Grafen«, sagte Teddy. »Ich werde noch die letzten Tropfen dieses Nektars genießen.« Er meinte den Kaffee. »Wenn ich hier noch eine Weile sitzen bleibe, wird früher oder später ein Freund vorbeikommen.«

»Und ich könnte in die Rue des Écoles gehen«, sagte Micheline. »Zu Florian. Das heißt, wenn Sie nichts dagegen haben Madame.«

»Ganz und gar nicht«, erwiderte Coralie. »Richten Sie ihm liebe Grüße aus.« Florian kam inzwischen häufig vorbei. Er hatte eine Bleibe in der Nähe der Universität gefunden, nur ein paar Straßen entfernt von der Rue de Seine. Viele Studenten waren eingezogen worden oder nicht aus dem Krieg zurückgekommen, sodass der Eigentümer des Gebäudes befürchtet hatte, die Deutschen würden es beschlagnahmen. Darum bot er finanziell gebeutelten Musikern Wohnmöglichkeiten an. Micheline verbrachte ihre freien Nachmittage oft bei Florian, der auf dem Hackbrett übte, während sie seine Kleider stopfte. »Sie fallen ihm bald vom Körper, und er kann doch nicht einmal eine Nadel richtig einfädeln«, erklärte sie. Coralie hoffte derweil, nicht schon wieder eine Nanny zu verlieren. Die Liebe – sie sorgte bisweilen für ein ziemliches Durcheinander.

So brachen Coralie und Dietrich also mit dem Kind in Richtung Park auf. Der Regen hatte aufgehört, und die Wege dampften in der goldenen Nachmittagssonne. Die Blätter an den Bäumen strömten den süßlichen Duft des Verfalls aus. Coralie und Dietrich gingen über Umwege zum Ausgang an der Rue de Vaugirard, und als Noëlle erschöpft war, setzte Dietrich sie auf seine Schultern.

Vor der Haustür angelangt, holte Coralie einen glänzenden goldenen Schlüssel aus der Tasche. Sie konnte sich nicht verkneifen, Dietrichs Reaktion darauf zu beobachten. Er hatte sich noch nicht dafür entschuldigt, ihre Türen eingetreten zu haben, doch sie vermutete, dass er es war, der den Schreiner zu ihnen geschickt hatte. Als sie den Handwerker gefragt hatte, wer ihn bezahlte, hatte er bloß vorsichtig geantwortet: »Einer von *denen*.«

Dietrich fiel der Schlüssel jedoch gar nicht auf, denn Noëlle schob ihm im selben Moment die Mütze über die Augen. Er setzte die Kleine wieder auf dem Boden ab, und als Coralie die Tür öffnete, rannte sie auch schon die Treppe hinauf. »Tante Nou-Nou! Arkady! Papa!« Sie hatte noch immer nicht ganz begriffen, dass sie inzwischen wieder allein lebten. Coralie wollte Noëlle hinterherlaufen, doch Dietrich hielt sie zurück.

»Was wolltest du mir sagen?«

Sie berichtete von Serge Martels Besuch. »Er denkt, du wärst interessant für ihn, und wollte, dass ich dich für ihn ausspioniere.«

»Und wenn du das nicht tust?«

»Wird er mich als Engländerin denunzieren.«

»Wieso bin ich interessant für ihn?«

Sie schüttelte den Kopf. »Vielleicht glaubt er, du hättest einen Fehler begangen, indem du Ottilia geholfen hast.«

»Vielleicht habe ich das wirklich.«

Das war nicht das, was sie von ihm hören wollte. Sie wollte, dass Dietrich die Drohungen Martels als das Gefasel eines verblendeten Narzissten abtat. Dass er verkündete, er, Dietrich von Elbing, gehöre einer unbesiegbaren Elite an und werde sie und ihr Kind beschützen. Doch er schien direkt durch sie hindurchzusehen. Er merkte nicht einmal, dass es wieder zu regnen begann, erst nur ein paar Tropfen, dann immer stärker.

»Können wir bitte hineingehen?«

Dietrich erwachte aus seiner Trance. »Als ich erfuhr, dass ich in Paris stationiert werde, habe ich darauf gehofft, dass du noch hier bist.«

Ihr Herz schlug schneller. Er gehörte ihr also noch immer, trotz der Uniform und seines anmaßenden Auftretens. Er hatte Angst vor den eigenen Gefühlen, aber das war ja verständlich. Die Welt hatte sich verändert. Sie hatten sich verändert. »Wo sollte ich denn sonst sein? Bitte komm herein.«

»Ich wollte dich unbedingt finden. Dir wehtun. Dich spüren lassen, wie sehr du mich verletzt hast und wie sehr ich darunter gelitten habe und noch immer leide.«

Sie war erschüttert über seine gleichgültigen und gleichzeitig brutalen Worte. »Du hast dich im Lutetia an mir gerächt.«

»Ach, meinst du?« Wie alle deutschen Offiziere trug er eine Schirmmütze, deren übertrieben hohe Spitze die Proportionen des Gesichts verzerrte. Der Regen rann über den wasserfesten Schirm und färbte Dietrichs Kragen dunkel ein. Er ließ sich von ihr ins Treppenhaus ziehen, und dort standen sie einander gegenüber, während sich zu ihren Füßen zwei Pfützen bildeten.

»Ja, das meine ich!« Coralie bemühte sich nicht darum, leise zu sprechen. Ihre Nachbarn, die ein kleines Geschäft hatten, waren seit Monaten nicht mehr aufgetaucht und hatten den Laden nach der französischen Niederlage nie mehr geöffnet. Coralie ließ ihrer Wut also freien Lauf. »Ich war in deiner Gewalt und hatte keine Ahnung, ob ich mein Kind …« Ihre Stimme zitterte. »Ob ich mein Kind je wiedersehen würde. Ich weiß, dass ich etwas Furchtbares getan habe, indem ich diesen Brief genommen habe, aber du hast mich so richtig durch die Mangel gedreht und gedemütigt. Was willst du denn noch von mir?« Sie zwängte sich an ihm vorbei und stürmte die Treppe hinauf. Im Laufen riss sie sich den Seidenschal vom Hut, denn der Regen lief ihr mittlerweile in den Nacken. Sie hörte die Tür hinter sich zuschlagen und dachte: *Nur gut, dass er endlich weg ist!*

Doch auf dem Treppenabsatz holte er sie ein. »Was ich noch von dir will? Das werde ich dir sagen, Coralie. Hör mir gut zu.«

Sie ging unbeirrt weiter und knöpfte sich den Mantel auf, ließ die Wohnungstür aber einen Spalt offen stehen. Es würde nichts bringen, ihn hinauszuwerfen. Er würde die Tür vielleicht noch einmal eintreten.

Sie warf den triefenden Mantel in die Badewanne, legte den Hut zusammen mit dem Schlüssel auf die Kleiderablage im Flur und ging ins Wohnzimmer. Noëlle tanzte mitten im Zimmer herum und kreischte: »Papa, Papa!«

Dort, ausgestreckt in einem Ohrensessel, saß Ramon. Er hatte die Baskenmütze quer über den Kopf und den Pullover über den Mund gezogen. Als Coralie sich umdrehte, sah sie Dietrich, der gerade seine Mütze neben ihren Hut auf die Ablage legte und die Lederhandschuhe abstreifte.

»Papa hat einen schlimmen Zahn«, rief Noëlle, die noch immer herumtanzte.

Ramon stand auf, sich den schmerzenden Kiefer haltend. Dietrich kam herein. Was hätten ein triefnasser deutscher Offizier und ein Anarchist mit Zahnschmerzen einander wohl zu sagen? Nichts, wie sich sehr bald herausstellte.

»Ramon, komm in die Küche«, bat Coralie ihren Ehemann. »Du bleibst hier, mein Schatz. Spiel mit deinen Bauklötzen«, sagte sie zu Noëlle. »Herr von Elbing, bitte fühlen Sie sich wie zu Hause. Es wird nicht lange dauern.«

Die Küche war gerade groß genug, dass sie und Ramon sich hineinzwängen und die Tür hinter sich schließen konnten. Er roch nach nasser Wolle – und nach etwas Süßem, Femininem. »Hättest du deine Straßenkleidung nicht ausziehen können, bevor du dich hingesetzt hast?«

»Ich bin nass bis auf die Knochen. Hab deine Nachricht bekommen.« Ramon holte einen zerknüllten Zettel aus der Hosentasche. »*Schwarze Rosen haben die spitzesten Dornen und breiten sich überall aus.* Mit diesem *Gartentipp* wolltest du mir wohl mitteilen, dass Julie mich wegen Martel verlassen hat?« Er lachte trocken. »Das habe ich schon gemerkt.«

»Dann warst du also mit meiner Julie zusammen?« Als sie die Antwort in seinen Augen sah, versetzte sie ihm eine schallende Ohrfeige. Dann wurde ihr wieder bewusst, dass er Zahnschmerzen hatte. »Tut mir leid.«

»Ja, es stimmt, aber es ist vorbei. Julie ist gestern Abend zu Martel gegangen, mit gepackten Koffern, obwohl ich sie vor ihm gewarnt habe. Ich habe zu ihr gesagt, dass er das Schoßhündchen der Gestapo ist, aber sie hat mich nur ausgelacht. Ihre Abschiedsworte an mich waren: ›Du bist der Nächste, du Bolschewist!‹.«

»Das ist ja furchtbar.«

»Ja. Dabei habe ich ihr immer wieder erklärt: ›Ich bin Anarchist. Ich stehe über politischen Richtungskämpfen.‹« Ramon zog sein Hemd von der Wange. Er wirkte mitgenommen, seine Backe wies aber keine Anzeichen einer Schwellung auf. »Dummes Mädchen. Gieriges, dummes Mädchen.«

Coralies Wut flammte wieder auf. »›Oh, Julie. Ich kann ohne dich nicht leben.‹ Ist sie hier in meinem Haus mit dir zusammen gewesen, während mein Baby im Bett geschlafen hat?«

»Wofür hältst du mich?«

»Für einen Betrüger. Und einen Lügner, auch dir selbst gegenüber. Hättest du keine Zahnschmerzen, würde ich dich gleich noch einmal schlagen.« Sie pikte ihm einen Finger in die Wange. »Du hast ja gar keine Zahnschmerzen, hab ich recht?«

»Mir ist nichts Besseres eingefallen, als Noëlle mir sagte, dass *Maman* gleich mit einem Deutschen heraufkäme, der sie mit einem Wasserfall vergleicht und im Café ein Dessert herbeizaubern kann. ›Herr von Elbing, bitte fühlen Sie sich wie zu Hause.‹«, ahmte Ramon sie nach. »Auch du hast wohl einige Fragen zu beantworten.«

»Fahr zu Hölle! – Ach, du mein Gott!«

Zuerst hatte sie geglaubt, er würde sich unter dem Arm kratzen, aber plötzlich holte er einen schwarzen, vollkommen abgegriffenen Revolver hervor. Die Behörden hatten schon vor Wochen verfügt, dass sämtliche Waffen abzugeben waren. Die Strafe bei Zuwiderhandlung war der Tod. Stumm bildeten ihre Lippen die Worte: »Nimm das weg!«

Er öffnete die Trommel und zeigte ihr die sechs leeren Patronenkammern. »Das ist die Infanteriepistole meines Vaters, aus dem letzten Krieg.« Er steckte sie zurück in das Halfter, das er unter der Jacke trug. »Soll ich sie mal an deinem Deutschen ausprobieren? Soll ich ihm zeigen, wie wir Franzosen uns wehren?«

»Ja, mach das. Ich kann mir nichts Besseres vorstellen als eine Leiche in meinem Wohnzimmer. Was für ein schöner Abschluss des Tages!«

Er grinste. »Sarkasmus ist verschwendet an uns Anarchisten. Wir haben unseren moralischen Kompass bereits neu justiert. Aber ich will dir noch sagen, weswegen ich gekommen bin. Hier trennen sich unsere Wege, Coralie. Ich schaue noch bei Henriette vorbei, dann gehe ich.«

»Ohne einen richtigen Mantel?« Sie glaubte ihm nicht. Sie wollte ihm nicht glauben. Er hatte zwar viele Fehler, doch seine Anwesenheit vermittelte ihr noch immer ein Gefühl der Sicherheit.

»Ich klaue einen von Tattie.« So nannte er seine Schwester seit seiner Kindheit. Er umarmte Coralie fest, und sein Schnurrbart kratzte über ihre Wangen. »Sei vorsichtig, meine liebe Frau. Das Leben ist kein Spiel, sondern ein schmutziger Tümpel, den jede Menge Insekten umkreisen, und alle wollen überleben. Jetzt sitzt ein neues Raubtier in dem Teich.«

»Meinst du Martel?«

»Nein, Julie.«

»Was hat sie denn gegen mich? Ich habe sie immer gut behandelt.«

»Wir sind nicht immer nett zu denen, die es gut mit uns meinen. Außerdem …« Er flüsterte ihr etwas ins Ohr. »Frauen mögen es nicht, im Zustand höchster Erregung den Namen anderer Frauen zu hören. Manchmal bin ich etwas zu unachtsam.«

Sie stieß ihn weg. Er war unverbesserlich. Wenn er starb, würde man vermutlich entdecken, dass er eine Dirne in seinen Sarg geschmuggelt hatte. »Wie willst du denn überhaupt durchkommen?«

»Ich überquere die Demarkationslinie dort, wo sie nicht so gut bewacht ist, und schlage mich dann in die Wildnis. Da schließe ich mich meinesgleichen an. Wenn du mich brauchst, geh zu meiner Schwester. Und, Coralie: Bitte pass auf Henriette auf. Sie ist nicht mehr die, die sie einmal war.«

»Das ist ja nicht das Schlechteste.« Coralie öffnete die Schublade, in der sie Tischsets – und ganz unten auch ihre Devisenreserven – aufbewahrte. Sie nahm alles heraus, was darin war. Wie viel konnte sie entbehren? Er sprach zwar davon, sich anderen Männern anschließen zu wollen, aber ganz so einfach konnte es nicht sein. Wo er auch hinging, überall bräuchte er Nahrung und Unterkunft. Und Glück. Sobald er in Kontakt mit einem Untergrund-Netzwerk trat, würden ihn die Nazis auf ihre Abschussliste setzen. Schließlich gab sie ihm alles, was sie hatte. »Alles Gute zum Geburtstag!«

Er starrte sie an. »Stimmt ja! Ich bin jetzt siebenunddreißig. Du lieber Gott.« Er nickte ihr dankend zu und steckte das Geld ein. »Versprichst du mir, dass du dich um Henriette kümmerst? Im Gefängnis ist sie zur Vernunft gekommen. Sie haben sie zu Säufern und Huren gesperrt, und beim Verhör haben sie ihr den Kopf unter Wasser gedrückt, bis sie ohnmächtig wurde. Sie haben sie nur wieder rausgelassen, weil sie sonst gestorben wäre. Ihre Lunge …«

Coralie legte einen Finger über die Lippen. Die Wohnzimmertür hatte sich gerade geöffnet und wieder geschlossen. Einen Augenblick danach fiel die Wohnungstür zu.

»Gott sei Dank«, sagte sie in normaler Lautstärke. »Das ist Dietrich von Elbing, und vor langer Zeit hat er mich einmal geliebt, wenn man das so nennen kann, aber jetzt hasst er mich.« Sie lachte unsicher. »Seit Neuestem hassen wir uns anscheinend alle gegenseitig.«

Ramon strich ihr über die Wange. »Ich bin froh, dass du dir kein deutsches Hündchen hältst.« Er zog eine Grimasse. »Allerdings heißt es, vor deinem Laden würden Uniformierte Schlange stehen.«

»Ich verkaufe Hüte, um zu überleben.«

»Aber am Ende werden die Leute sich nur noch daran erinnern, wem du etwas verkauft hast, nicht mehr an die Hüte selbst. Hast du irgendwas zu essen da? Ich haue ab, wenn ich ganz sicher bin, dass dieser Bastard weit weg ist.«

Er verspeiste ihre letzten Oliven und ein Stück Käse, dazu stürzte er Rotwein aus einer geöffneten Flasche hinunter. Schließlich legte er die Hände an ihr Gesicht, küsste sie und sagte: »Ich meine es so, wie ich gesagt habe. Wenn du Julie Fourcade begegnen solltest, lauf sofort weg.«

»Warte.« Coralie holte eine Schachtel mit Arzneimitteln aus dem Schrank, tröpfelte etwas Nelkenöl über ihre Hand und rieb damit Ramons Kiefer ein.

»Jetzt stinke ich!«

»Genau, und wenn du Dietrich doch noch begegnest, wird er vielleicht glauben, dass du wirklich Zahnschmerzen hast.«

Ramon küsste sie noch einmal. »Jetzt denkst du wie ein Mann! Sag Noëlle einen lieben Gruß von mir.«

Coralie wischte sich den Kuss von der Wange und das stark riechende Öl von den Fingern. In der Wohnung war es still. Noëlle ruhte sich am Nachmittag oft aus. Wenn sie tatsächlich schlief, würde Coralie sich auch ein wenig hinlegen. Das hatte sie bitter nötig nach diesem anstrengenden Tag. Als sie ins Wohnzimmer trat und Dietrich am Esstisch sitzen sah, ruhig durch eine veraltete Zeitung blätternd, war sie völlig perplex. Sie hatte ihn doch hinausgehen hören, oder etwa nicht?

Er sah auf. »Was ist?«

»Wo ist Noëlle?«

Er blickte zum Sofa, dann zurück zu ihr. »Sie ist losgegangen, um dich zu suchen. Du hast dich ja ziemlich lange in die Küche eingeschlossen, zusammen mit deinem Besucher.«

»Meinem Ehemann.« Sie verbesserte ihn, ohne darüber nachzudenken. Schon war Coralie wieder aus dem Zimmer, auf der Suche nach ihrer Tochter. »Noëlle?« Sie sah im Badezimmer nach, dann in der Küche. Vielleicht war das Kind ja hinter ihrem Rücken hineingegangen. Sie spielten oft Verstecken, und viele geheime Plätzchen gab es in der Wohnung nicht. Als sie wieder ins Wohnzimmer kam, sah sie hinter dem Sofa, unter dem Tisch und hinter den Gardinen nach.

Dietrich faltete die Zeitung zusammen. »Ist sie nicht da?«

»Nein.« Eine schreckliche Ahnung stieg in ihr auf. »Ich habe vorhin die Tür gehört. Aber ich dachte, du wärst gegangen. Du lieber Gott.«

Dietrich folgte ihr in den Flur, wo er mit routinierten Bewegungen nach Mütze, Handschuhen und Hausschlüssel griff. »Zieh deinen Mantel an. Sie kann nicht weit gekommen sein, in diesem Regen.«

»Warum ist sie dann nicht umgekehrt?«

Aber er war schon auf dem Weg nach draußen. Sie folgte ihm und rief hinter ihm her: »Das ist deine Schuld. Du hast meine Türen eingetreten. Der Schlosser hatte nur noch Material für unten, darum schließt die obere Tür nicht mehr richtig. Noëlle ist gerade groß genug, um sie aufzukriegen. Wenn irgendetwas passiert ist, ist das …«

»Meine Schuld. Na schön, aber ich habe die Haustür fest zugeschlagen, als ich hereinkam, und dein Mann wird sie ja nicht aus dem Haus gelassen haben, als er gegangen ist?«

Das stimmte natürlich. Aber wo war sie bloß? Keine Spur von Noëlle im Treppenhaus.

»Ist sie vielleicht zum Laden gegangen?«, fragte Dietrich. Im Treppenhaus gab es eine Tür, die direkt in den Laden führte. Doch sie war massiv und mit einem Vorhängeschloss gesichert.

»Dann muss sie noch oben sein«, schlussfolgerte Dietrich.

»Aber ich habe doch gehört, wie die Wohnungstür auf- und wieder zugegangen ist.«

»Und Noëlle ist jetzt also drinnen oder draußen?«

Das wusste Coralie nicht zu beantworten. Sie rannte hinaus in den Regen und rief nach ihrer Tochter. Sie ging zu Teddy, da

Noëlle vielleicht versucht hatte, ihn in seinem Laden zu finden. Doch der Laden war geschlossen, und die Rollläden waren heruntergelassen. Sie überquerte die Straße und betrat die *pâtisserie*, in der sie jeden Samstag ein Stück Torte oder Kuchen auswählten. »Hat jemand meine Tochter gesehen? Irgendjemand? Sie ist sehr klein und hat dunkle Haare …«

Dietrich holte sie ein. »Wenn du es wünschst, befehle ich allen Bewohnern dieser Straße, nach ihr zu suchen. Ich rufe alle heraus in den Regen und drohe Haft an bei Zuwiderhandlung. Willst du das?«

Er meinte es ernst. Sollte sie ihn dazu bringen, sich wie der Feind aufzuführen, auch wenn es für Noëlles Wohl geschähe? »Nein, hilf mir einfach nur beim Suchen.« Zurück auf der Straße drehte sie sich immer wieder um die eigene Achse, bis ihr schwindelig wurde. Vielleicht würde Noëlle ja plötzlich aus dem Nebel auftauchen? Coralies Haare waren triefnass, ebenso wie ihre Kleidung.

»Wenn Ramon sie im Treppenhaus gefunden hätte, hätte er sie dann mitgenommen?«

»Nein.« Ramon hatte zwar viele Fehler, würde ihr aber niemals absichtlich wehtun. »Er hätte sie wieder nach oben gebracht. Es war Martel«, stöhnte sie, »Er hat sie in seiner Gewalt.«

»Wie soll Martel denn in dein Haus gekommen sein?«

»Das weiß ich nicht! Aber er hat mir damit gedroht, Noëlle zu verkaufen, an Männer, die sie untereinander weiterreichen. Mein armes Mädchen.« Ihr drehte sich der Magen um, und sie musste sich zusammenkrümmen, um den Schmerz ertragen zu können. »Bitte«, murmelte sie durch ihre trockenen Lippen hindurch. »Bitte.« Plötzlich durchzuckte eine Erinnerung ihr Bewusstsein. Sie befand sich auf einem Feld in England und bat eine Zigeunerin: »Schauen Sie mal auf meine Liebeslinie.«

Die Frau hatte entgegnet: »Da sehe ich nicht klar. Sie ist unterbrochen. Ich sehe Kinder. Sie werden töten.«

Jetzt verstehe ich. Sie packte Dietrich am Arm, so fest, dass sich ihre Fingernägel trotz des dicken Stoffs in sein Fleisch gruben. »Warum mein Kind, warum nicht mich?« In seinen Augen sah sie einen Schmerz, der ihrem gleichkam. Es war, als bekäme sie ihre eigenen Gefühle in größerem Maßstab widergespiegelt.

»Wieso *dein* Kind?« Er sprach Deutsch, sehr langsam. »Wieso *mein* Kind, Coralie?«

Sie schlug mit den Fäusten auf ihn ein, weil sich der Schrei in ihrem Inneren ansonsten durch ihr Fleisch gebohrt hätte. »Ich ertrage das nicht. Ich will sterben.«

»Dann verstehst du es also doch. Komm.« Er führte sie über die Straße und zurück ins Haus, dessen Tür er mit dem Schlüssel aufschloss, den er auf der Ablage im Flur gefunden hatte. »Sie muss im Haus sein. Alles andere ergibt keinen Sinn.« In der Wohnung angekommen, sagte er: »Du suchst diese Seite der Wohnung ab«, und deutete zur Küche. »Ich kontrolliere die andere Hälfte. Öffne jede Schranktür. Überall.«

Im Badezimmer stand ein Wäscheschrank in einer Ecke. Er war so klein, dass Coralie die Handtücher zusammenrollen musste, um sie irgendwie in die Regalfächer zu bekommen. Ohne Hoffnung auf Erfolg öffnete sie die Schranktür und sah in der Lücke zwischen Boden und erstem Regalbrett eine kleine, eingerollte Gestalt liegen, das Kinn an der Brust, die Knie an den Körper gezogen. Coralie sank zu Boden und holte das Kind heraus. Noëlle blieb in derselben Stellung, fast so, als hätte sie in einer Gussform gesteckt. Coralie trug sie ins Wohnzimmer, wo Dietrich gerade den Inhalt des Buffetschranks herauszog.

Er kam zu ihr und fühlte Noëlles Puls. »Es geht ihr gut.«

Schlaftrunken murmelte das Kind: »Hab dich gefunden, *Maman.*«

Er gab ihr ein Glas in die Hand. »Calvados. Habe ich im Buffetschrank gefunden.«

Die Flasche war noch vom Weihnachtsfest übrig geblieben. Coralie setzte sich auf und führte das Glas an die Lippen.

»Geht es dir jetzt wieder besser?«

»So einigermaßen. Ich war ganz außer mir vor Angst.« Der Knöchel an ihrem rechten Fuß pochte heftig, weil die wilde Jagd durch die Straße ihre bereits geschwächten Bänder weiter geschädigt hatte. So erschöpft hatte sie sich nicht mehr gefühlt, seit sie ihr Kind geboren hatte.

Dietrich hatte ein Feuer angemacht – das erste im Kamin, seit sie versucht hatte, Ottilias Dokumente zu verbrennen, aber sie spürte seine Wärme nicht. Er holte eine Decke und legte sie ihr um die Schultern. Dann setzte er sich neben sie. »Bist du in der Lage, mit mir zu reden?«

»Wirst du nicht zurück in deiner Dienststelle erwartet?«

»Nein. Ich habe keinen Vorgesetzten in der Dienststelle. Aber jetzt sind wir zusammen und ungestört, jedenfalls so lange, bis dein Kind aufwacht.« Sie betrachteten Noëlle, die sich wie ein Siebenschläfer vor dem Feuer zusammengerollt hatte. »Oder bis dein Mann wiederkommt.«

»Er kommt nicht mehr, aber ich bin nicht in der Laune zum Plaudern.«

»Eine Plauderei ist auch nicht ganz das, was ich im Sinn hatte. Ich wollte dir schon die ganze Zeit erzählen, wie es mir ergangen ist. Neulich hatte ich nicht die Kraft dazu, aber jetzt fühle ich mich dazu in der Lage.«

Sie nahm einen großen Schluck Calvados: Äpfel aus der Normandie, denen man die Unschuld entzogen hatte. »Na schön, dann sprich.«

Er erzählte ihr, dass der Brief, den sie versteckt hatte, der letzte Hilfeschrei seines Sohnes gewesen sei. »Waldo flehte darum, aus der Militärausbildung entlassen zu werden, und dachte, ich hätte ihm den Rücken gekehrt. Der arme Junge. Er war verzweifelt. Als ich dich bei der Expo stehen ließ, geschah das, weil ich ein Telegramm bekommen hatte, in dem stand, dass Waldo zusammengebrochen sei.«

»Deswegen bist du so überstürzt gegangen.«

Er bedeutete ihr zu schweigen. »Als du mir etwas Schmerzliches erzählt hast, hast du mich gebeten, still zu sein. Dasselbe verlange ich jetzt von dir. In dem Telegramm stand etwas von einem Unfall, aber nichts darüber, wie ernst die Lage war. Ich nahm ein Taxi zur Gare de l'Est, erreichte gerade noch einen Zug und war im Morgengrauen schon in Deutschland. Schneller hätte es niemand geschafft. Und trotzdem kam ich zu spät. Waldo war gestorben, noch bevor ich Paris verließ.«

»Was war geschehen?«

Dietrich stand auf und ging zum Fenster. »Sein Herz hat versagt. An dem Nachmittag, als er starb – es war derselbe Nachmittag, an dem wir zusammen bei der Expo waren, du und ich –, hatte er in der Mittagshitze einen Lauf gemacht. Er hätte überhaupt nicht laufen dürfen, denn er hatte zu wenig Sauerstoff im Blut. Es war ein glutheißer Tag, und jeder der Jungs musste zwanzig Kilo auf dem Rücken tragen. Das galt als das Höchstgewicht. Doch Waldo lud sich das Doppelte auf, weil er beweisen wollte, dass er ein richtiger Mann war. Vierzig Kilo. Weißt du, wie viel das ist?«

Sie dachte an Donal, der sich unter dem Gewicht der Wäschekisten krümmte und vor Anstrengung keuchte. »Diese Kisten wiegen eine Tonne!« Zwanzig Kilo … Sie kaufte ihr Mehl in Zwei-Kilo-Säcken. Waldo hatte zwanzig davon geschleppt.

»Ich habe es einmal versucht.« Dietrich sah sie an. Der Schein des Kaminfeuers ließ seine Gesichtszüge weicher aussehen. »Ich fuhr zu einem See in der Nähe meines Elternhauses, um auszuprobieren, wie weit ich mit vierzig Kilo auf dem Rücken wohl käme. Ich war vierzig Jahre alt, das verschaffte mir wohl mildernde Umstände, aber ich brach trotzdem fast zusammen, als ich noch nicht mal ein Viertel der Strecke um den See geschafft hatte. Ich hätte Waldos Leistung nie vollbringen können.«

»Glaubst du, er hat sich dieses Gewicht auf den Rücken geladen, weil er wusste, dass es ihn umbringen würde?«

Er hielt inne und fixierte Coralie mit einem vorwurfsvollen Blick, dem sie nicht standhalten konnte.

»Dietrich, ich habe Waldo nicht umgebracht.«

Ihr stand die blanke Scham ins Gesicht geschrieben. »Brownlow hat den Brief absichtlich auf den Boden fallen lassen. Er hat mir eine Falle gestellt.« Als Dietrich nicht reagierte, nickte sie voller Bitterkeit. »Aber ich kann es nicht auf Brownlow schieben, nicht wahr? Ich habe den Brief geöffnet, weil ich wissen wollte, wer dir schrieb. Wer dich mir vielleicht wegnehmen würde.« Sie wollte ihm ihr Mitgefühl verdeutlichen, aber er hatte sicher schon viel zu viele hohle Kondolenzbekundungen empfangen. Sie wartete. Wartete auf Worte der Vergebung. Auf eine Bestätigung, dass er ihre Erklärung überhaupt gehört hatte.

»Ich bewundere meinen Sohn dafür, dass er eine so tapfere und …« Dietrich hielt inne, atmete tief.

Sein Gesicht war plötzlich verzerrt, und im nächsten Moment entfuhr ihm ein schrecklicher Laut. Sie stürzte zu ihm und schlang die Arme um ihn. Irgendetwas in seinem Inneren schien gerade zu zerbersten. Nach einer Weile wagte sie, ihn anzusprechen. »Es tut mir leid, Liebling. Es tut mir so leid.« Als sie merkte, dass er seine Wut nicht an ihr auslassen würde, fügte sie noch hinzu: »Ich liebe dich und will alles wiedergutmachen.«

»Dafür ist es zu spät.«

»Ich will dich glücklich machen.«

»Das ist dir nicht möglich.«

»Dann will ich wenigstens deinen Schmerz erträglicher machen. Bitte lass es mich versuchen.«

Lass mich dir helfen, bat sie ihn stumm. *Ich kann dir helfen, alles wieder in Ordnung zu bringen, und du …* Sie betrachtete Noëlle, die im Schlaf vor sich hin murmelte. *Und du kannst uns vor Serge Martel beschützen.*

Bevor sie sich wieder näherkommen konnten, mussten sie sich mehrere Wochen lang neu aneinander gewöhnen und die verlorene Intimität vorsichtig wieder aufbauen. Als Coralie Dietrich eines schrecklich kalten Abends in ihr Bett ließ, war sie sich vollständig bewusst, dass er ein vielschichtiger, tief in der Seele getroffener Mann war. Sie liebten sich mit der stillen Intensität zweier Menschen, deren Beziehung zueinander mit Worten nicht mehr zu beschreiben war.

Er hatte ihr einen Blick in seine Seele gestattet, als erstem Menschen überhaupt. Sie war von ihm verletzt und abgewiesen worden, so heftig, dass sie fast zugrunde gegangen wäre, entschied sich aber dafür, ihm wieder zu vertrauen. Erst, als die Grausamkeiten des Krieges sie unmittelbar berührten, lösten sie sich ein wenig voneinander.

Die Monate vergingen, und der deutsche Würgegriff um Paris schloss sich noch enger. Auf der ganzen Welt tobte der Krieg. Manchmal veränderte er sein Gesicht, ließ jedoch keinen Moment in seiner Grausamkeit nach. In Frankreich wuchs der Widerstand.

In der Rue de Seine feierte Noëlle ihren dritten Geburtstag und ein Jahr später, man schrieb mittlerweile 1941, auch ihren vierten. An »Papa Ramon« dachte sie nicht mehr, freute sich aber immer auf die Besuche von »Onkel Dietrich«. Er brachte ihr die deutsche Sprache bei und war sehr freundlich zu ihr. Das Leben ging weiter.

IV

25

Dienstag, 24. März 1942

Coralie öffnete die Augen und wurde von zitrusfarbenem Licht eingehüllt. Sie befand sich in Dietrichs Wohnung, die einmal Ottilias gewesen war, in einem Schlafzimmer, das auf den Jardin du Luxembourg hinausging. Es musste noch früh am Tag sein, da die Vögel den Stechschritt der Wachsoldaten im Park übertönten. Die Soldaten bogen von der Rue de Vaugirard immer in die Rue Guynemer ein, marschierten hundert Schritte weit und kehrten dann wieder um. Coralie blieb noch liegen und dachte an den Tag, der vor ihr lag. Heute würde sie ihre neueste Frühjahr/Sommer-Kollektion enthüllen. Sie musste aufstehen und überlegen, was sie an einem solchen Tag anziehen sollte. Doch sie sprang nicht aus dem Bett, sondern streckte den Arm aus und strich über den festen Bauch eines Mannes.

Gerade so viel Druck, dass er die Augen aufschlagen würde …

Dietrich drehte sich zu ihr und nahm sie in die Arme. Jetzt küsste er sie, erst langsam, danach etwas leidenschaftlicher, und dann war er richtig wach. Er strich ihr über die Taille, weiter über die Hüfte, spielerisch und zärtlich, bis sie seinen Namen flüsterte und ihn zu sich heranzog.

Sie umschlangen einander, in der stummen Vertrautheit zweier Menschen, die wissen, dass ihre Beziehung geheim bleiben muss.

Dietrich hatte Coralie endlich dazu gebracht, ihre Wohnung aufzugeben und bei ihm einzuziehen. Sie hatte darauf bestanden, sich wenigstens formal etwas Unabhängigkeit zu bewahren, und war zusammen mit Noëlle eine Etage höher gezogen, dorthin, wo zuvor die Kunstsammlung gelagert gewesen war. Micheline bewohnte das Erdgeschoss, zusammen mit Florian Lantos, den sie inzwischen geheiratet hatte. Jeden Morgen brachte Micheline die kleine Noëlle in ihren Kindergarten am Boulevard Saint-Germain.

Noëlle war immer noch ein schmächtiges Kind und würde es wohl auch in Zukunft bleiben, da die Rationierung der Lebensmittel nicht für ausreichend Protein und Fett sorgen konnte. Trotzdem war sie ein fröhliches Mädchen, das seine bisweilen altklugen Bemerkungen in drei Sprachen anbringen konnte: natürlich auf Französisch, aber auch auf Deutsch und Englisch, das ihr von ihrer Patentante Una, Tante Nou-Nou, in der amerikanischen Variante beigebracht wurde, bis Coralie dem ein Ende setzte.

Deutschland hatte Amerika im Dezember 1941 den Krieg erklärt, nachdem sein Alliierter Japan den Hafen Pearl Harbor auf Hawaii bombardiert hatte. Mit einem Schlag verloren Una und ihre Landsleute ihren neutralen Status. Genau wie damals, als Una ihren Rolls-Royce abgegeben hatte, bevor er beschlagnahmt wurde, überließ sie ihre Wohnung an der Avenue Foch einem deutschen Geheimdienstchef und zog gemeinsam mit Arkady in Coralies ehemalige Wohnung an der Rue de Seine. »Reise nach Jerusalem für die Enteigneten«, nannte sie das. Arkady war mittlerweile ganz offiziell ihr Partner, und der SS-Sturmführer war längst Geschichte. Abends strickte Una meist Pullover aus Wollresten oder kochte ein Essen mit dem, was sie gerade zusammenkratzen konnte.

Die Menschen blieben tagsüber jetzt meist in ihren Wohnungen und kauften früh am Morgen ein, wenn die Regale noch voller waren. Abends war Paris dunkel; dort, wo einzelne Lichtpunkte strahlten, befanden sich Bordelle und Nachtklubs.

Das Rose Noire lief gut, weil Serge Martel inzwischen zu einem der mächtigsten Schwarzmarkthändler in Montmartre aufgestiegen war. Die Vagabonds spielten noch immer drei Abende pro Woche, aber Coralie ging nicht mehr hin.

Martel hatte sie nicht denunziert. Sein Interesse an Dietrich hatte sich offensichtlich abgeschwächt, und jetzt herrschte ein misstrauischer Waffenstillstand. Coralies Geschäft florierte; auf wundersame Weise blieb es den Blicken der deutschen Steuerinspektoren verborgen. Coralie war sicher, Noëlle war sicher, und das verdankten sie Dietrich.

»Ein Dienstag ist kein guter Tag, um eine neue Kollektion zu enthüllen«, murmelte sie an Dietrichs Schulter. »Die Woche hat ja gerade erst angefangen. Aber wir wissen, was bald kommt.«

»Ach ja?«

»Ja, Ostern.« Das Fest fiel auf Anfang April, und am zwanzigsten war Hitlers Geburtstag. Es ging das Gerücht, dass der Führer ihn in Paris feiern wollte. Ob er nun kommen würde oder nicht, man würde Festakte und Paraden für ihn abhalten, und Coralie hatte den Start ihrer Kollektion mit Absicht auf einen frühen Termin gelegt, damit das Atelier die darauf folgenden Aufträge bewältigen konnte.

»Ich besuche dich heute am späten Nachmittag«, sagte Dietrich und küsste sie.

»Nein, komm früher.«

»Ach ja, die Regeln. Ich vergesse immer, dass man uns nicht zusammen sehen darf.«

»Das ist zu unser aller Wohl.«

Bei La Passerinette hatten sich die Abläufe mittlerweile eingeschliffen. Die deutschen Kundinnen kamen vor dem Mittagessen, die französischen danach. Viele hochrangige deutsche Offiziere hatten ihre Frauen mit nach Paris gebracht, und die erwarteten, bevorzugt bedient zu werden. Coralie wagte es nicht, sie zu verprellen, und so glich ihre Arbeit bei La Passerinette oft einem diplomatischen Hochseilakt. Auch darum waren diese gemeinsamen Momente im Bett so wertvoll.

Warum sollte Coralie sie also zerstören, indem sie in einer Wunde herumstocherte, die man besser in Ruhe ließ? »Dietrich, diesen Monat möchte ich die letzte Rate meiner Schulden an Ottilia tilgen. Aber der Bankdirektor wird langsam misstrauisch. Er denkt, ich bin eine Schwarzhändlerin. Ich möchte das Geld lieber auf eine Schweizer Bank einzahlen, aber auf welche?«

»Netter Versuch, Liebling.«

»Ich wünschte, du würdest mir verraten, wo sie ist.«

»Es ist sicherer für dich und für sie, wenn du es nicht weißt.«

»Ich habe nämlich ständig das Bild im Kopf, dass sie in einem Zug nach Deutschland sitzt.«

Dietrich stützte sich auf einen Ellenbogen und sah sie an. »Warum?«

»Una und ich haben darüber gesprochen. Alle Juden, die letztes Jahr im Marais und Sentier verhaftet wurden, sind mit dem Zug nach Deutschland gebracht worden. Una kann nicht in Erfahrung bringen, wohin genau. Sie hatte einen Freund in der amerikanischen Botschaft, aber er ist versetzt worden. Wir würden es nicht ertragen, wenn Tilly unter den Deportierten wäre. Einige von Madame Thomas' Freunden sind darunter.«

»Madame Thomas?«

»Meine Buchhalterin. Sie wohnt bei Violaine.«

»Ist sie Jüdin?«

»Madame Thomas ist Jüdin, ja, aber das habe ich nicht gewusst. Sie hat Angst und fragt mich immer wieder, ob das bald aufhören wird.«

»Was? Die Verfolgung der Juden in Frankreich? Erst, wenn die französische Regierung ein Machtwort spricht und mein Land von seinem Vorhaben absieht, die Welt von den Juden zu befreien. Ich glaube eher, dass die Deportationen noch zunehmen werden.«

»Wie kannst du nur so …«

Er küsste sie, um sie zum Schweigen zu bringen, und gab dann einen Laut von sich, der wohl hieß: *Jetzt muss ich aber wirklich aufstehen.* »Die Deportierten werden nach Polen gebracht«, sagte er und warf die Decke zurück auf das Bett.

Wenn sie über den Blutzoll der Besatzung sprachen, fühlte sie sich so weit entfernt von Dietrich. Er war kein grausamer Mann, aber ein pragmatischer. Für ihn war ein gewisses Maß an Leiden eben unvermeidlich. Und er legte auch großen Wert darauf, seiner Umwelt zu demonstrieren, dass er ein stolzer und loyaler Deutscher war. Ihre Sichtweisen waren vollkommen verschieden. Coralie besuchte oft Amélie Ginsler, die von den Verhaftungen der jüdischen Männer in ihrem Viertel erzählte; sie hatten bereits 1940 begonnen. Männer bestimmter Altersstufen ohne Staatsbürgerschaft waren in Internierungslager gebracht worden, und ihre Familien hatten vergeblich auf ihre Rückkehr gewartet. »Wir verhalten uns ruhig«, hatte Amélie gesagt. »Wir haben Angst. Ich frage mich aber manchmal, was passieren würde, wenn wir Seite an Seite stehen und Nein sagen würden.«

Coralie hatte ihrer Freundin versichert, sie brauche keine Schuldgefühle zu haben, weil sie sich nicht entsprechend verhielt. Amélie hatte eine kleine Tochter namens Françoise. Wenn die französische Regierung und die Polizeichefs nicht für Menschlichkeit einstehen konnten, wie sollte es dann eine einzelne Mutter schaffen? Und wie sollte sie selbst es anstellen? Wenn sie ehrlich war, musste sie sich auch fragen: Wie sollte Dietrich es anstellen?

Dietrich kam aus dem Badezimmer und sah Coralie im Bett

sitzen, die Arme um die Knie gelegt. »Bist du nervös wegen dieser Kollektion?«

Und ob sie nervös war! »Die Materialien, die ich benutzt habe, stellen ein gewisses Risiko dar.«

»Erzähl mir mehr darüber.«

»Nicht jetzt.« Sie stand aus dem Bett auf und huschte vor ihm ins Badezimmer. Kurz darauf, als sie gerade ihre Culotte fürs Rad zuknöpfte, sagte sie: »Um elf Uhr wird das Geheimnis gelüftet. Ich reserviere dir einen Stehplatz, also sei pünktlich!«

Als sie im Laden ankam, war Violaine gerade dabei, das Schaufenster mit Papierchrysanthemen zu schmücken. Sie hatten die Kollektion tatsächlich auf die Beine gestellt, obwohl so viele der Textilfirmen im Sentier hatten schließen müssen. Materialien wie Sisal, Exotenstroh oder Livorneser Stroh waren nicht mehr aufzutreiben, genauso wenig wie Haarfilz, denn der Handel mit Amerika und Kanada war durch Seeblockaden unterbrochen. Selbst Wollfilz war zu einem Luxusartikel geworden, denn der Hauptproduzent, die Benelux-Länder, standen unter Besatzung, und Deutschland beanspruchte deren gesamte Produktion. Möglicherweise würde mittelfristig eine heimische Strohverarbeitungsindustrie entstehen, so ähnlich wie im englischen Bezirk Bedfordshire, aber bis es so weit war, mussten sich Coralie und Violaine mit dem behelfen, was sie zur Verfügung hatten.

Coralie wünschte Madame Thomas einen guten Morgen. »Wie nett von Ihnen, dass Sie heute im Laden aushelfen.«

Jeanne Thomas kümmerte sich um die Stühle, die sie von dem Café gegenüber geliehen hatten. Sie stellte sie in zwei sich gegenüberliegenden Reihen auf, um den Eindruck eines Laufstegs zu erwecken. Es war nur ein kleiner Laufsteg, das musste Coralie zugeben, aber die Schau sollte trotzdem zu einem großen Ereignis werden.

Das heißt, zu zwei großen Ereignissen, denn es gab eine Schau am Vormittag und eine am Nachmittag. Da an gedruckte Programme nicht zu denken war, schrieb sie die Reihenfolge der gezeigten Hüte auf eine große Tafel. Die Kundinnen bekamen ein handgeschriebenes Programm in die Hand gedrückt, hergestellt aus alten Kalendern, auf dem sie die Modelle notieren konnten, die sie später anprobieren wollten. Bleistifte jedoch musste die geschätzte Kundschaft selbst mitbringen.

Sie würden Champagner und Kanapees servieren: kleine Pasteten, gefüllt mit Kalbshack und Pinienkernen, sowie Vol-au-vents, gefüllt mit einem Soufflé aus Kastanien und Ziegenkäse. Die Zutaten dafür hatten sie von einem Schwarzmarkthändler gekauft, der sich eine goldene Nase verdiente, indem er die Deutschen mit Luxusspeisen versorgte. Allein die Aussicht auf die Kanapees und auf einen 1929er Chateau Latour sollte zwei gut besuchte Veranstaltungen garantieren, dachte sich Coralie. Sie hatte sogar ein professionelles Mannequin engagiert: Solange Antonin, die bereits für Javier gearbeitet hatte und über eine Figur wie Königin Nofretete verfügte. Im Gegenzug für ihre Mitarbeit durfte sie sich ein Modell der Kollektion aussuchen.

Trotz der wenig verheißungsvollen ersten Begegnung mit Solange hatte Coralie sie inzwischen ins Herz geschlossen. Das Mädchen hatte gelitten. Sie hatte eine Fehlgeburt hinter sich, und zwar eine absichtlich herbeigeführte, wie Coralie vermutete, doch Solange wollte nicht darüber reden. Auch viele andere Dinge waren schiefgelaufen in ihrem Leben. Was die beiden Frauen jedoch verband, war die gemeinsame Angst vor Serge Martel. Seine scharfen weißen Zähne hatten einen Teil von Solanges Ohr abgetrennt.

Die erste Schau sollte um Punkt elf Uhr beginnen, und die Besucher fanden sich langsam ein. In Coralie machte sich Lampenfieber breit. Sie hatte schon immer ihre eigenen Modelle vorgeführt – wer hätte es sonst auch tun sollen? –, aber heute würde sie neben Solange über den Laufsteg schreiten. Sie hoffte, sie würde neben diesem eleganten Schwan nicht aussehen wie eine watschelnde Ente. Violaine hatte im Flur bereits einen Tisch mit Spiegel aufgebaut. Sie würde Coralie und Solange beim Feststecken der Hüte helfen und ihnen die nummerierten Schilder ans Handgelenk binden, mit denen das Publikum die verschiedenen Modelle identifizieren konnte. Didi und Paulette würden die Zuschauer zu ihren Plätzen geleiten und die Kanapees servieren, während Madame Thomas den Champagner ausschenkte. Für jeden Besucher ein halbes Glas, sonst würde es nicht reichen.

»Ich finde, das ist bislang unsere beste Kollektion«, sagte Violaine, während sie darauf warteten, dass die Zuschauer ihre Plätze einnahmen.

Madame Thomas streckte den Kopf durch die Tür, um zu berichten, dass das hauptsächlich aus deutschen Frauen bestehende Publikum dem Champagner zugesprochen hatte – ohne ein Wort des Dankes. Der beste Champagner war offensichtlich gerade gut genug.

»Solange sie dann meine Hüte bestellen, können sie so arrogant sein, wie sie wollen.« Coralie zitterte in ihrem Sommerkleid. Es war ein kalter Märztag, und sie taten, als sei es Hochsommer. Die Frühjahr/Sommer-Schauen der Couturiers, die einen Monat zuvor stattgefunden hatten, hatten den schlauchförmigen Schrägschnittmodellen der Dreißigerjahre endgültig den Garaus gemacht. In dieser Saison bevorzugte man eingefasste Taillen. Ohne Gürtel, denn Gürtel waren »sooo vorkriegsmäßig«, wie Una bemerkte. Nein, man setzte stattdessen auf Abnäher, die eine ultraschlanke Taille betonten. *In diesen mageren Zeiten haben wir alle ultraschlanke Taillen,* dachte Coralie, während sie sich im Spiegel betrachtete. Die Röcke waren weit, manchmal mit extra viel Stoff im Rücken, um die Illusion eines wohl gerundeten Gesäßes zu erzeugen. Die Halsausschnitte wanderten seit einigen Jahren immer weiter nach unten, und heute zeigten sowohl Coralie als auch Solange viel Dekolleté. Kurze Bolero-Jäckchen bewahrten noch einen Rest von Anstand. Während die Röcke kürzer und bauschiger wurden, waren die Jacken etwas nach oben gerutscht und endeten jetzt an der untersten Rippe oder kurz unter der Brust. Die Hutentwürfe folgten immer der Couture, und die Hüte dieser Saison waren höher und etwas üppiger, um ein Gegengewicht zu der neuen Silhouette zu schaffen.

Madame Thomas rief: »Wir sind so weit.«

Coralie berührte ihr Korallenarmband; das sollte ihr Glück bringen. Dann versuchte sie, sich zu entspannen. *Du kannst es machen, wie du willst*, hatte Solange zu ihr gesagt. *Du darfst bloß nicht hetzen*. Vier Schritte über den Laufsteg, Pause, Pose. Bis zum Ende gehen, Drehung, Pose, Halten, damit alle sie ausgiebig und von allen Seiten betrachten und den Nummernzettel an ihrem Handgelenk lesen konnten.

Indem sie alles ganz in Ruhe machte, hatte sie auch eine gute Gelegenheit, ihr Publikum zu studieren. Die Frauen der deutschen Offiziere kleideten sich konservativ und legten nur wenig Make-up auf. Die meisten hatten kräftige Gesichter, kantige Züge und trugen altmodische Frisuren. Diese Frauen wurden wie auch die deutschen Telefonistinnen und Stenotypistinnen von den Pariserinnen verächtlich als »graue Mäuse« bezeichnet.

Coralie, die gerade einen Hut aus gestärktem Chintz mit hauchzarten Seidenrosen vorführte, musste allerdings zugeben, dass die »grauen Mäuse« das Thema Mode durchaus sehr ernst nahmen. Sie machten sich Notizen. Doch während die Pariserinnen sich die Hälse verrenkten, sich mit ihren Nachbarinnen austauschten, mit den Händen Umrisse nachzeichneten und bisweilen auch in spontanen Applaus ausbrachen, achteten diese Frauen darauf, dass ihre Nachbarinnen ihre Notizen nicht lesen konnten. Standen sie etwa in Konkurrenz zueinander? Sie hatten Coralies

Champagner ohne große Würdigung angenommen, und jetzt ging es ihnen vermutlich nur um die Hüte und nicht um Coralie selbst.

Die ersten vierundzwanzig Hüte waren breitkrempige Gainsborough-Modelle, entworfen für sonnige Tage, für Spaziergänge am Fluss, Diners unter freiem Himmel und Pferderennen – in Longchamps fanden tatsächlich noch Rennen statt. Coralie hatte sie aus Baumwoll- und Seidenresten über einem Grundgerüst aus Steifleinen und Tarlatan gezaubert. Da sie immer nur kleine Mengen an Stoff zur Verfügung hatte, glich kein Hut genau dem anderen.

Die Auswahl, die sie und Solange gleich vorführen würden, war allerdings leicht nachzuschneidern, da Coralie große Mengen an Rohfasern aus einer unerwarteten Quelle aufgetan hatte.

Aus einer ziemlich dubiosen Quelle.

Im Flur nahm Violaine ihr den Blumen-Chintzhut ab und setzte ihr einen Sonnenhut in dezentem Grau auf. Während sie Solanges Schritten lauschte, strich sie über seine Krone. Der Hut hatte nicht nur den Farbton von Rauch, er war auch genauso leicht. Das war das Überraschende an der Kollektion – und auch das, was sie Dietrich am selben Morgen nicht hatte verraten wollen.

Die seidenen Seerosen an der Krempe waren in einem früheren Leben ein Fallschirm gewesen, der an einem Baum im Burgund hängen geblieben war. Die interessierteren Zuschauerinnen würden den Hut als *crinoline* erkennen; der Begriff klang romantisch, ging letztlich aber auf Rosshaar zurück. Das Material war eigentlich für eine Fabrik in Köln gedacht gewesen.

»Wie den Fallschirm haben wir das Rosshaar der britischen Luftwaffe zu verdanken«, hatte ihr der Schwarzmarkthändler erklärt und einen ganzen Pferdeschwanz hervorgezogen. »Die britische Luftwaffe hat Köln bombardiert, damit die Deutschen den

Krieg nicht zu sehr genießen. Dabei ist die Fabrik, für die der Posten gedacht war, in Flammen aufgegangen. Jetzt habe ich eine Lastwagenladung voll – und sofort an Sie gedacht.«

Coralie hatte das erste Jahr bei Pettrew's in der Flechtabteilung verbracht und Rosetten aus Stroh genäht. Wenn man Rosshaar richtig behandelte, wurde es so fein wie Sisal und konnte auf dieselbe Art geblockt werden. Durch eine Mischung verschiedener Strähnen konnte man hübsche Farbvariationen erzielen. Nachdem die Ginslers diese Technik perfektioniert hatten, stiegen sie in die Produktion ein und verwandelten ihre Puppenwerkstatt in eine Außenstelle von Coralies Atelier.

Coralie war entzückt von dem Ergebnis, aber wäre Paris das auch? Ging man von der Stille aus, die die *crinolines* empfing, so lautete die Antwort Nein. Die Bleistifte hüpften über die Notizzettel, doch die Augen drückten Zweifel aus. Vielleicht waren die Hüte zu … zurückhaltend? Coralie de Lirac und zurückhaltend? Eine Farbe jedenfalls war komplett aus der Kollektion verbannt worden: Pink. Als verhaltener Applaus die Schau beschloss, hätte sie am liebsten gebrüllt: »Wenn ihr pinkfarbene Hüte für den Sommer wollt, dann geht doch zu Lorienne Royer bei Henriette Junot! Sie klaut mir meine Ideen und bringt sie ein halbes Jahr später auf den Markt.«

Was sie dann tatsächlich von sich gab, war eine kurze, höfliche Ansprache. Das Schweigen, das ihr entgegenschlug, war so demoralisierend, dass sie unwillkürlich an Henriette Junot denken musste, die ihren eigenen Schauen niemals beiwohnte.

Dietrich war nicht gekommen. Coralie räusperte sich und sagte auf Deutsch: »Meine Herrschaften, bitte wenden Sie sich an mich oder meine Assistentinnen, wenn Sie eine Anprobe vereinbaren möchten. Vielen Dank.«

Das angestrengte Lächeln wich aus ihrem Gesicht, als eine Traube nüchtern gekleideter Damen auf sie zukam.

Dietrich erschien, als die Nachmittagsschau gerade begann. Coralie sah ihn hereinkommen und setzte ein gespieltes Schmollen auf. Stumm formte er ein »Sorry« mit den Lippen, interessiert angestarrt von etwa fünfzig Französinnen. Er knallte die Hacken zusammen – ein wenig ironisch, wie Coralie fand –, und Una McBride rief: »Wenn ihr 1940 so spät gekommen wärt, hätten wir die Maginot-Linie noch fünfzig Meilen länger ziehen können.«

Die Unterbrechung veränderte die allgemeine Stimmung. Solange beschleunigte ihre Schritte, drehte sich schneller, hielt die Posen kürzer. Coralie vermutete, sie wollte endlich ihren Champagner. Die Sonnenhüte aus Chintz ernteten wohlwollenden Applaus, doch die *crinolines* wurden wiederum mit Schweigen quittiert – eine andere Art von Schweigen. Während die »grauen Mäuse« sich unsicher gewesen waren, wie sie reagieren sollten, brachten die französischen Damen der neuen Einfachheit von La Passerinette offene Ablehnung entgegen.

Im Flur sagte Coralie zu Violaine: »Una ist wohl die Einzige, die lächelt.«

Da kam Solange herein, sich ein gelbes Pillbox-Modell aus Flachs vom Kopf ziehend. »Könntet ihr bitte auf den Händen laufen oder irgendetwas anderes tun, damit die Leute aufwachen? Da drin ist die Temperatur auf den Nullpunkt gesunken.«

Coralie tat das Einzige, das sie tun konnte: Sie zeigte die Hüte, auf die sie stolz war, und hoffte inständig, das Publikum würde sie so wahrnehmen, wie sie selbst sie sah. Als das Finale in Sicht kam, war sie sehr erleichtert. Zurück im Flur schlüpfte sie in eine Seemannsjacke und hielt Solange ein ähnliches Modell hin. Die letzten beiden Hutmodelle würden sie gemeinsam vorführen, Arm in Arm, denn diese Kollektion fühlte sich inzwischen an wie ein Lied mit zu vielen Strophen.

Ihre Hüte waren beinahe identisch. Solanges saß rechts auf

dem Kopf und verdeckte ihr versehrtes Ohr mit einem Seidenschleier, Coralies saß links.

»Die Leute mögen nichts, was neu ist«, sagte Violaine, als sie den beiden die Tür aufhielt. »Sie müssen erst die Erlaubnis dazu bekommen. Gib sie ihnen, Coralie.«

Das versuchte sie, doch das öffentliche Scheitern hatte ihr einen heftigen Schlag versetzt. Schlimmer noch, es war ein stilles Scheitern gewesen. Das war tatsächlich noch schlimmer als die Tatsache, dass sie Serge Martel im Publikum entdeckt hatte. Er musste hereingekommen sein, als sie gerade nicht im Raum gewesen war. Er stand auf derselben Seite wie Dietrich und stützte die Hände auf einer Stuhllehne vor ihm ab. Auf diesem Stuhl saß eine junge Frau mit lockigen Haaren, die an *profiteroles* erinnerten, einem kurzen roten Kleid und dem passenden Lippenstift.

Wenn du Julie Fourcade begegnen solltest, lauf sofort weg.

Coralie und Solange hatten vereinbart, die Drehung und die Pose in einer einzigen flüssigen Bewegung zu absolvieren, doch Solange hatte Serge auch entdeckt und strebte von ihm fort. Coralie war einen Schritt hinter ihr. Schnell hüpfte sie vorwärts, um zu ihr aufzuschließen – doch dann knickte sie zur Seite weg. Wieder ihr Knöchel. Nachdem sie den schlimmsten Schmerz verdaut hatte, machte sie einen tapferen Witz. »Wer hat das Schiff unter mir versenkt?«

Dietrich half ihr auf die Beine. »Zeig ihm deine Angst nicht«, murmelte er.

Kurz darauf sprach sie schon wieder zu ihrem Publikum, sich an einer Stuhllehne festhaltend. »Mesdames, bitte entschuldigen Sie das etwas überstürzte Ende dieser Schau. Ich bin als Hutmacherin besser denn als Mannequin. Aber bitte bleiben Sie doch noch eine Weile, sodass wir über die Kollektion plaudern können.«

Hinter ihr zischte Solange: »Ich werde ihn umbringen. Ich werde ihm die Augen ausstechen.«

Coralie versuchte, Solange zum Schweigen zu bringen, und fuhr fort: »Bitte bleiben Sie doch noch, damit wir über die Kollektion plaudern können, und trinken Sie noch ein Glas Champagner.«

»Ich will sein Blut sehen!«

Coralie winkte Dietrich herbei. »Besorg Solange einen Drink und beschäftige sie!« Dann setzte sie ihre Rede fort, doch niemand hörte ihr zu.

»Wir wollen den weißen Hut, in dem Sie gestürzt sind, und wir wollen ihn jetzt gleich.«

Coralie notierte sich gerade einen Termin und blickte nicht sofort auf. Direkt nach ihrer etwas unzusammenhängenden Rede hatte Una das Wort ergriffen und laut verkündet, dass sie entzückt von allem war und sofort einen Termin zur Anprobe haben wollte. Oder ging es vielleicht schon etwas früher? Da stieg die Temperatur im Raum um einige Grad, und etwa ein Dutzend Frauen stellten sich in die Schlange, um ebenfalls einen Termin zu vereinbaren.

»Den weißen Hut. Wir wollen ihn haben.«

Coralie blickte in Serge Martels Augen. »Das ist unmöglich.« Sie wandte sich an Julie. »Du weißt, wie das Geschäft läuft. Der Hut passt dir nicht, wir finden ein schöneres Modell für dich.«

Julie zog einen Schmollmund. Coralie fragte sich, wie sie diesen hinreißenden Lippenstift ergattert hatte, wo doch alle anderen Frauen dazu gezwungen waren, die Reste alter Lippenstifte einzuschmelzen und die entstehende Farbkakofonie mit Glyzerin zu mischen. Was für glitschige Küsse sorgte.

»Ich will den weißen.« Julie griff sich ins Haar, als hätte sie Angst, ihre Locken würden zerfallen.

»Sie können noch ein paar von den schicken Rosen dranheften«, sagte Martel. »Warum sind Ihre Hüte so langweilig, Mademoiselle de Lirac?«

»Ich bevorzuge den Ausdruck ›elegant‹.« Sie sandte eine stille Entschuldigung an Javier, dessen subtiles Genie mit ihrer eigenen Ignoranz kollidiert war, damals im Sommer 1937. »Wenn Julie einen Termin ausmachen ...«

»Mademoiselle Fourcade, bitte. Wir werden heiraten.«

Sie schluckte ihre Verachtung hinunter. »Wenn Mademoiselle Fourcade einen Termin ausmachen würde, werden wir ihr ein Modell kreieren, das sie mit Stolz tragen kann und das wir mit Stolz mit unserem Namen versehen werden.«

»Ich will ihn aber jetzt gleich.« Julie blickte zu Martel auf und schien in ihrer Dreistigkeit von ihm ermuntert zu werden. »Jetzt gleich«, wiederholte sie in einem Ton, den Noëlle etwa mit zwei Jahren an den Tag gelegt hatte.

Coralie begriff, wo das Kind sich diese Art abgeschaut hatte. »Unmöglich.«

»Alles ist möglich.« Martel betrachtete seine Fingernägel. »Julie und ich speisen heute Abend in einem Restaurant mit Dachterrasse, und dieser Matrosenhut ist dafür genau das Richtige. Das sollten Sie auch mal mit Ihrem Liebhaber tun. Und lernen Sie das Wort ›Dachterrasse‹ auf Deutsch, das wird ihn freuen.« Julie kicherte, und Martel zog sie zu sich heran und knabberte an ihrem Ohr. Sie trug eine Handtasche, die aus dreifarbigem Leder hergestellt war. Es war eine der ganz neuen, topmodischen Taschen, und sie stellte sicher, dass Coralie sie auch sehen würde, indem sie sie ständig auf ihrem Unterarm herumschob. Irgendetwas an der Tasche störte Coralie, aber sie kam nicht darauf, was es war. Zunächst einmal wollte sie das unverschämte Paar so rasch wie möglich loswerden.

Als Violaine herüberkam, um etwas zu fragen, sagte Coralie

schnell: »Violaine, könntest du das Schlussmodell, den weißen Matrosenhut, für mich einpacken?«

Violaine war völlig perplex. »Aber wir geben doch niemals …«

»Für Mademoiselle Fourcade machen wir eben eine Ausnahme.«

»Der Hut braucht auch noch Blumen«, schaltete Martel sich ein. »Mein Mädchen soll nicht billig aussehen.«

»Nein, natürlich nicht«, erwiderte Coralie. »Violaine, füg bitte ein paar Provence-Rosen hinzu, und etwas Jasmin. Wir haben auch noch Taubenfedern, in allen Farben, und warum nicht auch einige Schleifen? Je mehr, desto besser.«

»Und wo soll ich dieses … Gemüse hinsetzen?« In Violaines Ton lag die blanke Verachtung.

»Ganz oben, direkt in die Mitte.« Coralie lächelte Julie übertrieben freundlich an. »Auf diese Art wird die zukünftige Madame Martel immer an ihren Hochzeitskuchen erinnert.«

An jenem Abend lag Coralie im Bett und wartete darauf, dass Dietrich zu ihr kam. Es war ein Tag gewesen, den sie dringend vergessen sollte – wenn sie das doch nur ihrem Hirn klarmachen konnte. Sie wusste, dass diese Kollektion kein Erfolg werden würde, jedenfalls nicht in dem Ausmaß wie die bisherigen. Sie hatte ihr Bestes gegeben, doch der Funke war nicht übergesprungen.

»Dieses Mal dauert es eben etwas länger, warte nur ab«, hatte Una sie getröstet, aber Coralie verließ sich auf ihr eigenes Gespür. Sie würde sich besser fühlen, wenn sie Serge Martel und Julie endlich aus ihrem Kopf verbannen konnte. Martel hatte viel Geld bezahlt, für einen Hut, mit dem Julie aussehen würde wie ein Pfingstochse. Und dann, gerade als Coralie geglaubt hatte, der Albtraum sei vorbei, war auch noch Lorienne Royer aufgetaucht. Sie hatte sich in der Uhrzeit geirrt.

Ihr Begleiter war ein klein gewachsener Franzose mit dicker Brille und geöltem Haar.

»Den kenne ich«, hatte Una ihrer Freundin Coralie zugeraunt. »Er arbeitet für den Polizeichef. Schleicht durchs Krankenhaus und kontrolliert die Aufenthaltserlaubnis der Patienten. Ich hoffe, deine Angestellten sind sauber.«

»Sie sind alle französische Staatsbürger.«

»Er ist auf der Suche nach illegalen Flüchtlingen. Oder eher, Terroristen.« Im Sommer zuvor hatte ein junger Franzose einen deutschen Marineoffizier in einer Métro-Station erschossen. Um die Deutschen zu besänftigen, wurde das Erschießungskommando mit elf Franzosen besetzt. Damals hatte Coralie gespürt, dass sich der Herzschlag von Paris veränderte. General de Gaulles Reden wurden vom Rundfunk in London bis nach Frankreich ausgestrahlt und trafen auf ein zorniges, junges Publikum. Überall schossen geheime Widerstandsgruppen aus dem Boden. Wenn man ihre Ansichten teilte, nannte man sie *résistants* – Widerstandskämpfer. Andernfalls waren sie Terroristen. Ramon war einer solchen Gruppe beigetreten, und zwar in der Auvergne, im Herzen Frankreichs. Als Coralie Lorienne erblickt hatte, die schnellen Schrittes auf Violaine zuging, hatte Coralie sich ihr in den Weg gestellt. »Madame, Sie können nicht erwarten, hier willkommen zu sein. Sie stehlen mir meine Hüte und meine Ideen. Haben Sie wenigstens den Anstand, meine Kreationen von der Außenseite des Schaufensters aus zu kopieren.«

Trotzig hatte Lorienne sich um Coralie herumgewunden. Was war zwischen ihr und Violaine vorgegangen?

»Sie war betrunken«, bemerkte Madame Thomas, die den Austausch mitbekommen hatte, kurz darauf. »Sie hat Dinge gesagt, die sie vielleicht bereut. Lassen Sie es dabei bewenden.«

Dietrich kam aus dem Badezimmer, in einer Wolke aus Seifen- und Zahnpastaduft. »Bleibst du die ganze Nacht bei mir?«

»Hmh. Noëlle ist bei Micheline und Florian.«

»Gut. Soll ich dich ins Badezimmer tragen und in die Badewanne setzen?«

»Zieh mich nur hoch. Das Gehen schaffe ich noch alleine.« Sie streckte eine Hand aus, doch anstatt sie zu nehmen, ging Dietrich um das Bett herum und knöpfte ihr das Kleid auf. Sie wand sich heraus und saß dann in apfelgrüner Seidenunterwäsche vor ihm. »Ich gehe mich erst mal waschen.«

»Warum? Du duftest wunderbar. Nach dem Parfüm anderer Frauen, aber auch nach dir selbst.« Er küsste sie; es war ein sinnlicher Kuss, der sich von ihren Lippen bis hinunter zu der Innenseite ihrer Schenkel fortpflanzte. Was für eine herrliche Art, aus den schwarzen Gedanken geholt zu werden! Sie sah von oben auf seinen Kopf hinunter. Sein Haar nahm langsam einen aschblonden Ton an, war aber noch immer dicht. Er war ihr Liebhaber und ihr Beschützer, und in allen übrigen Belangen waren sie einander gleichgestellt. So unerwartet, wie die Liebe sich einst in ihr Leben geschlichen hatte, so unerwartet war nun auch das Selbstvertrauen zu ihr gekommen.

Sie liebten sich leidenschaftlich, und das lauteste Geräusch, das währenddessen zu hören war, war das Seufzen von Seide auf Seide.

Hinterher lag sie in seinen Armen, und er erzählte von seinem Tag. Am Morgen war er in der Avenue Marigny gewesen, um Kurt Kleber und seine Frau Fritzi zu besuchen und General Hanesse seine Aufwartung zu machen. Letzterer hatte auf einem gemeinsamen Mittagessen im Ritz bestanden. Danach hatte er sich mit einem Mann getroffen, der behauptete, ein Werk des niederländischen Meisters Vermeer beschaffen zu können. Ein Gemälde, das Reichsmarschall Göring unbedingt haben wollte. Ein Gemälde, von dem Dietrich mit Sicherheit wusste, dass es gefälscht war, denn der Mann hatte vor gut fünf Jahren bereits ein identisches an Görings offiziellen Kunsthändler Walter Hofer verkauft.

»Ich habe ihm gesagt, dass er Hofer vielleicht ein zweites Mal hereinlegen könne, denn gierige Männer gelangen selten zu Weisheit. Er solle aber bitte nicht meine Zeit verschwenden.«

Coralies Kopf ruhte auf seiner Schulter. Sie hörte ihm nur halb zu, da sie immer wieder an Julies Arm um Serges Taille denken musste – und an eine Ledertasche an einem kräftigen Unterarm. Die Tasche war aus Leder in drei verschiedenen Farben gearbeitet: hellbraun, dunkelbraun, olivgrün. *Olivgrün?* Laut schrie sie auf: »Das ist unmöglich!«

Dietrich unterbrach seine Erzählung. »Doch, das ist möglich. Göring betet die niederländischen Meister geradezu an, und Hofer hat noch nicht begriffen, dass es Leute gibt, die nur für ihn Fälschungen herstellen.«

»Nein, mir ist gerade etwas klar geworden. Dieses Mädchen, diese Julie …«

»Zu viel Rouge. Zu viel von allem.«

»Ihre Tasche war aus alten Lederresten zusammengesetzt. Man bringt ein paar alte Reste zu einer Lederwerkstatt, und daraus nähen sie einem dann eine neue Tasche.«

»Und jetzt denkst du, La Passerinette könnte ins Handtaschengeschäft einsteigen. Gute Idee.«

»Hör mal. Eine der Farben ihrer Tasche war Olivgrün.« Sie rollte sich auf die andere Seite, damit sie ihm direkt ins Ohr flüstern konnte. »Ich habe eine Tasche in dieser Farbe aus London mitgebracht.«

»Ja, an die erinnere ich mich. Sie biss sich farblich mit deinem Kleid. Warum hast du sie nicht vernichtet?«

»Weil es eine billige Tasche vom Markt war. Ohne Etikett, kein Hinweis darauf, dass sie in England hergestellt war.«

»Glaubst du, Julie hat sie dir gestohlen?«

»Sie lag oben auf meinem Schrank. Dort hatte ich sie hingelegt.«

»Dann ist sie also eine Diebin. Das passt wohl kaum zu einer guten Nanny. Befürchtest du, dass du irgendetwas Wichtiges in der Tasche hattest?«

»Ja.« Sie zog eine Grimasse. »Aber ich komme nicht darauf, was es war.«

Er küsste sie. »Niemand kann dir etwas antun, solange ich schützend den Schirm über dich halte!«

Schirm. Sonnenschirm. Blumen. »Martel hat mir gesagt, ich soll dir das Wort ›Dachterrasse‹ auf Deutsch sagen. Das würde dich freuen. Wieso hat er sich die Mühe gemacht, diesen Ausdruck auf Deutsch zu lernen?«

»Dieser verdammte Bastard!« Die Bettdecke flog auf den Boden, als Dietrich aus dem Bett sprang. Kalte Luft glitt über Coralies nackten Körper. Die Deckenlampe ging an; ihre seesternförmigen Arme leuchteten nur langsam auf, wie bei einer altmodischen Gaslaterne.

»Habe ich etwas Falsches gesagt?« Dietrich fluchte niemals. Jedenfalls nicht in ihrer Gegenwart. Obwohl sie wusste, dass die Beleidigung Martel gegolten hatte, fürchtete sie sich ein wenig vor ihm.

»Steh auf, Coralie.« Er war nackt. In dem safrangelben Licht wirkte sein Körper wie eine kantige Skulptur.

Sie schwang die Beine aus dem Bett und griff nach der Unterwäsche, die sie während des Liebesspiels ausgezogen hatte. Sollte sie sich das Hemdchen vor den Körper halten? Nein, das würde wie eine Parodie von Züchtigkeit wirken. Also ließ sie die Unterwäsche wieder fallen und ging auf ihn zu. Sie stellte ihn auf die Probe. Wenn er sie tatsächlich liebte, dann würde er sie in die Arme nehmen und trösten. Sie spürte seine unregelmäßigen Atemzüge. Er hatte also auch Angst.

Dieses Wort, »Dachterrasse«, hatte ihn aus dem Gleichgewicht gebracht.

»Weißt du noch, im Juli bei der Weltausstellung?«, fragte er. »Vor dem deutschen Pavillon habe ich mich mit einem Fotografen unterhalten.«

»Ja. Und du hast salutiert.«

»Das hat dich schockiert, das habe ich gemerkt. Drinnen habe ich zwei Männer getroffen, Kurt Kleber und einen gemeinsamen Freund. Ein jüngerer Mann. Erinnerst du dich auch daran?«

»Ihr alle habt ›Heil Hitler‹ gerufen! Natürlich erinnere ich mich daran. Ich war erschüttert und hätte das am liebsten überhaupt nicht mitbekommen.«

»Hast du gehört, was wir miteinander besprochen haben, wir drei Männer?«

»Nein. Ich war zu weit entfernt, und außerdem habt ihr Deutsch gesprochen.«

»Aber damals konntest du doch schon ein bisschen Deutsch. Hast du irgendetwas von der Unterhaltung zwischen mir, Kleber und dem dritten Mann mitbekommen?«

»Kein Wort, ganz ehrlich.«

»Manchmal lügst du aber, Coralie.« Mit den Händen umfasste er für einen Moment ihre Kehle. Ohne jeden Druck, doch sie sah plötzlich ihren Vater vor sich, mit wutentbranntem Gesichtsausdruck.

»Dietrich, bitte …«

Sie versuchte, die Arme um ihn zu legen, aber er nahm ihre Hand und führte sie zu Ottilias Frisierkommode, deren Spiegel die darauf liegenden Haarbürsten und seine Schirmmütze unendlich reflektierten. Noch immer ihre Hand haltend, öffnete er eine Schublade und nahm einige kleine Schachteln heraus. Sie sahen aus, als enthielten sie Manschettenknöpfe. Aus derselben Schublade holte er dann noch eine Pistole.

Ihr wurde schwarz vor Augen. »Bitte nicht!«

Er legte die Pistole neben seine Mütze und öffnete eine der Schachteln. Dann hielt er sie umgekehrt über eine Cloisonné-Schale, in der noch immer einige von Ottilias Hutnadeln lagen. Mit einem Klicken fielen zwei Patronen in die Schale.

»Eine für jeden«, sagte er.

»Du willst mich erschießen?« *Und dann dich selbst?* Das Zimmer schien sich zu drehen. Dietrich schraubte die eine Patrone auf und schüttelte etwas hervor, das wie eine Kaffeebohne aussah. Dasselbe machte er mit der anderen Patrone.

»Das sind Zyankalikapseln, Coralie. Wir nehmen jeder eine.«

»Ich will aber nicht! Ich kann nicht! Ich habe ein Kind, ich will nicht sterben!« Sie versuchte sich aus seinem Griff zu lösen, ohne Erfolg.

»Ich meine doch nicht jetzt. Vielleicht auch nie. Es ist nur eine Vorsichtsmaßnahme. Eine Rückversicherung. Wir müssen sie die ganze Zeit über am Körper tragen. Selbst im Bett.«

Er meinte es tatsächlich ernst.

»Du musst dir eine kleine Tasche in ein Kropfband einnähen. Du brauchst etwas, das du täglich tragen kannst, ohne Verdacht zu erregen. Und vielleicht könntest du mir auch eine Tasche in das Band meines *Pour le Mérite* nähen.«

Sie sah ihn verständnislos an.

»Mein preußischer Verdienstorden. Das Kreuz, das ich immer um den Hals trage, wenn ich meine Uniform anhabe. Sag nicht, du hättest es noch nie bemerkt.«

Sie nickte.

»Also. Wir werden die Ampullen immer am Körper tragen, und wenn wir gefasst werden, legen wir sie zwischen die Zähne und beißen darauf, dann bricht die Glasumhüllung.« Er stellte die Handlung pantomimisch dar. »Der Tod kommt dann schnell.«

»Wenn wir gefasst werden? Du meinst …«

»Wenn die Gestapo kommt, ist unser Leben nichts mehr wert. Wir würden qualvoll sterben.«

Sie starrte ihm in die Augen. Dietrich, ihr Beschützer, beschrieb ihren schlimmsten Albtraum. »Du hast gesagt, wir wären sicher! Was hat sich verändert? Warum sollten sie uns jetzt abholen?«

»Du musst Vorkehrungen treffen, was Noëlle betrifft. Ich rate dir, sie von hier wegzuschicken, vielleicht mit dieser Micheline. Sie sollen aufs Land fahren, oder zu Teddys Anwesen in Dreux.« Er hielt sie weiterhin fest am Handgelenk gepackt. »Du und ich, zusammen bis zum Ende. Vermählt. Adam und Eva.« Diese Anspielung auf ihre Nacktheit wurde von einem trockenen Lachen begleitet. Er nahm eine weitere Schachtel aus der Schublade der Frisierkommode und holte einen Rubinring hervor, den er ihr an den Finger steckte. »Diesen Ring hast du mir zurückgegeben, weil er dir zu weit war. Ich habe ihn enger machen lassen. Wir müssen jetzt füreinander da sein, einander vertrauen, jeder Gefahr zusammen begegnen. Ja?«

Er bat sie um Vertrauen, gab ihr aber keinerlei Erklärungen. *Dabei war doch ich diejenige mit den Geheimnissen …*

»Dietrich, warum sagt du jetzt so etwas?«

»Weil das, was du mir heute Abend erzählt hast, ein Zeichen dafür ist, dass mein Leben in Gefahr ist. Und deins auch. Es ist ernster, als du denkst. Wir müssen einander vertrauen. Das ist unsere einzige Hoffnung.«

»Hat es etwas mit dieser ›Dachterrasse‹ zu tun? Als Martel das gesagt hat, dachte ich an die Dachterrasse der Weltausstellung. Wir beide, Teddy, und der Mann, den ich jetzt als Kurt Kleber kenne. Du hast mir immer erzählt, du seiest Kunsthändler. Ein Mittelsmann. Bist du auch etwas anderes, Dietrich?«

»Ich bin noch vieles andere, Coralie. Ich werde dir mehr erzählen, nachdem ich mich mit Kurt beraten habe. Bis dahin musst du geduldig und tapfer sein.«

»Ich will es versuchen, Dietrich. Ich werde dir vertrauen, aber du darfst mich nicht von meiner Tochter trennen.«

26

Fritzi Kleber, Kurts Ehefrau, war eine Frau vom nordisch-hellen Typ, und als sie ihr vorgestellt wurde, hielt Coralie sie für eine typisch unterkühlte Deutsche. Doch Fritzi war sehr freundlich. Beim Apéritif in der Bar des Ritz ermahnte sie ihren Ehemann immer wieder, langsam zu sprechen, damit Coralie auch mitkam. »Sogar ich kann ihm nicht immer folgen.«

Zusammen speisten sie im Ritz und zogen dann weiter ins Rose Noire. Fritzi wollte unbedingt echten Jazz hören – in Deutschland mittlerweile verboten.

Coralie schlürfte ihren Champagner und befühlte ihr Kropfband aus grauem Satin. Es hatte einen Anhänger in Form einer kleinen, silbernen Flasche in der Größe eines Zaunkönigeis. Das Fläschchen stammte aus einem Antiquitätenladen, war hohl und hatte einst wohl eine Dosis Schnupftabak enthalten. Sein gegenwärtiger Inhalt war erheblich tödlicher.

Dietrich trug Uniform, komplett mit dem Verdienstorden, den ihm der Kaiser im Jahr 1917 verliehen hatte. Sie hatte seiner Bitte entsprochen und ihm eine kleine Tasche an das Halsband seines Ordens genäht, um ein sicheres Versteck für eine Zyankalikapsel zu schaffen. Im Auto flüsterte sie ihm zu: »Warum begeben wir uns in die Gefahrenzone?«

»Serge Martel ist ein Wolf. Ein Wolf ist grausam, vermeidet aber auch jede Konfrontation. Wir werden ihm zeigen, dass er nicht gewinnen kann, aber zuerst müssen wir ihn aus seinem Bau locken.«

Es war erst kurz nach elf, und der Klub war nur spärlich besucht, was für einen Mittwochabend nicht überraschend war. War es wirklich schon zwei Jahre her seit ihrem letzten Besuch? Der Ort hatte sich verändert. Die Tanzfläche war kleiner geworden, dafür gab es jetzt mehr Tische. Die französischen Gäste drängten sich um die Bar oder saßen an den hinteren Tischen. Die besten Tische wurden natürlich vom deutschen Militär besetzt. Es waren auch viele junge Frauen anwesend. Mädchen ohne Begleitung in billigen Kleidern.

Die Vagabonds standen auf der Bühne und spielten ein Lied namens »Swing 42«. Coralie winkte ihnen zu, bekam aber keine Reaktion, weil man von der Bühne aus nicht weiter als bis zu den ersten Tischen sehen konnte.

Würde Dietrich wohl tanzen wollen? Wie lange war es her, dass sie richtig getanzt hatte? Sie war in ihrer zitronengelben Abendrobe, die sie Una abgekauft hatte, durchaus passend dafür gekleidet. Auch Una war anwesend. Coralie winkte ihr zu und bekam eine Kusshand zurück. Una war mit einem Paar im Klub, das Coralie auch schon kennengelernt hatte. Beide arbeiteten im American Hospital.

»Wir können sie an unseren Tisch einladen, wenn du möchtest«, sagte Dietrich. Coralie schüttelte den Kopf. »Sie arbeiten so viel, dass sie abends nie lange ausgehen, und um ehrlich zu sein, ist unsere Freundschaft nicht mehr das, was sie einmal war.« Das stimmte nicht. Sie und Una standen sich so nahe wie eh und je, distanzierten sich nach außen hin aber voneinander, da Una der Résistance beigetreten war und die Wohnung in der Rue de Seine in einen geheimen Unterschlupf verwandelt hatte. Sie kümmerte sich um Flüchtlinge und gestrandete britische Piloten, deren Flugzeuge über Belgien oder Frankreich niedergegangen waren. Etappenweise mussten sie zur spanischen Grenze gebracht werden. Manchmal stellte Coralie Hüte für diese Menschen her oder änderte ihre Kleidung. Das geschah im Geheimen, und sie nahm zu Una nur Kontakt auf, wenn es absolut notwendig war.

»Mesdames, Messieurs, das Rose Noire heißt Sie willkommen, denn Schönheit ist hier immer gern gesehen.« Félix Peyron, der nach zwei harten Wintern gebückter und langsamer denn je ging, leierte sein übliches Begrüßungssprüchlein herunter und nahm ihre Bestellung auf, Kaffee und Brandy. Die Klebers erhoben sich und strebten zur Tanzfläche.

Plötzlich fiel Félix etwas ein. »Monsieur Clisson hat mich gebeten, der Königin der Hüte einen Gruß auszurichten.«

»Teddy ist hier?« Warum war er nicht selbst vorbeigekommen? »Hast du etwas dagegen, wenn ich zu ihm gehe und Hallo sage?«

»Ganz und gar nicht«, erwiderte Dietrich. »Ich bleibe lieber hier. Er hat noch immer eine Wut auf mich.«

»Aber warum?«

»Ich habe ihn überredet, kein Gebot für einige moderne Gemälde aus der Galerie Jeu de Paume abzugeben, und jetzt ärgert er sich deswegen.«

Als Coralie an der Tanzfläche vorbeiging, sah sie, mit welch tiefer Liebe Fritzi in das entstellte Gesicht ihres Mannes blickte, und war gerührt. Dietrich hatte ihr einmal erzählt, die beiden hätten sich schon im Sandkasten lieben gelernt.

Teddy erhob sich und lächelte ihr freundlich zu, als sie vor ihm stand. Während der Begrüßungsküsschen aber spürte Coralie, dass er eine innerliche Distanz zu ihr aufgebaut hatte. War er sauer wegen Dietrichs jüngster Einmischung? Oder richtete sich sein Groll gegen Coralie selbst, da sie es nicht geschafft hatte, ihm zu den Dürer-Radierungen zu verhelfen? Sie hatte sich wirklich bemüht, aber das war eins der Dinge, über die Dietrich nicht mit sich reden ließ.

Teddy stellte ihr zunächst die beiden Frauen in seiner Begleitung vor; Coralie hätte sie als kultivierte Damen mittleren Alters beschrieben. Vor dem Krieg hatten sie vermutlich sechs Monate im Jahr in Nizza oder Cap d'Antibes verbracht. Die beiden beäugten ihren Cocktailhut, eine Kreation mit Seerosen aus Fallschirmseide, mit offensichtlichem Interesse. Bei ihnen saßen zwei Männer im Smoking. Teddy stellte ihr den älteren der beiden als seinen engsten Freund vor, den anderen als einen »sehr hübschen Jungen«.

Teddy, der für keine Frau eine Gefahr darstellte, stand hoch im Kurs als Begleiter geschiedener oder verheirateter Damen, die in den Klubs ihre Liebhaber treffen wollten. Jetzt kam Coralie der Gedanke, dass vielleicht auch diese Frauen eine schützende Funktion ausübten: Sie bewahrten Teddy vor üblen Gerüchten. Bei der Begrüßung lieferten sich die beiden Frauen einen nicht ganz ernst gemeinten Kampf darum, welche Coralie den Hut vom Kopf weg abkaufen würde.

»Er ist nicht verkäuflich, Mesdames. Aber kommen Sie doch einmal in mein Geschäft am Boulevard de la Madeleine.« Sie streckte Teddy die Hand hin. »Treffen wir uns bald einmal zum Mittagessen?«

»Wenn nicht, wäre ich sehr betrübt. *A bientôt!* Gib Noëlle einen Kuss von mir!«

Zurück an ihrem Tisch sagte sie zu Dietrich: »Hättest du ihm denn nicht wenigstens ein kleines Gemälde aus dem Jeu de Paume überlassen können? Es hätte ihm eine solche Freude gemacht!«

»Das lag nicht in meiner Hand, und außerdem sind die Bilder inzwischen alle verbrannt worden.«

Plötzlich fühlte sie sich sehr matt. »Ich möchte heute nicht so lange bleiben.«

»Wir können noch nicht gehen. Das ist ein besonderer Abend für Fritzi. Sie ist zum ersten Mal in Paris. Und wahrscheinlich auch zum letzten Mal.«

»Wieso denn das?«

»Pass auf! Da kommt der Wolf.«

Serge Martel kam auf sie zu, ein Mädchen am Arm. Nicht Julie, wie Coralie gleich bemerkte.

»Herr Graf von Elbing. Mademoiselle de Lirac.« Martels Lächeln streifte sie, bevor er sich einem Tisch in der Nähe zuwandte. Coralie berührte Dietrich unter dem Tisch mit dem Fuß. Dort saßen jene Männer, die versucht hatten, Ottilia zu verhaften. Gestapo. Sie trugen weit geschnittene zivile Anzüge und hatten Dutzendgesichter – bis auf einen, dessen patronenförmigen Kopf sie für den Rest ihres Lebens nicht mehr vergessen würde. Er war derjenige gewesen, der als Erster nach Ottilias Arm gegriffen hatte. Er hatte eine wulstige Narbe auf einer Wange und eine kalt wirkende Brille mit Stahlfassung.

Martel nahm Dietrichs Einladung an, sich auf einen Brandy an ihren Tisch zu setzen. Weder zog er seiner Begleiterin einen Stuhl heran noch fragte er sie nach ihrem Getränkewunsch. Er beobachtete die tanzenden Klebers und fragte Dietrich: »Wie hat es Ihr Freund angestellt, sich das Gesicht wegzublasen?«

Dietrich ließ ihn einen Augenblick warten und entgegnete dann: »Er ist – er war Sprengstoffexperte bei der Luftwaffe und wurde bei einem Unfall im Labor verletzt. Diejenigen, die sich wirklich seine Freunde nennen, bemerken seine Verletzungen gar nicht mehr.«

Der Brandy wurde gebracht. Ungeduldig scheuchte Martel seinen Ober Félix weg vom Tisch und machte seiner stummen Begleiterin, die sich selbst einen Stuhl genommen hatte, eins seiner eingeübten Komplimente. »Kleber sollte vorsichtig sein«, sagte er dann zu Dietrich. »Hat nicht irgend so ein Kerl versucht, euren Führer in die Luft zu sprengen? Er hat es nicht geschafft und fand ein bitteres Ende.«

»Sie meinen Elser, der 1939 eine Bombe in einem Münchner Bierkeller deponierte?«

»Stellen Sie sich mal vor, es wäre ihm gelungen.«

»Ja, stellen Sie es sich vor.«

»Glauben Sie, es gibt noch mehr Verschwörer?« Martel starrte Dietrich über den Rand seines Brandyglases hinweg an, fast so, als weihe er ihn gerade in ein gefährliches Geheimnis ein. »Muss sich Ihr Führer vor weiteren Plänen in Acht nehmen?«

»Mein Freund, Sie flirten mit dem Erschießungskommando, wenn Sie solche Ideen laut vortragen.«

Martel lachte und lehnte sich zurück, sodass sein weißer Smoking aufklaffte. Er hatte zugenommen, wie Coralie bemerkte. Da war er wohl der Einzige in ganz Paris. Sie wandte sich an das Mädchen, das neben ihm saß und die ganze Zeit über noch kein Wort gesagt hatte. »Ihr Kleid gefällt mir. Wunderschöne Farbe.«

Das Mädchen blickte sie angsterfüllt an.

»Ist das ein Grün oder ein Blau? Schwer zu sagen bei dieser Beleuchtung.«

Das Mädchen blinzelte, und Coralie begriff, dass sie nichts verstand. Sie hatte hellblondes Haar – echt, nicht gefärbt – und runde Wangen. Der Lack auf ihren Fingernägeln war teilweise abgesplittert, als hätte sie daran geknabbert.

Martel stürzte seinen Brandy hinunter, mit demonstrativ männlichem Getue. »Ich habe keine Angst vor dem Erschießungskommando. Ich arbeite mit Ihren Landsleuten zusammen. Schauen Sie doch.«

Dietrich sah hinüber zu dem anderen Tisch. »Nicht mit ihnen. Für sie. Die Gestapo arbeitet nicht mit Männern wie Ihnen zusammen, Martel.«

Coralie versuchte, Dietrich unter dem Tisch zu treten, weil sie Angst bekam, verfehlte ihn aber, und plötzlich schrie das Mädchen auf. Es ließ einen zweiten Schrei folgen, als eine andere Frau von hinten an sie herantrat und sie am Ohr zog.

»Los, nach oben.« Julie Fourcade zog ihren Stuhl zurück, und das hellblonde Mädchen sagte etwas in einem ärgerlichen Tonfall. Auf Flämisch, wie Coralie vermutete.

Martel deutete mit dem Daumen nach oben. »Sie hat recht. Los, beweg dich, Marijke.«

Julie setzte sich auf den Stuhl des Mädchens und schmiegte sich an Martel. Sie trug eine grünliche Orchidee als Ansteckblume. Die Blume konnte nur aus Spanien gekommen sein – ein weiteres Luxusgut, das sich um Grenzen nicht scherte. In Coralie stieg die blanke Wut auf. Unterernährte Kinder wurden in Krankenhäuser eingeliefert. Alle Erwachsenen hatten trockene Haut, weil sie nicht genug Fett zu sich nahmen. Und trotzdem wurde Benzin verschwendet, um diese Blumen zu transportieren.

Coralie gestattete sich zwar jenes Gefühl von Wut, musste sich im Inneren aber eingestehen, dass es ihr selbst besser ging als den meisten anderen Menschen. Ihr Kind bekam viermal in der Woche Fleisch, dank des Luftwaffen-Hauptquartiers.

»Seid ihr beide denn jetzt verheiratet?«, fragte sie Julie.

Martel antwortete, ohne sie anzusehen: »Nein, noch nicht.« Er wandte sich wieder an Dietrich. »Wissen Sie, von Elbing, ich glaube, Sie sind einer dieser Adeligen, die sich wünschen, dass Deutschland den Krieg verliert.«

»Welche Adeligen meinen Sie?«

»Diejenigen, die Hitler mit einem aus ihren Kreisen ersetzen wollen. *Dachterrasse*.«

Dietrich hatte sein Brandyglas aufgenommen, setzte es nun aber wieder ab. Er sah erst Serge an, dann Julie. »Wenn Sie glauben, dass Sie etwas gegen mich in der Hand haben, zeigen Sie mich an.« Er starrte die beiden unverwandt an. »Es täte mir nur leid um diesen schönen Abend, den ich in einem schlecht geführten Bordell verbracht habe.«

»Ich führe kein Bordell.« Martels Gesicht färbte sich dunkelrot.

»Dass dies hier ein Bordell ist, würde selbst ein fünfzehnjähriger Bauernjunge merken, der zum ersten Mal in der Stadt ist.«

»Ich führe kein Bordell«, zischte Martell durch zusammengebissene Zähne.

Dietrich blickte Julie an. »Leben Sie hier bei diesem Mann?«

Julie kreischte: »Was fällt Ihnen ein?«

»Sie sollten besser auf ihn aufpassen. Es ist einem Mann nicht erlaubt, ein Bordell zu führen. Wenn er es täte, wäre er ein Zuhälter. Wenn Sie also Martels Verlobte sind, dann macht Sie das zur *madame*. Sie sind verantwortlich für die ordentliche Führung dieses Betriebs.«

»Was meint er, Serge?« Julie griff sich eine Locke und drehte sie nervös um den Finger.

Martel murmelte etwas. Eine Drohung. Eine Leugnung.

»Sie verstoßen gegen zwei Gesetze, Mademoiselle Fourcade.« Dietrich nahm einen großen Schluck Brandy, und Coralie dachte: Er ist wirklich gut darin, die Leute zappeln zu lassen. Das habe ich am eigenen Leib gespürt. »Erstens, Sie beschäftigen Ausländerinnen. Das ist verboten. Zweitens, Sie lassen sie nicht medizinisch untersuchen.«

»Woher wollen Sie das wissen?«, konterte Martel.

»Weil ich mich erst gestern mit dem Pariser Gesundheitskommissar ausgetauscht habe. Sie verstoßen gegen sämtliche Gesetze.«

Serge Martel griff in seine Smokingtasche und reichte Dietrich eine Karte.

Dietrich warf einen Blick darauf. »Gestapo. Die nehmen heutzutage wohl jeden.« Er hielt die Karte in die Kerzenflamme, so lange, bis das Feuer ihm die Finger versengte.

Martel erhob sich und schrie wütend auf.

»Er holt diese Typen her«, warnte Coralie.

»Lass sie nur kommen.« Dietrich ließ die brennende Karte in

den Aschenbecher fallen und winkte Félix Peyron herbei, der in der Nähe gewartet hatte. Es schien ihn zu amüsieren, wie sein Arbeitgeber gegen das Feuer kämpfte.

Als Martel ihn sah, brüllte er: »Tu doch was, du alter Narr!«

Zu Martels Schrecken nahm Felix einen Siphon und sprühte los. Sodawasser und Asche spritzten in alle Richtungen.

»Idiot, verschwinde!«, brüllte Martel erst an Félix gerichtet, dann an Dietrich. »Sie werden für das hier büßen, von Elbing. Ich habe Freunde, die Ihnen wehtun können!«

»Bedenken Sie eins, Martel.« Dietrich bemühte sich nicht, leiser zu sprechen, obwohl die Leute an den Nachbartischen bereits neugierig aufhorchten. »Die Gestapo hat große Macht, aber keine unbegrenzte. Selbst dort weiß man, dass es die Wehrmacht ist, die diesen Krieg ausfechten und gewinnen wird. Die Gestapo weiß auch, dass die Wehrmacht drei Feinde hat: Russland, die Westalliierten und …« Er machte eine Kunstpause. »Und ausländische Bordelle, die unseren Soldaten Geschlechtskrankheiten bescheren. Die Syphilis ist das Schlimmste, das einem deutschen Soldaten zustoßen kann.« Er sah Julie an. »Der Zuhälter und die *madame*, die infizierte Mädchen beschäftigen, können sogar mit noch weniger Gnade rechnen.«

»Gibt es hier etwa eine Meinungsverschiedenheit?« Der Gestapo-Offizier mit der Narbe und der Brille war zu ihnen herübergekommen. »Da hat gerade etwas gebrannt.«

»Guten Abend, Major Reiniger.« Dietrich ließ sich von dem Major nicht aus dem Konzept bringen. Sein *Pour le Mérite* prangte an seinem Kragen, und Coralie beobachtete, wie Reiniger den Orden bemerkte und plötzlich einen anderen Kurs einschlug. »Herr Generalmajor. Bitte um Entschuldigung. Ich dachte, es gäbe ein Problem.«

Sein Untergebener, ein Mann mit rasiertem Schädel, betrachtete Dietrich mit enormem Respekt.

»Es gibt kein Problem«, erwiderte Dietrich. »Monsieur Martel hat mich lediglich beschuldigt, ich würde planen, den Führer zu ermorden.«

Martel schluckte und stotterte irgendetwas daher. Seine gebrochene Nase, obgleich eine alte Verletzung, musste seine Sauerstoffaufnahme behindern, denn er wechselte die Gesichtsfarbe, und aus seinem Mund rann Speichel. Coralie dämmerte, dass Dietrich wohl doch nicht verrückt geworden war.

Dietrich fuhr fort: »Dieser Mann hat mich beleidigt. Dadurch hat er auch unsere Armee und Luftwaffe beleidigt, die die Vision des Führers von Großdeutschland umsetzen sollen. Er hat meine Leistung als Soldat und meinen Namen beleidigt. Ich muss meine Ehre verteidigen.«

Major Reiniger fixierte Martel. Seine Brillengläser leuchteten wie die Augen eines Fuchses in der Dunkelheit. »Sie sind betrunken, Martel. Warum sonst würden Sie einen deutschen Offizier beleidigen?«

Martel deutete auf Julie. »Sie hat mir die Information gegeben.«

Julie starrte Martel mit offenem Mund an. Machte er Witze? Leise sagte Coralie zu ihr: »Gib einfach zu, dass du einen Fehler gemacht hast. Entschuldige dich, und wir gehen alle.«

Julie zeigte anklagend auf Coralie: »Sie ist eine Spionin!«

In diesem Augenblick kamen die Klebers von der Tanzfläche zurück. Sie schienen schockiert darüber, dass der Tisch, den sie vor nicht einmal zehn Minuten verlassen hatten, jetzt von so vielen angespannten Menschen umringt wurde. Reiniger und Kurt Kleber kannten sich bereits, und als Kurt dem Major seine Frau vorstellte, hoffte Coralie, die Situation würde sich in gegenseitige Freundlichkeit auflösen.

Die Vagabonds hatten soeben ihr erstes Set beendet, und die Leute strömten von der Tanzfläche. »Haben Sie ein Büro, in dem wir uns diskret weiter unterhalten können?«, wollte Reiniger von Martel wissen.

Eine Minute später stiegen acht Menschen die Treppe ins Obergeschoss hinauf.

In Martels Büro herrschte Unordnung, welche Überraschung. Coralie war immer davon ausgegangen, er sei so ordentlich wie seine blendend weißen Smokingjacken. Auf seinem Schreibtisch lagen Papiere verstreut, und der speckige Telefonhörer ließ darauf schließen, dass er beim Telefonieren gerne aß.

Julie wirkte wie gelähmt und begann zu weinen, als Reiniger sie auf Deutsch anherrschte: »Berichten Sie, welche Informationen Sie über Generalmajor von Elbing gehört haben.« Er wiederholte die Frage auf Französisch, sehr langsam.

»Mein Verlobter sagte, dass er – Graf von Elbing – sich selbst opfern will, um Deutschland zu retten.«

Alle sahen Dietrich an, der eine Augenbraue hob. »Das habe ich möglicherweise gesagt. Und Sie, Reiniger, haben vielleicht dieselben Worte benutzt.«

»Ich meine, er will Hitler töten«, präzisierte Julie verzweifelt. »Er will sich opfern, um Hitler zu töten. Das hat jemand zu meinem Verlobten gesagt. Jemand, der ihn kennt.«

»Wer?«, wollte Reiniger wissen, doch Julie schüttelte den Kopf. »Ich weiß es nicht.«

Jetzt war es so still, dass Coralie eine Armbanduhr ticken hörte.

Martel lehnte sich gegen eine Wand und verschränkte die Arme so fest, dass seine Fingerknöchel weiß hervortraten. »Das hast du falsch verstanden, Julie. Sag dem Herrn Major, dass du immer alles falsch verstehst. Herr Graf von Elbing hat vielmehr gesagt, er wolle sich selbst *für* Hitler opfern.«

»Das ist aber nicht das, was du mir erzählt hast!« Unter Julies Armen bildeten sich dunkle Schweißflecken. »Er hat es einmal versucht, und dieser Versuch ist fehlgeschlagen. So hast du es mir erzählt.« Sie trat auf Martel zu, die Hände verschränkt wie zu einem seltsamen Gebet.

»Meine Herren, meine Verlobte …« Martel legte seine ganze Verachtung in seinen Blick. »Meine *ehemalige* Verlobte hat leider eine Schwäche: Sie erfindet Dinge, um im Mittelpunkt zu stehen.«

Coralie wusste, dass Julie in Schwierigkeiten war, als Reiniger ihr entgegenschleuderte: »Sie beschuldigen einen Offizier der deutschen Luftwaffe des schlimmsten, abscheulichsten Verbrechens überhaupt, nur zu Ihrer eigenen Zerstreuung?« Er wandte sich an seinen Kameraden. »Schaffen Sie sie fort.«

Julies Schreie waren noch eine Weile zu vernehmen und hörten dann ganz plötzlich auf. Coralie sah, dass Kurt und Fritzi Kleber näher aneinanderrückten. Sie versuchte, Blickkontakt zu Dietrich herzustellen, doch er wirkte vollkommen abwesend. Sie sah Martel an, der ein Mädchen, das er doch angeblich liebte, einfach so geopfert hatte.

Martel machte eine beschwichtigende Geste. »Meine Herren …«

Aber Dietrich drückte ihn gegen die Wand. »Ihr Mädchen hat Anschuldigungen gegenüber Mademoiselle de Lirac erhoben. Sie hat sie eine Spionin genannt.« Coralie erstarrte. »Hat sie einen besonderen Grund, sie der Spionage zu beschuldigen?«

Dietrich trat einen Schritt zurück, und Martel eilte zu einem Aktenschrank. Er griff in ein Fach und förderte eine weiße Karte zutage. »Das hat Julie in einer der Handtaschen von Mademoiselle de Lirac gefunden, aber ich bin mir sicher, dass es nichts Wichtiges ist.«

»Warum haben Sie es dann aufgehoben?«

»Ich – ich wollte es eigentlich zerreißen.«

Es war also etwas in der Handtasche gewesen. Etwas, das ihr gehörte oder doch Sheila Flynn? Oder gar etwas, das sie auf der Reise nach Paris mit Dietrich eingesteckt hatte?

Dietrich nahm die Karte und betrachtete sie sicher eine halbe Minute lang, die Coralie wie eine Ewigkeit vorkam. Dann sagte er: »Das ist eine Rennkarte, von einer englischen Pferderennbahn. Das Derby-Stakes-Rennen.« Er reichte sie weiter an Reiniger, der sie Coralie gab. Die wiederum ließ sie fallen, hob sie wieder auf und versuchte, sie zu entziffern. Doch sie zitterte zu heftig.

Die Karte hatte einen Sixpence gekostet. Sie und Donal hatten sich jeder eine gekauft.

»Sie waren also bei diesem Rennen?«, fragte Reiniger.

Coralie sah zu Dietrich hinüber, doch der blickte an ihr vorbei. Ihr Kropfband fühlte sich plötzlich viel zu eng an. »Ich weiß es nicht mehr so genau.«

»Sie war dort, Major Reiniger, als mein Gast.« Dietrich zuckte mit den Achseln. »Das war 1937, und damit nicht illegal, weder für sie noch für mich. Ich war geschäftlich dort.«

»Was haben Sie dort für Geschäfte gemacht, Generalmajor?«

Dietrich lächelte. »Geschäfte in Sachen Kunst. Ich habe meine Position und meinen Titel dazu benutzt, mir Einlass in möglichst viele bedeutende Häuser zu verschaffen. Dort habe ich diskrete Bestandsaufnahmen gemacht, damit bei der Eroberung Britanniens gesichert ist, dass die besten Stücke dem deutschen Volk und dem Führer zugeführt werden.«

»Warum haben Sie Mademoiselle de Lirac dorthin mitgenommen? Eine Französin?«

Dietrich lachte laut auf. »Das fragen Sie mich? Weil ich sie verehre.«

Reiniger schnippte mit den Fingern, was wohl bedeutete, er wollte die Rennkarte haben. Er studierte sie sehr sorgfältig und bewegte stumm die Lippen, sodass Coralie vermutete, er verstünde wenigstens grundlegend die englische Sprache. Er reichte Kleber die Karte und sagte auf Deutsch: »Ich will wissen, auf welches Pferd sie gesetzt hat. Eins ist markiert.«

Coralie gab Kleber nicht die Zeit, das Starterfeld zu überfliegen, sondern sagte gleich: »Mid-day Sun«.

»Idiotische Wahl«, bemerkte Dietrich. »Die Quoten waren vollkommen unrealistisch.«

»Und doch hat er gewonnen«, erwiderte sie. »Graf von Elbing hat auf ein Pferd namens Le Ksar gesetzt. Das ist doch russisch, oder? Warum unterstellen Sie ihm nicht, für die Sowjets zu spionieren?«

»Generalmajor, Oberleutnant, meine Damen.« Reiniger war die Beschämung deutlich anzumerken. »Sie sind zu Opfern übler Nachrede geworden. Bitte nehmen Sie meine ausdrückliche Entschuldigung an und kehren Sie zu Ihrem Tisch zurück. Ich möchte noch allein mit Monsieur Martel sprechen.«

Zurück in Dietrichs Wohnung begaben sie sich vor den Kamin, da es kalt geworden war. Lauwarme Asche zeugte von einem Feuer, das schon vor Stunden verloschen war. Sie standen im Kreis und hielten sich an den Händen: Dietrich, Coralie und die Klebers. Schließlich sprach Fritzi Kleber. »Das war ja, als hätte man einem Polizisten eine Leiche gezeigt und ihn dann zu der Aussage provoziert, man sei ein Mörder.«

Dietrich stimmte ihr zu. »Anders ging es nicht, Fritzi. Martel hatte seine Gelegenheit, hat sie aber nicht genutzt.«

Gedankenverloren sagte Kurt: »Er kann nie wieder dieselbe Anschuldigung erheben. Niemand wird ihm mehr glauben.«

»Die arme, arme Julie«, sagte Coralie. »Was geschieht jetzt mit ihr?«

Fritzi seufzte. »Sie tut Ihnen leid. Andersherum hätte sie Sie verhaften lassen, ohne mit der Wimper zu zucken.«

»Aber Martel … Er hat kein einziges Wort zu ihrer Verteidigung vorgebracht.«

Es entstand eine kurze, nachdenkliche Stille. Dann sagte Kurt:

»Genug. Sprich nicht über Dinge, die du nicht verstehst. Du weißt nichts über unsere Geschichte.«

»Ihr habt zwei blutige Kriege angefangen, so viel weiß ich.«

»Coralie. Es reicht.«

»Dietrich, sie steht unter Schock.« Fritzis freundliche Stimme lockerte die Spannung auf. »Die arme Julie. Wir alle haben nur zugesehen, als sie verhaftet wurde.«

Dietrich machte eine entschuldigende Geste. »Wie du meinst. Aber Julie hätte uns alle demselben Schicksal überlassen, und ein paar Tage danach wäre sie in Coralies Hüten durch die Stadt spaziert.«

Coralie bezweifelte, dass sie Julies Schreie so schnell vergessen würde.

»Die wichtigste Frage haben wir noch nicht beantwortet.« Kurt legte einen Arm um seine Frau und sah Coralie an. »Wer ist Martels Informant? Wer hat unsere Unterhaltungen belauscht oder unsere Sitzungen ausspioniert? Es muss jemand sein, der Deutsch spricht und Martel kennt. Wer ist dieser Mensch?«

Coralie spürte, wie sich der Zweifel im Raum ausbreitete. Die Klebers blickten sich gegenseitig an. Dietrich sah auf den Boden. Aus dem Nichts stieg eine Erinnerung in Coralie auf. Ein Cafétisch an den Champs-Élysées. Sie selbst und Teddy Clisson, die Unterhaltung über Dietrich. Nein, er war kein Nazi, das hatte Coralie zu Teddy gesagt.

»Auf jeden Fall grüßt er wie einer«, hatte Teddy erwidert. »Ich habe gesehen, wie er seine Kumpane begrüßt hat.« Konnte Teddy der Informant sein? Das würde ihn zu einem Kollaborateur der übelsten Sorte machen, zu jemandem, der seinen Freund verrät. Aber betrachtete Teddy Dietrich überhaupt als Freund oder eher als Quelle wertvoller Kunstwerke? Vielleicht war er gekränkt darüber, nicht den ersten Zugriff auf Ottilias Sammlung bekommen zu haben, und hatte Rache geübt, indem er Martel gegenüber einige vage Verdächtigungen geäußert hatte. Die Gestapo würde sich um den Rest schon kümmern …

Coralie platzte hervor: »Teddy war bei der Weltausstellung, als ihr euch getroffen habt. Du, Kurt und dieser andere Mann.«

»Wer ist Teddy?«, wollte Kurt wissen.

»Thierry-Edgar Clisson«, erklärte Dietrich. »Ein Kunsthändler und Freund. Weiter, Coralie.«

»Wir sprachen einmal über euch. Teddy sagte, er hätte euch an jenem Tag beobachtet und bewundert. Er redete auch von einem ›hinreißend gut aussehenden jungen Deutschen namens Claus von Irgendwas‹.« Coralie merkte plötzlich, was sie gesagt hatte, und verfluchte sich dafür, nicht den Mund gehalten zu haben. Teddy mochte egoistisch und eitel sein, aber bestimmt kein Nazi-Sympathisant. Sein Lebensstil stand für das Gegenteil dessen, was die Nazis hochhielten. Und einen Freund würde er nicht verraten. Gerade sie sollte das wohl wissen. »Vergesst es«, rief sie. »Das alles ist schon lange her.«

»Versteht dieser Mann Deutsch?«, fragte Kurt.

Dietrich nickte. »Seine Mutter hat einen Deutschen geheiratet, und die beiden haben in Berlin gelebt. Teddy ist oft dorthin gefahren. Sein Deutsch ist mehr als ordentlich. Fließend, nicht wahr, Coralie?«

»Ich weiß nicht«, gab sie zögernd zurück. Sie hätte alles gegeben, um ihre Worte ungesagt zu machen. »Ich weiß nur, dass Teddy ein netter Mensch ist.« Kein guter Mensch. Aber ein netter.

»Er hat immer freundlich über mich gesprochen, nicht, Coralie?« Ein trauriges Lächeln umspielte Dietrichs Lippen. »Ich will mir nicht vorstellen, dass Teddy falschgespielt hat. Und doch ist er einer der wenigen Menschen in Paris, die Einblick in meine Freundschaften und meine öffentlichen Handlungen haben. Vielleicht hat er einige meiner Unterhaltungen mit angehört und kann sich jetzt die Wahrheit erschließen. Außerdem war er heute Abend im Klub. Ein Zufall?«

»Das alles klingt sehr verdächtig. Er ist sicher derjenige, der uns verraten hat. Wir müssen uns um ihn kümmern«, sagte Kurt. Er war äußerlich ruhig, doch sein unversehrtes Auge funkelte. »Wo können wir ihn finden?«

Coralie zuckte mit den Achseln. Wie konnte sie die Männer nur von Teddy abbringen?

»Hattest du den Eindruck, er wollte lange bleiben, als du heute mit ihm gesprochen hast?«, fragte Dietrich.

»Ja, ganz bestimmt«, erwiderte Coralie. In Wirklichkeit hatte er das Rose Noire sicher schon lange verlassen. Teddy blieb niemals bis zur Ausgangssperre um Mitternacht in Klubs. Wenn Dietrich und Kurt jetzt zum Boulevard de Clichy fahren würden, was selbst auf leeren Straßen seine Zeit dauern würde, hätte sie derweil die Chance, vor ihnen in der Rue de Seine zu sein. Ob Teddy nun schuldig war oder nicht, sie musste ihn warnen. Ansonsten würde alles böse enden. Fritzi Kleber hatte nämlich ihre Abendtasche geöffnet und eine kleine Pistole herausgeholt, die sie nun ihrem Ehemann reichte.

Coralie ging davon aus, dass Fritzi mit ihrem Mann und Dietrich aufbrechen und bis zum Boulevard de Clichy mitfahren würde, doch Fritzi verkündete: »Coralie und ich werden hier auf euch warten.«

Die Männer verließen die Wohnung, und eine Minute später hörte Coralie einen startenden Automotor. Die Jagd auf Teddy Clisson hatte begonnen.

Fritzi war überaus gesprächig und ging Coralie damit furchtbar auf die Nerven. Sie erkundigte sich nach La Passerinette und ließ sich durch Coralies einsilbige Antworten nicht aus dem Konzept bringen. »Die Pariserinnen haben einen erstaunlichen Stil. In München hätten Sie mich verwundert angestarrt, meine Liebe.«

Sie kicherte. »Ich war ganz und gar nicht modisch angezogen. Hier habe ich mich eine ganze Woche lang kaum auf die Straße getraut. Obwohl ich den wunderhübschen Hut hatte, den Sie für mich gemacht haben.«

Coralies Hände wurden feucht, als Fritzi ausrief: »Mein Gott, es ist schon nach Mitternacht. Wir haben den dreiundzwanzigsten April.«

»Ist das bedeutsam?«

»Vor drei Tagen hatte der Führer Geburtstag. Darauf müssen wir verspätet anstoßen.«

»Müssen wir das?«

Auf Fritzis hübschem Gesicht breitete sich Ungläubigkeit aus. »Glauben Sie denn nicht an uns, Coralie? Begreifen Sie denn nicht, dass es vielleicht die letzte Chance ist?«

»Doch, natürlich.« Plötzlich kam Coralie eine Idee. »In der Küche ist eine Flasche Schnaps. Soll ich sie holen?« Sie ging hinaus, während Fritzi versuchte, das Feuer neu zu entfachen. In der Küche nahm Coralie zwei Gläser und goss Pfirsichschnaps hinein. Dann schlüpfte sie ins Badezimmer und holte etwas Veronal – das war das Schlafpulver, das Dietrich ihr vor einiger Zeit empfohlen hatte. Sie nahm es manchmal, wenn der Stress einer neuen Kollektion auf ihr lastete. Jetzt schüttete sie einen großzügig bemessenen Löffel davon in Fritzis Glas.

»Verzeihen Sie bitte, dass ich auf etwas anderes trinken möchte: auf meine Freunde in der Ferne«, sagte Coralie, als sie wieder ins Wohnzimmer zurückkam. Sie reichte Fritzi ein Glas.

»Auf Deutschland«, erwiderte Fritzi und trank ihr Glas in einem Zug aus.

»Auf Glück und Gesundheit.« Coralie nahm einen winzigen Schluck.

Es dauerte zwanzig Minuten, bis Fritzi eingeschlafen war. Coralie wartete noch ein paar Minuten, um sicherzugehen, und ging dann zum Telefonapparat im Flur. Als die Vermittlung sich meldete, nannte sie Teddys Nummer, so leise, wie sie nur konnte.

Am anderen Ende klingelte es lange. »Nimm ab, nimm doch ab.« Dietrich und Kurt konnten inzwischen im Rose Noire gewesen und wieder zurück über den Fluss gekommen sein. In diesem Moment bogen sie vielleicht schon in die Rue de Seine ein. *Nimm ab. Nimm endlich ab.*

Dann nahm tatsächlich jemand den Hörer ab. Eine männliche Stimme, die ein wenig heiser klang, sagte: »Hallo?«

Verzweifelt flüsterte sie: »Teddy, du musst sofort weg aus Paris! Dietrich und Kurt Kleber glauben, du hättest sie verraten. Sie sind auf dem Weg zu dir. Du musst sofort fliehen!«

»Danke, Coralie. Ich habe verstanden.« Dann war die Leitung tot. Coralie stand da wie angewurzelt. Langsam stieg eine Ahnung in ihr auf.

Sie hatte nicht Teddy am Apparat gehabt. Sondern Dietrich.

28

Wer sich nach Beginn der Ausgangssperre auf der Straße aufhielt, riskierte Arrest. Wer sich nach Beginn der Ausgangssperre in einem zitronengelben Abendkleid auf der Straße aufhielt, riskierte nicht nur Arrest, sondern auch noch eine schwere Erkältung. Doch das Kind, das Coralie im Arm hielt, verringerte die Gefahr ein wenig. Wenn man sie anhielt, konnte sie einfach behaupten, sie brauche dringend einen Arzt für ihr krankes Kind. Sie hatte den Telefonhörer in Dietrichs Wohnung nicht einmal mehr aufgelegt, sondern war sofort nach oben gerannt und hatte ein paar lebenswichtige Dinge in eine Tasche gepackt.

Für einen Zettel an Micheline, die auf dem Diwan im Wohnzimmer schlief, blieb keine Zeit mehr. Sie holte ihre Alltagshandtasche und legte Schlüssel, Sparbücher und andere Dokumente hinein. Dann wickelte sie Noëlle in eine Decke und verließ auf Zehenspitzen die Wohnung. Dass Noëlle in jeder Situation so ruhig schlafen konnte, war ein großes Glück.

Ihren letzten Fehler konnte sie nicht wiedergutmachen. Heute hatte sie sich definitiv auf eine Seite geschlagen, und zwar auf Teddys, nicht auf Dietrichs. Ja, sie hatte Partei ergriffen für einen Mann, der Katzen lieber mochte als Menschen, und der vielleicht auch ein jämmerlicher Kollaborateur war. Doch wenn man es genau betrachtete, hatte sie sich für Teddy entschieden, weil er ihr geholfen hatte, als es ihr sehr schlecht gegangen war. Sie konnte es sich selbst nicht ganz erklären, doch die Loyalität hatte über die Liebe gesiegt.

Dietrich würde ihr vielleicht niemals verzeihen. Nach allem, was sie inzwischen über sein Doppelleben wusste, würde er sie wohl nicht einmal am Leben lassen. Doch es gab kein Zurück.

Das Glück war mit ihr, als sie hinaus auf die Rue de Vaugirard trat. Der Mond versteckte sich hinter einer Wolke, und die Patrouille der Luftwaffe befand sich gerade an ihrem entferntesten Punkt, nämlich in der Rue Guynemer. Mit ihrer schweren Last Noëlle brach sie in die entgegengesetzte Richtung auf und bog in die Rue Tournon ein. Oje, was war das? An der Kreuzung leuchtete ein Scheinwerferpaar auf und kam auf sie zu. Sie duckte sich in einen Eingang, und Noëlle quengelte leise.

»Es ist alles in Ordnung, mein Schatz. Wir gehen zu Tante Nou-Nou, und dann darfst du in ihr großes, warmes Bett.«

In der Rue de Seine angelangt, klopfte sie zweimal an die Tür, und Arkady öffnete ihr. Er war gerade erst nach Hause gekommen, trug noch seinen Mantel und den Geigenkasten. »Schon gut!«, rief er und hob die Arme, ließ sie aber wieder sinken, als er Coralie erkannte. »Ach, du bist's. Ich dachte schon, ich bekäme Ärger, weil ich gegen die Ausgangssperre verstoßen habe. Ich gehe nach der Arbeit immer zu Fuß nach Hause, weil ich etwas frische Luft brauche. Das Rose Noire ist so ein dreckiger Ort. Aber was ist denn los? Ist Noëlle krank?«

»Nein, aber ich stecke schrecklich in der Klemme.«

Er führte sie die Treppe hinauf. Oben döste Una auf dem Sofa. Sie trug einen bestickten Morgenrock über dem Abendkleid und hatte Lockenwickler im Haar. Schlaftrunken setzte sie sich auf und sagte: »Hallo, Liebes … Du meine Güte, was ist denn passiert?«

Coralie erstattete ihnen – stark verkürzt – Bericht. Sie erwähnte weder den Attentatsplan noch Martels fehlgeschlagenen

Versuch, Dietrich zu denunzieren. Sie erzählte nur, dass Teddy mit den deutschen Behörden in Konflikt geraten und Dietrich zusammen mit einem anderen Mann losgezogen war, um die Sache zu regeln.

»Wie denn regeln?«

»Sie haben eine Pistole dabei.«

Una holte tief Luft. »Kurz, nachdem ich zu Hause abgesetzt worden war, hörte ich ein Auto. Dann schlug eine Tür zu, und ich bekam fast einen Herzinfarkt, weil ich dachte … Also, wir denken ja immer, dass sie es auf uns abgesehen haben, nicht? Kurz darauf hörte ich einen eigenartigen Lärm ein Stück die Straße hinunter. Aber ich bin ja so ein Hasenfuß. Ich habe das Licht wieder ausgemacht und mich ruhig verhalten. Dann waren sie also hinter Teddy her? Und Dietrich ist in die Sache verwickelt? Aber warum denn bloß?«

»Ich weiß es nicht genau.« Sie wollte Una und Arkady alles erzählen, schämte sich aber wegen ihrer eigenen Rolle in der Sache und wegen Dietrichs Rachegelüsten.

»Wir wissen, warum.« Arkady schürte das Feuer und warf Teile einer zerhackten Gemüsekiste hinein. »Was er tut, ist unnatürlich. Er geht mit Männern ins Bett.«

»Wir urteilen nicht über ihn, Liebling.« Una rückte zur Seite, damit Coralie ihre Tochter auf das Sofa legen konnte.

»Wir mögen nicht urteilen, aber sie tun es. Teddy lässt sich so oft mit jungen Männern blicken. Coralie, möchtest du Tee oder Ersatzkaffee?«

»Weder noch, danke. Hast du auch einen …« Sie wagte kaum, es auszusprechen. »Hast du auch einen Schuss gehört?«

»Einen Pistolenschuss?« Una schüttelte den Kopf. »Ich habe eine zuschlagende Tür und Männerstimmen gehört.«

»Haben sie gestritten? Sich angeschrien?«

»Es klang eher nach Angst.«

Arkady bot Coralie eine Zigarette an. Als sie höflich ablehnte, sagte er: »Entschuldige, ich habe vergessen, dass du nicht rauchst. Ihr könnt hierbleiben, solange es nötig ist. Ich gehe in meine Dachkammer zum Schlafen.« Er lächelte betrübt. »Entschuldigt mich, ich bin sehr müde.«

»Noch eine Sache.« Noch eine winzige Sache. »Die Gestapo hat Julie heute abgeholt.«

Keine Reaktion. Hatten sie nicht verstanden, was Coralie gesagt hatte? »Sie wird reden, und sie weiß, dass du aus dem Lager in Gurs geflohen bist, Arkady. Sie war hier, als Florian und du hier ankamt, mit einem einzigen Koffer. Sie weiß, dass du für die Antifaschisten in Spanien gekämpft hast, und sie kennt deine Herkunft. Genau wie die von Florian.«

»Glaubst du, diese Gestapo wird mich verhaften, weil ich ein *manouche* bin? Oder weil ich in Spanien auf der Seite der Verlierer gekämpft habe?« Arkady zog eine Streichholzschachtel aus der Tasche, doch sie war leer.

Una zog die Knie zur Brust und legte die Arme darum. »Was Coralie sagt, stimmt. Wir haben zusammen an diesem Tisch gesessen und über Kostüme für die Vagabonds gesprochen.«

Coralie nickte. »Und ich habe lang und breit über die weiten Zigeunerärmel geredet. Vorgeschlagen, dass die Vagabonds sich wie geheimnisvolle Fremde inszenieren sollen. Wenigstens Ramon dürfte in Sicherheit sein. Die Auvergne ist ja groß. Du weißt doch, dass er mit Julie zusammengelebt hat?« Coralie sah, wie die beiden anderen einen Blick tauschten. »Klar, ihr habt es gewusst.«

Una gab es zu. »Florian weint sich für gewöhnlich bei Arkady aus. Wir hätten es dir sagen sollen, aber ich fand, du hattest schon genügend Probleme.«

Inzwischen tat es wohl nichts mehr zur Sache, wer mit wem ins Bett ging. »Ich mache mir Sorgen um dich«, sagte Coralie zu Arkady. »Sie haben Lager für Zigeuner, genau wie für die Juden.«

»Hat dir das dein Deutscher verraten?« In einer anderen Tasche entdeckte Arkady ein Feuerzeug. Als er es betätigte, entstanden aber nur kurze Flämmchen. »Verflixt. Kein Benzin mehr. So langsam geht uns alles aus, nur nicht die Probleme.«

»Hier, mein Notvorrat.« Una holte eine Streichholzschachtel unter einem Sofakissen hervor und steckte eins an. Arkady kauerte vor ihr, eine Zigarette im Mund, und Coralie wurde Zeugin eines zärtlichen Rituals. Dann bekam sie eine Tabakwolke ab. Bei diesem Geruch musste sie unweigerlich an den Hof ihres Vaters in Bermondsey denken. An Jac, der auf einem gusseisernen Stuhl saß und seine Navy Cuts rauchte. Sie zog die Stirn kraus. »Wo hast du diese englische Zigarette her?«

Una antwortete anstelle von Arkady. »Du hast ja eine Nase wie ein Bluthund. Einer unserer Gäste hat sie hier liegen lassen.«

»Gäste … Du meinst, ein Untergetauchter? Ein Engländer?«

»Ein Kanonier. Sein Flugzeug ist an der Grenze zu Belgien abgeschossen worden. Mehr möchte ich nicht verraten.«

Arkady setzte sich ans Fenster und öffnete es einen Spaltbreit, damit der Rauch abziehen konnte. Coralie, in deren Inneren mehrere Gefühle gegeneinander kämpften, wusste seine Rücksichtnahme zu schätzen. Er sah sie an. »Ich werde nicht gehen. Wer sollte Una denn sonst beschützen?«

Una schickte ihm eine Kusshand quer durch das Zimmer. In gezwungen fröhlichem Ton sagte sie: »Ich wurde unter einem Glücksstern geboren, und Arkadys Mutter war Wahrsagerin. Sie hat immer gesagt, ihr Sohn würde einmal auf einem Blätterteppich sterben. Nicht wahr?«

»Auf einem Bett aus Blättern.«

»Solange er also den Park im Herbst meidet, wird ihm nichts zustoßen. Aber was ist mit dir? Bist du denn in Sicherheit?«

Die Antwort war leicht. Dietrich hatte ihr einmal erzählt, wie schwierig es war, in Paris Freunde zu finden, und sie hatte es dennoch geschafft. Im Moment aber verschwand einer nach dem anderen. Ottilia. Ramon. Sogar Julie. Die arme, dumme Julie. Und jetzt noch Teddy, dessen Schicksal niemand kannte. »Nein«, erwiderte sie. »Ich werde nie in Sicherheit sein.« Sie betrachtete Noëlle, eingewickelt in ihre Decke. Würde Dietrich ihr wohl hierher folgen?

Vielleicht. Aber wo sollte sie denn sonst hingehen?

Sie lag neben Una in dem großen Bett und konnte nicht einschlafen. Immer wieder versuchte sie, die Bilder in ihrem Kopf zu vertreiben: die Pistole in Fritzi Klebers Handtasche. Der Ausdruck auf Dietrichs Gesicht, als er zusammen mit Kurt die Wohnung verlassen hatte. Nein, sie konnte Teddy nicht mehr helfen. Jetzt musste sie sich um sich selbst kümmern. Genauer gesagt, um Noëlle. Ihr war schon eine ganze Weile klar, dass Paris kein sicheres Pflaster für ein Kind war. Sie durfte einfach nicht länger zögern.

Während Una sich im Schlaf von einer Seite auf die andere wälzte und dabei vor sich hin murmelte, ging Coralie die Namen aller Menschen durch, die sie in Paris kannte. Welcher von ihnen würde einem kleinen Kind Asyl gewähren? Ein bestimmter Name drängte sich plötzlich in ihr Bewusstsein. Ein Name, der eigentlich so unpassend war, dass sie glaubte, ihr Kopf spiele ihr einen Streich.

Der nächste Tag war ein Donnerstag. Unas freier Tag. Coralie lieh sich ein kariertes Kostüm von ihrer Freundin und fuhr mit der Métro zur Place de la Concorde, allein, ohne Noëlle. Sie betrat das Geschäft von Henriette Junot, bereits auf einen Kampf eingestellt. Zu der ersten Person, die ihr begegnete, sagte sie ohne Umschweife: »Ich muss die Inhaberin sprechen.«

Die *vendeuse*, die gerade Narzissen und Weidenzweige in einem geflochtenen Korb arrangierte, blickte nicht einmal auf. »Sie ist oben. Steigen Sie immer weiter hinauf, bis Sie den Elfenbeinturm sehen.«

Auf der Treppe trat Coralie zur Seite, um ein junges Mädchen vorbeizulassen.

»Merci, Madame«, murmelte das Mädchen.

»Loulou?« In ihr erkannte Coralie das magere Kind, das ihr vor fünf Jahren dabei zugesehen hatte, wie sie sich mit Henriettes Linkshänderschere abgemüht hatte. »Du bist es wirklich!«

»Oh, Madame Cazaubon. Entschuldigen Sie, ich war in Gedanken. Madame Junot ist in ihrem Studio, aber es geht ihr nicht gut. Bitte strapazieren Sie sie nicht.«

»Du meinst, ich soll sie nicht so hart anfassen? Na gut.«

Ein bellender Husten ertönte, und Coralie erstarrte. Verschwendete sie gerade ihre Zeit? Eine gesunde Henriette war wie eine Hyäne. Eine kranke Henriette würde ihr den Kopf abbeißen, bevor sie zwei Sätze gesagt hatte. Nun, versuchen musste sie es.

Nachdem sie an die Tür des Studios geklopft hatte und eingetreten war, schlug ihr der Geruch von Kiefernöl und Balsam entgegen. Eine Gestalt in weiter Hose und Fischerpullover war über eine Schüssel gebeugt, ein Tuch über dem Kopf.

»Henriette?«

Ein raues »Was?« bestätigte Coralie, dass sie es mit Henriette zu tun hatte.

»Ich muss meine Tochter irgendwo auf dem Land verstecken und habe gehofft, du könntest mir helfen. Dieses Château de Jarrat in Ariège, gehört das Freunden von dir?«

Das Tuch flog weg, und ein Gesicht kam ans Licht. Farblich ähnelte es zerdrückten Erdbeeren. »Du kannst mir mal den Buckel runterrutschen. Du hast mich ins Gefängnis gebracht. Warum sollte ich dir jetzt einen Gefallen tun?«

»Ich frage im Namen von Noëlle. Sie ist auch Ramons Tochter, und er würde mir helfen, wenn er könnte.«

Henriette ging auf Coralie zu und schlug ihr ins Gesicht. Dann bekam sie einen Hustenanfall. Coralie, noch ganz geschockt von der Ohrfeige, betrachtete Henriette ohne Mitleid. Doch dann entfuhr Henriette ein trockenes Kreischen. »Auf alle viere!«, kommandierte Coralie und drückte fest auf Henriettes Schultern. »Den Kopf runter und flach atmen. Flach einatmen, tief ausatmen. So ist es gut.« Sie massierte Henriette die Schultern, bis der Anfall vorüber war. Bei Pettrew's, wo die Luft voller Fussel und sonstiger winziger Partikel gewesen war, hatte es viele Arbeiterinnen mit Lungenproblemen gegeben. Dort war ihnen auch beigebracht worden, was man tat, wenn eine Kollegin einen Asthmaanfall erlitt. Coralie betrachtete Henriette. Ihr einst glänzendes blauschwarzes Haar war nicht nur dünner geworden, sondern nun auch verfilzt wie bei einem alten Hund.

Sie half Henriette auf einen Stuhl und reichte ihr ein Glas Wasser.

»Ich sterbe.« Schwach deutete Henriette auf ihren Arbeitstisch. Abgesehen von der Schüssel, aus der ein beißender Geruch aufstieg, und einem Krug Wasser befand sich nichts darauf. »Drei Monate war ich in La Santé, und zweimal am Tag hat man mich in Eiswasser gedrückt.« Ruckartig wie eine Schlange hob sie den Kopf. »Ich soll dir helfen? Ich wünschte, du wärst mir – oder Ramon – nie begegnet. Die Schlampe, die ihn verlassen hat – wie hieß sie noch, Julie? –, jedenfalls hast du sie zusammengebracht, und sie hat einen Trottel aus ihm gemacht, und dann ist er abgehauen und hat sich irgendwelchen Gesetzlosen angeschlossen. Wenn er stirbt oder die Gestapo ihn erwischt, ist das deine Schuld.«

»Männer wie Ramon werden geboren, nicht gemacht, Henriette. Außerdem – egal, was du über mich denkst, Ramon liebt Noëlle. Ich würde sogar sagen, sie ist der einzige Mensch, den er wirklich liebt. Abgesehen von dir, natürlich. Darum bitte ich dich seinetwegen um Hilfe. Nicht meinetwegen.«

Henriette schnaubte verächtlich, und Coralie sah, dass sie einige Zähne verloren hatte. »Alle nutzen mich aus. Lorienne, Rosaire, dieser verdammte Buchhalter. Sie nehmen mir alles weg, Stück für Stück. Unsere Hüte werden als ›Lorienne Royer für Henriette Junot‹ angepriesen, aber bald wird es heißen: ›Lorienne Royer für sich selbst‹«.

Henriette wurde erneut von einem Hustenanfall geschüttelt. Sie hielt sich die Hand vor den Mund, und als sie sie wieder herunternahm, war Blut an ihren Fingern. »Ramon sagte, du würdest dich mit einem Deutschen abgeben. Er hat sich für dich geschämt, und so geht es auch mir. Verschwinde.«

Coralie hatte noch ein Ass im Ärmel. Eine Fotografie, um genau zu sein. Sie war bei Noëlles Taufe aufgenommen worden und zeigte Ramon, der seine Tochter im Arm hielt. Es hätte jedes beliebige Kind sein können, auf dem Bild sah man nur ein kleines Bündel. Doch der Fotograf hatte festgehalten, wie Ramon auf das Bündel hinabblickte wie ein Mann, der ehrfürchtig ein Wunder bestaunt. Henriette starrte auf die Fotografie. Coralie wusste genau, dass dieses Bild Henriette entweder in die eine oder die andere Richtung stoßen würde.

Nach ungefähr einer Minute ließ Henriette das Foto sinken und seufzte auf. Dann öffnete sie eine Schublade, holte einen Schlüsselbund heraus und warf ihn Coralie zu. »Impasse de Cordoba Nummer siebzehn. Es ist eine Seitenstraße, die zur Rue d'Édimbourg im Quartier de l'Europe führt, praktisch, wenn man schnell verduften muss. Die Wohnung liegt über einer verrammelten Druckerei. Dort ist es eiskalt, aber niemand kennt den Ort, nicht einmal Ramon.«

»Sie gehört also dir?«

»Ja. Dort kannst du einziehen mit deinem Balg.«

Coralie biss die Zähne zusammen. »Wofür benutzt du die Wohnung?«

»Für Rendez-vous.« Henriette hustete erneut und griff nach dem Tuch, das über ihrem Kopf gelegen hatte. Als sie wieder aufsah, schien sie überrascht, dass Coralie noch da war. »Was willst du denn noch von mir?«

»Mich bedanken.«

»Schon gut. Übrigens, es tut mir leid.«

»Was? Dass du mich gefeuert hast? Dass du mich hintergangen hast?«

»Nein. In der Modebranche ist alles erlaubt. Ich rede von dem Mädchen, das verletzt worden ist. Sie arbeitet für dich.«

»Violaine?«

»Lorienne hat versichert, sie würde zurückkommen und sie befreien. Ich wusste nicht, dass sie es nicht getan hat.« Henriette schloss die Augen. »Da, wo ich herkomme, gibt es ein Sprichwort: ›Füttere die Krähe, und sie wird dir trotzdem die Augen aushacken.‹ Lorienne weiß, dass ich am Ende bin. Aber ich werde ihr aus dem Weg gehen.«

»Du gehst zurück nach Hause?«

Henriette nahm gerade so viel Kraft zusammen, dass sie ihre Geringschätzung demonstrieren konnte. »Nein. Wenn ich könnte, würde ich zurück nach Italien gehen, aber so gehe ich eben an den zweitbesten Ort. In die Schweiz.«

Zurück in der Rue de Seine angelangt, traf Coralie auf eine aufgeregte Noëlle. »Onkel Dietrich war hier!«

Coralie schaute Una fragend an.

»Er kam als menschliches Telegramm, übermittelte seinen Text, schlug die Hacken zusammen und verschwand wieder. Ich gehe aber davon aus, dass er etwas emotionaler gewesen wäre, wenn er dich anstelle von mir angetroffen hätte.«

»Was hat er denn gesagt?«

Una imitierte einen preußischen Offizier. »›Du bist in Sicherheit und hast nicht mehr zu fürchten als gestern. Ich wünschte, du würdest begreifen, dass ich gestern Abend zu einer extremen Handlung gezwungen war. Und ich wünschte, du hättest dich nicht eingemischt.‹ An der Stelle verwandelte er sich wieder in einen Menschen, Liebes. Was hast du bloß getan? Ich *muss* es wissen.«

»Ein anderes Mal, Una. Was hat er noch gesagt?«

Una fuhr fort, Dietrich zu zitieren. »›Ich akzeptiere, dass die Zeit gekommen ist, da wir uns trennen müssen. Ich wünsche dir alles Gute. Du darfst jederzeit in die Rue de Vaugirard zurückkehren.‹«

»Ich kann dort nicht hingehen! Ich will ihn nicht sehen!« Coralie spielte an ihrem Korallenarmband, das plötzlich unter ihren Fingern riss. Sie schrie auf und vergrub das Gesicht in den Händen. »Natürlich ist es vorbei. Es ist vorbei!«

Als sie sich wieder ein wenig beruhigt hatte, erstattete sie Una einen kompletten Bericht über die Ereignisse des Vorabends – einen fast kompletten, denn den Plan der Gruppe, Hitler zu ermorden, erwähnte sie nicht. »Dietrich und sein Freund Kurt sind der Meinung, der Krieg sei verloren. Irgendjemand hat sie belauscht, als sie darüber gesprochen haben, und sie angezeigt.«

»Du meinst, Teddy hat sie angezeigt, und deswegen ist Dietrich auf die Jagd nach ihm gegangen?« Una dachte kurz nach. »Nein, das glaube ich nicht. Soll ich dir sagen, wieso? Teddy ist in Dietrich verknallt. Du brauchst ihn nur zu beobachten, wenn du mit Dietrich zusammen bist. Es tut Teddy unglaublich weh, euch so verliebt zu sehen.«

»Meinst du das ernst?« Coralie nagte an ihrer Unterlippe. »Das habe ich nie bemerkt.«

»Deswegen nicht, weil Teddy den Verdacht immer von sich ablenkt, indem er gemeine Sachen über Dietrich sagt. Das ist ein uralter Trick. Ich vermute Folgendes: Teddy ist verschwunden, aber wenn ihn jemand umgebracht hat, war es dieser andere Typ, wie heißt er noch? Kurt. Dein Dietrich tötet nicht mal so eben einen anderen Menschen. Klar, er ist verletzt, weil du ihn hintergangen hast. Er weiß aber auch, dass er dich in eine finstere Sache hineingezogen hat. Er gibt dich frei, indem er selbst geht. Er geht zurück nach Deutschland. Tatsächlich …« Una sah auf die Uhr. Es war kurz nach zwei. »Tatsächlich ist er jetzt schon unterwegs.«

Coralie musste sich extrem zusammennehmen, um nicht schon wieder loszuweinen. Selbst in diesem Chaos aus Misstrauen und Verwirrung sehnte sie sich nach Dietrich. Sie liebte ihn, und nichts würde daran etwas ändern. Als Una ihr eine Reiseerlaubnis überreichte, hatte sie sich wieder im Griff. Auf dem Papier prangten Coralies und Noëlles Namen, dazu ein Stempel der Luftwaffe samt Unterschrift. Das Datum war nicht eingesetzt. Das bedeutete, sie und ihr Kind würden Paris schnell verlassen können, wann immer es nötig werden sollte.

Dann kam Arkady nach Hause. Er berichtete, dass er in der Rue de Vaugirard vorbeigeschaut und Florian und Micheline beim Packen angetroffen hatte. Das Paar wäre schon am Abend nicht mehr in Paris. »Sie werden ans Meer zum Bauernhof von Michelines Eltern fahren. Das heißt, wir sehen sie nicht wieder. Verdammter Krieg. Verdammte Besatzung.«

Da war es vorbei mit Coralies Beherrschung. Sie weinte, und selbst Una schloss sich ihr an.

Der traurige, angsterfüllte Frühling des Jahres 1942 barg wenigstens einen Moment der höchsten Freude. Eines Abends im April radelte Coralie zu ihrer Wohnung in der Impasse de Cordoba, wo sie jetzt mit Noëlle wohnte. Ihre Finger waren fuchsiafarben, da sie zusammen mit Violaine den ganzen Nachmittag lang Federn eingefärbt hatte.

Im Treppenhaus erschnupperte Coralie eine bekannte Duftnote – *Je Reviens* von Worth – und wusste gleich, dass eine Besucherin auf sie wartete. Tatsächlich war Una gekommen und trank eine Tasse Ersatzkaffee, gemeinsam mit der pensionierten Lehrerin, die Coralie eingestellt hatte, um Noëlle jeden Tag aus der Vorschule abzuholen. »Ich habe Neuigkeiten«, flüsterte Una, als sie sich zur Begrüßung küssten.

»Ich verabschiede mich dann, Mesdames.« Mademoiselle Guinard legte ihre Bücher weg. Sie unterrichtete Noëlle im Lesen und Rechnen. Coralie hatte sich mit der Rechtschreibung und dem Einmaleins immer schwergetan, doch Noëlle war sehr wissbegierig. Wahrscheinlich deswegen, weil niemand ihr bislang gesagt hatte, dass es sich eigentlich um Arbeit handelte.

Als Mademoiselle Guinard gegangen war, sagte Una: »Gemütlich habt ihr es hier.«

»Winzig, willst du wohl sagen.« Der größte Raum der Wohnung diente gleichzeitig als Wohnzimmer, Esszimmer und Küche. Ein Fenster ging hinaus auf die düstere Impasse de Cordoba, eine Sackgasse, die von einer Bahnlinie begrenzt wurde. Coralie und Noëlle teilten sich ein kleines Schlafzimmer, und das Badezimmer war kaum mehr als eine Nische. Coralie kannte den Fahrplan der benachbarten Gare Saint-Lazare mittlerweile auswendig, und zwar durch die wackelnden Wände. Tatsächlich erinnerte die Wohnung sie an den Schuppen ihres Vaters. Ein großer Vorteil aber war, dass nur ihre engsten Freunde von ihrer Existenz wussten.

»Gute oder schlechte Neuigkeiten?«, fragte sie. Noëlle stellte das Radio an und begann zu tanzen. Mit einem Tanz feierte die Kleine das Ende ihres Schultags.

Ein schluchzender Sopran erfüllte das Zimmer, und Una gab ihrer Freundin eine Postkarte. Eine Winterszene: die Dächer einer Stadt, im Hintergrund die schneebedeckten Berge. »Genf«, sagte Coralie. »Wen kennst du denn in der Schweiz?«

Die Karte war adressiert an Madame McBride, und der Text, der keine Unterschrift aufwies, lautete: *O Joyeux Noël, Noëlle.*

»Na, kannst du den Code entschlüsseln?«, fragte Una grinsend.

Plötzlich lachte Coralie auf. »O Frohe Weihnacht, Noëlle O! Sie ist von Ottilia!«

»Ja, sie lebt bei ihrem Bruder Max, der sämtliche graue Zellen der Familie geerbt hat. Er hat die Schweizer Staatsbürgerschaft angenommen und wieder eine recht große Firma aufgebaut. Vielleicht kann ich seine Adresse über meine Kontakte in der Regierung herausbekommen. Dann können wir eine verschlüsselte Nachricht zurücksenden.«

Während der Frühling in den Sommer überging, stürzte Coralie sich in die Arbeit. Das war ihr Gegenmittel gegen Zweifel und Verlust. Auch die Jagd nach Material lenkte sie ab. Trotzdem dachte sie jeden Tag an Teddy, von dem sie nichts mehr gehört hatte. Und natürlich an Dietrich. Sie vermisste sie beide, aber Dietrich war derjenige, nach dem ihr Herz des Nachts verlangte.

Am ersten Juni ging bei La Passerinette das Steifleinen aus. Den nächsten Tag verbrachte Coralie neben der Kundenberatung damit, einfaches Leinen mit Hasenleim und Schellack zu verstärken, sodass sie es zum Blocken benutzen konnte. An einem Stand in der Rue de Rosiers hatte sie zwei Dutzend halb verbrannte Laken aus Hotelbeständen gekauft und hoffte jetzt, sie würden ihr den Sommer über reichen. Die Schwestern, die ihr zur Hand gingen, Didi und Paulette, beklagten sich darüber, dass die Schellackdämpfe ihnen Kopfschmerzen verursachten, darum schickte Coralie sie in den Parc Monceau zum Federnsammeln. Tauben waren zu willkommenen Fleischlieferanten geworden, und im Gras lagen oft ihre Federn verstreut. Die Hutmacherinnen der Stadt lieferten sich Wettrennen darum. Coralie hängte gerade Leinenstücke zum Trocknen auf, als Violaine ins Atelier kam, um sie zu überreden, nach Hause zu gehen. »Mein Kopf dreht sich schon, deiner auch?«

»Mein Kopf dreht sich schon seit 1937.« Sie wünschten einander eine gute Nacht, und kurz darauf hörte Coralie Violaines Schritte auf der Treppe. Dann plötzlich ein Schrei.

Coralie stürzte zur Tür hinaus. Violaine stand wie versteinert auf dem Treppenabsatz und starrte Madame Thomas an, die gerade zum Einkaufen gehen wollte. Die ältere Frau trug einen Hut und einen Korb über dem Arm. Ein großer Stern war an das Mieder ihres Kleides genäht.

Seit zwei Tagen waren alle Juden in Frankreich dazu verpflichtet, sich bei der Polizei zu melden und den sechszackigen Stern auf ihren Straßenkleidern zu tragen. »Aber warum?« Violaines Stimme zitterte.

»Weil wir es müssen«, erwiderte Madame Thomas.

»Sie sind zur *préfecture* gegangen, weil man es Ihnen befohlen hat? Würden Sie auch von der Brücke springen, wenn man es Ihnen befehlen würde?«

Coralie fand, dass Violaine überreagierte. »Meine Freundin Una ist Amerikanerin und muss sich auch einmal pro Woche bei der Polizei melden. Viele Leute müssen das.«

Violaine wandte sich jetzt an Coralie. »Nur, weil es eine Anordnung gibt, heißt das nicht, dass wir ihr Folge leisten müssen.«

»Es ist Gesetz, und dem Gesetz müssen wir folgen«, beharrte Madame Thomas.

»Aber Sie sind französische Staatsbürgerin! Die haben kein Recht, Sie zu registrieren und Ihnen ein Schild aufzukleben.«

»Nein.« Madame Thomas suchte den Blickkontakt zu Coralie. »Aber ist es nicht besser, freiwillig zur Polizei zu gehen, als von ihnen abgeholt zu werden?«

Violaine war durch Argumente nicht zu erreichen. »Sie sind vor fünfzig Jahren nach Frankreich gekommen. Sie haben keinen

Akzent, sind nicht religiös, Ihr Ehemann war kein Jude. Wer hätte es herausgefunden, wenn Sie einfach stillgehalten hätten?«

»Es muss Aufzeichnungen geben. Irgendwo steht sicher, dass ich eigentlich aus Prag stamme.«

»Dann lassen Sie die Deutschen sich doch durch die Akten wühlen! Sie wollen Sie auf eine Liste setzen, damit sie Sie deportieren können!«

Madame Thomas schüttelte den Kopf. »Die armen Geschöpfe, die deportiert werden, sind Ausländer und Flüchtlinge.«

Coralie pflichtete ihr bei. Nicht nur, um Violaines Vorahnungen zu widersprechen, sondern auch, um ihre eigenen Ängste zu beschwichtigen. »Die Behörden werden ihre eigenen Bürger nicht ausliefern, nur weil sie zufällig Juden oder Amerikaner sind. Das würden sie nicht wagen.«

»Nein«, antwortete Violaine in sarkastischem Tonfall. »Ansonsten würden wir sie nämlich abwählen.«

Mit vier Frauen, die bei La Passerinette zusammen arbeiteten, waren emotionale Zusammenstöße unvermeidlich. Doch der Graben zwischen ihnen wurde noch tiefer. Violaine betrachtete den gelben Stern von Madame Thomas wie eine klaffende Wunde, während Madame Thomas eine misstrauische Haltung gegenüber Violaine an den Tag legte. Wenn Violaine ein Laster hatte, waren es vielleicht Vorurteile? Coralie hätte das nie vermutet, aber Menschen waren nun mal vielschichtig. Sie brauchte nur an Henriette zu denken, die ihr den Schlüssel zu ihrer Wohnung überlassen hatte. Oder an Una, die von der Partylöwin zur engagierten Krankenschwester mutiert war. Oder an die dumme, männerhungrige Julie … Nein. An Julie konnte sie noch immer nicht denken.

Didi und Paulette waren offen antisemitisch. Paulette, die ältere der beiden, sagte eines Tages zu Coralie: »Madame Thomas darf nicht mehr in den Salon kommen. Es ist nicht nur dieser hässliche Stern. Sie darf keine öffentlichen Plätze mehr aufsuchen. Wenn sich herumspricht, dass Sie eine Jüdin beschäftigen, kriegen wir alle Ärger.«

Doch Coralie dachte nicht daran, Madame Thomas aus dem Salon zu verbannen, und ließ ihren Ärger an Paulette aus – und an Didi, die einen Schritt hinter ihrer Schwester stand. »Wenn ihr etwas gegen Madame Thomas habt, dann trennen sich unsere Wege hier. Ich werde euch ein Empfehlungsschreiben aufsetzen, während ihr eure Sachen packt. Ich möchte euch beide nicht mehr bei La Passerinette sehen.« Dann sagte sie zu Madame Thomas, sie dürfe jederzeit den Salon betreten.

Erst, als Amélie Ginsler den letzten Schwung der Rosshaar-Rosetten brachte, die sie und ihre Großeltern hergestellt hatten, begriff Coralie, in welcher Gefahr sie und ihre Angestellten schwebten. Amélie klopfte an den Nebeneingang. Coralie steckte den Kopf zur Tür hinaus und rief: »Komm durch den Salon herein!«

»Ich nehme lieber diese Tür. Das ist vernünftiger, schon allein wegen dem hier.« Amélie deutete auf den étoile jaune, der über ihrem Herzen prangte. Coralie bemerkte, dass Amélie Schweißperlen auf der Stirn standen. Es war ein wolkenloser Junitag, doch das Mädchen trug einen dicken Mantel.

»Ich weigere mich, dieses verdammte Ding auf meine Sommerkleider zu nähen. Darum bin ich gezwungen, meinen einzigen Mantel überallhin anzuziehen.«

Sie war den ganzen Weg aus dem Marais hergelaufen, mit den schweren Säcken, da die Fahrt mit Métro oder Bus inzwischen zu einer Demütigung geworden war. Die Leute rückten von ihr ab, wie sie erzählte, oder verweigerten ihr einen Sitzplatz. »Ich kann mich nicht an einem Cafétisch niederlassen oder mir ein Schaufenster ansehen, weil man mich von dort wegjagen würde. Wir müssen immer in Bewegung sein, wie streunende Hunde.«

»Wenn du dich ein bisschen in den Salon setzen und eine Tasse Tee trinken möchtest, nur zu«, sagte Coralie und wunderte sich darüber, dass Amélie ärgerlich dreinblickte.

Da kam Madame Thomas aus dem Salon. Sie hatte eine Besorgung gemacht und trug einen Bolero über der Sommerbluse. Als Amélie ihren gelben Stern erblickte, rief sie: »Madame Thomas, wenn eine Kundin Sie anzeigen würde und La Passerinette schließen müsste, würden wir alle unsere Arbeit verlieren.« Sie zeigte auf den schweren Sack, den sie gerade abgestellt hatte. »Das hier ernährt meine Großeltern und meine Tochter.«

»Von nun an werde ich den Nebeneingang benutzen«, erklärte Madame Thomas kleinlaut. Coralie nickte. Sie hatte das Gefühl, sich der Ungerechtigkeit zu beugen, doch wenn sie dagegen ankämpfte, machte sie alles nur noch schlimmer. Ihre Freundinnen mussten sich still verhalten, um zu überleben. Wenn die Welt zur Normalität zurückkehrte, konnten sie sich wenigstens damit trösten, richtig gehandelt zu haben.

Ein drückend heißer Julitag ging zu Ende. Coralie stieg in Montparnasse aus dem Zug und nahm ihrer Freundin Una die kleine Noëlle ab. Arkady lud ihre Koffer aus und führte sie zur Absperrung. Sie waren eine Woche fort gewesen – Coralies erster Urlaub überhaupt. Ein Freund von Una hatte ihnen ein Häuschen bei Rambouillet südwestlich von Paris überlassen. Es lag mitten im Wald und bot nur bescheidenen Komfort, aber das war nicht schlimm gewesen. Sie hatten ihre Tage mit Picknicks und Bootsausflügen auf der Eure verbracht und abends im Garten über dem Lagerfeuer gegrillt. Arkady hatte Geige gespielt, und dazu hatten sie englische und amerikanische Lieder gesungen. Und französische, die sich gegen das Vichy-Regime richteten, denn niemand konnte sie hören. In ihrer Kindheit hatte Coralie all diese Dinge nie getan, und jetzt, da sie selbst eine Tochter hatte, holte sie sie mit großem Vergnügen nach. Als dann die Vororte von Paris im Zugfenster auftauchten, verspürte sie eine gewisse Wehmut.

Beim Eingang zur Métro sagte man ihnen, dass die Linien zwölf und sechs außer Betrieb seien. »Laufen Sie zur Station Duroc«, lautete der Rat.

An dieser Stelle hätten sie sich trennen können. Arkady und Una mussten zur Rue de Seine, Coralie und Noëlle die Métro ans rechte Seine-Ufer nehmen. Doch da hörten sie ein seltsames Geräusch, das vom Fluss herzukommen schien. Es klang wie ein Gewitter in der Ferne, gemischt mit dem Brüllen der Menge in einem Fußballstadion.

»Sind das Flugzeuge?« Coralie blickte in einen Himmel, der blauviolett schimmerte. Die Royal Air Force und ihre Alliierten hatten die westlichen Vororte im März bombardiert, weil sie es auf die dortigen Waffenfabriken abgesehen hatten. Vierhundert Menschen waren dabei zu Tode gekommen.

»Wenn das Flugzeuge wären, müssten es sehr viele sein, und die kommen nicht am Tag«, erwiderte Arkady.

»Mir scheint, da ist einiges im Gange«, sagte Una. »Liebes, wir bleiben besser zusammen.«

Sie nahmen den Boulevard du Montparnasse in westlicher Richtung. Der Eiffelturm, der über den Dächern aufragte, war ihre Orientierungshilfe, während sie die Station Duroc suchten. Dort angekommen, beschlossen sie, nun doch weiterzugehen. Der Lärm beschleunigte ihre Schritte. Am Marsfeld, dem Platz um den Eiffelturm herum, erkannten sie schließlich, woher die Geräusche kamen: vom Vélodrome d'Hiver, das ganz in der Nähe lag. Das »Vél' d'Hiv'« war eine überdachte Radrennbahn. Die Abendsonne wob helle Streifen in den Westhimmel, doch über der Radrennbahn lag ein bläulicher Schein.

»Zu dieser Jahreszeit finden normalerweise keine Rennen statt«, sinnierte Una. »Außerdem ist heute Sonntag.«

»Das klingt auch nicht unbedingt nach Jubel.« Coralie taten die Schultern weh, denn sie hatte Noëlle seit der Duroc-Station tragen müssen. Die Kopfschmerzen lagen schon auf der Lauer, erst recht, da ein seltsamer Geruch in der Luft lag. Schwefelartig und irgendwie vertraut. Was war das bloß?

Dann wusste sie es. An einem heißen Tag hatte ihr Vater ihr einmal aufgetragen, den Pinkeleimer auszuleeren. Als sie den Inhalt des Metallkanisters in den Rinnstein schüttete, wäre sie fast ohnmächtig geworden.

»Eine Kundgebung?«, riet Arkady. »Vielleicht ist Hitler wieder einmal zu Besuch gekommen.«

»Möglich«, entgegnete Una. »Das klingt jedenfalls barbarisch.«

»Kommt, wir kehren um.« Coralie bekam es mit der Angst zu tun. Sie dachte an jenen Tag, als sie die marschierenden Soldaten auf den Champs-Élysées gehört hatte. Sosehr sie die Métro auch hasste, jetzt wollte sie sich so schnell wie möglich unter die Erdoberfläche begeben. Sie machte auf dem Absatz kehrt, und die anderen folgten ihr. An der Duroc-Station jedoch sah es so aus, als wäre gerade eine weitere Linie geschlossen worden.

»Dann gehen wir jetzt eben alle zu uns, was meint ihr?«, schlug Una vor. »Dort trinken wir einen Tee und warten ab, bis die Ingenieure die Bahnen wieder zum Laufen gebracht haben.«

Das war eine gute Idee. Doch als sie wieder an der Kreuzung Rue de Vaugirard und Boulevard du Montparnasse angelangt waren, sahen sie eine Straßensperre, die in der Zwischenzeit errichtet worden war. Gendarme bewachten sie, unterstützt von Kadetten und Jugendlichen in Hemdsärmeln.

»Was ist denn hier los?« Die Polizisten reckten die Köpfe zur Antwort in eine bestimmte Richtung, als warteten sie auf etwas.

Nach wenigen Minuten ertönten Motorengeräusche, und ein Polizist rief den Kadetten zu, sie sollten sich bereithalten. Dann tuckerte ein Autobus vorbei. Coralie entdeckte Kindergesichter an den vergitterten Fenstern. Die Kinder trugen Sonnenhüte und Mützen. Sie fuhren sicherlich in die Ferien! Aber warum so spät am Tag? Und warum waren die Fenster vergittert?

Es konnte kein Gefangenenbus sein, denn auf der Seite prangte das Logo der Pariser Verkehrsgesellschaft. Außerdem, welcher Gefangenenbus transportierte denn kleine Kinder? Aber es waren auch Erwachsene an Bord. Das Fahrzeug bremste. Eine Passagierin schien ihr etwas zuzurufen. Auf ihrem Gesicht stand Ungläubigkeit geschrieben. Irgendwie kam es Coralie vertraut vor.

»Amélie!«

Da war auch Françoise. Das Kind lag wie eine schwere Last in den Armen seiner Mutter, mit einer zusammengerollten Decke als Kopfkissen. Coralie rannte neben dem Bus her, der langsam an Geschwindigkeit zulegte. Noëlles Kopf schlug gegen Coralies Schulter, als sie panisch schrie: »Amélie!«

Da wurde sie von einer harten Hand gepackt. Eine strenge Stimme rief: »Nicht rennen!« Es war ein Gendarm.

»Ich kenne diese Frau. Sie ist meine Freundin, und ihr Kind ist sehr krank. Wohin werden sie gebracht?« Man schob sie hinter die Absperrung. Gleich würde sie Noëlle fallen lassen.

»Treten Sie zurück. Das geht Sie nichts an.«

»Aber wo werden sie hingebracht?«

»Nach Pithiviers, ins Sammellager. Dort werden sie registriert.«

»Registriert … Das heißt, sie werden dann wieder freigelassen?«

Der Polizist musterte Coralie in ihrem schicken Reisekostüm, den Schuhen, die nach dem 18. Arrondissement aussahen, und dem Hut von La Passerinette. »Natürlich, Madame. Es handelt sich um eine reine Formalie.«

Am nächsten Morgen ging Coralie so früh zu La Passerinette, wie Noëlles Tagesablauf es erlaubte. Es waren Schulferien, und Coralie nahm ihre Tochter mit zur Arbeit, solange Mademoiselle Guinard fort war. Sie gingen Hand in Hand, doch an diesem

Tag konnte Noëlles Geplapper Coralie nicht aus ihren Gedanken reißen. Sie konnte die Bilder und Gerüche des vergangenen Tages einfach nicht abschütteln. Warum schickte man die Leute in eine andere Stadt, nur um sie zu registrieren? Am Vorabend war sie während der Dämmerung durch ein gespenstisch leeres Marais gelaufen, obwohl sie genau wusste, dass sie Amélie dort nicht antreffen würde. Diese Stille … Als hätte eine riesige, furchterregende Maschine sämtliche Bewohner eingesaugt. In der Rue Charlot angekommen, hatte sie festgestellt, dass der Laden nicht abgeschlossen war. Amélies Großeltern saßen nebeneinander auf der Treppe. Monsieur Ginsler hatte die ganze Zeit über mit leerem Blick vor sich hin gestarrt, mit demselben Ausdruck wie seine Puppen. Seine Frau hatte Coralie mit tonloser Stimme erzählt, was passiert war. »Sie kamen am Mittwoch. Jetzt warten wir auf Amélie. Uns haben sie nicht mitgenommen, weil wir zu alt sind.«

Coralie hatte keine Lust, den ganzen Weg bis zum Boulevard de la Madeleine zu laufen, und winkte darum einem Vélo-Taxi, ein Fahrrad, das eine kleine Kabine hinter sich herzog. Noëlle war begeistert. Das war ihre liebste Fortbewegungsart!

Coralie, die davon ausging, dass La Passerinette geöffnet war und Violaine auf sie wartete, bekam einen Schreck, als das Ziel erreicht war. Der Rollladen war heruntergelassen, die Tür verschlossen. Um diese Uhrzeit war Violaine doch immer bei der Arbeit! Sie neigte nicht dazu, die Abwesenheit ihrer Chefin auszunutzen. Coralie fuhr Noëlle an, mit dem Hüpfen aufzuhören, und suchte nach ihrem Schlüsselbund.

Keine Hüte im Fenster. Nur ein paar tote Fliegen. Coralie lief ein Schauder über den Rücken. Seit dem Erlebnis mit Violaine konnte sie keine Insekten mehr ertragen. Auch das Atelier war abgeschlossen. »Na schön, dann schauen wir mal oben«, sagte sie übertrieben fröhlich, doch ihr Herz klopfte wie verrückt.

Violaines Wohnung war leer, und bei Madame Thomas stellte ein Handwerker gerade das Gas ab.

»Ich stelle es wieder an, wenn die neuen Mieter kommen«, sagte der Mann und zwinkerte Noëlle freundlich zu. »Im Moment stehen viele Wohnungen leer. Wenn Sie Interesse an einer hätten, bekämen Sie sicher einen guten Mietvertrag, Madame!«

»Aber wo ist Mademoiselle Beaumont? Wo ist Madame Thomas?«, wollte Coralie wissen. »Sie können doch nicht beide weggegangen sein.«

»Sind das Jüdinnen? Die Polizei hat sie abgeholt, während Sie weg waren. Die Sache lief ganz still ab, niemand hat etwas davon mitgekriegt. Alle Juden in Paris wurden zum Vél' d'Hiv' gebracht und von da aus irgendwo anders hin.«

»Die haben einen Fehler gemacht.« Coralie hätte dem Mann am liebsten das dumme Grinsen aus dem Gesicht geschlagen. »Madame Thomas ist französische Staatsbürgerin, und Violaine ist nicht einmal Jüdin!«

Der Mann setzte einen Gesichtsausdruck auf, der wohl heißen sollte: *Was soll ich denn dagegen machen?* Unten im Salon entdeckte Coralie einen Brief auf dem Teppich. Er musste schon dort gelegen haben, als sie hereingekommen waren, denn Noëlles kleiner Fußabdruck prangte auf dem Umschlag. Der Brief war datiert auf Mittwoch, den 15. Juli.

Sie werden sich fragen, warum. Nun, ihr Name ist Vadia Bermanski, und sie ist eine polnische Jüdin. Sie glaubte, niemand wüsste davon, aber ihr war nicht klar, dass es Akten über sie gibt. Außerdem ist sie halsstarrig und körperlich mit Mängeln behaftet. Sie hat mich schon immer zum Wahnsinn getrieben. Ich habe beobachtet, wie sie und die andere Frau von der Polizei abgeholt wurden. Vadia verlor ihre Brille, und ein Polizist ist draufgetreten. Stellen Sie sich diese Szene vor, Coralie de Lirac. Stellen Sie sich vor, dass sie Paris zum letzten Mal nur verschwommen gesehen hat, und Sie bekommen eine Ahnung davon, wie sehr mich die Sabotage meiner Arbeit und meines Lebens getroffen hat. Was werden Sie nur ohne Ihre »rechte Hand« anfangen? Wer ist jetzt die bessere Hutmacherin?

Unterschrieben war der Brief mit »LR«.

»*Maman?*« Noëlle zupfte Coralie am Ärmel.

»Alles in Ordnung, mein Schatz.«

Wieder musste sie an die Zigeunerin denken, die ihr einmal vorausgesagt hatte, dass sie töten würde. Damals hatte sie das geradezu lächerlich gefunden. Da hatte sie aber auch noch nicht gewusst, wie komplex Freundschaft und Liebe sein konnten. Und auch nicht, dass es Menschen wie Lorienne Royer gab.

Sie blickte sich im Salon um. *Ich bin Engländerin und liebe Frankreich. Ich werde das Böse bekämpfen, egal, was es mich kostet.*

Es würde sie tatsächlich etwas kosten, und sie begann mit der Abzahlung, als der honigsüße Herbst kam und Paris einmal mehr in eine goldene Stadt verwandelte.

Es war ein Donnerstagmorgen Ende September. Coralie brachte Noëlle in ihre neue Schule am Boulevard de Courcelles. Es war eine Privatschule, die Mademoiselle Guinard ihr empfohlen hatte. Noëlle war bereit für die »richtige« Schule, wie sie gesagt hatte, denn das Kind war überaus begabt.

Die Schule lag nur einen Katzensprung entfernt vom Hôtel Duet. Nachdem sie Noëlle dort abgeliefert hatte, radelte Coralie durch den Parc Monceau, in dem das Gespenst ihrer einstigen Liebesgeschichte noch immer umging. Sie machte weiterhin Hüte. Das musste sie auch, denn nun kam noch das Schulgeld zu den übrigen Verbindlichkeiten hinzu. Da La Passerinette jetzt aber nur noch aus ihr bestand, musste sie die Abläufe grundsätzlich verändern. Sie begann um halb zehn mit der Arbeit und verbrachte die Zeit bis zum Mittagessen im Atelier. Danach zog sie die Schürze aus, drehte das Türschild von »Geschlossen« zu »Geöffnet« um und verwandelte sich selbst in die Anpasserin und *vendeuse*. Um sechs ging sie nach Hause.

Die Herbst/Winter-Schau hatte sie ausfallen lassen, denn der traurige Sommer hatte ihr sämtliche Kreativität geraubt. Sie stellte jetzt für jede Kundin ein individuelles Modell her und widmete sich einem Hut nach dem anderen. Deswegen hatte sie die Preise heraufsetzen müssen. Die Auftragsbücher waren zu ihrer großen Überraschung dennoch immer voll. Als sie ihr Fahrrad in den Hof von La Passerinette schob, klingelte gerade das Telefon im Atelier.

»Nur die Ruhe«, murmelte sie und suchte nach dem Schlüsselbund, der natürlich ganz unten in der Tasche lag. Das Telefon klingelte immer weiter. Endlich nahm sie ab und meldete sich wie üblich mit: »Bonjour, La Passerinette.«

»Bitte komm sofort.« Eine Frauenstimme.

»Wer ist denn da?«

»Ich bin gerade von der Nachtschicht nach Hause gekommen und habe erfahren, dass heute Morgen um sechs Uhr Soldaten vor meiner Wohnungstür auf mich gewartet haben. Anscheinend ist es jetzt so weit.«

»Una? Du klingst ja furchtbar. Was heißt das, es ist so weit?«

»Sie holen uns Amerikaner ab. Ich habe im Krankenhaus angerufen, dort sind einige meiner Kollegen bereits verhaftet worden. Ich habe noch ein paar Minuten, vielleicht eine Stunde, wenn ich Glück habe.«

»Dann pack deine Sachen und komm her. Ich werde dich verstecken.«

»Und das Leben deines Kindes gefährden? Nein, das kommt gar nicht infrage. Ich muss mich der Sache stellen.« Sie lachte unsicher. »Das ist eine Sache der Politik zwischen den Vereinigten Staaten und Deutschland, und wir stehen zwischen den Fronten. Aber sie können uns wohl kaum längere Zeit einsperren. Kannst du trotzdem vorbeikommen, so schnell du kannst?«

Wenigstens ein einziges Mal fuhr die Métro ohne Unterbrechung. Trotzdem war Una bereits von der deutschen Feldgendarmerie umzingelt, als Coralie endlich bei ihr eintraf. Es waren stämmige Männer mit metallenen Plaketten um den Hals, die an überdimensionierte Hundemarken erinnerten. Passenderweise sahen die Gesichter der Männer aus wie die von Kampfhunden. Una begann trotzdem Streit mit ihnen.

Die Männer versuchten, sie auf die Ladefläche eines Truppentransporters zu bugsieren. Unter der Plane entdeckte Coralie die Gesichter der anderen Festgesetzten – alles Frauen, vermutlich Amerikanerinnen. Einige waren angezogen, als wollten sie auf einen diplomatischen Empfang gehen. Andere, die wahrscheinlich aus dem Bett geholt worden waren, trugen wild zusammengewürfelte Kleidung.

Einer der Polizisten sagte zu Una: »Hüpf rein, Mädchen, und zwar schnell.«

»Süßer, ich kann nicht.«

Coralie erkannte das Problem. Una trug ihr kariertes Javier-Kostüm – es hieß Lomond. Dessen Rock war zu eng, um Una den Schritt auf die Ladefläche zu ermöglichen.

Coralie trat vor und erklärte den Sachverhalt auf Deutsch. Gleichzeitig zog sie ihren Mantel aus und hielt ihn vor Una, sodass diese den Rock hochziehen und sich zu ihren Landsfrauen gesellen konnte. »Meinen Koffer, bitte«, krächzte Una.

Coralie reichte ihn ihrer Freundin. »Nur Feldpolizei«, zischte sie Una in schnellem Französisch zu. »Die anderen sind nicht da.« Die Abwesenheit der Gestapo ließ vermuten, dass Una nicht wegen ihrer Résistance-Umtriebe verhaftet wurde. Es ging um Politik, das war alles.

»Richte Arkady aus, dass ich bald zurück bin.«

»Wo ist er denn?«

»In Vichy, er spielt im Hôtel du Parc. Kümmere dich um ihn. Hier«, sagte Una und warf Coralie ihre Wohnungsschlüssel zu. »Nimm dir alles, was du möchtest, und bitte …«

Coralie wurde so rüde von dem Lastwagen weggezogen, dass ihre Knochen knackten. Der Motor heulte auf. Ein Soldat ließ die Plane herunter, und Una fiel nach hinten, doch als das Fahrzeug anfuhr, hob sie die Plane mit ihrer manikürten Hand ein Stückchen hoch, und ihr Gesicht erschien in der Lücke. »Füttere den Hund!«

»Du hast doch gar keinen Hund.«

»Doch. Meine Bulldogge. Bring ihn zu meinen Freunden im Krankenhaus.«

In Unas Wohnung – die Coralie einst selbst bewohnt hatte – kontrollierte sie alle Zimmer. Hatte Una sich tatsächlich einen Hund angeschafft? Wenn ja, dann vielleicht einen apricotfarbenen Pudel. Oder einen Malteser, passend eingefärbt zu Unas Garderobe. Aber ein hechelnder, krummbeiniger Muskelberg? Undenkbar.

Nachdem Coralie nicht die geringste Spur eines Hundes gefunden hatte, ging sie davon aus, dass der Schock ihrer Freundin zeitweilig aufs Hirn geschlagen haben musste. Sie steckte die Lampen aus, vergewisserte sich, dass der Gasherd abgeschaltet war und dass die Wasserhähne fest zugedreht waren. Dann schrieb sie Arkady einen Zettel und bat ihn, sie anzurufen. Das Radio befand sich an seinem üblichen Platz zwischen dem Senf- und dem Honigtopf, und Coralie verstellte den Schalter für die Senderwahl, sodass er nicht mehr auf Radio Londres zeigte. »Sie hörten die British Broadcasting Corporation …« Natürlich! Die britische Bulldogge! Das englische Nationalsymbol.

Sie warf einen Blick zum Fenster hinaus. Keine Uniformen mehr in Sicht. Dann holte sie einen Besen und klopfte mit dem Stiel gegen die Decke. Auf Englisch rief sie: »Sie können jetzt herunterkommen. Ich bin eine Freundin.«

Einen Augenblick später stand ein Offizier der Royal Air Force vor ihr und streckte die Glieder. Er hieß Terrence Bidcroft. Beim Kaffeekochen erklärte ihm Coralie, dass Madame McBride verhaftet worden war. »Sieht so aus, als wäre ich jetzt für Sie zuständig. Ich muss noch überlegen, was ich mit Ihnen machen soll. Übrigens, wie mögen Sie Ihren Kaffee? Leider nur Ersatz.«

»Wer ist Madame McBride?«, fragte Bidcroft nervös und trank das milchlose Gebräu. Er hatte rötliche Haut, sandfarbenes Haar und einen großen Schnurrbart.

»Ihre Gastgeberin. Die Dame, die hier wohnt.«

»Sie meinen Paule? So sollte ich sie nennen. Ihre Arbeit ist gefährlich, und darum verwenden wir Decknamen. Wie heißen Sie, Miss?«

»Ich habe noch keinen Decknamen. Merken Sie nicht, dass ich ganz neu bin?« Sobald ihr diese Worte über die Lippen gegangen waren, erinnerte sie sich an ihren Schwur. Sie wollte gegen die Barbarei kämpfen, und jetzt war der geeignete Moment dazu gekommen. Und mit ihm die tödliche Gefahr.

Zwei Tage später stand Coralie auf dem Bahnsteig an der Gare de Lyon und schluchzte herzergreifend. Die Résistance hatte sie in ihre Reihen aufgenommen, und das hieß, dass sie eine schreckliche Entscheidung treffen musste. Sie würde Noëlle in die Schweiz schicken, in Begleitung von Henriette Junot. In jeder anderen Situation hätte sie Henriette nicht einmal eine Topfpflanze anvertraut, aber der Krieg zwang die Menschen zu seltsamen Kompromissen. Gott mochte ihren Schatz beschützen, und Gott mochte Henriette helfen, wenn sie zu versagen drohte.

Während des Sommers hatten Coralie und Una Briefe mit Max von Silberstrom ausgetauscht. Er hatte ihnen sorgfältig verschlüsselt bestätigt, dass er zusammen mit Ottilia in einer stillen Ecke von Genf lebte. Coralie war sich ganz sicher, dass Noëlle bei ihnen gut aufgehoben wäre. Es war jedoch nicht einfach gewesen, Henriette davon zu überzeugen, Noëlle auf der Reise zu begleiten.

»Ich mag keine Kinder, und mein Gedächtnis ist nicht mehr, was es einmal war. Vielleicht vergesse ich sie im Zug. Außerdem hat das Mädchen keine Reiseerlaubnis.«

»Doch, die hat sie.« Coralie zog den Ausweis hervor, den Dietrich ihr hinterlassen hatte. »Mein Name steht auch darauf, aber du kannst einfach sagen, dass ich krank geworden bin.«

Henriette, die Coralies festen Willen spürte, hatte dem nichts mehr entgegenzusetzen. »Na schön«, seufzte sie schließlich. Als Coralie ihr die Adresse der von Silberstroms gab, merkte sie auf. »Das ist die schickste Straße in ganz Genf. Bist du vielleicht mit der Haushälterin befreundet?«

»Nein, mit den Hauseigentümern. Sei freundlich zu ihnen, dann laden sie dich vielleicht zu ihren Dinnerpartys ein.«

Als Coralie ihre Tochter Noëlle in den Zug setzte und ihr ihren kleinen Koffer reichte, kontrollierte sie, ob das Schild um Noëlles Hals mit der Genfer Adresse noch fest genug saß, sollte Henriettes Gedächtnis tatsächlich versagen. In Coralie stieg ein fürchterlicher Schmerz auf. »Hast du den Brief für Tante Tilly?«

»Ja, *Maman*. Warum kommst du nicht mit?«

»Du fährst in die Ferien, ohne mich.« In dem Brief stand: *Bitte pass auf sie auf und sag ihr jeden Tag, dass sie mein Ein und Alles ist.*

Coralie verließ den Bahnsteig, als der Zug langsam anfuhr, und trottete laut weinend nach Hause. Die irritierten Blicke der Menschen, die ihr entgegenkamen, nahm sie gar nicht wahr. In der Wohnung angekommen, warf sie sich auf das Sofa und schlug auf die Kissen ein, bis ihre Fäuste brannten. Indem sie sich Unas

Leuten aus dem Krankenhaus angeschlossen und ihren ersten Auftrag ausgeführt hatte – sie hatte den britischen Piloten Bidcroft zu einem Bahnhof gebracht und mit einem Résistance-Kurier zusammengeführt –, hatte sie eine unsichtbare Linie überschritten. Sie war Teil von etwas Großem geworden – und doch ganz allein. Wenigstens konnte sie sich jetzt der Gefahr aussetzen, ohne gleichzeitig ihre Tochter zu gefährden. Nun musste sie abwarten, was die Résistance für Pläne mit ihr hatte.

Gar keine, wie es zunächst schien. Der Oktober kam, ein Tag verging wie der andere. Eines Tages dann, Coralie wollte das Geschäft gerade schließen, bemerkte sie eine Frau, die sie durch das Schaufenster hindurch auffällig musterte. Sie spürte ein Kribbeln im Bauch und öffnete betont selbstbewusst die Tür. »Kann ich Ihnen behilflich sein?«

Die schlanke Besucherin trug ein gut geschnittenes Kostüm und einen eleganten Hut, der vermutlich aus der Zeit um Kriegsbeginn herum stammte. Ihr Haar war leicht ergraut. »Mademoiselle de Lirac? Erkennen Sie mich denn nicht?«

Die Stimme. »Mademoiselle Deveau!« Coralie umarmte ihre ehemalige Lehrerin und drückte sie dabei vielleicht etwas zu fest. »Wie wunderbar, Sie zu sehen. Möchten Sie einen Hut kaufen?«

»Können wir uns vielleicht privat unterhalten?«

Im Atelier erfuhr Coralie, dass das Amerikanische Hospital ihre Kontaktdaten an einen Résistance-Kreis weitergeleitet hatte, dem auch Mademoiselle Deveau angehörte. Als Mademoiselle Deveau bemerkt hatte, dass sie die Frau, die ihnen empfohlen worden war, bereits kannte, hatte sie beschlossen, einige Erkundungen über La Passerinette einzuziehen. Wer kam, wer ging?

Sie war Mitglied eines Kreises namens *Fortitude*. »Jetzt, da Paule nicht mehr da ist, brauchen wir jemanden, der sich als Kurier betätigt und einen sicheren Unterschlupf bieten kann. Ich brauche wohl nicht hinzuzufügen, dass diese Person zuverlässig, intelligent und mutig sein muss. Wenn Sie sich dieser Aufgabe nicht gewachsen fühlen, sagen Sie es bitte jetzt.«

Coralie zögerte einen Augenblick. »Sie wissen hoffentlich, dass ich eine Affäre mit Dietrich von Elbing hatte und dass ich mehr deutsche als französische Frauen in meinem Laden bediene. Manche würden mich wohl als *collabo* bezeichnen.«

»Vielleicht.« Louise Deveau lächelte unergründlich. »Aber ich sehe das als einen Vorteil an. Sie sprechen Deutsch und kümmern sich jeden Tag um deutsche Köpfe. Informationen, die Sie von ihnen gewinnen, können wir an die freie französische Regierung in London schicken. Jedes Wort ist so gut wie eine Pistolenkugel. Und sollten Sie Ihre Liebesgeschichte mit von Elbing je neu beleben, nun, umso besser.«

»Dietrich ist wieder in Deutschland. Ich vermute, eher schließt sich Hitler der Roten Armee an, als dass wir beide noch einmal zusammen sein werden.«

Louise Deveau vollführte eine Geste, die sehr an Unas »Na schön, na schön«-Winken erinnerte. »Besuchen Sie mich in der Rue de l'Odéon, wenn Sie sich entschieden haben. Ich brauche Ihnen ja nicht zu sagen, dass es eine einsame Arbeit ist. Sie dürfen niemandem vertrauen und sich niemandem anvertrauen.«

»Ich brauche darüber nicht nachzudenken. Ich habe mich schon im Juni dafür entschieden, als meine Freunde deportiert wurden. Ihnen kann ich zwar nicht mehr helfen, aber in ihrem Namen handeln.«

Mademoiselle Deveau nickte. »Ihr Deckname lautet ›Cosette‹. Nach dem heutigen Tag werden wir uns nicht wiedersehen. Ein anderer Agent namens Moineau wird Kontakt zu Ihnen aufnehmen. Sollten Sie verhaftet werden, sind Sie auf sich allein gestellt. Ich gehe allerdings davon aus, dass Sie beim Verhör meinen Namen nennen werden.«

»Niemals!«

»Doch, das werden Sie, genauso, wie ich Ihren nennen würde. Darum dürfen Sie nie mehr als zwei unserer Agenten gleichzeitig kennen. Wir sind alle nur Speichen in einem Rad. Ein paar Speichen kann man zerbrechen, aber das Rad wird sich dennoch weiterdrehen.« Sie erhob sich. »Guten Abend, *Fräulein* de Lirac.«

Nach nur wenigen Wochen holte Coralie regelmäßig Geheimpapiere aus einer Metzgerei in der Rue Mouffetard ab. Jeden Morgen, wenn das Geschäft öffnete, kaufte sie ein Stück Fleisch und radelte zu einer bestimmten Adresse in der Avenue Foch, ihre geheime Fracht in dem doppelten Boden einer Hutschachtel verborgen. Derweil hupte sie fröhlich den deutschen Soldaten zu, die gerade ihr Frühstück einnahmen, und sang ganz leise vor sich hin: »Ça ira.«

Wir werden es schon schaffen.

Im November 1942 eroberte die deutsche Armee ganz Frankreich, und zwar als Antwort auf die alliierten Vorstöße in Nordafrika und die unaufhörliche Bombardierung Italiens. Die Vichy-Regierung war weder zu einer Reaktion noch zu Widerstand in der Lage und damit als zahnloser Tiger bloßgestellt. Es gab nicht länger eine »freie Zone« und auch keine Demarkationslinie mehr, die man überschreiten konnte. Für Coralie auf ihrer Pariser Insel hatte das alles jedoch kaum konkrete Auswirkungen. Natürlich, das Leben wurde noch schwieriger, aber das war bloß eine fortschreitende Entwicklung, die drei Jahre zuvor begonnen hatte. Die deutschen Soldaten wirkten gereizter und schikanierten die Einheimischen öfter. Doch die Damen wollten noch immer Hüte haben.

Aus Genf kam eine Postkarte: *Merci pour le cadeau de Noël.* Danke für das Weihnachtsgeschenk. Ein paar Tage später kam auch ein Brief von Una. Sie befand sich in einem Lager in Vittel –

das lag in den Vogesen –, wo sie dank des Roten Kreuzes Briefe empfangen und versenden konnte. *Schreib mir ganze Romane und schick mir Bücher, Zeitschriften, alles Mögliche*, bat sie.

Das tat Coralie. Außerdem sandte sie Una Pakete mit Nahrungsmitteln, warmer Unterwäsche und einem nagelneuen La-Passerinette-Hut. Sie vermutete, dass zumindest Letzteres nie bei Una angekommen war, denn in ihrem nächsten Brief erwähnte sie dieses Geschenk nicht. Arkady unterdessen gab jede Hoffnung auf, Una bald wiederzusehen. Er selbst befand sich in der Auvergne, vielleicht bei Ramon. Auf jeden Fall aber bei der Résistance.

Der Winter 1942/1943 war wie ein bösartiger Gast, den man nicht mehr loswurde. Er drang in jede Ritze ein, auch in Knochen und Lungen. Coralie arbeitete wie eine Besessene bei La Passerinette, um das traurige Weihnachtsfest ohne ihre Tochter auszublenden. Oft schlief sie im Atelier, weil es leichter zu beheizen war als die Wohnung in der Impasse de Cordoba.

Die Einsamkeit kroch ihr tief in die Seele. Selbst die Résistance hatte keine Verwendung für sie, so schien es zumindest. Mademoiselle Deveaus Ankündigung, dass ein anderer Agent sie kontaktieren würde, hatte sich als falsch herausgestellt.

Im Januar 1943 bekam sie verspätete Weihnachtsbriefe aus Genf, von Noëlle und Ottilia, und weinte, bis die in Tinte geschriebenen Worte fast nicht mehr zu erkennen waren.

Die ganze Zeit über gab sie den Großeltern Ginsler so viele Aufträge wie möglich, doch der Winter war unerbittlich, und Mitte Januar starb der alte Mann. Seine Frau musste alleine zurechtkommen. Oft vergaß sie, wer Coralie war oder dass ihre eigene Familie nicht mehr da war. Coralie achtete darauf, dass sie genug zu essen hatte, bezahlte ihr das Gas und besuchte sie jeden zweiten Tag. Die alte Dame nannte sie Amélie und packte sie bei den Händen, wenn sie wieder gehen musste.

Der Februar brachte eine kalte Nacht nach der anderen. Als

Coralie eines Morgens in der Rue Charlot ankam, das Rad durch den Schnee schiebend, hatten sich einige Nachbarn trauernd vor dem Laden der Ginslers versammelt. Oben brannte Licht.

Coralie bat den Allmächtigen – an den sie eigentlich schon lange nicht mehr glaubte –, ihr zu beweisen, dass das Leben nicht bloß eine Aneinanderreihung schrecklicher Begebenheiten war.

Der Allmächtige tat ihr den Gefallen.

Sie radelte gerade auf den Salon zu, als sich ein Mann mit seinem Fahrrad neben ihr einordnete. Er trug eine schwarze Schiebermütze und einen Schal, der unter dem Kinn zusammengebunden war. Als sie zur Seite blickte, sah sie seine von roten Äderchen durchzogenen Wangen und ein Stück eines nicht unbedingt attraktiven Ohrläppchens. Er wollte sicher einen lüsternen Blick auf ihre Beine werfen, dachte sie sich, und herrschte ihn an, er solle verschwinden.

»Ich bin Moineau, Dummkopf!«

»Wirklich? Oh, das tut mir leid!« Das sollte ihr Kontaktmann von der Résistance sein? Irgendwie hatte sie sich eher einen gut aussehenden Mann wie Robert Donat im Film *Die 39 Stufen* vorgestellt, komplett mit charmantem Schnurrbart. Was für eine Enttäuschung. Moineau fuhr gerade lange genug neben ihr her, um sie über ein »großes Paket« zu informieren, das man ihr nach Hause liefern würde.

Er steckte ihr ein Büchlein in die Manteltasche. »Essensmarken für Jean-Pierre Valvin, pensionierter Bankbeamter.«

Da begriff sie. Jemand brauchte ihre Gastfreundschaft, und um demjenigen Mahlzeiten verschaffen zu können, würde sie die zugeteilten Essensrationen für diesen fiktiven Jean-Pierre abholen. Vermutlich konnte sie ihn als ihren Vater ausgeben.

»Wohin soll ich das Paket liefern lassen?«, fragte Moineau.

Sie nannte ihm ihre Adresse in der Impasse de Cordoba. »Wann kommt er an?«

»Es ist ein Paket. Wir sagen ›es‹ und nicht ›er‹.«

»Entschuldigung. Es ist mein erstes Mal.«

»Stellen Sie sich einfach in die Essensausgabeschlange, dann warten Sie ab, bis es dunkel wird.«

Sie tat, wie er es ihr gesagt hatte, und kam dadurch erst am späten Nachmittag zu La Passerinette.

Als der Abend näher rückte, schlug ihr Herz schneller. Ihr erster Untergetauchter war sicher schon auf dem Weg zu ihr. Jetzt den Laden abschließen und flugs nach Hause! Gerade, als sie ihr Fahrrad auf den Boulevard de Madeleine schob und die Mantelschöße nach oben klappte, hörte sie einen Schrei. Ein Mann in deutscher Uniform überquerte in einiger Entfernung die Straße; mit der erhobenen Hand stoppte er den Verkehr.

Dietrich.

Sie fuhr davon, so schnell es ging, auf dem Bürgersteig bis zur Place de la Madeleine. Als sie sich blind in den fließenden Verkehr einreihte, erntete sie eine wütende Hupkaskade der Autofahrer. Normalerweise brauchte sie für die Fahrt vom Boulevard de la Madeleine zwölf Minuten. An diesem Tag schaffte sie es in sechs.

Moineau stellte das »Paket« eine halbe Stunde vor Beginn der Ausgangssperre zu. Als sie auf das verabredete viermalige Klopfzeichen hin die Tür öffnete, sah sie, dass der Bürgersteig mit Raureif überzogen war. Sie hustete dreimal – das hieß, die Luft war rein.

Sofort lösten sich zwei Gestalten aus einem Eingang ein Stückchen die Straße hinunter. Eine trug einen Koffer und weiße Handschuhe. Als die beiden Männer in der Wohnung waren, drängten sie sofort zum elektrischen Heizkörper. Sie hatte Zwiebelsuppe vorbereitet.

Moineau aß im Stehen. Er wollte sich wieder auf den Weg machen, bevor die Ausgangssperre begann. Nachdem er Coralie

Anweisungen bezüglich des weiteren Vorgehens gegeben hatte, zog er zwei Schnapsflaschen aus seinen Manteltaschen. »Eine, damit der heutige Abend glatt verläuft. Die andere nehmen Sie mit, wenn Sie den Herrn der nächsten Kontaktperson übergeben.«

Das »Paket« bestand aus Jan Brommersma, einem Journalisten aus Rotterdam. Sein Vergehen war, eine antideutsche Zeitung herausgegeben zu haben. Auf Englisch erzählte er Coralie, dass er schon auf dem Weg zu seiner eigenen Hinrichtung gewesen sei, als einer seiner Bewacher ein dringendes Bedürfnis verspürt habe. Der Soldat sei ausgestiegen, um sich zu erleichtern, habe dabei aber die hintere Tür des Gefangenentransporters offen stehen lassen.

»Seine Erleichterung hielt wohl nur kurzzeitig.«

Jan wies Spuren von Schlägen und Brandflecken im Gesicht auf, und zu Beginn konnte Coralie den Anblick seiner Hände nicht ertragen. Er hatte gar keine weißen Handschuhe getragen; jede Fingerspitze war in ein Stück weißen Leinens gewickelt, das von getrocknetem Blut durchtränkt war.

Als er ihr sagte, dass seine frei liegenden Nagelbetten sich entzündeten, überwand sie sich und badete seine Hände in lauwarmem Salzwasser, dann legte sie ihm neue Verbände aus Stücken ihrer eigenen Bettlaken an.

Sie tranken ein Glas von dem Aquavit, den Moineau ihr gegeben hatte, doch Coralie hielt sich zurück. Am nächsten Tag sollte die »Übergabe« stattfinden: der gefährlichste Teil von Jans Reise. Nachdem sie ihm das üppigste Mahl gekocht hatte, das sie aus den Essensrationen zaubern konnte – Kaninchenpastete, Makkaroni und Bohnen –, schlug sie vor, sich schlafen zu legen.

»Sie nehmen mein Bett«, sagte sie zu ihm – und merkte im selben Augenblick, dass seine Füße heraushängen würden. Sie verlängerten das Bett mithilfe zweier Koffer, dann legte sie sich aufs Sofa. An Schlaf war nicht zu denken. Sie war vor Dietrich weggelaufen, als er mitten auf der Straße ihren Namen gerufen hatte. Warum war er zurückgekommen, und was wollte er von ihr?

Als Jan eingeschlafen war, war sein Schnarchen fast so laut wie die Züge, die aus der Gare Saint-Lazare ausfuhren. Coralie stand auf, wickelte sich in eine Decke und schnitt ein Paar Handschuhe aus schwarzem Filz aus, groß genug für die Hände des Holländers. Sie ließ die Nadel erst sinken, als Jan im Schlaf zu sprechen begann und sie an seinem Albtraum teilhaben ließ.

Jan Brommersma war ein höflicher Gast und zeigte sich dankbar, dass sie seinetwegen ein solches Risiko einging, doch es war ihr trotzdem unangenehm, ihre winzige Wohnung mit einem fremden Mann zu teilen. Dass die Haustür auf eine Sackgasse führte, war auch nicht gerade ideal. Sie brauchte eine geeignetere Unterkunft.

Beim Frühstück, das aus Resten des Abendessens bestand, probierte Jan seine neuen Handschuhe, über die er sich freute wie ein Kind. Dann fragte er sie, woher sie so gut Englisch konnte.

Sie log, aus purer Gewohnheit. »Von einem Mann, mit dem ich vor dem Krieg zusammen war. Er war Künstler und kam nach Paris, um in Montparnasse im Café zu sitzen und Matisse und Picasso zu bewundern. Er malte mich oft, und dabei redeten wir.«

Jan dagegen erzählte ihr die reine Wahrheit über die Verheerungen, die die deutschen Bomber in Rotterdam – und auch in vielen britischen Städten – angerichtet hatten. Er schilderte die Lage so genau, dass sie ahnte, dass es einen geheimen Informationsfluss über die Nordsee hinweg gab, vermutlich zwischen der englischen Ostküste und den niederländischen und belgischen Hafenstädten. Er erzählte ihr auch, dass die Londoner die nächtlichen Bombardierungen ihrer Stadt den »Blitz« getauft hatten.

»Ich habe einen Flieger der Royal Air Force kennengelernt«,

sagte sie betont beiläufig. »Ich glaube, er hat Fairy Battles geflogen.«

»Der arme Junge.« Jan Brommersma nahm seine Kaffeetasse zwischen die Handflächen, ein wenig wie ein Kind. »Ich habe auch einen Piloten kennengelernt, und zwar nachdem Frankreich gefallen war. Er war abgestürzt, und ich habe ihn zusammen mit meiner Frau an die Küste gebracht, auf ein Fischerboot. Er hasste diese Battle-Bomber, nannte sie ›blöde Klapperkisten‹. Verstehen Sie diesen Ausdruck?«

Nur zu gut.

»Er meinte, sie seien viel langsamer als die Flugzeuge des Feindes.« Als er sah, dass sie erstarrte, fügte er schnell hinzu: »Aber manche Piloten haben immer Glück, so wie ich. Ihr Pilot hat inzwischen sicher auf Lancasters oder Blenheims umgesattelt.«

Sie hatte sich entschieden, nachmittags um zwei Uhr aufzubrechen. Das war die Stunde, in der die Läden nach der Mittagspause wieder öffneten und die Menschen zurück zur Arbeit strömten – oder in die Geschäfte, in der vagen Hoffnung, dass sich die Regale wie durch Zauberhand wieder aufgefüllt hätten. In ihrem fest zugeknöpften Trenchcoat und einem Hut mit pinkfarbener Feder ging sie voraus, immer in der Mitte des Bürgersteigs, damit Jan sie gut im Auge behalten konnte. Falls man ihn anhielt, würde sie sich hinunterbeugen und sich die Schuhe binden, so lange, bis man ihn schließlich durchwinkte. Falls es aber aussichtslos für ihn aussah, würde sie einfach weitergehen. Sie durfte nicht versuchen, die Heldin zu spielen. Wenn man sie schnappte, wäre es vorbei mit ihnen, doch die Résistance musste weitermachen. Das Rad musste sich weiterdrehen.

Ihr Ziel war die Île de la Cité, die kleinere der beiden Seine-Inseln, aus denen die Stadt Paris einst hervorgegangen war. Da Jan mit seinen verletzten Fingern nur schlecht seinen Koffer tragen konnte, hatte sie beschlossen, den Bus zu nehmen, der die

Rue de Rivoli entlangfuhr. Sie hatte ihm Kleingeld gegeben und genau erklärt, wie man eine Fahrkarte löste.

Jetzt hörte sie ihn, heftig durch den Schal atmend, den er sich vor das Gesicht gebunden hatte, um seine Brandwunden zu verdecken. Zum Glück war es Februar, und alle anderen waren ähnlich angezogen. Die Warterei an der Bushaltestelle zerrte an ihren Nerven, und als das *gazogène*-Vehikel endlich anrollte, stolperte sie an Bord. Ein Mann lachte über die pinkfarbene Feder an ihrem Hut und fragte, wo der Rest des Flamingos hingekommen sei.

Coralie gab ihm eine scherzhafte Antwort, und Jan fand einen Sitzplatz, ohne dass ihm jemand ins Gesicht sah. Coralie verbrachte die kurze Fahrt dennoch in der Angst, dass der Bus angehalten und die Gestapo an Bord stürmen würde.

Nachdem sie bei der Métro-Station Saint-Paul ausgestiegen waren, führte sie ihn eine Steintreppe hinunter zum Quai d'Anjou. Die Hände tief in den Taschen, spazierte sie den Anlegeplatz entlang und blieb erst kurz vor der Pont Marie stehen. Dort starrte sie auf das Wasser, wie verzückt von der silberfarbenen Oberfläche. In Wirklichkeit studierte sie die Namensschilder der Schiffe. *Bitte, sei an deinem Anlegeplatz, Thalassa.*

Ja, da war sie, die Rostlaube, deren Motor schwarze Dieselwolken in die Luft blies. Coralie bückte sich, um die Söckchen, die sie über den Wollstrümpfen trug, wieder glatt zu streichen. Zuerst das linke, dann das rechte, genau so, wie sie es mit Jan Brommersma verabredet hatte.

»Ein Paket für mich, *michou*?«

Coralie sah zum Deck der *Thalassa* auf und zischte: »Still!« Eine alte Frau, deren bloßen Armen und Beinen die Kälte nicht zuzusetzen schien, lächelte von oben herunter und entblößte dabei ihre Zahnlücken. Sie trug einen Strohhut, den jede Vogelscheuche entrüstet abgelehnt hätte.

»Ist er das?« Die alte Frau deutete auf Jan, der zögernd unter der Brücke stand. »Er soll seinen Koffer zuerst hochschmeißen. Der Letzte war so nervös, dass er sein Radio fast auf dem Quai vergessen hätte. Hast du mir meine Medizin mitgebracht, *michou*?«

Am Abend zuvor hatte Moineau erklärt: »Die alte Tante kann das Boot nicht steuern ohne einen schönen Drink.«

Coralie warf der Frau eine Flasche Aquavit zu, die sie elegant auffing. Zwei Minuten später stand Coralie auf der Pont Marie und starrte wieder auf die Wasseroberfläche hinunter. Als das Tuckern des Motors regelmäßiger klang und kleine Wellen gegen die Brücke schlugen, atmete sie tief durch. »Er ist weg! Jetzt bin ich eine echte *résistante*!«

Nun konnte sie wieder zur Arbeit gehen. Bei La Passerinette angekommen, entdeckte sie einen Zettel auf der Fußmatte.

Ich muss mit Dir sprechen. Wir treffen uns in dem Café, in dem wir zusammen mit Teddy gewesen sind. Ich werde um sechs Uhr dort sein. D.

Dass er Teddy erwähnte, versetzte ihr einen solchen Stich, dass sie den Zettel zerriss, ohne ihn ein zweites Mal zu lesen. Zu widerstehen war schließlich die vornehmste Aufgabe einer Widerstandskämpferin.

V

29

Man konnte nicht gerade von neuem Mut sprechen, der Paris durchströmte, als die Tage länger wurden – die Menschen waren noch immer hungrig, wütend und verängstigt –, doch ein neues Spiel mit dem Motto »Plagt die Besatzer« war im Schwange. Es hielt die Deutschen zum Narren, ohne dass sie etwas davon merkten. Es war ein sehr weibliches Spiel, und Coralie übernahm gern ihren Part. Da La Passerinette noch immer die Gunst deutscher Offiziersgattinnen genoss, waren die Gelegenheiten zu verdeckter Sabotage nahezu unbegrenzt.

Form und Proportionen: Das brachte es auf den Punkt. Die Februar-Kollektionen trieben die Silhouetten des letzten Jahres auf die Spitze, und wie immer passten sich die Hüte dem Trend an. Coralie entwarf voluminöse Modelle, um breite Schultern, schmale Hüften und weite Röcke optisch abzurunden. Der neue Stil schmeichelte schicken Französinnen, aber sicher nicht der meist kräftigen Statur deutscher Frauen.

Der März 1943 brachte verdrießlichen grauen Himmel, der Graupelkörner in die Straßen spie. Es prasselte gegen die Salonfenster und nötigte die Kundinnen, in ihren vier Wänden zu bleiben. Eines Morgens passte sie Frau Pfendt einen neuen Hut an, während der Dienstwagen ihres Mannes am Bordstein wartete, und Coralie dachte dabei mürrisch an ihren eigenen Heimweg. Kein Zwölf-Minuten-Spurt mehr zur Impasse de Cordoba. Sie war mit ihren Habseligkeiten wohl oder übel zurück in die Rue de Seine gezogen. Una hatte die Miete bereits bis Ende März gezahlt, also war es sinnvoll, dass sie die Wohnung auch nutzte, andernfalls würden sie sie verlieren. Und Una brauchte einen Ort zum Heimkommen. Coralie glaubte fest daran, dass ihre Freundin eines schönen, nicht allzu fernen Tages La Passerinette betreten und in ihrem typischen Tonfall verkünden würde: »Nun, das nenne ich mal einen versauten Winter.«

Coralie war froh, wieder am linken Seine-Ufer zu leben. Sie war gern Hutmacherin auf der rechten Seite des Flusses, aber die Bermondsey-Göre in ihr passte viel besser ans linke Ufer. Dennoch schauderte es sie bei dem Gedanken an die Sturmböen, denen sie beim Überqueren des Flusses ausgesetzt sein würde.

Sie bat Frau Pfendt, das Kinn ein wenig anzuheben – und hätte gern ergänzt: »Bitte alle vier, gnädige Frau« – »Ich möchte prüfen, ob er noch höher sein muss.«

Das Gesicht im Spiegel war kugelrund, umrahmt von zitternden Hängebacken. In besseren Zeiten hätte Coralie etwas Würdevolles für Frau Pfendt entworfen, aber ihre Kundin war Opfer des »Spiels«. Tausende Franzosen wurden als Zwangsarbeiter nach Deutschland geschickt. Sogar Frauen. Wäre Coralie nicht verheiratet gewesen, hätte man auch sie längst einberufen, denn sie war gerade im richtigen Alter. Die deutsche Besatzung saugte Nahrung, Arbeit und Gesundheit aus Frankreich – und ließ die Leidtragenden im Gegenzug das Zwanzigfache für jedes Fitzelchen zahlen, das man ihnen zugestand. Die Wut brauchte ein Ventil. Coralie hatte den Widerstand – und das hier …

Sie trat einen Schritt zurück, um die Wirkung des geschmeidigen roten Leders zu prüfen, das sie hinten zu einem weichen Trilby zusammennähen wollte. Sie hatte Violaines Methode übernommen, Hüte direkt auf den Köpfen der Kundinnen zu modellieren, sodass sie verschiedene Formen ausprobieren konnte, bis der ideale Widerpart für das jeweilige Gesicht gefunden war. Oder, wie im Falle von Frau Pfendt, die ideale Widerlichkeit.

Nun, da ihre Vorräte fast vollständig aufgebraucht waren, hatte Coralie ihre Blöcke eingemottet und Vorlagen erstellt, mit denen jeder ausreichend große Stoffrest verarbeitet werden konnte. Das Leder, das sie jetzt gerade verwendete, hatte sie über verschlungene Wege aus dem ausgebombten Renault-Werk bezogen. In Friedenszeiten hätte man daraus wohl Autositze gefertigt.

Frau Pfendt würde zweifellos irgendeinen unmöglichen Zierrat auf ihren Hut wollen. Ein aktueller Liebling von Coralie waren Holzspäne. Wenn man sie auf einen Hut nähte, sahen sie aus wie … Holzspäne. Es wollte ihr nicht in den Kopf, warum man solche Notbehelfe kaschieren sollte. Ein Hutersatz war eben ein Hutersatz. Genau das. Ersatzkaffee war widerlich, und »Strümpfe« aus Walnusssaft täuschten niemanden.

Sie nahm ein wenig steifes Zierband aus einem Korb und setzte Schleifen und Rosetten auf den Hut, sodass seine Größe auf das Vierfache anschwoll. Rot und Weiß, Zuckerstangenfarben. Solange Antonin hätte es tragen können, aber bei Frau Pfendt kratzte das Ergebnis haarscharf an der Lächerlichkeit vorbei.

Sie ließ die Kundin in ihrem rot-weiß gestreiften Kostüm aus Jacques Faths neuester Kollektion ein paarmal auf und ab defilieren. Sie rief »*Brava!*«, dachte jedoch bei sich, dass Fath diese Mode sicher nicht für Matronen wie Frau Pfendt entworfen hatte. Zusammen mit den grauen Schweinslederstiefeletten wirkte sie wie ein verkleideter Teekessel.

Nachdem Coralie die ungelenken Verdrehungen ihrer Kundin eine Zeit lang beobachtet hatte, wies sie ihr wieder den Platz vor dem Spiegel zu und nahm ein paar Änderungen vor. Sie machte sich gerade Notizen, als ein Krachen der Balken über ihren Köpfen, laut wie ein Gewehrschuss, sie beide zusammenfahren ließ.

»Himmel!« Frau Pfendt schlug sich auf die Brust. »Wer trampelt denn da oben herum?«

Coralie vermutete, dass der Vermieter oder sein Handwerker die Wohnung kontrollierten. Die Zimmer hatten den Winter über leer gestanden, doch das Frühjahr würde sicherlich neue Interessenten bringen. Manchmal, wenn sie am Ende eines langen Arbeitstages am Fuß der Treppe stand, stellte sie sich vor, wie Violaine und Madame Thomas miteinander tratschten oder sich neckten: »Was hätten Sie gern zum Abendessen, meine Teuerste? Hummer Thermidor oder Ente Tour d'Argent?« Als die Einsamkeit sie eines Tages zu übermannen drohte, hatte Coralie sogar ausgerufen: »Gute Nacht, ihr zwei.«

»Der neue Mieter ist Harfenlehrer«, behauptete sie, um die Erinnerung zu verscheuchen. »Er verschiebt sein Instrument vor dem Fenster, um das Tageslicht möglichst gut zu nutzen.«

Frau Pfendts Augen weiteten sich. »Ich kann mir nicht vorstellen, dass er viele Schüler hat. Wer würde schon in Kriegszeiten Harfe lernen wollen?«

»Da haben Sie recht, deshalb vertreibt er sich die Zeit auch mit ein wenig Bewegung. Er tanzt und hopst wie ein russischer Kosake. Das hält ihn warm, sagt er.« Sie erwartete ein »Was Sie nicht sagen!« oder »Aber ich bitte Sie!«, doch zu ihrem großen Unbehagen brach Frau Pfendt in Tränen aus. Sie rannen ihre fetten Wangen hinab und verloren sich in den zahlreichen Kinnfalten. Coralie reichte ihr schnell ein Taschentuch. »Ist Ihnen nicht wohl?«

»Mein Sohn Wilhelm ist an der russischen Front.« Frau Pfendt patschte sich mit dem Tuch im Gesicht herum. »Wussten Sie, dass die Männer im russischen Winter an ihren Gewehren festfrieren? Wozu soll das alles nur gut sein, Coralie?«

»Ich weiß es nicht, gnädige Frau.« Coralie trat bewusst einen Schritt zurück. Bloß nicht zu persönlich werden. Sympathie war gefährlich, und menschliches Mitgefühl begrenzt.

Sie geleitete Frau Pfendt mit einem Schirm bis zu ihrem wartenden Wagen. Ein weiteres Fahrzeug war zwanzig Schritte entfernt am Bordstein geparkt, und der Dienstboteneingang des Hauses stand offen. Der Vermieter musste also oben sein. Brrr! Coralie eilte schnell zurück in ihr Geschäft. Es war noch früh, gerade erst elf, doch da Samstag war, rechnete sie nicht mit weiteren Kundinnen. Die Leute würden zu Hause bei ihren Familien bleiben wollen. Sie reinigte die Schaufensterauslage, ließ die Rollläden herunter und nahm den Heizstrahler mit in den Werkraum.

Sie war schrecklich im Rückstand und musste ihren Kundinnen fortwährend erklären, warum ihre Hüte nicht fertig wurden. Was sie jetzt bräuchte, dachte sie, als sie sich einen Hocker an die Werkbank zog, wäre ein Trupp Heinzelmännchen. Zehn neue Hüte über Nacht, wie von Zauberhand. Für eine menschliche Aushilfe war sie einfach noch nicht bereit.

»Coralie?«

Sie schrie auf, als eine Gestalt in den Türrahmen trat. Der Stoffkopf, an dem sie gerade plissierten Filz feststeckte, glitt von der Werkbank. Sie erblickte einen schwarzen Ledertrenchcoat mit weißen Aufschlägen, einen Homburger Hut – und es rann ihr eiskalt den Rücken hinunter. Der Mann nahm den Hut ab. »Dietrich!« Oder sollte sie ihn etwa wieder »Herr Generalmajor« nennen? Unweigerlich sagte sie etwas viel Banaleres: »Du hast mir vielleicht einen Schreck eingejagt. Wie bist du hier reingekommen?«

Er hielt einen Schlüssel in die Höhe. »Ich bin der neue Mieter im Obergeschoss.«

»Nein!«

»Nein, du hast recht. Aber ich schaue mir die Wohnung mal an. Der Vermieter weiß Bescheid.« Er trat langsam in die Werkstatt und musterte fasziniert ihren Arbeitsplatz. Wieder einmal schien er weder Zivilist noch Soldat zu sein. Das Band des *Pour le Mérite* lugte gerade so unter seinem Lederkragen hervor. Enthielt der Orden noch immer die Kapsel mit Zyankali? Ihre eigene befand sich in ihrer Handtasche.

»Dieses Geschäft sieht bei jedem meiner Besuche anders aus«, bemerkte Dietrich. »Ich hoffe, du hältst das fotografisch fest. Eines Tages kann man damit eine Geschichte der Mode in Bildern herausgeben.«

»Ich habe nicht mal eine Kamera. Wieso bist du hier?«

»Deinetwegen. Da du nicht zu mir kommst, musste ich eben dich aufspüren.«

Es gab nur eine Tür und kein richtiges Fenster. »Ich schreie.«

»Nur zu. Soll ich draußen warten?«

»Oh, fahr zur Hölle!«

Er lächelte auf eine Art, die eine gewisse Unsicherheit verriet. »Vertraust du mir, Coralie?«

»Wie könnte ich? Ich weiß einfach zu viel über dich. Ich frage mich schon seit Monaten, ob du mich wohl ausfindig machen wirst, um mich zum Schweigen zu bringen.«

»Das würde wohl das Vermögen jedes Normalsterblichen übersteigen.«

»Bei Teddy hast du es auch geschafft. Obwohl es keinen Beweis gab, dass er irgendetwas Falsches getan hat. Ich hasse dich und deine Leute. Ich würde euch am liebsten alle umbringen.«

Aus seinem Mantel zog Dietrich eine Pistole, die sie einmal in Ottilias Frisierkommode gesehen hatte. Er entsicherte sie und hielt sie ihr hin. »Sie ist geladen, sieben Schuss. Du bist zwar keine geübte Schützin, aber damit kriegst du ziemlich sicher eine Kugel in meinen Kopf.«

»Hau einfach ab.« Sie hielt sich die Hände vors Gesicht. »Du weißt doch gar nicht, was hier los war. Sie haben alle mitgenommen. Alle meine Freunde.«

»Das weiß ich, und es tut mir leid. Ich kann dir gar nicht sagen, wie sehr.«

Sie stürzte sich auf ihn und kratzte ihn mit ihren Nägeln. Sie verfingen sich in seinem Ordensband, und er richtete die Pistole mit erhobenem Arm an die Decke, während er sie mit dem anderen davon abhielt, ihn zu erdrosseln. »Gib nicht mir die Schuld, Coralie.«

»›Tut mir leid‹ ist ein Affront! ›Tut mir leid‹ heuchelt Anteilnahme, aber es ändert nichts. Hast du Hitler schon umgebracht? Darum bist du doch zurück nach Deutschland gegangen, oder?«

»Du weißt so gut wie ich, dass Hitler noch lebt.«

»Du solltest mir die Sache überlassen, ich würde nicht so lange fackeln.« Ihre Stimme überschlug sich. »Ich würde zu ihm hingehen, meine Pistole ziehen und peng! Fertig. Ihr Männer erzählt viel, aber ihr tut nichts. Und ich kaufe dir nicht ab, dass dir irgendetwas an meinen Freunden liegt …«

Er hielt ihr den Mund zu. »Du bist Teil des Dachterrassenzirkels, also hör auf, dich wie Julie Fourcade zu benehmen.«

Als er seine Hand löste, erwiderte sie: »Ich bin nur Teil der Dachterrasse, weil du mich da mit hineingezogen hast.«

»Ich hab an dich geglaubt, wie diese Entscheidung wohl beweist.« Er steckte die Pistole wieder sicher zurück in ihr Halfter. »Komm mit hoch.«

»Warum?«

»Das wirst du schon sehen.« Doch statt ihr vorauszugehen, hielt er sie eine Armlänge von sich und schüttelte den Kopf. »Was hast du da eigentlich an?«

Sie trug ein gefälteltes Kleid mit weiten Ärmeln. Der Rock wirbelte um sie herum, wann immer sie sich bewegte, und darüber lag eine vorn gebundene, gerüschte Bauernschürze. Wegen der Kälte hatte sie ein ärmelloses Bolerojäckchen übergezogen. »Das ist der letzte Schrei.«

»Es herrscht so viel Mangel an Stoff, an Arbeit, an einfach allem, und französische Couturiers verpassen euch Frauen Marionettenkostüme, in denen ihr zur Arbeit trippeln könnt. Das ist doch absurd.«

Für sie nicht. Sie und ihre Hutmacherkolleginnen hatten vielleicht kein Material mehr, aber die Fabriken webten wieder Kleiderstoffe. Für den französischen Markt, wohlgemerkt. Sie widerstanden dem Druck, die Produktion nach Deutschland zu verlagern. »Du und deine Meute, ihr kapiert es einfach nicht«, erwiderte sie. »Ihr kapiert rein gar nichts.«

Sie funkelten sich so lange an, bis Dietrich schließlich sagte: »Komm schon. Der junge Herr oben hat nicht viel Zeit.«

30

Der junge Herr? Er wollte nicht mit der Sprache herausrücken. Coralie stieg vor ihm die Stufen hoch. Die Tür zu Violaines Wohnung stand offen, und sie zögerte. Ihre Füße streikten. »Ich kann nicht.«

»Da drin sind nur Bodendielen und kahle Wände.«

»Das ist es ja gerade. Wo ist Violaine? Wo sind Madame Thomas und Amélie? Wo ist Amélies Tochter?«

»Irgendwo in Deutschland oder Polen verschollen, und ich schäme mich dafür.« Er führte sie in die Wohnung, trieb sie voran, bis sie im Wohnzimmer standen, das geradezu riesig wirkte. Violaines Möbel waren wuchtig gewesen; sie hatte Anhaltspunkte gebraucht, um sich im Raum zurechtzufinden. Auch Oberflächen hatten ihr geholfen, Coralie hatte beobachtet, wie sie sich an ihnen orientierte, wie ihre Finger einen Zierbesatz oder den gespannten Stoff eines Lampenschirms ertasteten. Die Möbel waren vor ein paar Wochen von einigen Männern abgeholt worden. »Ich weiß nicht, wer sie waren«, sagte Coralie. »Deutsche natürlich.«

»Sie nennen sich M-Aktion-Kommando«, erklärte Dietrich. »M für Möbel, und Kommando verleiht dem Ganzen einen militärischen Anstrich.«

»Sie haben alles mitgenommen.«

»Eigentlich sind sie eher so etwas wie eine Bande Plünderer, aber sie sind sehr gründlich. Schau lieber nicht ins Badezimmer. Ich versichere dir, die haben nicht mal einen Zahnbürstenhalter, einen Waschlappen oder ein Stückchen Seife zurückgelassen. Wir Deutschen haben den Ruf, ungemein effizient zu sein. Aber sieh mal«, er zwang die Verbitterung aus seiner Stimme, »etwas anderes ist hier.«

Sie hatte den Weidenkorb in der Mitte des Zimmers bereits bemerkt und angenommen, die M-Aktion habe ihn zurückgelassen. Dietrich öffnete die Verschlüsse und langte hinein. Kurz darauf hielt er eine Katze im Arm, deren pechschwarzes Fell seinen Ledermantel beinahe grau wirken ließ.

Das sonore Miauen ließ Coralie zusammenfahren: »Voltaire? Wo …«

»Im Jardin du Luxembourg. Das Küchenpersonal des Palais hat ihn durchgefüttert.«

»Kein Wunder, dass er nicht nach Hause gekommen ist. Verräter.« Sie trat näher, um den Kater vorsichtig zu streicheln, und bemerkte, dass das zerfetzte Ohr zu knotigem Narbengewebe verheilt war. Vielleicht kam sie Voltaire zu nahe, denn er fauchte und schlug mit der Pfote nach ihr. »Ist er verwildert?«

»Sieht ganz so aus.«

»Ich nehme an, ich bin die glückliche Person, die sich ab jetzt um ihn kümmern darf.«

»Das könntest du jedenfalls, jetzt wo dein Kind weg ist.«

»Woher weißt du das?« Er schwieg, und sie schleuderte ihm wie zu ihrer Verteidigung entgegen: »Ja, ich habe Noëlle weggeschickt. Du hast mir eine Reiseerlaubnis gegeben, also habe ich sie auch genutzt.«

»Ich denke, du hast das Richtige getan.« Dietrich musterte sie aufmerksam. Voltaire schnurrte vernehmlich in seinen Armen. »Auf der Erlaubnis stand auch dein Name, warum bist du nicht mitgegangen?«

»Ich bin hier gebunden. Durch den Hutladen, meine ich – was dachtest du denn?« Sie hatte bemerkt, wie sich sein Blick verfinsterte. »Ich muss Geld verdienen. Ich lasse mir von Ottilia nicht mein Kind finanzieren.«

»Sie würde es mit Freuden tun.«

»Und trotzdem käme ich mir wie eine Bittstellerin vor. Ich nehme die Katze, falls du das wissen willst. Wir schlagen uns schon durch, was, Voltaire?«

»*Au contraire,* meine Liebe, dieser Kater ist ein Papakind.«

Coralie blickte zum Eingang und stieß einen ungläubigen Schrei aus.

»Teddy! Bist du's wirklich?« Er war schmaler geworden, aber sonst schien es ihm gut zu gehen, und er lächelte das ihm eigene Lächeln. »Du verdammter Schuft!«

»Die Freude ist ganz auf meiner Seite.«

»Ich dachte, Dietrich hätte dich umgebracht!«

Teddy klopfte sich auf die Brust. »Ich bin noch heil, wie du siehst. Und ja, ich weiß schon, was im Rose Noire passiert ist und dass ich als der Erzschurke gehandelt wurde. Aber ich versichere dir, ich war es nicht. Ich piesacke den guten Grafen – und dich – vielleicht mit ehrenrührigen Bemerkungen und Verleumdungen, aber ich bin ihm auf ewig in Freundschaft verbunden.«

»Ich dachte, man hätte dich in der Seine versenkt.« Coralie lief auf Teddy zu und legte ihm den Kopf an die Brust.

Er strich ihr übers Haar. »Dietrichs bombenversehrter Freund hatte in jener Nacht mörderische Absichten. Zum Glück wurde Kleber zurück ins Rose Noire gelockt, während der Graf kehrtmachte und zu mir in die Rue de Seine eilte. Da er mich daheim in Nachtwäsche vorfand, wurde er unfassbar tyrannisch. Schlug mir sogar ins Gesicht.«

»In der Tat, Clisson, Sie mussten Paris unverzüglich verlassen, aber Sie wollten ja nicht auf mich hören.«

Coralie erinnerte sich, dass Una von lauten Stimmen berichtet hatte. »Als du zu Teddy gelaufen bist, wolltest du ihm also gar nichts antun?«

»Ich wusste, dass er nicht unser Informant war.«

»Warum hast du mir das nicht gesagt?«

Als Dietrich fragte: »Wie denn? Wann?« und sie daran erinnerte, dass sie ihn so gut es nur ging gemieden hatte, zuckte sie die Schultern.

»Wo hast du ihn versteckt?«

Teddy antwortete selbst: »Der gute Graf hat mich in den Zug nach Dreux gesetzt. Ich habe im Gärtnerhäuschen meines eigenen Châteaus gewohnt, inkognito.« Mit einem Schlag wurde er ernst. »Morgen reise ich in die Schweiz, weil Graf von Elbing fürchtet, dass ich weiterhin in Gefahr schwebe.« Er wandte sich an Dietrich. »Mag die Baronin von Silberstrom Katzen?«

»Nicht besonders.«

»Du fährst zu Ottilia? Noëlle lebt bei ihr«, rief Coralie aufgeregt.

Teddy lächelte. »Ich weiß, und ich wette, es werden mindestens achtzehn Seiten.«

»Was meinst du?«

»Achtzehn Briefseiten, die du mir für unsere kleine Elfe mitgeben wirst. Fang lieber gleich an zu schreiben, meine Zeit ist knapp. Aber, aber, meine Teuerste …«

Sie war in Tränen ausgebrochen, ihre Gefühle ließen sich nicht länger beherrschen. »Ich habe sie alle verloren, Teddy.«

Teddy löste ihr sanft die Hände vom Gesicht. »Das hast du nicht. Unser Freund hier hat zwar mehr Schichten als eine Zwiebel – und auch das Talent, die Menschen zum Weinen zu bringen –, aber ihn hast du noch und solltest dich niemals vor ihm fürchten. Häute ihn, meine Liebe. Schäle die ganze Wahrheit aus ihm heraus, und wenn du das getan hast, halte zu ihm.«

31

In ihrer Villa in Hohen Neuendorf im Nordosten Deutschlands erwachte Hiltrud von Elbing mit schmerzendem Nacken. Sie war im Sessel eingeschlafen und hatte ihr Strickzeug noch im Schoß liegen.

Stimmen im Flur verrieten ihr, dass ein Gast im Haus sein musste.

»Wer ist es, Vati?«, rief sie, schob den halbfertigen Ärmel in ihren Handarbeitskorb und zog die Bündchen ihrer Strickjacke tiefer, um die vernarbte Haut an den Handgelenken zu verdecken.

Ihr Vater öffnete die Tür. »Besuch für dich, Hiltrud.«

»Das dachte ich mir, aber wer – ah –«, das Klack-klack eines Gehstocks und unsicheres Schlurfen gaben die Identität der Besucherin preis. Nur mit Mühe gelang Hiltrud ein liebenswürdiges Lächeln, als sie an die Tür trat, um ihre Schwiegermutter zu begrüßen. »Hannelore, sei willkommen. Wie bist du hergekommen?«

»Mit dem Zug. Sie fahren noch, trotz all der Zerstörungen.«

»Aber einen so weiten Weg? In dieser Kälte? Du wurdest doch gerade erst aus dem Krankenhaus entlassen.«

»Man hilft mir. Soldaten, Mitreisende, sogar einige französische Arbeiter haben mich aus dem Waggon gehoben, wie ein Paket. War ein großes Vergnügen. Auf jeden Fall amüsanter, als allein in meiner Wohnung zu sitzen und auf die britischen und amerikanischen Bomber zu warten.«

Das war ein langer Monolog für die verwitwete Gräfin von Elbing, und die meisten Wörter klangen verwaschen. Ihre Gesichtsmuskeln wirkten schlaff, und der rechte Fuß war nach innen verdreht.

»Wie bist du vom Bahnhof hergekommen?«

»Hm?« Die Witwe stützte sich auf ihren Stock, während sie zum Sofa hinkte. »Ich hab einen Mann bezahlt, damit er mich in seiner Schubkarre herbringt. Jetzt schau nicht so, meine Liebe. Ich hab jemanden bezahlt, damit er mich in seinem Wagen herfährt, besser so? Lungert der da jetzt die ganze Zeit hier herum?« Ernst Osterberg war ihr nicht von der Seite gewichen, für den Fall, dass sie stürzte. »Ich will ihn nicht so nah bei mir haben. Er zieht die Nase hoch.«

Hiltrud warf ihrem Vater einen vielsagenden Blick zu und bedeutete ihm, die Bemerkung nicht zu beachten. »Vati, würdest du uns bitte einen Kaffee machen?« An ihre Schwiegermutter gewandt erklärte sie: »Leider ein ganz grauenhaftes Gebräu.«

»Warum bietest du es mir dann an? Ich nehm einen Schnaps, Osterberg.«

Ernst Osterberg verließ das Zimmer und brummelte: »Seit wann bin ich hier der Hausdiener?«

Hiltrud setzte sich wieder und zupfte an ihren Ärmeln herum. »Das Wetter ist wirklich grauenhaft, findest du nicht? Ob der Frühling je kommt?«

»Spar dir das Geplapper, dazu fehlt mir die Kraft. Ich will wissen, warum du noch immer in Deutschland bist, Hiltrud.«

»Wo sollte ich sonst sein? Mein Vater ist hier. Claudia kommt ab und zu nach Hause, wenn sie frei hat. Und Waldo …«

»Waldo ist tot, und jeden Sonntag an seinem Grab zu weinen ändert daran auch nichts.«

»Hör auf. Bitte.« Hiltrud drückte den Rücken in die Sessellehne, um möglichst viel Abstand zwischen sich und diesen schlaffen, runzligen Abklatsch von Dietrich zu bringen. Ihr Vater brachte den Schnaps, und sein Gesichtsausdruck besagte deutlich: *Alkohol vor der Mittagszeit. Um deinetwillen erdulde ich verlotterte Sitten, Hiltrud.*

Oh, großer Gott, was wenn ihre Schwiegermutter länger bleiben wollte? Hiltrud ging im Geiste ihre Abstellkammer durch: getrocknete Pilze, Apfelmus, ein Glas Soleier. Nicht gerade passend für eine Frau, die früher in den besten Restaurants Berlins gespeist hatte und als Gast von Prinzen und Großindustriellen in privaten Eisenbahnwaggons durch Europa gereist war. Doch da erinnerte sich Hiltrud wieder, was sie gerade so betrübt hatte. »Ich freue mich, dich zu sehen, Hannelore, aber bitte sprich nicht so leichtfertig über meinen Sohn.«

»Meinen Enkel. Den Sohn meines Sohnes. Ich kann über ihn reden, so viel ich will. Stellen Sie das Tablett hin, Osterberg, und lassen Sie uns in Ruhe.«

Ernst Osterberg erwiderte, dass er in seinem eigenen Haus verdammt noch mal tun und lassen könne, was er wolle.

»Im Haus meines Sohnes. Graf von Elbing hat dieses Haus von der Hinterlassenschaft seines Vaters gekauft, vergessen Sie das nicht.«

»Ich hab gehört, das Geld stammt aus dem Tresor der Silberstroms. Heute tragen Sie die Nase hoch, aber es gab Zeiten, da waren Sie sich nicht zu schade, Almosen von einem Juden anzunehmen.« Osterberg wandte sich an seine Tochter. »Wusstest du, dass diese alte Hexe Max von Silberstrom in ihrem Haus versteckt hat, als die Gestapo nach ihm suchte? In ihrem Bett, und frag mich nicht, was sie da getrieben haben.«

»Vati, bitte! Vergib ihm, Hannelore.«

»Ich entschuldige seine Ausdrucksweise. Man kann von einem

rohen Ländler nicht den Takt einer Gigue erwarten. Aber Ihre Erinnerung täuscht Sie, Osterberg. Max' Vater Bernard war ein enger Freund von mir. Und was mein Bett betrifft: Das ist seit mindestens zwanzig Jahren so leer wie Ihr Schädel.«

Nachdem ihr Vater schäumend das Zimmer verlassen hatte, schenkte Hiltrud ihrer Schwiegermutter und sich Schnaps ein, und der Duft nach Pfirsichkernen erfüllte die Luft. Der unbewegte Blick der alten Gräfin machte sie nervös, und sie ließ beinahe die Karaffe fallen.

»Arme Hiltrud, geht es dir noch immer nicht besser?«

»Meine Ärzte sagen, es geht aufwärts.«

»Warum bist du dann hier und nicht bei meinem Sohn?«

Hiltrud erwiderte störrisch: »Weil meine Tochter nach Hause kommt, wann immer sie Zeit hat. Claudia erwartet, dass ich hier bin, und mein Vater braucht mich.« Sie hatte eines der Gläser zu voll gegossen. Das würde sie besser selbst nehmen, denn ihre Schwiegermutter hatte zwei Schlaganfälle hinter sich und konnte kleine Dinge nicht mehr gut greifen. »Ich bin immer noch Claudias Mutti, und außerdem Hausfrau.«

»Du bist aber auch die Gräfin von Elbing. Hör zu.« Ihr Gast ergriff mit zittrigen Fingern das Schnapsglas. »Claudia ist achtzehn und führt ihr eigenes Leben. Dein Vater kommt allein zurecht, aber Dietrich ist in Gefahr.«

»Wir sind es, die in Gefahr schweben! Wird Paris bombardiert? Nein. Claudia sagt, in Frankreich essen sie vier Mahlzeiten am Tag, und all die Kohle, die eigentlich für Deutschland bestimmt ist, füllt deren Öfen. Sie feuern sogar im Sommer ihre Kamine und heizen bei offenem Fenster, nur damit für uns nichts übrig bleibt!«

»Es sind eben Franzosen, was erwartest du? Beantworte einfach meine Frage: Willst du Dietrich verlieren?«

Wollte sie? Hiltrud war sich nicht sicher. Sie hasste ihn mit einer solchen Inbrunst, dass ihr Puls allein beim Klang seines Namens in die Höhe schnellte. Aber ihn verlieren? »Nein, ich denke nicht.«

»Gut, denn er ist in ein Komplott verwickelt. Um den Führer zu beseitigen.«

Schnaps besudelte den Teppich. »Hast du den Verstand verloren, Hannelore?« Niemand hatte erwartet, dass die alte Frau sich von ihrem zweiten Schlaganfall je wieder erholen würde, und wenn es so um ihren Geist bestellt war, wäre das einer Genesung sicher vorzuziehen gewesen. »Wer behauptet denn etwas derart Infames?«

»Dietrich. Im November glaubte er, ich müsste sterben. Er hat an meinem Krankenbett eine Beichte abgelegt. Eine sehr umfängliche Beichte. Dachte wohl, ich würde nichts mehr davon mitkriegen. In Paris gibt es eine Gruppe namens …«, die alte Dame suchte kurz nach dem Wort, »… Dachterrasse. Dietrich ist zurück nach Berlin gekommen, um die Loyalität dieser Gruppe mit einer anderen, mächtigeren hier in Deutschland zu untermauern. Ich hörte damals, dass er häufig Stabsstellen des Heeres in der Bendlerstraße aufsuchte. Jetzt weiß ich auch, warum.«

Hiltrud richtete sich auf und ärgerte sich insgeheim, dass sie heute Morgen so ein altes Kleid und dazu dicke Strümpfe angezogen hatte. So hutzelig ihre Schwiegermutter auch war, in ihrem schwarzen Kostüm und dem Perlenschmuck stellte sie Hiltrud mit ihrer Eleganz noch immer in den Schatten. »Du warst dem Tode nah, du musst Dietrich falsch verstanden haben. Immerhin hat er dem Führer einen Treueeid geschworen. Was du ihm unterstellst, ist schändlich und ehrlos, und ich entschuldige es nur wegen deiner Gebrechlichkeit. Ich will nichts mehr davon hören.«

»Ich habe etwas mitgebracht. Schau in meiner Tasche nach, vielleicht ändert das deine Meinung.«

Hiltrud gehorchte und dachte gleich darauf: *Die Alte muss verrückt geworden sein.* Sie hielt ein Stückchen Karton eines alten Tischkalenders in Händen, noch dazu eines französischen Kalenders.

»Andere Seite«, sagte ihre Schwiegermutter.

Hiltrud wendete die Pappe und las laut die fremden Worte: »La Passerinette.«

»Ein Hutgeschäft in Paris.«

Darunter standen Zahlen von eins bis sechsunddreißig. Hinter jeder Ziffer waren weitere französische Wörter vermerkt. »Ich habe nie behauptet, dass ich Fremdsprachen beherrsche«, erwiderte Hiltrud schnippisch. Belle. Séduction. Caprice. Plume. Rose. »Was bedeutet das?«

»Das ist die Reihenfolge für die Präsentation einer Hutkollektion. Einer Modenschau. Das Geschäft gehört der Geliebten deines Mannes.« Die alte Gräfin nahm Hiltruds Entsetzen befriedigt zur Kenntnis. »Wenn Dietrich in Paris ist, schläft er mit einer Hutmacherin. Ich habe ja gesagt, er hat eine umfängliche Beichte abgelegt. Aber das wäre alles nicht so wichtig, wenn ihm diese Frau nicht derart den Kopf verdreht hätte, dass er davon faselt, sie eines Tages zu heiraten. Sie ist blond, groß und hübsch, da ist es wohl nicht verwunderlich, dass er sie zur Frau nehmen will.«

»Zur Frau – aber wie?«

»Nach deinem Gebaren im letzten Jahr kann er zu Recht damit rechnen, bald Witwer zu sein.«

»Du bist wirklich herzlos! Ich war damals nicht bei Sinnen.«

»Nun – bist du es denn jetzt? Dietrich ist in eine Verschwörung verwickelt, auf die die Todesstrafe steht. Ich kann nicht reisen, also musst du nach Paris fahren und ihn wieder zur Vernunft bringen. Gott allein weiß, ob er sonst dem Erschießungskommando entgeht.«

Dem Erschießungskommando? Ihr *Ehemann*? Alles um sie

herum schien sich mit einem Mal zu verlangsamen und wurde irgendwie unwirklich. Im Nebenraum legte ihr Vater eine Schallplatte auf, ein Volkslied. Das hohe Wehklagen des Tenors mischte sich mit ihrer eigenen, anschwellenden Stimme: »Er kann uns nicht derart verraten! Er kann keine Französin heiraten! Er ist mein Mann!«

»Warum trägst du dann deinen Ehering nicht? Den Rubinring, den ich Dietrich für dich gegeben habe und den ich schon von meiner eigenen Schwiegermutter bekommen habe.«

»Den habe ich ihm zurückgegeben.«

»O ja, als er sich weigerte, der NSDAP beizutreten. Ich sollte lieber fragen: Wo ist er *jetzt?*«

Hiltrud wusste es nicht. Doch sie durchschaute die Absicht ihrer Schwiegermutter. Die alte Frau stachelte sie dazu an, nach Paris zu reisen und Dietrich vor Ehrverlust und Ehebruch zu retten. Sie bezweifelte, dass ihr Ersteres gelingen würde, wenn sie Dietrichs geringe Loyalität dem Reich gegenüber bedachte. Doch Letzteres … obgleich sie ihn verachtete, hatte sie niemals in Betracht gezogen, dass sie ersetzt werden könnte. Die Vorstellung gefiel ihr nicht. Sie gefiel ihr ganz und gar nicht.

32

Coralie hatte angenommen, Teddy werde mit dem Zug in die Schweiz reisen, und das stimmte auch, doch Dietrich wollte ihn im Wagen bis nach Lyon bringen, die letzte große französische Stadt vor der Schweizer Grenze.

»Er darf niemandem begegnen, der ihn wiedererkennen könnte. Er muss sich in Nichts auflösen, und die Welt soll ihn für tot halten.«

»Warum?«, fragte Coralie. Die Männer hatten ihr eine Stunde zugebilligt, um Briefe zu schreiben und Geschenke einzupacken, und sie versuchte soeben zu entscheiden, welchen Hut sie Teddy für Ottilia mitgeben sollte.

»Ich habe meine Gründe«, antwortete Dietrich. »Aber ich behalte sie für mich. Vorerst.«

»Noch etwas, das ich zu meiner eigenen Sicherheit besser nicht wissen sollte?« Ihre Verbitterung ließ sich nicht verbergen.

»Genau. Schick Ottilia den grünen Hut, die Farbe steht ihr. Hast du jetzt für alle ein Geschenk ausgesucht?«

»Mir fehlt nur noch eins.«

Kurz darauf brachen die Männer auf und nahmen Voltaire in seinem Korb mit. Außerdem den längsten Brief, den Coralie je geschrieben hatte, eine Hutschachtel für Ottilia und eine kleine Baskenmütze für Noëlle. Das Mützchen, kirschrot und mit einer Fasanenfeder geschmückt, war eigentlich für das Kind einer anderen bestimmt gewesen. Coralie hatte noch schnell ein Etikett von La Passerinette hineingenäht und sich vor Eile in den Finger gestochen.

Dann schloss sie den Laden fürs Wochenende zu und ging nach Hause.

»Manna, los! Na los, Junge, lauf … Jaaa!«

Wo war das nur hergekommen? Coralie sah, so deutlich, als sei es gestern gewesen, ein weißes, in der Sonne schimmerndes Geländer vor sich, und Jockeys, die in schmutzverkrusteten Seidentrikots an ihr vorüberjagten. Sie sah den Hut ihrer Mutter, dessen Farbe auf ein wütendes Gesicht hinabtropfte. Der Tag des Derbys 1925, als mehr Regen gefallen war als zur Zeit der Arche Noah. Dass ihre Tochter soeben auf das Siegerpferd gesetzt hatte, schien Florence Masson nur noch mehr zu verärgern.

Coralie saß mit geschlossenen Augen am vorderen Fenster ihrer Wohnung und erinnerte sich, wie ihr Vater sie auf die Schultern gehoben hatte. *Hup, petite!* »Manna vom Himmel! Manna vom Himmel! Zehn Pfund hab ich auf den Gaul gesetzt! Unser Mädchen ist ein Wettgenie!«

»Genau, Jac, ermuntere das Kind nur zum Glücksspiel. Wenn sie versoffen und ohne einen Penny in der Gosse sitzt und sich für Twopence jedem Hurenbock anbietet, wissen wir, wem wir das zu verdanken haben. Mir reicht's!«

Florence war davongestürmt und im Matsch ausgerutscht. »Das ist doch wirklich der verfluchteste Ausflug meines Lebens!«

»Selber schuld«, gab Jac trunken vor Siegesfreude zurück. »Zieh halt beim nächsten Mal Stiefel an.«

Florence hatte sich aufgerappelt, das gelbgrüne Kleid schlammverschmiert. »Ich hasse dich. Ich hasse dich bis ins Mark, Jac Masson. Du kannst mich ins Grab legen und ich werde dich noch immer hassen. Und weißt du was?« Sie hatte sich ihm entgegengelehnt, wie ein Hund kurz vor einer Beißerei. »Ich hab jemand Besseren kennengelernt. Einen Gentleman, einen Schauspieler, der weiß, wie man eine Frau behandelt. Ich hab genug von deiner Sauferei, deiner stinkenden Werkstatt, deinen Launen und deinen verdammten Fäusten.«

Und das war das Letzte, was Cora von ihrer Mutter gesehen hatte.

Coralie öffnete die Augen. Sie wusste jetzt, woher diese Erinnerung gekommen war. Dietrich hatte ihr am Morgen vierundzwanzig Narzissen geschickt, obwohl Sonntag war und er sich am Vorabend nach Lyon aufgemacht hatte. Sie hatte sie mit noch geschlossenen Blüten ans Fenster gestellt. Doch nun sangen sie schon seit Stunden wie gelbe Kanarienvögel, ihr Duft trillerte: »Frühling!«, obwohl der Winter noch mindestens zwei Wochen lang andauern würde.

Coralie beschwor vor ihrem geistigen Auge die verregneten Rasenflächen von Epsom herauf und sah, wie die gelben Schuhe ihrer Mutter über die grüne Wiese staksten. Sie runzelte die Stirn. Das stimmte nicht. Erstens hatte die Menschenmenge beim Derby das Gras zu braunem Morast zertrampelt. Florence' Schuhe waren tief eingesunken und völlig verdreckt. Und zweitens war jegliche Würde, die sich ihre Mutter bis dahin vielleicht noch bewahrt hatte, zunichte gewesen, als sich ihr Absatz löste.

Die Filmsequenz in Coralies Kopf verschwamm an dieser Stelle. Das einzig klare, unzweifelhafte Faktum war der Absatz ihrer Mutter in einer Blechdose, in einem Küchenschrank in der Barnham Street. Wie war dieser Absatz von Epsom zu ihnen nach Hause gekommen?

Ein Klopfen an der Tür brachte die gleißende Wirklichkeit von Paris zurück. Ein Wagen stand am Straßenrand, der Wagen, den Dietrich regelmäßig ausgeliehen hatte, als sie gemeinsam in der Rue de Vaugirard wohnten. Sie eilte hinunter, öffnete und zog

Dietrich in den Flur. Sie sprachen kein Wort, bis sie oben waren und die Tür hinter sich verriegelt hatten. Dann fiel sie ihm in die Arme. »Ich hab dich nicht vor morgen zurückerwartet.«

»Ich hab Teddy schließlich nur am Bahnhof von Dijon abgesetzt. Er wusste, dass ich unbedingt hierher zurückwollte.«

Hierher zurück … zurück zu ihr? *Halte zu ihm,* hatte Teddy gesagt, und sie wollte es nur zu gern tun. *Häute ihn.* Auch diesen Rat wollte sie befolgen. War sie bereit, wieder seine Geliebte zu sein? Wäre es verzeihlich, vielleicht sogar ehrenhaft?

Sie begann lieber mit unverfänglichem Geplauder: »Wird Teddy bei den von Silberstroms bleiben?«

»Bis er sich in Genf eine Wohnung gesucht hat, ja. Er ist ganz aufgeregt bei dem Gedanken, endlich Ottilias Kunstsammlung zu sehen. Er konnte während der Fahrt von nichts anderem sprechen.«

»Ich dachte, die Gemälde sind in Deutschland.«

»Das habe ich nie behauptet, Coralie.«

»Führ mich nicht an der Nase herum. Du hast sie zurück in deine Heimat geschickt, nach Hohen Neuendorf.«

»Wann?«

Sie gab ihm einen Klaps auf den Arm. »Du hast es mir selbst erzählt, und Teddy hat gesagt, du schickst die Sammlung als Geschenk an die Nazis dorthin.«

»Teddy erzählt viel, wenn der Tag lang ist. Willst du die Wahrheit hören? Ich habe Ottilias Sammlung nach Neuendorf in die Schweiz gesandt. Ihr Bruder Max hat eine Jagdhütte in der Nähe dieses Ortes, und die Bilder befinden sich unter seinem Dach.« Dietrich umfasste ihr Gesicht mit den Händen und zog sie zu sich heran. »Sie sind sicher. Das habe ich immer gesagt, oder?«

»Nein. Ich meine, doch. Ich wusste nicht, dass es noch ein Neuendorf gibt.«

»Soweit ich weiß, gibt es einige. Sogar eins in Kanada.«

»Das hättest du mir auch früher sagen können! Ich finde, du solltest Teddy diese Dürers verkaufen, um das wiedergutzumachen.«

»Auf keinen Fall, und zwar weil sie nicht echt sind. Ich habe Teddy die ganze Zeit vor einer fürchterlichen Blamage und einem sehr schlechten Geschäft bewahrt.«

»Es sind Fälschungen?«

»Gute Fälschungen, aber nicht gut genug.«

Sie küsste ihn sanft auf den Mund. »Dafür, dass du doch kein Schwindler bist.«

»Wenn ich für alles, was ich nicht bin, einen Kuss bekomme, sollten wir uns dann vielleicht zu Bett begeben?«

Sie spürte den Sog der Natur und den Gegensog ihrer Vernunft. Es gab so viele Einwände gegen ihre Beziehung. Und doch liebte sie diesen Mann. Ihr Körper war sich absolut sicher, also begann sie mit ihrer Vernunft zu verhandeln und sagte: »Ich werde mich nicht dafür entschuldigen, dass ich Teddy damals angerufen habe, um ihn zu warnen. Ich dachte wirklich, du willst ihn umbringen. Und was Kurt betrifft: Ihm stand die Mordlust ins Gesicht geschrieben.«

Dietrich ließ sie los und warf sich aufs Sofa. Dann stand er wieder auf und legte Mantel, Hut und Fahrhandschuhe ab. Als er sich endgültig gesetzt hatte, dehnte er seine steifen Glieder. »Ich habe die Wohnung an jenem Abend ebenso wütend verlassen wie er, allerdings weniger verblendet. Ich gab Kurt die Wagenschlüssel und schickte ihn zum Boulevard de Clichy. Dann lief ich die kurze Strecke zur Rue de Seine.«

»In der Überzeugung, dass du Teddy dort finden würdest?«

»Trotz deiner Bemühungen, mich ans andere Ende von Paris zu schicken? Liebling, ich bin ebenso vertraut mit Clissons Gewohnheiten wie du. Ich bin gelaufen, und die kühle Nachtluft hat mich besänftigt.«

»Ich musste es tun.«

»Das weiß ich. Du warst zwischen deinen Verpflichtungen hin- und hergerissen, aber du hast dich für Teddy entschieden, weil du schon immer aufseiten der Außenseiter warst. Es hat mich nur gewundert, dass du für den Anruf so lange gebraucht hast.«

»Ich hab mir oft vorgestellt, wie du gegen Teddys Tür hämmerst und wie er dir öffnet, mit bleichem Gesicht über seinem orientalischen Morgenmantel.«

»Du liest zu viele Kriminalromane. Teddy hat die Nerven verloren und sich instinktiv unter dem Bett verkrochen. Um ihn zum Aufbruch zu bewegen, habe ich behauptet, seine persönlichen Vorlieben hätten ihn eingeholt – was ehrlich gesagt sogar zutrifft. Die Gestapo führt ihn auf einer Liste von Entarteten. Und was dich betrifft: Ich hab dir deine Flucht nicht vorgeworfen – dein Gefühl hat dich nicht getrogen. Die Situation an dem Abend war sehr heikel für dich. Aber ich habe etwas daraus gelernt.«

»Was denn?« Sie quetschte sich in eine Ecke des Sofas, und er machte ihr Platz, damit sie bequemer sitzen konnte. Er betrachtete sie aufmerksam.

»Dass wir grundsätzlich auf verschiedenen Seiten stehen. Ich liebe dich deshalb nicht weniger, aber es ist die Wahrheit, und es ist am sichersten und nur richtig, wenn wir nicht zusammen sind.«

»Oh.« Sie spürte einen Stich im Herzen, der ihr mehr über ihre Gefühle verriet als jede philosophische Spitzfindigkeit. »Wenn es das ist, was du willst, eine klare Trennung, dann bin ich wohl damit einverstanden.«

Dabei war sie es so leid, Kälte zu heucheln. Sie rückte näher an ihn heran, und er legte ihr den Arm um die Schulter. Sie saßen für eine Weile still da, Dietrich sah sie unverwandt an, und sie blickte auf die Narzissen, die vor ihren Augen zu einem grellen Farbklecks verschwammen.

»Wo hast du sonntags nur Blumen aufgetrieben?«

»Im Duet. Auf unserem Weg aus Paris bin ich mit Teddy vorbeigefahren und sagte: »Blumen, egal zu welchem Preis.« Wie sie es geschafft haben, weiß ich nicht. Erzählst du mir jetzt, was du all die Monate erlebt hast, während ich in Deutschland war? Mit deinem Ehemann?«

»Ich habe Ramon zuletzt an dem Tag gesehen, als wir dachten, Noëlle sei weggelaufen. Aber was ist mit dir? Warst du die ganze Zeit mit deiner Frau zusammen?«

»Meine Frau fährt nicht nach Berlin.« Seine Stimme klang heiser. »Hast du eine Ahnung, was in meiner Stadt vor sich geht? Das ist kein Ort mehr, wo Menschen sich in Cafés treffen oder bei einem Spaziergang Unter den Linden über Leben und Literatur plaudern. Deine Leute bomben uns die Seele aus dem Leib.«

Sie hatte es geahnt. Terrence Bidcroft, Unas RAF-Pilot, hatte einem Geschwader angehört, das unerbittliche Luftangriffe auf Deutschland flog. Er hatte nicht recht mit der Sprache rausrücken wollen, ob die Strategie aufging, doch Radio Londres war weniger zurückhaltend gewesen: »Deutschland wird zur unvermeidlichen Kapitulation gebombt.«

Dietrich würde ihr zweifellos eine weitere Version der Geschichte erzählen. »Bist du überhaupt bei deiner Frau gewesen in all der Zeit?«

»Ich war viel bei meiner Mutter, weil ich dachte, sie stirbt. Das wird sie auch, selbst wenn sie derzeit noch ein langes Finale feiert. Ja, meine Frau habe ich auch manchmal gesehen. Hiltrud hat versucht, sich am fünften Todestag unseres Sohnes das Leben zu nehmen, und eine Zeit lang war ich der einzige Mensch, den sie an sich herangelassen hat. Ich bin so oft zwischen Berlin und Hohen Neuendorf hin- und hergependelt, wie Fliegeralarm und Zugverkehr es zuließen. Aber jetzt bin ich zurück und will dich nur noch küssen.«

Sie umarmten sich, und ihr Kuss war wie eine lange Wiederentdeckung. Dietrich strich ihr übers Gesicht, als müsse er die Form neu erspüren. Dann schob er seine Hand unter die zerknitterten Lagen aus Strickjacke und Bluse, die Coralie wegen der Kälte übergezogen hatte. Er tastete sich zur Wölbung ihrer Brüste vor, entblößte eine Brustwarze und spielte damit. Coralie öffnete die Lippen, um seiner Zunge Einlass zu gewähren.

Sie ließ sich von ihm ins Schlafzimmer führen, und sie entkleideten sich rasch. Er trug den *Pour le Mérite,* und sie selbst hatte sich angewöhnt, wieder ihr Satinkropfband umzulegen. Sie starrten einander auf die Kehlen.

»Hoffentlich müssen wir nie so weit gehen«, sagte er.

»Aber es ist gut zu wissen, dass wir es könnten.«

Bei der Berührung der marmorkalten Bettlaken lachten sie vor Schreck auf, doch allmählich gewann die Hitze ihrer Körper die Oberhand. Wie lange waren sie nicht mehr allein gewesen, mit der Aussicht auf einen ganzen Tag, der nur ihnen gehörte? Coralie seufzte, als er ihr über Bauch, Hüften und Schenkel strich. Sie spreizte die Beine, und er streichelte sie bis kurz vor dem Höhepunkt. Dann drängte sie ihn zurück und sagte: »Jetzt bin ich dran. Ich werde dich überall berühren, kein Zentimeter Haut ist vor mir sicher.«

Häute ihn, schäle die ganze Wahrheit aus ihm heraus. Sie wollte unter der Decke beginnen und so dem trügerischsten aller Sinne – dem Sehvermögen – ein Schnippchen schlagen.

Wenn sie die Zeit doch nur anhalten könnten. Coralie hätte sich bereitwillig zu einem endlosen Nachmittag in diesem rustikalen Bett verpflichtet, warm, satt und glücklich. Doch Dietrich hatte andere Pläne.

»Ich möchte, dass du wieder mit mir in die Rue de Vaugirard ziehst. Jeden Tag wärmt die Zentralheizung die Wohnung, aber niemand ist dort. Warum also hierbleiben?«

»Ich bin nicht bereit, wieder umzuziehen.«

Er widersprach nicht, doch sie spürte, dass es nur ein taktischer Rückzug war.

»Komm wenigstens heute Abend mit. Pack ein Abendkleid ein, und wir können uns im Warmen baden und umziehen. Wir gehen aus. Wo ist der Ring, den ich dir gegeben habe? Du solltest ihn doch tragen.«

Fünf Anordnungen in fünf Sekunden. Der Generalmajor in ihm war nicht zu überhören.

Auf dem Weg zu seiner Wohnung erklärte er sein Vorhaben ausführlicher. »Ich hab einen Tisch im Rose Noire reserviert.«

»Bist du verrückt? Letztes Mal sind wir gerade noch einmal mit dem Leben davongekommen.«

»Wir können uns entweder im Schatten verkriechen oder mitten auf sonnenbeschienenen Boulevards spazieren. Was ist dir lieber?«

Später, als sie sich bereits zum Ausgehen umgezogen hatten, standen sie vor dem knisternden Kaminfeuer. Er trug seine Uniform, und der *Orden* prangte mitten zwischen seinen Jackenaufschlägen. Sie hatte ein Abendkleid aus Kunstseide von Una gewählt. Es war cremefarben mit einem goldenen Muster, hatte Glockenärmel, einen Rüschenkragen und war eng tailliert. Das zinngraue Kropfband wollte nicht recht dazu passen, also legte sie sich ihr silbernes Schnupftabakfläschchen an einer feinen Kette um den Hals. Der Rubinring wog schwer an ihrem Mittelfinger. Dietrich wirkte so aufgedreht wie die Uhr, die er fortwährend zurate zog.

»Dietrich, was ist heute Abend nur los mit dir? Du wirkst so aufgeregt … durcheinander … ich weiß gar nicht, wie ich es nennen soll.«

»Ich bin ungeduldig. Nicht wegen dir oder mir selbst, wegen anderer Leute.«

»Das musst du mir erklären.«

»Berlin wurde wieder bombardiert. Tausende sind umgekommen. Hunderttausende haben kein Dach mehr über dem Kopf. Meine eigene Wohnung am Tiergarten … unbewohnbar. Du hast mir gestern vorgeworfen, der Mut habe mich verlassen, als hätte ich Hitler bereits gegenübergestanden und nur nicht abgedrückt. Aber so einfach ist es nicht. Genau wie vor einem Jahr empfinde ich es noch immer als Wunsch und als meine Pflicht, das blinde Morden meines Landes zu beenden, und die Stunde der Abrechnung rückt näher. Aber andere werden entscheiden, wann es so weit ist.«

»Wann denn?«

Er machte eine warnende Geste. Deutsche Hausangestellte waren im Dachgeschoss untergebracht. Sie durften den Aufzug zwar nicht benutzen und betraten die Hauptwohnungen nur, um Feuer zu machen und zu putzen, aber seine Reaktion bedeutete: »Die Wände haben Ohren.«

Er sprach weiter: »In Berlin habe ich Freunde vom Militär getroffen, und wir haben unsere Absichten bekräftigt, aber es geht nur langsam voran. Ich würde die Sache genau wie du gern schnell hinter mich bringen und die Bombe platzen lassen.« Er umfasste ihre Hüften. »Ich träume oft davon, dass das alles hier vorbei ist. Letzte Nacht träumte mir sogar, wir hätten einen Sohn. Ich konnte nicht erkennen, wo wir lebten. Irgendwo weit oben, mit Blick über die ganze Welt, aber ich wusste, dass du meine Frau bist. Wenn ich das alles überleben sollte, will ich den Rest meiner Tage mit dir verbringen. Nur mit dir.«

Sie küsste seine Stirn, und ihre Lippen berührten die wulstige Narbe, die von seinem Flugzeugabsturz vor fünfundzwanzig Jahren herrührte. Sie wollte ein Kind von Dietrich … aber noch nicht jetzt. Sie brauchte ihren Körper ohne Einschränkungen, denn genau wie er hatte sie eine Pflicht zu erfüllen. Sie würde ihm niemals von ihrer Arbeit für den Widerstand erzählen. Er hatte seine Loyalitäten, sie hatte die ihren. Es würde schwer werden, ihr Leben miteinander zu teilen und so viel voreinander geheim zu halten.

»Sag mir noch mal, warum du ins Rose Noire willst.«

»Um Musik zu hören und unter Leute zu kommen. Um dich in meinen Armen zu halten.«

»Das kannst du überall. Du willst in die Höhle des Löwen, weil das spannender ist, als einfach abzuwarten, dass der Löwe dich von allein findet.«

Ein Lächeln stahl sich auf seine Lippen. »Du liest meine Gedanken. Also, wollen wir los?«

»Nein.« Sie fasste sich ans Haar. »Ohne Hut kann ich unmöglich gehen.«

33

Nachdem Coralie die vertrauten dunklen Stufen hinabgestiegen und durch den Friesvorhang getreten war, den man von innen für sie beiseitezog, wurde sie vom Glanz geblendet. Die Wüste Afrikas hatte ihre Oasen, und Paris hatte das Rose Noire.

Schimmernde Lichter und Kerzen, quarzrosa Tischdecken, Blumengewinde und poliertes Silber – dieser Ort war von Neuem zur Zufluchtsstätte verwöhnter Luxusexilanten geworden. Menschen mochten sterben, die Hoffnung mochte sterben, doch das Geld starb nie. Es flüchtete sich nur in immer weniger Hände.

Wie oft konnte man die Welt neu erschaffen, ohne dass sie ihren Sinn verlor? Ihre eigene Welt hatte sich innerhalb der vergangenen Stunde gewandelt. Wie ein kompliziertes Holzpuzzle war sie zerlegt und in neuer Gestalt wieder zusammengesetzt worden. Keine schlechtere Gestalt, aber eine zutiefst beunruhigende.

Sie wurden von Félix Peyron erspäht, und er verbeugte sich bereits, während er noch auf sie zueilte. Oder besser: auf sie zuschlurfte. *Schlimme Gelenkschmerzen,* dachte Coralie. *Er kämpft weiter, weil er muss.* Und dann stand Martel vor ihnen, die Hand melodramatisch ans Herz gepresst.

»Monsieur le Comte, Mademoiselle de Lirac, als ich hörte, wer einen Tisch bei uns bestellt hat, habe ich Ihnen gleich den allerbesten reserviert. Es ist mir eine Freude, Sie beide wieder hier begrüßen zu dürfen. Sie werden ein paar Veränderungen bemerken, die hoffentlich Gnade vor Ihren Augen finden.«

Da Arkady und Florian Paris verlassen hatten, gab es auch die Vagabonds nicht mehr. Eine neue Band stand auf der Bühne: Neun Männer spielten altmodischen Swing.

Dietrich fragte: »Sind meine Gäste schon eingetroffen?«

»Just vor einer Minute, Monsieur.«

Von Gästen hatte Dietrich nichts erzählt. Coralie warf ihm einen finsteren Blick zu. Wie eine Zwiebel, genau wie Teddy gesagt hatte. Schicht für Schicht. Wenn sie ihn gar zu sehr häutete, was würde wohl zum Vorschein kommen?

Während sie Martel zu ihrem Platz folgten, spürte sie fremde Blicke auf sich ruhen. Dietrich zog stets die Aufmerksamkeit auf sich, und ihr Kleid schillerte wie der Flügel eines Kolibris. Da sie keine Zeit gehabt hatte, sich die Haare zu waschen und zu richten, hatte sie ihre natürlichen Locken einfach ausgekämmt. Sie war vermutlich die einzige Frau im Raum, die sich nicht mit literweise Zuckerwasser frisiert hatte. Und was den Hut betraf …

Als sie sich geweigert hatte, die Wohnung ohne Kopfbedeckung zu verlassen, beharrte Dietrich: »Du siehst wunderschön aus, so wie du bist.«

»Ich bin Hutmacherin! Ich würde auch nicht von dir verlangen, im Leinenanzug auf eine Militärparade zu gehen.«

Er hatte zum zehnten Mal auf seine Armbanduhr geschaut.

»Diese Uhr wird noch seekrank«, sagte sie leicht verärgert.

»Könntest du nicht etwas aus Ottilias Garderobe nehmen? Ihr Schrank ist noch immer voller Kleider.«

In Ottilias altem Schlafzimmer schloss er einen Kleiderschrank auf und enthüllte eine Schatzkiste feinster Mode. Aber es gab nur eine einzige Hutschachtel, und der Inhalt musste mehrere Jahre alt sein. Beim Öffnen rief Coralie: »Du lieber Himmel! Tillys

Trifle-Garnierung!« Es war der Hut, den Ottilia in Epsom getragen hatte und von dem Coralie vorlaut behauptet hatte, ihm fehle eine Krempe.

Tatsächlich sah er gut aus, obwohl er, wie sie bereits befürchtet hatte, ziemlich aus der Mode und für eine Abendgarderobe völlig unpassend war. »Der geht nicht«, meinte sie. »Wir müssen bei mir im Laden vorbei.«

»Moment.« Dietrich hatte ihr Gesicht im Spiegel betrachtet. Sie wusste, dass auch er den Hut wiedererkannte, und er sah mit einem Mal traurig aus. Er griff nach der hauchdünnen Stola, die Coralie sich eigentlich umlegen wollte, und wand sie um die asymmetrischen Spitzen des Hutes. Das Gewebe wallte hinab wie goldener Nebel. Augenblicklich entstand eine neue Form.

»Die Ahnung eines mittelalterlichen Gobelins. Du bist Fiametta, die Angebetete des Malers Dante. Halt, rück ihn nicht zurecht, er ist perfekt so. Wir müssen den Schleier nur noch irgendwie feststecken.« Ein perlenbesetzter Manschettenknopf musste dafür herhalten. »Können wir jetzt gehen?«

»Nur eins noch.« Sie hatte Lippenstift aufgetragen, tiefrot und gewagt. Fiametta, kleine Flamme. »Ich will, dass du mir eine Frage beantwortest. Sie quält mich schon seit Jahren.«

»Warum gerade jetzt?«

»Dieser Hut hat alte Geister heraufbeschworen. Erinnerst du dich, wie Ottilia ganz benommen aus dem Wohnwagen dieser Wahrsagerin gestolpert kam? Was hat sie dort gehört?«

Schulterzucken.

»Ach, komm schon. Du weißt es noch so gut wie ich. Du hast mir erzählt, sie wollte eine Antwort auf eine drängende Frage. Was wollte sie wissen?«

Er hatte geseufzt, und sein Blick fragte: *Muss ich wirklich?*

O ja. Sie konnte Ottilias Parfüm an diesem Hut riechen, und obwohl die Frau ihr oft den letzten Nerv geraubt hatte, war ihr

Kummer Coralie nie gleichgültig gewesen. »Ich will wissen, warum sie so verloren wirkte, obwohl sie doch alles hatte.«

Dietrich gab nach: »Die Frage an die Zigeunerin lautete: ›Hat er mich zurückgewiesen, weil ich die bin, die ich bin?‹ Die Frau hat es bejaht. Das hat Ottilia sehr mitgenommen, weil sie genau diese Antwort gefürchtet hatte.«

»Weil sie die ist, die sie ist … also Jüdin?«

»Ich schätze, das hat sie gemeint.«

»Hast du Ottilia wirklich deshalb verlassen?«

»Nein.«

»Warum dann? Du hast die Verlobung nur wenige Tage vor der Hochzeit wieder gelöst. Tilly ist lieb und schön. Sie ist vielleicht nicht die Hellste, aber du warst ein Mann von Ehre. Es ist, als hättest du sie aus der offenen Wagentür auf die Straße gestoßen.«

Er stand immer noch hinter ihr und sprach zu ihrem Spiegelbild. »Ich habe unsere Verlobung gelöst, weil meine Mutter mich in ihr Privatzimmer rief, um mir zu gestehen, dass Ottilia meine Halbschwester ist.«

»Oh.« *Oh.* »Du und Ottilia, ihr habt denselben Vater?«

»Meine Mutter hatte ein Verhältnis mit Bernard von Silberstrom, und zurzeit meiner Empfängnis befanden sie und ihr Ehemann – mein vermeintlicher Vater – sich in unterschiedlichen Ecken des Landes.«

»Warum hast du das Ottilia nie gesagt? Warum hast du sie in dem Glauben gelassen, du hättest sie um ihrer selbst Willen zurückgewiesen?«

»Ich habe es ihrem Bruder erzählt – meinem Halbbruder Max –, und er drängte mich, Stillschweigen zu bewahren. Ottilia kann kein Geheimnis für sich behalten, das hast du sicher schon bemerkt.«

»Sie hätte sich besser gefühlt. Zumindest wertgeschätzter.«

Er nickte. »Es wäre die ehrenwerte, die mutigere Entscheidung gewesen. Ich wäre natürlich von meinem Vater enterbt und den

Einschränkungen – dem Antisemitismus – unterworfen worden, denen Juden in Deutschland ausgesetzt sind. Du hast ganz recht, es wäre ehrenhafter gewesen, die Sache öffentlich zu machen. Aber ich habe es nicht getan. Stattdessen habe ich mich so gut ich konnte um Ottilia und Max gekümmert. Als sie Deutschland verlassen mussten, habe ich die beiden außer Landes gebracht. Ich konnte auch einigen von Max' Angestellten und ihren Familien zur Flucht in die Schweiz verhelfen. Wiegt das mein Unrecht auf? Wäre ich nicht Dietrich von Elbing, hätte ich selbst alle Hände voll damit zu tun gehabt, aus Deutschland zu entkommen.« Sein Lächeln geriet schief. »Ändert das deine Ansichten über mich?«

»Ehrlich gesagt schon. Wo ich so darüber nachdenke, siehst du Tilly tatsächlich ein wenig ähnlich.«

»Ich kann kaum Gemeinsamkeiten zwischen uns entdecken, aber in mancherlei Hinsicht ähnele ich Max. Meine Tochter Claudia hat allerdings das gleiche rotblonde Haar wie Ottilia.«

Mehr Worte waren zu diesem Thema nicht zwischen ihnen gefallen, aber auf der Fahrt zum Boulevard de Clichy erfasste Coralie allmählich die ganze Dimension von Dietrichs Enthüllung. *Er war Halbjude.*

Während Martel sie an ihren Tisch führte, hatte Coralie kurz Zeit, sich auf Dietrichs Gäste einzustellen: Kurt und Fritzi Kleber. Auf dem Weg zu ihnen gab Dietrich ihr strenge Anweisungen, das Treffen mit Teddy unter keinen Umständen zu erwähnen.

Er raunte: »Wenn einer von beiden seinen Namen nennt, tu so, als könntest du den Gedanken an ihn kaum ertragen, verstanden? Schlag die Augen nieder, weich ihren Blicken aus.«

»Und was ist mit Hitler?«, fragte sie. »Erwähnen? Nicht erwähnen?«

»Das ist kein Scherz, meine Liebe.«

»Ich weiß«, sie zögerte, »aber ich habe Angst. Fritzi Kleber muss doch wissen, dass ich weggerannt bin, in der Nacht, als du zu

Teddy wolltest. Sie hat sich möglicherweise ausgerechnet, dass ich ihn angerufen habe.«

»Unmöglich. Als ich zurück in die Wohnung kam, hat sie geschlafen wie ein Stein. Übrigens bis zum Mittag.«

Ein Hoch auf Veronal. »Aber Dietrich, die Klebers sehen mich vielleicht als Bedrohung an. Ich war Teil deiner Verschwörung, und dann bin ich getürmt. Was, wenn Fritzi immer noch diese Pistole mit sich rumträgt?«

»Vielleicht tut sie das, aber die Geschichte ist jetzt ein Jahr her. Die Zeit vergeht, und heute treffen wir uns als Freunde wieder.«

Sekunden später küsste Kurt ihr auf seine zuvorkommende Art die Hand. Fritzi gab ihr einen Kuss auf die Wange. Der Wein stand schon auf dem Tisch, und Kurt wollte sofort mit ihnen anstoßen. Er schenkte allen ein.

»Auf ein lange überfälliges Wiedersehen.« Dietrich erhob sein Glas.

Es folgten hastige Wortwechsel auf Deutsch. Coralie wartete ab. Fritzi und Kurt überschlugen sich geradezu mit Erzählungen über ihre jüngsten Erlebnisse. Sie waren in den vergangenen Monaten durch Frankreich gereist und hatten Kirchen und römische Ruinen besichtigt. Sie hatten sogar die spanische Grenze passiert. Dietrich seinerseits teilte Neuigkeiten aus Berlin mit und konnte die Verwüstungen der alliierten Bombenangriffe nicht verschweigen.

Coralie musste an Donal denken, der möglicherweise immer noch in diesen lahmen, rasselnden Kisten flog oder gar abgeschossen worden war, und sie wandte den Blick ab. Er fiel auf Lorienne Royer.

Sie zuckte zusammen, als Fritzi ihre Hand berührte.

»Entschuldigen Sie, dass ich in letzter Zeit nicht bei La Passerinette war.« Fritzi verzog das Gesicht. »Die Zeit rast, aber ich habe ihre Kreationen bei Freundinnen gesehen. Was halten Sie von meinem?« Sie deutete auf ihren Hut für den Abend, eine gefütterte Samtkappe, bedeckt mit einer Fülle von Frühlingsblumen.

»Sehr hübsch. Aber der Entwurf stammt nicht von mir. Merken Sie sich den nächsten Besuch am besten schon mal im Kalender vor, Fritzi.«

»Das werde ich, besonders wenn das da eins Ihrer neuen Modelle fürs Frühjahr ist.« Fritzi strich über Coralies Florschleier. »Ist er kompliziert zu tragen?«

»Nun, ich würde damit keinen Hummer essen wollen. Es ist die Geburt einer Idee, was sich später daraus entwickelt, wird sich zeigen.«

Fritzi erwiderte nichts, denn die Männer unterhielten sich mittlerweile leise und ernst miteinander.

Als sie merkten, dass ihre Frauen schwiegen, brach Kurt mitten im Satz ab. Er stützte die Ellbogen auf den Tisch und sprach gegen seine Fingerknöchel: »Ich hab Dietrich gerade gefragt, ob unser Schwur noch gilt. Ob wir weiterhin dasselbe Ziel verfolgen.«

»Dachterrasse«, hauchte Fritzi.

»Ein Jahr ist verstrichen, wertvolle Zeit verloren«, sagte Dietrich und erhob sein Glas. »Aber trinken wir auf die Dachterrasse. Auf die Freundschaft. Auf unverbrüchliche Treue.«

Coralie stieß mit den anderen an, blickte dann jedoch zur Seite und suchte den Blick von Lorienne Royer.

Das aufgesetzte Gesellschaftslächeln ihres Gegenübers gefror. Ihr strohblondes Haar schien das rosafarbene Licht zu schlucken, und der Blick versteinerte.

»Ich geh mich kurz frisch machen«, murmelte Coralie. Sie kochte innerlich. Loriennes Brief über die Verhaftung von Madame Thomas und Violaine war ein Akt der Barbarei gewesen, der auch jetzt noch nach Vergeltung schrie. Allerdings wusste Coralie nicht recht, wie sie sich rächen sollte, ohne Zähne und Fäuste einzusetzen. »Ich komme mit«, erwiderte Fritzi.

Auf der Damentoilette ließ Coralie sich kaltes Wasser über die Handgelenke laufen und sah zu, wie Fritzi ihren Hut zurechtrückte. Sie schob ihn tief in die Stirn, sodass er eine Augenbraue vollständig verdeckte. Zu tief. »Darf ich?« Coralie löste die Hutnadeln und setzte ihn etwas höher. »Zeit für ein Geständnis, Fritzi. Wer hat mich ausgestochen?«

Röte stieg Fritzi in die Wangen. »Ich liebe Ihre Hüte, aber nach der schrecklichen Situation hier mit Serge Martel und Reiniger meinte Kurt, wir sollten vorsichtiger sein. Er wollte nicht mehr, dass wir uns so oft sehen.«

»Wir haben uns überhaupt nicht mehr gesehen.«

Fritzi schien ihren Mut zusammenzunehmen. »Wollen Sie die Wahrheit wissen? Kurt fürchtet, dass Dietrich nicht mehr so einflussreich ist wie früher. Diese Sache mit der Gestapo hat seinem Ansehen geschadet.«

»Wenn ich mich recht erinnere, sah eher Martel wie der Hauptschuldige aus. Und Dietrich hat mächtige Freunde in Deutschland.«

»Sie meinen Reichsmarschall Göring?«

Die Tür ging auf, und zwei Damen betraten den Raum, gefolgt von einer Bediensteten mit einem Stapel frischer Handtücher. Fritzi sagte nichts mehr, und sie gingen gemeinsam wieder hinaus.

Im Foyer blieb Fritzi stehen. »Coralie, gestehen Sie mir zu, mehr über das Innenleben des deutschen Führungsstabs zu wissen als Sie. Glauben Sie mir, auch Göring hat nicht mehr denselben Einfluss wie früher. Was den Krieg betrifft, sieht es für Deutschland nicht gut aus, und Görings Rolle im Russlandfeldzug wird in gewissen Kreisen harsch kritisiert. Oh, ich bin keine Verräterin, wenn ich das sage. Ich sehe die Lage Deutschlands nicht ernsthaft bedroht, am Ende werden wir siegen.«

Coralie starrte Fritzi fassungslos an. »Ich dachte, Sie wollen einen Frieden mit Anstand.«

Wie zur Antwort ergriff Fritzi Coralies Hand und blickte ausdruckslos auf den Rubinring. »So ist es. Und ich warne Sie als Freundin: Klammern Sie sich nicht an ein sinkendes Schiff. Außerdem ist Dietrich verheiratet, genau wie Sie. Wo ist er eigentlich, Ihr Ehemann?«

»Ramon? Im Süden. Er arbeitet bei der Eisenbahn.«

»Ich lüge nur ungern, also sage ich es frei heraus: Ich bin einerseits wegen dieses unsteten Gatten nicht mehr in Ihr Hutgeschäft gekommen, und andererseits weil mir zu Ohren gekommen ist, dass Sie Jüdinnen beschäftigt haben sollen.«

Coralie keuchte, aber Fritzi schien es nicht zu bemerken.

»Seitdem gab es außerdem Gerüchte, dass Sie mit Absicht Hüte machen, die deutsche Frauen entstellen, und dass Sie sich heimlich über uns lustig machen. Dafür könnten Sie verhaftet werden, das wissen Sie, oder? Das ist Sabotage. Es ist töricht und gefährlich.«

»So etwas würde ich Ihnen niemals antun.«

Fritzi legte einen Finger an die Lippen. Lorienne Royer hatte das Foyer betreten.

»Frau Kleber, welch eine Freude und Ehre!« Sie sah einfach durch Coralie hindurch. »Aber einen Augenblick«, schalt Lorienne dann, »Ihr Hut sollte über dem Auge sitzen.«

»Sodass sie vor die nächste Wand rennt? Und mir wirft man vor, ich würde Menschen verunstalten!«

Lorienne ignorierte Coralie weiterhin. Fritzi blickte von einer zur anderen und sagte dann bestimmt: »Wären Sie so freundlich, das für mich zu richten, Mademoiselle Royer?«

Coralie sah ihnen nach, als sie gemeinsam zurück zur Damentoilette gingen. Kleine elektrische Schläge fuhren ihr von der Brust bis in die Kehle. Sie berührte die Schnupftabakflasche, die ihr um den Hals hing. Fritzi Kleber hatte ihr Fähnlein nach dem Wind gehängt. *Dietrich ist nicht mehr so einflussreich wie früher. Kurt will nicht, dass wir uns so oft sehen …*

An der Tür zum Klub blieb Coralie stehen und betrachtete Dietrich und Kurt Kleber im Gespräch. Zwei von Martels Flittchen näherten sich ihnen und wurden von den Männern weggeschickt. Die beiden Frauen zögerten. Sie wurden erneut abgewimmelt und zogen langsam und mit schwingenden Hüften von dannen.

Kurt füllte zwei Gläser und ergriff das seine. Er wollte wieder auf etwas anstoßen, vermutete Coralie. Auf die Freundschaft? Auf eine Zukunft ohne Hitler? Sie dachte: *An Dietrichs Seite würde ich jedem Schicksal entgegensehen.* Für ihn und für das Schicksal der gesamten Menschheit. Aber nicht für die Ehre Deutschlands. Sie wollte nicht für ein Land leiden und sterben, das kauernde Flüchtlinge auf französischen Straßen bombardierte. Das ihr Violaine, Una, Amélie und ihr eigenes Kind genommen hatte.

Und falls die Verschwörung scheiterte und sie und Dietrich gefasst würden, hätte sie den Mut, ihre Kapsel zu zerbeißen und das Zyankali zu schlucken? *Du wirst töten,* hatte die Zigeunerin ihr prophezeit. Es war ihr bisher nicht in den Sinn gekommen, dass sie sich selbst töten könnte. Sie wollte nicht sterben. Noëlle brauchte sie. Sie musste leben.

Dietrich winkte einem Kellner. *Er ist menschlich*, dachte sie. *Gefährlich menschlich. Arisch und jüdisch.* Ihr war das gleichgültig, aber Fritzi Kleber sicher nicht. Auch Göring nicht. Und auch der Gestapo nicht.

Falls Dietrichs Stern wirklich sank und die Gestapo sie verhören sollte, könnte sie sein Geheimnis bewahren? Wenn man sie für ihre Arbeit im Widerstand verhaftete – sie schlüge, ihr die Nägel ausrisse, wie beim armen Jan Brommersma –, würde sie den Mund halten?

Niemals. Sie würde brechen wie dünnes Porzellan. Sie würde Dietrich verraten, und man würde ihn festnehmen, ihn misshandeln, nach Drancy oder in ein anderes Sammellager bringen und dann weiter nach Osten, wer weiß wohin.

Sie nahm den Hut ab, der kaum weniger auffällig war als der Eiffelturm, und stieg die Treppe hinauf. Im Foyer bat sie die Garderobiere um Papier und Stift und schrieb:

Es ist vorbei. Du bist mir wichtig, aber Fritzi hat mich daran erinnert, dass wir beide verheiratet sind. Halt Dich von mir fern …

Welche Worte würden seinen preußischen Stolz so sehr verletzen, dass er sie für immer in Ruhe ließ?

… denn mein Ehemann ist Dir weit überlegen.

Sie setzte ein »C« darunter und wickelte die Nachricht um den Rubinring. Dann verdrehte sie die beiden Enden, wie bei einem Bonbon.

Sie steckte dem Mädchen an der Garderobe hundert Francs zu, damit es den Zettel Generalmajor von Elbing übergab, wenn er Hut und Mantel abholte. »Wenn der Ring nicht mehr dabei ist, verbringen Sie die nächsten fünf Jahre im Gefängnis La Santé, kapiert?«

Überraschenderweise wurde sie am Ausgang von Schneegestöber empfangen. Sie ging den Boulevard de Clichy hinab zur Métro. Da sie nicht zugleich ihren Hut festhalten und die Hände in die Taschen stecken konnte, nahm sie ihn ab und spießte ihn, wie ein Cocktailwürstchen, auf einen Zaun. Der Schnee würde ihn zudecken, ein passendes Ende. Vielleicht könnte sie Ottilia eines Tages einen neuen machen. Vielleicht könnte sie Dietrich eines Tages ihre Flucht erklären. Und vielleicht würde er verstehen.

34

In der Dämmerung des 8. März, eines Montags, traf Hiltrud von Elbing in Paris ein.

Ihr Vater hatte für die Fahrt eine Begleitung organisiert, da er sie partout nicht allein reisen lassen wollte. Sie hatte ihm tunlichst verschwiegen, dass Dietrich nichts von ihren Plänen ahnte, ihm nach Paris zu folgen. Ernst Osterberg hatte in Erfahrung gebracht, dass ein Mitarbeiter des Gauleiters von Brandenburg auf offizieller Mission nach Paris fuhr und Hiltrud in die Obhut von dessen Sekretärin gegeben. Sie musste mit anhören, wie er der Dame erklärte, dass seine Tochter kränkelte. Eine Nervenschwäche, gegen die sie zweimal täglich Tabletten schlucke.

»Wenn sie weint, beachten Sie sie gar nicht, aber wenn sie weiß wird und um Atem ringt, halten Sie ihr Riechsalz unter die Nase. Sie sind für ihr Wohlergehen verantwortlich. Mein Schwiegersohn, Graf von Elbing, ist ein enger Freund von Reichsmarschall Göring.«

Kein Wunder, dass ihre Aufpasser sie während der gesamten strapaziösen Fahrt mit feindseligem Argwohn beäugten. In Deutschland wurden sie durch bombenversehrte Schienen aufgehalten, in Frankreich durch einen rätselhaften Aufenthalt mit bewaffneten Soldaten und viel Schreierei, und zu guter Letzt vom Schnee. Um vier Uhr morgens schlich der Zug endlich in den Bahnhof von Paris ein. Da alle um sie herum sitzen blieben und keinerlei Anstalten machten, den Waggon zu verlassen, nahm sie an, dass es eine weitere Verspätung gab. Doch dann erwähnte jemand eine Ausgangssperre: Französische Reisende durften vor fünf Uhr morgens nicht auf die Straße.

Als Deutsche waren sie und ihre Begleiter von solchen Einschränkungen nicht betroffen. Auf dem Bahnsteig empfing sie ein Verbindungsbeamter der Militärzentrale. Solch eine Liebe zur Pflicht – Hiltruds Stimmung hellte sich schlagartig auf. Während sie die dunklen Straßen entlangfuhren und Schneeregen gegen die Windschutzscheibe klatschte, blickte sie sich neugierig um. Aus unerfindlichen Gründen hatte sie mit sonnigem Wetter gerechnet. Zum Glück trug sie ihren wärmsten Mantel und eine Wollmütze. Nicht gerade schick, aber wenn es für Hohen Neuendorf reichte, reichte es für Paris allemal.

Der Abgesandte des Gauleiters und seine Sekretärin wurden an einem großen, palastähnlichen Gebäude abgesetzt. Hiltrud konnte nicht viel erkennen, doch der Bau schien die gesamte Seite eines Platzes einzunehmen. Schnee wirbelte vom zinngrauen Himmel, ebenso dicht wie zu Hause. Doch wo war das eigentlich, zu Hause? Berlin, wo sie geboren worden war, bestand zu großen Teilen nur mehr aus qualmendem Schutt. Frauen wie sie und sogar junge Mütter mit ihren Säuglingen lebten auf der Straße, in der Kälte. Die nördlichen Stadtteile waren zertrümmert, und sie träumte oft davon, wie Hohen Neuendorf von einer Feuersbrunst verschlungen wurde. Dagegen: keinerlei Anzeichen von Bombardements in Paris. Claudia und ihr Vater mussten recht haben: Paris war verschont geblieben, da sogar die höchsten Obrigkeiten dem verruchten Luxus dieser Stadt verfielen.

Nach etwa einer Stunde fuhr der Wagen weiter und brachte Hiltrud zu ihrem Ziel: die Rue de Vaugirard.

Während sie einen Fluss überquerten, sagte der Fahrer: »Die Seine, gnädige Frau. Ein schöner Fluss.«

»Mit der Spree oder der Havel kann er sich nicht messen.«

Am anderen Ufer schienen ihr die Straßen düsterer, obgleich der Himmel sich inzwischen etwas aufgehellt hatte. Sie musste husten. »Warum ist die Luft hier so verraucht?«

Weil die Pariser dem Mangel an Heizöl begegneten, indem sie sich Öfen in die Wohnungen stellten, erklärte der Fahrer. Sie verbrannten alles, was ihnen in die Finger kam, und da viele Haushalte keinen Kamin oder Rauchabzug hatten, steckten die Menschen ihre Ofenrohre einfach durch Löcher in der Wand, die sie eigens dafür einschlugen. Der Rauch aus den unteren Stockwerken blieb so natürlich in den Straßen hängen.

»Wie unhygienisch. Man sollte es ihnen verbieten.«

Der Wagen hielt vor einem Haus mit imposantem Eingang. Während ein paar Wachleute entlang des Zauns auf der anderen Straßenseite patrouillierten, zog der Fahrer an der Klingel. Nach kurzer Wartezeit wurde ihnen geöffnet. Der Fahrer verabschiedete sich, und sie sagte zu dem Mann, der sie empfing: »Ich bin Generalmajor von Elbings Gattin, Gräfin von Elbing. Bringen Sie mich bitte zu seiner Wohnung.«

Der Mann geleitete sie zum Aufzug, drückte einen Knopf und sagte: »Generalmajor von Elbing ist gestern Nacht sehr spät nach Hause gekommen.«

Während der Aufzug losfuhr, hörte sie ihn noch leise murmeln: »Viel Glück.«

Sie würde Dietrich anweisen, sich um diesen Kerl zu kümmern. Früher hätte sie das selbst besorgt, doch in letzter Zeit fühlte sie sich häufig wie ein kleines Wesen, das in einem viel zu großen Körper gefangen war. Ihre Stimme steckte irgendwo dort drinnen, doch sie gehorchte ihr nicht immer. Dann wieder brach sie so in Zorn aus, dass es sie selbst erschreckte. Wenn sie wollte, dass Dietrich ihr zuhörte, dass er zurück nach Hause kam, dann musste sie unbedingt den richtigen Ton finden.

Sie trat aus dem Aufzug und klopfte an die einzige Tür des Stockwerks. Ein Mann mit Leinenschürze öffnete, und sie erkannte an seinen rußigen Händen, dass er im Begriff gewesen war, ein Feuer zu entfachen.

»Was glaubst du, wie spät es ist, Weib? Der Putzdienst hat vor einer Stunde begonnen. Und wo sind deine Putzlumpen?«

Sie nannte ihren Namen und fügte hinzu: »Und wer auch immer Sie beschäftigt, Sie können ihm mitteilen, dass Sie entlassen sind.«

Der Mann stammelte eine Entschuldigung. *Verzeihen Sie, Gnädigste, wusste nicht, dass man die Gräfin erwartet. Der Generalmajor hat nichts gesagt. Ich habe für heute Morgen eine weitere Putzhilfe erwartet und dachte, Sie –*

»Gehen Sie zurück an die Arbeit.« Sie trat ein und suchte Dietrich.

Er war im Schlafzimmer, lag bäuchlings auf dem Bett, die Kleider über den gesamten Raum verteilt. Als sie ihn an der Schulter rüttelte, reagierte er nicht. Sie schnüffelte … fremdes Parfüm und Alkohol. Sie rüttelte erneut, und er murmelte irgendetwas.

Sturzbetrunken.

Sie durchsuchte seine Kleidung und fand einen gestrickten Winterstrumpf und ein weiteres Paar Damenstrümpfe zwischen seinen Sachen. Da war auch Unterwäsche aus glattem Satin mit Spitzenbesatz. Im Kleiderschrank hingen mehr Damenmäntel und Kleider, als sie je in ihrem Leben besessen hatte, und auf der Frisierkommode, einem überkandidelten Trumm mit Perlmuttintarsien und schmalen Fächern, lagen Hutnadeln und eine Bürste mit langen blonden Haaren zwischen den Borsten.

Außerdem war dort Dietrichs *Pour le Mérite*. Sie griff nach dem Orden und küsste ihn. Wie stolz sie darauf gewesen war. Auf ihn. Als sie beide noch jung gewesen waren. Sie ließ den Daumen am Ordensband entlanggleiten und spürte einen Widerstand. Als sie das Kreuz umdrehte, sah sie, dass jemand eine kleine Stofftasche in das Band eingenäht hatte. Sehr geschickt, sodass man den verborgenen Inhalt, was immer er sein mochte, wie eine Erbse aus der Schote drücken konnte.

Im nächsten Augenblick hielt sie ein braunes Glaskügelchen in der Hand. Sie wusste genau, was sie vor sich hatte. Claudia, die mit Gefangenen des Reichs arbeitete, hatte ihr einmal eine solche Kapsel gezeigt. Sie hatte sie einer Spionin abgenommen. Die Frau hatte versucht, das winzige Gefäß in ihrem Achselhaar zu verstecken, doch eine gründliche Suche hatte es zum Vorschein gebracht. Es war eine Todespille. Ihre Schwiegermutter hatte also nicht übertrieben: Dietrich plante etwas, das zu seiner Verhaftung führen konnte. Sogar mit gefesselten Händen würde er die Zyankalikapsel zwischen die Zähne bekommen.

Allerdings nicht, wenn es nach ihr ging.

Hiltrud ließ die Kapsel in ihre Manteltasche gleiten. Dann brach sie das Köpfchen einer der Hutnadeln von der Frisierkommode ab und steckte es in das umgenähte Band. Sie würde alles tun, um Dietrich wieder zur Vernunft zu bringen, für sich – und für den Führer. Und wenn ihr das nicht gelang, wäre es ihm wenigstens nicht vergönnt, den Ausweg des Feiglings zu wählen.

Sie betrat die Küche. Sie war ordentlich, zu ordentlich. Hier kochte niemand. Aus einem der Nebenzimmer vernahm sie ein Klirren und fand dort den Hausangestellten, der sie an der Tür beleidigt hatte. Er sprang auf.

»Machen Sie weiter«, befahl sie, »und wenn Sie fertig sind, verlassen Sie dieses Haus.« Sie bemerkte erst jetzt, dass sie sich in einem ausnehmend schönen Raum befand. Seidentapeten, ein Sofa aus Damast mit Platz für vier Personen, kunstvoll verzierte Spiegel, ein Kronleuchter, von dem es Kristalltropfen regnete. Sie bewunderte die geschnitzten Beine eines runden Tisches und entdeckte einen Brief darauf. Und einen Ring, den Von-Elbing-Rubin, der rechtmäßig ihr gehörte. Wo war Dietrichs Französin?

Wo war die Frau, die ihren Mann zum Säufer und Kriminellen gemacht hatte? Sie erkannte seine Handschrift, doch sie verstand nichts, da der Brief auf Französisch geschrieben war.

Einige Wörter begriff sie dennoch: *amour*, das hieß Liebe. *Honneur.* Als sie die Seite wendete, entdeckte sie einige Zeilen auf Deutsch, als hätte Dietrich den Brief zuerst in seiner eigenen Sprache verfasst.

Ich kann Dein Handeln nicht nachvollziehen. Meine Liebe zu Dir übersteigt jegliche Vernunft, Politik, das Gesetz und die Religion. Sie übersteigt alles, außer der Ehre. Wenn sie sich der Ehre nicht ergäbe, wäre sie wertlos. Ich glaube noch immer, dass ich Dich eines Tages heiraten werde. Ich weiß nicht, wie, doch das ändert nichts an meinem Glauben, dass wir eines Tages einen Sohn haben werden, selbst wenn es mir vielleicht nicht vergönnt sein wird, ihn aufwachsen zu sehen. Ich sehne mich so nach einem Sohn mit Dir.

Hiltruds Brüllen durchschnitt alle Wände. Draußen blieb die Wachmannschaft stehen und richtete ihre Gewehre in Richtung des Schreis.

Dietrich erwachte und hörte gerade noch, wie der Schrei erstarb. Er schwang die Füße aus dem Bett und versuchte aufzustehen, doch alles um ihn herum drehte sich. Letzte Nacht hatte er nach der Flasche gegriffen, hatte nur noch vergessen wollen.

»Coralie?« Eine Frau war in sein Zimmer getreten. Er blinzelte und traute seinen Augen nicht. Er konnte nicht glauben, wer da vor ihm stand, mit einem Küchenmesser in der Faust.

Doch er glaubte es, als sie ihm das Gesicht aufschlitzte und eine Wunde vom Wangenknochen bis zum Kinn zog. Er glaubte es, als sie ihm einen Stich ins Bein, oberhalb des Knies versetzte, und dann noch einen, tief in den Arm. Er begriff, dass es um sein Leben ging, und bog ihren Arm hoch, verdrehte ihn, bis das

Messer zu Boden fiel. Er stieß sie aus der Wohnung, rutschte fast auf seinem eigenen Blut aus, drängte sie halb und fiel halb mit ihr die Treppe hinunter.

Draußen auf der Straße schrie er um Hilfe, und die Wachleute rannten auf ihn zu, mit erhobenen Waffen.

Im Krankenhaus kam er wieder zu sich, und man sagte ihm, dass es der 11. März sei und er zwei Bluttransfusionen erhalten habe. »Wo ist sie?«, fragte er.

Der Arzt nahm an, er meine seine Ehefrau. »Sie wurde in eine Klinik außerhalb von Paris eingewiesen, Herr Generalmajor. Le Cloître. Die Ärzte dort sind auf Hirnverletzungen und …«, der Mann hüstelte verlegen, »… sonstige Geisteskrankheiten spezialisiert. Man wird sich gut um sie kümmern. Arme Frau, offensichtlich hat der Tod Ihres Sohnes ihr den Geist verwirrt. Söhne sind für eine Mutter unersetzlich, meinen Sie nicht auch? Ich habe gehört, der Junge ist bei der Bombardierung Ihrer Heimatstadt gestorben.«

Dietrich stöhnte auf. Sollte der Arzt das ruhig glauben. Die höllischen Schmerzen in seinem Gesicht und in seiner Schulter, die über den Rücken ausstrahlten, versicherten ihm nur zu deutlich, dass er noch am Leben war. Doch er wünschte das Gegenteil. Der Schock über Hiltruds Angriff war nichts gemessen an dem Schock über Coralies Verrat.

VI

35

Eine Nachricht von Fritzi Kleber informierte Coralie, dass Dietrich von seiner Frau ermordet worden sei. Gräfin von Elbing war unerwartet nach Paris gekommen, so schrieb Fritzi, und hatte Dietrich aus bisher unbekannten Gründen attackiert.

Es war ein Glück, dachte Coralie später, dass sie sich in jenem Moment nicht an die Zyankalikapsel erinnerte, die ihr um den Hals hing, sie hätte sie sonst sicher zerbissen. Stattdessen warf sie sich aufs Bett, unfähig zu weinen, bis sie von hartnäckigem Klopfen aufgeschreckt wurde. Es war Kurt Kleber, der ihr die Nachricht überbrachte, dass Dietrich noch am Leben und in ein Krankenhaus nach Deutschland überführt worden sei. »Vielleicht ist es gar nicht schlecht, dass wir mit all unseren Plänen derzeit so in der Luft hängen, nicht wahr?«

Sie war zu sehr mit ihren Gedanken an Dietrich beschäftigt, um Kurt aufmerksam zuzuhören. Fast stimmte sie ihm zu, doch dann merkte sie auf. »Was für Pläne?«

Kurt lächelte. »Braves Mädchen.«

Sommer und Herbst 1943 schienen endlos, und sie sehnte sich danach, Dietrich die Wahrheit zu sagen. *Ich habe dich nur verlassen, weil ich Angst hatte, ich könnte dich verraten und für immer Schuld auf mich laden.* Doch Kurt weigerte sich, ihm ihre Briefe zukommen zu lassen.

»Lassen Sie ihn in Ruhe, Coralie, um seinetwillen und um

Ihrer selbst willen. Und nein«, fügte er auf ihre beharrlichen Nachfragen hinzu, »ich weiß nicht, was zwischen Dietrich und seiner Frau vorgefallen ist und was Hiltrud überhaupt nach Paris geführt hat.«

»Hat er sie vielleicht um die Scheidung gebeten?«

Kurt seufzte. »Ein Mann von Ehre entledigt sich nicht einfach seiner gebrechlichen Frau, nur um frei für eine andere zu sein.« Coralie sollte ihm danken und sich damit zufriedengeben, das wusste sie, aber sie wollte mehr. Widerwillig gab Kurt nach.

»Einen Mann wie Dietrich von Elbing mit einem plumpen Zettelchen abzuservieren, damit öffnet man mutwillig die Büchse der Pandora. Und man sollte sich nicht über das wundern, was einem daraus entgegenspringt. Warum um Himmels willen haben Sie das getan?«

Dezember 1943 kam mit eingefrorenen Wasserleitungen und Schnee, der sich wegen des Ofenrußes in der Luft augenblicklich in gräulichen Matsch verwandelte. Genauso kalt und lang wie die vorigen Winter. Und dann, kurz nach Neujahr, ein Brief:

9. Januar 1944
An Madame C.

Meine liebe Frau,
es ist eisig hier in den Hügeln, aber ich schlage mich leidlich, mit einer Gruppe guter Männer (und Frauen!) und unserem Freund mit der Geige. Wir haben eine Kampfeinheit gebildet und können es kaum erwarten, uns am Feind und dieser Drecksmiliz zu erproben, die wir wohl noch mehr hassen als die Deutschen. Bis dahin vertreiben wir uns die Zeit, indem wir den einen oder anderen Konvoi plündern und Informanten erschießen. Meine Fähigkeiten von früher erweisen sich hier als nützlich. All die

Jahre, die ich mit der Kalkulation von Tunneln und Stützbögen zugebracht habe, waren also nicht umsonst. Fährst Du oft mit dem Zug? Ich hoffe, Dir und dem Kind geht es gut, ich denke oft an Euch.

In Liebe, wie immer,

R.

Der Text war auf Zwiebelschalenpapier geschrieben und hinter das Etikett einer Weinflasche geschoben worden.

Der Fälscher Bonnet überbrachte ihr die Botschaft. »Pardon, Madame, ich habe den Wein getrunken – ich nehme an, so war es gedacht – und es war ein guter Côtes d'Auvergne. Bitte lesen und verbrennen. Was für ein Kerl, unser Ramon!«

Ja, was für ein Kerl. Doch ihr Verdacht, in welche Art Geschäfte er verstrickt sein könnte, ließ Coralie noch stärker davor zurückschrecken, auf sich aufmerksam zu machen. Ihren Kontaktmann Moineau hatte sie schon seit Monaten nicht mehr gesehen. Eines Morgens Mitte Januar, als sie die Rue Mouffetard aufsuchte, um Geheimbotschaften für die Avenue Foch abzuholen, schüttelte der Metzger den Kopf.

»Was Sie sonst bestellen, führen wir derzeit nicht, Madame.«

»Und morgen?«

»Die Fleischstücke, die Sie bevorzugen, sind im Moment nicht erhältlich. Versuchen Sie es woanders.«

Es kam ihr vor, als sei sie gar nicht mehr Teil des Widerstands. Fritzi hatte ihr Versprechen gebrochen und war nie wieder aufgetaucht, und Coralie mied inzwischen die Avenue Marigny. Erst ein Besuch im Parc Monceau Anfang Februar besserte ihre Laune. Wenn goldene Winterlinge und die ersten Schneeglöckchen ihre Spitzen zeigen und sich der Sonne freuen konnten, dann konnte sie es auch. Sie würde in diesem Jahr einen Neuanfang wagen, wenn auch ein wenig verspätet, und eine neue Assistentin für den Hutladen einstellen.

In Lorienne Royers missgünstiger Nachricht hatte ein Funken Wahrheit gesteckt: *Was werden Sie nur ohne Ihre rechte Hand anfangen?* Coralie hatte sich stets auf geschickte Fachkräfte wie Madame Zénon, die Ginslers und Violaine verlassen können. Sie vermisste es, sich mit anderen auszutauschen und gemeinsam Ideen zu entwickeln. Heutzutage stieß sie oft an die Grenzen ihres Könnens. Es würde nicht mehr lange dauern, bis die Leute tuschelten: »Coralie de Lirac ist nichts ohne ihre Angestellten.«

Am 14. Februar hängte sie ein Schild ins Schaufenster von La Passerinette und in die Fenster diverser Geschäfte im Sentier, und binnen weniger Stunden konnte sie sich vor hoffnungsfrohen jungen Frauen kaum retten. Sie klopften bei ihr an und wollten ihre Referenzen vorweisen, so wie sie es selbst einst getan hatte. Außerdem vertrauten sie ihr an, wie wenig man ihnen bezahlte und dass sie dringend ein höheres Gehalt benötigten.

»Mein Bruder ist in Kriegsgefangenschaft.«

»Meine Mutter ist sehr krank.«

»Ich muss ein Kind ernähren, und mein Mann ist in Deutschland beim *service de travail obligatoire*.«

Arme Dinger. Trotzdem wies sie alle ab. Keines der Mädchen hatte Violaine oder Amélie besonders ähnlich gesehen, doch sie wusste, dass sie den Anblick weißer Hände beim Nähen und Formen des Hutstoffes und feiner Locken über gerunzelten Brauen nicht ertragen würde. Sie sammelte die Schilder wieder ein und mühte sich weiterhin allein. Dann, gegen Ende des Monats, bekam sie Besuch.

»Ich habe gehört, Madame, dass Sie einen erfahrenen Hutmacher suchen.«

»Das war mal so … Fragen Sie im Namen Ihrer Tochter?«

Ein leises Lachen. »Nein, Madame, in meinem eigenen. Ich

heiße Georges Blanchard und bin schon mein Leben lang Hutmacher. Ich bin inzwischen pensioniert, aber …« Seine Ersparnisse waren durch jahrelange Wechselkursgaunereien aufgebraucht. Er langweilte sich und … »Die Tage vergehen langsam.« Sie ließ ihn ein und stand einem hinkenden Bären gegenüber. Er war fast zwei Meter groß, Veteran des Ersten Weltkriegs mit einer Schrapnellverletzung. Ihre Werktische waren viel zu niedrig für ihn, und am Lüster im Verkaufsraum würde er sich den Kopf anstoßen. Aber er brachte sie zum Lächeln. Sie stellte ihn auf der Stelle ein.

Und dann, als sie eines Abends nach Hause radelte und ihre Reifen über die letzten Schneereste knirschten, tönte ihr Moineaus Fahrradklingel ans Ohr. »Haben Sie Feuer, Cosette?«

»Hallo, Fremder.« Sie hielt neben ihm an, und sie taten, als teilten sie sich eine Zigarette.

Er hatte sich versteckt gehalten, erzählte er. *Fortitude* war im Januar von Gestapo-Spitzeln unterwandert worden, zwölf Mitglieder verhaftet. Er selbst war von einem befreundeten französischen Polizisten gewarnt worden, bevor sie ihn gefangen nehmen konnten.

»Wer wurde gefasst?« Nicht Mademoiselle Deveau, hoffte Coralie.

»Das kann ich Ihnen nicht sagen.«

»Sie können oder Sie wollen nicht?«

»Würden Sie besser schlafen, wenn Sie es wüssten, Cosette? Ich kenne ohnehin nur die Decknamen.« Er zog an seiner Zigarette und hielt sie ihr hin. Während sie halbherzig inhalierte, sagte er: »Wissen Sie noch, der dicke alte Vogel am Kanal? Sie hat nie einen Decknamen benutzt, sich nur Francine genannt. Die haben sie erwischt. Also, sind Sie bereit für das nächste Paket?«

»Oje – also, ich meine: ja, natürlich.«

»Immer noch in der Wohnung in der Rue de Seine? Sie sind nicht wieder in dieser Gasse bei Saint-Lazare … wie hieß sie noch?«

»Impasse de Cordoba. Ich habe den Schlüssel noch, für Notfälle.«

»*Bien.* Legen Sie ein paar Vorräte an. Das Heft mit den Lebensmittelmarken haben Sie noch?«

»Natürlich.«

Sie zwang sich, nicht an die zwölf unglücklichen *Fortitude*-Agenten zu denken. Stattdessen machte sie sich Sorgen um Una, die seit September 1943 keinen einzigen Brief beantwortet hatte. Coralie trug erneut ihr Kropfband. Zwar war sie sich nicht sicher, ob sie das Zyankali der Gestapo vorziehen würde, aber sie wollte zumindest die Wahl haben.

Am letzten Februartag lieferte Moineau einen dreiundzwanzigjährigen Bugschützen ab, der nach der Bombardierung von Zielen im Ruhrgebiet über dem besetzten Luxemburg abgesprungen war. Crawford Lesoeur, ein Offizier der Royal Canadian Air Force, der für die RAF flog, hatte sich das Bein gebrochen, als er mit dem Fallschirm zwischen einigen Bäumen gelandet war. Nach acht Monaten im Verborgenen war er erst jetzt wieder kräftig genug, die Reise nach England anzutreten.

Er sollte drei Tage in der Rue de Seine bleiben, und da er nicht unters Dach klettern konnte, überließ Coralie ihm ihr Bett und zog in die Abstellkammer, in der früher Noëlle geschlafen hatte. Nicht dass sie selbst besonders viel Schlaf bekam. Jedes Knarren, jedes nächtliche Geräusch wurde zu einem schwarzen Citroën, der unten vor dem Haus vorfuhr. Sie glaubte, das Schlagen der Wagentüren und schwere Stiefel auf dem Pflaster zu hören. An dem Tag, an dem Lesoeur ihre Wohnung eigentlich verlassen sollte, kam Moineau vorbei und berichtete von einem Problem mit dem nächsten sicheren Unterschlupf. Sie sollte ihren Flieger noch ein wenig länger verstecken und ihn dann selbst zum nächsten Ziel bringen – der eigentliche Kurier war tot.

Coralie ging hinaus und stellte sich in die Schlange für Lebensmittel. Dabei achtete sie konzentriert auf mögliche Gefahren. Sie kaufte immer nur kleine Mengen, niemand durfte sie mit Vorräten für zwei Personen das Haus betreten sehen.

Als ihr Gast fragte, ob sie verheiratet sei, erzählte sie von Ramon und riskierte die Bemerkung: »Er ist beim Maquis, in Mittelfrankreich.« Es machte sie stolz und zeigte ihr deutlich, wie es um ihre Gefühle bestellt war, denn obwohl sie Dietrich schrecklich vermisste, entschied sie sich erneut für eine Seite. Als Crawford Lesoeur die Meinung äußerte, man müsse Deutschland in die Niederlage dreschen, nickte sie zustimmend. Und als er sagte, der gut vorbereitete französische Widerstand werde sich bewähren, sobald die Alliierten einmarschierten, nahm sie es als Kompliment, als das es zweifellos gemeint war.

»Wann rechnen Sie mit der Invasion?«

»Sie ist schon da, zumindest in der Luft. Unsere Bomber ebnen den Weg für die Bodentruppen. Ich werde an Sie denken, Madame, und wenn ich wieder zu Hause bin, sage ich meinen Jungs, wo sie nach dem Absprung hingehen sollen.«

Zehn Tage nach seiner Ankunft in der Rue de Seine brachte sie Lesoeur im Zug nach Narbonne und kaufte ihm dort eine Fahrkarte nach Perpignan. Als Kanadier sprach er zwar Französisch, doch sein Akzent würde ihn verraten. Coralie gab ihm in Nelkenöl getränkte Watte.

»Legen Sie sich die unter den Gaumen und tun Sie so, als hätten Sie Zahnweh.« Sie steckte ihm einige abgegriffene Hundert-Francs-Scheine zu, um das allzu knisternde Notgeld aufzubessern, das die RAF an ihre Leute ausgab. »Kommen Sie mit Ihrer Verlobten nach Paris, wenn das alles hier vorbei ist.«

»Ich bin nicht verlobt.«

»Was denken sich diese englischen Mädchen eigentlich? Richten Sie ihnen von mir aus, sie sollen sich gefälligst ranhalten.«

Ein neuer Untergetauchter kam, und nach ihm der nächste. Es nahm kein Ende. Britische und amerikanische Bomber flogen rund um die Uhr Angriffe auf Deutschland und nahmen auch französische Ziele ins Visier. Die Verluste unter den Fliegerbesatzungen waren hoch. Für jeden Piloten, Navigator und Bordschützen, den Coralie aufnahm, stürzten vermutlich zehn weitere in den Tod oder wurden gefangen genommen. Sie lag oft im Bett und dachte an Dietrich in Deutschland, bedroht von Bomben, die Donal auf ihn abwerfen könnte. Sie dachte auch an Donal, dem die Flugabwehrgeschütze und Kampfflugzeuge der deutschen Luftwaffe nach dem Leben trachteten. Typisch, sie bangte um Männer auf beiden Seiten. Täglich las sie deutsche und französische Zeitungen und hoffte auf die Schlagzeile: »Adolf Hitler ist tot!«

Eines Tages Anfang April, um die Mittagszeit, fragte ihr Assistent: »Warum machen wir eigentlich keine Frühjahrskollektion?«

»Der Zug ist abgefahren, Georges.«

»Es gibt keinen Zug. Wir sind freie Geister in einem Land voll kopfloser Hühner.«

»Für einen kopflosen Hühnerbraten würde ich meine Seele verkaufen.« Coralie nahm einen Löffel Steckrübensuppe. Sie saßen in einem Café auf den Champs-Élysées, wo man aufgrund der vorwiegend deutschen Kundschaft einst ein anständiges Mittagessen bekommen hatte. Doch allmählich ging alles aus, außer Steckrüben.

»Ich mein's ernst«, beharrte Georges. »Wir könnten in einem Monat eine Kollektion auf die Beine stellen, wenn wir uns voll darauf konzentrieren.« Er senkte schmeichlerisch die Stimme. »Was ist mit Ihrer Wette mit Lorienne Royer, von der Sie mir erzählt haben? Wer von Ihnen die beste Frühjahrskollektion herausbringt.«

»Die Wette hatte ich mit Henriette Junot, und das war vor fünf Jahren. Ich kann mich nicht erinnern, Ihnen davon erzählt zu haben.«

»Wetten bleiben gültig. Lorienne hat das Geschäft von Henriette Junot übernommen, also ist sie jetzt Ihre Kontrahentin.«

»Sie hat mir letzten Sommer die Idee mit dem Mittelalterstil geklaut. Ihre Herbst/Winter-Kollektion bestand aus nichts als Hörnern und Schleiern. Einige ihrer Modelle sahen aus wie Rentiere, die sich in einer Gardine verheddert haben. Dieses Jahr hab ich mir ihre Entwürfe gar nicht erst angeschaut.«

»Sehen Sie? Sie gewinnt die Oberhand. Warum lassen Sie sich nicht auf das Spiel ein?«

»Sagen wir es so: Zwischen Lorienne und mir steht mehr als die Frage, wer von uns beiden die besseren Kritiken auf den Modeseiten bekommt.«

Georges ließ die Sache vorerst auf sich beruhen, doch am ersten Mai kam er zur Arbeit und verkündete: »Traurige Neuigkeiten: Paul Poiret ist tot.«

»Der Couturier?«

»Ich hab vor langer, langer Zeit für ihn gearbeitet. Ein Hitzkopf, aber wenn ich eine Frau wäre, würde ich Blumen auf sein Grab streuen. Er war ein Pionier der natürlichen Form.«

»Dann hat ihn vermutlich der Schlag getroffen.« Coralie wies auf ihre Taille, die auf atemraubende sechzig Zentimeter geschnürt war. »Ich fürchte, wir sind wieder zu einer sehr künstlichen Zweiteilung des weiblichen Körpers zurückgekehrt.«

»Wir könnten ihm mit einer Kollektion unsere Reverenz erweisen. So würde der späte Termin nur angemessen wirken.«

»Paul Poiret …« Coralie erinnerte sich an die orientalisch angehauchten Kleider, die um 1911 die Gesellschaft schockiert und verzaubert hatten. Nicht dass sie dabei gewesen wäre, aber sie hatte die Autobiografie des großen Poiret gelesen. Dank ihm hatte man zum ersten Mal seit drei Generationen wieder Knöchel gezeigt. »Die Silhouetten damals waren lang und schmal. Heute ist der Stil vollkommen anders.«

»Turbane«, schlug Georges vor.

»O nein, Turbane hab ich schon 1939/40 gemacht.«

»Lorienne kreiert derzeit große runde Köpfe. Mal wieder.« Georges täuschte ein Gähnen vor. »Und Sie wissen genau, dass die Welt geradezu nach Turbanen schreit. Man kann sie aus fast allem herstellen, und sie passen sich jeder Stimmung an. Klar, einfach …«, Georges neigte sich näher zu ihr, »sogar ein wenig subversiv. Ah, eine Reaktion!«

»Subversiv? Wie meinen Sie das?«

»Wir könnten sie mit geheimen Zeichen versehen, die nur von oben sichtbar sind. Ein Wink an die tapferen Jungs der alliierten Luftstreitkräfte.«

Wie meinte er das? Zeichen, die für die Crews der RAF-Flieger aus der Luft sichtbar waren? »Etwa Pfeile mit der Aufschrift ›Hier geht's zur Küste der Normandie‹, auf Englisch gestickt? Sie sind ein Mann nach meinem Geschmack, Georges, aber das scheint mir nicht sehr aussichtsreich.«

»Sie sind der Boss.« Georges kochte ihr eine Tasse Kaffee, ganz wie sie ihn mochte, mit Milchpulver und einem Löffel Honig. Er war der einzige Mann, der ihr je ein warmes Getränk zubereitet hatte. Aber nein, erinnerte sie sich, Donal hatte ihr einst eine Tasse Tee gemacht, und einen Hamamelisumschlag für ihr blaues Auge.

»Nein. Nein, Sie haben ganz recht, Georges, versuchen wir es«, lenkte sie ein. »Wir müssen es raffiniert anstellen, aber es wird sicher ein Heidenspaß.«

Georges rieb sich die Hände. »Und nicht all unsere deutschen Damen sind nach Hause gefahren. Wir könnten sie zu Trägerinnen einer verschlüsselten Botschaft machen, ganz ohne ihr Wissen. Das Spiel, Sie verstehen?«

Sie konnte sich nicht erinnern, ihm vom Spiel – »Plagt die Besatzer« – erzählt zu haben, aber andererseits murmelte sie beim Arbeiten manchmal vor sich hin und vergaß, dass Georges mit im Zimmer war.

»Was halten Sie hiervon?« Er zog sein Notizbuch hervor und kritzelte etwas hinein. »Ein Turban mit einem Funkmast, Antennen – und dem Schriftzug ›Vive la France‹, verborgen unter dem Stoff, sodass niemand ihn je zu Gesicht bekommt.«

Sie konnte sich die plötzliche Irritation, die sie bei diesen Worten ergriff, nicht erklären. Fühlte sie sich von Georges in ihren Zuständigkeiten beschnitten? »So ein Entwurf käme einem Expressfahrschein nach Drancy gleich.« Sie klappte sein Notizbuch zu.

Georges war für den Rest des Morgens sehr still, und als sie ihm später vorschlug, einige Ideen mit ihr durchzugehen, erwiderte er knapp: »Mit mir? Ich bediene hier nur die Schere. Coralie de Lirac hat die großen Einfälle.«

Sie hatte ihn verletzt. »Georges, entschuldigen Sie bitte. Wir machen eine Kollektion mit Turbanen. Wir können Seide und Baumwollreste verwenden, und ich werde immer dazusagen, dass die Idee von Ihnen stammt.«

»Ganz wie Sie wollen. Sie sind der Boss.«

Coralie de Lirac von La Passerinette
lädt Sie zur Präsentation ihrer Frühjahr/Sommer-Kollektion ein,
Samstag, 27. Mai 1944, um 11.30 Uhr,
Boulevard de la Madeleine

Das Geschäft war am Tag der Präsentation gut gefüllt, obwohl viele ihrer deutschen Kundinnen inzwischen in die Heimat zurückgekehrt waren. Sie schienen alle zugleich abgereist zu sein, als hätte das Vaterland sie nach Hause befohlen. Diejenigen, die noch in der Stadt waren, arbeiteten entweder für das Heer und waren durch ihre Pflichten gebunden, oder sie hatten durch die alliierten Bombardements kein Zuhause mehr, in das sie heimkehren konnten. Coralie wunderte sich, dass diese in Paris gestrandeten Frauen noch immer Pariser Hüte kaufen wollten, aber sie beschwerte sich nicht. Sie hatte in der Vergangenheit oft genug unbesonnen gehandelt, nicht nur durch ihre Beteiligung am »Spiel«, sondern auch, indem sie mit ihren französischen Kundinnen über die Deutschen gelacht hatte. Sie hatte angenommen, diese heiklen Scherze würden diskret behandelt, doch als ehemalige Wäscherin und Fabrikarbeiterin hätte sie wissen müssen, dass pikantes Getratsche den Menschen schneller entglitt als eine Handvoll glitschiger Aale. Die neue Kollektion sollte den Schaden wiedergutmachen, den sie ihrem eigenen Ansehen zugefügt hatte, denn sie musste nicht nur sich selbst und ihre »Pakete« ernähren, sondern schickte auch Geld an Ottilia für den Unterhalt ihrer Tochter und sparte für Noëlles Ausbildung. Ottilia war liebevoll und meinte es gut, doch sie sollte Coralies mütterliche Pflichten nicht vollends übernehmen. Der Krieg konnte ja nicht ewig dauern, und Coralie blickte allmählich über die tägliche Mühsal hinaus auf eine neue, gemeinsame Zeit. Las man in den zensierten Nachrichtenmeldungen zwischen den Zeilen, konnte man eine Verschiebung des Gleichgewichts zugunsten der Alliierten erkennen. Wenn es an der Zeit wäre, ihr Kind zurückzuholen, wollte sie als erfolgreiche Frau nach Genf reisen.

Wie eh und je würde es bei La Passerinette zwei Präsentationen geben, doch Coralie hatte die Reihenfolge umgedreht: Die französische Schau kam nun zuerst. Statt des üblichen Termins unter der Woche hatte sie den letzten Samstag im Mai gewählt. Niemand fuhr heutzutage mehr am Wochenende aufs Land.

Bald würde es losgehen. Sie hatte Félix Peyron engagiert, den Wein auszuschenken. Als Gastgeberin würde sie ihre Modelle kommentieren, sobald die Vorführung begann. Sie hatte erneut Solange Antonin gebeten, als ihr Mannequin aufzutreten, und Solange hatte sogleich eingewilligt, denn sie musste zugeben, dass ihr verhätscheltes Dasein als Trophäe hochrangiger SS-Offiziere auf seine Art ebenso beengend war wie das Leben zu Hause bei ihren Eltern. In diesem vergoldeten Käfig waren alte Verunsicherungen – und Wutanfälle – zurückgekehrt. Und das nicht zu knapp …

Heute gab es allerdings keine Anzeichen von Zorn, Gott sei Dank. Solange befand sich in dem tranceartigen Zustand, der vor Auftritten typisch für sie war. Georges stand bei ihr im Flur, hatte die Arme gekreuzt und die Lippen geschürzt. »Ich soll sie herrichten, aber sie lässt mich nicht an ihren Kopf.«

Coralie erwiderte: »Reichen Sie ihr einfach die Hüte an. Sie wird sie selbst aufsetzen.«

»Was, einfach so?«

»Sie können ihr Anweisungen geben, aber fassen Sie sie nicht an.« Coralie drang zu Solange durch, indem sie ihr versicherte, dass sie atemberaubend aussah.

Solange lächelte sanft. Sie trug einen Turban aus cremefarbenem Seidenjersey, der um einen schmalen Fes gewunden war. Die Stoffbahnen verdeckten ihr »verbotenes Ohr«. Zwei schlichte Gänsefedern ragten vorn am Turban in die Höhe und bildeten ein V.

Coralie hatte ihr eine schwarze Tunika in griechischem Stil zum Anziehen gegeben, die nicht der aktuellen Mode entsprach, aber die Hüte perfekt zur Geltung bringen würde. Erneut wandte sie sich an Solange: »Vielen Dank für dein Kommen. Deine

Anwesenheit garantiert mir ein großes Publikum. Du bist mittlerweile so berühmt.«

Eigentlich hätte sie »berüchtigt« sagen müssen. Am 13. April des vergangenen Jahres hatte Solange auf Serge Martel geschossen.

Leider, das fand zumindest Coralie, war der Treffer nicht tödlich gewesen. Doch Solange hatte Martel in aller Öffentlichkeit attackiert, mit der Dienstwaffe einer ihrer SS-Liebhaber. So war sie zu dem zweifelhaften Ruhm gelangt, der schönen Frauen nach einem *crime passionnel* garantiert ist.

»Zieh beim Hinausgehen ein wenig den Kopf ein, sonst bleiben die Federn am Türrahmen hängen«, warnte Coralie, bevor sie wieder in den Verkaufsraum trat, um die Schau zu eröffnen. Sie wünschte nur, Georges' Laune würde sich bessern. Er hatte hart mit ihr an dieser Kollektion gearbeitet und wie immer tadellose Kunstfertigkeit bewiesen, doch noch die größten Schmeicheleien hatten ihn nicht dazu bewegen können, eigene Ideen einzubringen. Auf all ihre Vorschläge hatte er lediglich erwidert: »Wenn Madame es wünschen …«

Er hatte ihr offensichtlich nicht verziehen. Aber er sah heute überaus elegant aus, im dunklen Frack und mit gestärktem Kragen.

Sie überprüfte ihr eigenes Aussehen. Sie hatte einen kirschroten Jersey-Turban aufgesetzt, fein geschlungen wie eine Nautilusmuschel, mit zwei rot gefärbten Gänsefedern, die sich leicht nach links neigten. Jeder Hut der Kollektion wies eine V-Form auf, aus Federn, drahtverstärktem Stoff oder gestärktem Leinen. Die Form war die Botschaft.

Seit Monaten schon landeten alliierte Truppen in Süditalien an, und bereits im September 1943 war ein Waffenstillstand mit den Italienern unterzeichnet worden. Das Land, das einst Deutschlands wichtigster Verbündeter gewesen war, hatte sich in ein Schlachtfeld verwandelt. Die Verluste auf beiden Seiten waren grauenhaft, aber die Deutschen befanden sich auf dem Rückzug.

Jeder Stammtischgeneral bekräftigte, dass Hitler den Krieg nicht zugleich im Osten *und* im Westen gewinnen konnte. Er würde unweigerlich von der einen oder anderen Seite überrollt werden. *Victory!*

Die Kollektion wurde innerhalb einer knappen Stunde vorgestellt und mit Applaus aufgenommen. Als Solange zum letzten Mal die Bühne betrat, stieg Georges zu ihnen hinauf, und Coralie streckte ihm die Hand entgegen. »Vielen Dank«, sagte sie. »Gut gemacht.«

»Doch ein wenig Anerkennung? Etwas spät, aber ich fühle mich geehrt.«

Doch ehe sie etwas antworten konnte, verließ er schon wieder die Bühne und sagte: »Ich mach jetzt Pause. Bin pünktlich zur zweiten Schau zurück.«

George ließ sich Zeit. Um Viertel nach zwei sah Coralie ihn stark humpelnd ins Geschäft eilen. Er musste sich weiter vom Laden entfernt haben als sonst. Warum nur, an einem so wichtigen Tag? Die Nachmittagsgesellschaft war bereit, deutsche Satzfetzen schwirrten durch den Raum. Der alte Félix schenkte Champagner aus und machte jeder der anwesenden Damen Komplimente – selbst den bösesten alten Drachen. Er hätte eine Medaille verdient, dachte Coralie.

Sie versuchte, Georges' Aufmerksamkeit auf sich zu ziehen, doch er beachtete sie nicht. Er war voll und ganz auf den Eingang fixiert. Worauf wartete er? Einen Augenblick später betrat die Antwort persönlich den Raum.

Nein. Georges Blanchard und Lorienne Royer, das konnte nicht sein!

Coralie hastete in den Flur und versuchte, ihre Aufregung in den Griff zu bekommen. Jede Aussage darüber, dass die Alliierten den Krieg gewinnen könnten, galt als Landesverrat. Selbst wenn man nur dabei erwischt wurde, wie man Victory-Zeichen an Hauswände schmierte, drohte Gefängnis. Coralie hatte Lorienne einst hinter Gitter gebracht, und nun war sie hier, tauschte verräterische Blicke mit Georges und formte mit den Fingern ein V. Hatte die Frau Georges auf sie angesetzt, um ihre alte Rechnung zu begleichen?

»Bist du krank?« Solange trat zu Coralie.

»Ich denke gerade darüber nach, all diese Hüte in Stücke zu zerschneiden.«

Solange nickte geistesabwesend. »Monsieur Javier ging es auch immer so. Bei jeder Kollektion verlor er die Nerven und drohte damit, alles in Fetzen zu reißen.«

Coralie biss sich in den Daumennagel und hätte ihn beinahe durchtrennt. Solange verstand nicht: Das hier war keine künstlerische Krise. Sie musste entscheiden, was zu tun war, und zwar sofort.

»Kämpf.« Das Wort hallte durch das leere obere Treppenhaus. Als sie das letzte Mal eine körperlose Stimme im Blechschuppen ihres Vaters vernommen hatte, war sie um ihr Leben gerannt. Diesmal gab es keine Fluchtmöglichkeit – sie musste standhalten. »Solange, kannst du die nächste Schau ein wenig beschleunigen? Bleib nicht stehen, um zu posieren, du musst immer in Bewegung sein.«

»Aber sicher möchtest du, dass die Leute sich Notizen machen können?«

»Wirbele mit deinem Saum, schau böse drein. Diesmal geht es vor allem um dich, nicht um die Hüte.«

»Na gut.« Ihre stoische Natur war einer von Solanges Vorzügen. Coralie dachte bei sich: *Wenn wir beide verhaftet werden, kommt sie schon noch schnell genug zu sich. O Gott, was mache ich hier nur?*

Verhaltener Applaus markierte das Ende der zweiten Schau, doch Coralie kannte die Feinheiten im Klatschen ihrer Kundinnen. Die Frauen mochten, was sie sahen, doch das Selbstvertrauen hatte sie verlassen. Kein Fingerschnipsen mehr, kein »Fräulein, rasch, hierher.« Diese Frauen waren im Triumph nach Paris gekommen, und Paris hatte die Nase gerümpft. In ihrer Heimat fanden unvorstellbare Gemetzel statt. Sie hingen einer Illusion an, wenn sie sich noch immer nach Stil und Glanz sehnten.

Félix Peyron tippte ihr auf die Schulter. »Schauen Sie mal.«

Auf der anderen Seite des Raumes stand Lorienne Royer neben Major Reiniger.

Félix bemerkte ihr Entsetzen. »Was ist denn, Mademoiselle?«

»Haben Sie nicht meine Hüte gesehen?«

Félix nickte. »*Vive la victoire!* Aber ein V kann für alles Mögliche stehen. Für *vin*, zum Beispiel.« Er drückte ihr ein Glas in die Hand, und sie leerte es in einem Zug. Dann holte sie einmal tief Luft und läutete ein Glöckchen. Das Geplapper versiegte. »Sehr verehrte Damen und Herren, ich freue mich sehr darauf, diese Kollektion mit Ihnen zu diskutieren und Ihre Terminwünsche aufzunehmen. Erlauben Sie, dass wir Ihnen unterdessen ein weiteres Glas Wein einschenken.«

Lorienne ging sofort zum Angriff über: »Vielleicht ist Mademoiselle de Lirac so gut, uns die Bedeutung des Buchstabens V zu erklären, der bei jedem Hut der Kollektion einen prominenten Platz einnimmt.« Loriennes Deutsch hatte einen starken französischen Akzent, doch im Raum wurde es schlagartig still. Die Leute starrten Coralie an, und bohrende Blicke verlangten nach einer Antwort.

Coralie setzte das Glöckchen ab, da leises Bimmeln ihre Furcht verriet. »Ich danke Ihnen für die Frage, Lorienne.« Nicht »Madame Royer« oder wenigstens »Madame«. Loriennes affektierte Überlegenheit war so unecht wie ihre Haarfarbe. »Was, wenn ich das V als Hommage an eine Freundin in all meine Entwürfe integriert habe?« *Kämpf.*

»Sie meinen Violaine Beaumont? Oder sollte ich besser Bermanski sagen? Eine polnische Jüdin.« Lorienne spuckte das letzte Wort geradezu aus. »Illegal von Ihnen gedeckt und beschäftigt.« Ihr Tonfall spottete: *Na, was jetzt?*

Coralie konnte spüren, wie die Stimmung im Raum kippte. »Violaine war – ist – meine Freundin. Sie ist außerdem die brillanteste Hutmacherin, die ich je kennengelernt habe.« Sie erinnerte sich an die diversen Mutproben mit Donal, in denen sie beide sich einst miteinander gemessen hatten. Sie hatte fast immer verloren, feige wie sie war. Aber sie war nicht der einzige Feigling auf dieser Welt. Sie sah einer Person im Raum direkt in die Augen und räumte auf Französisch ein: »Ohne meine Mitarbeiter wäre ich nur eine zweitklassige Hutmacherin.«

»Das ist also Ihr Geheimnis, was?« Georges' Stimme klang hoch und abschätzig, doch unter ihrem Blick geriet er ins Schwitzen. Oder vielleicht spürte er auch die runden Brillengläser Major Reinigers im Rücken, stechender, als ihm lieb sein konnte. Vielleicht erkannte auch er nun, dass es dumm gewesen war, die Gestapo ins Haus zu holen. Als würde man einen Kampfhund in einem ummauerten Hof von der Kette lassen. Plötzlich konnten die Fänge des Tieres jeden erreichen.

»Ohne Sie würde es diese Kollektion nicht geben, Georges. Stimmt das etwa nicht?« Sie wiederholte die Frage auf Deutsch.

»Doch, es stimmt.«

»Georges gibt mir recht. Deshalb kann er Ihnen auch erklären, wofür das V steht.«

Coralie gab Georges ausreichend Zeit, um über eine Antwort nachzudenken. Sie stieg auf einen Stuhl, damit jeder sie sehen konnte.

»Wofür steht das V?«, fragte sie mit fester Stimme. »Lassen Sie mich etwas sagen, an das Sie sich hoffentlich noch in vielen Jahren erinnern werden, wann immer Sie den Namen ›Coralie de Lirac‹ hören. Verehrte Damen, Major Reiniger«, sie zwang sich, geradewegs in die schimmernden Brillengläser des Majors zu blicken, »ich bin nicht schön, aber ich habe gelernt, diesen Eindruck zu erwecken. Ich nutze meine Hüte. Ich trage jeden Tag eine meiner Kreationen, sogar in der Badewanne.« Sie wartete, bis das überraschte Kichern verebbt war. »Was ist ein Hut? Nur ein wenig in Form gebrachter Filz, geflochtenes Stroh oder feiner Stoff, den man über Drähte spannt? Ja, all das, und doch viel mehr. Fügen Sie ein *je ne sais quoi* hinzu. Einen Hauch Magie. Für jede Frau gibt es den passenden Hut, der nur darauf wartet, sie zu verwandeln. Einen Hut, um ein gewöhnliches Gesicht interessant zu machen, ein nettes Gesicht wahrhaft schön. Einen Hut, um einen Ehemann auf Irrwegen wieder einzufangen …« Sie machte eine Kunstpause. Sogar Reiniger hing an ihren Lippen, auch wenn das nicht unbedingt Gutes verhieß. »Einen Hut, mit dem man sich einen neuen Mann fangen kann, wenn der alte die Mühe nicht mehr lohnt. Rosafarbene, seidene Wasserrosen, um Trübsal zu vertreiben. Weiße Gardenien gegen die Schatten der Zeit. Es gibt einen Hut für Freudenzeiten und einen Hut für die Trauer. Wir sind, wozu die Natur uns bestimmt hat, und wir können die Uhr nicht zurückdrehen, aber der richtige Hut, ein pfiffiger Hut, ein *gewagter* Hut, kann ein Gesicht verzaubern – einfach so!« Sie schnippte mit den Fingern und die Damen in der ersten Reihe fuhren zusammen. »Also, wofür steht das V?«

Na? Vichy? Veronal? Verbandskasten? Immer gut, die Pointe zu kennen, bevor man den Witz erzählt. »V steht für all das, was einen handgefertigten, mit Liebe entworfenen Hut ausmacht. *Vivace. Vibrant. Valeureux. Vivant. Original, mais toujours en vogue.*«

»Ich hatte gehofft, es stünde für Vaugirard.«

Sie wäre vom Stuhl gefallen, hätte sie sich nicht an die Schulter des Mannes geklammert, der diese Worte aussprach. »Wie bist du hier reingekommen?« Eigentlich wollte sie sagen: »Endlich bist du zurück!«

»Ich hab am Nebeneingang geklopft. Solange – so heißt sie doch? – hat mir aufgemacht.«

Das Sonnenlicht, das durch die Läden fiel, beleuchtete eine Narbe, die sich über die gesamte Länge seines schmalen Kinns zog. Sie konnte die Augen nicht davon abwenden, voll Entsetzen und Mitleid.

»Habe ich mich so verändert?«

»Nein. Nur … warum Vaugirard?« Das wollte wohl jeder im Raum gern wissen. Fünfzig Augenpaare waren auf sie gerichtet. Auch Reinigers.

Dietrich half ihr vom Stuhl, doch als er antwortete, waren seine Worte allein für ihre Ohren bestimmt. »Dort wurden wir zum zweiten Mal Geliebte, dort haben wir einander vergeben. Dort erkannten wir, dass wir demselben Pfad folgen. Ist dir bewusst, dass wir über ein Jahr lang getrennt waren? Weitere fünfzehn Monate, verschwendet. Hiltrud hat mich am achten März letzten Jahres angegriffen.«

Als sie die Narbe berührte, bemerkte sie, dass er den *Pour le Mérite* nicht trug.

»Bin ich nicht fein genug angezogen? Ich bin erst gestern Abend spät in Paris eingetroffen. Sie haben Dietrich von Elbing mit einem Krankentransport nach Deutschland gebracht, aber ich bin nicht sicher, wer an seiner Stelle zurückgekehrt ist.« Er wandte sich ans Publikum. »Keiner dieser Hüte steht zum Verkauf, meine Damen. Ich beabsichtige, sie alle zu erwerben.«

Sofort hörte man Stühle scharren und innerhalb von Sekunden war Coralie von Frauen umringt, die ihre Modelle anprobieren und für sich zurücklegen lassen wollten.

Später, mit einem vollkommen stumpf geschriebenen Bleistift in der Hand, fragte Coralie Dietrich: »Wusstest du, dass ich in Schwierigkeiten stecke?« Reiniger und Lorienne waren noch immer im Geschäft. Ebenso Georges Blanchard. Sie hatte den Eindruck, dass die drei auf irgendeine Art von Donnerschlag warteten.

Dietrich nickte. »Auf meinem Heimweg gestern Nacht bin ich beim Rose Noire vorbeigegangen. Ich wollte ein wenig Musik hören, was anderes als Militärmärsche oder Wagner. Félix erzählte mir, dass er dir heute Abend aushilft, aber deshalb bin ich nicht hergekommen. Ich muss dich vor etwas warnen.«

Die Gäste verließen allmählich den Laden. Endlich. Coralie war erschöpft und wollte nur noch nach Hause. Als Reinigers Blick sie unvermittelt traf, gab sie sich unbeeindruckt. Kurz darauf ging auch er. Als Solange sich verabschiedete, fragte Coralie: »Hast du deinen Hut?«

»Ich nehme den aus weißem Seidenjersey. Einverstanden?«

»Eine gute Wahl.«

Lorienne warf ihr einen langen Blick mit hochgezogenen Augenbrauen zu, und sie wich ihm nicht aus. Als Georges Blanchard auf sie zuhinkte und sagte »Ich hole demnächst meine Sachen ab«, erwiderte sie: »Nein – ich lege sie bei Lorienne vor die Tür. Jetzt raus hier, sofort.«

Nachdem Félix sein Geld bekommen hatte, blieb Coralie mit Dietrich allein, schloss die Tür ab und zog die Läden zu.

Man sah Dietrich den Schmerz an. Sein Haar war noch etwas grauer geworden, und im schwindenden Licht sah die frische Narbe aus wie eine schlampig geknüpfte Naht.

Im Flur betrachtete sie ihre Hüte.

Dietrich trat hinter sie. »V für Victory? Ein bisschen kindisch, wenn du mich fragst.«

»Hilf mir bitte, sie wegzuräumen.«

Sie verstauten die Modelle in Hutschachteln. Coralie ließ den Blick über die hohen Stapel in den Regalen ihrer Werkstatt wandern und wischte sich eine Träne aus dem Augenwinkel.

Manchmal ahnte man einen Verrat im Voraus. Dann wieder traf er einen unvorbereitet, wie eine tückische Sprungfeder. Georges und Lorienne …

Sie nahm eine Karte und einen Stift zur Hand und befahl Dietrich, ihr nicht über die Schulter zu schauen. Dann schrieb sie einige Zeilen nieder, die er anschließend laut vorlas: »›Voll Bedauern verkündet La Passerinette seine Schließung. Mademoiselle de Lirac dankt ihren vielen Kundinnen und Freunden für die Unterstützung in all den Jahren.‹ Aber Coralie, du darfst nicht aufgeben.«

»Ich ertrage das nicht länger. Ich verliere die Menschen, die mir wichtig sind, oder aber sie hintergehen mich.«

Dietrich heftete das Kärtchen auf den weichen Stoff der Pinnwand, die über ihrer Werkbank hing. »Lass dich von Lorienne Royer nicht unterkriegen. Dafür hast du zu viel Talent.«

Sie versprach ihm, noch einmal über ihre Entscheidung zu schlafen. »Und welche schlechten Nachrichten bringst du mir?«

»Die schlimmsten.«

Zurück im Verkaufsraum zog er sie zu sich aufs Sofa. »Vor einigen Tagen hat dein Mann mit seiner Bande einen Eisenbahntunnel in der Nähe von Auxerre in die Luft gesprengt – weißt du, wo das liegt?«

»Eine halbe Tagesreise südlich von hier.«

»An der Hauptstrecke Paris-Lyon.«

Sie wartete auf das »und«.

»Ein Zug wurde verschüttet. Über hundert Soldaten sind gestorben, und viele Zivilisten. Einige der Männer waren Kriegsverletzte, die nach Deutschland evakuiert werden sollten.«

»Das tut mir leid.« Sie holte tief Luft. »Für die Zivilisten. Eure Soldaten haben es nicht anders verdient.«

Zorn blitzte in seinen Augen. »Das glaubst du wirklich? Siebzehnjährige Jungen, die unter herabstürzenden Felsen begraben werden? Das Fleisch vom Flammenmeer schwarz verkohlt? Haben die es wirklich verdient?«

»Frag deinen verdammten Führer.«

Er schnaubte. »Coralie, kein Kind auf dieser Erde verdient einen solchen Tod.«

Sag das den Männern, die Amélie und ihre Tochter abgeholt haben. »Steckt Ramon in Schwierigkeiten?«

»Er wurde mit anderen Saboteuren gesehen und angeschossen.« Verletzt? Tot? Dietrich wusste es nicht, und es interessierte ihn auch nicht. »Die Gestapo wird alles daransetzen, ihn in die Finger zu bekommen. Wenn man ihn bei dir findet, oder auch nur in deiner Nähe, kann ich nichts mehr für dich tun.« Er zwang sie, ihm in die Augen zu schauen. »Wenn ich ihn erwische, selbst bei dir, liefere ich ihn aus.«

»Als Rache für das, was in meinem Brief stand? Das hab ich nicht so gemeint.«

»Nein, er benutzt Sprengstoff ohne Sinn und Verstand. Das ist kein Krieg mehr.«

»Ich habe deine Warnung gehört und verstanden.«

»Wieso zweifle ich daran?« Er lehnte seine Stirn gegen ihre. »Kommst du mit zu mir?«

»Nicht, wenn deine durchgeknallte Frau da ist.«

»Hiltrud ist an einem sicheren Ort, in der Klinik.«

Als Coralie die Ladentür abschloss, fiel ihr ein, dass Georges noch einen Schlüssel hatte. Vielleicht sollte sie einen Schlosser rufen. Doch Dietrich lehnte vor dem Geschäft und sah ziemlich mitgenommen aus. Wenn Georges tatsächlich beabsichtigte, zurückzukommen und den Laden auszuräumen, würde er es sicher morgen tun, am Sonntag, wenn die Straßen leer waren. Und sie würde bereits auf ihn warten.

Sie nahmen den Aufzug zu Dietrichs Wohnung. Im Bad half sie ihm, die Kleider abzulegen, und zuckte beim Anblick der Narben an seinem Bein zusammen. Er hatte Glück gehabt. Nur ein wenig tiefer und … »Ich dachte, du und sie, ihr hättet euch wieder zusammengerauft.«

Er schüttelte den Kopf. »Als ich zuletzt in Deutschland war, wollte Hiltrud, dass ich zu ihr komme, aber nicht, um mir Liebesschwüre ins Ohr zu flüstern. Sie wollte ihre Seele von all dem zersetzenden Hass befreien, den sie für mich empfindet. Hiltrud gibt mir die Schuld am Verlust unserer Kinder.«

»Beider Kinder?«

»Unsere Tochter lebt, aber der Weg, den sie eingeschlagen hat, hat sie uns entfremdet. Hiltrud hat ihren Ärzten erzählt, ich hätte unseren Sohn zum Weib und unsere Tochter zum Mann erzogen.«

»Wann wird sie entlassen?«

»Nicht, bevor ich es gestatte.« Er drehte das Badewasser ab. »Ich wünschte, die Wanne wäre groß genug für zwei.«

»Ich habe schon einmal versucht, zu dir ins Bad zu steigen. Du weißt bestimmt noch, wie das ausgegangen ist. Jetzt wasch dich, ich will auch noch was von dem heißen Wasser abbekommen.« Sie setzte sich auf den gusseisernen Wannenrand.

»Warum hast du mich verlassen, Coralie? Dieser Abschiedszettel … sollte er mir eine Lektion erteilen?«

»Nein, ich hatte Angst. Bevor ich dich kennenlernte, waren die Launen meines Vaters die schlimmste Gefahr in meinem Leben. Jetzt ist es die Gestapo. Jedes Wort ist gefährlich, jede Freundschaft. Selbst die Federn auf meinen Hüten ziehen dieses Pack an. Ich hatte Angst, um mich selbst und um dich.« Sie blickte finster auf ihn hinab, wie er im Seifenwasser vor ihr saß. »Hat deine Mutter dich beschneiden lassen?«

Er lachte laut auf. »Wie kommst du denn jetzt darauf?« Ernster fuhr er fort: »Mein Vater, der Graf, hat es sicher nicht veranlasst. Aber Coralie, waren wir uns nicht einig, dass wir hier, in dieser Wohnung, jeder Gefahr gemeinsam ins Auge blicken?«

Im Bett streichelte sie ihn, bis er hart wurde. Sie wollte ihm beweisen, dass sein versehrter Körper sie immer noch erregte. Seine Wunden waren noch immer empfindlich, und er scherzte, sie seien wie zwei Tänzer, die sich auf verschiedenen Seiten eines Stacheldrahtzauns bewegten. Doch ihr gemeinsamer Höhepunkt war tief und innig, und sie wollte nicht, dass er sich zu früh zurückzog. Sie wollte ihm zeigen, dass sie ihm vertraute und ihm den Rest ihres Lebens widmen würde. Und ihr fiel nur eine Möglichkeit ein, ihm das zu beweisen.

36

Sonntag, 28. Mai 1944

Die Besatzung der Lancaster ahnte nichts davon, aber ihre Bomben hatten der Industriestadt Schweinfurt gerade den letzten tödlichen Schlag des Krieges versetzt. Ron Phipps, der Pilot und altgediente Veteran, bat den Navigator um einen Kurs Richtung Heimat und bekam eine Route, die südlich an Frankfurt vorbeiführte, Richtung Luxemburg und weiter über Frankreich. Der Navigator schlug vor, von der Bretagne aus den Ärmelkanal zu überqueren, da die Luftabwehr dort schwächer war.

Phipps stimmte zu. »Wir fliegen zu niedrig, wir dürfen uns nicht den Geschützen in der Normandie aussetzen.«

Sie hatten nur noch drei Motoren zur Verfügung, seit sie beim Anflug auf Schweinfurt von einer Flak getroffen worden waren. Jetzt, auf nur zwölftausend Fuß Höhe, war die Gefahr groß, einen direkten Treffer vom Boden abzubekommen. Oder von einem feindlichen Flugzeug, da ihre Maschine einen schwarzen Umriss vor dem hell leuchtenden Mond bilden würde. Die schwer getroffene Lancaster wackelte und kippte, als sei sie wütend über den Verlust des einen Motors.

Für die Besatzung fühlte es sich an, als befände sie sich auf einem Fischerboot in stürmischer See. Der Navigator sah, wie der Funker sich die Hand vor den Mund hielt.

Dreißig Minuten später fragte der Pilot über die Sprechanlage: »Wie ist unsere Position, Paddy?« Er hieß nicht Paddy, aber diesen Spitznamen aller Iren hatte er nun mal weg, obwohl er immer wieder betonte, er sei Londoner. Der Navigator antwortete: »Wir sind gerade über Luxemburg hinweggeflogen und befinden uns über der Mosel, auf der französischen Seite. Bleib auf Kurs Süd-Süd-West, dann sehen wir bald die Yonne und danach die Seine.«

»Roger. Sorry, dass es so wackelt, Jungs. Seid ihr alle noch ganz?«

Nacheinander schalteten die sechs anderen Besatzungsmitglieder ihre Mikrofone ein und bejahten.

Paddy legte die Hand auf seine Fliegerjacke und berührte seinen Glücksbringer: ein kleines Stück von einer goldfarbenen Fransenborte, die vom Abendkleid einer Frau stammte. Vor viereinhalb Jahren hatte er es in Paris aufgesammelt. Jetzt flog sein Flugzeug ganz allein durch die Nacht, ohne das restliche Geschwader und die Begleitmaschine, und vielleicht würden sie es auf diese Art unbemerkt bis nach Hause schaffen. Das hoffte er jedenfalls. Er wollte unbedingt leben, als Zivilist und als Mann, der in fünf Jahren als Flieger enorm gereift war.

Während sie sich weiter nach Frankreich hineinbewegten, meldete der Funker eine Abnahme der Störsignale und konnte Paddy endlich die exakte Position mitteilen. Wing Commander Phipps drückte gerade seine Zufriedenheit darüber aus, als vom Boden her eine Reihe farbiger Geschosse aufstiegen. Flugabwehrgeschütze von Booten auf der Yonne. Eine Sekunde später flatterte die Maschine, und die Plexiglasluke war von Flammen umgeben. Ein schreckliches Geräusch ließ darauf schließen, dass ein Geschoss einen der restlichen Motoren erwischt hatte.

Die Lancaster sackte gefährlich ab, fing sich nach ungefähr einer Minute aber wieder. Paddy kontrollierte seine Landkarten und verlangte aufgeregt nach der aktuellen Position. Wenn er richtig ag, würden sie bald den Wald von Fontainebleau erreichen. Er quetschte sich seitwärts durch den Flugzeugrumpf und starrte durch die Cockpitkuppel auf die Landschaft, die unter ihnen lag. Er sah zwei Flüsse, die ineinander mündeten – im Mondlicht glänzende Bänder –, und dahinter eine dunkle Masse aus Bäumen.

Als er wieder auf seinem Sitz saß, klickte die Sprechanlage.

Es war Phipps. »Wir verlieren laufend an Höhe und stehen kurz vor einer ungeplanten Begegnung mit Mutter Erde. Stellt euch darauf ein, dass wir fliehen müssen, Jungs. Irgendwelche Vorschläge, Paddy?«

»Wir sollten den Wald meiden und uns Richtung Steuerbord halten.«

Phipps wünschte allen viel Glück. »Der Erste, der die Bar im Kasino erreicht, bestellt die Drinks, der Letzte bezahlt sie.«

Nur drei Atemzüge danach stürzte Paddy durch den Rauch in die Dunkelheit. Die plötzliche Kälte ließ ihn fast ohnmächtig werden. Er spürte Todesangst. Dann fühlte er einen Ruck, und ihm war klar, dass sich sein Fallschirm entfaltete. Eine Weile lang war alles ganz still. Als er die versprengten Lichter auf dem Boden wahrnahm und sah, wie sie langsam größer wurden, empfand er plötzlich ein Gefühl des Fallens. Er dankte Unserer Lieben Frau und sandte ein Stoßgebet für die anderen Jungs aus. »Und für den Wing Commander, natürlich.« Phipps würde bis zum letzten Moment damit warten, sein Flugzeug zu verlassen.

Die Todesspirale der Lancaster erhellte die Landschaft: Da waren die beiden Flüsse, und neben ihnen noch ein kleiner Bach. Nur Sekunden darauf verkündete eine riesige Explosion, dass ein weiterer britischer Bomber verloren war.

Aus einem Zimmer im zweiten Stock des Sanatoriums Le Cloître sah eine Frau, wie sich ein naher Berghang in ein Inferno verwandelte. Das Dröhnen gequälter Motoren hatte sie aus dem Bett gelockt, sodass sie den Absturz dann mit eigenen Augen gesehen hatte. Sie versuchte, das Fenster zu öffnen, doch es war verschlossen. Als sie das Gesicht gegen die Scheibe presste, entdeckte sie einige Gestalten, die über die Wiese zu den Flammen liefen. Was hatten sie vor, wollten sie das Feuer etwa mit den bloßen Händen löschen?

Das war ihre Chance. Sie suchte nach ihren Strümpfen, Schuhen und ihrer Unterwäsche. Das Kleid hatten sie ihr weggenommen, aber eine Strickjacke lag über dem Fußteil ihres Bettes. Sie zog sie über ihr Nachthemd und knöpfte sie zu. Aus ihrem Nachttisch holte sie einen kleinen Gegenstand. Die Krankenschwestern hatten ihn schon wegwerfen wollen, bis sie ihnen erzählte, dass es sich um die Perle eines Rosenkranzes handelte. Anscheinend hatte keine der Schwestern schon einmal eine Zyankalikapsel gesehen. Sie ließ sie in eine Toilettentasche gleiten und streifte sich die Verschlusskordel über das Handgelenk. Dann verließ sie das Zimmer. Wenn irgendjemand sie ansprach, würde sie sagen, sie suche die Toilette.

Für gewöhnlich saß eine Nachtschwester am Stationseingang, um alle zu kontrollieren, die kamen oder gingen. Aber was für ein Glück! Der Posten war verwaist. Eine Tasse lauwarmen Kaffees und ein Teller Kirschen deuteten darauf hin, dass die Schwester gerade einen Mitternachtsimbiss eingenommen hatte, als die Explosion sich ereignete.

Hiltrud stopfte sich die Taschen ihrer Jacke mit Kirschen voll. Im Erdgeschoss stand die Tür offen und ließ einen unheimlichen Feuerschein und Brandgeruch herein. Eine der Schwestern hatte ihren Mantel über einer Stuhllehne hängen lassen, außerdem eine Handtasche mit einigen Münzen und einem Schlüsselbund darin. Hiltrud hängte sich die Tasche über die Schulter und warf den Mantel darüber. Wie ein Schatten stahl sie sich aus Le Cloître davon.

In stillen Nächten hatte sie oft gehört, wie der Zug in einiger Entfernung vorbeifuhr. Wenn sie weit genug ging, würde sie früher oder später auf einen Bahnhof stoßen.

Als die Sonne über der Île de France aufging, wachte Paddy auf und lauschte den Geräuschen des Waldes. Er hatte Glück gehabt bei seinem Absprung. Der Fallschirm hatte sich in den Ästen eines Baums verfangen und seinen Fall abgebremst. Paddy hatte sich losgeschnitten, war die restlichen anderthalb Meter zu Boden gesprungen, hatte dann den Fallschirm geborgen und vergraben. In seinem Notfallpaket entdeckte er Malzkekse, stopfte sich drei davon in den Mund, stand auf und streckte sich. Im pfirsichfarbenen Morgenlicht konnte er sich orientieren und begriff bald, dass er an dem Bach stand, den er von oben bereits gesehen hatte.

Sein Kompass verriet ihm, dass er nach Nordwesten floss. Die Wahrscheinlichkeit war groß, dass er in die Seine oder einen ihrer Zuflüsse münden würde. Laut der seidenen Landkarte in seinem Notfallpaket hieß die nächstgrößere Stadt Fontainebleau an der Aube.

Mit seinem Messer schnitt er seine Rangabzeichen und die Flügel von seinem Uniformhemd ab, zudem den Lammfellschaft von seinen Fliegerstiefeln. Als er sie bekommen hatte, waren sie eine halbe Nummer zu klein gewesen, was ihn sehr gestört hatte, doch nun war er dankbar dafür, denn dadurch waren ihm die Stiefel beim Fallen nicht vom Fuß gerutscht. Barfuß wäre er verloren gewesen.

Widerstrebend warf er seine Jacke und seinen Fliegerhelm in ein Gebüsch, konnte sich aber nicht überwinden, seine Enfield-Dienstpistole hinterherzuschleudern. Es konnte ja gut sein, dass er einem Trupp deutscher Soldaten begegnete, die nach möglichen Überlebenden des Absturzes suchten.

Er setzte seinen Rucksack auf und verließ den Wald. Bald befand er sich auf einer Straße, die von der warmen Morgensonne beschienen wurde.

Kurz nach neun Uhr erreichte er den Bahnhof Fontainebleau-Avon, ohne auch nur ein einziges Mal angehalten worden zu sein. Es war Sonntag, und auf den Straßen herrschte kaum Verkehr. Er war jedenfalls stolz auf sich selbst, weil er einem Ehepaar, das offensichtlich auf dem Weg zur Kirche war, selbstbewusst ein »Bonjour« zurief.

»Bonjour« war aber auch alles, was er auf Französisch sagen konnte, und den nächsten Schritt würde er nicht ohne Hilfe bewältigen können. Nachdem er eine Weile in der Bahnhofshalle gestanden und nach einem möglichen Helfer ausgespäht hatte, näherte er sich einem Mann, der an einer Wand lehnte. Er war ungewaschen, hatte pechschwarzes Haar, das unter einer Baskenmütze hervorlugte, und eine Zigarettenkippe im Mundwinkel kleben. Insgesamt eine eher unappetitliche Gestalt. Als Paddy näher kam, sah er, dass eine seiner Hände mit einem schmutzigen Tuch verbunden war. Ein Landstreicher? Der war ihm keine Hilfe. Er brauchte jemanden, der ihm eine Fahrkarte kaufen und ihn zum richtigen Zug führen konnte. Er wollte sich gerade unauffällig entfernen, als ihm die Schuhe des Mannes ins Auge fielen. Sie waren aus braunem Leder und eindeutig handgenäht. Landstreicher trugen keine solchen Schuhe, es sei denn, sie hatten sie gestohlen. Während er noch zögerte, hatte der Mann ihn bereits bemerkt und knurrte jetzt irgendetwas. Vermutlich: *Was glotzt du so?*

Warrant Officer Donal Flynn streckte ihm die Hand hin und sagte: »Ich bin ein britischer Flieger und brauche Hilfe.«

Hiltrud von Elbing verbrachte die Fahrt nach Paris damit, die Kirschen mittels ihrer Fingernägel vorsichtig zu entsteinen. Eine ziemliche Fummelarbeit, die durch das Wackeln des Zugs noch weiter erschwert wurde. Die misslungenen Versuche aß sie auf, doch nach einer Weile hatte sie einen Kirschkern erfolgreich durch die Zyankalikapsel ersetzt.

Ein Schaffner brüllte sie an. Sie zog ihre Fahrkarte hervor, doch er schrie: *»Identité!«* Sie zeigte ihm die Identitätskarte der Krankenschwester, deren Tasche sie gestohlen hatte. Der Mann studierte sie, dann musterte er Hiltrud. Sie hielt den Atem an.

Er fragte sie gerade etwas, als im nächsten Waggon ein Disput ausbrach. Ohne Umschweife warf er ihr die Karte auf den Schoß und stapfte davon.

Eine Sekunde später sah Hiltrud einen jungen Mann aus dem abbremsenden Zug springen. Man hörte Schüsse, und alle Mitreisenden in ihrem Wagen duckten sich reflexartig. Nachdem der Zug eine halbe Stunde lang gestanden hatte, wurde sie ungeduldig. Wenn man eine schwierige Aufgabe vor sich hat, kann man keine Verzögerung gebrauchen.

Bei der Absperrung auf dem Bahnsteig kontrollierte ein deutscher Polizist ihre Papiere und nannte sie »Schwester«. Zuerst war sie verwirrt, aber dann wurde ihr klar, dass ihr schwarzer Mantel und der weiße Saum ihres Nachthemds, der darunter sichtbar wurde, ein wenig wie ein Nonnenhabit wirkten. Wo waren die Taxis? Alles, was sie entdecken konnte, waren Fahrräder mit seltsamen Kabinen dahinter. Trotzdem stiegen die Leute ein.

Sie ging zu einem der Fahrer und sagte: »La Passerinette!«

Der Fahrer sah sie fragend an. Sie deutete auf ihren Kopf und sagte auf Deutsch: »Die Modistin!«

»Modiste?«, wiederholte er verwirrt und rief den anderen Fahrern etwas zu. Einer schien zu verstehen. Er kam zu Hiltrud und fragte zurück: »Boulevard de la Madeleine?«

Sie hatte keine Ahnung, nickte aber trotzdem.

Nach einer sehr holprigen Fahrt waren sie in einer breiten Straße angekommen, die ein wenig an die Prachtboulevards in

Berlin erinnerte. Hiltrud legte dem Fahrer einige Münzen in die Hand. Er zählte sie gewissenhaft und fuhr dann davon. Da stand sie nun, vor einem Laden, in dessen Schaufensterscheibe »La Passerinette« eingeätzt war. Die Rollläden waren oben, doch Hüte gab es keine zu sehen. Sie fand keinen Beweis dafür, dass dies das Geschäft der Geliebten ihres Ehemannes war. In Anbetracht dessen, was sie vorhatte, musste sie aber ganz sichergehen.

Die Tür stand einen Spaltbreit auf, und sie trat ein. Ein Mann mit gestärktem Kragen – solche hatte ihr Vater immer getragen – unterhielt sich gerade angeregt mit einer großen, blonden, sehr attraktiven Frau in einem rosafarbenen Kleid. Sie waren umgeben von rosafarbenen und grauen Hutschachteln, und Hiltrud hatte den Eindruck, dass die beiden sich darum stritten.

»Fräulein de Lirac?«

Die beiden verstummten und starrten Hiltrud neugierig an.

Die Frau sagte etwas auf Französisch. Ihre sinnlichen Lippen waren rot angemalt. Hiltrud nahm an, dass die andere wissen wollte, wer sie war. Sie nahm eine würdige Haltung an und sagte: »Ich bin die Ehefrau Ihres Liebhabers.«

Die blonde Frau keuchte vor Schreck, und alle Farbe wich ihr aus dem Gesicht. So! Von der eigenen Schande gestellt. Hiltrud streckte der Frau eine Zwillingskirsche hin. In einer war ein Kirschkern, in der anderen … Nun, sie hatte keinen Beweis dafür, dass es tatsächlich eine Zyankalikapsel war.

»Non, merci.« Die Frau wies ihr die Tür, und Hiltrud begriff, dass der Laden momentan nicht geöffnet war. Natürlich, es war ja Sonntag! Sie hatte die Kirchenglocken gehört, als sie auf dem Bahnsteig stand. Noch einmal bot sie der Frau die Kirschen an, und mit einem genervten Laut nahm sie sie schließlich an.

Hiltrud verließ den Laden, bewegte sich aber nur auf die andere Straßenseite. Nach einer Weile sah sie die Frau aus dem Geschäft kommen, in der Hand eine der Hutschachteln. Hiltrud folgte ihr bis zum Ende der Straße, wo sie ein großes, von Säulen flankiertes Gebäude bemerkte. Die Frau bog links in eine andere Straße ein. Kurz blieb sie an der Bordsteinkante stehen, und Hiltrud sah, wie sie die Kirschen zum Mund führte und erst die eine, dann die andere Frucht verspeiste.

Die Frau befand sich in der Mitte der Straße, als sie einen schrecklichen Schrei ausstieß und sich krümmte. Die Hutschachtel rollte davon wie ein Reifen. Die Frau röchelte, griff sich an die Kehle und sank auf die Knie. Nur eine Sekunde später brauste ein schwarzes Auto mit der Flagge des Deutschen Reiches am Kühlergrill direkt in sie hinein.

Hiltrud ging weiter, ohne sich um die Schreie des Entsetzens und die aufgeregt herbeieilenden Passanten zu kümmern. Die erste Aufgabe hatte sie erledigt. Sie überquerte einen großen Platz, den sie wiedererkannte. Dort war sie an ihrem allerersten Tag in Paris gewesen und hatte zugesehen, wie die Schneeflocken aus dem stahlgrauen Himmel fielen. Sie ging weiter und versuchte, sich die Fahrt zu Dietrichs Wohnung in Erinnerung zu rufen. Sie hatten einen Fluss überquert, und der Fahrer hatte gesagt: »Die Seine, gnädige Frau. Ein schöner Fluss.«

Ein Fluss, der jedenfalls gut genug war. Kurz nach zwölf Uhr sprang Hiltrud von Elbing vom Quai, hinein in das kalte, braune Wasser der Seine, und erledigte damit die zweite Aufgabe des Tages.

37

Coralie wusste, dass sie verschlafen hatte, noch bevor sie die Gardinen zurückzog. Georges und Lorienne konnten La Passerinette inzwischen bis zur letzten Hutfeder ausgeräumt haben, aber wenn es so war, dann sollte es eben so sein. Sie würde ganz bestimmt nicht in den Kleidern von gestern zum Boulevard de la Madeleine hinüberrasen.

Es war schon nach zwölf, und Dietrich schlief noch immer. Sie beschloss, schnell in der Rue de Seine vorbeizuschauen und sich dort umzuziehen.

In ihrer eigenen Wohnung wusch sie sich, drehte ihr Haar zu einem Dutt und tauschte ihr graues Kropfband gegen eins in Zartrosa aus. Dann öffnete sie ihren Kleiderschrank und nahm ihre Garderobe in Augenschein. War es der Übermut, der sie dazu brachte, sich für das pinkfarbene Kleid mit den marineblauen Kirschen zu entscheiden?

Beim letzten Mal, als sie es getragen hatte … Ob Dietrich sich daran wohl erinnerte? Sie setzte den Pillbox-Hut mit der Seidentroddel auf, der so gut dazupasste, band sich dann aber widerstrebend einen dunklen Schal darüber, denn sie hatte vor, mit dem Fahrrad zu La Passerinette zu fahren. Es war ein so herrlicher Tag.

Sie radelte bis zum Fluss, schob das Rad dann über den Pont des Arts und über die Place de la Concorde. Am Beginn der Rue

Royale wurde sie von einer Polizeiabsperrung aufgehalten. Die Menschen standen in einer großen Traube beisammen und beobachteten, wie ein Krankenwagen heranfuhr. Jemand sagte, eine junge Frau sei von einem deutschen Automobil angefahren und getötet worden.

Coralie wandte den Blick ab.

Sie bog rechts ab und schob das Rad auf den Boulevard de la Madeleine. Schon aus der Ferne schaute sie nach La Passerinette aus. Was war das? Die Salontür stand auf! »Nein!«, kreischte sie. »Nein!«

Als sie hineinstürmte, wirkte Georges Blanchard, der von Hutschachteln umgeben war, kurzzeitig erleichtert. Dann jedoch erkannte er Coralie und hob die Fäuste.

Er ahnte ja nicht, wie oft sie schon einen Mann in dieser Haltung gesehen hatte. »Runter mit den Fäusten, Georges. Du machst mir keine Angst. Hör mir jetzt zu: Wenn ich dich noch einmal in der Nähe meines Salons erwischen sollte, gehe ich zum Pariser Polizeichef, zum Chef der Abwehr, zum Chef der Armee und zum Chef der Gestapo. Ich suche einen nach dem anderen auf, bis einer von denen dich ins Gefängnis wirft, und Lorienne hinterher. Verdammt, warum habt ihr das getan?«

»Sie hat versprochen, mich zu ihrem *premier* zu machen, wenn ich Ihnen einen Knüppel zwischen die Beine werfe. Sie wollte eigentlich gleich zurückkommen, mit einem Vélotaxi.«

»Dann solltest du lieber losgehen und nach ihr suchen. Wie viele von meinen Hüten fehlen?«

»Keiner.« Georges zögerte und gab dann zu: »Einen hat Lorienne mitgenommen.«

»Dann solltest du sie bitten, ihn mir zurückzubringen. Und jetzt raus hier.«

Coralie sah ihm nach, bis er um die Ecke verschwunden war. Seufzend schloss sie die Tür, öffnete sie dann aber wieder, weil sie sich im Laden plötzlich eingeengt fühlte. Nachdem sie die Hutschachteln zurück ins Atelier gebracht hatte, nahm sie das »Geschlossen«-Schild von der Tür und zerriss es.

Schon wieder hatte jemand ihr Geschäft bedroht. Mit einem Mal wurde ihr klar, wie sehr sie es liebte. Dietrich hatte ihr einen guten Rat gegeben.

Mittagessen. Sie würde Dietrich anrufen und ihn bitten, sie im Laden abzuholen. Gerade wollte sie nach dem Hörer greifen, als sie das Räuspern eines Mannes im Salon hörte. Dietrich war ihr also zuvorgekommen.

Sie ging in den Salon und wollte ihn gerade begrüßen, als ihr der Atem stockte. Es war nicht Dietrich. Zwei zwielichtige Gestalten standen im Türrahmen.

War sie in Ohnmacht gefallen? Sie lag auf dem Boden und blickte zu dem achtarmigen Kronleuchter auf. Jemand schlug ihr leicht auf die Wange. Ein Mann murmelte: »Wachen Sie auf.«

Das sind Plünderer, war ihr erster Gedanke. Sie wollen Geld. Einer der beiden atmete gepresst.

Wieder die Finger, die gegen ihre Wange tippten. »Na los, *sweetheart*, wachen Sie auf.«

Sweetheart? Sprachen die Männer etwa Englisch? Unmöglich. Die beiden Gesichter, die jetzt auf sie herabsahen, konnten nicht zusammen existieren, nicht auf derselben Ebene von Raum und Zeit.

»Ramon?«

»Oui, chérie.«

»Donal?«

»Hello, Cora.«

»Ich bin Coralie. Was zum Teufel …?«

»Wir haben uns in einem Bahnhof getroffen.« Ramon sprach stockend und atmete schwer. Nein, es lag nicht an ihren Augen. Ramons Gesicht war tatsächlich grau. Er hatte sich Dreck ins

Gesicht und in die Haare geschmiert. Das war sicher eine Art Tarnung, vermutete sie. Schließlich war die Gestapo hinter ihm her.

Donal erzählte die Geschichte auf Englisch weiter. »Er hat mich in Fontainebleau in den Zug gesetzt und ist bei mir geblieben, bis ich abspringen musste. Bei der Madeleine haben wir uns wiedergetroffen …«

Coralie unterbrach ihn. »Ramon, geht es dir gut?« Zu Donal sagte sie: »Es geht ihm nicht gut.«

»Er hat einen Schuss in die Hand abbekommen. Der Knochen ist zertrümmert und hat sich entzündet. Er braucht einen Arzt, und wir beide brauchen einen sicheren Unterschlupf. Ramon sagte, über dem Laden gäbe es Wohnungen.«

»Das ist zu gefährlich. Ich kenne aber einen anderen Ort.« Sie dachte an die Impasse de Cordoba.

Sie ließ sich von Donal auf die Beine ziehen und führte die beiden Männer dann ins Atelier. Donal blickte sich im Raum um: die Hutschachteln, die Schnittmuster an den Wänden, die *marotte* mit den unfertigen Modellen. »Wer hat das alles gemacht?«

»Ich.«

»Bei Pettrew's würden sie wohl vom Stuhl fallen. Ich bin stolz auf dich, Cora.«

»Nenn mich noch ein einziges Mal Cora, und ich verpasse dir eine Ohrfeige. Ich bin Mademoiselle de Lirac.«

Er grinste. »Und ich bin Air Vice Marshal Flynn.«

»Ihr braucht andere Kleider. Ich muss euch hier irgendwie rausbringen.« Dietrich konnte jeden Moment aufkreuzen. Er würde Donal als Kriegsgefangenen betrachten, der nach den Regeln der Genfer Konvention behandelt werden musste. Und Ramon, nun, der hätte sich gleich eine Zielscheibe über das Herz heften können, um dem Erschießungskommando die Arbeit zu erleichtern. Sie schnupperte an ihm. »Hast du im Freien geschlafen?«

»Ich habe nicht geschlafen, *chérie*. Ich muss zurück zu meinen

Kameraden, aber ich habe kein Geld. Mein neuer Freund aus England hat meine Fahrkarte bezahlt.«

Sie nahm Ramons schmutzige Baskenmütze und gab ihm einen Trilby-Hut, den Georges zurückgelassen hatte. Er veränderte sein Erscheinungsbild völlig. Ramons Jacke war mit eingetrocknetem Blut verkrustet. Darum stank er auch so. Sie wies ihn an, die Jacke auszuziehen, und half ihm in einen Trenchcoat, der ihr gehörte. Er saß eng an seinem Körper, wirkte aber maskulin genug, um nicht aufzufallen. Coralie ärgerte sich, dass sie keine Männerkleidung für alle Fälle bereitgelegt hatte, denn Donals blaugraue Hosen, sein Blouson und sein weißer Pullover wiesen ihn auf hundert Meter als einen britischen Flieger aus.

Schließlich bat sie Donal und Ramon, ihre Pullover untereinander zu tauschen, und sah, dass beide Männer Pistolen in Schulterhalftern trugen. Sie sagte nichts dazu. Für Ramon faltete sie ein Halstuch aus einem Stoffrest, während Donal seine Fliegerstiefel mithilfe von schwarzer Tinte und blauer Schneiderkreide ein wenig stumpfer machte. Nachdem sie ihm etwas Glyzerin ins Haar geschmiert hatte, wirkte er eher wie ein Einheimischer, zumal sein Gesicht inzwischen auch einen Bartschatten aufwies. Die Krönung aber war ein blaues Auge, das sie ihm mittels ihrer Schminksachen zauberte. Solange hatte ein Fläschchen roten Nagellack zurückgelassen, mit dem sie Donal zusätzlich noch winzige Punkte unter das Auge malte – die sollten geplatzte Blutgefäße darstellen. Sein Gesicht war ohnehin übersät von Kratzern, die er seiner harten Landung zu verdanken hatte. »Die können wir ausnutzen«, sagte sie.

Ramon betrachtete ihr Werk. »Du hast es mit dem Gelb etwas übertrieben.«

»Hör mal, ich habe schon so einige blaue Augen gesehen in meinem Leben.« Sie wiederholte ihre Aussage auf Englisch für Donal und fügte noch hinzu: »Und zwar im Spiegel.«

Donal schüttelte den Kopf, und sie nahm an, dass er über dieses Kapitel nicht gern redete. »Also«, begann sie. »Unsere Geschichte geht so: Ich bringe dich nach Hause, weil du vor einer Kneipe zusammengeschlagen worden bist. Wenn uns jemand anhält, sagst du nichts und tust verwirrt.«

Sie einigten sich darauf, dass Ramon vorgehen sollte und sie sich an der Ecke Rue de Leningrad und Rue du Berne, ganz in der Nähe der Impasse de Cordoba, wiedertreffen würden. Als es Zeit zum Aufbruch war, band Coralie den Schal wieder über ihren Hut und packte einige nützliche Dinge ein, wie etwa ihre Linkshänderschere, einen Streifen saugfähigen Stoffs, Salz und Ersatzkaffee. Als sie alles in ihren Fahrradkorb legte, musste sie an Dietrich denken. In der Impasse de Cordoba würde er sie niemals finden. Für ihn würde es so aussehen, als hätte sie ihn wieder einmal verlassen.

Vor dem Laden erinnerte sie Donal noch einmal: »Hier kommt der Verkehr von links. Wenn wir angehalten werden, lässt du mich reden. Wenn etwas schiefgeht, rennen wir los und treffen uns vor der Gare de Lyon wieder, da, wo du angekommen bist.«

»Du redest. Ich stelle mich dumm. Genau wie früher, Coralie.«

»Wenigstens hast du das mit meinem Namen jetzt kapiert.«

In der Wohnung in der Impasse de Cordoba öffnete sie als Erstes das Fenster, um ein wenig zu lüften. Niemand war dort gewesen, seit sie die Wohnung verlassen hatte, und es roch ziemlich muffig. Dann machte sie für alle schwarzen Kaffee. »Ich gehe gleich und versuche, etwas zu essen aufzutreiben und ein Mitglied meiner Gruppe zu kontaktieren. Ihr braucht beide etwas Geld, und Donal braucht andere Papiere und sichere Unterkünfte außerhalb von Paris.«

»Traust du deinem Kontakt?«, wollte Ramon von ihr wissen.

»Na klar. Er trägt eine Naziuniform und schreit jedes Mal ›Sieg Heil‹, wenn wir uns treffen.«

»Dein Sarkasmus ist nicht nur verschwendet, sondern unangebracht bei einem Mann in meinem Zustand.«

»Dann stell keine blöden Fragen.« Sie rührte eine starke Kochsalzlösung an und tunkte Ramons Hand hinein, bis der blutverkrustete Verband von seinem Finger glitt. Als er über starke Schmerzen im Arm klagte, legte sie ihm eine Hand auf die Stirn. Die Kugel war in das mittlere Gelenk des Fingers mit dem Hochzeitsring eingedrungen. Der Finger war so stark entzündet, dass der blanke Knochen aus dem Fleisch ragte. Zu allem Unheil liefen schwarze Striche auf die schlimme Stelle zu. Ja, sie brauchten dringend einen Arzt, so viel stand fest.

Donal sah sich derweil in der Wohnung um. Er zog die Gardine vor dem Fenster zurück. »Erinnert mich ein bisschen an die Barnham Street. Graue Dächer und winzige Fenster. Ich dachte, Paris sähe anders aus.«

»Tut es ja auch, jedenfalls großteils.«

Er sah sie an. »Nun, hier ist es auch nicht schlechter als in der Kaserne. *Cheers.*« Er trank seinen Kaffee, ohne das Gesicht zu verziehen, woraus Coralie schloss, dass es zu Hause auch nichts Besseres gab. Donal betrachtete Ramon, der auf dem Sofa lag, und sagte leise zu Coralie: »Wie hoch war die Wahrscheinlichkeit, ihn zu treffen? Ich bin fast umgekippt, als ich begriffen habe, dass er dein Ehemann ist.«

»Das geht mir ähnlich, jedes Mal, wenn ich ihn sehe.« Sie brachte die Tassen in die Küche, um sie zu spülen. Irgendetwas an Donal machte sie nervös. Das betraf nicht nur seine veränderte äußere Erscheinung, an die sie sich erst gewöhnen musste, sondern auch seinen Umgangston und sein Auftreten. Früher war er ein schüchterner Junge gewesen, den man leicht necken konnte. Dieser Mann jedoch war ein Fremder für sie, und er betrachtete sie offensichtlich auf dieselbe Art – als wäre sie eine fremde Frau. Eine Frau, die er gerne kennenlernen würde.

»War es deine Absicht, nach Paris zu kommen?«, fragte sie und streifte sich den billigen Baumwollmantel über, den sie in der Wohnung gelassen hatte. »Wäre es nicht geschickter gewesen, wenn du dich westlich nach Spanien durchgeschlagen hättest?«

»Ich wollte dich treffen.« Er lächelte noch immer nicht. »Ramon wollte dir eigentlich nicht begegnen. Er hatte Angst, dass die Gestapo dich beobachtet, aber wir haben uns auch nicht getraut, uns noch länger südlich des Flusses aufzuhalten. Nicht, nachdem ich aus dem Zug gesprungen und einen Kilometer weit verfolgt worden bin.«

»Ramon wird polizeilich gesucht, wusstest du das?«

Donal ging nicht auf ihre Frage ein. »Weißt du noch, als wir uns in diesem Klub namens Rose Noire getroffen haben? Du hast ›The Lambeth Walk‹ gesungen. Als du mir sagtest, dass du verheiratet bist …« Seine Stimme überschlug sich. »Da wurde mir erst klar, dass ich dich immer als mein Mädchen betrachtet habe.«

Sie schüttelte den Kopf.

»Nein. Aber du bist auch nicht sein Mädchen.« Er deutete auf Ramon. »Da ist noch dieser Deutsche, stimmt's?« Donal hatte sein »blaues Auge« versehentlich über sein restliches Gesicht verschmiert und sah jetzt aus wie ein Schornsteinfeger. Wie ein Schornsteinfeger mit sehr blauen Augen. Er suchte in ihrem Gesicht nach Antworten. Es war aber auch nicht Donal allein, der Coralie gerade auf den Prüfstand stellte. Es war alles, wofür er stand. Das Heimatland, der König, die Kameraden.

»Es gibt keine Deutschen in meinem Leben«, erwiderte sie. *Warum die Dinge unnötig verkomplizieren?* »Ich muss los. Geh nicht raus, bleib weg vom Fenster, und wasch dir das Gesicht.« Sie war zur Tür hinaus, bevor er ihr noch weitere Fragen stellen konnte.

Die Läden waren natürlich geschlossen, aber der *patron* ihres Stammcafés verkaufte ihr eine Büchse Schinken, einige Bohnen und eine knorrige Steckrübe. Außerdem füllte er die Flasche aus ihrem Fahrradkorb mit Rotwein auf.

Moineau hatte ihr gesagt, dass sie bei einem Notfall ins Café de Finisterre gegenüber der Gare Saint-Lazare kommen könne. Dort aß er meist zu Mittag, auch sonntags. Wenn sie ihn verfehlte, würde der Wirt ihn telefonisch kontaktieren, wenn sie ihm das Codewort »Cousin Charles« nannte.

Als sie kurz nach zwei das Café betrat, war der Mittagstisch beinahe beendet. Keine Spur von Moineau – sie hatte ihn wahrscheinlich verfehlt. Sie stellte ihr Fahrrad so ab, dass sie es im Blick behalten konnte, und ließ sich an einem Außentisch nieder. Für einen kurzen Moment gestattete sie sich, die Maisonne zu genießen. Sie würde etwas bestellen müssen, aber sie hatte ein schlechtes Gewissen, sich eine richtige Mahlzeit zu gönnen, während Donal und Ramon hungern mussten. Darum bat sie nur um einen Apfel und ein Stück Käse und versuchte, den Duft von gebackenem Fisch in Knoblauch zu ignorieren. Sie bezahlte mit einem Teil von Donals Notgroschen, und als die Kellnerin auf den druckfrischen Schein starrte, behauptete sie, gerade erst bei der Bank gewesen zu sein. »Direkt aus der Presse«, sagte sie.

»Es ist lange her, dass ich etwas so Sauberes gesehen habe«, entgegnete die Kellnerin. Das sprach nicht gerade für die Hygiene in diesem Café … Sie brauchte lange, um einen kleinen Teller mit einem verschrumpelten Apfel und einer Ecke Camembert hinauszubringen. Coralie machte sich gerade über die letzten Krümel her, als sie eine vertraute Gestalt mit Schiebermütze entdeckte. Moineau stellte sein Fahrrad ab, dann grüßte er die Kellnerin wie eine Bekannte. »Bring mir, was gerade da ist, Annette.«

Coralie wartete, bis die Kellnerin gegangen war, dann zischte sie: »Cousin Charles!«

Moineau musste zweimal hinsehen, erst dann begriff er. Nervös blickte er sich um. Seine Cordhosen waren an den Knöcheln mit einem Stück Schnur zusammengebunden, die Innenseiten der Beine waren abgewetzt. Er fuhr offensichtlich viel mit dem Rad.

»Was ist los?« Er kam zu ihr und setzte sich an ihren Tisch.

Sie erklärte die Lage und fügte noch hinzu: »Wir brauchen einen Arzt, und zwar schnell.«

»Ein britischer Untergetauchter und ein Résistance-Kämpfer? Die sind nicht mit unserer Organisation gekommen.«

»Sie haben es allein geschafft. Ich kann es Ihnen auch gleich verraten, der Verletzte ist mein Ehemann, Ramon Cazaubon.«

Moineau sah sie durchdringend an. »Na gut. Wo sind sie jetzt? In der Rue de Seine?«

»Nein, in der Impasse de Cordoba. Ja, ich weiß, dass es eine Sackgasse ist und dass die Wohnung vielleicht schon ausspioniert worden ist. Aber mir gehen so langsam die Schlupflöcher aus.«

»Dann müssen Sie sie bald verlegen. Mit wem sind Sie noch vernetzt?«

»Mit Francine am Quai d'Anjou, aber Sie haben mir ja gesagt, dass sie verhaftet wurde.«

»Ja, das stimmt. Ich werde ein paar Anrufe tätigen.«

»Kennen Sie einen Arzt, dem man vertrauen kann?«

»Ja, ich rufe ihn von hier aus an. Gehen Sie zurück in die Impasse de Cordoba und warten Sie. Wir kommen, wenn es dunkel geworden ist. Noch eins, Cosette: Schaffen Sie die Pistole Ihres Fliegers fort.«

»Woher wussten Sie, dass er eine hat?«

»Manche tragen eine bei sich. Wenn er gefasst wird und eine Waffe zieht, wird man ihn nicht wie einen Kriegsgefangenen behandeln, das wissen Sie doch?«

Sie nickte. »Ich werde es ihm sagen.«

»Nein, nehmen Sie ihm die Waffe ab.«

Die Kellnerin stellte ihr einen Wein hin, obwohl sie keinen bestellt hatte. Moineau ging hinein, um den Anruf zu erledigen, und sie trank derweil ein halbes Glas. Als sie sah, wie die Kellnerin am Nachbartisch Fisch mit Linsen servierte, beschloss sie, eine Knoblauchzehe und eine Flocke Butter aus der Küche zu erbetteln. Sie würde beides zu den pürierten Steckrüben geben, damit man sie wenigstens einigermaßen hinunterbekam.

Sie ging durch das Café und in den Flur, in dem der Telefonapparat stand. Gerade hob sie die Hand, um an die Küchentür zu klopfen, da hörte sie das Klicken von Wertmarken, die in den Apparat fielen, und dann den Satz: »Hier ist Spatz.« Auf Deutsch.

Sie ließ die Faust sinken. Spatz. *Moineau* – das hieß Spatz auf Französisch. Langsam, ganz langsam, drehte sie sich um.

Er drückte sich in die Nische. Der Telefonhörer schob seine Mütze zur Seite. Seine Hosenbeine waren unten noch immer mit der Schnur zusammengebunden. Plötzlich hörte sie den Namen Reiniger. »Holen Sie Major Reiniger an den Apparat, und zwar schnell.«

Coralie wich zurück – und stieß mit der zurückkehrenden Kellnerin zusammen, die daraufhin ihr Tablett fallen ließ. Moineau spähte aus seiner Nische heraus, entdeckte Coralie und stürzte auf sie zu. Er zerrte an ihrem Kropfband, das sich erst spannte und dann riss.

Diese Tat war es, die sie entsetzlich wütend machte, mehr noch als der unglaubliche Verrat. »Sie haben die Gestapo angerufen! Verdammtes Schwein!«

»Annette!« Moineau rief der wie gelähmt dastehenden Kellnerin zu: »Hol den *patron*. Wir müssen dieses Mädchen in den Keller sperren. Geh schon!« Dann, an Coralie gerichtet, wie um sie zu beschwichtigen: »Hören Sie, wir sind doch auf derselben Seite, nicht w… – ah, du Schlampe!«

Sie hatte ihm das Knie in den Unterleib gerammt, leider nur mit halber Kraft, da ihre Mantelschöße sie behinderten. Moineau packte ihr rechtes Handgelenk und verdrehte ihren Arm nach hinten. »Du schläfst mit den Deutschen, und ich nehme ihr –« Das Wort »Geld« ging in einem Schmerzensschrei unter, als Coralies linker Haken seinen Kopf zur Seite schlug. Das hatte Donal ihr beigebracht. Sie ließ einen zweiten Schlag folgen, der ihm die Mütze vom Kopf fegte. Dann rannte sie los.

Beide Männer schliefen, Donal ausgestreckt in einem Ohrensessel, Ramon in Bauchlage auf dem Sofa. »Wacht auf!« Sie keuchte, weil sie den ganzen Weg so schnell sie konnte geradelt war, und schüttelte Donal. Er murmelte nur, darum ließ sie die Hände in sein Hemd gleiten und tastete nach der Pistole. Sie zog sie heraus und steckte sie in ihre Manteltasche. Dann zwickte sie ihn.

Donal erwachte.

Er zog sie zu sich heran und küsste sie. Sein Kinn war rau, aber seine Lippen waren ganz weich. »Cora«, sagte er zwischen den Küssen. »Ich muss dir erzählen, was man in der Werkstatt deines Vaters vergraben gefunden hat.«

Nicht diese alten Geschichten. Nicht jetzt. »Halt den Mund und steh auf. Wir haben nur Sekunden, um von hier zu verschwinden.«

38

Wie einen Betrunkenen nahmen sie Ramon in die Mitte und stützten ihn. Sein Gesicht war von Schweißperlen überzogen. Mühsam stapften sie die Rue de Leningrad entlang, als sich auf einmal Motorengeräusche näherten. Den aufgeregten Hupfanfaren zufolge brausten die Fahrzeuge gerade über die Place de l'Europe.

»Moscou!«, keuchte sie. »Lauft!« Sie schleppten Ramon um die Straßenecke an der Rue de Moscou, nur Sekunden, bevor die Autos mit kreischenden Bremsen in der Impasse de Cordoba hielten. Dann hörte man zuschlagende Türen und das Knirschen einer Brechstange an einer Holztür.

»Sie werden nicht lange brauchen, um zu merken, dass niemand da ist«, sagte Donal. »Wohin jetzt?«

Ja – wohin? Coralie fiel kein einziger sicherer Ort ein. »Lasst uns einfach verschwinden.«

An der Rue de Liège stiegen sie in die Métro und fuhren etwa zwei Stunden lang mit verschiedenen Linien herum. Coralie konnte die beiden Männer nicht zu sich nach Hause oder zu La Passerinette bringen. Auch nicht zu Teddy, da Dietrich dort vielleicht nach ihr suchen würde, und Dietrich würde Ramon über die Klinge springen lassen. Und Bonnets Wohnung in der Rue Valdonne? Ramon, der inzwischen vom Fieber gezeichnet war, sprach sich dagegen aus. »Er trinkt. Trau niemals einem Trinker.«

»Was ist mit einer deiner vielen Frauen?«, fragte sie. Der Vorschlag war ernst gemeint.

»Trau niemals einer Frau.«

Sie biss die Zähne zusammen. Félix Peyron? Sie wusste allerdings nicht, wo er wohnte. Solange Antonin, die in der Rue Cambon im Luxus lebte? Vielleicht, aber was, wenn Solange gerade einen ihrer Verehrer zu Gast hatte? Unas Freunde aus dem American Hospital waren auch alle interniert worden. Der Metzger in der Rue Mouffetard? Ihre Kontaktperson in der Avenue Foch? Zu gefährlich. Sie standen vielleicht unter Beobachtung. Doch mit einem Mal wusste sie genau, wohin sie gehen würden.

Sie stiegen an der Station Odéon aus, südlich des Flusses und nur einen Katzensprung entfernt von der Rue de Vaugirard. Donal musste Ramon allein stützen, während sie in eine Bar ging und den doppelten Preis für einige Brotreste zahlte. Donal hatte seine Notration mit Ramon bereits im Zug geteilt, und das war alles, was sie an diesem Tag gegessen hatten.

Zum Glück war sie so geistesgegenwärtig gewesen, die Schinkenbüchse, die sie zuvor gekauft hatte, in die Tasche zu stecken. Alles andere lag im Korb ihres Fahrrads, das sie in der Impasse de Cordoba hatte zurücklassen müssen. Vermutlich hatten die Gestapo-Leute die Sachen unter sich aufgeteilt.

Sie knöpfte ihren Mantel auf, einerseits, weil ihr heiß war, andererseits, weil die Schinkenbüchse sich wie ein seltsamer Höcker an ihrer Hüfte abzeichnete. Sie führte die Männer Richtung Rue de l'Odéon, vorbei an der Buchhandlung, in der Dietrich ihr *In einem anderen Land* gekauft hatte. Als sie ins Schaufenster blickte, sah sie ausschließlich Nazi-Propaganda.

»In wessen Wohnung gehen wir jetzt?«, wollte Donal wissen.

»Die Eigentümerin hat mir vor einigen Jahren Französisch und Deutsch beigebracht«, antwortete Coralie.

»Das heißt, du sprichst Deutsch?«

»Ja, genau wie der König von England.«

Sie hielt das Brot fest gegen die Brust gepresst und klingelte bei Louise Deveau. Wenn sie doch nur schnell herunterkäme! Die drei bildeten ein merkwürdiges Trio. Donal, der größer war als der Durchschnittsfranzose, trug seltsame Stiefel und bunt zusammengewürfelte Kleidung. Ramon war so schwach, dass er sich kaum noch aufrecht halten konnte. Coralie hörte Schritte, dann wurde der Sicherheitsriegel zurückgeschoben. Sie entschuldigte sich tausendmal dafür, Mademoiselle Deveau entgegen der Abmachung kontaktiert zu haben, und trat ein. Donal und Ramon folgten ihr.

Die Tür schlug hinter ihnen zu. Nicht Mademoiselle Deveau hatte ihnen geöffnet, sondern ein Mann, der Coralie eine Pistole an den Kopf hielt und sagte: »Ein Terrorist, ein Untergetauchter, eine *résistante*. Die Treppe hinauf bitte, die Männer gehen voran.«

Er hatte das Licht auf der Treppe abgedreht, damit er den Vorteil der Dunkelheit auf seiner Seite hatte. »Langsam gehen und die Hände hoch. Ich habe sieben Schuss.« Er wollte seine Walther PP nicht abfeuern, bevor er Ramon Cazaubon nicht in die Augen geblickt hatte.

Es war natürlich Coralie, die Widerstand leistete. »Dietrich, ich weiß nicht, wie du mich gefunden hast, aber ich nehme die Hände nicht hoch, weil ich das Brot nicht fallen lassen will. Ich habe ein Vermögen dafür bezahlt. Donal spricht übrigens kein Französisch und kann die Hände auch nicht hochnehmen, da Ramon sonst die Treppe herunterfallen würde.«

»Donal«, sagte Dietrich auf Englisch. »Führen Sie Cazaubon durch die offene Tür oben an der Treppe. Wenn Sie irgendwelche Dummheiten machen, erschieße ich Mademoiselle de Lirac.«

»Nein, das wird er nicht tun.« Coralie klang ganz selbstsicher, zuckte aber zusammen, als er ihr die Pistolenmündung an den Nacken hielt.

»Glaub mir, das werde ich. Jetzt geh voran.«

Die Concierge hatte Dietrich zuvor in die Wohnung gelassen. Mit einer Lautstärke, der sich nur taube Menschen bedienen, erklärte sie: »Mademoiselle Deveau ist nach Neujahr überstürzt abgereist. Ich halte die Wohnung sauber, aber ...« Leer stehende Wohnungen nahmen immer einen bestimmten Geruch an. Im Flur lag ein Stapel mit der ungeöffneten Post von fünf Monaten. War Louise Deveau noch am Leben? Von Coralie gab es im Moment auch keine Spur, aber sie würde kommen. Wem konnte sie denn sonst vertrauen in Paris?

Dietrich hatte die Concierge hinausgebeten und sich auf einen Stuhl gesetzt, um auf Coralie zu warten.

Jetzt schubste er sie in die Mitte des Wohnzimmers. »Bleib da stehen.« Die Pistole gezogen, sah er zu, wie der große, dunkelhaarige Mann dem verlotterten Schwarzhaarigen auf das Sofa half. Er erkannte Cazaubon, der allerdings dünner und abgehärmter aussah seit ihrer letzten Begegnung. So, wie er sich in die Kissen fallen ließ, musste er große Schmerzen haben. Aber war das eine Waffe, die sich da unter seiner Kleidung abzeichnete?

Coralie wirkte entsetzt – kein Wunder. Der Engländer war nervös, vielleicht auch verwirrt. Dietrich erwiderte seinen Blick. *Ja, das ist eine deutsche Uniform, ein silberner Adler auf der Brust, ein Pour le Mérite,* formulierte Dietrich stumm. *Du halluzinierst nicht.* »Hände hoch, alle beide.«

Der junge Mann hob die Hände auf Schulterhöhe und fragte: »Luftwaffe, Sir?«

»Nicht im aktiven Dienst. Dieses Mal spiele ich eine andere Rolle. Und Sie?«

»Warrant Officer Flynn, Royal Air Force.«

»Danke, dass Sie ehrlich sind.« Dietrich deutete auf Flynns Stiefel, die inzwischen aussahen, als hätte man sie mit Vogeldreck eingerieben. »Hätten Sie sich als taubstummer Landarbeiter ausgegeben, hätten Sie uns beide damit beleidigt.« Coralie klammerte sich noch immer an ihre Brotstücke. »Ich sagte, Hände hoch.«

Sie machte keine Anstalten, ihm zu gehorchen. »Dietrich, glaubst du im Ernst, ich mache einen Hechtsprung und erwürge dich?«

Der Engländer schaltete sich ein. »Du kennst ihn? Das ist dein Deutscher? Du liebe Güte, Cora, auf welcher Seite stehst du eigentlich?«

Cora. Dietrich hatte nicht geglaubt, dass sich seine dunklen Emotionen noch weiter verfinstern könnten, aber die Vorstellung, eine Kugel in diese junge, muskulöse Brust zu jagen, erschien ihm plötzlich verlockend. »Zurück an die Wand, alle beide.« Coralie und der Engländer tauschten einen Blick und wichen zurück, bis sie vor Louise Deveaus Porzellanschrank standen. Sie waren wie Zwillinge. Flynn … Hatte sie diesen Namen nicht schon einmal erwähnt? Ja, da war etwas gewesen. *Sheila Flynn*. »Ihr seid in derselben Straße aufgewachsen.«

»Stimmt genau«, erwiderte Coralie. »Wir haben zusammen auf den Bahngleisen gespielt und uns ins Kino geschlichen. Dietrich …«

Er bedeutete ihr zu schweigen. Zwei Kinder, die zusammen aufwuchsen, nun gut. Aber dieser Bastard Cazaubon … Er ging zum Sofa, hielt dem Mann die Pistole an die Schläfe und sagte auf Französisch: »Ich werde dich wegen Mordes hinrichten, Cazaubon.«

»Fahr zur Hölle.«

Coralie ließ das Brot fallen und stürzte auf sie zu. Ihr Kopftuch war nach hinten gerutscht, sodass ihre Locken zum Vorschein kamen. Ihr Mantel stand offen, und Dietrich erkannte das Kleid darunter. Rosafarben, Kirschdruck, tiefer Ausschnitt. Sie hatte es an jenem Tag getragen, als er sie im Lutetia verhörte. Hatte sie damals gemerkt, wie sehr er sich zurückhalten musste, um sie nicht in die Arme zu schließen, ihr den Hut vom Kopf zu nehmen und die Finger in ihrem Haar zu vergraben?

Er hörte, wie sie sagte: »Ramon kämpft für sein Land. So wie du. So wie Donal. Sogar ich versuche es manchmal. Wir haben Krieg.«

Er sah Blut an ihrer Kehle, dort, wo das Kropfband hätte liegen sollen. Tränen in ihren Augen. Er zwang sich, sie zu ignorieren. »Die Bomben im Tunnel von Auxerre, das war wahlloses Töten.« Aus dem Augenwinkel sah er, dass der Engländer die Arme sinken ließ und mit einer Hand in sein Hemd griff. Die Royal Air Force rüstete ihre Besatzungen mit Faustfeuerwaffen aus, genau wie die Luftwaffe. Nicht für den Kampf, sondern dafür, dass ein Flieger sich eine Kugel in den Kopf schießen konnte, falls er in einem brennenden Flugzeug eingeschlossen war. Dieser Engländer hatte seine Waffe behalten, das sprach dafür, dass er das Schicksal herausfordern wollte. Dietrich feuerte einen Warnschuss in die Armlehne des Sofas. Cazaubon duckte sich, Coralie schrie auf.

»Hände auf die Schultern, Warrant Officer! Du auch, Coralie.«

Sie verschränkte die Arme. »Es ist unter deiner Würde, aus Niedertracht zu töten.«

»Warum denn das? Ich bin auch nur ein Mensch und habe Fehler wie alle.« Hatte sie irgendeine Vorstellung, wie er die letzten paar Stunden verbracht hatte? Er war aufgewacht, hatte entdeckt, dass sie verschwunden war, und angenommen, sie sei bei La Passerinette. Er hatte beschlossen, die Métro zum Louvre zu nehmen und den Rest des Weges an diesem herrlichen Tag zu laufen. In der Rue Royale hatte er einen Pulk Presseleute gesehen, die den Verkehr aufhielten. Einige redeten mit einem Polizisten, und einer fotografierte etwas, das wie ein riesiger Blutfleck auf der Straße aussah. Eine Hutschachtel in vertrauten Farben. Ein Fetzen eines Gesprächs hatte ihm das Blut in den Adern gefrieren lassen:

»… von einem Bus angefahren, blond, groß und gut angezogen. Name noch nicht bekannt.«

Er war zu La Passerinette gerannt und hatte den Laden verschlossen vorgefunden. Niemand hatte auf seine aufgeregten Faustschläge gegen die Tür geantwortet, und dann war die ganze Verzweiflung über den Tod seines Sohnes wieder in ihm aufgestiegen.

Irgendwie war er zurück in die Rue de Vaugirard gelangt, wo man ihm ausrichtete, dass die Oberschwester aus Le Cloître angerufen hatte. Konnte er wohl so bald wie möglich zurückrufen? Er hatte erfahren, dass seine Frau verschwunden war. In der Nähe war ein Flugzeug abgestürzt, ein Bomber, und alle waren zur Unfallstelle gerannt, um nach Überlebenden zu suchen. Leider war in dem Durcheinander die Tür nicht richtig abgeschlossen worden. Konnte er wohl sofort nach Fontainebleau kommen?

»Nein, Madame, das kann ich nicht. Wenn Sie Ihrer Aufgabe anständig nachgekommen wären, hätte meine Frau nicht entkommen können. Schicken Sie eine Suchmannschaft aus. Alarmieren Sie die örtliche Polizei. Sie ist sicher nicht weit gekommen.«

Er würde derweil ganz Paris absuchen, bis er Coralie gefunden hatte, tot oder lebendig. Er wollte gerade das Haus verlassen, als das Telefon noch einmal klingelte. Dieses Mal war es das Polizeikommissariat, das für das Madeleine-Quartier zuständig war. Man bat ihn in die Leichenhalle am Quai de la Rapée, um eine Tote zu identifizieren.

Auf dem Weg dorthin durchlitt er Höllenqualen. Und dann, als er nicht auf Coralie, sondern auf eine blau angelaufene Hiltrud blickte, empfand er eine unbeschreibliche Freude. »Gott sei Dank«, entfuhr es ihm, aber noch im selben Augenblick schämte er sich schrecklich dafür.

Wieder zu Hause angelangt, hatte er noch einen Anruf aus Le Cloître bekommen, mit der furchtbaren Nachricht, dass die Leiche seiner Frau gefunden worden war. »Die Polizei hat uns benachrichtigt. Sie haben sie anhand der Tasche, die sie einer Krankenschwester gestohlen hatte, identifiziert.«

»Ich war gerade in der Leichenhalle und habe sie gesehen. Sie rufen zwei Stunden zu spät an.«

»Glauben Sie mir, Herr Generalmajor, die Polizei hat uns gerade erst informiert.«

»Woher hatte die Polizei dann meine Nummer, wenn Sie sie nicht weitergegeben haben? Lügen Sie mich nicht an, Madame. Und versuchen Sie nicht, die Schuld abzuwälzen. Wären Sie bei der Armee, würde man Sie vor ein Kriegsgericht stellen.«

Er hatte aufgelegt und sich eine Brausetablette gegen die Schmerzen in Bein und Kopf aufgelöst. Er war dehydriert. Nachdem er einige Gläser Wasser getrunken hatte, kam der nächste Telefonanruf. Es war Friedrich Olbricht, der Kommandant des Heeresamtes in Berlin.

»Der Tag der Wahrheit kommt näher, von Elbing. Sind Sie noch mit uns?«

Warum das, ausgerechnet jetzt? »Zählen Sie auf meine Loyalität, General.« In Berlin hatte er dem Unternehmen Walküre seine Treue geschworen. Das war eine Verschwörung einiger Armeeoffiziere, darunter sein alter Freund Claus von Stauffenberg, die sich zum Ziel gesetzt hatten, Hitler und seinen engsten Zirkel auszuschalten. Die Walküre würde gigantische Umwälzungen auslösen, und die Uhr hatte gerade zu ticken begonnen. Er hatte aufgelegt und gedacht: *Freiheit oder Tod!* Aber ohne Coralie war nichts mehr wichtig.

In diesem Moment war die Realität in seine Gedanken eingedrungen. Von der Straße tönten heftige Hammergeräusche zu ihm hinauf. Der Soldat an der Tür musste schnell aufgemacht haben, denn nur wenige Sekunden darauf stand Major Reiniger vor Dietrich und bestand auf einer Durchsuchung.

Reiniger hatte vier bewaffnete Gestalten dabei, und Dietrich dachte besorgt an die Walküre. Wurde sein Telefon abgehört?

»Ihre Geliebte wurde in Gesellschaft zweier gesuchter Männer gesehen, Generalmajor. Es handelt sich um den Terroristen Ramon Cazaubon und einen mutmaßlichen britischen Untergetauchten.« Reiniger sagte, die Männer hätten ihr Schlupfloch am rechten Seine-Ufer verlassen. Cazaubon gehe es sehr schlecht. »Liefern Sie sie uns aus.«

Dann war sie also am Leben. Aber mit Cazaubon zusammen? Nach allem, was er zu ihr gesagt hatte? »Major Reiniger, ich versichere Ihnen, dass sie nicht hier ist.«

»Dann haben Sie gegen eine Durchsuchung wohl nichts einzuwenden.«

»Ich protestiere auf das Entschiedenste, aber Sie werden sich dadurch nicht aufhalten lassen.«

Sie fanden einen Hut von Coralie im Schlafzimmer. In ihren Augen war das der Beweis für seine Verwicklung in die Machenschaften französischer Krimineller. Sie konnten ihn mangels stärkerer Beweise nicht festnehmen, aber Dietrich zweifelte nicht daran, dass er jetzt ganz oben auf Reinigers Abschussliste stand. Würde die Operation Walküre früh genug beginnen, um ihn zu retten?

Jetzt, da er in Louise Deveaus vornehmem Wohnzimmer saß, war ihm klar, dass er sich von jedem Verdacht reinwaschen konnte, indem er Ramon Cazaubon mit vorgehaltener Pistole ins Gestapo-Hauptquartier brachte. Doch das war unter seiner Würde. Cazaubon würde einen gut platzierten Schuss abbekommen.

Dietrich hielt die Mündung der Walther hinter Cazaubons Ohr und suchte den Franzosen mit der freien Hand nach Waffen ab. Er fand einen uralten Lebel-Revolver, den er in seinen eigenen Gürtel steckte.

»*Vive la France*«, krächzte Cazaubon.

Dietrich versuchte, die Waffe ruhig zu halten, krümmte den Zeigefinger …

»Wenn du das machst, bringe ich dich um.« Coralie bedrohte ihn mit einem Revolver. Es war ein schwereres Modell als seine kurzläufige Walther. Coralies Hand zitterte, doch ihr Gesicht drückte Entschlossenheit aus.

»Ein interessantes Dreieck, Liebchen.«

»Ich meine es ernst, Dietrich. Ich schaffe das.«

»Zum Teufel, Cora.« Der britische Pilot war sichtlich erregt. »Du hast mir meinen Revolver weggenommen. Das ist Militäreigentum.«

»Dich konnte man schon immer verdammt leicht bestehlen, Donal. Komm mir nicht zu nahe, sonst treffe ich vielleicht dich.«

Ungerührt bewegte Donal sich auf zu sie, doch Dietrich feuerte ihm eine Kugel vor die Füße und hielt ihn damit auf. Mit einer bewaffneten Coralie würde er schon fertigwerden. Aber zwei Männer mit Waffen in einem Raum, das würde tödlich enden – welcher würde zuerst aufgeben? Im oberen Stockwerk befand sich zwar nur eine halbtaube Concierge, doch die Polizei würde auf die Schüsse sicher reagieren.

»Zurück an die Wand«, befahl er Donal, der widerstrebend gehorchte. »Coralie, du würdest mich vermutlich verfehlen, selbst auf diese Entfernung. Mit diesen Enfield-Pistolen kann man kaum richtig zielen.«

Dietrich sah, wie Donal Flynn den Mund öffnete, um ihm zu widersprechen, doch dann besann er sich und sagte: »Er hat recht, Cora. Manchmal feuern die sogar nach hinten!«

Ramon Cazaubon kicherte – als würde ihn die Farce um seinen eigenen Tod belustigen. Dietrich war jedoch klar, dass er nichts verstanden hatte von ihrem Gespräch. Vielleicht war es für ihn ja wie ein fremdsprachiger Film ohne Untertitel. Dietrich hielt ihm den Pistolenlauf ins Ohr und flüsterte auf Französisch: »Es wird ganz schnell gehen. Das ist jedenfalls besser, als verkrüppelt vor das Erschießungskommando getragen zu werden, wenn die Gestapo mit Ihnen fertig ist.« An Coralie gerichtet sagte er: »Sie werden ihn schnappen, und das weißt du auch.«

Coralie ließ die Enfield-Pistole sinken.

Dietrich sagte: »Leg sie auf den Boden.«

Das tat sie jedoch nicht. »Wenn du Ramon erschießt, bringst du uns beide um.«

»Wie das?«

»Na, so.« Sie hielt sich den Lauf ihrer Pistole an die Schläfe.

»Coralie, nein!«

»Cora, leg die Waffe weg!« Donal Flynn trat auf sie zu.

Da tauchte vor Dietrich eine Erinnerung auf: Coralie lag in seinen Armen und bat ihn, sich nicht zurückzuhalten. Sie wollte ein Kind von ihm. »Cazaubon ist das Opfer nicht wert, und du bist vielleicht schwanger. Das ist durchaus möglich.«

»Nun, ich will kein Kind von einem Mörder. Ich bin mit einem aufgewachsen. Mein Dad prahlte immer mit leuchtenden Augen damit, dass er in Frankreich einen Franzosen zermalmt hatte. Warum willst du Ramon töten? Er hat seine Schuld inzwischen abbezahlt, dessen kannst du dir sicher sein, und zwar in der Währung des Blutes. Bring ihn um, und du wirst von jetzt an jede Nacht von meinem Tod träumen, das garantiere ich dir. Ich werde es tun.«

Dietrich trat einen Schritt zurück. »Coralie, ich dachte, ich hätte dich in die Enge getrieben, aber du schaffst es jedes Mal, an mir vorbeizuschlüpfen.« Er musste lachen – wahrscheinlich der

Schock. Nur Coralie brachte es fertig, ihre drei Männer in einem Raum zu versammeln, eine Spur von Feuer und Blut hinter sich herziehend, und sich dann moralisch auch noch im Recht zu fühlen. Er war fest entschlossen, nicht nachzugeben, und setzte eine unversöhnliche Miene auf. Doch sie hatte gewonnen, und das wusste sie.

»Schwörst du, dass du Ramon nichts tun wirst?«

Er seufzte. »Ich werde ihn nicht erschießen. Nimm die Pistole runter.«

»Du wirst ihn auch nicht den Behörden ausliefern?«

»Ich werde ihn nicht den Behörden ausliefern. Er ist frei und kann gehen. Dein Londoner Freund auch.« Auf Englisch sagte er. »Gehen Sie, Warrant Officer, und nehmen Sie diesen Mistkerl mit. Verabschieden Sie sich von Coralie und versuchen Sie Ihr Glück.«

Coralie stampfte mit dem Fuß auf. »Sei nicht blöd. Ramon muss ins Krankenhaus.«

Ramon, der das Wort »Krankenhaus« verstand, schrie auf. »Nein! Die geben mir Äther, und dann sitze ich in der Falle.«

»Du hast Wundbrand. Der wird in deine Blutbahn übergehen.«

Ramon streckte seinen verletzten Finger von sich. »Schneid ihn ab. Er hat ein Messer.« Er meinte Donal.

»Ich kann nicht – ach, verdammt!«

Sie fluchte, weil Dietrich ihr die Waffe abgenommen hatte. Sie schickte noch einen Fluch an Dietrichs Adresse, gab dann aber auf. »Na schön, Ramon, ich tue es, aber gib mir noch einmal klar die Erlaubnis dazu, und zwar vor den beiden Zeugen.«

»Erlaubnis erteilt. Jetzt fang schon an, *ma chérie*.«

Dietrich sah zu, wie Coralie und Donal einen Operationstisch improvisierten, indem sie Kissen auf dem Boden auslegten und die Stehlampe näher heranholten. Coralie bat um ein Messer.

Donal Flynn zog seins hervor, übergab es ihr aber nicht. »Das ist keine Aufgabe für eine Frau, Cora. Du kannst ihn festhalten.«

Dietrich bemerkte, wie Flynn sie ansah. Diese Hingabe in seinen Augen! Dietrich spürte keine Spur von Eifersucht. Nur tiefste Verzweiflung.

»Das schaffe ich nicht. Halt du ihn fest, ich schneide.«

»Du hast nicht die Kraft, um einen Knochen durchzuschneiden.«

Das konnte ja die ganze Nacht so weitergehen, dachte Dietrich. Er steckte die Walther in sein Halfter und schloss die beiden anderen Waffen in den Porzellanschrank ein. Dann nahm er Flynn das Messer aus der Hand. Zu Coralie sagte er: »Such ein paar Tücher. Und schau nach, ob in der Küche eine Flasche Wein ist. Louise hat immer eine eiserne Reserve gehabt.« Als sie mit den gewünschten Dingen zurückkam, wies er sie an: »Tränke die Tücher mit Wein und steck ihm eins in den Mund. Warrant Officer, Sie halten ihn an den Schultern fest. Knien Sie sich notfalls auf ihn, aber lassen Sie ihn nicht los, egal, wie laut er schreit.«

Coralie suchte Dietrichs Blick. »Danke.«

39

Frauen-Konzentrationslager Ravensbrück, Norddeutschland

Die Fenster der Bürobaracke zu putzen war eine der angenehmeren Aufgaben im Lager. Die helle Nachmittagssonne schien auf die Scheiben, die sie mit dem essiggetränkten Tuch säuberte, und zum ersten Mal seit Monaten war es Una angenehm warm. Sie arbeitete langsam, aber beständig. Seit sie der Hölle des Nähsaals entronnen war, wo ein gerissener Faden mit Peitschenhieben bestraft wurde, hatte sie in einem Zustand permanenter Angespanntheit gelebt. Überall waren Augen. Wurde sie dabei erwischt, dass sie sich ausruhte, auch nur für einen kurzen Moment, würde man sie vielleicht wieder dorthin schicken. Oder schlimmer noch, in die Krankenstation, wo die Insassinnen auf ihren körperlichen Zustand hin untersucht wurden. Waren sie stark genug, um zu überleben? Schwach zu sein war gleichbedeutend mit einem Todesurteil.

Vom Fenster aus konnte sie die Schornsteine des Krematoriums sehen, die weißen Rauch in den sommerlichen Himmel bliesen. Der Juni war gekommen, in Azurblau. Juni war immer der Monat gewesen, in dem ihr früheres, verwöhntes Ich das Ende des Pariser Sommers erlebt hatte. Juli und August hatten derweil in Cap d'Antibes stattgefunden. Sie zählte die Monate im Lager genau, auch wenn die Tage gleichförmig ineinander übergingen.

Gleichförmig waren auch die Baracken, in denen sie und unzählige andere Frauen lebten, schliefen und hungerten. Sie sah lieber nicht genauer hin, auch nicht in Richtung der Straf- und Verhörbaracken. Oder auf das weiße Zelt, in dem im letzten Winter die ungarischen Jüdinnen erfroren waren. Sie versuchte, sowohl den unerträglichen Gestank als auch die Schreie auszublenden – die ständigen Begleiter des Lageralltags.

Wie dünn sie geworden war. Sie blickte ungläubig auf ihre Handgelenke, die aus den gestreiften Uniformärmeln hervorragten. Jeder Knochen war zu sehen, und ihre fleckige Haut war mit einem feinen blonden Flaum überzogen. Sie hatte sich mit der Krätze angesteckt, unmittelbar nach ihrer Ankunft im letzten Herbst, und die Krusten auf ihren Handgelenken und Handrücken waren noch immer zu erkennen. Während der ganzen albtraumhaften Reise an diesen Ort hatte sie die Angst begleitet, dass man hinter ihre Tätigkeit bei der Résistance gekommen war. Während der ersten Tage versuchte sie, sich möglichst unauffällig zu bewegen, flach zu atmen und niemandem aufzufallen. Jeder Schrei, jede Tür, die plötzlich aufflog, hatte wie ihr Name geklungen. Da hatte sie noch nicht gewusst, dass einem der eigene Namen weggenommen wurde.

Irgendwann hatte sie erfahren, dass sie die Inhaftierung der Abwehr zu verdanken hatte. Der deutsche Militärgeheimdienst war dahintergekommen, dass sie mit dem schottischen Reedereikönig Gregory Kilpin verheiratet war, und der hatte seine Schiffe der britischen Flotte zur Verfügung gestellt. Dadurch war sie automatisch zur Feindin geworden.

Sie hatte Gregory verflucht. Nach ein paar Wochen im Lager war sie dann zum Kommandanten zitiert und über die Freundschaft ihres Mannes mit Winston Churchill verhört worden. Fast hätte sie ausgerufen: »Macht ihr Witze? Gregory hat überhaupt keine Freunde.« Zum Glück beherrschte sie sich aber, und als sie fertig ausgesagt hatte, glaubte der Kommandant, dass Gregory und Winston alte Schulfreunde waren, die jeden Abend zusammen über Telefon das Kreuzworträtsel aus der *Times* lösten.

Sie verlegten sie in eine weniger überfüllte Baracke, gaben ihr eine angenehmere Arbeit und etwas besseres Essen. Sie hatten Angst. Angst davor, dass sie den Krieg verlieren und dass Winston Churchill kommen und ihr Werk betrachten würde.

Das wiederum stimmte Una beinahe zärtlich gegenüber Gregory. Und hielt sie am Leben, denn dies war ein Lager der Auslese. Das Motto lautete »Arbeite oder stirb«. Sie teilte ihr Essen mit anderen Gefangenen und kümmerte sich um deren Krankheiten. Sie brachte den französischen, russischen und polnischen Gefangenen heimlich Englisch bei. Und die richtige Haltung: Sie zeigte ihnen, wie man in einen Raum spazierte, sodass alle einen ansahen. Nun, das war vielleicht zweitrangig in einer solchen Umgebung. Sie erfreute sich an der Vorstellung, dass sie Rosenblütenblätter auf einen Misthaufen streute. Jedes Lachen war wie ein Wunder. Jedes Lächeln war ein Geschenk des Himmels. Aber war es auch richtig, Mädchen aufzuheitern, deren Ende bereits besiegelt war?

Das Knurren von Hunden vor dem Fenster sagte Una, dass die SS-Aufseherin von Elbing ganz in ihrer Nähe war. Die süße Claudia ließ ihre Hunde hungern, sodass sie leicht zu reizen waren.

Eine der Sekretärinnen stand von ihrer Schreibmaschine auf und ging zur Tür. »Fräulein? Ein Brief ist für Sie angekommen!«

Una sah, wie Claudia eintrat. Sie stolzierte geradezu, wohl in dem Bewusstsein, dass sie gute Verbindungen zur SS hatte. In Wirklichkeit war sie ebenso sehr Zivilistin wie die Sekretärinnen auch. Dietrich von Elbings Tochter hätte etwas aus sich machen können, dachte Una. Dieses rotblonde Haar … Ein paar Monate in Paris, ein paar gut geschnittene Kleider und eine schicke Frisur, das war alles, was ihr fehlte. Warum liebten die deutschen

Frauen diese Zöpfe bloß so sehr? Und diese klobigen Stiefel, kombiniert mit einem Dirndl? Du lieber Gott.

Man erzählte sich, dass Claudia ihre mangelnde Beförderung darauf schob, dass ihr Vater bei der Partei in Ungnade gefallen war. Nun, seine Tochter glich das mehr als aus.

Una sah, wie sie den Umschlag studierte und ihn dann aufriss. Dass der Brief eine unangenehme Nachricht enthielt, wurde ihr klar, als Claudia »Mutti!« rief und die Hundeleine aus der Hand gleiten ließ. Normale Hunde wären sofort weggerannt und hätten nach Essbarem gesucht. Diese Hunde aber legten sich zu Claudias Füßen und warteten geduldig.

Am 6. Juni 1944 um sechs Uhr dreißig landeten alliierte Truppen an fünf Stränden in der Normandie, während Bomber Straßen, Brücken und Eisenbahnlinien zerstörten, um den Feind zu schwächen. In ganz Frankreich traten Résistance-Einheiten auf den Plan, um Sabotageakte zu begehen.

Paris litt unter der Gluthitze. Die gusseisernen Stühle unter den Bäumen im Jardin du Luxembourg schienen nur für solche Tage gemacht worden zu sein, genau wie die Springbrunnen. Coralie versuchte, einen Brief zu lesen, konnte sich aber nicht konzentrieren. Am selben Morgen hatte Dietrich einen beunruhigenden Anruf aus Berlin erhalten.

Er war zu Coralie gekommen. »Die Berliner Gestapo hat Wind von der Operation Walküre bekommen. In ganz Deutschland werden Menschen verhaftet.«

Er hatte ihr von der Walküre erzählt. Das war mehr als nur ein Plan, Hitler aus dem Weg zu räumen. Nein, dadurch würde es einen Militärputsch geben, der für eine neue Regierung sorgte, und auch die Armeeführung würde ausgetauscht werden. Natürlich wollte die Gestapo diesen Plan niederschlagen.

»Heißt das, die Operation wird abgesagt?«

Dietrich hatte sich ein mattes Lächeln abgerungen. »Die Walküre ist nötiger denn je. Wir müssen der Welt zeigen, dass es Widerstand gibt gegen Hitlers Reich.«

Sie waren in den Park gekommen wie ein sorgloses Liebespaar. Jetzt warteten sie darauf, dass ein Donnerschlag den Sturm ankündigte und den langen, heißen Nachmittag beendete. Dietrich streckte seine Hand nach Coralie aus. »Ich war egoistisch, weil ich mich nur auf meine eigenen Ängste konzentriert habe. Aber dich bedrückt etwas. Vermisst du diesen englischen Jungen?«

Sie faltete den Brief zusammen. Er war von Teddy, der für gewöhnlich ohne Punkt und Komma schrieb, weil er so viele Neuigkeiten zu erzählen hatte. »Ja, ich mache mir Sorgen um Donal, natürlich.« Und um Ramon, der die Amputation seines Fingers stoisch ertragen hatte und vermutlich inzwischen wieder in der Auvergne war – vorausgesetzt, er hatte sämtliche Kontrollpunkte auf dem Weg dorthin ungehindert passiert. »Aber wie du schon gesagt hast, Donal muss sein Glück versuchen. Wenn alles glattgeht, werden Gestapo und Polizei zu viel zu tun haben, um sich um einen einzelnen Reisenden zu kümmern. Oder um uns.«

Aufmunternd drückte Dietrich ihr die Hand. »Reiniger ist in Dreux, beim Militärflughafen, und jagt einer Verschwörergruppe nach, die Flugzeuge am Boden in die Luft sprengt. Solange er dort nach Terroristen sucht, sind wir hier sicher. Wenn das Glück mit uns ist, werden Wölfe wie er sowieso bald aus den Machtzentren entfernt. Und jetzt rede mit mir, Liebchen. Lass mich an deinen Gedanken teilhaben. Erzähl mir, was in dir vorgeht.«

Sie rückte ihren Stuhl neben seinen und drehte den Kopf so, dass ihre Hutkrempe seine berührte und ihre Gesichter dahinter Schutz fanden. Dann erzählte sie ihm, wie sie den Austausch der Schlösser bei La Passerinette beaufsichtigt, ihre Post abgeholt und den Laden abgeschlossen hatte. Dasselbe hatte sie in der Rue de Seine getan. »Spürst du, dass ich mich einzig und allein auf dich konzentrieren möchte?«

Sie erzählte ihm auch, dass sie auf dem Weg zurück zufällig Loulou getroffen hatte, die Assistentin von Henriette Junot, die ihr von der Beerdigung Lorienne Royers berichtete. »Alle waren entsetzt über ihren Tod, und niemand weiß, was sie dort auf der Straße mit einer meiner Hutschachteln gewollt hatte. Nun, wir wissen es, genau wie Georges Blanchard. Sie wollte mich ausrauben. Ich habe nichts gesagt, und dabei wird es bleiben. Lorienne hat Violaine aus blanker Niedertracht fast getötet, und ich hoffe, dass es einen Gott und eine himmlische Gerechtigkeit gibt. Aber ich frage mich trotzdem, warum sie vor dieses Auto gelaufen ist.«

Dietrich brummte: »Der Fahrer behauptet, sie hätte sich vor seinen Wagen geworfen. So stand es jedenfalls in der Zeitung.«

»Ganz klar, dass der Fahrer sich verteidigen wollte. Manche von euch fahren auf uns zu, als wären wir Tauben. Aber rate mal, wer in Loriennes Fußstapfen getreten ist? Jetzt heißt es, Georges Blanchard *pour* Henriette Junot. Was sagt man dazu?«

»Verrat bringt kurzfristigen Erfolg. Aber das Leben hat Höhen und Tiefen, und jeder Verrat sorgt dafür, dass wir von dem getrennt werden, was uns teuer ist. Von allem, was uns zu Menschen macht. Das ist kein angenehmes Thema. Es erinnert mich daran, dass ich Hiltrud gegenüber entsetzlich versagt habe.«

»Aber sie hätte dich beinahe umgebracht!«

»Sie war nicht bei Sinnen, und ich wollte nie, dass sie stirbt. Aber nun ist sie tot, und ich bin frei. Frei, um dich eines Tages zu heiraten. Sprich weiter, Coralie.«

Sie erzählte ihm von den jüngsten Briefen von Noëlle und Ottilia. Es waren fröhliche Briefe aus einer anderen Welt. »Ich kann nicht glauben, dass mein Baby jetzt schon sechseinhalb ist. Ich habe zwei ihrer Geburtstage verpasst. Zwanzig Monate ist es her, dass ich sie zuletzt gesehen habe.«

»Bald wirst du sie wiedersehen. Aber du hast mir noch nicht alles gesagt. Vielleicht ist es dir gar nicht aufgefallen, aber du verstummst oft beim Erzählen und kehrst dich nach innen. Donal hat dir irgendetwas gesagt, bevor er gefahren ist. Ich habe gesehen, wie du auf den Füßen auf und ab gewippt bist, als ihr miteinander gesprochen habt.«

»Mein Vater ist tot.«

»Wie und wann ist das denn passiert?«

»Ein Jahr nach Kriegsanfang, im September 1940. Sein Schuppen hat eine Brandbombe abbekommen, die vermutlich für die Bahngleise bestimmt war. Die Explosion hat alle Gebäude hinweggefegt, sagt Donal, und das Feuer hat tagelang so stark gewütet, dass niemand sich in die Nähe wagte. Als die Feuerwehrleute kamen, fanden sie die verkohlte Leiche eines sehr großen Mannes. Er wurde anhand eines halb geschmolzenen Feuerzeugs identifiziert, das er in der Tasche gehabt haben musste. Komm, wir gehen ein bisschen spazieren.«

Coralie stand auf. Sie wollte die feuchte Luft des Medici-Brunnens atmen. Die Sonne, die gerade den Zenit überschritten hatte, stach ihr in die Augen. Beim Gehen setzte sie ihre Erzählung fort. »Die Explosion riss den Ziegelboden des Schuppens weg, und die Männer entdeckten, was darunter vergraben war. Etwas, das nie jemand finden sollte. Er hätte mich wohl umgebracht, wenn ich sein Geheimnis erfahren hätte.«

»Ich hoffe, es waren keine menschlichen Überreste.«

»Nein.« Aus ihrer Kehle drang ein Laut, halb Lachen, halb Wutschrei. »Es war ein goldener Kelch. Zwar schwer beschädigt, aber irgendjemand konnte ihn zuordnen. Er war aus der Kathedrale gestohlen worden, in die Dad zum Beten ging, und hatte immer vor dem Fenster mit dem Heiligen Georg gestanden. Tja, das Fenster gibt es jetzt auch nicht mehr. Eure Luftwaffe hat die Kathedrale 1942 bombardiert. Jetzt ist dort nur noch ein Haufen Schutt.« Nun kamen die Schluchzer, die sie unterdrückt hatte, seit sie es von Donal erfahren hatte. »Ich habe immer gesagt, mein Dad ist ein Bastard, aber wenigstens ist er fromm. Jetzt stellt sich heraus, dass er den Laden bloß ausgekundschaftet hat. Er hatte nichts Gutes an sich, überhaupt nichts. Aber wenigstens hat er meine Mutter nicht umgebracht. Immerhin.«

»Ach, mein Liebling.«

»Sie ist irgendwo da draußen. Da bin ich mir ganz sicher. Aber jetzt bist du dran. Jetzt redest du.«

Sie setzten sich in den Schatten eines großen Ahornbaums neben dem Springbrunnen, und Dietrich erzählte ihr von den Nachmittagen, die er zusammen mit Max von Silberstrom beim Angeln an der Havel verbracht hatte. Max war sein Sandkastenfreund und außerdem sein Halbbruder. Sie legte ihre Hand in seine, sodass ihre Rubinringe aneinanderstießen. Wenn die Operation Walküre gelang, konnten Dietrich und Max offen über ihre Freundschaft reden.

Später im Bett ließ sie nicht zu, dass Dietrich sich vor dem Höhepunkt zurückzog. »Ich werde schwanger, ganz sicher. Ich bin bereit, ein neues kleines Leben zu machen.«

Ihr Vater war tot. Hitler war so gut wie tot, denn die Walküre bestand aus mächtigen Männern, die genug hatten von den Exzessen der Nazis. Die Alliierten landeten in Frankreich. Hitlers Truppen standen unter Druck, und seine Flugzeuge wurden abgeschossen. Es war Licht am Ende des Tunnels zu sehen.

Ein paar Tage später sagte Dietrich zu Coralie, dass Reiniger zurück in der Stadt sei. »Bleib möglichst im Haus. Er sollte dich lieber nicht sehen.«

Die Walther PP lag auf dem Bartisch, und Coralie kam sich vor wie eine Seiltänzerin, die barfuß über eine Feuergrube lief.

Heute würde der Armeeoffizier Claus von Stauffenberg den Diktator Adolf Hitler im Führerbunker Wolfsschanze in Ostpreußen töten. Wenn der Anruf kam, dass es gelungen war, würde Dietrich zu Carl-Heinrich von Stülpnagel, dem Militärgouverneur von Paris, stoßen, wo sie zusammen mit anderen Walküre-Männern einen *coup d'État* in Paris erzwingen würden. Ihr erstes Ziel wäre die Gestapo.

Der Anruf kam. Sie hörte, wie Dietrich seinen Namen nannte. Die längere Stille, die dann entstand, zerrte an ihren Nerven. Schließlich das Geräusch des Telefonhörers, der wieder in die Gabel fiel.

Er kam zurück ins Zimmer. »Sie haben es abgesagt.« Dietrich schlug mit der Faust gegen die Rückenlehne eines Sessels. »Reichsführer-SS Himmler war nicht anwesend. Was macht das schon? Um ihn könnten wir uns später kümmern. Der arme Stauffenberg. Es ist ein schreckliches Los, der Märtyrer mit der Bombe zu sein. Und jetzt pfeift man ihn im letzten Moment zurück, und er weiß, er muss den Gang an einem anderen Tag noch einmal machen …« Er fluchte. Dann entschuldigte er sich dafür, denn anders als sie achtete Dietrich immer auf seine Ausdrucksweise.

Der finale Anruf kam am 19. Juli. Das Attentat würde am folgenden Tag verübt werden. Coralie kümmerte sich um Dietrichs blank liegende Nerven und massierte ihm die Schultern. Sie stimmte ihm jedes Mal zu, wenn er sagte: »Wir können es nicht noch einmal verschieben. Keine Verschwörung hält für die Ewigkeit. Das Schwein muss morgen sterben.«

»Er wird sterben, das spüre ich.« Wenn die Operation Walküre gelang, würde die deutsche Armee in Frankreich den Befehl erhalten, sich zurückzuziehen, um den Weg für die Alliierten freizumachen – eine Form der Kapitulation. Frankreich wäre befreit. Die Gestapo-Leute, und mit ihnen ihre französischen Handlanger und die verhasste *milice*, würden in Haft genommen werden. Die Schlimmsten von ihnen würde man hinrichten. Das Ende des sinnlosen Abschlachtens wäre endlich in Sicht.

Es war also passiert. Hitler war tot. Getötet durch eine Bombe in der Wolfsschanze. Die Nachricht erreichte General von Stülpnagels Hauptquartier um zwei Uhr nachmittags am 20. Juli. Kurt Kleber kam persönlich in die Rue de Vaugirard und brachte Fritzi mit. Als Adjutant des neuen Luftwaffenchefs General Sperrle hatte Kurt die Nachricht von Hitlers Tod früher als die meisten Menschen in Paris bekommen. Die Rebellion hatte schon Berlin, Prag und Wien erfasst.

»Ich fühle mich schuldig«, sagte Kurt. »Ich habe immer mit den Walküre-Leuten sympathisiert, ihnen aber nie die Treue geschworen. Vielleicht werden unsere neuen Führer ja darüber hinwegsehen. Immerhin habe ich einige Jahre lang das versucht, was Stauffenberg jetzt geglückt ist.«

»Du bist ein ebensolcher Held wie Stauffenberg, Kurt«, versicherte ihm seine Frau und küsste ihn auf die versehrte Seite seines Gesichts. »Das weiß doch jeder.«

Zu viert standen sie im Kreis, wie schon so oft zuvor. Coralie fragte sich, warum Dietrich so steif dastand. Bis er Kurt fragte: »Bist du sicher, dass Stauffenberg am Leben ist? Ich muss wissen, ob unser Freund die Explosion überlebt hat.«

Um sechs Uhr abends wurde diese Frage beantwortet, als ein Anruf von einem Adjutanten General von Stülpnagels kam. Stauffenberg hatte persönlich angerufen, um zu bestätigen, dass Hitler tot war.

Kurt und Fritzi brachen in die Rue Marigny auf. Als sie weg

waren, steckte Dietrich seine Pistole ein und küsste Coralie. Er bat sie, auf ihn zu warten. Die Massenverhaftung der Gestapo-Führer war im Gange, und er wollte seinen Teil dazu beitragen.

Sobald er fort war, gelang es Coralie nicht mehr, einen einzigen klaren Gedanken zu fassen. Was bedeutete diese unheimliche Stille? Sie ging ans Fenster. Natürlich! Zum ersten Mal seit vier Jahren hatten die Wachsoldaten in der Rue de Vaugirard ihre Patrouillengänge eingestellt. Sie war froh, als die Dämmerung kam und die Vögel in den Bäumen sangen. Bald schlief sie auf dem Sofa ein und erwachte erst wieder, als es bereits stockfinster war und sich ein Schlüssel im Schloss drehte.

»Dietrich?«

Er kam herein, schaltete das Licht ein und setzte sich aufs Sofa. Sie legte ihm die Beine quer über den Schoß. »Dieses Bild werde ich nie vergessen«, sagte er. »Sandsäcke in der École Militaire.«

»Sandsäcke?«

»Für diese Ratten aus der Avenue Foch. Morgen früh wird man sie erschießen, und Frankreich ist von der Gestapo befreit.«

»Und Reiniger?«

»Man hat ihn im fünften Stock seines Gebäudes eingesperrt, in dem Zimmer, in dem er seine Mitmenschen mit Vergnügen gefoltert und zusammengeschlagen hat.« Er tätschelte ihren Knöchel. »Zieh dich an, mein Liebling. Wir werden Serge Martel in seinem eigenen Nachtklub verhaften.«

»Weil er für die Gestapo als Informant gearbeitet hat?«

»Genau. Das hat er von dem Tag an getan, an dem er das Gefängnis verlassen hat. Sie haben ihn sogar ausgebildet. Wenn es dir lieber ist, kannst du natürlich auch zu Hause bleiben. Ich habe Kurt gebeten, mit mir zu kommen. Dies ist die Nacht, in der sich das Blatt wenden wird.«

Sie hatte das kaffeefarbene Kleid gewählt, das sie an dem Abend getragen hatte, an dem sie versucht hatten, Ottilia aus der Stadt zu schmuggeln. Es verdiente einen Abend des Triumphes. Ihr Haar war nicht frisiert, darum bedeckte sie es mit einem Turban aus Seidenjersey; seine Bindebänder formten ein V – Victory. Dramatische Augenbrauen, dramatische Lippen, doch ihr Hals fühlte sich nackt an ohne das Kropfband. Sie hatte gehört, wie die Zyankalikapsel zu Boden gefallen war, als Moineau nach ihrem Hals gegriffen hatte. Dann hatte er sie mit den Füßen zerquetscht. Sie lächelte. Jetzt brauchte sie sie nicht mehr.

Ganz unbewaffnet wollte sie jedoch nicht losgehen. Als sie zurück in die Rue de Vaugirard gezogen war, hatte sie zwei große Überseekoffer mitgebracht. Sie griff in den einen der beiden und förderte einen schweren Gegenstand zutage.

Als Dietrich ins Schlafzimmer kam, sah er sofort, was sie in den Händen hielt. »Fritzi Kleber hat einmal eine Waffe in einer Satinhandtasche versteckt. Aber das war eine alte Duellpistole, die ohnehin dazu gedacht war, in einem Pelzmuff versteckt zu werden. Diese ist zu groß für dich. Komm, wir tauschen.«

Sie nahm seine Walther PP und verbarg sie in einer Abendtasche aus gestepptem Samt. Dietrich steckte Donals Enfield Mark II in sein Halfter. »Jetzt bist du bewaffnet, wie eine echte Heldin«, sagte er. »Lass uns gehen. Unten wartet ein Auto.«

Die Straßen am linken Seineufer waren ruhig, doch am rechten Ufer drängten sich Fahrzeuge, in denen General von Stülpnagels Abgesandte saßen, und Armeetransporter voller rebellischer Wehrmacht-Einheiten. Die Nachricht von Hitlers Tod hatte sich in den Kommandozentralen verbreitet, wie Dietrich ihr berichtete. Stülpnagel hatte es eilig mit der neuen Machtordnung, um Gespräche mit den Alliierten zu ermöglichen.

Das Rose Noire war vollgepackt mit der deutschen Klientel.

Man stand grüppchenweise auf der Tanzfläche und ignorierte ein Trio aus Klarinette, Trompete und Schlagzeug, das »Bei Mir Bistu Shein« intonierte. Vielleicht war nur Dietrich und Coralie die Ironie bewusst: ein jiddisches Lied mit Swing-Beat für deutsche Ohren! Serge Martel in seinem weißen Smoking arbeitete sich durch die Massen, sein Lächeln in jede Richtung verteilend.

»Ein weniger gieriger Mann hätte inzwischen die Stadt verlassen«, sagte Coralie.

»Vielleicht glaubt er ja, dass Hitler doch noch lebt.« Auf dem Weg zum Klub hatte Dietrich ihr erzählt, dass man selbst in Berlin nicht genau wusste, wie erfolgreich der Coup tatsächlich verlaufen war. Aus dem Allgemeinen Heeresamt in der Bendlerstraße kamen widersprüchliche Meldungen. »Es geht das Gerücht, dass der Führer nicht tot ist, aber das ist die Art von Kriegsführung, die wir von Hitlers Getreuen erwarten können. Stauffenberg hat die Explosion gehört und auch gesehen, wie Hitler auf einer Tragbahre aus dem Gebäude gebracht wurde. Er muss ganz einfach tot sein.«

Während Martel sie zu einem Tisch in der Mitte führte, erwiderte Dietrich das Nicken und die militärischen Grußbekundungen der übrigen Offiziere. Die Machtverhältnisse hatten sich verschoben. Die Soldaten hatten Dietrich schon immer bewundert und gemocht, aber da war er noch eine Randfigur gewesen. Jetzt stand er im Zentrum der Macht. Inzwischen spürte auch Coralie ihren verführerischen Sog.

Martel bot Dietrich seinen besten Champagner an.

»Ich wähle lieber selbst aus dem Weinkeller aus, Martel.« Félix Peyron kam bereits zu ihrem Tisch geschlurft. »Zeigen Sie mir den Weinkeller, auf den Sie so stolz sind.«

Martel wirkte nervös. »Félix kann doch gehen. Sagen Sie ihm genau, was Ihnen vorschwebt, Monsieur le Comte, und er wird

Ihnen nur das Beste bringen. Warum sollte ich einen Sommelier bezahlen und dann selbst seinen Job erledigen?«

Doch Félix stöhnte auf. »Ich schaffe diese Treppe nicht schon wieder, Monsieur Martel. Meine Knie bringen mich um. Eines Tages werden Sie verstehen, was Gelenkschmerzen bedeuten.«

Mit einem Anflug von Missfallen gab Martel nach. Dann wandte er sich an Coralie. »Mademoiselle de Lirac, ich rate Ihnen, nicht mit uns zu kommen. Der Weinkeller hat einen unebenen Boden und leider auch ziemlich große Spinnen.«

»Ich habe keine Angst vor Spinnen.« Coralie hakte sich bei Dietrich unter und folgte Martel zu einem versteckten Ausgang. »Ich bin bewaffnet, wie eine echte Heldin«, flüsterte sie. »Wenn ich eine menschenfressende Spinne sehe, werde ich sie einfach abknallen.«

Martel öffnete die Tür des Weinkellers mit dem Schlüssel, den er von Félix bekommen hatte. Er schaltete die von Spinnweben überzogene Deckenlampe ein und führte sie hinunter. Dietrich ging als Letzter und schloss die Tür hinter ihnen. Der Keller bestand aus einem langen Raum, der aus einem Felsen herausgehauen war. Die Wände waren gesäumt mit Regalen voller Flaschen, die den Klang ihrer Schritte dämpften.

»Monsieur liebt Pissotte, aber darf ich vielleicht etwas vorschlagen, das genauso gut ist?« Ausführlich beschrieb Martel die Vorzüge eines anderen Anbaugebietes.

Dietrich zog seine Pistole und sagte ganz ruhig: »Serge Martel, ich verhafte Sie wegen Kollaboration mit der Gestapo. Sie haben im Austausch gegen Privilegien Grausamkeiten verübt, die gegen jedes juristische und moralische Gesetz verstoßen. Nehmen Sie die Hände hoch.«

Martel hatte gerade nach einer Flasche gegriffen. Er drehte sich zu Dietrich um. In seinen blassen Augen standen Schock und Wut. »Mit welchem Recht?«

Dietrich hielt die Enfield völlig still. »Ich handle mit Befugnis von General von Stülpnagel.«

Martel setzte ein giftiges Lächeln auf. Er prüfte wohl Dietrichs Entschlossenheit und seine eigenen Möglichkeiten, dachte Coralie. Sie wollte selbst eine Waffe in der Hand halten und versuchte, den Verschluss ihrer Abendtasche aufzubekommen. Plötzlich sprang Martel auf sie zu, mit den Fäusten voran. Dietrich feuerte, und nach einer Sekunde, in der die Zeit stillzustehen schien, brach er zusammen, mit dem Gesicht nach unten. Blut strömte aus einem Loch in seinem weißen Smoking.

»Und so ist die Welt wieder zu einem besseren Ort geworden.« Es war Félix Peyron, der hinter ihnen die Stufen hinuntergehumpelt war. »Ich habe mir schon gedacht, was Sie vorhaben, Monsieur le Comte. Niemand hat gesehen, wie Sie den Klub verlassen haben, und aus diesem Gewölbe dringt kein Laut. Bitte gehen Sie wieder nach oben, ich werde den Keller abschließen. Später lege ich die alte Kriegspistole von Martels Vater neben seine Leiche. Ich weiß, wo er die aufbewahrt. Wenn die Welt denkt, dass er sich selbst getötet hat, vermeiden Sie viel Ärger, Monsieur, Madame.« Er verbeugte sich vor Coralie und fragte Dietrich: »Einen Pommery grand cru, Monsieur?«

Dietrich schüttelte den Kopf. »Ich glaube kaum, dass das jetzt …«

»Er ist in der Hölle, Monsieur, und büßt dafür, was er Julie und den anderen Mädchen angetan hat. Gehen Sie und tanzen Sie.«

»Tanzen?«, wiederholte Coralie ungläubig.

»Haben Sie es noch nicht bemerkt? Unsere Swing-Band hat sich der Résistance angeschlossen. Jetzt haben wir ein neues Trio. Dessen Mitglieder sind so alt wie ich und müssen sich zwischen den Sets kurz hinlegen. Bitte tanzen Sie, das wird die Musiker freuen.«

Als Dietrich und Coralie sich auf die Tanzfläche begaben, spielte die Band gerade ein trauriges Lied. Aber sie taten, worum Félix sie gebeten hatte, und schlangen die Arme umeinander. Es war zu voll, um sich ungestört bewegen zu können. »Ich hätte Martel selbst eine Kugel in den Kopf geschossen, wenn ich meine Pistole rechtzeitig aus der Tasche bekommen hätte«, flüsterte Coralie. »Diese Zigeunerin hat mir damals ja vorhergesagt, dass ich jemanden töten würde.«

»Das hat sie doch nur gesagt, um den Shilling irgendwie zu rechtfertigen.«

»Denk von mir aus, was du willst, aber was mich betrifft, so war ich bereit, Serge Martel zu töten. Damit bin ich wohl aus dem Schneider.«

Die Band spielte »Lili Marleen«, das Lied, das beim Afrika-Korps so beliebt war. Es war auf Französisch und Englisch übersetzt worden und inzwischen zum Dauerbrenner geworden. Dietrich sang Coralie den Refrain ins Ohr.

Als sie zu ihrem Tisch zurückkamen, stand eine Flasche Champagner bereit. Félix schenkte ihnen aus und sagte zu Coralie: »Würden Sie uns die Ehre erweisen und uns ein Lied vorsingen?«

»Ich bin völlig aus der Übung«, widersprach sie. Sie sollte singen, jetzt, da der Pistolenschuss noch in ihr nachhallte? »Ich habe außerdem gar kein Repertoire.«

»Die Band auch nicht«, bemerkte Félix. »Für sie ist es schon ein Triumph, wenn sie die Nacht überleben.«

Da schaltete sich Dietrich ein. »Ich habe noch nie das Vergnügen gehabt, dich singen zu hören.«

Da sang sie also »Lili Marlène«, die französische Version. Als »Encore«-Rufe aufbrandeten, sang sie das Lied noch einmal auf Deutsch. Félix kam an den Bühnenrand und applaudierte. »Würden Sie ›The Lambeth Walk‹ noch einmal singen? Ich habe damals so gelacht. Diesen Korsen haben Sie es ordentlich gezeigt!«

Das war nun wirklich eine Beschönigung, auch wenn Félix zur Schmeichelei neigte. Damals hatte sie einen Faustkampf ausgelöst, nachdem sie deutlich offenbart hatte, dass sie aus London stammte. Das war nicht gerade ein Geniestreich gewesen. Von ihrem Platz auf der Bühne aus sah sie, dass Dietrich mit einem Mann redete. Er war ein Zivilist, hatte einen Mantel über dem Arm und eine Mütze auf dem Kopf, wie sie Rennfahrer in den Zwanzigerjahren getragen hatten. Dietrich war ins Gespräch vertieft, dabei sollte er ihr doch alle seine Aufmerksamkeit widmen! »Könnt ihr ›The Lambeth Walk‹ spielen?«, fragte sie jetzt die Musiker. Ja, das würden sie vielleicht hinkriegen. »Spielt es so langsam, wie ihr mögt.«

Sie sang auf Deutsch: »Kennt ihr Lamberts Nachtklub …« Am Ende jeder Zeile, wo eigentlich »Oi!« gerufen wurde, säuselte sie »Nicht wahr?« im Stile einer Marlene Dietrich.

Die Leute lachten. Doch sie konnte sich nicht auf ihr Lied konzentrieren, weil sie gemerkt hatte, dass Dietrichs Gesprächspartner Kurt Kleber war. Irgendetwas an seiner Haltung jagte ihr einen kalten Schauer über den Rücken. Sie hielt den letzten Ton zwölf Schläge lang, knickste vor dem Publikum und schickte der Band einen Handkuss. Dann zog sie ihren Rock hoch und sprang von der Bühne. Am Tisch nahm Dietrich ihre Hände. Die Narbe, die Hiltrud ihm geschlagen hatte, glühte rot. »Es ist vorbei, Coralie. Hitler hat überlebt. Meine Freunde in Berlin, Stauffenberg und Olbricht, sind tot. Sie wurden hingerichtet. Es ist vorbei. Wir haben versagt.«

Kurt sagte: »Ich bringe Fritzi von hier weg. Ich kann nicht riskieren, länger hierzubleiben. Es wird Vergeltungsaktionen gegen alle geben, die für Verräter gehalten werden. Coralie, sagen Sie Dietrich, dass er verschwinden soll. Warten Sie nicht, bis er verhaftet wird.«

Dietrich entgegnete trotzig: »Steh deinen Mann, Kurt. Was

hast du zu befürchten? Du warst nie Teil der Operation Walküre. Du hast nicht einmal zur Dachterrasse gehört.«

Kleber schüttelte den Kopf. »Natürlich habe ich das. In der Wohnung in der Rue de Vaugirard haben wir uns die Treue geschworen. Wir waren der unzerstörbare Kreis.«

»Unzerstörbar?« Dietrich hielt noch immer Coralies Hände fest, und jetzt spürte sie seinen bitteren Schmerz. »O nein, nicht du, Kurt. Du hast schon lange ein falsches Spiel gespielt. Du hast mich an Reiniger verraten.«

»Das ist doch verrückt!« Klebers Gesichtsnarben verfärbten sich weiß, weil sie unter solcher Spannung standen. »Ich soll dich an Reiniger verraten haben? Du bist wie ein Bruder für mich!«

»Du bist sogar noch tiefer gesunken. Du hast dich nicht getraut, Reiniger direkt anzusprechen, damit die Information nicht auf dich zurückfallen würde. Du hast Serge Martel als Verbindungsmann benutzt.«

»Wovon redest du? Es war dein Freund, dieser Kunsthändler, der dich verraten hat.« Kurt wandte sich an Coralie. »Coralie, Sie wissen, dass es so gewesen ist.«

»Jetzt nicht mehr«, erwiderte sie standhaft. »Daran glaube ich seit Monaten nicht mehr.«

Kurt sah erst Coralie, dann Dietrich verblüfft an. »Du hast ihm doch nachgesetzt. Du hast an seine Schuld geglaubt.«

»Ja, in der Hitze des Gefechts«, räumte Dietrich ein. »Du dagegen hast nicht nur an die Schuld eines Fremden geglaubt – nur aufgrund eines dahingesagten Satzes –, sondern hast auch noch auf ihn geschossen. So ein Eifer ist ziemlich verdächtig. Du hattest eine schussbereite Pistole bei dir, oder etwa nicht?«

Coralie, die Wert auf Korrektheit legte, unterbrach ihn: »Nein, Fritzi hatte die Pistole.«

»Als ich sie sah, wusste ich, dass der Untergang eines bestimmten Menschen für jenen Abend geplant war.« Dietrich sah Kleber fest in die Augen. »Mein Untergang.«

»Dietrich, du redest wirr. Du bist doch mein Freund.«

»Fritzi ist keine Frau, die mit einer Pistole in der Handtasche ausgeht. Das ist nur etwas für echte Heldinnen.« Dietrich schenkte Coralie ein Lächeln. »Sie hatte die Pistole dabei, weil du es so wolltest, und sie hatte sie auch im Rose Noire bei sich.«

»Um dich zu erschießen?« Coralie hatte Dietrichs Ausführungen bis zu diesem Punkt folgen können. Doch jetzt stiegen Zweifel in ihr auf. Hatte Kurt Kleber sich denn nicht beinahe selbst umgebracht, in dem Versuch, Hitler zu töten?

»Nicht, um mich zu erschießen«, sagte Dietrich. »Für mich. Damit ich mich selbst erschießen sollte. Der Plan lautete, dass Reiniger uns in Martels Büro führen sollte, wo Martel mit seinen Anklagen begonnen hätte. Er hätte uns als Verschwörer bezeichnet, dich und mich. Dann hätten sie dich weggebracht, und mir hätte Kurt den ehrenvollen Ausweg angeboten. Eine Kugel in den Kopf, so wie es meinem Rang entspricht. Auf diese Weise wären weder Kurt noch Reiniger für meinen Tod verantwortlich gewesen. Doch der Plan schlug fehl, weil Martel es verbockte und Julie schon nach der ersten Frage zusammenbrach. Reiniger hatte nie genug in der Hand, um einen ehemaligen Waffenbruder von Reichsmarschall Göring zu verhaften, schaute mir seitdem jedoch immer genau auf die Finger. Und du, Kurt, wie bekennst du dich?«

Kurt zuckte mit den Achseln. »Ich bekenne mich loyal gegenüber dem Führer, nur in einer Sache nicht. Ich bin hergekommen, um dir zu sagen, dass du Paris verlassen oder sterben musst. Heil Hitler!«

Coralie und Dietrich sahen ihm nach. »Warum hat er das getan?«, fragte Coralie.

»Am Anfang, vor dem Krieg, war er entschieden gegen Hitler. Es war seine Idee, eine Bombe in dem Münchener Bierkeller zu platzieren, in dem Hitler und sein Führungsstab jedes Jahr am achten November eine Kundgebung abhielten.«

»An unserem Geburtstag.«

»Ein unvergessliches Datum, aus vielerlei Gründen. Als wir uns 1937 auf der Weltausstellung trafen, hatte Kurt bereits erste Pläne geschmiedet. Er dachte sich auch den Namen ›Dachterrasse‹ aus. Er war unser Anführer, derjenige, der lernte, wie man Bomben baute, derjenige, der die Bombe dann herstellte. Der dritte Mann, den du damals gesehen hast, war Stauffenberg. Seine Aufgabe war es, weitere Mitglieder zu rekrutieren, und ich sollte im November 1937 den Bierkeller in München besuchen und Skizzen der Räumlichkeiten anfertigen. Wir planten, im folgenden Jahr zuzuschlagen. Doch als ich das erste Mal in dem Bierkeller war, herrschte ein solches Gedränge, dass ich nichts sehen konnte. Wir einigten uns dann darauf, dass ich eine Bombe zu einer anderen Rede des Führers bringen und sie auch selbst zünden würde.«

»Du solltest dich dabei selbst töten?«

»Genau. Das war einfacher, als eine Bombe irgendwo zu platzieren und zu hoffen, dass sie im richtigen Moment explodieren würde. Aber dann wurde diese Veranstaltung abgesagt, und auch die nächste. Kurz nach diesen Misserfolgen machte Kurt einen Fehler beim Bombenbauen und starb fast an den Folgen, erholte sich jedoch wieder. Im folgenden Jahr fuhr ich noch einmal nach München und konnte eine vernünftige Skizze anfertigen. Aber Kurt wollte keinen weiteren Versuch wagen. Er fand, der Zeitpunkt sei nicht der richtige, die politische Stimmung im Land nicht die richtige. Ich war nicht seiner Meinung, wollte ihn aber nicht unter Druck setzen. Kurt hatte so viel durchgemacht. Und im ersten Kriegsjahr eroberte unsere Armee fast alles. Hitler war unantastbar, und irgendwie muss Kurt in seinen Bann geraten sein. Fritzi, die bis dahin fest an der Seite ihres Mannes gestanden hatte, verlor ebenfalls die Nerven. Sie wollte Kurt nicht verlieren und brachte ihre eigenen Gedanken in seine Überlegungen ein.«

»Und dann ist er zum Verräter geworden?«

»Nicht sofort. Er hielt den Dachterrassen-Kreis so weit am Laufen, dass ich keinen Verdacht schöpfte, aber er spielte wohl ein doppeltes Spiel. Das erkenne ich jetzt im Rückblick, aber erst, als wir in Martels Büro standen, wurde mir klar, dass wir einen Verräter in den eigenen Reihen hatten und dass er ganz in meiner Nähe sein musste. Einer, der die Bedeutung des Begriffs ›sich opfern‹ verstand. Dieser Ausdruck fiel einige Male an jenem Abend; in einem normalen Gespräch benutzt man ihn wohl kaum.«

»Gib es zu, du hast Teddy verdächtigt. Und auch mich, wenigstens kurz.«

»Teddy schon, aber niemals dich. Nicht einmal eine Sekunde lang. Es tut mir so leid, Coralie.«

»Was tut dir leid?«

»Dass ich dich in etwas so Hinterhältiges hineingezogen habe. In etwas so Endgültiges.«

Das Wort »endgültig« gefiel ihr nicht. »Wohin gehen wir jetzt?«

»In die Rue de Vaugirard. Du wirst in die Schweiz fahren, mein Liebling. Ich werde in Paris abwarten, was passiert.«

Mit allen möglichen Argumenten versuchte sie, ihm diesen Plan auszureden. »Du bist doch ein Zugvogel. Du lässt dich nieder, du fliegst wieder davon. Lass uns zusammen von hier fortfliegen.«

»Ich habe gelogen. So bin ich nämlich ganz und gar nicht. Ich bin nur durch die Weltgeschichte gezogen, weil ich in einer unglücklichen Ehe gefangen war. Weil ich auf der Suche nach Kunstwerken war. Und weil ich einen Preis dafür bezahlen musste, der Nazi-Religion abgeschworen zu haben. Es ist schwer, an einem Ort zu leben, an dem man nicht spricht und denkt wie alle anderen. Nein, ich kann Paris jetzt nicht verlassen. Ich wusste von Anfang an, was ich riskiere, und hätten wir gesiegt, hätte ich meinen Anteil an der Macht bekommen. Ich kann General von Stülpnagel jetzt nicht im Stich lassen, genauso wenig wie die Abwehr- und Luftwaffenoffiziere, die die Seite gewechselt haben. In einer Sache hatte Kurt recht: Es wird Vergeltungsaktionen geben.«

»Ich werde nicht zulassen, dass du dich selbst opferst. Dafür liebe ich dich zu sehr.«

Es war kurz nach drei Uhr morgens, als sie das Rose Noire verließen.

Auf dem Nachhauseweg hätte er Stille vorgezogen, doch Coralie war rastlos. Sie schmiedete Pläne.

»Wir fahren nach Dreux. In Teddys *château*.«

»Dreux wird bombardiert. Die Alliierten wollen den Militärflughafen ausradieren.«

»Dann eben nach Süden, nach Spanien.«

»Die Wehrmacht drängt nach Norden. Weißt du, wie es ist, wenn bewaffnete Kolonnen unterwegs sind? Sie liegen unter Beschuss von der Freien Französischen Armee und den alliierten Bombern. Es wäre der reinste Selbstmord. Du wirst den Zug nach Annemasse nehmen, an die französische Seite der Schweizer Grenze, dann weiter nach Genf fahren. So Gott will, treffen wir uns dort, wenn alles vorbei ist.«

Sie verlangte seine Zyankalikapsel zu sehen, verborgen im Band seines *Pour le Mérite*. »Ich muss wissen, dass du sie noch hast.«

»Aber du hast deine nicht mehr. Wie könnte ich meine benutzen, in dem Wissen, dass du es nicht mehr kannst?«

»Jetzt ist die Situation eine andere. Ich könnte sie jetzt sowieso nicht nehmen. Ich könnte ja schwanger sein.«

Er erlaubte ihr, das Band des Ordens zu lösen, damit sie einen Blick auf ihre vier Jahre alte Näharbeit werfen konnte. Er widersprach auch nicht, als sie an die schalldichte Scheibe klopfte, die sie von ihrem Fahrer trennte, und um ein Feuerzeug bat. Er hatte das Auto schon im Vorhinein bestellt, weil er sich ganz sicher gewesen war, dass er im Morgengrauen würdevoll vor dem Armeehauptquartier vorfahren würde.

Der Fahrer reichte ein Feuerzeug nach hinten und bog auf die Pont au Change ein. Der Fluss glänzte wie ein schwarzer Spiegel, denn es war Neumond. Wäre Stauffenbergs Bombe näher am Ziel platziert oder stärker gewesen, wäre der Mond über einer neu geordneten Welt aufgegangen.

»Jemand hat sich daran zu schaffen gemacht.«

»Wie bitte?« Dietrich löste den Blick vom Fluss und sah auf das Ordensband.

Coralie drückte auf die kleine Tasche an dem Band – und hielt kurz darauf eine Perle in der Hand, das ehemalige Ende einer Hutnadel. »Das musst du mir erklären.«

»Ich habe sie dort nicht hineingelegt. Wenn du es nicht warst … dann kann es nur Hiltrud gewesen sein.« Ein letzter Gruß aus dem Grab? Wollte sie ihm damit sagen, dass er ein Feigling war? Er warf die Perle aus dem Fenster. »Damit wäre das erledigt. Zu Hause werden wir deinen Koffer packen, und dann wird dich dieses Automobil zur Gare de Lyon bringen. In der Schweiz bist du sicherer als hier bei mir.«

»Nein, Dietrich.«

»Schon morgen wirst du bei Ottilia und Max, Teddy und Noëlle sein.«

»Bitte komm auch mit.«

Er küsste sie und schmeckte ihre salzigen Tränen. »In Berlin habe ich General Olbricht die Treue geschworen. Ich bin Preuße, und damit gilt dieser Schwur für mich auf ewig. Die Operation Walküre hat das Herz der Macht getroffen, und weder für Stauffenberg noch für Olbricht hat es Gnade gegeben.« Es widerstrebte ihm zu sagen: »Auch für mich wird es keine geben«, aber warum sollte er sich selbst etwas vormachen? Er hatte alles aufs Spiel gesetzt, für die Ehre Deutschlands, und jetzt musste er seine Schulden begleichen.

Coralie sah zu, wie Dietrich ihren Koffer neben der Tür abstellte. Er hatte ihn für sie packen müssen, und jetzt legte er ihr einen neuen Mantel um die Schultern. Das gute Stück hatte einmal Ottilia gehört: mit Steppfutter und tiefen Taschen, in denen das Bündel aus Franc-Scheinen, das er ihr gegeben hatte, so gut wie verschwand. »Stopf einen Teil davon in deine Schuhe, falls man dir den Mantel abnimmt. Hast du deine Papiere?«

Sie nickte. »Bitte komm mit, bevor es zu spät ist.«

Aber er ging nicht darauf ein. »Ich muss dir noch etwas Wichtiges sagen. Du musst es Max von Silberstrom ausrichten. Hörst du mir zu?«

»Ja.«

»Er muss Ottilia davon abhalten, die niederländischen Meister aus ihrer Sammlung zu verkaufen, denn sie sind genau wie die Dürer allesamt gefälscht. Ihr Großvater wurde beim Kauf betrogen. Das sind hervorragende Fälschungen, und ich weiß es schon seit Jahren.«

Coralies Niedergeschlagenheit wich einer großen Verblüffung. »Ich dachte immer, du wärst selbst hinter diesen Bildern her!«

»Ich weiß, dass du das dachtest, mein Liebling. Vielleicht hat dich ja Teddy auf den Gedanken gebracht. Er hat nie verstanden, warum ich nur manche Sachen verkauft und ihm seine Wunschbilder immer vorenthalten habe. Nun, der angenommene Wert der Sammlung hat Max gegenüber den Schweizer Banken kreditwürdig gemacht. Wenn die Fälschungen auf den Markt kommen, ist sein Ruf ruiniert. Sag es ihm, aber nicht Ottilia. Versprich mir das.«

In diesem Moment hörte Coralie ein Geräusch. Eine Tür schnappte leise zu. »Da ist jemand im Haus«, sagte sie.

Dietrich erstarrte und lauschte. »Hol deine Abendtasche, schnell.«

Beide suchten panisch nach der Tasche, bis Coralie sie endlich auf dem Sofa im Wohnzimmer entdeckte. Dietrich holte die Walther heraus und steckte sie in sein Halfter. Die Enfield, die er dort vorher getragen hatte, schob er unter das Sofa, wo sie von den Fransen verdeckt wurde.

Schritte auf der Treppe. Einen Augenblick später flog die Wohnungstür krachend auf. Reiniger stand im Zimmer. Er hatte drei Männer dabei, die mit gezogenen Waffen auf seine Befehle warteten. Sie trugen zerknitterte Anzüge, und Reinigers Kragen war zerrissen. Jetzt hatte er nichts mehr von jener fast schon klerikalen Zurückhaltung an sich. Sein Gesicht war verzerrt vor lauter Genugtuung.

»Generalmajor von Elbing, Sie haben sich einer kriminellen Verschwörung angeschlossen, um unseren geliebten Führer zu stürzen und die Armee zu untergraben. Sie sind wegen Hochverrats verhaftet.« Er trat auf Dietrich zu und schlug ihm fest ins Gesicht. »Ich danke Ihnen für die ungemütliche Nacht, die ich als zum Tode Verurteilter verbringen musste. Glauben Sie mir, es wird mir ein großes Vergnügen sein, Ihnen diese Erfahrung zurückzuzahlen.«

Coralie schrie auf, als Reiniger Dietrich seinen Orden abriss und dieser mit einer Spitze so tief an seinem Hals entlangkratzte, dass Blut floss. »Ich werde Ihnen für jedes Jahr, in dem Sie die Dreistigkeit besaßen, diesen Orden zu tragen, einen Knochen brechen. Wenn ich mit Ihnen fertig bin, werde ich Ihren nackten, geschundenen Körper die Champs-Élysées hinunterschleifen, als Warnung an alle dreckigen Verräter und Terroristen in dieser Stadt.« Er spuckte Dietrich ins Gesicht.

Dietrich hielt sich gerade, doch seine Stimme verriet seinen Schock. »Ich werde mit Ihnen kommen, Reiniger, doch ich erwarte, dass Sie mich wie einen Militäroffizier behandeln – und als unschuldig, solange mein Prozess nicht stattgefunden hat.«

Reiniger lachte in gespielter Ungläubigkeit. »Wir werden Ihren Prozess in der Avenue Foch abhalten. Dort werden wir unseren Spaß mit Ihnen haben und außerdem endlich herausfinden, welche Staatsbürgerschaft Ihre Hure tatsächlich hat.«

Dietrich trat schützend vor Coralie. »Lassen Sie sie in Ruhe. Sie hat Ihnen nichts getan. Sie ist Zivilistin.«

Wie viele Jahre lang hatte sie sich vor diesem Augenblick gefürchtet? Ihre Beine schienen unter ihr nachzugeben, und sie bekam kaum noch Luft. Doch ihr Hirn arbeitete fieberhaft. Dietrich wollte sie schützen, aber er hatte keine Macht mehr. Natürlich würde sie zugeben, Engländerin zu sein. Sie würde vielleicht eine oder zwei Stunden standhalten können, aber dann würde sie reden. Sie würde Dietrich, Ramon, Bonnet und Louise Deveau verraten. Auch Arkady und Una, und alle anderen, deren Namen ihr in dieser schrecklichen Lage einfallen würden. Wenn sie den Schmerz nicht mehr aushielt, würde sie Dietrichs letztes Geheimnis verraten. Im Kopf hörte sie schon die eigene Stimme krächzen: »Fragen Sie ihn, warum er beschnitten ist.«

Wie sehr Reiniger das alles genießen würde. Jener Aristokrat, der einen Narren aus ihm gemacht hatte, war der Traum eines jeden Folterknechts: nicht nur Verräter, sondern auch noch Jude.

Das erste Licht des neuen Tages drang durch die Fenster herein und umgab Dietrich wie ein Glorienschein. Er war ihr Heiliger Georg, einmal mehr. Gemartert und verdammt, aber so sehr geliebt. So menschlich.

Er bemerkte ihren Blick, und seine haselnussbraunen Augen sagten ihr alles, was sie wissen musste. Er fasste sich an die Kehle, dorthin, wo sein Orden geprangt hatte. Es war eine Geste der Hoffnungslosigkeit. Sie spürte sein Flehen. *Du hattest immer das letzte Wort, Coralie. Du hast dich niemals um Regeln gekümmert und warst immer hartnäckig. Hast Schlüssel aus Taschen und Hasen aus Zylindern gezogen. Kannst du jetzt etwas für uns beide tun?*

Sie sah keinen Ausweg. Die Zyankalikapseln waren ihre Versicherung für diesen Fall gewesen, doch sie waren verloren. Alles, was sie jetzt noch hatten, waren ihre menschlichen Waffen: Todesverachtung, Courage … Dietrich musste ihre Gedanken gelesen haben, denn er lächelte sie an. Seine Lippen formten stumm: »Du bist mutig.«

Mutig genug, um einen letzten Husarenstreich zu wagen? Um Reinigers Triumph zu vereiteln? Um eine Kugel ins Herz des Nazi-Regimes abzufeuern? Zu töten?

Würde sie es über sich bringen? Würde sie es tatsächlich wagen?

»Ich glaube, ich falle in Ohnmacht«, sagte sie und ließ sich vor das Sofa sinken, den Kopf zwischen die Knie gesteckt. Sie griff durch die Seidenfransen hindurch und zog die Enfield hervor.

Sie legte an und betätigte den Abzug.

Dietrich von Elbing starb auf der Stelle.

40

28. April 1945

Sie waren ein herzzerreißender Anblick, jedenfalls für alle, deren Herz durch den Krieg noch nicht völlig versteinert war. Hunderte von Frauen mit gehetztem Blick und den Zeichen der Misshandlung auf ihren ausgemergelten Körpern. Unförmige Mäntel verdeckten knochige Schultern. Verknotete Schals schützten die ausgezehrten Gesichter vor dem kalten Wind.

Zwei Frauen gingen so langsam, dass sie hinter die Hauptgruppe zurückfielen. Die eine hatte graue Haare und tiefe Falten, die von der Nase hinab zu den Mundwinkeln verliefen. Sie trug nicht zusammenpassende Socken und feste Schuhe und humpelte über den asphaltierten Kai. Jeder Schritt schien sie zu schmerzen. Hinter ihr tapste eine jüngere, blonde Frau, die heftig atmete. Sie war hochschwanger und bekam den Mantel nicht mehr zu. Das zerfetzte Kleid bauschte sich in der Seebrise und blies sich über ihrem Bauch auf. Sie wurde von zwei schwedischen Rotkreuzschwestern gestützt, die sie auf einer Tragbahre von der Fähre hatten bringen wollen. Doch sie hatte sich geweigert. »Meine Füße wollen den freien Boden spüren.«

Als sie in Sichtweite der weißen Busse kamen, die sie zu den Aufnahmelagern bringen sollten, zu Badewannen und sauberen Betten und reichhaltigem Essen, da schluchzte die ältere Frau auf. »Warum ich? Was habe ich getan, um so etwas Herrliches zu verdienen?«

»Ich weiß nicht, Una.« Coralie drückte mit den Fingerknöcheln gegen ihren Bauch, um einen starken Schmerz in ihrem Inneren zu bekämpfen. Die Fahrt vom Konzentrationslager Ravensbrück nach Dänemark hatte einen monatelangen Albtraum beendet. Eine kurze Überfahrt über das Meer hatte sie in neutrales Territorium gebracht. Deutschland, das nun hinter ihnen lag, wurde derweil dem Erdboden gleichgemacht. Sie wusste, was Una ausdrücken wollte. Sie waren dem sicheren Tod entronnen, weil sie eine Amerikanerin und eine Französin waren. »Una, was immer dich am Leben gehalten hat, hat auch mir geholfen. Du hast mich gerettet, Una …« Die letzte Silbe verwandelte sich in einen lang gezogenen Schrei. Coralies Unterleib verkrampfte sich. »Es kommt«, keuchte sie.

»Das Baby? Jetzt? Dann wird es ein schwedischer Staatsbürger.«

Das war Coralie völlig gleichgültig. Das Kind übersprang eine ganze Wehenphase. Anscheinend hatte es sich so lange geduldet, bis neutrales Land erreicht war, und nun konnte es nicht länger warten. Sie würde Dietrichs Kind bekommen, und zwar direkt hier auf dem Kai.

Epilog

Auszug aus »*Chapeau!*«, der Autobiografie von Una Vicomtesse Kilpin, London, 1960.

Nun ist es an der Zeit, etwas über Hüte zu sagen und Sie mit einer lieben Freundin bekannt zu machen: Coralie de Lirac, eine Stehauffrau wie ich selbst eine bin. Wenn sie nicht gerade entzückende Kleinode in ihrem Salon in der Londoner Bond Street zaubert, heißt sie allerdings Mrs. Donal Flynn. Diese beiden Ladys sind nicht etwa ein und dieselbe Person, und wehe dem, der sie bei der Arbeit Mrs. Flynn oder zu Hause Mademoiselle de Lirac nennt.

Ich führe ihren Erfolg auf ihre Erkenntnis zurück, dass ein perfekter Hut eine ganz normale Frau hübsch und eine hübsche Frau schön macht – sich jedoch immer der Trägerin unterordnet. Sie verkauft keine Hüte von der Stange. Sollten Sie irgendwann zu ihr gehen und »das gleiche Modell wie das von Frau X« wünschen, so werden Sie es nicht bekommen. Versuchen Sie es erst gar nicht mit Bestechung oder Tränen.

Jetzt verrate ich Ihnen ein weiteres Geheimnis: Mademoiselle de Lirac stellt nur die besten Leute ein und entlohnt sie gut. Niemals schnappt sie ihnen die Anerkennung für ihre Mühe weg. Die Zusammenarbeit mit Miss Jean McCullum, die einst in der längst nicht mehr bestehenden Firma Pettrew & Lofthouse gewirkt hatte, brachte viele brillante Kollektionen hervor. Nachdem Miss McCullum kürzlich in den Ruhestand ging, stellte der Salon de Lirac seinen ersten männlichen *premier* ein, und zwar in Gestalt des jungen Alexandre Zénon. Er ist der Enkelsohn einer anerkannten *première*, mit der Mademoiselle de Lirac in Paris zusammengearbeitet hatte.

Über mich ist bekannt, dass ich nur Hüte der Firma de Lirac trage, selbst in Paris, und dass ich alles in meiner Macht Stehende unternommen habe, um Coralie de Lirac zu überreden, wieder in die Stadt des Lichts zurückzukehren. Doch sie besteht darauf, dass ihr Zuhause nun in London liegt.

Epsom-Derby, 1961

Eins ihrer Pferde lief im großen Rennen. Ein irischer Vollbluthengst namens Whiter-Than, den sie als Zweijährigen gekauft hatten und in Epsom trainieren ließen.

»Ich verstehe wirklich nicht, weshalb du ein graues Pferd gekauft hast«, sagte Coralie zu Donal. »Graue Pferde werden niemals richtig weiß. Selbst wenn er gewinnt, ist er schlechte Werbung für den Waschsalon-König von Süd-London.«

Ihr Sohn Patrick, elf Jahre alt und inzwischen groß genug, um seine Eltern auf diesen Betriebsauflug zu begleiten, sagte: »Warum habt ihr ihn nicht Scrub-a-dub genannt, Dad? Ich hätte so gern gehört, wie der Streckensprecher sagt: ›Scrub-a-dub biegt auf die Gerade ein wie ein Stück Seife, das über den Boden flutscht‹.«

Ihr älterer Sohn Derek, sechzehn Jahre alt, trug eine Jacke mit schmalem Revers und enge Hosen. Er gab seinem jüngeren Bruder einen freundlichen Klaps und sagte: »Der Jockey-Klub lässt doch nicht einen Dummkopf wie dich den Namen eines Pferdes bestimmen.«

Ihr Vater stimmte zu. »Sogar Pferde haben ein Recht auf Würde, Pat. Stell dir nur mal vor, das arme Tier müsste als Scrub-a-dub antreten, unter den Augen Ihrer Majestät und der Königinmutter. Hast du mein Geld für mich gesetzt, Cora?«

»Fünfzig Pfund auf unseren Burschen, Sieg oder Platz.«

»Ich habe aber gesagt, alles auf Sieg.«

»Das habe ich gehört. Whiter-Than schafft es vielleicht auf den zweiten oder dritten Platz, wird aber nicht gewinnen. Als wir ihn gestern besucht haben, habe ich gar nichts gespürt.«

»Auf wen hast du denn gesetzt?«

»Auf Psidium.«

»Auf das Pferd, dessen Namen ich nicht aussprechen kann? Du bist verrückt, weißt du das?«

Vielleicht war sie das. Psidium stand bei sechsundsechzig zu eins. »Er hat einen französischen Jockey und gehört Madame Plesch, die nicht nur den Vorzug hat, eine Frau zu sein, sondern auch eine Freundin von Ottilia ist. Außerdem habe ich so ein Kribbeln im Magen gespürt, als ich seinen Namen gelesen habe.«

»Jungs, eure Mutter ist eine Hexe.«

Coralie küsste Donal auf die Wange und bat ihn, eine Runde durch den roten Doppeldecker-Partybus zu machen und sich zu vergewissern, dass die Gäste genug zu trinken hatten. Eigentlich wäre das Dereks Aufgabe gewesen, doch er war gerade mit den kichernden Mädchen aus dem Hutsalon beschäftigt, deren scheue Blicke er wohl als Aufforderung interpretierte. *Noch ein oder zwei Jahre*, dachte Coralie, *dann wird er so etwas ganz souverän meistern.*

Sie hatten den Doppeldeckerbus für die hauptsächlich weibliche Belegschaft von Coralies Salon gechartert. Aber auch die Angestellten von Donals Waschsalons waren mit an Bord, genau wie die diversen Sekretärinnen und Buchhalter, die die beiden Unternehmen am Laufen hielten. Es war eine fröhliche, bunte Gesellschaft.

Ein windstiller Tag. Die Sonne ließ die weißen Geländer schimmern, und in der Luft lag eine Mischung aus zerkleinertem Gras, brutzelndem Fleisch und Autoabgasen. Wie konnte ein so belebter Ort nur von so vielen Geistern bevölkert sein?, dachte Coralie. Und doch waren sie anwesend.

Da war ihr Vater, der schrie: »Manna vom Himmel! Manna vom Himmel! Unser Mädchen ist ein Wettgenie!«

Und ihre Mutter, die sagte: »Mir reicht's«, und einfach fortging.

Da war der Geist von Dietrich, der schmerzverzerrt auf einem Bein hüpfte, weil ein freches Mädchen in einem gestohlenen Hut auf seinen Fuß getreten war. Da war Ottilia, blass und geistesabwesend. Donal, der Tüten mit Zwiebelringen und Gläser mit Ingwerbier in den Händen hielt und behauptete, sie sei verrückt, auf ein Pferd namens Mid-day Sun zu setzen.

Sie streifte ihre Handschuhe ab, wobei mehrere Silber- und Korallenarmbänder leise an ihrem Handgelenk gegeneinanderklirrten, und zog eine Puderdose hervor. In dem kleinen Spiegel kontrollierte sie gewissenhaft ihr Make-up. »Sechsundvierzig werde ich jetzt. Wo ist nur die Zeit geblieben?«

Sie hatte noch immer schöne Gesichtszüge und straffe Haut, doch aus der Nähe betrachtet erkannte man Fältchen und kleine dunkle Flecken, die stumme Zeugen des Nahrungsmangels in Ravensbrück waren. Sie trug etwas Puder auf, um sie zu verdecken. Eine gesunde Ernährung, teure Hautcrèmes, ein begehrter Friseur und ein hervorragender Zahnarzt hatten sie nach dieser Zeit wiederhergestellt.

Wenigstens konnte sie sich gute Kleidung leisten. Heute trug sie ein elfenbeinfarbenes Kostüm mit Bleistiftrock und einer Kastenjacke mit Rundkragen und großen Knöpfen, die mit demselben Stoff überzogen waren wie das Kostüm selbst. Der Hut – er stammte aus ihrer Frühjahr/Sommer-Kollektion – war ein Stroh-Bowler mit hoher Krone und schmaler Krempe. Sie eiferte Una nach und trug nur noch Weiß, Crème und Schwarz. Das war keine Marotte, sondern ihre Art, diskret und beständig zu trauern.

Sie hatte ihre Mutter vor über einem Jahrzehnt aufgespürt, gerade noch rechtzeitig, um sich von ihr verabschieden zu können. Florence war nicht zusammen mit einem Schauspielerkollegen nach New York gegangen. Das war nur eine Nebelkerze gewesen, um Jac abzuschütteln. Sie war nach York gegangen, in den Norden, und hatte ihre Ersparnisse mitgenommen. Dort hatte sie sich »Mrs. Mason« genannt, eine Tochter aus einer kurzen Affäre zur Welt gebracht und eine Pension für Theaterleute betrieben. Als Coralie sie gefunden hatte, war sie gerade im Endstadium einer Lungen- und Brustfellentzündung gewesen. Coralies Halbschwester Gwendolen pflegte sie. Es war ein angespanntes Treffen gewesen, voller Emotionen. Auf Erklärungen hatte Coralie aber verzichten müssen, da Florence so viel vergessen hatte und kaum noch sprechen konnte.

In einem Punkt hatte sie jedoch Klarheit gebracht. »Auf der Rennbahn bist du mir nachgerannt, und ich habe nicht auf dich gewartet. Armes kleines Mädchen.«

Die Erinnerung, die seit Jahrzehnten wie ein lückenhafter Film durch Coralies Kopf geisterte, war um die fehlenden Sequenzen ergänzt worden. Als Florence einen Moment nicht aufgepasst hatte, war die kleine Coralie vom Rücken ihres Vaters hinuntergerutscht und durch den Matsch gerannt. Sie flehte ihre Mutter an zurückzukommen. Doch dann knickte sie mit dem Fuß um, und der Absatz ihres Schuhs brach ab. Es war ihr eigener Absatz gewesen, nicht der ihrer Mutter. Florence hatte ihnen beiden die gleichen Schuhe gekauft, zwei Paar zum Preis von einem, weil Cora mit ihren zehn Jahren ein schlaksiges Kind gewesen war, dessen Füße genauso groß waren wie die seiner zierlichen Mutter. Nachdem sie den Absatz in die Tasche gestopft hatte, war sie weitergerannt und hatte so lange nach ihrer Mutter gerufen, bis sie begriff, dass sie völlig Fremden hinterherschrie.

Gwendolen war ganz nett, benahm sich manchmal aber leicht überkandidelt. Sie war in Florences Fußstapfen getreten und Schauspielerin geworden. Sie schrieben sich einmal im Monat, und Coralie schickte Gwendolen einen Hut aus jeder Kollektion.

Apropos Hüte: Auf der anderen Seite der Rennbahn, im Mitgliederbereich, saß Noëlle. Sie genoss die Sonne und die Bewunderung der Umstehenden. Coralie hatte ihr einen Reishut aus weißem Sisal mit knallrosa Gänseblümchen angefertigt, nur für dieses Gala-Rennen. Zusammen mit dem ärmellosen weißen Kleid passte er perfekt zu Noëlles exotischem, elfenhaftem Aussehen. Donal hatte Whiter-Than in ihrem Namen angemeldet, als Überraschungsgeschenk zu ihrem zweiundzwanzigsten Geburtstag. So kam Noëlle also dazu, sich gemeinsam mit Ottilia und deren zweiten Ehemann unter die Renn-Elite mischen zu dürfen. Gesetzt den unwahrscheinlichen Fall, dass ihr Pferd gewann, würde Noëlle es unter den Augen der Queen als Gewinner von der Bahn führen.

Coralie neidete ihrer Tochter diese Ehre nicht. Und Donal war sowieso lieber im Bus und teilte Champagner aus. Als Selfmademan und ehemaliger Wäschereijunge fühlte er sich nie ganz wohl unter den snobistischen Privatschulabsolventen, während Noëlle unter intellektuellen Flüchtlingen und ins Exil gezwungenen Adligen aufgewachsen war. Sie beherrschte vier Sprachen, besuchte die Universität in Zürich und verbrachte die Wochenenden in Paris. Es hatte ihrem Fortkommen auch nicht gerade geschadet, dass sie einen Großteil von Teddy Clissons Vermögen nach seinem Tod geerbt hatte. Ottilias Ehemann, ein Amerikaner namens Tom Finkelman, der dem aufgeblasenen Verschwender Franz Lascar gefolgt war, hatte Noëlles intellektuelle Entwicklung gefördert. Ihm schwebte eine Karriere in der Industrie oder dem diplomatischen Dienst für sie vor. *Wie gut, dass sie so ein lieber Mensch ist*, dachte Coralie, *sonst wäre sie schon lange davongeflogen, wie ein Luftballon*. Obgleich das Leben bei Coralie und Donal in London eine Beleidigung ihres Stilbewusstseins war, besuchte sie sie mehrmals im Jahr. *Maman*, Papa-Donal, Derek, Patrick und die Zwillinge Amelia und Donny waren ihre »andere

Familie«. *Wir teilen sie uns*, dachte Coralie. Das war der Preis dafür, dass sie sie einst weggeschickt hatte.

Patrick verkündete, dass das Rennen begonnen hatte, und holte sie damit in die Gegenwart zurück. »Mum? Hörst du denn nicht, wie alle schreien?«

»Ich war ganz in Gedanken. Hier, du kannst mein Fernglas haben.« Sie klammerte sich an die Brüstung des Busses. Die Mädchen ihrer Belegschaft drängten sich hinter ihr. Sie mussten ein wenig beschwipst sein, denn sonst hätten sie sich nicht so nahe an sie herangewagt. Ihre Arbeiterinnen empfanden nämlich eine gewisse Ehrfurcht vor Coralie. Nicht etwa, weil sie sie anschrie oder bloßstellte. Das lauteste Geräusch, das sie von Coralie gewohnt waren, war das Klappern ihrer Armbänder. Das war ihre Art, der Belegschaft ihr Kommen anzukündigen, und auf diese Weise musste sie niemanden wegen Tratschens oder frecher Bemerkungen maßregeln. Die Arbeiterinnen hielten sich auf Abstand, denn sie wussten, dass ihre Chefin in ihrer eigenen Sphäre schwebte, in die niemand eindringen durfte außer ihren Verwandten und engsten Freunden. Sie wussten nichts davon, was Coralie in ihrem Leben durchgemacht hatte, weil sie niemals darüber sprach. Sie wussten nicht, dass sie von der Gestapo abgeholt worden war, und auch nicht, was diese Rohlinge mit ihr gemacht hatten. Sie wussten nichts von Ravensbrück. Diese saubere, moderne Welt hatte keinen Platz für solche Dinge.

Doch sie trug die Erinnerung daran in den Beinen, die nicht tanzen konnten, in der Angst vor Aufzügen oder Schäferhunden. Eine Zigeunerin hatte einmal zu ihr gesagt, dass sie töten würde – das war nicht einmal eine halbe Meile entfernt von diesem Ort gewesen. Damals, als das Schlimmste, was sie sich vorstellen konnte, die Fäuste ihres betrunkenen Dads gewesen waren. Damals, als die Möglichkeit einer Hinrichtung aus Liebe noch außerhalb der Grenzen ihres Vorstellungsvermögens gelegen hatte.

»Whiter-Than hat nicht gerade einen guten Start hingelegt, fürchte ich.« Donal bahnte sich einen Weg durch die kreischenden Mädchen, um Coralie einen Arm um die Schulter zu legen. »Du benutzt ja dein Fernglas gar nicht.«

»Ich habe es Pat gegeben. Davon verschmiert bloß meine Wimperntusche. Du kannst das Rennen ja kommentieren.«

»Na schön. Sie sind gerade um die erste Kurve gelaufen und rasen jetzt auf die Tattenham-Kurve zu. Ein paar Braune liegen in Führung, und ganz hinten sehe ich einen Schimmel, der sich ganz schön Zeit lässt.« Die weitere Kommentierung überließ er dem Lautsprecher. Als schließlich die Gewinner an die Tafel geschrieben wurden, war er fassungslos. »Psidium ist Erster geworden? Wie machst du das, Cora?«

»Wenn du mich das schon fragen musst, wirst du es nie erfahren. Mach kein so trauriges Gesicht.«

»Das ist das Gesicht eines Mannes, der gerade hundert Pfund verloren hat.«

»Fünfzig, hast du gesagt.«

»Ich habe noch fünfzig auf Sieg und Platz für das dumme weiße Pferd gesetzt.«

»Gut, dass du mich hast, Donal Flynn.« Sie legte ihm die Hände an die Wangen. An der linken Hand trug sie den goldenen Ehering und den Verlobungsring mit einer Perle. An der rechten Hand trug sie einen schweren Goldring mit einem Rubin und einen Korallenring zur Erinnerung an Ramon Cazaubon, der bei Mont Mouchet in der Auvergne im Juni 1944 gefallen war. Von den Pariser Freunden waren ihr nur Una und Ottilia geblieben. Louise Deveau hatte zwar den Krieg überlebt, verließ ihre Wohnung an der Rue de l'Odéon aber so gut wie nie mehr. Arkady Erdös war auf einem Bett aus Blättern gestorben, so wie seine Mutter es einst vorhergesagt hatte. Er war im Wald von Tronçais gefallen, als er auf der Seite der Maquis d'Auvergne gekämpft hatte. Sein Mitspieler bei den Vagabonds, Florian Lantos, führte ein zufriedenes Leben in der Bretagne, zusammen mit Micheline und den gemeinsamen Kindern. Sie hatten den Bauernhof von Michelines Eltern übernommen. Vor ein paar Jahren hatte Coralie sie dort besucht, und Florian hatte wie ein Einheimischer ausgesehen und gesprochen. Nur das Hackbrett, das oben auf einem Schrank lag und mittlerweile von einer dicken Staubschicht bedeckt war, zeugte noch von dem hungrigen, nervösen Jungen, der vor langer Zeit zu ihr gekommen war und Schutz gesucht hatte.

»Wo bist du, mein Liebling?«, fragte Donal. »Manchmal denke ich, dein Kopf ist noch in Paris, zusammen mit deinem Herzen.«

Sie sah ihm tief in die Augen, bis sie die richtigen Worte fand, um zu beschreiben, was sie für den Mann empfand, der sie gesund gemacht, sie geheiratet, ihren erstgeborenen Sohn an Kindes statt angenommen hatte. Er sah noch immer gut aus, auch wenn sein Haar langsam grau wurde und seine Figur vom guten Leben zeugte. »Mein Herz ist hier, hier bei dir. Du bist der beste Vater und der beste Ehemann.«

»Ich spüre ein ›aber‹. Du hast doch immer noch ein ›aber‹ auf Lager, Cora.«

»Aber … ein Experte für Pferdewetten bist du leider nicht. Überlass das mir, Donal Flynn.«

Danksagung

Der zweite Roman eines Schriftstellers gilt allgemein als eine »schwere Geburt«. Ich mag zwar keine Klischees, muss aber zugeben, dass ich einige Tränen über der Tastatur vergossen habe. Man hat sein ganzes Leben lang Zeit, um seinen ersten Roman zu schreiben. Beim zweiten muss man sich mit Abgabefristen und gestiegenen Erwartungen herumschlagen. Darum danke ich allen, die mir bei meinem zweiten Buch geholfen haben. *Das Geheimnis der Hutmacherin* wäre niemals aufgedeckt worden, hätte ich dabei nicht so viel Unterstützung erfahren.

Zuerst danke ich meiner Agentin Laura Longrigg und meiner Lektorin Kathryn Taussig dafür, dass sie immer fest an meiner Seite gestanden haben. Dank auch an Hazel Orme für das sorgfältige Redigieren.

Ein herzliches Dankeschön an meine Freunde und Nachbarn in Suffolk, die mich während des letzten Jahres durch einige schwierige Phasen begleitet haben. Mattie, Benita und Travis: Ihr seid drei wunderbare Geschöpfe, die mich immer daran erinnern werden, dass das Leben am schönsten ist, wenn man es einfach gestaltet. Wenn man in der Gegenwart lebt, umgeben von seinen Freunden.

Natalie Meg Evans
Suffolk, 2015